Oscar Wilde

Ein Granatapfelhaus
Das Bildnis des Dorian Gray

Oscar Wilde

Ein Granatapfelhaus
Das Bildnis des Dorian Gray

Aus dem Englischen übersetzt von
Hedwig Lachmann und Gustav Landauer

Mit einem Nachwort von
Marko Frenschkowski
und Tatjana Frenschkowski

marixverlag

Neu gesetzte und überarbeitete Ausgabe für
marixverlag GmbH, Wiesbaden 2008
Der Text wurde behutsam revidiert nach den Ausgaben
Das Granatapfelhaus. Aus dem Englischen übertragen von Hedwig Lachmann, Leipzig 1923
Das Bildnis des Dorian Gray. Aus dem Englischen übertragen von Hedwig Lachmann und Gustav Landauer, Leipzig 1921
Covergestaltung und Titelbild: Nele Schütz Design, München
Lektorat: Dr. Bruno Kern, Mainz
Satz und Bearbeitung: Medienservice Feiß, Pößneck
Der Titel wurde in der Adobe Garamond gesetzt
Gesamtherstellung: Bercker Graphischer Betrieb GmbH & Co. KG, Kevelaer
Printed in Germany

ISBN: 978-3-86539-190-2
www.marixverlag.de

Inhalt

Ein Granatapfelhaus

Der junge König

Es war die Nacht vor dem Tag, an dem er gekrönt werden sollte, und der junge König saß allein in seinem schönen Gemach. Seine Höflinge alle hatten mit tiefen Verbeugungen bis zum Fußboden, wie es dem zeremoniösen Brauch der Zeit entsprach, Urlaub von ihm genommen und hatten sich in die große Halle des Palastes zurückgezogen, um ein paar letzte Unterweisungen vom Etikettenmeister zu empfangen; denn es waren etliche unter ihnen, die noch ganz natürliche Manieren hatten, und das ist– ich brauche es kaum zu sagen – bei einem Höfling ein sehr schwerer Verstoß.

Der Knabe – denn er war noch ein Knabe, nicht älter als sechzehn Jahre – war nicht traurig über ihr Fortgehen und hatte sich mit einem tiefen Seufzer der Erleichterung auf die weichen Kissen seines mit Stickereien gezierten Lagers geworfen. Da lag er nun mit wilden Augen und offenem Mund, wie ein brauner Faun aus den Bergen oder ein junges Tier aus den Wäldern, das von den Jägern vor Kurzem gefangen worden ist.

Und wirklich, Jäger hatten ihn gefunden und waren fast zufällig auf ihn gestoßen, als er, barfüßig und seine Flöte in der Hand, der Herde des armen Ziegenhirten folgte, der ihn aufgezogen und für dessen Sohn er sich immer gehalten hatte. Als Kind der einzigen Tochter des alten Königs aus einer geheimen Ehe mit einem, dessen Stand tief unter ihr war – einem Fremden, sagten einige, der durch den wunderbaren Zauber seines Lautenspiels die Liebe der jungen Prinzessin gewonnen hatte, während andere von einem Künstler aus Rimini sprachen, dem die Prinzessin viel, vielleicht zu viel Ehre erwiesen hatte und der plötzlich sein Werk im Münster unvollendet stehen ließ und aus der Stadt verschwand –, war er, nur eine Woche alt, von der Seite seiner Mutter, während sie schlief, fortgestohlen und einem gemeinen Bauern und seinem Weib in Pflege gegeben worden, die keine eigenen Kinder hatten und in einem entlegenen Teil des Waldes, mehr als einen Tagesritt von der Stadt entfernt, lebten. Kummer oder die Pest, wie der Hofarzt feststellte, oder, wie manche munkelten, ein schnelles italienisches Gift, das ihr in einem Becher Gewürzwein gereicht worden, tötete in der ersten Stunde nach ihrem Erwachen das bleiche Mädchen, das ihn geboren hatte, und als der treue Bote, der das Kind über seinen Sattel gelegt hatte, von seinem müden Gaul stieg und an die rohgezimmerte Tür der Hütte des Ziegenhirten klopfte, da wurde der Leichnam der Prinzessin in ein offenes Grab gelegt, das man auf einem verlassenen Kirchhof hinter den Stadttoren gegraben hatte, und es hieß, dass in diesem Grab noch ein Leichnam lag, der eines jungen Mannes von wundersamer und fremdartiger Schönheit, dessen Hände mit einem Strick auf den Rücken gebunden waren und dessen Brust von vielen roten Wunden durchbohrt war.

Diese Geschichte wenigstens flüsterten die Leute einander zu. Soviel war gewiss, dass der alte König, als er auf seinem Totenbett lag, entweder, weil ihn die Reue über seine große Sünde peinigte, oder nur, weil er wünschte, dass das Königtum bei seiner Linie bliebe, den Knaben hatte holen lassen und ihn in Gegenwart des Großen Rats als seinen Erben anerkannt hatte.

Und es scheint, dass er vom allerersten Augenblick seiner Anerkennung an Zeichen jener seltsamen Leidenschaft für die Schönheit an den Tag gelegt hatte, die auf sein Leben so großen Einfluss üben sollte. Die Männer, die ihn in die Flucht der Gemächer begleiteten, die ausschließlich für seinen Gebrauch bestimmt waren, sprachen oft von dem Schrei der Lust, der sich seinen Lippen entrang, als er das köstliche Gewand und die reichen Kleinodien erblickte, die für ihn zurechtgelegt worden waren, und von dem fast hochmütigen Jubel, mit dem er seine grobe Lederjacke und seinen schlechten Schafpelz zur Seite warf. Er vermisste zwar manchmal die herrliche Freiheit seines Waldlebens und war immer geneigt, auf die langweiligen Hofzeremonien zu schelten, die soviel von seinem Tag wegnahmen; aber der wundervolle Palast – „Joyeuse", wie man ihn nannte –, als dessen Herrn er sich nun fühlen durfte, schien ihm eine neue Welt zu sein, die zu seinem Entzücken erst geschaffen worden war; und sowie er dem Ratstisch oder dem Audienzsaal entwischen konnte, lief er die große Treppe hinab, mit ihren Löwen aus vergoldeter Bronze und ihren Stufen aus glänzendem Porphyr, und wanderte von Gemach zu Gemach und von Flur zu Flur, gleich einem, der in der Schönheit ein Linderungsmittel gegen das Leid oder eine Art stärkenden Trankes nach schwerem Siechtum suchen will.

Auf diesen Entdeckungsreisen, wie er sie wohl nannte – und wirklich waren es für ihn wahrhafte Wanderungen durch ein Wunderland –, wurde er manchmal von den schlanken, schönlockigen Hofpagen mit ihren fließenden Mänteln und fröhlich flatternden Bändern begleitet; aber öfter war er allein, denn er fühlte in einem sicheren, schnellen Instinkt, der fast eine Eingebung war, dass die Geheimnisse der Kunst am besten in der Stille gelernt werden und dass die Schönheit wie die Weisheit einsame Verehrer begehrt.

Viele seltsame Geschichten wurden in dieser Zeit über ihn berichtet. Man erzählte, ein stattlicher Bürgermeister, der gekommen war, um ihm eine mit vielen Redeblumen geschmückte Adresse im Namen der Bürger der Stadt zu überreichen, hätte ihn zu sehen bekommen, wie er in wahrhafter Anbetung vor einem großen Gemälde kniete, das eben aus Venedig gebracht worden war und das die Verehrung einer Anzahl neuer Götter zu verkünden schien. Bei einer andern Gelegenheit war er etliche Stunden lang vermisst worden und war nach längerem Suchen in einer kleinen Kammer in einem der nördlichen Türme des Palastes entdeckt worden, wie er gleich einem, der in Verzückung ist, auf eine griechische Gemme starrte, in die die Gestalt des Adonis geschnitten war. Man hatte ihn, so ging das Gerücht, gesehen, wie er seine warmen Lippen auf die marmorne Stirne einer antiken Statue gepresst hatte, die bei Gelegenheit des Baues einer steinernen Brücke im Flussbett gefunden worden war und der man den Namen des bithynischen Sklaven Hadrian gegeben hatte. Eine ganze Nacht hatte er dabei verweilt, die Wirkung des Mondscheins auf ein silbernes Bildnis Endymions zu beobachten.

Alle seltenen und kostbaren Stoffe übten ohne Frage großen Zauber auf ihn aus, und in seinem Eifer, sie zu beschaffen, hatte er viele Kaufleute ausgesandt; etliche, um bei dem rauen Fischervolk des Nordmeers Bernstein einzuhandeln, etliche nach Ägypten, um nach dem seltsamen grünen Türkis zu suchen, der nur in den Gräbern der Könige gefunden wird und von dem es heißt, er besitze magische Eigenschaften, etliche nach Persien, um seidene Teppiche und gemalte Töpfereien, und andere nach Indien, um Gaze und geflecktes Elfenbein, Mondsteine und Armreife aus Nephrit, Sandelholz und blaue Emaille und Schals aus reiner Wolle zu holen.

Aber was ihn am meisten beschäftigt hatte, das war das Gewand, das er bei seiner Krönung tragen sollte, das Gewand aus gewobenem Gold und die rubinenbesetzte Krone und das Zepter mit seinen Streifen und Ringen aus Perlen. Wirklich dachte er daran in dieser Nacht, als er auf seinem üppigen Lager hingestreckt lag und auf den großen kienenen Klotz blickte, der in dem offenen Kamin zu Ende brannte. Die Entwürfe, die von den Händen der berühmtesten Künstler jener Zeit stammten, waren ihm schon vor vielen Monaten vorgelegt worden, und er hatte den Befehl erteilt, die Künstler sollten Tag und Nacht arbeiten, um sie auszuführen, und die ganze Welt sollte nach Juwelen durchsucht werden, die köstlich genug für ihr Werk waren. Er sah sich in der Phantasie am Hochaltar des Münsters im schönen Königsgewande stehen, und ein Lächeln spielte um seine Knabenlippen und verweilte darauf und entzündete in schimmerndem Glanze seine waldesdunklen Augen.

Nach einer Weile erhob er sich von seinem Lager und blickte, an den geschnitzten Kaminschirm gelehnt, in dem matt erleuchteten Gemach umher. An den Wänden hingen reiche Tapeten, die den Triumph der Schönheit darstellten. Ein breiter, mit Achat und Lapislazuli ausgelegter Schrank füllte eine Ecke, und dem Fenster gegenüber stand ein seltsam gearbeitetes Kästchen mit lackierten Füllungen aus Goldstaub und Goldmosaik, auf dem einige köstliche Kelche aus venezianischem Glas und ein Pokal aus dunkel geädertem Onyx standen. Bleiche Mohnblumen waren auf die silberne Bettdecke gestickt, als wären sie aus den müden Händen des Schlafgottes gefallen, und starke Pfeiler von geriffeltem Elfenbein trugen den samtenen Baldachin, aus dem große Büsche Straußfedern wie weißer Schaum zu dem matten Silber der mit Gitterwerk gezierten Decke emporragten. Ein lachender Narziss aus grüner Bronze hielt einen blanken Spiegel über seinem Haupt. Auf dem Tisch stand eine flache Schale aus Amethyst.

Draußen konnte er die ungeheure Kuppel des Domes sehen, die wie eine schillernde Blase über die im Schatten liegenden

Häuser aufstieg, und die müden Schildwachen, die auf der nebligen Terrasse am Fluss auf und ab schritten. Weit weg, in einem Garten, sang eine Nachtigall. Ein schwacher Duft von Jasmin kam durch das offene Fenster. Er strich seine braunen Locken von der Stirn zurück, nahm eine Laute zur Hand und ließ seine Finger über die Saiten gleiten. Seine schweren Lider sanken, und eine seltsame Sehnsucht kam über ihn. Nie vorher hatte er die Magie und das Geheimnis schöner Dinge so mächtig oder mit so inniger Freude gefühlt.

Als es vom Glockenturm Mitternacht schlug, läutete er, und seine Pagen traten ein und entkleideten ihn mit großem Zeremoniell, sprengten Rosenwasser über seine Hände und streuten Blumen auf sein Kissen. Ein paar Augenblicke nachdem sie das Gemach verlassen hatten, überkam ihn der Schlaf.

Und als er schlief, träumte er einen Traum, und dies war sein Traum.

Ihm war, als stünde er in einer langen, niedrigen Dachkammer, unter dem Schwirren und Klappern vieler Webstühle. Ein kümmerliches Tageslicht drang durch die vergitterten Fenster und zeigte ihm die hageren Gestalten der Weber, die sich über ihre Stühle beugten. Blasse, kränklich aussehende Kinder kauerten auf den riesigen Kreuzbalken. Wenn die Weberschiffchen durch die Kette schlugen, hoben sie die schweren Laden heraus, und wenn die Weberschiffchen anhielten, ließen sie die Laden fallen und drückten die Fäden zusammen. Ihre Gesichter waren schmal vor Hunger, und ihre dünnen Hände bebten und zitterten. Einige hagere Frauen saßen an einem Tisch und nähten. Ein schrecklicher Geruch erfüllte den Raum. Die Luft war dick und schwer, und die Wände tropften und schwitzten den Dunst aus.

Der junge König ging zu einem der Weber hinüber und blieb neben ihm stehen und sah ihm zu.

Und der Weber sah ihn ärgerlich an und sagte: „Warum siehst du mir zu? Bist du ein Spion, den unser Meister auf uns gehetzt hat?“

„Wer ist dein Meister?“ fragte der junge König.

„Unser Meister?“ rief der Weber scharf und bitter. „Er ist ein Mensch wie ich. Wahrhaftig, es ist nur der eine Unterschied zwischen uns, dass er feine Kleider trägt, während ich in Lumpen gehe, und dass ich hungrig bin, er aber nicht ein bisschen unter seiner Gefräßigkeit leidet.“

„Das Land ist frei“, sagte der junge König, „und du bist niemandes Sklave.“

„Im Krieg“, antwortete der Weber, „macht der Starke die Schwachen zu Sklaven, und im Frieden macht der Reiche die Armen zu Sklaven. Wir müssen arbeiten, um zu leben, und sie geben uns so niedrige Löhne, dass wir sterben. Wir rackern uns den ganzen Tag für sie ab, und sie häufen das Gold in ihren Kästen, und unsere Kinder siechen vor der Zeit dahin, und das Antlitz derer, die wir lieben, wird hart und hässlich. Wir treten die Trauben, und ein anderer trinkt den Wein. Wir säen das Korn, und unser eigener Tisch ist leer. Wir tragen Ketten, wenn auch kein Auge sie sieht, und sind Sklaven, wenn auch die Menschen uns frei nennen.“

„Ist es so mit allen?“ fragte er.

„Es ist so mit allen“, antwortete der Weber, „mit den Jungen wie mit den Alten, mit den Frauen wie mit den Männern, mit den kleinen Kindern wie mit denen, die hochbetagt sind. Die Kaufleute zerreiben uns, und wir müssen ihr Geheiß erfüllen. Der Priester reitet vorbei und betet seinen Rosenkranz, und niemand kümmert sich um uns. Durch unsere sonnenlosen Gassen kriecht die Armut mit ihren hungrigen Augen, und die Sünde mit ihrem aufgedunsenen Gesicht folgt ihr auf dem Fuße. Das Elend weckt uns am Morgen, und die Schande sitzt bei uns zur Nacht. Aber was sind diese Dinge dir? Du gehörst nicht zu uns. Dein Gesicht ist zu glücklich.“ Und er wandte sich finster ab und warf das Schiffchen durch den Webstuhl, und der junge König sah, dass es mit einem Goldfaden bespult war.

Und ein großer Schrecken überfiel ihn, und er sagte zu dem Weber: „Was webst du da für ein Gewand?“

„Es ist das Gewand für die Krönung des jungen Königs“, antwortete er; „was liegt dir daran?“

Und der junge König schrie laut auf und erwachte, und siehe, er war in seinem eigenen Gemach, und durch das Fenster sah er den großen honigfarbenen Mond in der trüben Luft hängen.

Und wieder überkam ihn der Schlaf, und er träumte, und dies war sein Traum.

Ihm war, er lag auf dem Deck einer großen Galeere, die von hundert Sklaven gerudert wurde. Auf einem Teppich, ihm zur Seite, saß der Herr der Galeere. Er war schwarz wie Ebenholz, und sein Turban war von karmesinroter Seide. Große silberne Ohrringe hingen an seinen dicken Ohrlappen, und in seinen Händen hielt er ein Paar Waagschalen aus Elfenbein.

Die Sklaven waren nackt bis auf ein zerfetztes Lendentuch, und jeder war an seinen Nachbarn angekettet. Die heiße Sonne schien strahlend auf sie, und die Neger liefen den Gang zwischen den Reihen auf und ab und schlugen die Sklaven klatschend mit Ochsenziemern. Sie streckten ihre mageren Arme aus und schlugen die schweren Ruder durchs Wasser. Der salzige Schaum sprühte von den Ruderblättern.

Zuletzt erreichten sie eine kleine Bucht und schickten sich an, vor Anker zu gehen. Ein leichter Wind blies vom Ufer und hüllte das Deck und das große Rahsegel in seinen roten Staub. Drei Araber, die auf wilden Eseln saßen, ritten heran und warfen Speere nach ihnen. Der Herr der Galeere nahm einen bemalten Bogen zur Hand und schoss einem von ihnen in die Kehle. Er fiel schwer in die Brandung hinein, und seine Gefährten sprengten fort. Ein Weib, das in einen gelben Schleier gehüllt war, folgte langsam auf einem Kamel und blickte dann und wann nach dem Leichnam zurück.

Sowie sie Anker geworfen und die Segel niedergeholt hatten, gingen die Neger in den Schiffsraum hinab und brachten eine lange Strickleiter herauf, die mit schweren Bleistücken belastet war. Der Herr der Galeere warf sie über Bord und befestigte die Enden an zwei eisernen Ständern. Dann ergriffen die Neger den jüngsten der Sklaven, lösten ihm die Fesseln, verstopften seine Nasenlöcher und Ohren mit Wachs und banden einen großen Stein um seinen Leib. Er kletterte mühsam die Leiter hinunter und verschwand im Meer. Ein paar Blasen stiegen auf, wo er versunken war. Ein paar von den andern Sklaven sahen neugierig über Bord. Am Bug der Galeere saß ein Haifischbeschwörer, der eintönig auf eine Trommel schlug.

Nach einiger Zeit stieg der Taucher wieder aus dem Wasser hervor und kletterte keuchend mit einer Perle in seiner rechten Hand die Leiter empor. Die Neger entrissen sie ihm und warfen ihn wieder ins Wasser. Die Sklaven fielen über ihren Rudern in Schlaf.

Wieder und wieder kam er herauf, und jedes Mal brachte er eine schöne Perle mit. Der Herr der Galeere wog sie und legte sie in eine kleine Tasche aus grünem Leder.

Der junge König wollte sprechen, aber die Zunge schien ihm am Gaumen zu kleben, und seine Lippen wollten sich nicht regen. Die Neger schwatzten miteinander und fingen an, über eine glänzende Perlenschnur miteinander zu streiten. Zwei Kraniche flogen immer rund um das Schiff.

Dann kam der Taucher zum letzten Mal empor, und die Perle, die er mitbrachte, war schöner als alle Perlen von Ormuzd, denn sie hatte die Gestalt des Vollmonds und war glänzender als der Morgenstern. Aber sein Antlitz war seltsam bleich, und als er auf das Deck fiel, brach ihm das Blut aus Ohren und Nasenlöchern hervor. Er zuckte eine kleine Weile, und dann war er still. Die Neger zuckten mit den Schultern und warfen den Leichnam über Bord.

Und der Meister der Galeere lachte, streckte die Hand aus und nahm die Perle; und als er sie sah, drückte er sie an seine Stirne und verbeugte sich. „Sie soll“, sagte er, „für das Zepter des jungen Königs sein“, und er machte den Negern ein Zeichen, den Anker zu lichten.

Und als der junge König das hörte, schrie er laut auf und erwachte; und durch das Fenster sah er die langen, grauen Finger der Dämmerung, die sich nach den verbleichenden Sternen krümmten.

Und wieder überkam ihn der Schlaf, und er träumte, und dies war sein Traum.

Ihm war, als wanderte er durch einen düsteren Wald, in dem seltsame Früchte hingen und schöne Giftblumen wuchsen. Die Nattern zischten nach ihm, als er vorbeiging, und die bunten Papageien flogen kreischend von Zweig zu Zweig. Riesige Schildkröten lagen schlafend auf dem heißen Schlamm. Die Bäume wimmelten von Affen und Pfauen.

Weiter und weiter ging er, bis er den Saum des Waldes erreichte, und da sah er eine ungeheure Menge Männer, die in dem Bett eines ausgetrockneten Flusses schwere Arbeit taten. Sie schwärmten auf der Felsenklippe wie Ameisen. Sie gruben tiefe Löcher in den Grund und stiegen in sie hinab. Einige von ihnen zerspalteten die Felsen mit großen Äxten, andere wühlten im Sand. Sie rissen den Kaktus mit den Wurzeln aus und zerstampften die scharlachroten Blüten. Sie sprangen herum, riefen einander zu, und keiner war untätig.

Aus dem Dunkel einer Höhle wachten Tod und Gier über sie, und der Tod sagte: „Ich bin müde; gib mir den dritten Teil von ihnen und lass mich gehen."

Aber die Gier schüttelte ihren Kopf. „Sie sind meine Knechte", antwortete sie.

Und der Tod sagte zu ihr: „Was hast du in deiner Hand?"

„Ich habe drei Körner", antwortete sie; „was liegt dir daran?"

„Gib mir eines davon", rief der Tod, „es in meinen Garten zu pflanzen; nur eines, und ich will fortgehen."

„Ich will dir gar nichts geben“, sagte die Gier, und sie versteckte ihre Hand in den Falten ihres Gewandes.

Und der Tod lachte und nahm einen Becher und tauchte ihn in einen Pfuhl; und aus dem Becher stieg Seuche auf. Sie schritt durch die große Menge, und der dritte Teil von dieser fiel tot um. Ein kalter Dunst folgte ihr, und die Wasserschlangen glitten an ihrer Seite.

Und als die Gier sah, dass der dritte Teil der Menge tot war, schlug sie sich an die Brust und weinte. Sie schlug ihren vertrockneten Busen und schrie laut auf. „Du hast den dritten Teil meiner Knechte erschlagen“, rief sie, „hebe dich weg. Es ist Krieg in den Bergen der Tatarei, und die Könige rufen auf beiden Seiten nach dir. Die Afghanen haben den schwarzen Ochsen erschlagen und ziehen in den Kampf. Sie haben mit ihren Speeren auf ihre Schilde geschlagen und haben ihre eisernen Helme aufgesetzt. Was liegt dir an meinem Tal, dass du in ihm säumen solltest? Hebe dich weg und komm nie mehr hierher.“

„Nein“, antwortete der Tod, „ehe du mir nicht ein Korn gegeben hast, will ich nicht gehen.“

Aber die Gier verschloss ihre Hand und knirschte mit den Zähnen. „Ich will dir gar nichts geben“, murrte sie.

Und der Tod lachte und hob einen schwarzen Stein auf und warf ihn in den Wald, und aus dem Dickicht des wilden Schierlings kam das Fieber in einem Flammengewand. Es schritt durch die Menge und rührte sie an, und jeder, den es berührte, starb. Das Gras welkte unter seinen Füßen, wo es dahinschritt.

Und die Gier schauderte und streute Asche auf ihr Haupt. „Du bist grausam“, rief sie, „du bist grausam. Hunger ist in den steinernen Städten Indiens, und die Zisternen von Samarkand sind ausgetrocknet. Hunger ist in den steinernen Städten Ägyptens, und die Heuschrecken sind aus der Wüste herbeigekommen. Der Nil ist nicht über seine Ufer getreten, und die Priester haben Isis und Osiris verflucht. Hebe dich weg zu denen, die dich brauchen, und lass mir meine Knechte.“

„Nein“, antwortete der Tod, „solange du mir nicht eines der Körner gegeben hast, werde ich nicht gehen.“

„Ich will dir gar nichts geben“, sagte die Gier.

Und der Tod lachte wieder, und er pfiff durch die Finger, und ein Weib kam durch die Luft geflogen. Pest war ihr auf die Stirn geschrieben, und ein Schwarm magerer Geier umschwebte sie. Sie überschattete das Tal mit ihren Schwingen, und niemand blieb am Leben.

Und die Gier floh schreiend durch den Wald, und der Tod sprang auf sein rotes Pferd und sprengte hinweg, und schneller als der Wind sauste er dahin.

Und aus dem Schlamm auf dem Grunde des Tales krochen Drachen und Ungeheuer mit Schuppen, und die Schakale kamen durch den Sand getrottet und schnüffelten mit ihren Nüstern in die Luft.

Und der junge König weinte und sagte: „Was sind das für Männer gewesen, und was haben sie gesucht?“

„Rubinen für eine Königskrone“, antwortete einer, der hinter ihm stand.

Und der junge König fuhr zusammen, und als er sich umwandte, sah er einen Mann, der war wie ein Pilger gekleidet und hielt einen silbernen Spiegel in der Hand.

Und er wurde blass und fragte: „Für welchen König?"

Und der Pilger antwortete: „Blicke in diesen Spiegel, und du wirst ihn sehen."

Und er blickte in den Spiegel, und als er sein eigenes Antlitz sah, schrie er laut auf und erwachte, und strahlend floss das Sonnenlicht in das Gemach, und auf den Bäumen im Park und Lustgarten sangen die Vögel.

Und der Kämmerer und die Großwürdenträger des Staates traten ein und verbeugten sich vor ihm, und die Pagen brachten ihm das Gewand aus gewobenem Gold und setzten vor ihn die Krone und das Zepter.

Und der junge König schaute nach ihnen, und sie waren schön. Schöner waren sie als irgendetwas, das er je gesehen hatte. Aber er gedachte seiner Träume und sagte zu seinen Würdenträgern: „Nehmt diese Dinge fort, ich will sie nicht tragen."

Und die Höflinge waren erstaunt, und einige unter ihnen lachten, denn sie meinten, er scherze.

Aber er sprach streng zu ihnen und sagte: „Nehmt diese Dinge fort und lasst sie mich nicht sehen. Wenn schon heute der Tag meiner Krönung ist, will ich sie nicht tragen. Denn auf dem Webstuhl der Sorge und von den weißen Händen der Qual ist dies mein Gewand gewoben worden. Blut wohnt im Herzen des Rubins und Tod im Herzen der Perle." Und er erzählte ihnen seine drei Träume.

Und als die Höflinge sie gehört hatten, blickten sie einander an und flüsterten: „Gewisslich ist er verrückt; denn was ist ein Traum andres als ein Traum und ein Gesicht weiter als ein Gesicht? Das sind keine wirklichen Dinge, dass einer auf sie achten müsste. Und was haben wir mit dem Leben derer zu tun, die für uns schaffen? Soll ein Mensch kein Brot essen, bis er den Sämann gesehen hat, und keinen Wein trinken, bis er mit dem Winzer geredet hat?"

Und der Kämmerer sprach zu dem jungen König und sagte: „Hoher Herr, ich bitte dich, lass diese deine schwarzen Gedanken und ziehe dies schöne Gewand an und setze dir die Krone aufs Haupt. Denn wie soll das Volk wissen, dass du ein König bist, wenn du nicht eines Königs Gewand trägst?"

Und der junge König sah ihn an. „Ist es wirklich so?" fragte er. „Werden sie mich nicht als einen König erkennen, wenn ich nicht eines Königs Gewand trage?"

„Sie werden dich nicht erkennen, hoher Herr", rief der Kämmerer.

„Ich hatte geglaubt, es gäbe Menschen, die königlich sind", antwortete er, „aber es mag sein, wie du sagst. Und doch will ich dieses Gewand nicht tragen und will nicht mit dieser Krone gekrönt werden, sondern so, wie ich in diesen Palast gekommen bin, so will ich von ihm ausgehn."

Und er hieß sie alle ihn verlassen, außer einem Pagen, den er zu seinem Gefährten gemacht hatte, einen Burschen, der ein Jahr jünger war als er selbst. Ihn behielt er zu seinem Dienste; und als er sich in klarem Wasser gebadet hatte, öffnete er eine große bemalte Truhe, und aus ihr nahm er das Lederwams und den rauen Schafpelz, die er getragen hatte, als er am Abhang des Hügels die zottigen Ziegen des Ziegenhirten gehütet hatte. Sie zog er an, und in die Hand nahm er seinen plumpen Schäferstab.

Und der kleine Page riss verwundert seine großen blauen Augen auf und sagte lächelnd zu ihm: „Hoher Herr, ich sehe dein Gewand und dein Zepter, aber wo ist deine Krone?"

Und der König pflückte einen Zweig von den Heckenrosen, die über den Balkon kletterten, und bog ihn und machte einen Kranz daraus und setzte ihn sich aufs Haupt.

„Dies soll meine Krone sein", antwortete er.

Und so angetan, trat er aus seinem Gemach in die große Halle heraus, wo die Edlen auf ihn warteten.

Und die Edlen machten sich über ihn lustig, und einige unter ihnen riefen ihm zu: „Hoher Herr, das Volk erwartet seinen König, und du zeigst ihnen einen Bettler." Und andere wurden zornig und sagten: „Er bringt Schande über unsern Staat und ist unwürdig, unser Herr zu sein." Aber er antwortete ihnen nicht ein Wort, sondern schritt vorbei und ging die glänzende Porphyrtreppe hinab und durch die bronzenen Tore hinaus und ritt dem Dom zu; und der kleine Page lief neben ihm.

Und das Volk lachte und sagte: „Des Königs Narr reitet vorbei", und sie verspotteten ihn.

Und er zog den Zügel an und sagte: „Nein, ich bin der König." Und er erzählte ihnen seine drei Träume.

Und ein Mann trat aus der Menge hervor und sprach bitter scharf zu ihm und sagte: „Herr, weißt du nicht, dass aus der Üppigkeit der Reichen das Leben der Armen hervorgeht? Von eurer Pracht werden wir ernährt, und eure Laster geben uns Brot. Für einen harten Meister zu schaffen, ist bitter, aber keinen Meister zu haben, für ihn zu schaffen, ist noch bitterer. Meinst du, die Raben werden uns füttern? Und was sorgst du um diese Dinge? Willst du zum Käufer sagen: ‚Du sollst um soundso viel kaufen, und zum Verkäufer: ‚Du sollst zu diesem Preis verkaufen? Ich denke, nein. Also geh zurück zu deinem Palast und leg' deinen Purpur und feines Linnen an. Was hast du mit uns und unseren Leiden zu schaffen?"

„Sind die Reichen und Armen nicht Brüder?" fragte der König.

„Jawohl", antwortete der Mann, „und der Name des reichen Bruders ist Kain."

Und die Augen des jungen Königs füllten sich mit Tränen, und er ritt weiter durch das Murren des Volkes hindurch, und der junge Page wurde ängstlich und verließ ihn.

Und als er an dem großen Portal des Doms angelangt war, streckten die Soldaten ihre Hellebarden vor und sagten: „Was hast du hier zu suchen? Niemand hat Eintritt durch dieses Tor als der König."

Und die Röte des Zorns stieg ihm ins Gesicht, und er sagte zu ihnen: „Ich bin der König“, und schob ihre Hellebarden zur Seite und trat ein.

Und als der alte Bischof ihn in seinem Ziegenhirtenkleid kommen sah, stand er verwundert von seinem Throne auf und ging ihm entgegen und sprach zu ihm: „Mein Sohn, ist dies eines Königs Aufzug? Und mit welcher Krone soll ich dich krönen, und was für ein Zepter soll ich dir in die Hand geben? Wahrlich, dies sollte für dich ein Tag der Freude und nicht ein Tag der Erniedrigung sein.“

„Soll Freude tragen, was Leid verfertigt hat?“ fragte der junge König. Und er erzählte ihm seine drei Träume.

Und als der Bischof sie gehört hatte, runzelte er die Stirn und sagte: „Mein Sohn, ich bin ein alter Mann und stehe im Winter meiner Tage, und ich weiß, dass viele schlimme Dinge in der weiten Welt getan werden. Die wilden Räuber steigen aus den Bergen herab und schleppen die kleinen Kinder fort und verkaufen sie den Mohren. Die Löwen liegen auf der Lauer, bis die Karawanen kommen, und springen mit einem Satz auf die Kamele. Das Wildschwein wühlt das Korn im Tale auf, und die Füchse fressen die Reben auf dem Berge ab. Die Seeräuber brandschatzen die Küste und verbrennen die Boote der Fischer und nehmen ihnen ihre Netze weg. In den Salzsümpfen leben die Aussätzigen; sie haben Häuser aus geflochtenem Rohr, und niemand darf zu ihnen kommen. Die Bettler wandern durch die Städte und essen ihr Futter mit den Hunden. Kannst du machen, dass diese Dinge nicht sind? Willst du den Aussätzigen zu dir ins Bett nehmen und den Bettler zu deinem Tischgenossen machen? Soll der Löwe tun, was du ihn heißt, und das Wildschwein dir gehorchen? Ist nicht der, der das Elend geschaffen hat, weiser als du? Darum lobe ich dich nicht für das, was du getan hast, sondern ich sage dir, reite zurück zum Palast und mache dein Antlitz froh, und ziehe das Gewand an, das einem König ziemt; und mit der Krone aus Gold will ich dich krönen, und das Perlenzepter will ich dir in die Hand geben. Und an deine Träume sollst du nicht mehr denken. Die Bürde dieser Welt ist zu schwer, dass ein Mensch allein sie trüge, und das Leid der Welt zu groß, dass ein Herz allein es auf sich nähme."

„Und das sagst du in diesem Hause?" sagte der junge König, und er schritt an dem Bischof vorbei und stieg die Stufen zum Altar hinauf und stand vor dem Bildnis Christi.

Er stand vor dem Bildnis Christi, und in seiner Rechten und in seiner Linken waren die wunderbaren goldnen Gefäße, der Kelch mit dem gelben Wein und die Phiole mit dem heiligen Öl. Er kniete vor dem Bildnis Christi, und die großen Kerzen brannten strahlend vor dem juwelenbesetzten Schrein, und der Rauch des Räucherwerks kräuselte sich in dünnen, blauen Gewinden durch die Kuppel. Er beugte sein Haupt im Gebet, und die Priester in ihren reichen Chorröcken schlichen sich vom Altar weg.

Und plötzlich hörte man wilden Lärm von der Straße her, und die Edeln stürmten herein mit bloßen Schwertern und nickenden Federn und Schilden aus glänzendem Stahl. „Wo ist dieser Traumträumer!" riefen sie. Wo ist dieser König, der angetan ist wie ein Bettler – dieser Knabe, der Schande über unsern Staat bringt? Wahrlich, wir wollen ihn erschlagen, denn er ist unwürdig, über uns zu herrschen."

Und der junge König beugte wieder sein Haupt und betete, und als er sein Gebet beendigt hatte, stand er auf, wandte sich um und sah sie traurig an.

Und siehe, durch die gemalten Scheiben floss das Sonnenlicht über ihn, und die Sonnenstrahlen woben um ihn ein golddurchwirktes Gewand, das schöner war als das Gewand, das zu seiner Lust verfertigt worden war. Der tote Stab blühte auf und trug Lilien, die weißer waren als Perlen. Der vertrocknete Zweig blühte auf und trug Rosen, die röter waren als Rubinen. Weißer als zarte Perlen waren die Lilien, und ihre Stängel waren von glänzendem Silber. Röter als herrische Rubine waren die Rosen, und ihre Blätter waren von geschlagenem Gold.

Er stand im Gewand eines Königs da, und die Türen des juwelenbesetzten Schreins sprangen auf, und aus dem Kristall der strahlenförmigen Monstranz schien ein wunderbares und geheimnisvolles Licht. Er stand in eines Königs Gewand da, und die Glorie Gottes erfüllte die Stätte, und die Heiligen in ihren geschnitzten Nischen schienen sich zu bewegen. Im schönen Gewand eines Königs stand er vor ihnen, und die Orgel dröhnte ihre Klänge, und die Trompeter bliesen auf ihren Trompeten, und die Sängerknaben sangen.

Und das Volk fiel ehrfürchtig auf die Knie, und die Edlen steckten ihre Schwerter in die Scheide und huldigten, und das Gesicht des Bischofs wurde blass, und seine Hände zitterten. „Ein Größerer als ich hat dich gekrönt", rief er und fiel vor ihm auf die Knie.

Und der junge König stieg vom Hochaltar herab und ging mitten durch das Volk nach Hause. Aber niemand wagte, ihm ins Antlitz zu sehen, denn es war wie das Antlitz eines Engels.

Der Geburtstag der Infantin

Es war der Geburtstag der Infantin. Sie war just zwölf Jahre alt, und die Sonne schien strahlend in den Gärten des Palastes.

Obwohl sie eine richtige Prinzessin und die Infantin von Spanien war, hatte sie nur einen Geburtstag jedes Jahr, gerade wie die Kinder von ganz armen Leuten. So war es natürlich eine wichtige Angelegenheit für das ganze Land, dass sie für dieses Fest einen wahrhaft schönen Tag hatte. Und ein wahrhaft schöner Tag war es ganz gewiss. Die großen gestreiften Tulpen standen aufrecht auf ihren Stängeln wie lange Reihen Soldaten und blickten herausfordernd durch das Gras auf die Rosen und sagten: „Wir sind geradeso glänzend, wie ihr seid." Die purpurnen Falter flatterten herum, mit Goldstaub auf ihren Flügeln, und besuchten der Reihe nach jede Blume; die kleinen Eidechsen krochen aus den Spalten der Mauer und sonnten sich in dem weißen Glanz, und die Granatäpfel rissen und platzten vor Hitze und zeigten ihre blutigroten Herzen. Selbst die blassen, gelben Zitronen, die so verschwenderisch an dem vermodernden Spalier und den dunklen Säulengängen hingen, schienen von dem wunderbaren Sonnenlicht eine reichere Farbe bekommen zu haben, und die Magnolienbäume öffneten ihre großen kugelförmigen Blüten zusammengefalteten Elfenbeins und erfüllten die Luft mit einem süßen, schweren Duft.

Die kleine Prinzessin selbst wandelte mit ihren Gespielinnen auf der Terrasse auf und ab und spielte mit ihnen Verstecken um die steinernen Vasen und die alten moosbewachsenen Statuen herum. An gewöhnlichen Tagen war es ihr nur erlaubt, mit Kindern ihres eigenen Rangs zu spielen, und so musste sie immer allein spielen, aber ihr Geburtstag war eine Ausnahme, und der König hatte Befehl gegeben, sie sollte von ihren jungen Freunden und Freundinnen alle die einladen, die sie gern sähe und mit denen sie sich vergnügen wolle. Es war eine stolze Grazie um diese schlanken spanischen Kinder, wie sie vorbeihuschten, die Knaben mit ihren großen, federbesetzten Hüten und kurzen, flatternden Mänteln; die Mädchen, die die Schleppen ihrer langen Brokatröcke hielten und ihre Augen mit großen Fächern in Schwarz und Silber vor der Sonne schützten. Aber die Infantin war die anmutigste von allen und war nach der etwas schwerfälligen Mode der Zeit am geschmackvollsten angezogen. Ihr Kleid war aus grauem Atlas, der Rock und die weiten gepufften Ärmel schwer mit Silber bestickt, und das steife Mieder mit Reihen zarter Perlen besetzt. Zwei zierliche Pantöffelchen mit großen rosa Rosetten guckten beim Gehen unter ihrem Kleide hervor. Rosenrot und perlfarben war ihr großer Gazefächer, und in ihrem Haar, das wie ein Heiligenschein von mattem Gold steif um ihr blasses Gesichtchen herumstand, hatte sie eine schöne weiße Rose.

Von einem Fenster im Palaste sah der traurige, schwermütige König ihnen zu. Hinter ihm stand sein Bruder, Don Pedro von Aragonien, den er hasste, und sein Beichtvater, der Großinquisitor von Granada, saß ihm zur Seite. Noch trauriger als gewöhnlich war der König; denn als er auf die Infantin sah, die mit kindlicher Gravität vor den versammelten Höflingen ihre Verbeugung machte oder hinter ihrem Fächer über die gestrenge Herzogin von Albuquerque lachte, die sie immer begleitete, dachte er an die junge Königin, ihre Mutter, die erst vor Kurzem – so war es ihm – aus dem heiteren Lande

Frankreich gekommen und in dem düsteren Glanz des spanischen Hofes hingewelkt war. Sie starb sechs Monate nach der Geburt ihres Kindes, ehe sie im Garten zweimal hatte die Mandelbäume blühen sehen und ehe sie von dem alten knorrigen Feigenbaum, der in der Mitte des jetzt grasüberwachsenen Schlosshofs stand, die Frucht des zweiten Jahres gepflückt hatte. So groß war seine Liebe zu ihr gewesen, dass er auch nicht dem Grab erlaubt hatte, sie ihm zu nehmen. Sie war von einem maurischen Arzt einbalsamiert worden, dem für diesen Dienst sein Leben geschenkt worden war, das, hieß es, wegen Ketzerei und Verdachts des Zauberwesens schon der Inquisition verfallen gewesen, und ihr Leichnam lag noch immer auf der mit gestickten Teppichen bedeckten Bahre, in der schwarzmarmornen Kapelle des Palastes, gerade wie die Mönche sie an dem stürmischen Märztag vor fast zwölf Jahren hineingetragen hatten. Einmal in jedem Monat ging der König hinein, einen dunklen Mantel umgeschlagen und eine verhüllte Laterne in seiner Hand, und kniete vor ihr nieder. Dann rief er laut: „Mi reina! Mi reina!" Und manchmal durchbrach er die förmliche Etikette, die in Spanien jede einzelne Lebensäußerung beherrscht und selbst dem Schmerz eines Königs Schranken setzt, und griff in wildem Ausbruch des Leids nach den bleichen juwelengeschmückten Händen und versuchte, das kalte, gemalte Antlitz mit seinen wahnsinnigen Küssen zu erwecken. Heute schien er sie wieder vor sich zu sehen, wie er sie zuerst in dem Schlosse Fontainebleau gesehen hatte, als er erst fünfzehn Jahre alt und sie noch jünger war. Sie waren bei der Gelegenheit in Anwesenheit des französischen Königs und des ganzen Hofes von dem päpstlichen Nuntius förmlich verlobt worden, und er war nach dem Eskorial heimgekehrt, mit einem Ringlein aus blondem Haar und der Erinnerung an zwei Kinderlippen, die sich auf seine Hand geneigt und sie geküsst hatten, als er in seinen

Wagen stieg. Später war die Hochzeit gefolgt, die eilig in Burgos, einer kleinen Stadt an der Grenze zwischen den beiden Ländern, vollzogen wurde, und der große öffentliche Einzug in Madrid mit der traditionellen Feier des Hochamts in der Kirche La Atocha und einem mehr als gewöhnlich feierlichen Autodafé, in dem fast dreihundert Ketzer, unter denen viele Engländer waren, dem weltlichen Arm zum Feuertod überliefert worden waren.

Wahrlich, er hatte sie wahnsinnig und – meinten manche – zum Verderben seines Landes geliebt, das damals um den Besitz des Reiches in der Neuen Welt mit England im Kriege lag. Er hatte ihr kaum je erlaubt, ihm aus den Augen zu kommen; um ihretwillen hatte er, so schien es wenigstens, alle ernsten Staatsgeschäfte vergessen; infolge der schrecklichen Blindheit, welche die Leidenschaft über ihre Knechte bringt, war ihm entgangen, dass die peinlich befolgten Zeremonien, durch die er sie zu vergnügen suchte, die seltsame Krankheit, an der sie litt, nur verschlimmerten. Als sie starb, war er eine Zeitlang wie einer, der den Verstand verloren hat. Tatsächlich ist kein Zweifel, dass er formell abgedankt und sich in das große Trappistenkloster in Granada zurückgezogen hätte, dessen Titular-Prior er bereits war, wenn er nicht gefürchtet hätte, die kleine Infantin seinem Bruder überlassen zu müssen, dessen Grausamkeit selbst in Spanien berüchtigt war und der bei vielen im Verdacht stand, den Tod der Königin mittels eines Paars vergifteter Handschuhe herbeigeführt zu haben, die er ihr bei Gelegenheit ihres Besuchs in seinem Schloss in Aragonien überreicht hatte. Selbst nach Erlöschen der dreijährigen öffentlichen Trauer, die er durch königliches Edikt für seine ganzen Besitzungen angeordnet hatte, duldete er niemals, dass seine Minister ihm von einer neuen Verbindung sprachen, und als der Kaiser selbst zu ihm sandte und ihm die Hand der lieblichen Erzherzogin von Böhmen, seiner

Nichte, zur Ehe anbot, hieß er die Botschafter ihrem Herrn bestellen, der König von Spanien wäre noch mit dem Leid vermählt, und dieses liebe er, obschon es nur eine unfruchtbare Braut wäre, mehr als die Schönheit – eine Antwort, die seiner Krone die reichen Provinzen der Niederlande kostete, die sich bald danach auf Anstiften des Kaisers und unter der Führung einiger Schwärmer der reformierten Kirche gegen ihn empörten.

Sein ganzes Eheleben mit seinen wilden, feuerfarbenen Wonnen und dem schrecklichen Todeskampf seines plötzlichen Endes schien ihm heute zurückzukommen, als er zusah, wie die Infantin auf der Terrasse spielte. Sie hatte die ganze zierliche Ausgelassenheit der Königin in ihrem Wesen, die nämliche trotzige Art, den Kopf zurückzuwerfen, den nämlichen stolzen, geschwungenen schönen Mund, das nämliche wunderbare Lächeln – wahrlich ein *vrai sourire de France* –, wenn sie hie und da zum Fenster emporblickte oder ihre kleine Hand den stolzen spanischen Granden zum Küssen hinstreckte. Aber das schrille Lachen der Kinder verletzte sein Ohr, und das strahlende, erbarmungslose Sonnenlicht reizte seinen Schmerz, und ein betäubender Duft von seltsamen Spezereien, wie sie Einbalsamierer benutzen, schien – oder war es Phantasie? – die reine Morgenluft zu verpesten. Er begrub sein Antlitz in den Händen, und als die Infantin wieder emporblickte, waren die Vorhänge zugezogen, und der König war fort.

Sie gab ein kleines „puh" der Enttäuschung von sich und zog ihre Schultern hoch. Wahrhaftig, er hätte an ihrem Geburtstag bei ihr bleiben können. Was kam es auf die dummen Staatsgeschäfte an? Oder war er in jene düstere Kapelle gegangen, wo immer die Kerzen brannten und wo hineinzugehen ihr nie erlaubt wurde? Wie töricht von ihm, da die Sonne so strahlend schien und jeder so glücklich war! Überdies würde er den nachgemachten Stierkampf versäumen, zu dem schon die Trompete erscholl, ganz zu schweigen von der Puppenvorstellung und den andern wunderbaren Dingen. Ihr Oheim und der Großinquisitor waren viel vernünftiger. Sie waren auf die Terrasse herausgetreten und sagten ihr zierliche Komplimente. So warf sie ihren hübschen Kopf zurück, fasste Don Pedro an der Hand und ging langsam die Stufen hinab, einem langen Zelt aus purpurner Seide zu, das am Ende des Gartens aufgebaut worden war. Die anderen Kinder folgten in genauer Rangordnung, bei der die mit dem längsten Namen vornean waren.

Ein Zug von Edelknaben, die phantastisch als Toreadors gekleidet waren, kam ihr entgegen, und der junge Graf von Tierra-Nueva, ein wunderbar hübscher Junge von etwa vierzehn Jahren, entblößte seinen Kopf mit all der Anmut eines geborenen Hidalgo und Granden von Spanien und geleitete sie feierlich zu einem kleinen Armsessel aus Gold und Elfenbein, der auf einer erhöhten Estrade vor der Arena stand. Die Kinder gruppierten sich alle in der Runde, schwangen ihre großen Fächer und flüsterten miteinander, und Don Pedro und der Großinquisitor standen lachend am Eingang. Selbst die Herzogin – die Camerera-Mayor, wie sie genannt wurde, eine hagere Frau mit harten Zügen und einer gelben Halskrause, blickte nicht ganz so bösartig drein wie gewöhnlich, und etwas wie ein frostiges Lächeln flog über ihr runzeliges Gesicht und brachte ihre dünnen blutlosen Lippen zum Zucken.

Es war wahrlich ein wunderbarer Stierkampf und viel hübscher, dachte die Infantin, als der wirkliche Stierkampf, zu dem man sie bei Gelegenheit des Besuchs des Herzogs von

Parma bei ihrem Vater mitgenommen hatte. Einige von den Knaben stolzierten auf reich ausstaffierten Steckenpferden einher, schwangen lange Wurfspieße, an denen lustige Wimpel aus bunten Bändern angebracht waren, andere gingen zu Fuß und schwenkten ihre scharlachroten Mäntel vor dem Stier und voltigierten flink über die Schranke, wenn er sie angriff; und was den Stier selbst angeht, so war er genau wie ein lebendiger Stier, obwohl er nur aus Flechtwerk gemacht und mit Fell überzogen war und manchmal darauf bestand, auf seinen Hinterbeinen rings um die Arena zu rennen, was einem lebendigen Stier nie im Traume einfällt. Dabei wehrte er sich tapfer, und die Kinder wurden so aufgeregt, dass sie auf die Bänke stiegen und ihre Spitzentaschentücher schwenkten und laut schrien: „Bravo toro! Bravo toro!" Genau so vernünftig, als ob sie erwachsene Menschen gewesen wären. Zuletzt jedoch, nach längerem Kampf, in welchem mehrere der Steckenpferde völlig durchbohrt und ihre Reiter abgeworfen wurden, brachte der junge Graf von Tierra-Nueva den Stier auf die Knie; nachdem er von der Infantin die Erlaubnis erlangt hatte, ihm den Gnadenstoß zu geben, stieß er dem Tier sein Holzschwert mit solcher Gewalt in den Nacken, dass der Kopf völlig abbrach und das lachende Gesicht des kleinen Monsieur de Lorraine zum Vorschein brachte, des Sohns des französischen Botschafters in Madrid.

Die Arena wurde dann, während starker Beifall erbrauste, geräumt und die toten Steckenpferde feierlich von zwei maurischen Pagen in gelb und schwarzen Livreen hinausgeschleppt, und nach einem kurzen Zwischenspiel, in dem ein französischer Akrobat sich auf dem gespannten Seil sehen ließ, traten einige italienische Puppen in der halbklassischen Tragödie „Sophonisbe" auf die Bühne eines kleinen Theaters, das für diesen Zweck gebaut worden war. Sie spielten so gut, und ihre Gesten waren so äußerst natürlich, dass am Ende des Spiels die Augen der Infantin ganz in Tränen schwammen. Einige von den Kindern schluchzten sogar laut und mussten mit Süßigkeiten getröstet werden, und der Großinquisitor in Person war so gerührt, dass er sich nicht enthalten konnte, zu Don Pedro zu sagen, es scheine ihm nicht zu dulden, dass Dinge, die bloß aus Holz und bemaltem Wachs verfertigt und mechanisch an Drähten bewegt wurden, so unglücklich wären und so schrecklichem Missgeschick begegnen müssten.

Es folgte ein afrikanischer Gaukler, der einen großen, flachen, mit rotem Tuch bedeckten Korb hereinbrachte. Er stellte ihn in die Mitte der Arena, zog aus seinem Turban eine seltsame Rohrpfeife und blies auf ihr. Nach ein paar Augenblicken begann das Tuch sich zu bewegen, und als das Pfeifen greller und greller wurde, streckten zwei grün und goldene Schlangen ihre seltsamen keilförmigen Köpfe heraus und richteten sich langsam auf und schwankten zum Takt der Musik hin und her, wie eine Pflanze im Wasser schwankt. Die Kinder aber waren über ihre gefleckten Hauben und flinken, hin und her schießenden Zungen ziemlich erschreckt, und es gefiel ihnen viel besser, als der Gaukler einen dünnen Orangenbaum aus dem Sand wachsen und weiße Blüten und wirkliche Fruchtbüschel tragen ließ; und als er der kleinen Tochter der Marquise de Las-Torres den Fächer wegnahm und ihn in einen blauen Vogel verwandelte, der rings um das Zelt herumflog und sang, kannte ihr Entzücken und Staunen keine Grenzen. Auch das feierliche Menuett, das die Tanzknaben der Kirche von Nuestra Señora del pilar ausführten, war reizend. Die Infantin hatte nie zuvor diese wunderbare Zeremonie gesehen, die jedes Jahr in der Maienzeit vor dem Hochaltar der Jungfrau zu ihren Ehren stattfindet; und in der Tat hatte niemand aus der spanischen Königsfamilie die große Kathedrale von Saragossa mehr betreten, seit ein wahnsinniger Priester, von dem viele annahmen, er habe im Sold Elisabeths von England gestanden, versucht hatte, dem Prinzen von Asturien eine vergiftete Hostie zu reichen. So hatte sie nur durch Hörensagen etwas vom „Tanz unserer lieben Frau“ erfahren, wie er genannt wurde, und wahrlich, es war ein schöner Anblick. Die Knaben trugen altmodische Hofgewänder aus weißem Samt, und ihre seltsamen dreispitzigen Hüte hatten Silberfransen, und große Büsche Straußenfedern nickten auf ihnen. Das blendende Weiß ihrer Tracht wurde, wie sie nun im Sonnenschein hin- und herschritten, durch ihre gebräunten Gesichter und ihr langes schwarzes Haar noch mehr hervorgehoben. Alle waren von der feierlichen Würde, mit der sie sich durch die verwickelten Figuren des Tanzes bewegten, und durch die gemessene Grazie ihrer leisen Gesten und würdevollen Verbeugungen bezaubert, und als sie ihre Aufführung beendet und ihre großen Federhüte vor der Infantin abgenommen hatten, erwiderte sie ihre Huldigung mit viel Höflichkeit und tat ein Gelübde, sie wolle zum Dank für das Vergnügen, das Unsere liebe Frau vom Pfeiler ihr bereitet hätte, ihrem Altar eine große Wachskerze senden.

Ein Trupp hübscher Ägypter – wie die Zigeuner damals genannt wurden – kam nun in die Arena geschritten, setzte sich mit gekreuzten Beinen im Kreis herum und fing an, sanft auf den Zithern zu spielen. Sie bewegten ihren Körper nach der Weise und summten fast flüsternd eine langsame, träumerische Melodie. Als sie Don Pedro erblickten, schauten sie finster auf ihn, und einige unter ihnen sahen ängstlich drein, denn erst vor wenigen Wochen hatte er zwei aus ihrem Stamm auf dem Marktplatz von Sevilla wegen Hexerei hängen lassen; aber die hübsche Infantin bezauberte sie, wie sie zurückgelehnt dasaß und mit ihren großen blauen Augen über dem Fächer hervorblickte, und sie fühlten, dass jemand, der so lieblich war wie sie, niemals gegen ein Menschenwesen grausam sein konnte. So spielten sie sehr anmutig weiter und berührten die Saiten der Zithern nur noch eben mit ihren langen, spitzen Nägeln, und ihre Köpfe fingen an zu nicken, als ob sie in Schlaf fallen wollten, plötzlich sprangen sie mit einem so schrillen Schrei, dass die Kinder alle zusammenfuhren und Don Pedros Hand den Achatgriff seines Dolches umklammerte, auf die Füße und wirbelten wie wahnsinnig im Kreise herum, schlugen auf ihre Tamburine und sangen ein wildes Liebeslied in ihrer seltsamen, rauen Sprache. Dann warfen sie sich wiederum auf ein Zeichen auf den Boden und lagen da ganz still; das gedämpfte Girren der Zithern war fast der einzige Klang, der die Stille durchbrach. Nachdem sie dies mehrmals getan hatten, verschwanden sie für einen Augenblick und kamen wieder mit einem braunen, zottigen Bären, den sie an einer Kette führten, und auf den Schultern trugen sie etliche kleine Berberaffen. Der Bär stellte sich mit vollkommener Gravität auf den Kopf, und die runzligen Affen führten mit zwei Zigeunerknaben, die ihre Herren zu sein schienen, allerlei lustige Streiche aus und fochten mit dünnen Schwertern und feuerten Kanonen ab und hielten eine regelrechte Parade ab, gerade wie des Königs eigene Leibwache. Und so waren die Zigeuner ein großer Erfolg.

Aber das Drolligste an der ganzen Morgenunterhaltung war ohne Zweifel das Tanzen des kleinen Zwergs. Als er in die Arena stolperte und auf seinen krummen Beinen watschelte und mit seinem ungeheuren missgestalteten Kopf hin- und herwackelte, brachen die Kinder in einen lauten Jubelschrei aus, und die Infantin selbst lachte so laut, dass die Camerera genötigt war, sie daran zu erinnern, dass es zwar in Spanien viele Präzedenzfälle gab, wonach eine Königstochter vor ihresgleichen geweint hatte, dass es aber niemals vorgekommen war, dass eine Prinzessin aus dem königlichen Geblüt vor solchen Personen, die im Rang unter ihr geboren waren, so lustig gewesen wäre. Der Zwerg jedoch war wirklich ganz unwiderstehlich, und selbst am spanischen Hofe, der immer wegen seiner edlen Leidenschaft für das Grässliche bekannt gewesen war, war ein so groteskes Ungeheuer nie gesehen worden. Es war auch sein erstes Auftreten. Er war erst gestern, als er wild durch den Wald rannte, von zwei Edlen entdeckt worden, die zufällig in einem entlegenen Teil des großen Korkeichenwaldes in der Nähe der Stadt jagten, und war von ihnen als eine Überraschung für die Infantin nach dem Palast mitgebracht worden; seinem Vater, der ein armer Kohlenbrenner war, war es nur zu recht, ein so scheußliches und unnützes Kind los zu sein. Das Lustigste an ihm war vielleicht, dass er von seiner eigenen grotesken Erscheinung ganz und gar nichts wusste. Er schien tatsächlich ganz glücklich und frohgelaunt. Wenn die Kinder lachten, lachte er so herzlich und vergnügt wie irgendeins von ihnen, und am Ende jedes Tanzes machte er vor jedem einzelnen die komischsten Verbeugungen, lächelte und nickte ihnen zu, just, als wäre er einer von ihnen und nicht ein kleines missratenes Ding, das die Natur in einer humoristischen Laune geformt hatte, damit andere darüber lachen konnten. Die Infantin nun gar bezauberte ihn völlig. Er konnte seine Augen nicht von ihr wenden und schien nur für sie allein zu tanzen; und als sie am Schluss der Vorstellung, da ihr einfiel, was sie einmal gesehen hatte, dass nämlich die großen Damen des Hofes Caffarelli, dem berühmten italienischen Sopransänger aus der päpstlichen Kapelle, den der Papst eigens nach Madrid geschickt hatte, damit er mit seiner herrlichen Stimme die Schwermut des Königs heile, Blumen zugeworfen hatten, die schöne weiße Rose aus ihrem Haar nahm und sie, teils zum Spaß und teils, um die Camerera zu ärgern, ihm mit ihrem süßesten Lächeln durch die Arena zuwarf, nahm er das alles ganz ernst, er drückte die Blume an seine hässlichen, gemeinen Lippen, legte die Hand aufs Herz und sank vor ihr aufs Knie, wobei er bis an die Ohren grinste und seine kleinen, glänzenden Augen vor vergnügen funkelten.

Das überwältigte die Würde der Infantin so sehr, dass sie noch lange, nachdem der kleine Zwerg aus der Arena gelaufen war, immerzu weiter lachte und ihrem Oheim den Wunsch aussprach, der Tanz sollte gleich noch einmal wiederholt werden. Die Camerera jedoch entschied unter dem Vorwand, die Sonne brenne zu heiß, es wäre besser, dass Ihre Hoheit unverzüglich in den Palast zurückkehre, wo ein wunderbares Festmahl bereits für sie gerüstet worden war, bei dem ein richtiger Geburtstagskuchen nicht vergessen war, der zierlich mit ihrem eigenen Monogramm aus farbigem Zuckerguss und mit einer reizenden kleinen Silberfahne geschmückt war, die über dem Kunstwerk flatterte. Also erhob sich die Infantin mit viel Würde, und nachdem sie den Befehl gegeben hatte, der kleine Zwerg solle nach der Siestastunde wieder vor ihr tanzen, und dem jungen Grafen von Tierra-Nueva für sein reizendes Fest ihren Dank gesagt hatte, begab sie sich in ihre Gemächer zurück, und die Kinder folgten ihr in der nämlichen Ordnung, in der sie gekommen waren.

Als nun der kleine Zwerg hörte, dass er ein zweites Mal und auf ihren ausdrücklichen Befehl vor der Infantin tanzen sollte, wurde er so stolz, dass er in den Garten hinauslief, die weiße Rose in einer unsinnigen Ekstase der Freude küsste und vor Wonne die ungeschlachtesten und plumpsten Gestikulationen machte.

Die Blumen waren ganz entrüstet darüber, dass er es wagte, in ihr schönes Reich einzudringen; und als sie sahen, wie er, Weg auf, Weg ab, Luftsprünge machte und so toll und lächerlich die Arme über dem Kopf hin- und herschwenkte, konnten sie ihre Gefühle nicht länger zurückhalten.

„Er ist wahrhaftig zu hässlich, als dass er sich an einem Ort sehen lassen dürfte, wo wir sind", riefen die Tulpen.

„Er sollte Mohnsaft trinken und sich für tausend Jahre schlafen legen", sagten die großen Scharlachlilien und wurden ganz hitzig und böse.

„Er ist ein vollständiges Scheusal!" kreischte der Kaktus. „Was nicht gar, er ist ganz verkrümmt und ein kleiner Stumpen, und sein Kopf hat gar kein Verhältnis zu seinen Beinen. Wahrhaftig, es juckt mich am ganzen Leib, und wenn er in meine Nähe kommt, werde ich ihn mit meinen Dornen stechen."

„Und er hat fürwahr eine meiner besten Blüten bekommen", rief der Rosenstock. „Ich überreichte sie heute morgen persönlich der Infantin als Geburtstagsgeschenk, und er hat sie ihr gestohlen." Und er rief, so laut er konnte: „Dieb, Dieb, Dieb!"

Selbst die roten Geranien, die für gewöhnlich nicht vornehm taten und von denen bekannt war, dass sie selbst eine große Menge arme Verwandte hatten, zogen sich vor Widerwillen zusammen, als sie ihn sahen; und als die Veilchen schüchtern bemerkten, er wäre freilich recht schlecht geraten, aber er könnte es doch nicht ändern, da gaben sie mit gerechter Entrüstung zurück, das wäre sein Hauptfehler, und es gäbe keinen Grund, jemand deswegen zu bewundern, weil er unheilbar wäre; und in der Tat fühlten auch einige von den Veilchen, dass die Hässlichkeit des kleinen Zwergs fast prahlerisch war und dass er einen viel bessern Geschmack gezeigt hätte, wenn er traurig oder wenigstens nachdenklich gestimmt gewesen wäre, anstatt fröhlich herumzuhüpfen und sich in so grotesken und albernen Stellungen zu zeigen.

Was gar die alte Sonnenuhr war, die als überaus bedeutendes Individuum galt und einst keinem Geringeren als dem Kaiser Karl V. in Person die Zeit gewiesen hatte, so war sie durch die Erscheinung des kleinen Zwergs so verblüfft, dass sie fast zwei volle Minuten mit ihren langen Schattenfingern anzuzeigen vergaß und sich nicht enthalten konnte, zu dem großen milchweißen Pfau, der sich auf der Balustrade sonnte, zu sagen: Jeder wisse, dass die Kinder von Königen Könige und die Kinder von Kohlenbrennern Kohlenbrenner wären, und es wäre Unsinn, vorgeben zu wollen, das wäre nicht so, mit welcher Feststellung der Pfau völlig einverstanden war. Er rief sein „jawohl, jawohl" so laut und schrill, dass die Goldfische, die in dem Becken des kühlen Springbrunnens lebten, die Köpfe aus dem Wasser streckten und die mächtigen steinernen Tritonen fragten, was in aller Welt los wäre.

Aber die Vögel hatten ihn lieb. Sie hatten ihn oft im Walde gesehen, wie er, einem Kobold gleich, hinter den wirbelnden Blättern hertanzte oder in der Höhlung einer alten Eiche kauerte und seine Nüsse mit den Eichhörnchen teilte. Dass er hässlich war, störte sie nicht ein bisschen. War doch schließlich auch die Nachtigall, die zur Nacht so süß in den Orangenhainen sang, dass sich manchmal der Mond herniederbog, um zu lauschen, nicht sonderlich hübsch, und überdies war er gut gegen sie gewesen und hatte sie in dem schrecklichen Winter, wo keine Beeren an den Sträuchern waren und der Boden so hart war wie Stein und die Wölfe auf der Suche nach Nahrung bis zu den Toren der Stadt gekommen waren, nicht ein einziges Mal vergessen, sondern hatte ihnen immer Krumen von seinem Stück Schwarzbrot gegeben und jedes dürftige Frühstück mit ihnen geteilt.

So flogen sie rund um ihn herum und berührten mit ihren Flügeln seine Wangen, wenn sie durch die Luft daherkamen und miteinander zwitscherten; und der kleine Zwerg war so froh, dass er nicht anders konnte, er musste ihnen die schöne weiße Rose zeigen und ihnen erzählen, die Infantin selbst hätte sie ihm gegeben, weil sie ihn liebte.

Sie verstanden kein Wort von dem, was er sagte; aber das machte nichts aus, denn sie legten ihren Kopf auf die Seite und blickten klug drein, und das ist ebenso gut als etwas zu verstehen, und viel leichter.

Auch die Eidechsen fanden außerordentliches Gefallen an ihm, und als er von dem Herumrennen müde war und sich ins Gras zur Ruhe niederwarf, spielten sie und tummelten sich rings um ihn und auf ihm und versuchten ihn, so gut sie irgend konnten, zu erfreuen. „Es kann nicht jeder so schön wie eine Eidechse sein“, riefen sie; „das wäre zu viel verlangt. Und es klingt zwar wie Unsinn, aber er ist wirklich schließlich nicht so hässlich, nur muss man natürlich die Augen zumachen und darf ihn nicht ansehen.“ Die Eidechsen waren von Haus aus große Philosophen und saßen oft viele Stunden lang grübelnd beisammen, wenn es nichts andres zu tun gab oder wenn das Wetter zu regnerisch zum Ausgehen für sie war.

Die Blumen jedoch waren äußerst ärgerlich über ihr und der Vögel Betragen. „Das zeigt nur", sagten sie, „was dieses unaufhörliche Herumrasen und Fliegen für eine herabziehende Wirkung hat. Gesittete Leute von guter Herkunft bleiben immer auf demselben Fleck stehen wie wir. Niemand hat uns je auf den Wegen auf und ab hüpfen oder wie verrückt nach Libellen durch das Gras springen sehen. Wenn wir eine Luftveränderung brauchen, lassen wir den Gärtner kommen, und der bringt uns in ein anderes Beet. Das ist geziemend und wie es sein soll. Aber Vögel und Eidechsen haben keinen Sinn für Ruhe, und die Vögel haben wahrhaftig nicht einmal eine ständige Adresse. Sie sind reine Vagabunden, wie die Zigeuner, und sollten genau auf die nämliche Art behandelt werden." So streckten sie ihre Nase in die Luft und blickten sehr hochmütig drein und waren sehr befriedigt, als sie nach einer Weile sahen, wie der kleine Zwerg aus dem Grase forttaumelte und seines Wegs über die Terrasse in den Palast wackelte.

„Wahrhaftig, man müsste ihn für den Rest seines natürlichen Lebens im Hause halten", sagten sie, „seht nur seinen Buckel und seine krummen Beine", und sie fingen an zu kichern.

Aber der kleine Zwerg wusste von alledem nichts. Er hatte eine gar große Liebe zu den Vögeln und Eidechsen und hielt die Blumen für das Wunderbarste in der ganzen Welt, ausgenommen natürlich die Infantin; aber freilich hatte sie ihm die schöne weiße Rose gegeben und liebte ihn, und das war ein großer Vorzug. Wie wünschte er, er wäre mit ihr zurückgegangen! Sie hätte ihm ihre rechte Hand gegeben und hätte ihm zugelächelt, und er hätte nie mehr von ihrer Seite gehen wollen, sondern wäre ihr Spielkamerad geworden und hätte sie allerlei köstliche Streiche gelehrt. Denn obwohl er nie zuvor in einem Palast gewesen war, kannte er doch viele wunderbare Dinge. Er konnte aus Binsen kleine Käfige machen, in die man die zirpenden Heuschrecken tat, und konnte aus dem langgestreckten Bambusrohr die Pfeife schnitzen, die Pan so gerne hört. Er kannte den Ruf eines jeden Vogels und konnte die Stare vom Baumwipfel locken oder den Reiher aus dem Sumpf. Er kannte die Spur eines jeglichen Tiers und konnte dem Hasen auf seinen zarten Fußspuren folgen und fand die Fährte des Wildschweins in dem zerstampften Laub. Er kannte alle wilden Tänze, den tollen Tanz mit dem Herbst in rotem Gewand, den leichten Tanz in blauen Sandalen über das Korn, den Tanz mit weißen Schneewehen im Winter und den Blütentanz in den Baumgärten im Frühling. Er wusste, wo die Waldtauben ihre Nester bauten, und einmal, als ein Vogelsteller die Alten gefangen hatte, hatte er selbst die Jungen aufgezogen und hatte in der Höhlung einer gespaltenen Ulme einen kleinen Taubenschlag für sie gebaut. Sie waren ganz zahm und fraßen ihm jeden Morgen aus der Hand. Sie würde sie liebhaben und desgleichen die Kaninchen, die sich in dem hohen Farnkraut tummelten, und die Häher mit ihren stahlblauen Federn und schwarzen Schnäbeln, und die Igel, die sich in stachlige Kugeln rollen konnten, und die großen weißen Schildkröten, die langsam dahinkrochen, mit den Köpfen nickten und an den jungen Blättern knabberten. Ja gewiss, sie musste mit in den Wald kommen und mit ihm spielen. Er wollte ihr sein eigenes kleines Bett überlassen und wollte vor dem Fenster bis zum Morgengrauen wachen, dass das wilde Hornvieh ihr nichts tat und die hageren Wölfe nicht zu nah an die Hütte schlichen. Und wenn es tagte, wollte er an die Läden pochen und sie wecken, und sie würden hinausgehen und den lieben langen Tag zusammen tanzen. Wahrlich, einsam war es nicht ein bisschen im Walde.

Manchmal ritt auf seinem weißen Maultier ein Bischof durch und las in einem gemalten Buche. Manchmal kamen die Falkoniere in ihren grünen Samthauben und ihren Wamsen aus gegerbtem Fell vorbei, mit Haubenfalken auf ihrer Faust. Zur Zeit der Weinlese kamen die Traubenträger, mit purpurnen Händen und Füßen, umwunden mit glattem Efeu, und mit tropfenden Schläuchen voll Weins in den Händen; und die Kohlenbrenner saßen zur Nacht um ihre riesigen Kohlenpfannen, sahen zu, wie die dürren Stämme langsam im Feuer verkohlten, und rösteten Kastanien in der Asche, und die Räuber kamen aus ihren Höhlen und waren mit ihnen vergnügt. Ein-, zweimal hatte er eine schöne Prozession gesehn, die auf der langen, staubigen Straße nach Toledo dahinzog. Die Mönche gingen mit holdem Gesang voraus und trugen glänzende Banner und goldene Kreuze, und dann kamen in silberner Rüstung mit Musketen und Spießen die Soldaten, und in ihrer Mitte wandelten drei barfüßige Männer in seltsamen gelben, mit wunderbaren Figuren über und über bemalten Kleidern und trugen brennende Kerzen in der Hand. Ja, fürwahr, es war viel zu sehen im Wald; und wenn sie müde war, würde er eine weiche Moosbank für sie finden oder sie auf den Armen tragen, denn er war sehr stark, wenn er schon wusste, dass er nicht groß war. Er würde ihr ein Armband aus roten Vogelbeeren machen, das ebenso schön wäre wie die weißen Beeren, die sie auf ihrem Kleide trug, und wenn sie ihrer müde war, konnte sie sie wegwerfen, und er würde ihr andre suchen. Er würde ihr Eichelnäpfchen und taugetränkte Anemonen und kleine Glühwürmchen bringen, die im matten Gold ihres Haars wie Sterne strahlen sollten.

Aber wo war sie? Er fragte die weiße Rose, und sie gab ihm keine Antwort. Der ganze Palast schien eingeschlafen, und selbst, wo die Läden nicht geschlossen waren, hatte man schwere Vorhänge vor die Fenster gezogen, damit die Sonnenglut nicht hinein konnte. Er wanderte um das ganze Gebäude herum und suchte nach einer Stelle, wo er hereinkommen könnte, und schließlich gewahrte er ein kleines Pförtchen, das offen stand. Er schlüpfte hinein und befand sich in einer glänzenden Halle, einer viel glänzenderen, fürchtete er, als der Wald war; da war allenthalben alles vergoldet, und selbst der Fußboden war aus großen, bunten Steinen verfertigt, die zu einer Art geometrischem Muster zusammenpassten. Doch die kleine Infantin war nicht da, nur einige wunderbare weiße Statuen, die von ihren Piedestalen aus Jaspis auf ihn mit traurigen, leeren Augen und seltsam lächelnden Lippen herabblickten.

Am Ende der Halle hing ein reichgestickter Vorhang aus schwarzem Samt, der mit Sonnen und Sternen, des Königs Lieblingsemblemen, wie auch Schwarz seine Lieblingsfarbe war, übersät war. Vielleicht verbarg sie sich dahinter?

So schlich er heimlich hin und zog ihn zur Seite. Nein; da war nur ein anderer, aber, meinte er, noch schönerer Raum als der eine, aus dem er eben gekommen war. Die Wände waren behangen mit einem handgearbeiteten grünen Teppich, dessen Gewebe in vielen Gestalten eine Jagd darstellte. Das war das Werk einiger flämischer Künstler, die mehr als sieben Jahre auf die Arbeit verwendet hatten. Es war einst das Zimmer von Jean le Fou, wie er genannt wurde, gewesen, jenem wahnsinnigen König, der so in die Jagd vernarrt war, dass er in seiner Raserei oft versucht hatte, auf die mächtigen, sich bäumenden Pferde zu springen und den Edelhirsch herunterzuziehen, der von den großen Doggen verfolgt wurde, wobei er ins Jagdhorn stieß und seinen Hirschfänger dem blassen, fliehenden Wild nachwarf. Der Raum wurde jetzt als Ratszimmer benutzt, und auf dem Tisch in der Mitte lagen die roten Mappen der Minister, auf denen die goldenen Tulpen Spaniens und die Wappen und Abzeichen des Hauses Habsburg geprägt waren.

Der kleine Zwerg sah sich erstaunt im Kreise um und war fast ängstlich, weiterzugehen. Die seltsamen, schweigenden Reiter, die so geschwind durch die lange Lichtung ritten, ohne irgendein Geräusch zu machen, kamen ihm vor wie jene schrecklichen Gespenster, von denen er die Köhler hatte erzählen hören – die Comprachos, die nur zur Nachtzeit jagen, und wenn sie einen Menschen treffen, ihn in eine Hindin verwandeln und ihn jagen. Aber er dachte an die schöne Infantin und nahm seinen Mut zusammen. Er musste sie allein treffen und ihr sagen, dass auch er sie liebte. Vielleicht war sie in dem Raum dahinter. Er lief über die weichen maurischen Teppiche und öffnete die Tür. Nein! Auch hier war sie nicht. Der Raum war ganz leer.

Es war ein Thronsaal, der für den Empfang fremder Botschafter bestimmt war, wenn der König, was in letzter Zeit nicht oft vorgekommen war, ihnen eine persönliche Audienz gewährte, der nämliche Saal, in dem vor vielen Jahren Gesandte aus England erschienen waren, um die Heirat ihrer Königin, damals einer der katholischen Fürstinnen Europas, mit dem ältesten Sohn des Kaisers in die Wege zu leiten. Die Tapeten waren aus vergoldetem Korduanleder, und ein schwerer, vergoldeter Kronleuchter mit Armen für dreihundert Wachskerzen hing von der schwarz und weißen Decke hernieder. Unter einem großen Baldachin aus Goldstoff, auf den die Löwen und Türme Kastiliens in Sonnenperlen gestickt waren, stand der Thron selbst, bedeckt mit einem kostbaren schwarzen Samttuch, das mit Silbertulpen und Fransen aus Silber und Perlen geziert war. Auf der zweiten

Stufe des Throns befand sich der Schemel der Infantin mit seinem Kissen aus silbernem Gewebe, und noch tiefer unten, nicht mehr von dem Baldachin überdeckt, stand der Sessel für den päpstlichen Nuntius, der allein das Recht hatte, in Anwesenheit des Königs bei Gelegenheit irgendeiner öffentlichen Zeremonie zu sitzen, und dessen Kardinalshut mit seinen ineinander verwirrten Quasten vor dem Sessel auf einem purpurnen Taburett lag. An der Wand, dem Thron gegenüber hing ein lebensgroßes Bildnis Karls V. im Jagdanzug, ihm zur Seite eine große Bulldogge, und ein Gemälde, das Philipp II. darstellte, wie er die Huldigung der Niederlande entgegennahm, hing in der Mitte der andern Wand. Zwischen den Fenstern stand ein schwarzer Ebenholzschrank, der mit Elfenbeintafeln eingelegt war, auf denen die Gestalten von Holbeins Totentanz geschnitzt waren – manche sagten, von der Hand dieses berühmten Meisters selbst. Aber der kleine Zwerg kümmerte sich nicht um all diese Herrlichkeit. Er hätte seine Rose nicht für all die Perlen auf dem Baldachin hergegeben, und nicht einmal ein einziges weißes Rosenblatt für den Thron. Er wollte nichts andres als die Infantin sehen, ehe sie wieder nach dem Zelt ging, und sie bitten, wenn er seinen Tanz beendigt habe, mit ihm zu fliehen. Hier im Palast war die Luft schwer und beklemmend, aber im Wald blies der Wind frei, und das Sonnenlicht schob mit seinen schwebenden Goldhänden die zitternden Blätter zur Seite. Es gab auch im Walde Blumen, vielleicht keine so glänzenden wie hier in dem Garten, aber ihr Duft war doch lieblicher; Hyazinthen im ersten Frühling, die die kühlen Schluchten und grasbewachsenen Kuppen mit wogendem Purpur durchfluteten; gelbe Primeln, die sich in kleinen Büschen um die knorrigen Wurzeln der Eichen schmiegten; strahlendes Schöllkraut und blauer Ehrenpreis und lila und goldene Schwertlilien. Da waren graue Kätzchen an den Haselstauden, und der Fingerhut ließ die Last seiner getüpfelten, von Bienen umschwirrten Glocken hängen. Die Kastanie streckte ihre weißen Sterne hervor und der Weißdorn seine bleichen Monde voll Schönheit. Ja, gewiss, sie würde mitkommen, wenn er sie nur finden konnte! Sie würde mit ihm in den herrlichen Wald gehen, und den lieben langen Tag wollte er ihr zur Lust tanzen. Ein Lächeln strahlte bei diesem Gedanken in seinen Augen auf, und er ging in das nächste Gemach.

Von all den Sälen war dieser der glänzendste und schönste. An den Wänden hing ein mit Nelken geblümter Damast aus Lucca, auf dem Vögel und zarte Silberblumen zu sehen waren. Die Möbel waren aus massivem Silber, üppige Blumengewinde und fliegende Liebesgötter waren aus ihnen zu sehen; vor den zwei breiten Kaminen standen große Feuerschirme, auf denen Papageien und Pfauen gestickt waren, und der Fußboden, der aus meergrünem Onyx war, schien sich weit in die Ferne zu dehnen. Hier war er auch nicht allein. Als er unter dem Schatten des Türbogens stand, sah er am andern Ende des Saales eine kleine Gestalt, die auf ihn hinsah. Sein Herz zitterte, ein Schrei der Freude drang aus seinem Munde, und er ging vorwärts in das Sonnenlicht. Als er das tat, trat die Gestalt auch weiter vor, und er sah sie deutlich.

Die Infantin? Es war ein Ungeheuer, das groteskeste Ungeheuer, das er je erblickt hatte. Es hatte nicht die richtige Gestalt wie alle andern Menschen, sondern war bucklig und krummbeinig, mit einem riesigen herabhängenden Kopf und einer Mähne schwarzen Haars. Der kleine Zwerg runzelte die Stirn, und das Ungeheuer runzelte sie auch. Er lachte, und es lachte mit ihm und stemmte seine Hände in die Seite, gerade wie er selbst tat. Er machte ihm eine spöttische Verbeugung, und es gab ihm ein tiefes Kompliment zurück. Er ging darauf zu, und es kam ihm entgegen, machte jeden Schritt, den er machte, nach und blieb stehen, wenn er selbst stehen blieb. Er jauchzte vor Vergnügen und lief vorwärts und streckte seine Hand aus, und die Hand des Ungeheuers berührte die seine und war kalt wie Eis. Er wurde ängstlich und nahm seine Hand fort, und die Hand des Ungeheuers folgte dem Beispiel. Er suchte weiter vorzudringen, aber etwas Glattes und Hartes hielt ihn auf. Das Gesicht des Ungeheuers war jetzt dicht an seinem eigenen und schien voller Schrecken. Er strich sein Haar aus den Augen. Es tat dasselbe. Er schlug nach ihm, und es gab Schlag auf Schlag zurück. Er verabscheute es, und es schnitt ihm grässliche Fratzen. Er trat zurück, da wich auch das Ungeheuer.

Was ist das? Er dachte einen Augenblick nach und blickte sich im übrigen Raum um. Es war seltsam, aber alles schien in dieser unsichtbaren Wand von klarem Wasser seine Verdoppelung zu haben. Ja, Bild um Bild war wiederholt, und Kissen um Kissen. Der schlafende Faun, der in der Nische am Türbogen lag, hatte seinen Zwillingsbruder, der schlummerte, und die Silbervenus, die im Sonnenschein stand, breitete ihre Arme nach einer Venus aus, die so lieblich war wie sie selbst.

War es das Echo? Er hatte ihm einst im Tal gerufen, und es hatte ihm Wort für Wort erwidert. Konnte es dem Auge nachmachen, was es der Stimme nachgemacht? Konnte das Echo eine Welt der Gebärde hervorzaubern, die genau der wirklichen glich? Konnten die Schatten der Dinge Farbe und Leben und Bewegung haben? Konnte es sein, dass –?

Er fuhr zurück. Dann nahm er von seiner Brust die schöne weiße Rose, wandte sich um und küsste sie. Das Ungeheuer hatte eine Rose wie seine eigene, Blatt für Blatt die nämliche! Es küsste sie mit gleichen Küssen und drückte sie unter grässlichem Gesichterschneiden an sein Herz.

Als die Wahrheit ihm dämmerte, stieß er einen wilden Verzweiflungsschrei aus und fiel stöhnend zu Boden. So war er es, der missraten und bucklig war, grässlich zu sehen und grotesk. Er selbst war das Ungeheuer, und über ihn hatten all die Kinder gelacht, und die kleine Prinzessin, von der er geglaubt hatte, sie liebe ihn – auch sie hatte sich bloß über seine Hässlichkeit amüsiert und über seine verdrehten Gliedmaßen lustig gemacht. Warum hatten sie ihn nicht im Wald gelassen, wo kein Spiegel war, der ihm sagte, wie widerwärtig er war? Warum hatte sein Vater ihn nicht lieber umgebracht, als dass er ihn in seiner Schande verkaufte? Die heißen Tränen liefen ihm die Backen herunter, und er riss die weiße Rose in Stücke. Das zappelige Ungeheuer tat das Gleiche und streute die zarten Rosenblätter in die Luft. Er wälzte sich am Boden, und als er nach dem Ungeheuer sah, beobachtete es ihn mit einem Gesicht, auf dem der Schmerz geschrieben stand. Er schlich weg, damit es ihn nicht mehr sehen konnte, und bedeckte die Augen mit seinen Händen. Er kroch, wie ein verwundetes Geschöpf, in den Schatten und blieb da ächzend liegen.

In diesem Augenblick trat die Infantin selbst mit ihren Gespielinnen durch die offene Tür ein, und als sie den hässlichen kleinen Zwerg am Boden liegen sahen, wie er mit seinen ineinander gepressten Händen in der phantastischsten und exzentrischsten Art auf den Boden schlug, da brachen sie laut in heiteres Lachen aus und standen alle um ihn herum und sahen ihm zu.

„Sein Tanzen war komisch“, sagte die Infantin; „aber sein Theaterspielen ist noch komischer. Er ist wahrhaftig fast so ausgezeichnet wie die Puppen, nur, versteht sich, nicht ganz so natürlich.“ Und sie schwang ihren großen Fächer und spendete Beifall.

Aber der kleine Zwerg sah nicht auf, und seine Seufzer wurden schwächer und schwächer, und plötzlich gab er ein seltsames Röcheln von sich und griff an sein Herz. Und dann fiel er wieder zurück und blieb ganz still liegen.

„Das ist famos“, sagte die Infantin nach einer Pause, „aber jetzt musst du für mich tanzen.“

„Ja“, sagten die Kinder alle, „du musst aufstehen und tanzen, denn du bist so flink wie die Berberaffen und viel drolliger.“

Aber der kleine Zwerg gab keine Antwort.

Und die Infantin stampfte mit dem Fuß auf und rief ihren Oheim herbei, der sich auf der Terrasse mit dem Kämmerer erging und einige Depeschen las, die eben aus Mexiko eingetroffen waren, wo die Inquisition neuerdings errichtet worden war.

„Mein komischer kleiner Zwerg ist faul“, rief sie. „du musst ihn aufwecken und ihn tanzen heißen.“

Sie lächelten einander zu und schlenderten hinein, und Don Pedro bückte sich hinab und gab dem Zwerg mit seinem gestickten Handschuh einen Klaps auf die Backe. „Du musst tanzen“, sagte er, „petit monstre. Du musst tanzen. Die

Infantin von Spanien und Indien wünscht, unterhalten zu werden."

Aber der kleine Zwerg wollte sich nicht rühren.

„Man müsste den Prügelmeister holen lassen", sagte Don Pedro träge und ging wieder auf die Terrasse hinaus.

Aber der Kämmerer blickte ernsthaft drein und kniete neben dem kleinen Zwerg und legte ihm seine Hand aufs Herz. Und nach ein paar Augenblicken zuckte er mit den Schultern, stand auf, und mit einer leichten Verbeugung vor der Infantin sagte er: „Mi bella princesa, Ihr komischer kleiner Zwerg wird nie mehr tanzen. Es ist sehr schade, denn er ist so hässlich, dass er den König hätte zum Lächeln bringen können."

„Aber warum wird er nicht mehr tanzen?" fragte die Infantin lachend.

„Weil sein Herz gebrochen ist", antwortete der Kämmerer.

Und die Infantin runzelte die Stirn, und ihre hübschen Rosenlippen kräuselten sich in zierlicher Verachtung.

„In Zukunft sorgt dafür, dass, wer zum Spielen zu mir kommt, kein Herz hat", rief sie und lief in den Garten hinaus.

Der Fischer und seine Seele

Jeden Abend fuhr der junge Fischer auf das Meer hinaus und warf seine Netze ins Wasser.

Wehte der Wind vom Land, so fing er nichts oder wenigstens nur wenig, denn es war ein scharfer und schwarz beflügelter Wind, und heftige Wellen erhoben sich, ihm zu begegnen. Aber wehte der Wind an die Küste, so kamen die Fische aus den Tiefen herbei und schwammen in die Maschen seiner Netze, und er brachte sie auf den Marktplatz und verkaufte sie.

Jeden Abend fuhr er hinaus auf das Meer, und eines Abends war das Netz so schwer, dass er es kaum ins Boot ziehen konnte. Und er lachte und sprach bei sich selbst: „Gewiss habe ich alle Fische gefangen, die im Meer schwimmen, oder ein absonderliches Ungeheuer ins Garn bekommen, das die Menschen begaffen werden, oder etwas Grässliches, das die Königin begehren wird", und er nahm alle seine Kraft zusammen und zog so sehr an den derben Stricken, dass, wie Linien aus blauer Emaille aus einer Bronzevase, die langen Adern an seinen Armen hervortraten. Dann zog er an den dünnen Stricken, und näher und näher kam der Kreis von flachen Korkstücken, und endlich zeigte sich das Netz auf dem Wasserspiegel. Aber es war überhaupt kein Fisch darin und auch kein Ungeheuer oder grässliches Ding, sondern nur eine kleine Wassernixe, die in tiefem Schlaf lag.

Ihr Haar war wie ein feuchtes goldenes Vlies, und jedes einzelne Haar wie ein feiner Goldfaden in einem gläsernen Kelch. Ihr Leib war wie weißes Elfenbein, und ihr Schwanz war aus Silber und Perlen. Aus Silber und Perlen war ihr

Schwanz, und der grüne Seetang wand sich um ihn, und wie Seemuscheln waren ihre Ohren, und ihre Lippen waren wie Korallen. Die kalten Wellen spritzten über ihre kalten Brüste, und das Salz funkelte auf ihren Lidern.

So schön war sie, dass der junge Fischer, als er sie sah, voll staunender Bewunderung war, und er streckte die Hand aus und zog das Netz zu sich heran, bog sich hinaus und schloss sie in seine Arme. Und als er sie berührte, stieß sie einen Schrei aus, wie eine aufgescheuchte Möwe, und erwachte und blickte ihn voller Angst aus ihren Amethystaugen an und schlug um sich, um zu entkommen. Aber er zog sie fest an sich und ließ es nicht zu, dass sie sich frei machte.

Und als sie sah, dass sie ihm auf keine Art entkommen konnte, fing sie an zu weinen und sagte: „Ich bitte dich, lass mich los, ich bin die einzige Tochter eines Königs, und mein Vater ist betagt und allein."

Aber der junge Fischer antwortete: „Ich werde dich nicht loslassen, wenn du mir nicht gelobst, dass du jedes Mal, wenn ich dich rufe, kommen und mir singen willst, denn die Fische freuen sich, dem Gesang des Meervolks zuzuhören, und so werden meine Netze sich füllen."

„Willst du mich wahr und wahrhaftig loslassen, wenn ich dir das gelobe?" rief die Nixe.

„Wahr und wahrhaftig will ich dich loslassen", sagte der junge Fischer.

So gab sie ihm das Versprechen, das er begehrte, und beschwor es mit dem Eid des Meervolks. Und er löste seine

Arme von ihr, und sie sank zitternd in seltsamer Furcht ins Wasser hinab.

Jeden Abend fuhr der junge Fischer aufs Meer hinaus und rief die Nixe, und sie stieg aus dem Wasser empor und sang vor ihm. Rings um sie herum schwammen die Delphine, und die wilden Möwen kreisten um ihren Kopf.

Und sie sang ein wunderbares Lied. Denn sie sang von dem Meervolk, das seine Herden von Höhle zu Höhle treibt und die kleinen Kälber auf den Schultern trägt; von den Tritonen, die lange, grüne Bärte und haarige Brüste haben und auf gewundenen Muscheln blasen, wenn der König vorbeizieht; von dem Königspalast, der ganz aus Bernstein ist und ein Dach aus reinem Smaragd und Fußböden aus schimmernden Perlen hat; und von den Gärten des Meeres, wo die großen Filigranfächer aus Korallen den ganzen Tag wehen, und die Fische sich tummeln wie Silbervögel, und die Anemonen an den Felsen kleben, und die Nelken in dem gerippten gelben Sand sprießen. Sie sang von den riesigen Walfischen, die aus den Nordmeeren herabschwimmen und scharfe Eiszapfen an ihren Flossen hängen haben; von den Sirenen, die so wunderbare Dinge erzählen, dass die Kaufleute ihre Ohren mit Wachs verstopfen müssen, um sie nicht zu hören und nicht ins Wasser zu stürzen und zu ertrinken, von den gesunkenen Galeeren mit ihren ungeheuren Mastbäumen und den erstarrten Matrosen, die im Takelwerk hängen, und von den Makrelen, die durch die klaffenden Öffnungen hinein- und herausschwimmen; von den kleinen Entenmuscheln, die große Seefahrer sind und an den Schiffskielen kleben und rundherum um die ganze Welt reisen; und von den Tintenfischen, die an den Klippen wohnen und ihre langen schwarzen Arme herausstrecken und die Nacht kommen lassen können, wann sie es wollen. Sie sang von dem Nautilus, der ein eigenes Boot hat, das aus einem Opal geschnitten ist und mit einem seidenen Segel gelenkt wird; von den glücklichen Meermenschen, die auf Harfen spielen und den großen Kraken in Schlaf zaubern können; von den kleinen Kindern, die die schlüpfrigen Tümmler festhalten und lachend auf ihrem Rücken reiten, von den Nixen, die im weißen Schaum liegen und den Matrosen ihre Arme ausbreiten; und von den Walrossen mit ihren gekrümmten Stoßzähnen und den Seepferden mit ihren flatternden Mähnen.

Und wie sie sang, kamen all die Thunfische aus der Tiefe herauf, um ihr zu lauschen, und der junge Fiscber warf seine Netze rund um sie und fing sie, und andere fing er mit einem Spieß. Und als sein Boot gut beladen war, lächelte die Nixe ihm zu und sank ins Meer hinab.

Doch wollte sie ihm niemals so nahekommen, dass er sie berühren konnte. Oftmals bat er sie und beschwor sie, aber sie wollte nicht; und wenn er sie zu greifen suchte, tauchte sie, wie ein Seehund taucht, ins Wasser, und an diesem Tag sah er sie nicht wieder. Und mit jedem Tage wurde der Klang ihrer Stimme seinen Ohren lieblicher. So hold war ihre Stimme, dass er seine Netze und seine Kunst vergaß und auf sein Gewerbe nicht achtete. Mit zinnoberroten Flossen und mit hervorstehenden Augen aus Gold kamen die Thunfische in Schwärmen herbei; aber er achtete ihrer nicht. Sein Spieß lag unbenutzt an seiner Seite; und seine Körbe aus Weidengeflecht waren leer. Mit offenem Mund, die Augen vor Staunen trüb, saß er untätig in seinem Boot und lauschte, lauschte, bis die Seenebel an ihn herankrochen und der wandernde Mond seine braunen Glieder mit Silber fleckte.

Und eines Abends flehte er sie an und sagte: „Kleine Nixe, kleine Nixe, ich liebe dich. Nimm mich als deinen Bräutigam, denn ich liebe dich."

Aber die Nixe schüttelte ihren Kopf. „Du hast eine Menschenseele", antwortete sie. „Nur wenn du deine Seele fortschicken würdest, könnte ich dich lieben."

Und der junge Fischer sprach bei sich selbst: „Was für einen Nutzen hat meine Seele für mich? Ich kann sie nicht sehen. Ich kann sie nicht berühren. Ich kenne sie nicht. Ganz gewiss werde ich sie fortschicken, und große Freude wird mein sein."

Und ein Jubelschrei brach aus seinem Munde hervor; er stand in dem bemalten Boot und breitete die Arme nach der Nixe aus. „Ich werde meine Seele fortschicken", rief er, „und du wirst meine Braut sein, und ich werde dein Bräutigam sein, und auf dem Meeresgrund werden wir zusammen wohnen, und alles, wovon du gesungen hast, wirst du mir zeigen, und alles, was du begehrst, werde ich tun, und unser Leben wird nie mehr getrennt sein."

Und die kleine Nixe lachte vor Lust und barg ihr Gesicht in den Händen.

„Aber wie soll ich meine Seele von mir schicken?" rief der junge Fischer. „Sag' mir, wie ich es tun kann, und fürwahr, es soll geschehen."

„Ach, ich weiß nicht", sagte die kleine Nixe, „das Meervolk hat keine Seelen." Und sie sah ihn sehnsüchtig an und sank in die Tiefe.

Früh am nächsten Morgen, ehe die Sonne eine Spanne hoch über dem Berg war, ging der junge Fischer nach dem Haus des Priesters und pochte dreimal an die Tür.

Der Novize blickte durch das Guckloch, und als er sah, wer draußen stand, zog er den Riegel zurück und sagte: „Tritt herein."

Und der junge Fischer ging hinein und kniete auf den lieblich duftenden Binsen des Fußbodens und rief den Priester an, der in der Heiligen Schrift las, und sagte zu ihm: „Vater, ich liebe ein Mädchen aus dem Meervolk, und meine Seele ist der Erfüllung meiner Wünsche im Wege. Sage mir, wie ich meine Seele von mir fortschicken kann, denn wahrlich, ich brauche sie nicht. Was für einen Wert hat meine Seele für mich? Ich kann sie nicht sehen. Ich kann sie nicht berühren. Ich kenne sie nicht."

Und der Priester schlug seine Brust und antwortete: „Wehe, wehe! Du bist wahnsinnig oder hast von einem giftigen Kraut gegessen, denn die Seele ist des Menschen edelster Teil und ist uns von Gott gegeben worden, dass wir edlen Gebrauch von ihr machen. Kein Ding ist kostbarer als eine Menschenseele, und kein irdisches Ding kann mit ihr aufgewogen werden. Sie ist alles Gold wert, das in der Welt ist, und ist kostbarer als die Rubine der Könige. Darum, mein Sohn, denke nun nicht mehr an diese Sache, denn es ist eine Sünde, die nicht vergeben werden kann. Und was das Meervolk angeht, so sind sie verdammt, und wer sich mit ihnen einlässt, ist gleichfalls verdammt. Sie sind wie die Tiere des Feldes, die das Gute nicht vom Bösen unterscheiden, und für sie ist der Heiland nicht gestorben."

Die Augen des jungen Fischers füllten sich mit Tränen, als er die bitteren Worte des Priesters hörte, und er erhob sich von seinen Knien und sprach zu ihm: „Vater, die Faune leben im Wald und sind froh, und auf den Felsen sitzen die Meermänner mit ihren Harfen aus rotem Gold. Lass mich sein, wie sie sind, ich beschwöre dich, denn ihre Tage sind wie die Tage der Blumen. Und was meine Seele angeht, was bringt mir meine Seele für Gewinn, wenn sie zwischen mir und dem Geschöpf, das ich liebe, steht?"

„Die Liebe des Leibes ist gemein", rief der Priester stirnrunzelnd, „und gemein und schlecht sind die heidnischen Dinge, denen Gott erlaubt, durch seine Welt zu wandern. Fluch über die Faune der Wälder und Fluch über die Sänger der Meere! Ich habe sie zur Nacht gehört, und sie haben versucht, mich von meinem Rosenkranz fortzulocken. Sie trommeln ans Fenster und lachen. Sie flüstern mir die Geschichte von ihren gefahrvollen Wonnen ins Ohr. Sie locken mich mit Versuchungen, und wenn ich predigen will, schneiden sie mir Gesichter. Sie sind verdammt, ich sage es dir, sie sind verdammt. Für sie gibt es nicht Himmel noch Hölle, und weder hier noch dort werden sie Gottes Namen preisen."

„Vater", rief der junge Fischer, „du weißt nicht, was du sagst. Einst fing ich in meinem Netz eine Königstochter. Sie ist schöner als der Morgenstern und weißer als der Mond. Für ihren Leib will ich meine Seele geben, und für ihre Liebe will ich auf den Himmel verzichten. Sage mir, was ich von dir wissen will, und lass mich in Frieden gehen."

„Fort! Fort!" schrie der Priester, „deine Buhle ist verloren, und du wirst mit ihr verloren sein!" Und er gab ihm keinen Segen, sondern jagte ihn aus seiner Tür.

Und der junge Fischer ging hinab auf den Marktplatz, und er schritt langsam und mit gesenktem Kopf dahin, wie einer, der in Kummer ist.

Und als die Kaufleute ihn kommen sahen, fingen sie an miteinander zu flüstern, und einer von ihnen trat ihm entgegen und nannte ihn bei Namen und fragte ihn: „Was hast du zu verkaufen?"

„Ich will dir meine Seele verkaufen", antwortete er. „Ich bitte dich, kaufe sie mir ab, denn ich mag sie nicht mehr. Was für einen Nutzen hat meine Seele für mich? Ich kann sie nicht sehen. Ich kann sie nicht berühren. Ich kenne sie nicht."

Aber die Kaufleute spotteten über ihn und sagten: „Was für einen Wert hat eine Menschenseele für uns? Sie ist nicht einmal ein beschnittenes Silberstück wert. Verkaufe uns deinen Leib als Sklaven, und wir werden dich in Meerespurpur kleiden und dir einen Ring an den Finger stecken und dich zum Geliebten der großen Königin machen. Aber rede nicht von der Seele, denn uns gilt sie nichts, und für unser Geschäft hat sie keinen Wert."

Und der junge Fischer sprach bei sich selbst: „Welch seltsames Ding das ist! Der Priester sagt mir, die Seele sei alles Gold in der Welt wert, und die Kaufleute sagen, sie sei nicht so viel wert wie eine beschnittene Silbermünze." Und er verließ den Marktplatz und ging hinab zur Küste und machte sich ans Grübeln, was er tun sollte.

Und zu Mittag entsann er sich, dass einer seiner Gefährten, der ein Sammler von Meerdill war, ihm von einer jungen

Hexe erzählt hatte, die in einer Höhle am Ende der Bucht wohnte und eine sehr geschickte Zauberin war. Und er fing an zu laufen, so eifrig war er, seine Seele loszuwerden, und eine Staubwolke folgte ihm, als er durch den Ufersand dahinrannte. Am Jucken ihrer Hand merkte die junge Hexe, dass er kam, und sie lachte und ließ ihr rotes Haar herabfallen. Umwallt von ihrem roten Haar stand sie vor dem Eingang der Höhle, und in ihrer Hand hielt sie einen Strauß aus blühendem Schierling.

„Was gefällig? Was gefällig?" rief sie, als er schnaufend die steile Böschung heraufkam und sich vor ihr verbeugte. „Fische für dein Netz, wenn widriger Wind ist? Ich habe eine kleine Rohrpfeife, und wenn ich auf ihr blase, kommen die Seebarben in die Bucht gezogen. Aber sie hat einen Preis, schöner Knabe, sie hat einen Preis. Was gefällig? Was gefällig? Ein Sturm, damit die Schiffe scheitern und die Kisten mit reichen Schätzen ans Ufer geworfen werden? Ich habe mehr Stürme, als der Wind zur Verfügung hat, denn ich diene einem, der stärker ist als der Wind, und mit einem Sieb und einem Eimer Wasser kann ich die größten Galeeren auf den Meeresgrund schicken. Aber ich habe meinen Preis, schöner Knabe, ich habe meinen Preis. Was gefällig? Was gefällig? Ich weiß eine Blume, die wächst im Tal, niemand kennt sie als ich. Sie hat purpurne Blätter und einen Stern in ihrem Herzen, und ihr Saft ist weiß wie Milch. Wenn du mit dieser Blume die strengen Lippen der Königin berührst, dann folgt sie dir über die ganze Welt. Aus dem Bett des Königs wird sie sich erheben, und über die ganze Welt wird sie dir folgen. Doch sie hat ihren Preis, hübscher Junge, sie hat ihren Preis. Was gefällig? Was gefällig? Ich kann eine Kröte in einem Mörser zerstampfen und Suppe aus ihr bereiten und die Suppe mit der Hand eines Toten umrühren. Spritze sie auf deinen Feind, während er schläft, und er wird sich in eine schwarze Viper verwandeln, und seine eigene Mutter wird ihn erschlagen. Mit einem Räderwerk kann ich den Mond vom Himmel ziehen, und in einem Kristall kann ich dir den Tod zeigen. Was gefällig? Was gefällig? Sag' mir dein Begehren, und ich will es erfüllen, und du sollst mir meinen Preis bezahlen, hübscher Junge, du sollst mir meinen Preis bezahlen."

„Mein Begehren geht nur um ein kleines Ding", sagte der junge Fischer. „Und doch ist der Priester mit mir böse gewesen und hat mich fortgejagt. Es geht nur um ein kleines Ding, aber die Kaufleute haben mich verspottet und meinen Wunsch mir abgeschlagen. Darum bin ich zu dir gekommen, obwohl die Leute dich böse schelten. Dein Preis kann noch so hoch sein, ich will ihn bezahlen."

„Was begehrst du?" fragte die Hexe und trat näher an ihn heran.

„Ich will meine Seele fortschicken", antwortete der junge Fischer.

Die Hexe wurde blass und schauderte und barg ihr Gesicht in ihrem blauen Mantel. „Hübscher Junge, hübscher Junge", raunte sie, „das ist ein schreckliches Ding, was du da willst."

Er schüttelte seine braunen Locken und lachte. „Meine Seele gilt mir nichts", erwiderte er. „Ich kann sie nicht sehen. Ich kann sie nicht berühren. Ich kenne sie nicht."

„Was willst du mir geben, wenn ich es dir sage?" fragte die Hexe und sah mit ihren schönen Augen prüfend an ihm herunter.

„Fünf Goldstücke“, sagte er, „und meine Netze und das eingehegte Haus, in dem ich wohne, und das bemalte Boot, in dem ich segle. Nur sag’ mir, wie ich meine Seele loswerden kann, und ich will dir alles geben, was ich besitze.“

Sie lachte spöttisch über ihn und schlug mit dem Schierlingstrauß nach ihm. „Ich kann das Herbstlaub in Gold verwandeln“, gab sie zur Antwort, „und ich kann die bleichen Mondstrahlen zu Silber weben, wenn ich will. Der, dem ich diene, ist reicher als alle Könige dieser Welt und ist Herr über ihre Reiche.“

„Was soll ich dir denn sonst geben“, rief er, „wenn dein Preis weder Gold noch Silber ist?“

Die Hexe strich ihm mit ihrer zarten, weißen Hand übers Haar. „Du musst mit mir tanzen, schöner Knabe“, murmelte sie und lächelte ihn bei diesen Worten an.

„Nichts weiter?“ rief der junge Fischer verwundert und sprang auf die Füße.

„Nichts weiter“, gab sie zur Antwort und lächelte ihn wieder an.

„Dann wollen wir bei Sonnenuntergang an einem verborgenen Platz miteinander tanzen“, sagte er, „und wenn wir getanzt haben, wirst du mir sagen, was ich zu wissen begehre.“

Sie schüttelte den Kopf. „Bei Vollmondschein, bei Vollmondschein“, raunte sie. Dann schaute sie rings im Kreis herum und lauschte. Ein blauer Vogel stieg krächzend aus seinem Nest und kreiste über den Dünen, und drei gefleckte Vögel raschelten durch das harte, graue Gras und zwitscherten miteinander. Es war kein anderer Klang da, als der Klang einer Welle, die unten über die glatten Kiesel schlug. So streckte sie ihre Hand aus und zog ihn nahe zu sich heran und brachte ihre trockenen Lippen dicht an sein Ohr.

„Heute Nacht musst du auf den Gipfel des Berges kommen", flüsterte sie. „Es ist ein Sabbat, und Er wird da sein."

Der junge Fischer fuhr zusammen und sah sie an, und sie ließ ihre weißen Zähne sehen und lachte.

„Wer ist Er, von dem du sprichst?" fragte er.

„Gleichviel", antwortete sie. „Komm heute Nacht und steh unter den Zweigen der Hainbuche und warte, bis ich komme. Wenn ein schwarzer Hund auf dich losfährt, triff ihn mit einer Weidenrute, und er wird fortgehen. Wenn eine Eule zu dir spricht, gib ihr keine Antwort. Wenn es Vollmond ist, werde ich bei dir sein, und wir wollen zusammen auf dem Grase tanzen."

„Aber willst du mir schwören, dass du mir sagen wirst, wie ich meine Seele fortschicken kann?" fragte er.

Sie trat in den Sonnenschein, und durch ihr rotes Haar sauste der Wind. „Bei den Hufen des Ziegenbocks schwöre ich es", war ihre Antwort.

„Du bist die beste aller Hexen", rief der junge Fischer, „und gewisslich will ich heute Nacht mit dir auf dem Gipfel des Berges tanzen. Ich wollte, fürwahr, du hättest Gold oder Silber von mir begehrt. Aber wie dein Preis ist, so sollst du ihn haben, denn er ist nur ein kleines Ding."

Und er lüftete die Mütze vor ihr und neigte den Kopf und lief in großer Freude zur Stadt zurück.

Und die Hexe sah ihm nach, während er lief, und als er ihr aus dem Gesicht gekommen war, trat sie in ihre Höhle. Dort nahm sie einen Spiegel aus einem Kästchen aus geschnitztem Zedernholz, setzte ihn auf ein Gestell und verbrannte vor dem Spiegel Salbei auf glühender Holzkohle und blickte durch die Windungen des Rauchs. Und nach einer Weile rang sie ihre Hände voller Betrübnis. „Er hätte mein sein sollen", raunte sie, „ich bin so schön wie sie."

Und an diesem Abend, als der Mond aufgegangen war, stieg der junge Fischer auf den Gipfel des Berges hinauf und stand unter den Zweigen der Hainbuche. Wie ein Schild aus glänzendem Metall lag das runde Meer zu seinen Füßen, und die Schatten der Fischerboote bewegten sich in der kleinen Bucht. Eine große Eule mit schwefelgelben Augen rief ihn bei seinem Namen, aber er gab ihr keine Antwort. Ein schwarzer Hund lief auf ihn los und knurrte. Er schlug ihn mit einer Weidenrute, und der Hund lief winselnd fort.

Um Mitternacht kamen die Hexen wie Fledermäuse durch die Luft geflogen, „Puh!" schrien sie, als sie auf dem Boden waren, „es ist einer hier, den wir nicht kennen!" Und sie schnüffelten herum und schwatzten miteinander und machten sich Zeichen. Als letzte von allen kam die junge Hexe, und ihr rotes Haar flog im Wind. Sie trug ein Gewand aus Goldgewebe, auf das Pfauenaugen gestickt waren, und eine kleine Mütze aus grünem Samt saß auf ihrem Kopf.

„Wo ist er? Wo ist er?“ krächzten die Hexen, als sie sie sahen, aber sie lachte nur und lief nach der Hainbuche. Da nahm sie den Fischer bei der Hand und führte ihn in den hellen Mondschein und fing an zu tanzen.

Sie wirbelten im Kreise herum und immer herum, und die junge Hexe sprang so hoch, dass er die scharlachroten Absätze ihrer Schuhe sehen konnte. Dann kam der Klang eines dahersprengenden Pferdes gerade auf die Tänzer zu, aber es war kein Pferd zu sehen, und ihm wurde ängstlich zumute.

„Schneller“, rief die Hexe, und sie schlang ihre Arme um seinen Nacken, und ihr Atem lag heiß auf seinem Gesicht. „Schneller, schneller!“ rief sie, und die Erde schien unter seinen Füßen zu rollen, und sein Hirn wurde wirr, und eine große Angst kam über ihn, wie wenn etwas Böses auf ihn sähe. Und zuletzt gewahrte er, dass unter dem Schatten eines Felsens eine Gestalt stand, die vorher nicht da gewesen war.

Es war ein Mann in einem schwarzen Samtgewand, das nach spanischer Mode geschnitten war. Sein Gesicht war seltsam bleich, aber seine Lippen waren wie eine flammende rote Blüte. Er sah müde aus und lehnte sich zurück und spielte achtlos mit dem Griff seines Dolches. Im Gras neben ihm lagen ein Federhut und ein paar Reithandschuhe mit goldenen Spitzen und mit einem seltsamen Ornament, das aus Perlen gestickt war. Ein kurzer, mit Zobel verbrämter Mantel hing ihm von der Schulter, und seine zarten, weißen Hände waren mit Ringen überladen. Schwer fielen ihm die Lider über die Augen.

Der junge Fischer sah auf ihn wie einer, der von einem Zauber umstrickt ist. Schließlich trafen sich ihre Augen, und überall, wo er tanzte, schien es ihm, als lägen die Augen des Mannes auf ihm. Er hörte die Hexe lachen, fasste sie um den Leib und wirbelte sie toll im Kreise herum und herum.

Plötzlich bellte ein Hund im Walde, und die Tänzer hielten inne und gingen zu zweien zum Felsen hinauf, knieten nieder und küssten dem Mann die Hände. Als sie das taten, flog ein leichtes Lächeln um seine stolzen Lippen, wie wenn der Fittich eines Vogels das Wasser berührt und es zum Kräuseln bringt. Aber es lag Verachtung darin. Er ließ den Blick nicht von dem jungen Fischer.

„Komm, lass uns anbeten", flüsterte die Hexe, und sie führte ihn hinauf, und ein heißes Verlangen, zu tun, was sie von ihm begehrte, überkam ihn. Er folgte ihr. Aber als er in die Nähe kam, machte er, ohne zu wissen warum, auf seiner Brust das Zeichen des Kreuzes und rief den heiligen Namen an.

Kaum hatte er das getan, da kreischten die Hexen wie Habichte und flogen davon, und das bleiche Gesicht des Mannes, der ihn beobachtet hatte, zuckte wie in einem schmerzlichen Krampf. Der Mann ging zu einem kleinen Gehölz und pfiff. Mit Silber aufgezäumt, kam ein Geisterpferd auf ihn zugelaufen. Er sprang in den Sattel und wandte sich dann um und blickte den jungen Fischer traurig an.

Und die Hexe mit dem roten Haar versuchte auch zu fliehen, aber der junge Fischer griff nach ihren Handgelenken und hielt sie fest.

„Lass mich los", schrie sie, „und lass mich fort! Denn du hast genannt, was nicht genannt werden darf, und das Zeichen gemacht, das nicht gesehen werden darf."

„Nein“, antwortete er, „ich werde dich nicht eher fortlassen, als bis du mir das Geheimnis gesagt hast.“

„Was für ein Geheimnis?“ fragte die Hexe und rang mit ihm wie eine Wildkatze und zerbiss ihre Lippen, auf denen der Schaum stand.

„Du weißt es“, gab er zur Antwort.

Ihre grasgrünen Augen wurden von Tränen verfinstert, und sie sagte zu dem Fischer: „Verlange alles von mir, nur das nicht!“

Er lachte und hielt sie nur noch fester.

Und als sie sah, dass sie sich nicht freimachen konnte, flüsterte sie ihm zu: „Wahrlich, ich bin so schön wie die Töchter des Meeres und so lieblich wie die, so in den blauen Wassern wohnen“, und sie schmiegte sich an ihn und brachte ihr Gesicht nahe an seines.

Aber er runzelte die Stirn und stieß sie zurück und sagte zu ihr: „Wenn du das Versprechen nicht hältst, das du mir gegeben hast, bist du eine falsche Hexe, und ich werde dich erschlagen.“

Sie wurde grau wie eine Blüte des Judasbaums und schauderte. „Sei es so“, flüsterte sie. „Es ist deine Seele und nicht meine. Mach mit ihr, was du willst.“ Und sie nahm aus ihrem Gürtel ein kleines Messer, das einen Griff aus grüner Schlangenhaut hatte, und gab es ihm.

„Was soll mir das nutzen?“ fragte er sie verwundert.

Sie war ein paar Augenblicke still, und ein Ausdruck der Angst legte sich auf ihr Gesicht. Dann strich sie sich das Haar aus der Stirn, und seltsam lächelnd sprach sie zu ihm: „Was die Menschen den Schatten des Körpers nennen, ist nicht der Schatten des Körpers, sondern ist der Körper der Seele. Stell dich an den Meeresstrand mit dem Rücken gegen den Mond und schneide rund um deine Füße herum deinen Schatten ab, welcher der Leib deiner Seele ist, und heiße deine Seele dich verlassen, und sie wird es tun."

Der junge Fischer bebte. „Ist das wahr?" flüsterte er.

„Es ist wahr, und ich wollte, ich hätte dir nichts davon gesagt", schrie sie und klammerte sich weinend an seine Knie.

Er stieß sie von sich und ließ sie in dem üppigen Gras liegen. Dann ging er zum Kamm des Berges, steckte das Messer in seinen Gürtel und machte sich daran, hinabzusteigen.

Und seine Seele, die in ihm war, rief ihn an und sagte: „Höre! Ich habe all diese Jahre bei dir gewohnt und bin dein Diener gewesen. Schicke mich jetzt nicht von dir weg, denn was habe ich dir zuleide getan?"

Und der junge Fischer lachte. „Du hast mir nichts zuleide getan, aber ich brauche dich nicht", war seine Antwort. „Die Welt ist groß, und es gibt auch Himmel und Hölle und das Dämmerhaus im Zwielicht, das dazwischen liegt. Geh hin, wohin du willst, aber störe mich nicht, denn meine Liebe ruft nach mir."

Und seine Seele flehte ihn jammernd an, aber er achtete ihrer nicht, sondern sprang von Klippe zu Klippe, denn sein

Fuß war sicher wie die Füße einer Gämse, und schließlich stand er auf dem ebenen Boden und dem gelben Strand des Meeres.

Mit Gliedern wie aus Erz gegossen und herrlich gebaut wie eine griechische Statue, stand er mit dem Rücken gegen den Mond auf dem Sand, und aus dem Schaum kamen weiße Arme, die ihm winkten, und aus den Wellen stiegen verschwommene Gestalten, die ihm huldigten, vor ihm lag sein Schatten, welcher der Leib seiner Seele war, und hinter ihm hing der Mond in der honigfarbenen Luft.

Und seine Seele sprach zu ihm: „Wenn du mich wirklich von dir jagen musst, schicke mich nicht fort ohne ein Herz. Die Welt ist grausam, gib mir dein Herz, dass ich es mit mir nehme."

Er schüttelte den Kopf und lächelte. „Womit sollte ich meine Liebste lieben, wenn ich dir mein Herz gäbe?" rief er.

„Ach, hab' Erbarmen", sagte seine Seele, „gib mir dein Herz, denn die Welt ist sehr grausam, und ich fürchte mich."

„Mein Herz gehört meiner Liebsten", war seine Antwort, „also säume nicht, sondern mach', dass du fortkommst."

„Darf ich nicht auch lieben?" fragte seine Seele.

„Mach', dass du fortkommst, denn ich brauche dich nicht", rief der junge Fischer, und er nahm das kleine Messer mit dem Griff aus grüner Schlangenhaut und schnitt rund um seine Füße seinen Schatten fort, und er erhob sich und stand vor ihm und sah ihn an, und er war genau wie er selbst. Er trat zurück und barg das Messer in seinem Gürtel, und ein

Schauder überlief ihn. „Mach', dass du fortkommst", murmelte er, „und lass mich dein Gesicht nicht mehr sehen."

„Doch, wir müssen uns wieder begegnen", sagte die Seele. Ihre Stimme war leise und klang wie eine Flöte, und ihre Lippen bewegten sich kaum, wenn sie sprach.

„Wie sollen wir uns begegnen?" rief der junge Fischer. „Du wirst mir doch nicht auf den Meeresgrund folgen?"

„Einmal in jedem Jahr werde ich an diese Stelle kommen und dich rufen", sagte die Seele. „Kann sein, dass du mich brauchen wirst."

„Wozu sollte ich dich brauchen?" rief der junge Fischer, „aber es sei, wie du willst." Und damit tauchte er ins Wasser, und die Tritonen bliesen in ihre Hörner, und die kleine Nixe hob sich ihm entgegen und schlang ihre Arme um seinen Hals und küsste ihn auf den Mund.

Und die Seele stand an dem einsamen Gestade und blickte auf sie. Und als sie im Meer versunken waren, ging sie weinend über das Sumpfland dahin.

Und als ein Jahr herum war, stieg die Seele zum Strand hernieder und rief den jungen Fischer, und er stieg aus der Tiefe empor und sagte: „Warum rufst du mich?"

Und die Seele antwortete: „Komm näher heran, dass ich mit dir sprechen kann, denn ich habe wunderbare Dinge gesehen."

So kam er näher heran und kauerte im flachen Wasser und stützte den Kopf auf die Hand und lauschte.

Und die Seele sprach zu ihm: „Als ich von dir ging, wandte ich mein Antlitz nach Osten und reiste, vom Osten kommt alle Weisheit. Sechs Tage reiste ich, und am Morgen des siebenten Tags kam ich zu einem Berg, der in dem Land der Tataren liegt. Ich setzte mich in den Schatten einer Tamariske, um mich gegen die Sonne zu schützen. Das Land war dürr und von der Hitze verbrannt. Die Menschen gingen über die Ebene hin, wie Fliegen auf einer glänzenden Kupferscheibe kriechen.

Als es Mittag war, stieg eine rote Staubwolke vom flachen Rande des Landes her auf. Als die Tataren sie sahen, spannten sie ihre bemalten Bogen, sprangen auf ihre kleinen Pferde und sprengten ihr entgegen. Die Weiber flohen kreischend in die Wagen und verbargen sich hinter den Vorhängen aus Fellen.

Als es dämmerte, kehrten die Tataren zurück, aber fünf von ihnen fehlten, und von denen, die zurückkamen, waren nicht wenige verwundet. Sie schirrten ihre Pferde an die Wagen und fuhren eilends fort. Drei Schakale kamen aus einer Höhle und bohrten ihre Blicke auf sie. Dann schnüffelten sie mit ihren Nüstern in die Luft und trotteten in der entgegengesetzten Richtung davon.

Als der Mond aufging, sah ich ein Lagerfeuer auf der Ebene brennen und ging zu ihm hin. Eine Schar Kaufleute saß auf Teppichen um das Feuer herum. Ihre Kamele waren hinter ihnen an Pfähle gebunden, und die Neger, die ihre Diener waren, befestigten Zelte aus gegerbten Fellen auf dem Sand und verfertigten einen hohen Zaun aus der Feigendistel.

Als ich in ihre Nähe kam, stand der Oberste der Kaufleute auf und zog sein Schwert und fragte mich nach meinem Begehr.

Ich antwortete, bei mir zu Hause wäre ich ein Prinz, und ich wäre den Tataren entronnen, die mich hätten zu ihrem Sklaven machen wollen. Der Oberste lächelte und zeigte mir fünf Köpfe, die an langen Bambusrohren staken. Dann fragte er mich, wer der Prophet Gottes wäre, und ich antwortete ihm ‚Mohammed'.

Als er den Namen des falschen Propheten hörte, verbeugte er sich und nahm mich bei der Hand und setzte mich an seine Seite. Ein Neger brachte mir Stutenmilch in einer Holzschüssel und ein Stück geröstetes Lammfleisch.

Bei Tagesanbruch setzten wir unsere Reise fort. Ich ritt auf einem rothaarigen Kamel an der Seite des Obersten, und vor uns rannte ein Läufer, der eine Lanze trug. Die Kriegsleute schritten zu beiden Seiten, und die Maultiere folgten mit den Wagen.

Es waren vierzig Kamele in der Karawane, und zweimal soviel Maultiere waren es.

Wir reisten aus dem Lande der Tataren in das Land derer, die mit dem Monde Lästerung treiben. Wir sahen die Greife auf den weißen Felsen ihr Gold bewachen und die schuppigen Drachen in ihren Höhlen schlafen. Als wir über die Berge zogen, hielten wir unsern Atem an, damit keine Lawinen auf uns stürzten, und jeder knüpfte einen Gazeschleier vor seine Augen. Als wir durch die Täler zogen, schossen die Pygmäen aus den hohlen Bäumen Pfeile auf uns, und zur Nacht hörten wir die Wilden auf ihre Trommeln schlagen. Als wir zu dem

Affenturm kamen, setzten wir den Affen Früchte vor, und sie taten uns kein Leid. Als wir zu dem Schlangenturm kamen, gaben wir den Schlangen Milch in Messingschalen, und sie ließen uns ziehen. Dreimal auf unserer Reise kamen wir zu den Ufern des Oxus. Wir fuhren über ihn auf Holzflößen mit großen Blasen aus luftgefüllten Häuten. Die Flusspferde wüteten gegen uns und wollten uns umbringen. Als die Kamele sie sahen, zitterten sie.

Die Könige einer jeden Stadt erhoben Zölle von uns, aber wollten nicht dulden, dass wir durch ihre Tore zogen. Sie warfen uns Brot über die Mauern, kleine Maiskuchen, die in Honig gebacken waren, und Kuchen aus feinem Mehl, die mit Datteln gefüllt waren. Für je hundert Körbe gaben wir ihnen eine Bernsteinschnur.

Als die Bewohner der Dörfer uns kommen sahen, vergifteten sie die Brunnen und flohen auf die Gipfel der Berge. Wir kämpften mit den Magadäern, die alt zur Welt kommen und mit jedem Jahr immer jünger werden und sterben, wenn sie kleine Kinder sind; und mit den Laktroiten, die sagen, sie seien die Söhne von Tigern, und sich gelb und schwarz bemalen, und mit den Auranten, die ihre Toten auf den Baumwipfeln bestatten und selbst in dunklen Höhlen leben, damit die Sonne, die ihr Gott ist, sie nicht erschlägt; und mit den Krimnianern, die ein Krokodil anbeten und ihm Ohrringe aus grünem Glas geben und es mit Butter und lebendem Geflügel füttern; und mit den Agazonbiten, die Hundegesichter besitzen, und mit den Sibanern, die Pferdefüße haben und schneller laufen als Pferde. Der dritte Teil unserer Gesellschaft starb im Kampf, und ein weiteres Drittel starb an Entbehrungen. Die Übrigen murrten gegen mich und sagten, ich hätte ihnen Unheil gebracht. Ich nahm eine Hornschlange unter einem Stein vor und ließ sie mich stechen. Als sie sahen, dass ich nicht krank wurde, überkam sie Entsetzen.

Im vierten Monat erreichten wir die Stadt Illel. Es war Nacht, als wir zu dem Hain kamen, der vor den Wällen liegt, und die Luft war schwül, denn der Mond wanderte im Zeichen des Skorpions. Wir pflückten die reifen Granatäpfel von den Bäumen und brachen sie auf und tranken ihren süßen Saft. Dann legten wir uns auf unsere Teppiche nieder und warteten auf Tagesanbruch.

Und als der Morgen graute, erhoben wir uns und pochten an das Stadttor. Es war aus roter Bronze verfertigt, und Seeungeheuer und geflügelte Drachen waren auf ihm zu sehen. Die Wächter sahen von den Zinnen herab und fragten nach unserm Begehr. Der Dolmetsch der Karawane antwortete, wir kämen mit viel Ware von der syrischen Insel. Sie nahmen Geiseln und sagten uns, um Mittag würden sie das Tor öffnen, und hießen uns bis dahin warten.

Als es Mittag war, öffneten sie das Tor, und als wir hineingingen, strömten die Menschen aus den Häusern, um uns anzusehen, und ein Ausrufer ging durch die Stadt und schrie durch eine Muschel. Wir stellten uns auf dem Marktplatz auf, und die Neger schnürten die Ballen auf, die mit geblümten Stoffen umhüllt waren, und öffneten die geschnitzten Kästen aus Sykomorenholz. Und als sie ihre Aufgabe vollendet hatten, packten die Kaufleute ihre seltsamen Waren aus, die gewachste Leinwand aus Ägypten und die bemalte Leinwand aus dem Lande der Äthiopier, die Purpurschwämme aus Tyrus und die blauen Tapeten aus Sidon, die Pokale aus kühlem Bernstein und die feinen Gefäße aus Glas und die absonderlichen Gefäße aus gebranntem Ton. Vom Dach eines Hauses beobachtete uns eine Schar Frauen. Eine von ihnen trug eine Maske aus vergoldetem Leder.

Und am ersten Tag kamen die Priester und handelten mit uns, und am zweiten Tag kamen die Adligen, und am dritten Tag kamen die Handwerker und die Sklaven. Und dies ist ihr Brauch mit allen Kaufleuten, solange sie in der Stadt verweilen.

Und wir verweilten einen Mond; und als der Mond schwand, wurde ich der Stadt müde und wanderte fort durch ihre Straßen und kam zu dem Garten ihres Gottes. Die Priester in ihren gelben Gewändern wandelten schweigend unter den grünen Bäumen, und auf einem Pflaster aus schwarzem Marmor stand das rosenrote Haus, in dem der Gott seine Wohnung hatte. Seine Tore zeigten zierlich gemusterte Lackarbeit, und Stiere und Pfauen in erhabenem und poliertem Gold waren darauf angebracht. Das Dach war aus meergrünem Porzellan, und die vorspringenden Traufen waren mit Glöckchen behangen. Wenn die weißen Tauben vorbeiflogen, streiften sie die Glöckchen mit ihren Flügeln und brachten sie zum Erklingen.

Vor dem Tempel war ein Teich aus klarem Wasser, dessen Boden mit geädertem Onyx gepflastert war. Ich legte mich neben ihm nieder, und mit meinen blassen Fingern berührte ich die breiten Türflügel. Einer der Priester kam auf mich zu und stellte sich hinter mich. Er trug Sandalen an seinen Füßen, eine aus weicher Schlangenhaut und die andere aus Vogelfedern. Auf seinem Kopf saß eine Mitra aus schwarzem Filz, die mit silbernen Halbmonden geschmückt war. Aus siebenerlei Gelb war sein Gewand gewebt, und sein gekräuseltes Haar war mit Antimon gefärbt.

Nach einer kleinen Weile sprach er zu mir und fragte nach meinem Begehren.

Ich sagte ihm, mein Begehren wäre, den Gott zu sehen.

‚Der Gott ist auf der Jagd', sagte der Priester und sah mich mit seinen kleinen geschlitzten Augen an.

‚Sage mir, in welchem Wald, und ich will mit ihm reiten', antwortete ich.

Er strich die weichen Fransen seines Rockes mit seinen langen, spitzen Nägeln aus. ‚Der Gott schläft', murmelte er.

‚Sage mir, auf welchem Lager, und ich will bei ihm wachen', antwortete ich.

‚Der Gott ist beim Mahle', rief er.

‚Wenn der Wein süß ist, will ich ihn mit ihm trinken, und wenn er bitter ist, will ich ihn auch mit ihm trinken', war meine Antwort.

Er senkte verwundert den Kopf, fasste meine Hand und hob mich auf und führte mich in den Tempel.

Und in dem ersten Gemach sah ich einen Götzen, der auf einem Throne aus Jaspis saß, der mit großen orientalischen Perlen eingefasst war. Der Götze war aus Ebenholz geschnitzt und hatte Mannesgröße. Auf seiner Stirn war ein Rubin, und dickes Öl tropfte aus seinem Haar auf seine Schenkel. Seine Füße waren rot vom Blut eines eben geschlachteten Zickleins, und seine Lenden waren mit einem Kupfergürtel umschlungen, der mit sieben Beryllen besetzt war.

Und ich sagte zu dem Priester: ‚Ist dies der Gott?' Und er antwortete mir: ‚Dies ist der Gott.'

‚Zeige mir den Gott!' schrie ich, ‚oder wahrlich, ich erschlage dich.' Und ich berührte seine Hand, und sie wurde welk.

Und der Priester beschwor mich und sagte: ‚Der Herr heile seinen Diener, und ich will ihm den Gott zeigen.'

So hauchte ich mit meinem Atem auf seine Hand, und sie wurde wieder heil, er aber zitterte und führte mich in das zweite Gemach, und ich sah einen Götzen auf einem Lotoskapitell aus Nephrit stehen, das mit großen Smaragden besetzt war. Der Götze war aus Elfenbein geschnitzt und hatte doppelte Mannesgröße. Auf seiner Stirne war ein Chrysolith, und seine Brüste waren mit Myrrhen und Zimt gesalbt. In einer Hand hielt er ein gebogenes Zepter aus Nephrit und in der andern einen runden Kristall. Er trug Kothurne aus Messing, und um seinen dicken Hals hing eine Kette aus Mondsteinen.

Und ich sagte zu dem Priester: ‚Ist dies der Gott?' Und er antwortete mir: ‚Dies ist der Gott.'

‚Zeige mir den Gott!' schrie ich, ‚oder wahrlich, ich erschlage dich.' Und ich berührte seine Augen, und sie wurden blind.

Und der Priester beschwor mich und sagte: ‚Der Herr heile seinen Diener, und ich will ihm den Gott zeigen.'

So hauchte ich mit meinem Atem auf seine Augen, und sie erhielten ihr Gesicht zurück, er aber zitterte wieder und führte mich in das dritte Gemach, und siehe, es war kein Götze in ihm und keinerlei Bildnis, sondern nur ein Spiegel aus rundem Metall, der auf einem steinernen Altar stand.

Und ich sagte zu dem Priester: ‚Wo ist der Gott?' Und er antwortete mir: ‚Es ist kein Gott als dieser Spiegel, den du siehst, denn dies ist der Spiegel der Weisheit. Und er zeigt alle Dinge, die im Himmel und auf Erden sind, außer dem Gesicht dessen, der hineinblickt. Dieses zeigt er nicht, so dass der, der hineinblickt, weise sein kann. Es gibt viele andere Spiegel, aber sie sind Spiegel der Meinung. Dies nur ist der Spiegel der Weisheit. Und die diesen Spiegel besitzen, wissen alles, und ihnen ist nichts verborgen. Und die ihn nicht besitzen, haben die Weisheit nicht. Darum ist er der Gott, und wir beten ihn an.' Und ich blickte in den Spiegel, und es war so, wie er mir gesagt hatte.

Und ich tat ein seltsames Ding, aber was ich tat, darauf kommt es nicht an, denn in einem Tal, das nur eine Tagereise von hier entfernt ist, habe ich den Spiegel der Weisheit verborgen. Erlaube mir nur, wieder in dich hineinzugehen und dein Diener zu sein, und du wirst weiser sein als alle Weisen, und die Weisheit wird dir zu eigen sein. Erlaube mir, in dich hineinzugehen, und niemand wird so weise sein wie du."

Aber der junge Fischer lachte: „Liebe ist besser als Weisheit", rief er, „und die kleine Nixe liebt mich."

„Nein, nichts ist besser als Weisheit", sagte die Seele.

„Liebe ist besser", erwiderte der junge Fischer, und er tauchte in die Tiefe, und die Seele ging weinend fort über das Sumpfland.

Und als das zweite Jahr herum war, stieg die Seele zum Strand hernieder und rief den jungen Fischer, und er stieg aus der Tiefe empor und sagte: „Warum rufst du mich?“

Und die Seele antwortete: „Komm näher heran, dass ich mit dir sprechen kann, denn ich habe wunderbare Dinge gesehen.“

So kam er näher heran und kauerte im flachen Wasser und stützte den Kopf auf die Hand und lauschte.

Und die Seele sprach zu ihm: „Als ich von dir ging, wandte ich mein Antlitz nach Süden und reiste. Vom Süden kommt jegliche Kostbarkeit. Sechs Tage reiste ich auf den Straßen, die zu der Stadt Aschter führen; auf den staubigen, rotgefärbten Straßen, auf denen die Pilger zu ziehen pflegen, reiste ich, und am Morgen des siebenten Tages hob ich meine Augen und siehe, die Stadt lag zu meinen Füßen, denn sie liegt in einem Tal.

Es sind neun Tore um diese Stadt, und vor jedem Tor steht ein ehernes Pferd, das wiehert, wenn die Beduinen von den Bergen herabkommen. Die Mauern sind mit Kupfer verkleidet, und die Wachtürme auf den Mauern haben Dächer aus Messing. In jedem Turm steht ein Schütze mit einem Bogen in der Hand. Bei Sonnenaufgang schlägt er mit einem Pfeil auf einen Gong, und bei Sonnenuntergang bläst er auf einem hürnenen Horn.

Als ich hineinzugehen versuchte, hielten mich die Wächter an und fragten mich, wer ich wäre. Ich gab zur Antwort, ich wäre ein Derwisch und auf meinem Weg nach der Stadt Mekka, allwo ein grüner Schleier sei, auf welchem von Engelsfingern in Silberlettern der Koran gestickt wäre. Sie waren voller Staunen und flehten mich an, einzutreten.

Drinnen ist es wie in einem Basar. Wahrlich, du hättest bei mir sein sollen. In den engen Straßen schweben die lustigen Papierlampions wie große Schmetterlinge. Wenn der Wind über die Dächer bläst, heben sie sich und sinken wie Seifenblasen. Vor ihren Buden sitzen die Kaufleute auf seidenen Teppichen. Sie haben lange schwarze Bärte, und ihre Turbane sind mit Goldzechinen bedeckt, und lange Bernsteinketten und geschnitzte Pfirsichsteine gleiten durch ihre kühlen Finger. Einige von ihnen verkaufen Galbanum und Nardenöl und seltene Wohlgerüche von den Inseln des Indischen Ozeans, und das dicke Öl der roten Rosen und Myrrhen und kleine stiftförmige Nelken. Hält jemand an, um mit ihnen zu sprechen, dann werfen sie kleine Prisen Weihrauch auf ein Kohlenbecken und sorgen für liebliche Lust. Ich sah einen Syrier, der in seinen Händen eine dünne Rute hielt, die wie ein Rohr aussah. Graue Rauchfäden drangen aus ihr, und der Duft beim Verbrennen war wie der Duft des roten Mandelbaums im Frühling. Andere verkaufen silberne Armreife, die über und über mit milchig blauen Türkissteinen geschmückt sind, und Fußspangen aus Messingdraht, an dem kleine Perlen hängen, und Tigerkrallen, die in Gold gefasst sind, und die Krallen jener Goldkatze, des Leoparden, die ebenfalls in Gold gefasst sind, und Ohrringe aus durchbohrtem Smaragd, und Fingerringe aus ausgehöhltem Nephrit. Aus den Teehäusern erschallt der Klang der Gitarre, und die Opiumraucher mit ihren weißen, lächelnden Gesichtern sehen auf die Vorbeigehenden heraus.

Wahrlich, du hättest bei mir sein sollen. Die Weinverkäufer bahnen sich mit ihren Ellbogen den Weg durch die Menge und tragen große, schwarze Schläuche auf ihren Schultern. Die meisten von ihnen verkaufen den Wein von Schiras, der so süß wie Honig ist. Sie kredenzen ihn in kleinen Metallbechern und streuen Rosenblätter darauf. Auf dem Marktplatz stehen die Obsthändler, die alle Arten Früchte verkaufen: reife Feigen mit ihrem zerrissenen Purpurfleisch, Melonen, die nach Moschus schmecken und gelb wie Topase sind, Zitronen und Rosenäpfel und Büschel weißer Trauben, runde, rotgoldene Orangen und eiförmige Limonen aus grünem Gold. Einmal sah ich einen Elefanten vorbeigehen. Sein Rüssel war mit Zinnober und Gelbwurz gefärbt, und über seinen Ohren hatte er ein Netz aus karmesinfarbener Seidenschnur. Er blieb vor einer der Buden stehen und fing an, die Orangen aufzufressen, und der Mann lachte nur. Du kannst dir nicht denken, was für seltsame Menschen sie sind. Wenn sie fröhlich sind, gehen sie zu den Vogelhändlern und kaufen ihnen einen gefangenen Vogel ab und lassen ihn frei, damit ihre Freude größer werde, und wenn sie traurig sind, geißeln sie sich mit Dornen, damit ihr Schmerz nicht geringer werde.

Eines Abends begegnete ich einigen Negern, die einen schweren Palankin durch den Basar trugen. Er war aus vergoldetem Bambus verfertigt, und die Stangen waren in hochroter Lackarbeit gehalten und mit messingenen Pfauen besetzt. Vor den Fenstern hingen dünne Vorhänge aus Musselin, der mit Käferflügeln und seinen Sonnenperlen bestickt war, und als die Sänfte an mir vorbeikam, sah eine blaßwangige Tscherkessin heraus und lächelte mir zu. Ich folgte nach, und die Neger beschleunigten die Schritte und blickten finster drein. Aber ich kümmerte mich nicht darum. Ich spürte, wie mich eine große Neugier überkam.

Schließlich hielten sie vor einem würfelförmigen weißen Hause an. Es waren keine Fenster zu sehen, nur ein kleines Tor, wie das Tor zu einer Gruft. Sie setzten den Palankin nieder und klopften dreimal mit einem Kupferhammer an. Ein Armenier in einem grünledernen Kaftan sah durch das Guckloch, und als er sie gewahrte, öffnete er und breitete einen Teppich auf den Boden, und das Weib stieg aus. Als sie hineinging, wandte sie sich um und lächelte mir wieder zu. Ich hatte nie einen Menschen gesehen, der so blass war.

Als der Mond aufging, kehrte ich zu dem nämlichen Ort zurück und suchte nach dem Haus, aber es war nicht mehr da. Als ich das sah, wusste ich, wer das Weib war und warum sie mir zugelächelt hatte.

Wahrlich, du hättest bei mir sein sollen. Beim Fest des Neumonds verließ der junge Kaiser seinen Palast und ging in die Moschee zum Gebet. Sein Haar und Bart waren mit Rosenblättern gefärbt, und seine Wangen waren mit seinem Goldstaub gepudert. Hände und Füße waren innen mit Safran gelb gefärbt.

Bei Sonnenaufgang verließ er seinen Palast in einem Silbergewand, und bei Sonnenuntergang kehrte er in einem Goldgewand heim. Die Menschen warfen sich auf den Boden und verbargen ihr Gesicht, aber ich wollte das nicht. Ich blieb bei dem Stand eines Dattelhändlers stehen und wartete. Als der Kaiser mich sah, zog er seine gemalten Augenbrauen hoch und blieb stehen. Ich stand ganz still und machte ihm keine Verbeugung. Die Menschen wunderten sich über meine Verwegenheit und rieten mir, aus der Stadt zu fliehen. Ich achtete nicht auf sie, sondern ging und setzte mich zu den Händlern, die fremde Götter verkaufen und die wegen ihrer Künste verflucht sind. Als ich ihnen erzählte, was ich getan hatte, schenkte mir jeder von ihnen einen Gott und bat mich, sie zu verlassen.

Als ich in dieser Nacht auf einem Lager in dem Teehaus ausgestreckt lag, das in der Granatapfelstraße liegt, traten die Wachen des Kaisers herein und führten mich in den Palast. Beim Hineingehen verschlossen sie jedes Tor hinter mir und legten eine Kette vor. Innen war ein großer Hof, um den ein Säulengang ringsherum ging. Die Wände waren aus weißem Alabaster, in den hie und da blaue und grüne Kacheln eingelegt waren. Die Pfeiler waren aus grünem Marmor und das Pflaster aus einer Art Pfirsichblütenmarmor. Ich hatte etwas dergleichen nie zuvor gesehen.

Als ich über den Hof ging, blickten zwei verschleierte Frauen von einem Balkon herab und fluchten mir. Die Wachen eilten weiter, und die Lanzenenden dröhnten auf dem glänzenden Fußboden. Sie öffneten ein Tor aus geschnitztem Elfenbein, und ich befand mich in einem wasserreichen Garten mit sieben Terrassen. In ihm standen Tulpenkelche und Chrysanthemen und silbrige Aloen. Gleich einem schlanken Rohr aus Kristall, hing ein Springbrunnen in der Dämmerluft. Die Zypressen standen da wie ausgebrannte Fackeln, von einem der Bäume kam der Gesang einer Nachtigall.

Am Ende des Gartens stand ein kleines Zelt. Als wir uns ihm näherten, traten uns zwei Eunuchen entgegen. Ihre fetten Leiber wackelten beim Gehen, und sie richteten unter ihren gelben Lidern neugierige Blicke auf mich. Einer von ihnen nahm den Hauptmann der Leibwache beiseite und flüsterte leise mit ihm. Der andere schmatzte parfümierte Pastillen, die er mit einer gezierten Bewegung aus einer ovalen lila Emaillebüchse nahm.

Nach ein paar Augenblicken entließ der Hauptmann der Leibwache die Soldaten. Sie gingen in den Palast zurück, die Eunuchen folgten langsam nach und pflückten im vorbeigehn die süßen Maulbeeren von den Bäumen. Einmal drehte sich der Ältere von den beiden um und lächelte mich mit bösem Lächeln an.

Dann gab mir der Hauptmann der Leibwache einen Wink, in das Zelt einzutreten. Ich ging vorwärts, ohne zu zittern, schob den schweren Vorhang zur Seite und trat ein.

Der junge Kaiser war auf einem Lager aus gefärbten Löwenfellen ausgestreckt, und ein Falke saß auf seiner Faust. Hinter ihm stand, mit einem Messingturban auf dem Kopf, ein Nubier, der nackt war bis auf die Hüften und in seinen geschlitzten Ohren schwere Ohrringe trug. Auf einem Tisch zur Seite des Lagers lag ein mächtiger stählerner Krummsäbel.

Als der Kaiser mich sah, runzelte er die Stirn und sagte zu mir: ‚Wie heißt du? Weißt du nicht, dass ich Kaiser dieser Stadt bin?' Aber ich gab ihm keine Antwort.

Er deutete mit dem Finger auf den Krummsäbel, und der Nubier ergriff ihn, sprang vor und schlug mit großer Gewalt nach mir. Das Schwert sauste durch mich hindurch und tat mir keinen Schaden. Der Mann fiel zuckend zu Boden, und als er aufstand, klapperten seine Zähne vor Angst, und er verbarg sich hinter dem Lager.

Der Kaiser sprang auf die Füße, nahm eine Lanze aus einem Waffenständer und schleuderte sie nach mir. Ich fing sie im Fluge auf und brach den Schaft entzwei. Er schoss einen Pfeil auf mich ab, aber ich hielt meine Hände empor, und er blieb mitten in der Luft stehen. Dann zog er einen Dolch aus seinem weißledernen Gürtel und stieß ihn dem Nubier in die Kehle, damit der Sklave nicht von seiner Schande erzählen konnte. Der Mann krümmte sich wie eine getretene Schlange, und ein roter Schaum trat auf seine Lippen.

Sowie er tot war, wandte sich der Kaiser zu mir, und nachdem er mit einem kleinen Tuch aus Hermelin und purpurner Seide den glänzenden Schweiß von der Stirn gewischt hatte, sagte er zu mir: ‚Bist du ein Prophet, dass ich dich nicht verletzen kann, oder eines Propheten Sohn, dass ich dir keinen Schaden tun kann? Ich bitte dich, verlass meine Stadt noch heute Nacht, denn solange du darin bist, bin ich nicht mehr länger ihr Herr.'

Und ich antwortete ihm: ‚Für die Hälfte deines Schatzes will ich gehen. Gib mir die Hälfte deines Schatzes, und ich will fortgehen.'

Er nahm mich bei der Hand und führte mich in den Garten hinaus. Als der Hauptmann der Leibwache mich sah, staunte er. Als die Eunuchen mich sahen, bebten ihre Knie, und sie fielen vor Angst zu Boden.

Es ist ein Zimmer in dem Palaste, das hat acht Wände aus rotem Porphyr und eine Schuppendecke aus Messing, von der Lampen herabhängen. Der Kaiser berührte eine der Wände, und sie öffnete sich, und wir gingen durch einen Flur, der von vielen Fackeln erhellt war. In Nischen standen auf jeder

Seite große Weinkrüge, die bis zum Rand mit Silbermünzen gefüllt waren. Als wir die Mitte des Ganges erreichten, sprach der Kaiser das Wort, das nicht gesprochen werden darf, und ein Granittor flog durch eine geheime Feder zurück, und er legte die Hände über sein Gesicht, damit seine Augen nicht geblendet würden.

Du kannst dir nicht vorstellen, was für ein wundersamer Ort das war. Da waren riesige Schildkrötenschalen voller Perlen und ausgehöhlte große Mondsteine, in denen bis zum Rand Rubine geschichtet waren. Das Gold war in Truhen von Elefantenhöhe aufgehäuft, und der Goldstaub in Lederflaschen. Da waren Opale und Saphire, die ersteren in Kristallschalen und die letzteren in Nephritschalen. Runde, grüne Smaragde waren auf dünnen Elfenbeintafeln in Reihen gelegt, und in einer Ecke waren Seidentaschen, die einen mit Türkisen und die andern mit Beryllen gefüllt. Die Elfenbeinhörner waren mit purpurnen Amethysten gefüllt und die Erzhörner mit Thalzedonen und Karneolen. An den Pfeilern, die aus Zedernholz waren, hingen Stränge von gelben Luchssteinen. In den flachen, ovalen Schilden lagen weinrote und grasgrüne Karfunkelsteine. Und nun habe ich dir nur ein Zehntel von dem genannt, was da war.

Und als der Kaiser seine Hände von seinem Antlitz genommen hatte, sprach er zu mir: ‚Dies ist mein Schatzhaus, und die Hälfte dessen, was darin liegt, ist dein, wie ich versprochen habe. Und ich will dir Kamele und Kameltreiber geben, und sie sollen tun, was du sie heißest, und sollen deinen Anteil des Schatzes in den Teil der Welt bringen, in den du gehen willst. Und das soll heute Nacht geschehen, denn ich will nicht, dass der Sonnenball, mein Vater, sehen soll, dass in meiner Stadt ein Mann ist, den ich nicht umbringen kann.‘

Aber ich antwortete ihm: ‚Das Gold, das hier ist, gehört dir, und das Silber gehört ebenfalls dir, und dir gehören die kostbaren Juwelen und die wertvollen Dinge. Ich für mein Teil brauche sie nicht. Auch werde ich nichts von dir nehmen als den kleinen Ring, den du hier an deinem Finger trägst.‘

Und der Kaiser runzelte die Stirn. ‚Der Ring ist nur aus Blei‘, rief er, ‚und hat keinen Wert. Nimm also die Hälfte des Schatzes und geh aus meiner Stadt.‘

‚Nein‘, antwortete ich, ‚ich will nichts anderes nehmen als diesen bleiernen Ring, denn ich weiß, was darin geschrieben steht und zu welchem Zweck.‘

Und der Kaiser erbebte und flehte mich an und sagte: ‚Nimm meinen ganzen Schatz und geh aus meiner Stadt. Die Hälfte, die mein ist, soll auch noch dein sein.‘

Und ich tat etwas Seltsames. Aber was ich tat, darauf kommt es nicht an, denn in einer Höhle, die nur eine Tagereise von hier entfernt ist, habe ich den Ring des Reichtums verborgen. Er liegt nur eine Tagereise von hier und wartet auf dein Kommen. Wer diesen Ring hat, ist reicher als alle Könige der Welt. Komm also und nimm ihn, und die Schätze der Welt werden dein sein.“

Aber der junge Fischer lachte: „Liebe ist besser als Reichtum“, rief er, „und die kleine Nixe liebt mich.“

„Nein, nichts ist besser als Reichtum“, sagte die Seele.

„Liebe ist besser“, erwiderte der junge Fischer, und er tauchte in die Tiefe, und die Seele ging weinend fort über das Sumpfland.

Und als das dritte Jahr herum war, stieg die Seele zum Strand hernieder und rief den jungen Fischer, und er stieg aus der Tiefe empor und sagte: „Warum rufst du mich?“

Und die Seele antwortete: „Komm näher heran, dass ich mit dir sprechen kann, denn ich habe wunderbare Dinge gesehen.“

So kam er näher heran und kauerte im flachen Wasser und stützte den Kopf auf die Hand und lauschte.

Und die Seele sprach zu ihm: „In einer Stadt, die ich kenne, ist eine Herberge, die steht an einem Fluss. Ich saß da mit Seeleuten, die tranken zwei verschiedenfarbene Weine und aßen Gerstenbrot und kleine Salzfische, die in Lorbeerblättern mit Essig aufgetragen wurden. Und als wir so saßen und fröhlich waren, da trat ein alter Mann zu uns, der einen Teppich aus Leder hatte und eine Laute, an der zwei Schnäbel aus Bernstein waren. Und als er den Teppich auf den Boden gelegt hatte, strich er mit einem Federkiel über die Drahtsaiten seiner Laute, und ein Mädchen mit verschleiertem Gesicht lief herein und hub an, vor uns zu tanzen. Ihr Gesicht war mit einem Gazeschleier verhüllt, aber ihre Füße waren nackt. Nackt waren ihre Füße, und sie flogen über den Teppich wie kleine weiße Tauben. Niemals habe ich etwas so Wunderbares gesehen, und die Stadt, in der sie tanzt, ist nur eine Tagereise von hier entfernt.“

Als nun der junge Fischer die Worte seiner Seele hörte, fiel ihm ein, dass die kleine Nixe keine Füße hatte und nicht tanzen konnte. Und ein großes Verlangen kam über ihn, und er sprach bei sich selbst: „Es ist nur eine Tagereise, und ich kann zu meiner Liebsten zurückkehren.“ Und er lachte und erhob sich in dem flachen Wasser und schritt dem Ufer zu.

Und als er das trockene Ufer erreicht hatte, lachte er wieder und breitete seiner Seele die Arme aus. Und seine Seele stieß einen lauten Freudenschrei aus und lief ihm entgegen und trat in ihn ein, und der junge Fischer sah vor sich auf den Sand hingestreckt den Schatten des Körpers, welcher der Körper der Seele ist.

Und seine Seele sprach zu ihm: „Lass uns nicht säumen, sondern schnell von hier gehen, denn die Meeresgötter sind eifersüchtig und haben Ungeheuer, die tun, was sie ihnen heißen.“

So eilten sie fort, und die ganze Nacht reisten sie unter dem Mond, und den ganzen nächsten Tag reisten sie unter der Sonne, und am Abend des Tages kamen sie an eine Stadt.

Und der junge Fischer sprach zu seiner Seele: „Ist dies die Stadt, in der das Mädchen tanzt, von dem du mir gesprochen hast?“

Und seine Seele antwortete ihm: „Es ist nicht diese Stadt, sondern eine andere. Lass uns trotzdem hineingehn.“

So gingen sie hinein und wandelten durch die Straßen, und als sie durch die Straße der Juweliere wandelten, sah der junge Fischer einen schönen Silberbecher vor einer Bude stehen. Und seine Seele sprach zu ihm: „Nimm diesen Silberbecher und verbirg ihn.“

So nahm er den Becher und barg ihn in den Falten seines Gewandes, und sie gingen eilends aus der Stadt.

Und nachdem sie die Stadt eine Meile hinter sich hatten, runzelte der junge Fischer die Stirn und warf den Becher fort und sagte zu seiner Seele: „Warum hast du mir gesagt, ich solle diesen Becher nehmen und ihn verbergen? Denn es war eine Schlechtigkeit, es zu tun."

Aber seine Seele antwortete ihm: „Sei still, sei still."

Und am Abend des zweiten Tages kamen sie an eine Stadt, und der junge Fischer sprach zu seiner Seele: „Ist dies die Stadt, in der das Mädchen tanzt, von dem du mir gesprochen hast?"

Und seine Seele antwortete ihm: „Es ist nicht diese Stadt, sondern eine andere. Lass uns trotzdem hineingehn."

So gingen sie hinein und wandelten durch die Straßen, und als sie durch die Straße der Sandalenhändler wandelten, sah der junge Fischer ein Kind bei einem Wasserkrug stehen. Und seine Seele sprach zu ihm: „Schlage dieses Kind." Da schlug er das Kind, bis es weinte, und als er das getan hatte, gingen sie eilends aus der Stadt.

Und nachdem sie die Stadt eine Meile hinter sich hatten, wurde der junge Fischer zornig und sagte zu seiner Seele: „Warum hast du mir gesagt, ich solle das Kind schlagen? Es war eine Schlechtigkeit, es zu tun."

Aber seine Seele antwortete ihm: „Sei still, sei still."

Und am Abend des dritten Tags kamen sie an eine Stadt, und der junge Fischer sprach zu seiner Seele: „Ist dies die

Stadt, in der das Mädchen tanzt, von dem du mir gesprochen hast?"

Und seine Seele antwortete ihm: „Es kann sein, dass es in dieser Stadt ist, also lass uns hineingehn."

So gingen sie hinein und wandelten durch die Straßen, aber nirgends konnte der junge Fischer den Fluss oder die Herberge finden, die an seinem Ufer stand. Und die Menschen der Stadt sahen ihn neugierig an, und er wurde ängstlich und sprach zu seiner Seele: „Lass uns von hier fortgehn, denn das Mädchen, das mit weißen Füßen tanzt, ist nicht hier."

Aber seine Seele antwortete: „Nein, lass uns trotzdem verweilen, denn die Nacht ist dunkel, und es werden Räuber auf dem Wege sein."

So setzte er sich auf dem Marktplatz nieder und rastete, und nach einer Weile kam ein Kaufmann vorbei, der hatte eine Kappe auf dem Kopf und einen Mantel aus tatarischem Tuch umgeschlagen und trug am Ende eines zusammenlegbaren Rohrs eine Laterne aus geschnittenem Horn. Und der Kaufmann sagte zu ihm: „Warum sitzest du auf dem Marktplatz, wo die Buden geschlossen und die Ballen verschnürt sind?"

Und der junge Fischer antwortete ihm: „Ich kann in dieser Stadt keine Herberge finden und habe keinen Verwandten, der mir Obdach geben möchte."

„Sind wir nicht alle verwandt?" sagte der Kaufmann. „Und hat nicht ein Gott uns geschaffen? Also komm mit mir, denn ich habe ein Gastzimmer."

So stand der junge Fischer auf und folgte dem Kaufmann nach seinem Hause. Und als er durch einen Garten mit Granatbäumen gegangen und in das Haus getreten war, brachte der Kaufmann ihm in einer Kupferschale Rosenwasser, dass er seine Hände waschen möchte, und reife Melonen, dass er seinen Durst löschen möchte, und setzte ihm eine Schüssel mit Reis vor und ein Stück geröstetes Zickleinfleisch.

Und nachdem er sich gesättigt hatte, führte ihn der Kaufmann nach dem Gastzimmer und wünschte ihm, gut zu ruhen. Und der junge Fischer dankte ihm und küsste den Ring, den er an der Hand trug, und warf sich auf die Decken aus gefärbtem Ziegenhaar nieder. Dann zog er eine Decke aus schwarzer Lammwolle über sich und schlief ein.

Und drei Stunden vor Tag, als die Nacht noch nicht vorbei war, weckte ihn seine Seele und sprach zu ihm: „Stehe auf und geh in das Zimmer des Kaufmanns, geradewegs in das Zimmer, in dem er schläft, und bring ihn um und nimm ihm sein Gold, denn wir brauchen es."

Und der junge Fischer stand auf und schlich in das Zimmer des Kaufmanns, und über die Füße des Kaufmanns war ein gekrümmtes Schwert gelegt, und der Kasten neben dem Kaufmann enthielt neun Beutel mit Gold. Und er streckte seine Hand aus und berührte das Schwert, und als er es berührte, fuhr der Kaufmann zusammen und wachte auf. Er sprang in die Höhe und griff selbst nach dem Schwert und rief dem jungen Fischer zu: „Vergiltst du Gutes mit Bösem und zahlst mit Blutvergießen für die Freundlichkeit, die ich dir erwiesen habe?"

Und seine Seele sprach zu dem jungen Fischer: „Triff ihn“, und er traf ihn so, dass er ohnmächtig hinfiel, und dann ergriff er die neun Beutel mit Gold und floh eilends durch den Garten mit den Granatapfelbäumen und zeigte sein Antlitz dem Stern, welcher der Morgenstern ist.

Und nachdem sie die Stadt eine Meile hinter sich hatten, schlug der junge Fischer seine Brust und sprach zu seiner Seele: „Warum hast du mich geheißen, den Kaufmann umzubringen und sein Gold zu nehmen? Wahrlich, du bist schlecht.“

Aber seine Seele antwortete ihm: „Sei still, sei still.“

„Nein“, rief der junge Fischer, „ich will nicht still sein, denn alles, was ich um deinetwillen getan habe, ist mir verhasst. Ich hasse auch dich, und ich will, dass du mir sagst, warum du mit mir in dieser Weise verfahren bist.“

Und seine Seele antwortete ihm: „Als du mich in die Welt hinausschicktest, gabst du mir kein Herz, so habe ich gelernt, all diese Dinge zu tun und sie zu lieben.“
„Was sagst du?“ murmelte der junge Fischer. „Du weißt es“, antwortete seine Seele, „du weißt es wohl. Hast du vergessen, dass du mir kein Herz gegeben hast? Ich denke, nein. Und so quäle dich nicht und mich nicht, sondern sei still, denn es gibt keinen Schmerz, den du nicht austeilen wirst, und keine Lust, die du nicht empfangen wirst.“

Und als der junge Fischer diese Worte hörte, zitterte er und sagte zu seiner Seele: „Wahrlich, du bist schlecht. Du hast mich dazu gebracht, dass ich meine Liebe vergaß, und hast mich mit Versuchungen versucht und meine Füße auf die Pfade der Sünde geführt."

Und seine Seele antwortete ihm: „Hast du wirklich vergessen, dass du mir, als du mich in die Welt hinausschicktest, kein Herz gegeben hast? Komm, lass uns in eine andere Stadt gehen und fröhlich sein, denn wir haben neun Beutel voll Gold."

Aber der junge Fischer nahm die neun Beutel mit Gold und warf sie zu Boden und trat sie mit Füßen.

„Wahrlich", rief er, „ich will nichts mit dir zu tun haben und will nirgends mit dir hinreisen, sondern so, wie ich dich zuvor fortgeschickt habe, will ich dich jetzt fortschicken, denn du hast mir nichts Gutes gebracht." Und er kehrte dem Mond seinen Rücken zu, und mit dem kleinen Messer, das den Griff aus grüner Schlangenhaut hatte, versuchte er den Schatten des Körpers, welcher der Körper der Seele ist, von seinen Füßen zu schneiden.

Aber seine Seele rührte sich nicht von ihm und achtete nicht auf seinen Befehl, sondern sprach zu ihm: „Der Zauber, den die Hexe dich gelehrt hat, nützt dir nichts mehr, denn ich kann dich nicht verlassen und du kannst mich nicht von dir jagen. Einmal in seinem Leben kann ein Mensch seine Seele fortschicken, aber wer seine Seele wieder aufnimmt, muss sie für immer behalten, und dies ist seine Strafe und sein Lohn."

Und der junge Fischer wurde blass und rang die Hände und rief: „Sie war eine falsche Hexe, dass sie mir das nicht gesagt hat."

„Nein“, antwortete seine Seele, „sie war nur dem treu, den sie anbetet und dessen Dienerin sie immer sein wird.“

Und als der junge Fischer wusste, dass er seine Seele nicht mehr loswerden konnte und dass es eine schlechte Seele war, die immer bei ihm bleiben sollte, fiel er zu Boden und weinte bitterlich.

Und als es Tag war, erhob sich der junge Fischer und sprach zu seiner Seele: „Ich will meine Hände binden, dass ich nicht tun kann, was du mich heißest, und meine Lippen verschlossen halten, dass ich deine Worte nicht sprechen kann, und ich will dahin zurückkehren, wo sie wohnt, die ich liebe. Ja, zum Meer will ich zurückkehren und zu der kleinen Bucht, wo sie gewöhnlich singt, und ich will sie rufen und ihr alles Schlimme erzählen, das ich getan habe, und das Schlimme, das du über mich gebracht hast.“

Und seine Seele versuchte ihn und sprach: „Wer ist deine Liebste, dass du zu ihr zurückkehren solltest? Die Welt hat viele, die schöner sind als sie. Da sind die Tänzerinnen von Samaris, die in der Art aller möglichen Vögel und wilden Tiere tanzen. Ihre Füße sind mit Henna bemalt, und in ihren Händen haben sie kleine Kupferglocken. Sie lachen beim Tanzen, und ihr Lachen ist so hell wie das Lachen des Wassers. Komm mit, ich will sie dir zeigen. Denn was ist diese deine Quälerei über sündhafte Dinge? Ist das, was angenehm zu essen ist, nicht für den Esser gemacht? Ist Gift in dem, was lieblich zu trinken ist? Quäle dich nicht selbst, sondern komm mit in eine andere Stadt. Es ist eine kleine Stadt ganz in der Nähe, darin ist ein Garten mit Tulpenbäumen. Und in diesem zierlichen Garten wohnen weiße Pfauen und andere, die blaue Brüste haben. Wenn sie ihre Schweife zur

Sonne spreizen, ist es wie Scheiben aus Elfenbein und wie Scheiben aus Gold. Und das Mädchen, das sie füttert, tanzt zu ihrer Lust, und manchmal tanzt es auf seinen Händen, und ein andermal tanzt es auf seinen Füßen. Ihre Augen sind mit Antimon gefärbt, und ihre Nüstern sind geformt wie die Flügel einer Schwalbe. In einer ihrer Nüstern trägt sie ein Häkchen, an dem eine Blume befestigt ist, die aus einer Perle geschnitten ist. Sie lacht beim Tanzen, und die Silberringe um ihre Knöchel klingen wie Silberglöckchen. Und so quäle dich nicht länger, sondern komm mit in diese Stadt."

Aber der junge Fischer antwortete seiner Seele nicht, sondern verschloss seine Lippen mit dem Siegel des Schweigens, und mit einem festen Strick band er seine Hände und reiste zurück nach dem Ort, von wo er gekommen war, bis in die kleine Bucht, wo seine Liebste gewöhnlich gesungen hatte. Und immer versuchte seine Seele ihn unterwegs, aber er gab ihr keine Antwort und wollte nichts von dem Bösen tun, zu dem sie ihn verführen wollte, so groß war die Macht der Liebe, die in ihm war.

Und als er die Meeresküste erreicht hatte, löste er den Strick von seinen Händen und nahm das Siegel des Schweigens von seinen Lippen und rief die kleine Nixe. Aber sie kam auf seinen Ruf nicht, obwohl er den ganzen Tag nach ihr rief und flehte.

Und seine Seele spottete über ihn und sagte: „Wahrlich, du hast nur geringe Freude von deiner Liebe. Du bist wie ein Mann, der Durst hat und Wasser in ein zerbrochenes Gefäß gießt. Du gibst fort, was du hast, und bekommst nichts dafür. Es wäre besser für dich, mit mir zu kommen, denn ich weiß, wo das Tal der Lust liegt und was für Dinge dort bereitet sind.“

Aber der junge Fischer antwortete seiner Seele nicht, sondern in einem Felsenspalt baute er sich aus Zweigen ein Haus und wohnte da ein Jahr lang. Und jeden Morgen rief er die Nixe, und jeden Mittag rief er sie wieder, und zur Nacht sprach er ihren Namen. Aber nie stieg sie aus dem Meer zu ihm herauf, und an keiner Stelle des Meers konnte er sie finden, obwohl er nach ihr in den Höhlen und in dem grünen Wasser suchte, in den Seen der Flut und in den Brunnen, die auf dem Grunde der Tiefe sind.

Und immer versuchte ihn seine Seele mit Bösem und flüsterte von schrecklichen Dingen. Aber sie richtete nichts gegen ihn aus, so groß war die Macht seiner Liebe.

Und als das Jahr um war, dachte die Seele bei sich selbst: „Ich habe meinen Herrn mit Bösem versucht, und seine Liebe ist stärker als ich. Ich will ihn nun mit Gutem versuchen, vielleicht, dass er dann mit mir kommt.“

So sprach sie zu dem jungen Fischer und sagte: „Ich habe dir von der Lust der Welt gesprochen, und dein Ohr war taub für mich. Erlaube mir nun, dir vom Leid der Welt zu sprechen, vielleicht wirst du nun auf mich hören. Denn in Wahrheit, Leid ist der Herr dieser Welt, und es gibt keinen, der seinem Netz entgeht. Es sind etliche, denen fehlt es an Kleidung, und andere, denen fehlt es an Brot. Es gibt Witwen, die in Purpur sitzen, und Witwen, die in Lumpen sitzen. Hin und wieder über die Moore gehen die Aussätzigen, und sie sind grausam gegeneinander. Die Bettler gehen auf den Landstraßen bergauf und bergab, und ihre Schnappsäcke sind leer. Durch die Straßen der Städte schreitet der Hunger, und die Pest sitzt an ihren Toren. Komm, lass uns hingehn und diese Dinge bessern und dafür sorgen, dass sie nicht sind. Warum willst du hier säumen und nach deiner Liebsten rufen, wo du siehst, dass sie auf deinen Ruf nicht kommt? Und was ist Liebe, dass du so großen Wert darauf legst?“

Aber der junge Fischer antwortete ihr nicht, so groß war die Macht seiner Liebe. Und jeden Morgen rief er die Nixe, und jeden Mittag rief er sie wieder, und zur Nacht sprach er ihren Namen. Aber niemals stieg sie empor aus dem Meer, um zu ihm zu kommen, und nirgends auf dem Meer konnte er sie finden, obwohl er nach ihr in den Strömen des Meers und in den Tälern, die unter den Wellen sind, suchte und in dem Meer, das die Nacht purpurn färbt, und in dem Meer, das die Dämmerung grau macht.

Und als das zweite Jahr um war, sagte die Seele zur Nacht, als er allein in dem Hause aus Zweigen saß, zu dem jungen Fischer: „Siehe, nun habe ich dich mit Bösem versucht, und ich habe dich mit Gutem versucht, und deine Liebe ist stärker als ich. Und darum will ich dich nicht länger versuchen, sondern ich bitte dich, erlaube mir, in dein Herz einzugehen, dass ich eins mit dir sein darf wie zuvor.“

„Wahrlich, du darfst hineingehn“, sagte der junge Fischer, „denn in den Tagen, wo du ohne Herz durch die Welt gingst, musst du viel gelitten haben.“

„Wehe!“ rief die Seele, „ich kann keinen Eingang finden, so umschlossen von Liebe ist um und um dieses Herz.“

„Ach, ich wollte, dass ich dir helfen könnte“, sagte der junge Fischer.

Und kaum hatte er dies gesprochen, da kam ein lauter Klageschrei vom Meer, das war der Schrei, den man hört, wenn einer aus dem Meervolk tot ist. Und der junge Fischer sprang auf und verließ seine Hütte und lief hinab an den Strand. Und schwarz stürzten die Wogen ans Ufer und trugen eine Last mit sich, die war weißer als Silber. Weiß wie die Brandung war sie, und wie eine Blume schaukelte sie auf den Wellen. Und die Brandung nahm sie den Wellen ab, und der Schaum nahm sie der Brandung ab, und der Strand nahm sie auf, und zu seinen Füßen sah der junge Fischer die Leiche der kleinen Nixe liegen. Tot lag sie zu seinen Füßen.

Weinend wie einer, den das Leid ins Herz getroffen, warf er sich bei ihr nieder, und er küsste das kalte Rot ihres Mundes und spielte mit dem feuchten Bernstein ihres Haares. Er warf sich neben sie in den Sand und weinte wie einer, der vor Freude bebt, und in seinen braunen Armen hob er sie an seine Brust. Kalt waren die Lippen, aber er küsste sie. Salzig war der Honig des Haars, aber er kostete ihn mit bitterer Freude. Er küsste die geschlossenen Lider, und der wilde Gischt, der auf ihrer Höhlung lag, war nicht so salzig wie seine Tränen.

Und dem toten Wesen legte er seine Beichte ab. In die Muscheln ihrer Ohren goss er den herben Wein seines Berichtes. Er legte ihre kleinen Hände um seinen Nacken, und mit seinen Fingern rührte er an ihren schmächtigen Hals. Bitter, bitter war seine Freude, und seltsamen Glückes voll war sein Leid.

Die schwarze See kam näher, und der weiße Schaum ächzte wie ein Aussätziger. Mit weißen Schaumkrallen nagte die See an der Küste. Aus dem Palaste des Meerkönigs kam wieder

der Klageschrei, und weit draußen auf dem Meere bliesen die großen Tritonen heiser auf ihren Hörnern.

„Flieh", sagte seine Seele, „denn die See kommt immer näher, und wenn du verweilst, wird sie dich umbringen. Flieh, denn ich bin in Angst, da ich sehe, dass dein Herz gegen mich verschlossen ist, weil deine Liebe so groß ist. Flieh an eine sichere Stätte. Du wirst mich doch wahrlich nicht ohne ein Herz in das Jenseits schicken wollen?"

Aber der junge Fischer hörte nicht auf seine Seele, sondern rief die kleine Nixe an und sagte: „Liebe ist besser als Weisheit und kostbarer als Reichtum und schöner als die Füße der Menschentöchter. Die Feuer können sie nicht zerstören, und die Wasser können sie nicht löschen. Ich rief nach dir in der Dämmerung, und du kamst nicht auf meinen Ruf. Der Mond hat deinen Namen gehört, du aber hast meiner nicht geachtet. Denn böslich hatte ich dich verlassen, und zu meinem eigenen Schaden war ich fortgewandert. Aber immer hat deine Liebe bei mir gewohnt, und immer war sie stark, und nichts hat etwas gegen sie ausrichten können, obwohl ich Böses geschaut habe, und obwohl ich Gutes geschaut habe. Und nun du tot bist, will ich wahrlich auch mit dir sterben."

Und seine Seele flehte ihn an zu gehen, aber er wollte nicht, so groß war seine Liebe. Und die See kam näher und suchte ihn mit ihren Wogen zu bedecken, und als er wusste, dass das Ende da war, küsste er mit wahnsinnigen Lippen den kalten Mund der Nixe, und das Herz, das in ihm war, brach. Und als sein Herz durch die Fülle der Liebe brach, da fand die Seele einen Eingang und trat ein und war eins mit ihm wie zuvor. Und die See bedeckte den jungen Fischer mit ihren Wogen.

Und am Morgen ging der Priester hinaus, um das Meer zu segnen, denn es war erregt gewesen. Und mit ihm gingen die Mönche und die Musikanten und die Kerzenträger und die Weihrauchschwinger und eine große Schar. Und als der Priester den Strand erreicht hatte, sah er den jungen Fischer ertrunken in der Brandung liegen, und von seinen Armen umschlungen war die Leiche der jungen Nixe. Und er runzelte die Stirn und trat zurück, machte das Zeichen des Kreuzes, schrie laut und sagte: „Ich will das Meer nicht segnen und nichts, was in ihm ist. Verflucht sei das Meervolk, und verflucht seien alle, die sich mit ihm einlassen. Und was den angeht, der um der Liebe willen Gott versucht hat und hier so durch Gottes Gericht mit seiner Buhle erschlagen liegt, nehmt seinen Leichnam auf und den Leichnam seiner Buhle und begrabt sie in dem Winkel in dem öden Acker, dessen Walkerde nichts trägt, und setzt kein Zeichen über sie und keinerlei Merkmal, dass niemand den Platz kenne, wo sie ruhen. Denn verflucht waren sie bei ihren Lebzeiten, und verflucht sollen sie auch im Tode sein."

Und die Leute taten, wie er ihnen gebot, und in dem Winkel des Schindangers, wo keine Blumen wuchsen, schaufelten sie eine tiefe Grube und legten die toten Wesen hinein.

Und als das dritte Jahr um war, an einem Tag, der ein heiliger Tag war, schritt der Priester zur Kapelle, dass er den Menschen die Wunden des Herrn zeigen und zu ihnen von der Strafe Gottes reden konnte.

Und als er seine Gewänder angetan hatte und eingetreten war und sich vor dem Altar verbeugt hatte, da sah er, dass der Altar mit seltsamen Blumen bedeckt war, wie sie nie zuvor einer gesehen hatte. Seltsam waren sie zu sehen und von wunderlicher Schönheit. Und ihre Schönheit verwirrte ihn, und ihr Duft war lieblich in seinen Nüstern. Und er war froh und wusste nicht, warum er froh war.

Und nachdem er das Tabernakel geöffnet und der Monstranz, die in ihm war, Weihrauch gestreut und die heilige Hostie dem Volk gezeigt und sie wieder hinter dem Schleier der Schleier geborgen hatte, fing er an, zum Volk zu sprechen, und wollte zu ihnen vom Zorn Gottes sprechen. Aber die Schönheit der weißen Blumen verwirrte ihn, und ihr Duft war süß in seinen Nüstern, und es legte sich ihm ein anderes Wort auf seine Lippen, und er sprach nicht vom Zorn Gottes, sondern von dem Gott, der mit Namen „Liebe“ heißt. Und warum er so sprach, wusste er nicht.

Und als seine Worte verklungen waren, da weinte das Volk, und der Priester ging zurück in die Sakristei, und seine Augen standen voller Tränen. Und die Diakone kamen herein und fingen an, ihn zu entkleiden, und nahmen ihm das weiße Chorhemd und den Gürtel, die Armbinde und die Stola ab. Und er stand wie im Traume.

Und nachdem sie ihn entkleidet hatten, schaute er auf sie und sagte: „Was sind das für Blumen, die auf dem Altar stehen, und woher sind sie gekommen?“

Und sie antworteten ihm: „Was es für Blumen sind, können wir nicht sagen, aber sie kommen aus dem Winkel auf dem Schindanger.“ Und der Priester zitterte, ging nach Hause und betete.

Und am Morgen, als es noch dämmerte, ging er hinaus mit den Mönchen und den Musikanten und den Kerzenträgern und den Weihrauchschwingern und einer großen Schar und kam an den Meeresstrand und segnete das Meer und all die wilden Wesen, die in ihm sind. Auch die Faune segnete er und die kleinen Wesen, die in den Wäldern tanzen, und die Kobolde mit den strahlenden Augen, die zwischen den Blättern hervorblicken. Alle Wesen in Gottes Welt segnete er, und die Menschen waren von Freude und Staunen erfüllt. Aber nie wieder wuchsen in dem Winkel des Schindangers Blumen irgendwelcher Art, sondern der Acker blieb öde wie zuvor. Auch kam das Meervolk nicht mehr in die Bucht, wie es sonst wohl getan hatte, denn es zog in einen andern Teil des Meeres.

Das Sternenkind

Es gingen einmal zwei arme Holzhauer durch einen großen Tannenwald heim. Es war Winter, und die Nacht war bitter kalt. Der Schnee lag dick auf dem Boden und auf den Ästen; die kleinen Zweige zu beiden Seiten zerbrachen klirrend, als sie vorbeigingen; und als sie zu dem Wasserfall kamen, hing er reglos in der Luft, denn der Eiskönig hatte ihn geküsst.

So kalt war es, dass selbst die Tiere des Waldes und die Vögel nicht wussten, was sie davon halten sollten.

„Hau", bellte der Wolf, als er, den Schweif zwischen den Beinen, durch das Gestrüpp humpelte, „das ist ein ganz miserables Wetter. Warum kümmert sich die Regierung nicht darum?"

„Wiet, wiet, wiet", zwitscherten die grünen Hänflinge, „die alte Erde ist tot, und man hat sie in ihrem weißen Leichentuch ausgestellt."

„Die Erde will heiraten, und das ist ihr Brautkleid", flüsterten die Turteltauben einander zu. Ihre kleinen, roten Füße waren vom Frost ganz aufgerissen, aber sie hielten es für ihre Pflicht, die Situation romantisch zu betrachten.

„Unsinn", heulte der Wolf, „ich sage euch, es ist alles die Schuld der Regierung, und wenn ihr mir nicht glaubt, fresse ich euch auf." Der Wolf hatte einen überaus praktischen Geist und war um ein gutes Argument nie verlegen.

„Ich für mein Teil", sagte der Specht, der ein geborener Philosoph war, „ich kümmere mich kein Atom um Erklärungen. Wenn etwas so ist, dann ist es so, und jetzt ist es schrecklich kalt."

Schrecklich kalt war es gewiss. Die kleinen Eichhörnchen, die im Innern der großen Kiefer wohnten, rieben beständig die Nasen aneinander, und die Kaninchen rollten sich in ihren Höhlen zusammen und wagten es nicht, die Nase vor die Tür zu stecken. Die einzigen, die vergnügt zu sein schienen, waren die großen Uhus. Ihre Federn waren ganz steif vom Reif, aber sie machten sich nichts daraus, rollten ihre großen gelben Augen und riefen einander über den Waldweg zu: „Uhi! Uhu! Uhi! Uhu! Was für ein köstliches Wetter wir haben!"

Weiter und weiter gingen die zwei Holzhauer, hauchten kräftig auf ihre Finger und stampften mit ihren großen, eisenbeschlagenen Stiefeln durch den zusammengebackenen Schnee. Einmal sanken sie in eine tiefe Schneewehe und kamen so weiß wie Müller heraus, wenn die Steine mahlen; und einmal glitten sie auf dem harten glatten Eis, wo das Sumpfwasser gefroren war, aus, und die Reisigbündel fielen ihnen herunter, und sie mussten sie wieder auflesen und zusammenbinden; und einmal meinten sie, sie hätten ihren Weg verloren, und große Angst überfiel sie, denn sie wussten, dass der Schnee grausam gegen die ist, die in seinen Armen schlafen. Aber sie vertrauten auf den guten heiligen Martin, der alle Wanderer behütet, und gingen in ihren Fußstapfen zurück, und zwar sehr behutsam, und zuletzt erreichten sie den Waldsaum und sahen in der Ferne in dem Tal unter ihnen die Lichter des Dorfes, in dem sie wohnten.

So überglücklich waren sie über ihre Errettung, dass sie laut lachten, und die Erde schien ihnen wie eine silberne Blume und der Mond wie eine Blume aus Gold.

Nachdem sie aber gelacht hatten, wurden sie traurig, denn ihre Armut fiel ihnen ein, und einer von ihnen sagte zu dem andern: „Wie konnten wir vergnügt sein, wo wir sehen müssen, dass das Leben für die Reichen ist und nicht für solche, wie wir sind? Es wäre besser gewesen, wenn wir im Walde erfroren wären, oder wenn ein wildes Tier uns überfallen und umgebracht hätte."

„Wahrhaftig", antwortete sein Gefährte, „einigen ist viel gegeben und andern ist wenig gegeben. Die Ungerechtigkeit hat die Welt ausgeteilt, und von nichts gibt es gleiche Portionen, außer vom Leid."

Aber während sie einander ihr Elend klagten, geschah etwas Seltsames. Ein sehr strahlender und schöner Stern fiel vom Himmel. Er glitt über den Himmel weg nach abwärts, überholte die andern Sterne in ihrem Lauf, und während sie ihm erstaunt zusahen, war es ihnen, als sinke er hinter ein Weidengebüsch, das dicht bei einer Schafhürde stand, nicht mehr als einen Steinwurf entfernt.

„Holla! Da ist ein Topf mit Gold, wenn einer ihn findet", riefen sie, und sie hielten sich dazu und liefen, so gierig waren sie nach dem Gold.

Und einer von beiden lief schneller als sein Kamerad und überholte ihn und rannte eilends durch die Weiden und kam auf der andern Seite heraus. Und siehe, da lag wirklich etwas Goldiges auf dem weißen Schnee. Er lief eilends darauf zu, bückte sich und legte seine Hände darauf, und es war ein Mantel aus goldenem Gewebe, seltsam mit Sternen durchwirkt, der um irgendetwas vielfach herumgewickelt war. Und er rief seinem Genossen zu, er hätte den Schatz gefunden, der vom Himmel gefallen war, und als sein Genosse herbeigekommen war, setzten sie sich in den Schnee und fingen an, das Tuch aufzuwickeln, damit sie die Goldstücke teilen konnten. Aber o weh, es war kein Gold darin und auch kein Silber und in Wahrheit kein Schatz irgendwelcher Art, sondern nur ein kleines Kind, das schlief.

Und einer von ihnen sagte zum andern: „Das ist ein bitteres Ende für unser Hoffen, und wir haben wahrhaftig kein Glück, denn was soll einem ein Kind nützen? Wir wollen es hier lassen und unsres Wegs gehen, denn wir sind arme Menschen und haben unsre eigenen Kinder und können ihr Brot keinem andern geben."

Aber sein Gefährte erwiderte ihm: „Wahrlich, es wäre schlimm, das Kind hier im Schnee umkommen zu lassen, und obwohl ich so arm bin wie du und viele Mäuler zu füttern und nur wenig im Topf habe, will ich es doch mit nach Hause nehmen, und mein Weib soll für es sorgen."

So nahm er das Kind sehr zart auf und wickelte es in den Mantel, um es gegen die scharfe Kälte zu schützen, und ging seines Wegs den Berg hinunter in das Dorf, und sein Kamerad wunderte sich sehr, dass er so närrisch war und ein so weiches Herz hatte.

Und als sie an das Dorf gekommen waren, sagte sein Kamerad zu ihm: „Du hast das Kind, gib mir also den Mantel, denn es gehört sich, dass wir teilen."

Aber er antwortete ihm: „Nein, der Mantel gehört weder dir noch mir, sondern dem Kind allein“, und er sagte ihm „guten Abend“ und ging nach seinem Hause und klopfte.

Und als seine Frau die Tür öffnete und sah, dass ihr Mann heil zu ihr zurückgekehrt war, warf sie die Arme um seinen Hals und küsste ihn und nahm das Reisigbündel von seinem Rücken und bürstete den Schnee von seinen Stiefeln und hieß ihn hereinkommen.

Aber er sagte zu ihr: „Ich habe im Wald etwas gefunden, und ich habe es dir mitgebracht, damit du dafür Sorge trägst“, und er rührte sich nicht von der Schwelle.

„Was ist es?“ rief sie, „zeige es mir, denn das Haus ist leer, und wir brauchen viele Dinge.“ Und er schlug den Mantel zurück und zeigte ihr das schlafende Kind.

„Ach, Vater!“ murrte sie, „haben wir nicht selber Kinder, dass du einen Wechselbalg bringen musst, der mit am Herd sitzt? Und wer weiß, ob es uns nicht Unglück bringen wird? Und wie sollen wir es aufziehen?“ Und sie war zornig gegen ihn.

„Aber es ist ja ein Sternenkind“, antwortete er; und er erzählte ihr die seltsame Geschichte, wie es gefunden worden war.

Aber sie wollte sich nicht zufrieden geben, sondern höhnte über ihn und sprach ärgerlich und rief: „Unsere Kinder haben kein Brot, sollen wir da das Kind eines andern füttern? Wer sorgt denn für uns? Und wer gibt uns Nahrung?“

„Gott sorgt selbst für die Sperlinge und füttert sie", gab er zur Antwort.

„Sterben nicht die Sperlinge im Winter vor Hunger?" fragte sie. „Und ist jetzt nicht Winter?" Und der Mann antwortete nichts, sondern rührte sich nicht von der Schwelle.

Und ein scharfer Wind vom Wald her pfiff durch die offene Tür, und sie zitterte vor Kälte und sagte zu ihm: „Willst du nicht die Tür schließen? Es weht ein scharfer Wind ins Haus, und ich friere."

„Weht nicht immer durch ein Haus, in dem ein hartes Herz wohnt, ein scharfer Wind?" fragte er, und die Frau antwortete ihm nichts, sondern kroch näher ans Feuer.

Und nach einer Weile kehrte sie sich um und sah nach ihm, und ihre Augen standen voll Tränen. Und er kam rasch herein und legte ihr das Kind in die Arme, und sie küsste es und legte es in ein kleines Bett, wo das jüngste ihrer eigenen Kinder schlief. Und am Morgen nahm der Holzhauer den seltsamen Goldmantel und legte ihn in eine große Truhe, und eine Bernsteinkette, die das Kind um den Hals hatte, nahm seine Frau und barg sie auch in der Truhe.

So wuchs das Sternenkind mit den Kindern des Holzhauers auf und saß am nämlichen Tisch mit ihnen und war ihr Spielkamerad. Und mit jedem Jahr wurde der Knabe schöner von Ansehen, so dass alle, die in dem Dorfe wohnten, verwundert waren, denn während sie dunkle Haut und schwarze Haare hatten, war er weiß und zart wie poliertes Elfenbein, und seine Locken leuchteten wie goldne Narzissen. Auch seine Lippen waren wie rote Blumenblätter, und seine Augen waren wie Veilchen an einem klaren Bach, und seine Gestalt glich der Lilie auf einem Feld, das nicht gemäht wird.

Aber seine Schönheit tat ihm großen Schaden. Denn er wurde stolz und grausam und selbstsüchtig. Die Kinder des Holzhauers und die andern Kinder im Dorf verachtete er und sagte, sie wären von geringer Herkunft, er aber wäre adlig, von einem Stern entsprungen, und er machte sich zum Herrn über sie und nannte sie seine Diener. Kein Mitleid hatte er mit den Armen oder mit denen, die blind oder verkrüppelt oder irgendwie zu Schaden gekommen waren, sondern er warf Steine nach ihnen und jagte sie auf die Landstraße hinaus und hieß sie ihr Brot anderswo betteln, so dass niemand außer den Übeltätern zweimal in dieses Dorf kam, um da Almosen zu begehren. In der Tat war er wie einer, der in die Schönheit verliebt ist, und spottete über die Schwächlichen und Schlechtweggekommenen und machte sich über sie lustig; sich selbst aber liebte er, und im Sommer, wenn es windstill war, lag er an dem Brunnen in dem Baumgarten des Priesters und blickte auf das Wunder seines eigenen Gesichts hinab und lachte vor Lust über seine Schönheit.

Oft schalten ihn der Holzhauer und seine Frau und sagten: „Wir machten es mit dir nicht, wie du es mit denen machst, die verlassen sind und keinen haben, der ihnen beisteht. Warum bist du so grausam gegen alle, die Mitleid brauchen?"

Oft ließ der alte Priester ihn holen und suchte ihn die Liebe zu den lebenden Wesen zu lehren und sprach zu ihm: „Die Fliege ist dein Bruder. Tu' ihr nichts zuleid. Die Vögel, die durch den Wald dahinziehen, haben ihre Freiheit. Fange sie nicht zu deinem Vergnügen. Gott hat die Blindschleiche und den Maulwurf geschaffen, und jeder hat seine Stelle. Wer bist du, dass du Schmerz in Gottes Welt bringen darfst? Ihn lobt selbst das Vieh auf dem Feld."

Aber das Sternenkind achtete nicht auf seine Worte, sondern runzelte die Stirne und spottete und ging zurück zu seinen Gefährten und war ihr Führer. Und seine Gefährten folgten ihm, denn es war schön und flink zu Fuß und konnte tanzen und pfeifen und musizieren. Und überall, wohin das Sternenkind sie führte, folgten sie ihm, und alles, was das Sternenkind sie tun hieß, das taten sie. Und wenn es mit einem scharfen Rohr dem Maulwurf die blöden Augen ausstach, lachten sie, und wenn es Steine nach den Aussätzigen warf, lachten sie auch. Und in allen Dingen lenkte es sie, so dass sie ebenso hartherzig wurden.

Eines Tages kam ein armes Bettelweib durch das Dorf. Ihre Kleider waren zerlumpt und zerrissen, und ihre Füße bluteten von der rauen Straße, auf der sie gewandert war, und sie war in sehr schlimmer Verfassung. Und da sie müde war, setzte sie sich unter einer Kastanie nieder, um zu rasten.

Aber als das Sternenkind sie sah, sagte es zu seinen Gefährten: „Seht, dort sitzt ein hässliches Bettelweib unter dem schönen grünen Baum. Kommt, wir wollen sie fortjagen, denn sie ist widerwärtig und abscheulich."

So trat der Knabe heran und warf Steine nach ihr und höhnte über sie, und sie sah ihn mit entsetzten Augen an und wandte ihren starren Blick nicht von ihm. Und als der Holzhauer, der in einem benachbarten Hofe Holz spaltete, sah, was das Sternenkind tat, sprang er auf und schalt es und sprach zu ihm: „Wahrlich, du hast ein hartes Herz und kennst kein Erbarmen, denn was hat dieses arme Weib dir zuleide getan, dass du auf diese Weise mit ihm umgehst?“

Und das Sternenkind wurde rot vor Zorn und stampfte mit dem Fuß auf den Boden und sagte: „Wer bist du, dass du mich zur Rede stellst, was ich tue? Ich bin nicht dein Sohn, dass ich dir folgen muss.“

„Du sprichst wahr“, antwortete der Holzhauer, „aber ich habe dir Mitleid gezeigt, als ich dich in dem Walde fand.“

Und als das Weib diese Worte hörte, schrie es laut auf und fiel in Ohnmacht. Und der Holzhauer trug sie zu sich nach Hause, und seine Frau nahm sich ihrer an; und als sie aus der Ohnmacht, in die sie gefallen war, erwachte, setzten sie ihr zu essen und zu trinken vor und sprachen ihr Mut zu.

Aber sie wollte nicht essen und nicht trinken, sondern sagte zu dem Holzhauer: „Hast du nicht gesagt, das Kind wäre im Wald gefunden worden? Und war es nicht heute vor zehn Jahren?“

Und der Holzhauer antwortete: „Ja, im Wald habe ich ihn gefunden, und es war heute vor zehn Jahren.“

„Und was für Zeichen fandest du bei ihm?“ rief sie. „Hatte er nicht eine Bernsteinkette um seinen Hals? War er nicht in einen golddurchwirkten Mantel gehüllt, in den Sterne gestickt waren?“

„Wahrlich“, antwortete der Holzhauer, „es war genau, wie du sagst.“ Und er nahm den Mantel und die Bernsteinkette aus der Truhe, in der sie lagen, und zeigte sie ihr.

Und als sie sie sah, weinte sie vor Freude und sagte: „Er ist mein kleiner Sohn, den ich im Walde verloren habe. Ich bitte dich, lass ihn schnell holen, denn auf der Suche nach ihm bin ich durch die ganze Welt gewandert."

So gingen der Holzhauer und seine Frau hinaus und riefen das Sternenkind und sagten zu ihm: „Geh in das Haus, dort wirst du deine Mutter finden, die auf dich wartet."

So ging der Knabe hinein, voll Staunen und Freude. Aber als er die sah, die dort auf ihn wartete, lachte er höhnisch und sagte: „Wie, wo ist meine Mutter? Denn ich sehe hier niemand als dieses erbärmliche Bettelweib."

Und das Weib antwortete ihm: „Ich bin deine Mutter."

„Du bist verrückt, so zu reden", rief das Sternenkind zornig. „Ich bin nicht dein Sohn, denn du bist eine Bettlerin und ekelhaft und in Lumpen. Also mach', dass du fortkommst, und sorge, dass ich dein hässliches Gesicht nicht mehr sehe."

„Aber nein, du bist wirklich mein kleiner Sohn, den ich im Walde geboren habe", rief sie, und sie fiel auf die Knie und streckte die Arme nach ihm aus. „Die Räuber haben dich mir gestohlen und haben dich ausgesetzt", fuhr sie fort, „aber ich erkannte dich gleich, als ich dich sah, und ich habe auch die Zeichen erkannt: den golddurchwirkten Mantel und die Bernsteinkette. Also bitte ich dich, komm mit mir, denn durch die ganze Welt bin ich gewandert, um dich zu suchen. Komm mit mir, mein Sohn, denn ich brauche deine Liebe."

Aber das Sternenkind rührte sich nicht von der Stelle, sondern verschloss die Tore seines Herzens vor ihr, und es war kein Ton zu hören, außer dem Schluchzen des Weibes, das vor Schmerz weinte.

Und zuletzt sprach es zu ihr, und seine Stimme war hart und scharf. „Wenn du in Wahrheit meine Mutter bist", sagte es, „wäre es besser gewesen, du wärest weggeblieben und nicht hierher gekommen, um mich in Schande zu bringen, denn ich hatte gedacht, ich wäre das Kind eines Sterns und nicht einer Bettlerin, wie du mir nun mitteilst. Mach' also, dass du fortkommst, und sorge, dass ich dich nicht mehr sehe."

„Ach weh, mein Sohn!" rief sie, „willst du mich nicht küssen, ehe ich gehe? Denn ich habe viel gelitten, bis ich dich gefunden habe."

„Nein", sagte das Sternenkind, „dein Anblick ist zu hässlich, und eher wollte ich die Natter oder die Kröte küssen als dich."

So stand das Weib auf und ging bitterlich weinend in den Wald; und als das Sternenkind sah, dass es fort war, freute es sich und lief zurück zu seinen Spielkameraden, um mit ihnen zu spielen.

Als sie es aber kommen sahen, höhnten sie es und sagten: „Pfui, du bist so hässlich wie die Kröte und so widerwärtig wie die Natter. Mach', dass du fortkommst, wir wollen dich nicht mit uns spielen lassen." Und sie jagten es aus dem Garten.

Und das Sternenkind runzelte die Stirn und sprach bei sich selbst: „Was sagen sie da zu mir? Ich will zum Brunnen gehen und hineinsehen, und er soll mir von meiner Schönheit erzählen."

So ging es zum Brunnen und blickte hinein, und siehe, sein Gesicht war wie ein Krötengesicht, und sein Körper war schuppig wie der einer Natter. Und es warf sich ins Gras und weinte und sprach bei sich selbst: „Gewisslich ist das wegen meiner Sünde über mich gekommen. Denn ich habe meine Mutter verleugnet und habe sie verjagt und bin hochmütig und grausam gegen sie gewesen. Und also will ich gehen und sie in der ganzen Welt suchen, und will nicht ruhen, bis ich sie gefunden habe."

Da ging die kleine Tochter des Holzhauers zu ihm und legte ihm die Hand auf die Schulter und sagte: „Was liegt daran, ob du dein schönes Aussehen verloren hast? Bleibe bei uns, ich werde nicht über dich spotten."

Und der Knabe sagte: „Nein, denn ich bin grausam gegen meine Mutter gewesen, und als Strafe ist dieses Übel über mich gekommen. Also muss ich von hinnen gehn und durch die Welt wandern, bis ich sie finde und sie mir ihre Verzeihung schenkt."

So lief er fort in den Wald und rief seine Mutter, sie möchte zu ihm kommen, aber es kam keine Antwort. Den ganzen Tag rief er nach ihr, und als die Sonne unterging, legte er sich zum Schlafen auf ein Lager aus Laub, und die Vögel und die Tiere des Waldes flohen vor ihm, denn sie gedachten seiner Grausamkeit, und er war allein, nur dass die Kröte über ihn wachte und die schleichende Natter vorbeikroch.

Und am Morgen stand er auf und pflückte etliche bittere Beeren von den Sträuchern und aß sie und machte sich heftig weinend wieder auf den Weg durch den großen Wald. Und bei allem, was er traf, erkundigte er sich, ob sie vielleicht seine Mutter gesehen hätten.

Er sagte zum Maulwurf: „Du kannst unter der Erde gehn. Sage mir, ist meine Mutter dort?"

Und der Maulwurf antwortete: „Du hast meine Augen geblendet. Wie soll ich es wissen?"

Er sagte zum Hänfling: „Du kannst über die Wipfel der hohen Bäume fliegen und kannst die ganze Welt sehen. Sage mir, kannst du meine Mutter sehen?"

Und der Hänfling antwortete: „Du hast zu deiner Lust meine Flügel beschnitten. Wie soll ich fliegen?"

Und zu dem kleinen Eichhörnchen, das in der Kiefer wohnte und verlassen war, sagte er: „Wo ist meine Mutter?"

Und das Eichhörnchen antwortete: „Du hast meine erschlagen. Gehst du aus, jetzt deine zu erschlagen?"

Und das Sternenkind weinte und beugte sein Haupt und bat Gottes Geschöpfe um Vergebung und ging weiter durch den Wald und suchte das Bettelweib. Und am dritten Tag kam es zum Walde hinaus und ging hinunter in die Ebene.

Und als es durch die Dörfer wanderte, verhöhnten es die Kinder und warfen Steine nach ihm, und die Bauern wollten ihm nicht erlauben, auch nur in den Kuhställen zu schlafen, damit es nicht den Mehltau über das lagernde Korn bringen könnte, so widerwärtig war es anzusehn, und ihre Tagelöhner jagten es fort, und niemand hatte Mitleid mit ihm. Auch konnte es nirgends etwas über das Bettelweib erfahren, das seine Mutter war, obwohl es drei Jahre lang durch die Welt wanderte und oft glaubte, sie vor sich auf der Straße zu sehen, und sie rief und hinter ihr herlief, bis die scharfen Kieselsteine seine Füße zum Bluten brachten. Aber einholen konnte es sie nicht, und die am Wege wohnten, leugneten immer, sie oder ihresgleichen gesehen zu haben, und lachten über seinen Schmerz.

Drei Jahre wanderte der Knabe durch die Welt, und in der Welt war weder Liebe noch Herzensgüte noch Barmherzigkeit für ihn, sondern es war eine solche Welt, wie er sie in den Tagen seines großen Stolzes selbst geschaffen hatte.

Und eines Abends kam er zum Tor einer stark befestigten Stadt, die an einem Flusse stand, und müde und wund an den Füßen, wie er war, wollte er hineingehn. Aber die Soldaten, die dort Wache standen, streckten ihre Hellebarden vor den Eingang und sagten grob zu ihm: „Was hast du in der Stadt zu schaffen?"

„Ich suche meine Mutter", antwortete er, „und ich bitte euch, lasst mich hinein, denn vielleicht ist sie in dieser Stadt."

Aber sie spotteten über ihn, und einer von ihnen schüttelte seinen schwarzen Bart und setzte seinen Schild vor sich und rief: „Wahrhaftig, deine Mutter wird sich nicht freuen, wenn sie dich sieht, denn du bist widerwärtiger als die Kröte im Sumpf oder die Natter, die im Moor kriecht. Mach', dass du fortkommst. Mach', dass du fortkommst. Deine Mutter wohnt nicht in dieser Stadt."

Und ein anderer, der ein gelbes Banner in der Hand hielt, sagte zu ihm: „Wer ist deine Mutter, und warum suchst du nach ihr?“

Und er antwortete: „Meine Mutter ist eine Bettlerin, wie ich ein Bettler bin, und ich habe sie schlecht behandelt, und ich bitte euch, lasst mich hinein, damit sie mir Verzeihung schenken kann, wenn sie etwa in dieser Stadt weilt.“

Aber sie wollten nicht und stachen nach ihm mit ihren Lanzen.

Und als er sich weinend wandte, kam einer, dessen Rüstung mit vergoldeten Blumen geschmückt war und auf dessen Helm ein geflügelter Löwe saß, herbei und erkundigte sich bei den Soldaten, wer da Eingang gesucht hätte. Und sie sagten zu ihm: „Es ist ein Bettler und der Sohn einer Bettlerin, und wir haben ihn fortgejagt.“

„Nein“, rief er lachend, „wir wollen das hässliche Geschöpf als Sklaven verkaufen, und sein Preis soll das Geld sein für einen Humpen süßen Weines.“

Und ein alter Mann, der böse aussah, ging gerade vorbei und rief: „Um diesen Preis will ich ihn kaufen“, und als er den Preis erlegt hatte, nahm er das Sternenkind an der Hand und führte es in die Stadt.

Und sie gingen durch viele Straßen und kamen schließlich an ein Pförtchen, das war in einer Mauer angebracht, über die ein Granatapfelbaum ragte. Und der alte Mann berührte das Tor mit einem Ring, der aus Jaspis geschnitten war, und es öffnete sich, und sie gingen fünf eherne Stufen hinab in einen Garten, in dem schwarzer Mohn und grüne Krüge aus gebranntem Ton standen. Und der alte Mann nahm dann aus seinem Turban ein Tuch aus geblümter Seide und verband damit dem Sternenkind die Augen und führte es vor sich her. Und als das Tuch abgenommen wurde, befand sich das Sternenkind in einem Kerker, der von einer Hornlaterne erleuchtet war.

Und der alte Mann setzte ihm auf einem hölzernen Teller ein Stück schimmeliges Brot vor und sagte: „Iss", und reichte ihm in einem Topf etwas brakiges Wasser und sagte: „Trink". Und als er gegessen und getrunken hatte, ging der alte Mann hinaus, schloss das Tor hinter sich und legte eine eiserne Kette vor.

Und am Morgen kam der alte Mann, der in Wahrheit einer der kundigsten Zauberer von Libyen war und seine Kunst von einem gelernt hatte, der in den Grüften des Nils wohnte, zu ihm herein, warf ihm einen finsteren Blick zu und sagte: „In einem Wald, nahe bei dem Tor dieser Stadt der Ungläubigen, liegen drei Stücke Gold. Eines ist aus weißem Gold, eines aus gelbem Gold, und das Gold des dritten ist rot. Heute sollst du mir das Stück weißen Goldes bringen, und wenn du es nicht herbringst, werde ich dir hundert Peitschenhiebe versetzen. Mach' schnell, dass du fortkommst, und bei Sonnenuntergang will ich dich an dem Gartentor erwarten. Sieh zu, dass du das weiße Gold bringst, oder es wird dir übel ergehen, denn du bist mein Sklave, und ich habe dich um den Preis eines Humpens süßen Weines gekauft." Und er verband dem Sternenkind mit dem Tuch aus geblümter Seide die Augen und führte es durch das Haus und durch den Mohngarten und die fünf ehernen Stufen hinauf. Und dann öffnete er mit seinem Ring das Pförtchen und ließ es allein auf der Straße.

Und das Sternenkind ging zum Stadttor hinaus und kam in den Wald, von dem der Zauberer ihm gesprochen hatte. Nun war dieser Wald von außen sehr schön zu sehen und schien voller Singvögel und lieblich duftender Blumen, und das Sternenkind ging froh hinein. Aber die Schönheit nützte ihm wenig, denn überall, wo es ging, schossen scharfe Dornsträucher aus dem Boden auf und umzingelten es, und arge Nesseln stachen es, und die Distel drang mit ihren Spitzen auf das Kind ein, so dass es in großer Not war. Auch konnte es nirgends das Stück weißen Goldes finden, von dem der Zauberer gesprochen hatte, obwohl es von Morgen bis zum Mittag und von Mittag bis Sonnenuntergang danach suchte. Und gegen Sonnenuntergang machte es sich bitter weinend auf den Heimweg, denn es wusste, welches Los seiner wartete.

Als es aber den Waldsaum erreicht hatte, hörte es aus einem Dickicht einen Schrei wie von einem, der Schmerzen hat. Und es vergaß sein eigenes Leid und lief zu der Stelle zurück und sah da ein Häslein, das in einer Falle gefangen war, die irgendein Jäger ihm gestellt hatte.

Und das Sternenkind hatte Mitleid mit ihm und befreite es und sagte zu ihm: „Ich bin selbst nur ein Sklave, aber dir kann ich die Freiheit schenken."

Und der Hase antwortete ihm und sagte: „Ja, du hast mir die Freiheit geschenkt, und was soll ich dir dafür geben?" Und das Sternenkind sagte zu ihm: „Ich suche ein Stück weißen Goldes und kann es nirgends finden, und wenn ich es meinem Herrn nicht bringe, dann schlägt er mich."

„Komm mit mir", sagte der Hase, „ich werde dich zu ihm führen, denn ich weiß, wo es verborgen ist und wozu."

So ging das Sternenkind mit dem Hasen, und siehe, in einem Spalt einer hohen Eiche sah es das Stück weißen Goldes, das es suchte. Und es war voller Freude und nahm es und sagte zu dem Hasen: „Für den Dienst, den ich dir tat, hast du mir viel mehr gegeben, und die Freundlichkeit, die ich dir erwies, hast du hundertfach heimbezahlt."

„Nein", antwortete der freundliche Hase, „wie du mit mir verfahren bist, so verfuhr ich mit dir", und er lief hurtig weg, und das Sternenkind wandte sich der Stadt zu.

Nun saß ein Mann am Stadttor, der war ein Aussätziger. Über sein Gesicht hing eine Kapuze aus grauer Leinwand, und durch die Augenlöcher glänzten seine Augen wie feurige Kohlen. Und als er das Sternenkind kommen sah, schlug er auf eine Holzschüssel und schüttelte seine Glocke und rief es an und sagte: „Gib mir ein Stück Geld, oder ich muss vor Hunger sterben. Denn sie haben mich aus der Stadt hinausgeworfen, und da ist keiner, der mit mir Mitleid hat."

„Ach weh", rief das Sternenkind, „ich habe nur ein einziges Stück Gold in meinem Schnappsack, und wenn ich es meinem Herrn nicht bringe, schlägt er mich, denn ich bin sein Sklave."

Aber der Aussätzige beschwor es und flehte so lange, bis das Sternenkind Mitleid hatte und ihm das Stück weißen Goldes gab.

Und als es zu dem Haus des Zauberers kam, öffnete ihm der Zauberer und führte es hinein und sprach zu ihm: „Hast du das Stück weißen Goldes?" Und das Sternenkind antwortete: „Ich habe es nicht." So fiel der Zauberer über das Kind her und schlug es und setzte ihm einen leeren Holzteller vor und sagte: „Iss", und einen leeren Topf und sagte: „Trink", und warf es wieder in den Kerker.

Und am Morgen kam der Zauberer zu ihm und sagte: „Wenn du mir heute nicht das Stück gelben Goldes bringst, werde ich dich wahrlich als meinen Sklaven behalten und dir dreihundert Hiebe versetzen."

So ging das Sternenkind in den Wald, und den ganzen Tag suchte es nach dem Stück gelben Goldes, aber nirgends konnte es dies finden. Und bei Sonnenuntergang setzte es sich nieder und fing an zu weinen; und wie es so weinte, da kam das Häslein zu ihm, das es aus der Falle befreit hatte.

Und der Hase sagte zu ihm. „Warum weinst du? Und was suchst du hier im Wald?"

Und das Sternenkind antwortete: „Ich suche ein Stück gelben Goldes, das hier verborgen ist, und wenn ich es nicht finde, dann schlägt mich mein Herr und behält mich als Sklaven."

„Folge mir", rief der Hase, und er lief durch den Wald, bis er zu einer Wasserlache kam. Und auf dem Grund des Wassers lag das Stück gelben Goldes.

„Wie soll ich dir danken", sagte das Sternenkind, „denn siehe, dies ist das zweite Mal, dass du mir geholfen hast."

„Ja, aber du hast zuerst Mitleid mit mir gehabt", sagte der Hase und lief schnell weg.

Und das Sternenkind nahm das Stück gelben Goldes und steckte es in seinen Schnappsack und eilte der Stadt zu. Aber der Aussätzige sah es kommen und lief ihm entgegen und kniete nieder und rief: „Gib mir ein Geldstück, oder ich werde Hungers sterben."

Und das Sternenkind sagte zu ihm: „Ich habe in meinem Schnappsack nur ein einziges Stück gelben Goldes, und wenn ich es meinem Herrn nicht bringe, dann schlägt er mich und behält mich als Sklaven."

Aber der Aussätzige flehte so sehr, dass das Sternenkind Mitleid mit ihm hatte und ihm das Stück gelben Goldes gab.

Und als es zum Hause des Zauberers kam, öffnete ihm der Zauberer und führte es hinein und sagte zu ihm: „Hast du das Stück gelben Goldes?"

Und das Sternenkind sagte zu ihm: „Ich habe es nicht." So fiel der Zauberer über das Kind her und schlug es und belud es mit Ketten und warf es wieder in den Kerker.

Und am Morgen kam der Zauberer zu ihm und sagte: „Wenn du mir heute das Stück roten Goldes bringst, werde ich dich freilassen, aber wenn du es nicht bringst, werde ich dich wahrlich erschlagen."

So ging das Sternenkind in den Wald, und den ganzen Tag suchte es nach dem Stück roten Goldes, aber nirgends konnte es dies finden. Und abends setzte es sich nieder und weinte, und wie es so weinte, da kam das Häslein zu ihm.

Und der Hase sagte zu ihm: „Das Stück roten Goldes, das du suchst, ist hier in der Höhle hinter dir. Also weine nicht mehr, sondern sei froh."

„Wie soll ich dir lohnen“, rief das Sternenkind, „denn siehe, dies ist das dritte Mal, dass du mir geholfen hast.“

„Ja, aber du hast zuerst Mitleid mit mir gehabt“, sagte der Hase und lief schnell weg.

Und das Sternenkind ging in die Höhle, und in ihrem fernsten Winkel fand es das Stück roten Goldes. So steckte es dies in seinen Schnappsack und eilte der Stadt zu. Und der Aussätzige, der es kommen sah, stellte sich mitten auf den Weg und schrie laut und sagte zu ihm: „Gib mir das Stück roten Goldes, oder ich muss sterben.“ Und das Sternenkind hatte wiederum Mitleid mit ihm und gab ihm das Stück roten Goldes und sagte: „Deine Not ist größer als meine.“ Aber sein Herz war schwer, denn es wusste, was für ein schlimmes Los seiner wartete.

Aber siehe! Als es durch das Stadttor ging, verbeugten sich die Wachen tief vor ihm und sprachen: „Wie schön ist unser Herr!“ Und eine Menge Bürger folgten ihm und riefen aus: „Wahrlich, kein Mensch in der ganzen Welt ist so schön!“, so dass das Sternenkind weinte und bei sich selbst sprach: „Sie verhöhnen mich und machen sich ein Fest aus meinem Elend.“ Und so groß war der Andrang des Volkes, dass es seinen Weg verlor und sich schließlich auf einem großen Platz befand, auf dem sich ein Königspalast erhob.

Und das Tor des Palastes öffnete sich, und die Priester und Großwürdenträger der Stadt eilten ihm entgegen, und sie neigten sich tief vor ihm und sagten: „Du bist unser Herr, auf den wir gewartet haben, und der Sohn unsres Königs.“

Und das Sternenkind antwortete ihnen und sagte: „Ich bin kein Königssohn, sondern das Kind eines armen Bettelweibes. Wie könnt ihr nur sagen, dass ich schön sei, da ich weiß, dass ich widerwärtig anzusehen bin?“

Da hielt der, dessen Rüstung mit vergoldeten Blumen geschmückt war und auf dessen Helm ein geflügelter Löwe saß, einen Schild empor und rief: „Wie kann mein Herr sagen, er sei nicht schön?“

Und das Sternenkind blickte hinein, und siehe, sein Gesicht war ebenmäßig, wie es zuvor gewesen war, und seine Anmut war ihm zurückgekommen, und es sah etwas in seinen Augen, was es früher nicht darin gesehen hatte.

Und die Priester und Würdenträger knieten nieder und sagten zu ihm: „Es war von alters her geweissagt, dass an diesem Tag der kommen würde, der über uns herrschen soll. Unser Herr nehme also diese Krone und dieses Zepter und sei in Gerechtigkeit und Milde unser König über uns.“

Aber es sprach zu ihnen: „Ich bin nicht würdig, denn ich habe die Mutter verleugnet, die mich geboren hat, und darf nicht rasten, bis ich sie gefunden und ihre Verzeihung erlangt habe. Lasst mich also gehen, denn ich muss weiter durch die Welt wandern und darf hier nicht verweilen, wenn ihr mir auch Krone und Zepter bringt.“

Und wie es so sprach, wandte es sein Gesicht von ihnen nach der Straße, die zum Stadttor führte, und siehe, in der Menge, die sich um die Soldaten drängte, sah es das Bettelweib, das seine Mutter war, und ihr zur Seite stand der Aussätzige, der am Wege gesessen hatte.

Und ein Freudenschrei brach von seinen Lippen, und es lief hin und kniete nieder und küsste die Wunden an den Füßen seiner Mutter und benetzte sie mit seinen Tränen. Es beugte sein Haupt tief in den Staub und schluchzte wie einer, dessen Herz brechen will, und sprach zu ihr: „Mutter, ich verleugnete dich in der Stunde meines Hochmuts. Nimm mich an in der Stunde meiner Erniedrigung. Mutter, ich gab dir Hass. Gib du mir Liebe. Mutter, ich verstieß dich. Nimm nun dein Kind an."

Aber das Bettelweib antwortete ihm kein einziges Wort.

Und es streckte seine Hände aus und umklammerte die weißen Füße des Aussätzigen und sprach zu ihm: „Dreimal hatte ich Erbarmen mit dir. Sag' meiner Mutter, sie soll einmal zu mir sprechen." Aber der Aussätzige antwortete ihm nicht ein einziges Wort.

Und es schluchzte wieder und sagte: „Mutter, ich leide mehr, als ich tragen kann. Schenke mir deine Verzeihung, und ich will wieder zurück in den Wald gehn."

Und das Bettelweib legte ihm die Hand auf den Kopf und sprach zu ihm: „Steh auf!" Und der Aussätzige legte ihm die Hand auf den Kopf und sprach ebenfalls zu ihm: „Steh auf!"

Und es erhob sich vom Boden und schaute auf sie, und siehe, sie waren ein König und eine Königin.

Und die Königin sagte zu ihm: „Dies ist dein Vater, dem du geholfen hast."

Und der König sagte: „Dies ist deine Mutter, deren Füße du mit deinen Tränen gewaschen hast."

Und sie fielen ihm um den Hals und küssten ihn und führten ihn in den Palast und kleideten ihn in schöne Gewänder und setzten die Krone auf sein Haupt und legten das Zepter in seine Hand, und er regierte über die Stadt, die am Flusse lag, und war ihr Herr. Viel Gerechtigkeit und Milde erwies er allen, und den schlimmen Zauberer verbannte er; und dem Holzhauer und seiner Frau schickte er viele reiche Gaben, und ihren Kindern erwies er hohe Ehre. Und er ließ nicht zu, dass jemand gegen Vögel oder andere Tiere grausam war, sondern lehrte Liebe und Herzensgüte und Barmherzigkeit; und den Armen gab er Brot, und den Nackten gab er Kleidung, und es war Friede und Fülle im Land. Aber er regierte nicht lange; so groß war sein Leiden gewesen und so scharf das Feuer seiner Prüfung, dass er nach Verlauf von drei Jahren starb. Und der nach ihm kam, führte ein schlimmes Regiment.

Das Bildnis des Dorian Gray

Vorwort zu Dorian Gray

Der Künstler ist der Schöpfer schöner Dinge.

Die Kunst zu offenbaren und den Künstler zu verbergen ist die Aufgabe der Kunst.

Der Kritiker ist der, der seinen Eindruck von schönen Dingen in eine neue Form oder ein neues Material übertragen kann. Die höchste wie die niederste Form der Kritik ist eine Art Selbstbiographie.

Wer hässlichen Sinn in schönen Dingen findet, ist verderbt, ohne Anmut zu haben. Das ist ein Fehler.

Wer schönen Sinn in schönen Dingen findet, gehört zum Reiche der Kultur. Für ihn ist Hoffnung.

Die sind die Auserwählten, denen schöne Dinge einzig Schönheit bedeuten.

So etwas wie ein moralisches oder unmoralisches Buch gibt es nicht. Bücher sind gut geschrieben oder schlecht geschrieben, weiter nichts.

Das Missfallen des neunzehnten Jahrhunderts am Realismus ist die Wut Kalibans, der sein eigenes Gesicht im Spiegel sieht.

Das Missfallen des neunzehnten Jahrhunderts an der Romantik ist die Wut Kalibans, der sein eigenes Gesicht nicht im Spiegel sieht.

Das moralische Leben des Menschen bildet einen Teil des Stoffgebiets des Künstlers, aber die Moralität der Kunst besteht im vollkommenen Gebrauch eines unvollkommenen Mittels.

Kein Künstler will etwas beweisen. Selbst Wahrheiten können bewiesen werden.

Kein Künstler hat ethische Sympathien. Eine ethische Sympathie bei einem Künstler ist eine unverzeihliche Manieriertheit des Stils.

Kein Künstler ist je dekadent. Der Künstler kann alles ausdrücken.

Denken und Sprechen sind für den Künstler Mittel einer Kunst.

Laster und Tugend sind für den Künstler Material einer Kunst.

Vom Standpunkt der Form ist das Urbild aller Künste die Kunst des Musikers. Vom Standpunkt des Gefühls ist das Handwerk des Schauspielers das Urbild.

Alle Kunst ist zugleich Oberfläche und Symbol. Wer unter die Oberfläche geht, tut es auf eigene Gefahr.

Wer das Symbol deutet, tut es auf eigene Gefahr.

Den Beschauer und nicht das Leben spiegelt die Kunst in Wahrheit.

Meinungsverschiedenheit über ein Kunstwerk zeigt, dass das Werk neu, vielfältig und bedeutend ist.

Wenn die Kritiker uneins sind, ist der Künstler einig mit sich selbst.

Wir können einem Menschen verzeihen, dass er etwas Nützliches gemacht hat, solange er es nicht bewundert. Die einzige Entschuldigung dafür, dass einer etwas Nutzloses gemacht hat, ist, dass man es sehr bewundert.

Alle Kunst ist völlig nutzlos.

Oscar Wilde

Erstes Kapitel

Starker Rosenduft durchströmte das Atelier, und als ein leichter Sommerwind die Bäume im Garten hin- und herwiegte, kam durch die offene Tür der schwere Geruch des Flieders oder der feinere Duft des Rotdorns.

Von dem Perserdiwan, auf dem er lag und nach seiner Gewohnheit unzählige Zigaretten rauchte, konnte Lord Henry Wotton gerade die süß duftenden und honigfarbenen Blüten eines Goldregenstrauchs gewahren, dessen zitternde Zweige die Last einer so flammenden Schönheit kaum tragen zu können schienen; und hie und da flitzten die phantastischen Schatten vorbeifliegender Vögel über die langen bastseidenen Vorhänge des großen Fensters und brachten eine Art japanische Augenblickswirkung hervor, sodass ihm die blassen, nephritfarbenen Maler Tokios einfielen, die vermittelst einer Kunst, die nicht anders als unbeweglich sein kann, den Eindruck der Raschheit und Bewegung hervorzurufen suchen. Das summende Murren der Bienen, die in dem langen ungemähten Gras hin- und hertaumelten oder mit eintöniger Hartnäckigkeit die staubig goldenen Blütentrichter des wuchernden Geißblatts umkreisten, schienen die Stille noch drückender zu machen. Das dumpfe Getöse Londons klang wie das Schnarrwerk einer entfernten Orgel.

In der Mitte des Gemaches stand auf einer hoch aufgerichteten Staffelei das lebensgroße Porträt eines ungewöhnlich schönen jungen Mannes, und ihm gegenüber, etwas entfernt davon, saß der Künstler, der es gemalt hatte, Basil Hallward, dessen plötzliches Verschwinden vor einigen Jahren das Publikum erregt und so viele seltsame Vermutungen erweckt hat.

Als der Maler auf die anmutige Gestalt blickte, die er so schön in seiner Kunst gespiegelt hatte, überflog ein Lächeln der Freude seine Züge und schien auf ihnen verweilen zu wollen. Aber er fuhr plötzlich auf, schloss die Augen und drückte die Lider mit den Fingern zu, wie wenn er einen absonderlichen Traum, dessen Erwachen er fürchtete, im Hirne gefangen halten wollte.

„Es ist deine beste Arbeit, Basil, das Beste, was du je gemacht hast“, sagte Lord Henry mit müder Stimme. „Du musst es bestimmt nächstes Jahr ins Grosvenor schicken. Die Akademie-Ausstellung ist zu groß und zu gewöhnlich. Jedes Mal, wenn ich hinging, waren entweder so viele Menschen da, dass ich die Bilder nicht sehen konnte, und das war schrecklich, oder so viele Bilder, dass ich die Menschen nicht sehen konnte, und das war noch schlimmer. Das Grosvenor ist wirklich der einzige Ort, der in Frage kommt.“

„Ich denke nicht daran, es überhaupt auszustellen“, antwortete der Maler und warf den Kopf in der besonderen Art zurück, über die seine Freunde in Oxford so oft gelacht hatten. „Nein, ich stelle es nirgends aus.“

Lord Henry zog die Brauen hoch und blickte ihn durch die dünnen blauen Rauchgirlanden, die sich in phantastischen Windungen aus seiner schweren, opiumgetränkten Zigarette emporkräuselten, erstaunt an. „Nirgends ausstellen? Mein Lieber, warum? Hast du einen Grund? Was ihr Maler für kuriose Kerle seid! Ihr tut alles in der Welt, um berühmt zu werden. Sowie ihr es seid, scheint ihr des Ruhms überdrüssig. Das ist dumm von dir, denn es gibt nur ein Ding in der Welt, das schlimmer ist, als dass über einen geredet wird, nämlich, dass nicht über einen geredet wird. Ein Porträt wie dieses muss dich weit über alle jungen Leute in England heben und die Alten ganz neidisch machen – wenn alte Leute überhaupt einer Gemütsbewegung fähig sind.“

„Ich weiß, du wirst mich auslachen“, erwiderte jener, „aber ich kann es wirklich nicht ausstellen. Ich habe zu viel von mir selbst hineingebracht.“

Lord Henry streckte sich auf dem Diwan aus und lachte. „Ja, ja, das wusste ich, aber es ist völlig wahr, trotzdem.“

„Zu viel von dir soll darin sein! Auf mein Wort, Basil, ich wusste nicht, dass du so eitel bist; ich kann wahrhaftig nicht die geringste Ähnlichkeit zwischen dir mit deinem eckigen strengen Gesicht und deinen kohlschwarzen Haaren und diesem jungen Adonis finden, der aussieht, als sei er aus Elfenbein und Rosenblättern gemacht. Nein, lieber Basil, er ist ein Narcissus, und du – nun, natürlich hast du geistigen Ausdruck und so weiter. Aber Schönheit, wahre Schönheit hört auf, wo geistiger Ausdruck anfängt. Geist ist an sich eine Art Übertriebenheit und zerstört das Ebenmaß jedes Gesichts. Sowie man sich ans Denken macht, wird man ganz Nase oder ganz Stirn oder derart Grässliches. Betrachte die Männer, die in irgendeinem gelehrten Beruf Erfolg hatten. Wie vollendet hässlich sind sie! Ausgenommen natürlich die Männer der Kirche. Aber in der Kirche denken sie eben nicht. Ein Bischof bleibt dabei, mit achtzig Jahren dasselbe zu sagen, was man ihm als achtzehnjährigem Jungen beigebracht hat, und die natürliche Folge ist, dass er immer ganz wonnig aussieht. Dein geheimnisvoller junger Freund, dessen Namen du mir nie gesagt hast, dessen Bild mich jedoch wahrhaft bezaubert, denkt niemals. Das ist mir ganz sicher. Er ist so ein hirnloses, schönes Geschöpf, das wir im Winter immer haben sollten, wenn es keine Blumen gibt, auf die wir blicken können, und immer im Sommer, wenn wir etwas zur Abkühlung unseres Geistes brauchen. Schmeichle dir nicht, Basil: Du hast nicht die mindeste Ähnlichkeit mit ihm.“

„Du verstehst mich nicht, Harry“, antwortete der Künstler. „Natürlich habe ich keine Ähnlichkeit mit ihm – das weiß ich sehr wohl. Ich wäre sogar traurig, wenn ich so aussähe wie er. Du zuckst die Achseln? Ich sage dir die Wahrheit. Es schwebt ein Verhängnis um alle körperliche und geistige Auszeichnung; die Art Verhängnis, die in der ganzen Geschichte den schwankenden Schritten der Könige auf dem Fuße zu folgen scheint. Es ist besser, sich nicht von seinen Genossen zu unterscheiden. Die Hässlichen und die Dummen sind in dieser Welt am besten daran. Sie können behaglich dasitzen und sorglos dem Spiel zuschauen. Wenn sie nichts von Siegen wissen, so ist ihnen dafür auch erspart, Niederlagen kennenzulernen. Sie leben, wie wir alle leben sollten: sorglos, gleichgültig und ohne Unruhe. Sie bringen über andere kein Verderben und empfangen es auch nicht aus fremden Händen. Dein Rang und dein Reichtum, Harry; mein Hirn, wie es nun schon ist – meine Kunst, sie mag wert sein, was sie will – Dorian Grays schönes Äußere: Wir werden alle drei unter dem leiden, was uns die Götter gegeben haben, schrecklich leiden."

„Dorian Gray? So heißt er?" fragte Lord Henry und ging durch das Atelier auf Basil Hallward zu.

„Ja, so heißt er. Ich wollte dir den Namen nicht nennen."

„Aber warum nicht?"

„Oh! Ich kann das nicht erklären. Wenn ich einen Menschen unmäßig lieb habe, sage ich nie jemandem seinen Namen. Es ist, als übergäbe man damit einen Teil von ihm. Ich bin dazu gekommen, das Geheimnis zu lieben. Das scheint allein imstande zu sein, das Leben unserer Zeit für uns zum Mysterium oder zum Wunder zu machen. Das gemeinste Ding ist voller Schönheit, wenn man es nur versteckt. Wenn ich die Stadt verlasse, sage ich den Menschen nie mehr, wohin ich gehe. Täte ich es, so büßte ich all meinen Genuss ein. Es ist eine törichte Gewohnheit, ich gebe es zu, aber irgendwie scheint dadurch viel Romantik ins Leben zu kommen. Vermutlich hältst du mich darum für schrecklich verrückt?“

„Nicht im Geringsten“, erwiderte Lord Henry, „nicht im Geringsten, lieber Basil. Du scheinst zu vergessen, dass ich verheiratet bin, und die Ehe hat den einen Reiz, dass sie beiden Teilen ein Leben der Täuschung völlig zur Notwendigkeit macht. Ich weiß nie, wo meine Frau ist, und meine Frau weiß nie, was ich treibe. Wenn wir zusammen sind – wir sind manchmal zusammen, wenn wir miteinander eingeladen sind oder zum Herzog aufs Land fahren –, erzählen wir uns die verrücktesten Geschichten mit der ernsthaftesten Miene. Meine Frau versteht sich trefflich darauf – eigentlich besser als ich. Sie bringt ihre Daten nie durcheinander; und ich immer. Aber wenn sie mich ertappt, macht sie keinen Lärm darüber. Ich wünschte manchmal, sie täte es; aber sie lacht mich bloß aus.“

„Die Art, wie du über dein Eheleben sprichst, ist mir verhasst, Harry“, sagte Basil Hallward und ging langsam zu der Tür, die in den Garten führte. „Ich glaube, du bist in Wahrheit ein sehr guter Ehemann, schämst dich jedoch heftig über deine eigene Tugendhaftigkeit. Du bist ein absonderlicher Bursche. Du sagst nie etwas Moralisches, und du tust nie etwas Schlechtes. Dein Zynismus ist lediglich Pose.“

„Natürlichsein ist lediglich eine Pose, und die ärgerlichste, die ich kenne“, rief Lord Henry und lachte; und die beiden jungen Leute gingen miteinander in den Garten und setzten sich in dem Schatten eines großen Lorbeerbusches auf ein langes Bambussofa. Das Sonnenlicht glitt über die glänzenden Blätter. Im Grase zitterten weiße Gänseblümchen. Nach einer Pause zog Lord Henry seine Uhr. „Ich fürchte, ich muss gleich gehen, Basil“, brummte er, „und ehe ich gehe, bestehe ich darauf, dass du mir die Frage beantwortest, die ich vorhin an dich richtete.“

„Was denn?“ fragte der Maler, ohne aufzublicken. „Du weißt schon.“

„Nein, Harry.“

„Nun, dann will ich dirs sagen. Du sollst mir erklären, warum du Dorian Grays Bildnis nicht ausstellen willst. Ich verlange den wirklichen Grund zu wissen.“

„Ich sagte dir den wirklichen Grund.“

„Nein, das tatest du nicht. Du sagtest, der Grund sei, weil zu viel von dir in dem Bilde sei. Nun, das ist kindisch.“

„Harry“, sagte Basil Hallward und schaute ihm gerade ins Gesicht, „jedes Porträt, das mit Empfindung gemalt ist, ist ein Porträt des Künstlers, nicht dessen, der ihm sitzt. Der ist bloß der Anlass, die Gelegenheit. Nicht er wird vom Maler offenbart; es ist eher der Maler, der auf der farbigen Leinwand sich selber offenbart. Der Grund, warum ich dieses Bild nicht ausstellen will, ist, dass ich fürchte, ich habe in ihm das Geheimnis meiner eigenen Seele aufgedeckt.“

Lord Henry lachte. „Und das wäre?“ fragte er.

„Ich will es dir erklären“, sagte Hallward; aber ein Ausdruck der Ratlosigkeit legte sich über seine Züge.

„Ich bin ganz Erwartung, Basil“, fing sein Gefährte wieder an und sah zu ihm hin.

„Oh! Es ist wirklich nicht viel zu erzählen, Harry“, antwortete der Maler, „und ich fürchte, du wirst es kaum verstehen. Vielleicht wirst du es kaum glauben.“

Lord Henry lächelte; dann bückte er sich, pflückte ein rot gefärbtes Gänseblümchen aus dem Gras und betrachtete es. „Ich bezweifle gar nicht, dass ich es verstehen werde“, gab er zurück und blickte anhaltend auf das kleine goldene, weißgefiederte Rund in seiner Hand; „und was das Glauben angeht, so kann ich alles glauben, vorausgesetzt, dass es unwahrscheinlich genug ist.“

Der Wind schüttelte ein paar Blüten von den Bäumen, und die schweren Sternenbüschel des Flieders schwankten in der schwülen Luft hin und her. Eine Grille fing an der Mauer zu zirpen an, und wie ein blauer Faden schwebte eine lange, dünne Libelle auf ihren braunen Gazeflügeln durch die Luft. Lord Henry war es, als könnte er Basil Hallwards Herz klopfen hören, und war gespannt, was er hören sollte.

„Die Geschichte ist einfach die“, sagte der Maler nach einer Weile. „Vor zwei Monaten ging ich einmal zu einem Gesellschaftsrummel bei Lady Brandon. Du weißt, wir armen Künstler müssen uns von Zeit zu Zeit in der Gesellschaft sehen lassen, bloß um dem Publikum ins Gedächtnis zu rufen, dass wir keine Wilden sind. Mit einem Gesellschaftsanzug und einer weißen Binde, wie du mir einmal sagtest, kann jeder, selbst ein Börsenmakler, in den Ruf eines Gebildeten kommen. Nun, ich war etwa zehn Minuten da und plauderte mit umfangreichen, überladenen, vornehmen Witwen und langweiligen Akademikern, als mir plötzlich ins Bewusstsein kam, dass mich jemand ansah. Ich drehte mich halb um und erblickte zum ersten Mal Dorian Gray. Als unsre Augen sich trafen, fühlte ich, dass ich blass wurde. Ein seltsames Gefühl des Bangens überkam mich. Ich spürte, ich stand einem von Angesicht zu Angesicht gegenüber, dessen bloße Erscheinung so bezaubernd war, dass sie, wenn ich es ihr gestattete, meine ganze Natur, meine ganze Seele und sogar meine Kunst an sich reißen musste. Ich brauchte in meinem Leben keinerlei Einwirkung von außen. Du weißt selbst, Harry, wie unabhängig ich von Natur aus bin. Ich bin immer mein eigener Herr gewesen; war es zum mindesten gewesen, bis ich Dorian Gray getroffen habe. Dann – aber ich weiß nicht, wie ich es dir erklären soll. Ich hatte ein Vorgefühl, dass ich unmittelbar vor einer furchtbaren Krise in meinem Leben stehe. Ich hatte die seltsame Empfindung, das Schicksal halte erlesene

Freuden und erlesene Schmerzen für mich in Bereitschaft. Mich schauderte, und ich wandte mich zum Gehen. Es war nicht das Gewissen, was mich dazu trieb; es war eine Art Feigheit. Ich rechne es mir nicht zur Ehre an, dass ich zu fliehen versuchte." „Gewissen und Feigheit sind in Wahrheit ein und dasselbe. Gewissen ist der eingetragene Name der Firma, weiter nichts."

„Ich glaube das nicht, Harry, und ich glaube, auch du nicht. Indessen, das oder jenes mag mein Motiv gewesen sein – vielleicht war es Stolz, ich bin immer sehr stolz gewesen –, gewiss ist, dass ich die Tür erreichen wollte. Dort natürlich prallte ich mit Lady Brandon zusammen. ‚Sie werden doch nicht so früh weglaufen wollen, Herr Hallward?', schrie sie. Du kennst ihre seltsam gellende Stimme?"

„O ja, die Dame ist, von der Schönheit abgesehen, ein Pfau", sagte Lord Henry und zerzupfte mit seinen langen, nervösen Fingern das Gänseblümchen.

„Ich konnte mich nicht von ihr losmachen. Sie produzierte mich königlichen Hoheiten und Leuten mit Sternen und Hosenbandorden und ältlichen Damen mit riesenhaften Diademen und Papageinasen. Sie sprach von mir als von ihrem besten Freund. Wir hatten uns ein einziges Mal vorher gesehen, aber sie hatte es sich in den Kopf gesetzt, mich als berühmten Mann zu behandeln. Ich glaube, irgendein Bild von mir hatte gerade großen Erfolg gehabt, oder es war wenigstens in den Abendblättern davon geschwatzt worden, und das ist der Unsterblichkeitsmaßstab unsres Jahrhunderts. Plötzlich befand ich mich dem jungen Manne gegenüber, dessen Erscheinung mich so sonderbar erschüttert hatte. Wir waren einander ganz nahe und berührten uns fast. Unsre Augen trafen sich wieder. Es war unbedacht von mir, aber ich bat Lady Brandon, mich ihm vorzustellen. Vielleicht war es, alles erwogen, nicht so unbedacht. Es war einfach unvermeidlich. Wir hätten angefangen, miteinander zu sprechen, auch ohne jede Vorstellung – dessen bin ich sicher. Dorian sagte es mir später. Auch er hatte das Gefühl, dass wir dazu bestimmt waren, einander kennenzulernen."

„Und was für eine Beschreibung gab Lady Brandon von diesem wunderbaren Jüngling?" fragte sein Gefährte.

„Ich weiß, es ist ihre Art, von allen ihren Gästen einen kurzen Abriss zu geben. Ich erinnere mich, sie stellte mich einmal einem schauderhaften rotbackigen alten Herrn vor, der über und über mit Orden und Bändern bedeckt war, und zischte mir dabei mit einem tragischen Geflüster, das jeder im Zimmer vollkommen deutlich hören musste, die erstaunlichsten Details ins Ohr. Es blieb mir nichts übrig, als wegzulaufen. Ich komme den Menschen gern von mir selbst auf den Grund. Aber Lady Brandon behandelt ihre Gäste genau wie ein Auktionator seine Waren. Sie erklärt sie entweder vollständig fort, oder erzählt einem alles von ihnen, mit Ausnahme dessen, was man wissen möchte."

„Arme Lady Brandon! Du bist hart gegen sie, Harry", sagte Hallward in zerstreutem Ton.

„Lieber Junge, sie wollte einen Salon gründen, aber es gelang ihr nur, ein Restaurant zu eröffnen. Wie könnte ich sie bewundern! Aber, sage mir, wie sprach sie über Herrn Dorian Gray?"

„Oh, etwa: ‚Ein reizender junger Mensch, die arme Mutter und ich ganz unzertrennlich. Vergaß ganz, was er tut – fürchte, er – tut gar nichts – ach ja, er spielt Klavier – oder war es Geige, Herr Gray?' Wir mussten beide lachen, und wir wurden sofort Freunde."

„Lachen ist für eine Freundschaft noch lange nicht der schlechteste Anfang, und ist weitaus das beste Ende für sie", sagte der junge Lord und pflückte ein neues Gänseblümchen.

Hallward schüttelte den Kopf. „Du verstehst nicht, was Freundschaft ist, Harry", murmelte er, „und ebenso wenig, was Feindschaft ist. Du magst alle Welt; das heißt, dir sind alle gleichgültig."

„Wie schrecklich ungerecht von dir!" rief Lord Henry, schob seinen Hut zurück und blickte zu den Wölkchen empor, die wie verwirrte Strähnen glänzender weißer Seide über das Türkisgewölbe des Sommerhimmels dahintrieben. „Ja, schrecklich ungerecht von dir. Ich unterscheide sehr zwischen den Menschen. Ich wähle meine Freunde nach ihrem guten Aussehen, meine Bekannten nach ihrem guten Charakter und meine Feinde nach ihrem guten Verstand. Man kann nicht vorsichtig genug in der Auswahl seiner Feinde sein. Ich habe keinen einzigen erlangt, der dumm ist. Es sind alles Leute von einer gewissen geistigen Stärke, und daher schätzen sie mich alle. Ist das sehr eitel von mir? Ich glaube, es ist ein bisschen eitel."

„Ich glaube auch, Harry. Aber nach deiner Einteilung kann ich bloß ein Bekannter von dir sein."

„Mein lieber alter Basil, du bist viel mehr als ein Bekannter."

„Und viel weniger als ein Freund. Eine Art Bruder vermutlich?"

„Oh, Bruder! Ich mache mir nichts aus Brüdern. Mein ältester Bruder denkt nicht ans Sterben, und meine jüngeren scheinen nichts anderes zu tun."

„Harry!", rief Hallward und runzelte die Stirn. „Lieber Junge, ich rede nicht ganz ernsthaft. Aber ich kann mir nicht helfen. Ich verabscheue meine Verwandten. Ich vermute, das ist der Tatsache zuzuschreiben, dass kein Mensch andre Menschen ausstehen kann, die dieselben Fehler wie er selbst haben. Ich verstehe den Zorn der englischen Demokratie gegen das, was sie die Laster der obern Stände nennen, vollkommen. Die

Massen fühlen, dass Trunkenheit, Dummheit und Unmoral ihre eigene Domäne sein sollten und dass jemand von uns, der sich bloßstellt, auf ihren Jagdgründen wildert. Beim Ehescheidungsprozess des armen Southwark war ihre Entrüstung ganz prachtvoll. Und doch möchte ich behaupten, dass nicht zehn Prozent im Proletariat vorschriftsgemäß leben." „Ich stimme keinem einzigen Wort zu, das du da gesagt hast, und was mehr ist, Harry, ich bin sicher, du auch nicht."

Lord Henry strich seinen braunen Spitzbart und klopfte mit seinem zierlichen Ebenholzstock gegen die Spitze seines eleganten Stiefels. „Wie englisch du bist, Basil! Zum zweiten Mal hast du jetzt diese Bemerkung gemacht. Wenn man einem richtigen Engländer eine Idee vorträgt – schon an sich eine Tollkühnheit –, denkt er nie daran, zu erwägen, ob die Idee richtig oder falsch ist. Das Einzige, was ihm von Bedeutung scheint, ist, ob man selbst daran glaubt. Aber der Wert einer Idee hat nicht das Mindeste mit der Aufrichtigkeit des Menschen zu tun, der sie vorbringt. In Wahrheit ist es wahrscheinlich, dass, je unaufrichtiger der Mensch ist, um so mehr rein geistig die Idee sein wird, da sie in diesem Fall weder von seinen Bedürfnissen und Wünschen noch von seinen Vorurteilen gefärbt sein wird. Indessen habe ich nicht die Absicht, Politik, Soziologie oder Metaphysik mit dir zu treiben. Ich mache mir mehr aus Personen als aus Prinzipien, und nichts liebe ich mehr als Personen ohne Prinzipien. Erzähle mir mehr von Herrn Dorian Gray. Wie oft siehst du ihn?"

„Jeden Tag. Ich wäre unglücklich, wenn ich ihn nicht täglich sähe. Er ist mir ganz und gar ein Bedürfnis."

„Wie ungewöhnlich! Ich hätte gedacht, du kümmertest dich um nichts als deine Kunst."

„Er ist mir jetzt meine ganze Kunst", sagte der Maler ernst. „Ich denke manchmal, Harry, es gibt in der Weltgeschichte nur zwei Perioden von Bedeutung. Die erste ist das Auftreten eines neuen Kunstmittels, und die zweite ist, ebenfalls für die Kunst, das Auftreten eines neuen Menschentypus. Was die Erfindung der Ölmalerei für die Venezianer war, das ist das Antlitz des Antinoos für die spätgriechische Skulptur gewesen, und das wird eines Tages das Antlitz des Dorian Gray für mich sein. Es ist nicht bloß, dass ich nach ihm male, zeichne, skizziere. Natürlich habe ich all das getan. Aber er ist für mich viel mehr als ein Modell oder ein Mensch, der mir sitzt. Ich möchte nicht sagen, dass ich unzufrieden mit dem bin, was ich aus ihm gemacht habe, oder dass seine Schönheit derart ist, dass die Kunst sie nicht ausdrücken kann. Es gibt nichts, was die Kunst nicht ausdrücken kann; und ich weiß: Was ich gemacht habe, seit ich Dorian Gray kennengelernt, ist gute Arbeit, ist die beste Arbeit meines Lebens. Aber auf seltsame Weise – ich glaube kaum, dass du mich verstehst – hat seine Erscheinung in mir eine neue Art meiner Kunst wachgerufen, eine völlig neue Stilform. Ich sehe die Dinge anders, ich denke anders über sie. Ich kann jetzt das Leben in einer Weise gestalten, die mir vorher verborgen war. ‚Ein Traum von Form in den Tagen des Denkens' – wer hat das gesagt? Ich habe es vergessen; aber das ist Dorian Gray für mich geworden. Das bloße sichtbare Dasein dieses Jünglings, der fast noch ein Knabe ist – so erscheint er, obwohl er in Wirklichkeit über zwanzig ist – sein bloßes sichtbares Dasein – ah! ich glaube nicht, dass du dir vorstellen kannst, was alles darin liegt! Ohne es zu wissen, bildet er für mich das Lineament einer neuen Schule, einer Schule, die bestimmt ist, alle Leidenschaft des romantischen Geistes, alle Vollkommenheit des griechischen in sich zu fassen. Die Harmonie der Seele und des Körpers – wie viel das ist! Wir in unserm Wahnsinn haben die zwei getrennt und haben einen Realismus erfunden, der gemein ist, und einen Idealismus, der leer ist. Harry! Wenn du nur wüsstest, was Dorian Gray für mich ist! Erinnerst du dich an die Landschaft, für die Agnew mir einen so ungeheuren Preis bot, von der ich mich aber nicht trennen wollte? Sie ist eins der besten Stücke, die ich je gemacht habe. Und warum? Weil, während ich sie malte, Dorian Gray neben mir saß. Irgendein feiner Einfluss ging von ihm zu mir, und zum ersten Mal in meinem Leben sah ich in der einfachen Waldlandschaft das Wunder, nach dem ich immer ausgeblickt und das ich nie gefunden hatte."

„Basil, das ist etwas Außerordentliches! Ich muss Dorian Gray sehen."

Hallward stand auf und ging im Garten hin und her. Nach einer Weile kam er zurück. „Harry", sagte er, „Dorian Gray ist für mich lediglich ein künstlerisches Motiv. Vielleicht sähst du nichts in ihm. Ich sehe alles in ihm. Er ist in meiner Arbeit nie mehr gegenwärtig, als wenn kein Abbild von ihm darin ist. Er ist, wie ich sagte, eine Anregung zu einer neuen Art in der Kunst. Ich finde ihn in den Schwingungen gewisser Linien, in dem Zauber und der zarten Tönung gewisser Farben. Das ist es, und das ist alles."

„Warum willst du dann aber sein Porträt nicht ausstellen?" fragte Lord Henry.

„Weil ich, ohne es zu wollen, einen gewissen Ausdruck all dieser absonderlichen künstlerischen Abgötterei hineingelegt habe, von der ich natürlich zu ihm nie sprechen wollte. Er weiß nicht darum. Er soll nie darum wissen. Aber die Welt könnte es erraten; und ich will meine Seele ihren oberflächlichen, spähenden Augen nicht entblößen. Mein Herz soll nie unter ihr Mikroskop kommen. Es ist zu viel von mir in dem Ding, Harry zu viel von mir!"

„Die Dichter sind nicht so peinlich wie du. Sie wissen, wie nützlich es ist, Leidenschaft zu publizieren. Heutzutage bringt es ein gebrochenes Herz zu vielen Auflagen."

„Ich hasse sie darum“, rief Hallward. „Ein Künstler sollte schöne Dinge schaffen, sollte aber nichts von seinem eigenen Leben hineintun. Wir leben in einer Zeit, wo die Menschen die Kunst behandeln, als ob sie bestimmt wäre, eine Art Selbstbiographie zu sein. Wir haben den Sinn für absolute Schönheit verloren. Eines Tages werde ich der Welt zeigen, was Schönheit ist, und aus diesem Grunde soll sie nie mein Porträt Dorian Grays sehn.“

„Ich glaube, du hast Unrecht, Basil, aber ich will nicht mit dir streiten. Nur die geistig Enterbten finden Gefallen am Streiten. Sag mir, hat Dorian Gray dich sehr lieb?“ Der Maler überlegte ein paar Augenblicke. „Er hat mich gern“, antwortete er nach einer Weile, „ich weiß, dass er mich gern hat. Natürlich schmeichle ich ihm schrecklich. Ich finde ein schreckliches Vergnügen daran, Dinge zu ihm zu sagen, von denen ich weiß, dass sie mir später leidtun werden. In der Regel ist er reizend zu mir, und wir sitzen im Atelier und plaudern von tausenderlei Dingen. Hie und da jedoch ist er schrecklich gedankenlos und scheint eine richtige Freude daran zu finden, mir weh zu tun. Dann fühle ich, Harry, dass ich meine ganze Seele an einen hingegeben habe, der sie behandelt, als ob sie eine Blume fürs Knopfloch wäre, eine kleine Dekoration, seiner Eitelkeit damit zu schmeicheln, ein Schmuck für einen Sommertag.“ „Im Sommer, Basil, ziehen sich die Tage manchmal lange hin“, erwiderte Lord Henry. „Vielleicht wirst du früher müde werden als er. Es ist eine traurige Sache, wenn man es bedenkt, aber es ist kein Zweifel, dass das Genie länger dauert als die Schönheit. Das erklärt die Tatsache, dass wir alle uns so damit quälen, uns mit Bildung vollzustopfen. In dem wilden Kampf ums Dasein wollen wir alle etwas haben, das dauert, und so füllen wir unsern Geist mit Schund und Tatsachen in der törichten Hoffnung, unsern Platz zu behaupten. Der durchaus wohl unterrichtete Mann, das ist das Ideal unserer Zeit. Und um den Geist des durchaus wohl unterrichteten Mannes ist es etwas Schreckliches. Er ist wie ein Antiquitätenladen, in dem es Ausgeburten aller Art und Staub gibt und jedes Ding über seinen wirklichen Wert ausgezeichnet ist. Ich glaube, du wirst trotzdem zuerst müde werden. Eines Tages wirst du deinen jungen Freund ansehen, und er wird dir ein bisschen verzeichnet vorkommen, oder du magst seinen Farbenton nicht oder so was. Du wirst ihm in deinem Herzen bittere Vorwürfe machen und ernsthaft der Meinung sein, er benehme sich sehr schlecht gegen dich. Wenn er dich das nächste Mal besucht, wirst du völlig kalt und gleichgültig sein. Es wird sehr schade sein, denn es wird dich ändern. Was du mir erzählt hast, ist völlig ein Gedicht, ein Gedicht von der Kunst möchte man es nennen, und das Schlimmste daran, ein Gedicht irgendeiner Art erlebt zu haben, ist, dass es einen so unpoetisch zurücklässt."

„Harry, sprich nicht so. Solange ich lebe, wird die Erscheinung Dorian Grays Herr in mir sein. Du kannst meine Empfindung nicht nachfühlen. Du wandelst dich zu oft."

„Ah, lieber Basil, genau darum kann ich sie nachfühlen. Menschen, die treu sind, kennen nur die gemeine Seite der Liebe: Die Treulosen sind es, die die Tragödien der Liebe erfahren." Und Lord Henry zündete an einer wertvollen silbernen Büchse ein Streichholz an und begann mit selbstbewusster und zufriedener Miene, als ob er die Welt auf einen Satz gebracht hätte, eine Zigarette zu rauchen. Es war ein Lärmen von zwitschernden Sperlingen in den Blättern des Efeus, die von grünem Lack überzogen glänzten, und die blauen Wolkenschatten jagten wie Schwalben über das Gras. Wie lieblich war es in dem Garten, und wie reizend die Empfindungen anderer Leute! – viel reizender als ihre Ideen, schien es ihm. Des Menschen eigene Seele und die Leidenschaften seiner Freunde – das waren im Leben die fesselnden Dinge. Er malte sich in stiller Vergnüglichkeit das langweilige Frühstück aus, um das er gekommen war, weil er sich so lange mit Basil Hallward verweilt hatte. Wäre er zu seiner Tante gegangen, so würde er sicher dort Lord Goodbody getroffen haben, und die ganze Unterhaltung hätte sich um die Ernährung der Armen und um die Notwendigkeit gedreht, Musterarbeiterhäuser zu errichten. Menschen von allerlei Art hätten über die Wichtigkeit gerade der Tugenden gepredigt, für die sie in ihrem eigenen Leben keine Verwendung hatten. Der Reiche hätte vom Wert der Sparsamkeit gesprochen, und der Faule wäre über die Würde der Arbeit zum Redner geworden. Es war prächtig, alledem entgangen zu sein. Als er an seine Tante dachte, schien ihm ein Einfall zu kommen. Er wandte sich zu Hallward und sagte: „Mein Lieber, ich erinnere mich jetzt."

„Woran erinnerst du dich, Harry?"

„Wo ich den Namen Dorian Grays gehört habe."

„Wo war es?" fragte Hallward mit leichtem Stirnrunzeln.

„Blick nicht so ärgerlich drein, Basil. Es war bei meiner Tante Lady Agatha. Sie erzählte mir, sie habe einen prächtigen jungen Menschen entdeckt, der ihr im East-End helfen wollte, und er heiße Dorian Gray. Ich muss allerdings sagen, dass sie mir nie mitteilte, er sei schön. Frauen haben keinen Sinn für Schönheit, wenigstens gute Frauen nicht. Sie sagte, er sei sehr ernst und habe eine edle Seele. Ich malte mir für mich ein Geschöpf mit einer Brille und herabhängendem Haar aus, dessen Gesicht furchtbar mit Sommersprossen übersät war und der auf riesigen Füßen einhertrat. Ich wollte, ich hätte gewusst, dass er dein Freund ist."

„Ich bin sehr froh, dass du es nicht wusstest, Harry."

„Warum?"

„Ich will nicht, dass du ihn kennenlernst."

„Du willst nicht, dass ich ihn kennenlerne?"

„Nein."

„Herr Dorian Gray ist im Atelier", sagte der Diener, der in den Garten heraustrat.

„Jetzt musst du mich vorstellen", rief Lord Henry lachend.

Der Maler wandte sich zu dem Bedienten, der blinzelnd in der Sonne stand. „Bitten Sie Herrn Gray, er möchte warten, Parker; ich werde in ein paar Augenblicken kommen." Der Mann verbeugte sich und ging ins Haus.

Dann schaute der Künstler Lord Henry an. „Dorian Gray ist mein liebster Freund", sagte er. „Er hat eine einfache und edle Seele. Deine Tante hatte mit dem, was sie von ihm sagte, ganz recht. Verdirb ihn nicht! Versuche nicht, Einfluss auf ihn zu üben! Dein Einfluss wäre schlimm. Die Welt ist weit und birgt viele wundervolle Menschen. Entreiß mir nicht den einzigen Menschen, der meiner Kunst allen Zauber gibt, den sie besitzt: Mein Leben als Künstler hängt von ihm ab! Denk daran, Harry, ich verlasse mich auf dich." Er sprach sehr langsam, und die Worte schienen ihm gegen seinen Willen entpresst zu werden.

„Was für einen Unsinn du redest", sagte Lord Henry lächelnd, nahm ihn unterm Arm und führte ihn ins Haus.

Zweites Kapitel

Sie traten ein und erblickten Dorian Gray. Er saß am Klavier, wendete ihnen den Rücken und blätterte in einem Bande mit Schumanns Waldszenen. „Die musst du mir leihen, Basil", rief er. „Ich will sie spielen lernen. Sie sind ganz entzückend!"

„Das hängt ganz davon ab, wie du heute sitzt, Dorian."

„Oh, ich habe das Sitzen satt, ich brauche kein lebensgroßes Bild von mir", antwortete der junge Mann und drehte sich nach Art eines eigenwilligen, launischen Knaben auf dem Klavierstuhl herum. Als er Lord Henry gewahrte, färbte ein schwaches Rot einen Augenblick seine Wangen, und er sprang auf. „Ich bitte um Entschuldigung, Basil, aber ich wusste nicht, dass jemand bei dir ist."

„Das ist Lord Henry Wotton, Dorian, ein alter Freund von mir aus Oxford. Ich habe ihm eben erzählt, wie famos du sitzt, und jetzt hast du alles verdorben."

»Mein Vergnügen, Sie kennenzulernen, haben Sie nicht verdorben, Herr Gray", sagte Lord Henry, indem er auf ihn zuging und die Hand ausstreckte. „Meine Tante hat mir oft von Ihnen gesprochen. Sie sind einer ihrer Günstlinge und ich fürchte, auch ihrer Opfer."

„Ich stehe zur Zeit bei Lady Agatha im schwarzen Buch", antwortete Dorian und machte ein komisch bußfertiges Gesicht. „Ich versprach ihr, letzten Dienstag mit ihr in einen Klub in Whitechapel zu gehen, und ich habe es in der Tat völlig vergessen. Wir hätten zusammen vierhändig spielen sollen – drei Stücke, glaube ich. Ich weiß nicht, was sie zu mir sagen wird. Ich fürchte mich hinzugehen."

„Oh, ich werde Sie mit meiner Tante versöhnen. Sie ist Ihnen überaus gewogen, und ich glaube nicht, dass es in Wahrheit etwas ausmacht, dass Sie nicht dort waren. Die Zuhörer dachten vermutlich, es sei vierhändig. Wenn Tante Agatha sich ans Klavier setzt, macht sie völlig genug Lärm für zwei Personen."

„Das ist recht abscheulich gegen sie und nicht sehr hübsch gegen mich", erwiderte Dorian und lachte.

Lord Henry sah ihn an. Ja, er war sicher wunderbar schön mit seinen fein geschwungenen Purpurlippen, seinen treuherzigen blauen Augen und seinem gewellten Goldhaar. Es lag etwas in seinen Mienen, das sofort Vertrauen hervorrief. Aller Schimmer der Jugend war da, und ebenso all die leidenschaftliche Keuschheit der Jugend. Man fühlte, er hatte sich in seiner Unbeflecktheit vor der Welt bewahrt. Kein Wunder, dass Basil Hallward ihn anbetete.

„Sie sind zu hübsch, um sich mit Wohltätigkeit zu befassen, Herr Gray viel zu hübsch." Und Lord Henry warf sich auf den Diwan und nahm eine Zigarette.

Der Maler hatte sich damit beschäftigt, seine Farben zu mischen und seine Pinsel zurechtzumachen. Er sah gequält aus, und als er Lord Henrys letzte Bemerkung hörte, sah er ihn an, zögerte einen Augenblick und sagte dann: „Harry, ich möchte dieses Bild heute fertig bekommen. Fändest du es sehr grob von mir, wenn ich dich bäte fortzugehen?"

Lord Henry lächelte und schaute Dorian Gray an. „Soll ich gehen, Herr Gray?" fragte er.

„Oh, bitte nein, Lord Henry. Ich sehe, Basil ist wieder einmal schlecht aufgelegt, und ich kann ihn gar nicht leiden, wenn er verdrossen ist. Außerdem möchte ich Sie gern fragen, warum ich mich nicht mit Wohltätigkeit befassen soll."

„Ich weiß nicht, ob ich Ihnen das sagen soll, Herr Gray. Es ist ein so langweiliges Thema, dass man ernsthaft darüber reden müsste. Aber sicher werde ich nicht fortgehen, nachdem Sie mir erlaubt haben zu bleiben. Du bist doch nicht im Ernst dagegen, Basil, nicht wahr? Du hast mir oft gesagt, es sei dir recht, wenn die, die dir sitzen, einen haben, mit dem sie plaudern können."

Hallward biss sich auf die Lippen. „Wenn Dorian es wünscht, musst du natürlich bleiben. Dorians Launen sind für jeden Gesetz, außer ihm selbst."

Lord Henry griff nach Hut und Handschuhen. „Trotz deiner dringlichen Aufforderung, Basil, fürchte ich, ich muss gehen. Ich habe versprochen, jemanden im Orleans zu treffen. Adieu, Herr Gray! Bitte, besuchen Sie mich einmal nachmittags in Curzon Street. Um fünf Uhr bin ich fast immer zu Hause. Schreiben Sie mir, an welchem Tage Sie kommen. Es täte mir leid, wenn Sie mich verfehlten."

„Basil", rief Dorian Gray, „wenn Lord Henry Wotton geht, gehe ich auch. Du machst nie den Mund auf, solange du malst, und es ist schrecklich ermüdend, auf einem Podium zu stehen und sich Mühe zu geben, hübsch auszusehen. Bitte ihn zu bleiben. Ich bestehe darauf!"

„Bleibe, Harry, du machst Dorian ein Vergnügen damit und mir auch", sagte Hallward, ohne von seinem Bild aufzuschauen. „Es ist völlig wahr, ich rede nie während der Arbeit und höre ebenso wenig zu, und das muss für die Unglücklichen, die mir sitzen, schrecklich langweilig sein. Ich bitte dich, bleib!"

„Aber was mache ich mit meinem Mann im Orleans?"

Der Maler lachte. „Ich glaube, das wird keinerlei Schwierigkeiten machen. Setz dich wieder, Harry. Und nun, Dorian, geh auf das Podium und bewege dich nicht zu viel und achte nicht auf das, was Lord Henry sagt. Er hat einen sehr schlechten Einfluss auf alle seine Freunde, mich allein ausgenommen."

Dorian Gray ging mit der Miene eines jungen griechischen Märtyrers die Stufen zum Podium hinauf und stieß gegen Lord Henry einen leichten, drolligen Seufzer aus. Er gefiel ihm gut. Er war so anders als Basil. Sie bildeten einen reizenden Kontrast. Und er hatte so eine schöne Stimme. Nach ein paar Augenblicken sagte er zu ihm: „Üben Sie wirklich einen sehr schlechten Einfluss aus, Lord Henry? So schlecht, wie Basil sagt?"

„So etwas wie guten Einfluss gibt es nicht, Herr Gray. Jeder Einfluss ist unmoralisch – unmoralisch im wissenschaftlichen Sinne."

„Warum?"

„Weil, wer einen Menschen beeinflusst, ihm seine eigene Seele gibt. Er denkt nicht seine natürlichen Gedanken und glüht nicht in seinem natürlichen Feuer. Seine Tugenden gehören nicht wirklich ihm. Seine Sünden, wenn es so etwas wie Sünden gibt, sind geborgte. Er wird ein Echo der Musik irgendeines Fremden, Schauspieler einer Rolle, die nicht für ihn geschrieben wurde. Das Ziel des Lebens ist Selbstentfaltung. Seine eigene Natur vollkommen zu verwirklichen – dafür ist jeder von uns da. Die Menschen von heutzutage haben Angst vor sich selbst. Sie haben die höchste aller Pflichten vergessen, die Pflicht, die man sich selbst gegenüber hat. Natürlich sind sie wohltätig. Sie nähren den Hungrigen und kleiden den Bettler. Aber ihre eigenen Seelen sterben Hungers und sind nackt. Der Mut ist unserm Geschlecht verloren gegangen. Vielleicht haben wir ihn nie wirklich besessen. Die Furcht vor der Gesellschaft, die die Grundlage der Moral ist, die Furcht vor Gott, die das Geheimnis der Religion ist – das sind die zwei Dinge, die uns beherrschen. Und doch."

„Bitte, drehe den Kopf ein wenig mehr nach rechts, Dorian, sei so lieb!" sagte der Maler, der tief in seine Arbeit versenkt war und nur gewahrte, dass ein Zug in das Gesicht des Jünglings gekommen war, den er vorher nie darin gesehen hatte.

„Und doch", fuhr Lord Henry mit seiner sanften, wohlklingenden Stimme und mit der anmutigen Handbewegung fort, die so bezeichnend an ihm war und die er schon seinerzeit in Eton gehabt hatte, „ich glaube, wenn ein einziger Mensch sein Leben völlig und ganz ausleben wollte, jeder Empfindung Form, jedem Gedanken Ausdruck, jedem Traum Wirklichkeit geben wollte – ich glaube, die Welt erhielte einen solchen Schwung von Freudigkeit, dass wir all das Siechtum aus den Zeiten des Mittelalters vergäßen und zum hellenischen Ideal zurückkehrten – vielleicht zu etwas, das intimer und reicher wäre als das hellenische Ideal. Aber der Tapferste unter uns hat Angst vor sich selber. Die Selbstverstümmelung der Wilden lebt in tragischer Weise in der Selbstverleugnung fort, die unser Leben verstümmelt. Wir werden für unser Verleugnen gestraft. Jeder Trieb, den wir ersticken möchten, wühlt sich im Geiste fort und vergiftet uns. Der Körper sündigt nur einmal und hat die Sünde abgetan, denn das Tun ist eine Art Reinigung. Es bleibt nichts übrig als die Erinnerung an eine Lust oder der köstliche Schmerz, dass sie vorbei ist. Der einzige Weg, eine Versuchung loszuwerden, ist, ihr nachzugeben. Widerstehe ihr, und deine Seele wird krank vor Sehnsucht nach den Dingen, die sie sich selber verboten hat, vor Verlangen nach dem, was ihre ungeheuerlichen Gesetze zu etwas Ungeheuerlichem und Gesetzwidrigem gemacht haben. Man hat wohl gesagt, die größten Geschehnisse in der Welt ereigneten sich im Hirne. Im Hirne, und einzig und allein im Hirne ereignen sich auch die großen Sünden der Welt. Sie, Herr Gray, Sie selber mit Ihrer rosigen Jugend und Ihrer Knabenunschuld, die wie weiße Rosen ist, Sie haben Leidenschaften gehabt, die Ihnen bange machten, Gedanken, die Sie in Schrecken setzten, Träume bei Tag und Träume im Schlaf, die, wenn Sie nur daran denken, das Blut der Scham in Ihre Wangen jagen ..."

„Halten Sie ein!" rief Dorian Gray mit versagender Stimme, „halten Sie ein, mir wird wirr von Ihren Reden. Ich weiß nicht, was ich sagen soll. Es gibt eine Antwort auf Ihre Worte, aber ich kann sie nicht finden. Sprechen Sie nicht! Lassen Sie mich nachdenken. Oder lieber, lassen Sie mich den Versuch machen, nicht nachzudenken."

Fast zehn Minuten lang stand er da, ohne sich zu regen, mit geöffneten Lippen und einem seltsamen Glanz in den Augen. Er war sich undeutlich bewusst, dass völlig neue Einflüsse in ihm am Werke seien. Jedoch schienen sie ihm in Wahrheit aus ihm selbst gekommen. Die paar Worte, die Basils Freund zu ihm gesprochen hatte – Worte, die ohne Zweifel von ungefähr und mit absichtlicher Paradoxie gesprochen waren –, hatten eine geheime Saite berührt, die zuvor nie berührt worden war, die er aber jetzt zittern und in seltsamer Wildheit rauschen hörte.

Die Musik hatte ihn so ähnlich erregt. Die Musik hatte ihn oft wirr gemacht. Aber die Musik war unbestimmt. Sie erzeugte in einem nicht eine neue Welt, sondern eher ein neues Chaos. Worte! Bloße Worte! Wie furchtbar sie waren! Wie deutlich und lebendig und grausam! Man konnte ihnen nicht entrinnen. Und was war doch in ihnen für eine feine Magie! Sie schienen imstande, gestaltlosen Dingen plastische Gestalt zu geben und eine Musik in sich zu bergen, die so süß war wie die der Bratsche oder der Laute. Bloße Worte! Gab es denn irgendetwas, das so wirklich war wie Worte?

Ja: Es hatte in seinem Jünglingsknabentum Dinge gegeben, die er nicht verstanden hatte. Er verstand sie jetzt. Das Leben wurde für ihn plötzlich feuerfarben. Ihm schien, er sei in leibhaftem Feuer gewandelt. Warum hatte er es nicht gemerkt?

Mit seinem feinen Lächeln beobachtete ihn Lord Henry. Er verstand sich auf den feinen psychologischen Moment, wo es galt, nicht zu reden. Er war stark interessiert. Er war über den plötzlichen Eindruck erstaunt, den seine Worte hervorgebracht hatten; er erinnerte sich an ein Buch, das er mit sechzehn Jahren gelesen, ein Buch, das ihm vieles offenbart hatte, was er zuvor nicht gekannt, und so war er neugierig, ob Dorian Gray jetzt ein ähnliches Erlebnis hätte. Er hatte nur einen Pfeil in die Luft geschossen. Hatte er ins Schwarze getroffen? Wie bezaubernd der Junge war!

Hallward malte mit seinem wundervollen kühnen Pinselstrich, der die wahre Feinheit und vollkommene Zartheit an sich hatte, die, in der Kunst jedenfalls, nur aus der Kraft kommt, drauf los. Er merkte nichts von dem Schweigen.

„Basil, ich habe genug gestanden!" rief Dorian Gray plötzlich. „Ich muss hinausgehn und mich in den Garten setzen. Die Luft hier ist zum Ersticken."

„Mein Lieber, das tut mir sehr leid. Wenn ich beim Malen bin, kann ich an nichts anderes denken. Aber du hast nie besser gesessen. Du warst völlig ruhig. Und ich habe den Effekt erhascht, den ich brauchte, die halb offenen Lippen und den Glanz in den Augen. Ich weiß nicht, was Harry zu dir gesagt hat, aber sicher hat er bewirkt, dass du den wundervollsten Ausdruck hast. Ich vermute, er hat dir Schmeicheleien gesagt. Du musst kein Wort von allem, was er sagt, glauben."

„Er hat mir gewiss keine Schmeicheleien gesagt. Vielleicht glaube ich darum nichts von allem, was er gesagt hat."

„Sie wissen, dass Sie es alles glauben", sagte Lord Henry und sah ihn mit seinen träumerischen, lockenden Augen an. „Ich komme mit Ihnen in den Garten. Es ist furchtbar heiß im Atelier. Basil, verschaffe uns ein Eisgetränk, mit Erdbeeren darin."

„Gern, Harry. Drücke nur auf die Klingel, und wenn Parker kommt, werde ich ihm sagen, was ihr haben wollt. Ich bin jetzt mit dem Hintergrund hier beschäftigt und werde also später zu euch kommen. Halte Dorian nicht zu lange auf! Ich bin nie besser zum Malen aufgelegt gewesen als heute. Das wird mein Meisterwerk werden! Wie es dasteht, ist es mein Meisterwerk!"

Lord Henry ging in den Garten hinaus und fand Dorian Gray, wie er sein Gesicht in den großen kühlen Fliederblütenbüscheln badete und fiebrig ihren Duft schlürfte, als wäre er Wein. Er trat nahe zu ihm hin und legte ihm die Hand auf die Schulter. „Sie tun ganz recht daran, es so zu machen", sprach er leise. „Nichts kann die Seele heilen als die Sinne, gerade wie nichts die Sinne heilen kann als die Seele."

Der Jüngling fuhr zusammen und trat zurück. Er war barhäuptig, und die Zweige hatten seine widerspenstigen Locken verwirrt und ihre goldenen Strähnen in Unordnung gebracht. Es war ein furchtsamer Ausdruck in seinen Augen, wie ihn Menschen haben, die man plötzlich geweckt hat. Seine fein gebauten Nüstern bebten, und irgendein versteckter Nerv riss leise an seinen Purpurlippen, so dass sie in einem Zittern blieben.

„Ja", fuhr Lord Henry fort, „das ist eins der großen Geheimnisse des Lebens: die Seele mittelst der Sinne, und die Sinne mittelst der Seele zu heilen. Sie sind ein prächtiges Menschenkind! Sie wissen mehr, als Sie denken, gerade wie Sie weniger wissen, als Ihnen zu wissen nottut."

Dorian Gray runzelte die Stirn und wandte den Kopf ab. Er musste den jungen Mann, der groß und anmutig neben ihm stand, liebhaben. Sein romantisches, olivenfarbenes Gesicht und der müde Ausdruck darin interessierten ihn. Es war etwas in dem müden Ton seiner Stimme, was völlig bezauberte. Auch seine kühlen, weißen, blumenhaften Hände hatten einen besonderen Reiz. Sie bewegten sich wie Musik, wenn er sprach, und schienen eine eigene Sprache zu haben. Aber er fühlte Angst vor ihm und schämte sich, Angst zu haben. Warum war es einem Fremden vorbehalten geblieben, ihn sich selbst zu offenbaren? Basil Hallward kannte er seit Monaten, aber die Freundschaft zwischen ihnen hatte ihn nie geändert. Plötzlich war einer in sein Leben eingetreten, der ihm das Geheimnis des Lebens enthüllt zu haben schien. Und doch, wovor sollte er Angst haben? Er war kein Schulknabe und kein junges Mädchen. Es war töricht, zage zu sein.

„Wir wollen uns in den Schatten setzen", sagte Lord Henry. „Parker hat uns zu trinken gebracht, und wenn Sie noch länger in dieser Sonnenglut stehen bleiben, werden Sie eine hässliche Haut bekommen, und Basil wird Sie nie mehr malen. Sie dürfen sich wirklich nicht von der Sonne verbrennen lassen. Es würde Ihnen nicht stehen."

„Was kann daran liegen?" rief Dorian Gray lachend, als er sich auf die Bank am Ende des Gartens setzte.

„Es sollte Ihnen alles daran liegen, Herr Gray." „Wieso?"

„Weil Sie die entzückendste Jugend haben, und es gibt ein Ding, das zu haben sich lohnt: Jugend."

„Ich empfinde das nicht, Lord Henry."

„Nein, Sie empfinden es jetzt nicht. Eines Tages, wenn Sie alt und runzlig und hässlich sein werden, wenn das Denken Ihre Stirn mit seinen Linien verwüstet und die Leidenschaft Ihre Lippen mit ihrem eklen Feuer gezeichnet hat, werden Sie es empfinden, furchtbar empfinden. Jetzt, gehen Sie, wohin Sie wollen, entzücken Sie alle Welt. Wird es immer so sein? … Sie haben ein wunderbar schönes Gesicht, Herr Gray. Runzeln Sie nicht die Stirn, Sie haben es. Und Schönheit ist eine Form des Genies, steht in Wahrheit höher als das Genie, da sie keiner Erklärung bedarf. Sie gehört zu den großen Tatsachen der Welt, wie das Sonnenlicht oder der

Frühling oder die Spiegelung der silbernen Muschel, die wir Mond nennen, in dunklen Gewässern. Sie kann nicht in Frage gestellt werden. Sie hat ihr göttliches Hoheitsrecht. Sie macht Fürsten aus denen, die sie haben. Sie lächeln? Oh! Wenn Sie sie verloren haben, lächeln Sie nicht mehr … Die Menschen sagen manchmal, die Schönheit sei nur auf der Oberfläche. Das mag wohl sein. Aber zum Mindesten ist sie nicht so oberflächlich wie das Denken. Für mich ist Schönheit das Wunder aller Wunder. Nur hohle Menschen urteilen nicht nach dem Schein. Das wahre Geheimnis der Welt ist das Sichtbare, nicht das Unsichtbare … Ja, Herr Gray, die Götter sind Ihnen gnädig gewesen. Aber was die Götter geben, nehmen sie schnell wieder. Sie haben nur ein paar Jahre, in denen Sie wahrhaft, vollkommen, völlig leben können. Wenn Ihre Jugend dahingeht, verlässt Sie auch Ihre Schönheit, und dann werden Sie mit einem Male entdecken, dass es keine Siege mehr für Sie gibt, oder dass Sie sich mit den niedrigen Siegen begnügen müssen, die Ihnen die Erinnerung an Ihre Vergangenheit bitterer machen wird als Niederlagen. Jeder Monat, der dahingeht, bringt Sie etwas Schrecklichem näher. Die Zeit ist eifersüchtig auf Sie und führt Krieg gegen Ihre Lilien und Ihre Rosen. Sie werden gelb und hohlwangig werden und trübe blicken. Sie werden entsetzlich leiden … Ah! Nehmen Sie Ihre Jugend wahr, solange Sie sie haben! Vergeuden Sie nicht das Gold Ihrer Tage, leihen Sie den Langweiligen kein Ohr, versuchen Sie nicht, das Los derer, deren Existenz hoffnungslos verfehlt ist, zu verbessern, geben Sie Ihr Leben nicht an die Unwissenden, die Gemeinen, die Gewöhnlichen hin! Das sind die krankhaften Ziele, die falschen Ideale unserer Zeit. Leben Sie! Leben Sie das wundervolle Leben, das in Ihnen ist! Lassen Sie nichts für Sie verloren sein! Seien Sie immer auf der Suche nach neuen Erlebnissen für Ihre Sinne! Fürchten Sie nichts! …

Ein neuer Hedonismus – das ist es, was unser Jahrhundert braucht. Sie könnten sein sichtbares Symbol sein. Bei Ihrer Erscheinung gibt es nichts, was Sie nicht tun könnten. Die Welt gehört einen Sommer lang Ihnen … Im Augenblick, als ich Sie sah, merkte ich, dass Sie keine Ahnung haben, was Sie in Wahrheit sind, was Sie in Wahrheit sein könnten. Es war so viel in Ihnen, was mich entzündete, dass ich fühlte, ich müsse Ihnen etwas über Sie selber sagen. Mir kam der Gedanke, wie tragisch es wäre, wenn Sie vergebens wären. Denn nur so kurze Zeit dauert Ihre Jugend – so kurze Zeit. Die gemeinen Wiesenblumen welken, aber sie blühen wieder. Der Goldregen wird im nächsten Juni ebenso gelb sein wie jetzt. In einem Monat werden purpurne Sterne an der Klematis sein, und Jahr für Jahr wird die grüne Nacht ihrer Blätter ihre purpurnen Sterne in ihrem Dunkel hegen. Aber wir bekommen nie wieder unsre Jugend. Der Puls der Freude, der in uns schlägt, wenn wir zwanzig sind, wird träge. Unsre Glieder ermatten, unsre Sinne verkommen. Wir verfallen und werden hässliche Puppen, und die Erinnerungen an die Leidenschaften verfolgen uns, vor denen wir zurückschreckten, und an die köstlichen Versuchungen, denen zu erliegen wir nicht den Mut hatten. Jugend! Jugend! Es gibt gar nichts in der Welt als Jugend.“

Dorian Gray hörte staunend mit weit geöffneten Augen zu. Der Fliederzweig, den er in der Hand hielt, fiel in den Sand. Eine pelzverbrämte Biene schoss heran und umschwirrte ihn einen Augenblick lang. Dann begann sie hurtig über all die kleinen Blütensterne zu klettern. Er beobachtete sie mit dem seltsamen Interesse an Kleinigkeiten, das wir in uns erwecken wollen, wenn wir Angst vor entscheidenden Dingen haben, oder wenn uns ein neues Gefühl peinigt, dem wir keinen Ausdruck finden, oder wenn ein Gedanke, der uns in Schrecken setzt, das Hirn bestürmt und uns zur Übergabe auffordert. Nach einer Weile flog die Biene weg. Er sah, wie sie in den gefleckten Trichter einer Windenblüte kroch. Die Blume schien zu zucken und schwankte dann graziös auf und ab. Da erschien der Maler an der Ateliertür und machte ihnen hintereinander kurze Zeichen, sie sollten hereinkommen. Sie wandten sich einander zu und lächelten.

„Ich warte“, rief er. „Kommt herein! Das Licht ist vorzüglich, und ihr könnt eure Gläser mitbringen.“

Sie standen auf und gingen langsam den Weg zurück. Zwei grünweiße Schmetterlinge flatterten an ihnen vorbei, und im Birnbaum an der Gartenecke hub eine Amsel zu singen an.

„Sie freuen sich, dass Sie mich kennengelernt haben, Herr Gray?“ sagte Lord Henry und blickte ihn an.

„Ja, ich freue mich jetzt. Ich weiß nicht, ob ich mich immer freuen werde.“

„Immer! Das ist ein schreckliches Wort. Ich schaudere, wenn ich es höre. Die Frauen gebrauchen es so gern. Sie zerstören jeden Roman mit ihrem Versuch, ihn ewig währen zu lassen. Es ist zudem ein sinnloses Wort. Der einzige Unterschied zwischen einer Laune und einer lebenslänglichen Leidenschaft ist, dass die Laune etwas länger dauert.“ Als sie ins Atelier traten, legte Dorian Gray seine Hand auf Lord Henrys Arm. „Dann soll unsre Freundschaft eine Laune sein“, sagte er leise und errötete über seine eigene Kühnheit. Darauf ging er auf das Podium und nahm seine Pose wieder an.

Lord Henry warf sich in einen bequemen Korbstuhl und sah ihn an. Die Striche und Hiebe des Pinsels auf der Leinwand waren das einzige Geräusch, das die Stille unterbrach, außer wenn hie und da Hallward zurücktrat, um seine Arbeit aus der Entfernung zu betrachten.

In den schrägen Sonnenstrahlen, die durch die offene Tür flossen, tanzte, von Gold überronnen, der Staub. Der schwere Duft der Rosen schien allenthalben zu lagern.

Nach etwa einer Viertelstunde hörte Hallward mit Malen auf, blickte lange auf Dorian Gray und dann lange auf das Bildnis, nagte an einem seiner langstieligen Pinsel und runzelte die Stirn. „Fertig!“ rief er endlich, bückte sich hinab und schrieb in langen grellroten Buchstaben seinen Namen in die linke Ecke der Leinwand.

Lord Henry trat heran und blickte prüfend auf das Bild. Es war ohne Frage ein wundervolles Kunstwerk, und ebenso wundervoll war die Ähnlichkeit.

„Mein Lieber, ich gratuliere dir herzlich“, sagte er. „Das ist das beste Porträt unsrer ganzen Zeit. Herr Gray, kommen Sie und sehen sich an.“

Der junge Mann fuhr auf wie aus einem Traum geweckt. „Ist es wirklich fertig?“ fragte er und kam von dem Podium herab.

„Völlig fertig“, antwortete der Maler. „Und du hast heute glänzend gesessen. Ich bin dir überaus dankbar.“

„Das ist ganz und gar mein Verdienst“, warf Lord Henry ein. „Nicht wahr, Herr Gray?“

Dorian gab keine Antwort, sondern ging, ohne hinzuhören, auf das Bild zu. Als er es sah, trat er zurück, und seine Wangen erröteten einen Augenblick vor Vergnügen. Ein Ausdruck der Freude kam in seine Augen, als ob er sich zum ersten Mal selbst gesehen hätte. Er stand reglos und staunend da, wobei er undeutlich hörte, dass Hallward zu ihm sprach, aber den Sinn der Worte nicht verstand. Der Eindruck seiner eigenen Schönheit kam wie eine Offenbarung über ihn. Er hatte ihn nie zuvor gehabt. Basil Hallwards Schmeicheleien waren ihm nur als reizende Übertreibungen der Freundschaft erschienen. Er hatte sie gehört, über sie gelacht und sie vergessen. Sie hatten keinen Einfluss auf sein Wesen gehabt. Da war Lord Henry Wotton mit seinem seltsamen Hymnus auf die Jugend, seiner furchtbaren Warnung vor ihrer Flüchtigkeit gekommen. Das hatte ihn zur rechten Zeit geweckt, und als er jetzt dastand und das Abbild seiner eigenen Schönheit beschaute, brach die volle Wirklichkeit der Schilderung über ihn herein. Ja, es kam ein Tag, an dem sein Antlitz verrunzelt und welk war, seine Augen trübe und farblos, die Grazie seiner Gestalt gebrochen und entstellt. Das Scharlachrot verschwand von seinen Lippen, und der Goldschimmer schlich sich aus seinen Haaren weg. Das Leben, das seine Seele bildete, zerstörte seinen Körper. Es war ihm beschieden, grässlich, widerwärtig, abscheulich zu werden.

Als er daran dachte, durchfuhr ihn ein stechender Schmerz wie ein Messer, und jede zarte Fiber seines Wesens erbebte. Seine Augen verdunkelten sich, und ein Tränenschleier fiel über sie. Er hatte das Gefühl, es lege sich eine eisige Hand auf sein Herz.

„Gefällt es dir nicht?“ rief Hallward endlich, dem das Schweigen des Jünglings, dessen Bedeutung er nicht verstand, ein Stachel war.

„Natürlich gefällt es ihm“, sagte Lord Henry. „Wem sollte es nicht gefallen! Es gehört zum Größten in der modernen Kunst. Ich gebe dir dafür, was du verlangst. Ich muss es haben!“

„Es ist nicht mein Eigentum, Harry.“

„Wessen denn?“

„Dorians natürlich“, antwortete der Maler. „Da ist er glücklich zu preisen.“

„Wie traurig ist das!“ sagte Dorian Gray leise und wandte die Augen nicht von seinem eigenen Bildnis. „Wie traurig ist das! Ich werde alt und grässlich und widerwärtig werden, aber dieses Bild wird immer jung bleiben. Es wird nie älter sein als dieser Junitag heute … Wenn es nur umgekehrt wäre! Wenn ich immer jung bleiben könnte und dafür das Bild immer älter würde! Dafür – dafür – dafür gäbe ich alles! Ja, es gibt nichts in der ganzen Welt, was ich nicht dafür gäbe! Ich gäbe meine Seele dafür!"

„Du wärst mit einer solchen Abmachung schwerlich einverstanden, Basil", rief Lord Henry lachend. „Dein Bild würde bald schlimm aussehen."

„Ich würde entschieden protestieren, Harry", sagte Hallward.

Dorian Gray wandte sich um und sah ihn an. „Das glaube ich dir, Basil. Du liebst deine Kunst mehr als deine Freunde. Ich bin für dich nicht mehr, als eine Figur aus grüner Bronze ist. Kaum so viel, dürfte ich sagen."

Der Maler starrte ihn erstaunt an. Es sah Dorian so gar nicht ähnlich, so zu sprechen. Was war geschehen? Er schien heftig erregt. Sein Gesicht war gerötet, und seine Wangen glühten.

„Ja", fuhr er fort, »ich bin dir weniger als dein Hermes aus Elfenbein oder dein silberner Faun. Die wirst du immer lieb haben. Wie lange wirst du mich lieb haben? Vermutlich bis zur ersten Runzel. Ich weiß jetzt, dass man, wenn man erst seine Schönheit verliert, alles verloren hat. Dein Bild hat mich das gelehrt. Lord Henry Wotton hat völlig recht. Es gibt nur ein Ding, das zu haben sich lohnt: Jugend. Wenn ich merke, dass ich alt werde, werde ich mich umbringen."

Hallward wurde blass und griff nach seiner Hand. „Dorian, Dorian!" rief er, „sprich nicht so! Ich hatte nie einen Freund wie dich, und ich werde nie wieder so einen haben. Du bist doch nicht eifersüchtig auf tote Dinge, wie? – Du, der schöner ist als irgendeins von ihnen!"

„Ich bin eifersüchtig auf alles, dessen Schönheit nicht stirbt. Ich bin eifersüchtig auf das Bild, das du von mir gemalt hast. Warum soll es behalten, was ich verlieren muss? Jeder Augenblick, der vergeht, nimmt mir etwas und gibt ihm etwas. Oh, wenn es nur umgekehrt wäre! Wenn das Bild sich verändern könnte, und ich immer sein könnte, was ich jetzt bin! Warum hast du es gemalt? Es wird mich eines Tages verhöhnen – furchtbar verhöhnen!“ Heiße Tränen traten ihm in die Augen; er riss seine Hand los, warf sich auf den Diwan und barg sein Gesicht in den Kissen, als ob er betete.

„Das ist dein Werk, Harry“, sagte der Maler in bitterem Tone.

Lord Henry zuckte die Achseln. „Es ist der wahre Dorian Gray – weiter nichts.“

„Das ist er nicht.“

„Wenn er es nicht ist, was habe ich damit zu tun?“

„Du hättest weggehen sollen, als ich dich darum bat“, zürnte er.

„Ich blieb, als du mich batest“, war Lord Henrys Antwort.

„Harry, ich kann nicht auf einmal mit meinen zwei besten Freunden streiten; aber ihr beide seid schuld, dass ich das schönste Werk, das ich je schuf, hassen muss, und ich will es vernichten. Was ist es als Leinwand und Farbe? Ich will nicht zugeben, dass es zwischen uns drei Lebendige tritt und unser Leben zerstört.“

Dorian Gray hob seinen goldig schimmernden Kopf aus dem Kissen und sah bleich und noch mit Tränen in den Augen zu ihm hin, wie er zu dem kienenen Maltisch hinüberging, der unter dem hohen Fenster stand. Was wollte er tun? Seine Finger wühlten unter den herumliegenden Zinntuben und trockenen Pinseln, als suchten sie etwas. Ja, sie suchten das lange Malmesser mit seiner dünnen Klinge aus biegsamem Stahl. Er hatte es endlich gefunden. Nun wollte er die Leinwand zerschneiden. Mit einem unterdrückten Seufzer sprang der junge Mann vom Diwan auf, rannte auf Hallward zu, riss ihm das Messer aus der Hand und warf es ans Ende des Ateliers.

„Tu es nicht, Basil, tu es nicht!“ rief er. „Es wäre Mord.“

„Es freut mich, dass dir mein Werk endlich gefällt, Dorian", sagte der Maler kalt, als er sich von seiner Überraschung erholt hatte. „Ich hätte es gar nicht gedacht."

„Gefällt? Ich bin verliebt in das Bild, Basil. Es ist ein Teil von mir selbst. Ich fühle es."

„Schön, sobald du trocken bist, wirst du gefirnisst, gerahmt und zu dir hingeschickt. Dann kannst du mit dir machen, was du willst." Und er ging zur Glocke, um Tee zu bestellen. „Du nimmst doch Tee, Dorian? Du auch, Harry? Oder hast du etwas gegen so einfache Genüsse?"

„Ich liebe einfache Genüsse leidenschaftlich", sagte Lord Harry. „Sie sind die letzte Zuflucht des Komplizierten. Aber ich bin kein Freund von Szenen, außer auf der Bühne. Was für törichte Burschen ihr seid, alle beide! Ich möchte wissen, wer es gewesen ist, der den Menschen als vernünftiges Tier definiert hat. Der Mensch ist vielerlei, aber er ist nicht vernünftig. Alles in allem bin ich froh, dass er es nicht ist: obwohl ich wünsche, ihr sonderbaren Kerle ließet den Zank um das Bild. Du hättest viel besser getan, es mir zu geben, Basil. Dieser törichte Knabe braucht es nicht wirklich; aber ich brauche es."

„Wenn du es einem andern gibst als mir, Basil, werde ich dir nie verzeihen!" rief Dorian Gray, „und ich erlaube niemandem, mich einen törichten Knaben zu nennen."

„Du weißt, das Bild gehört dir, Dorian. Ich gab es dir, bevor es entstanden war."

„Und Sie wissen, Sie waren ein bisschen töricht, Herr Gray, und Sie protestieren nicht ernsthaft dagegen, daran erinnert zu werden, dass Sie überaus jung sind."

„Ich hätte heute morgen noch sehr lebhaft protestiert, Lord Henry."

„Ah, heute morgen! Sie haben seitdem einiges erlebt."

Es klopfte an die Tür; der Diener trat ein und servierte auf einem japanischen Tischchen den Tee. Die Tassen klapperten, und ein georgischer Samowar summte. Zwei gewölbte Schüsseln wurden von einem jungen Diener hereingebracht. Dorian Gray goss den Tee ein. Die beiden Männer gingen langsam zum Tisch und sahen nach, was unter den Deckeln war.

„Wir wollen heute Abend ins Theater gehen", sagte Lord Henry. „Es ist sicher irgendwo etwas los. Ich habe versprochen, im White's Klub zum Essen zu sein, aber es ist nur ein alter Freund, der auf mich wartet; so kann ich ihm ein Telegramm schicken, ich sei krank, oder ich sei infolge einer späteren Verabredung am Kommen gehindert. Ich glaube, das wäre eine recht hübsche Entschuldigung: Sie hätte ganz das Überraschende der Aufrichtigkeit."

„Es ist so lästig, sich umzuziehen", brummte Hallward. „Und wenn man den Gesellschaftsanzug anhat, dann ist er so grässlich."

„Ja", antwortete Lord Henry träumerisch, „die Tracht unsres Jahrhunderts ist abscheulich. Sie ist so düster, so drückend. Die Sünde ist das einzige wirkliche Farbenelement, das dem Leben unsrer Zeit geblieben ist."

„Du solltest wirklich vor Dorian solche Dinge nicht sagen, Harry."

„Vor welchem Dorian? Dem einen, der uns den Tee eingießt, oder dem andern auf dem Bilde?"

„Vor keinem."

„Ich ginge gern mit Ihnen ins Theater, Lord Henry", sagte der junge Mann.

„Dann kommen Sie; und du auch, Basil, nicht wahr?"

„Ich kann wirklich nicht. Lieber nicht; ich habe eine Menge zu tun."

„Schön. Dann werden wir zwei also allein gehn, Herr Gray."

„Das wird mir großes Vergnügen machen."

Der Maler biss sich auf die Lippen und schritt mit der Tasse in der Hand auf das Bild zu. „Ich werde beim wirklichen Dorian bleiben", sagte er traurig.

„Ist es der wirkliche Dorian?" fragte das Original des Bildes und ging langsam zu ihm. „Sehe ich wirklich so aus?"

„Ja, du siehst genau so aus." „Wie wundervoll, Basil!"

„Wenigstens ist deine Erscheinung genau so. Aber es wird sich nie verändern", seufzte Hallward. „Das will etwas heißen!"

„Was die Menschen von der Beständigkeit und Treue für einen Lärm machen!" rief Lord Henry aus. „Und doch ist die Treue selbst in der Liebe lediglich eine Frage der Physiologie. Sie hat nichts mit unserm eigenen Willen zu tun. Junge Männer möchten treu sein und sind es nicht; alte Männer möchten treulos sein und können es nicht: Weiter lässt sich nichts sagen."

„Geh heute Abend nicht ins Theater, Dorian", sagte Hallward. „Bleib hier und iss mit mir."

„Ich kann nicht, Basil." „Warum?"

„Weil ich Lord Henry Wotton versprochen habe, ihn zu begleiten."

„Er hat dich darum nicht lieber, dass du deine Versprechen hältst. Er bricht seine immer. Ich bitte dich, nicht zu gehen."

Dorian Gray lachte und schüttelte den Kopf. „Ich beschwöre dich!"

Der Jüngling zögerte und blickte zu Lord Henry hinüber, der sie vom Teetisch aus mit belustigtem Lächeln beobachtete.

„Ich muss gehen, Basil", antwortete er.

„Schön“, sagte Hallward und stellte seine Tasse auf das Tablett. „Es ist ziemlich spät, und da ihr euch noch umzuziehen habt, ist es besser, keine Zeit zu verlieren. Adieu, Harry! Adieu, Dorian! Komm bald zu mir. Komm morgen.“

„Gewiss.“

„Du vergisst es nicht?“

„Nein, natürlich nicht“, rief Dorian. „Und – Harry!“

„Ja, Basil?“

„Vergiss nicht, worum ich dich bat, als wir heute morgen im Garten waren!“

„Ich habe es vergessen.“

„Ich verlasse mich auf dich!“

„Ich wollte, ich könnte mich auf mich selbst verlassen“, sagte Lord Henry lachend. „Kommen Sie, Herr Gray, mein Wagen steht unten, und ich kann sie nach Hause fahren. Adieu, Basil! Es war ein sehr interessanter Nachmittag.“

Als die Tür sich hinter ihnen schloss, warf sich der Maler auf ein Sofa, und ein schmerzlicher Ausdruck kam in seine Züge.

Drittes Kapitel

Um halb ein Uhr am nächsten Tag schlenderte Lord Henry Wotton von Curzon Street nach The Albany hinüber, um seinen Onkel Lord Fermor, einen lustigen, aber etwas rauhen alten Junggesellen, zu besuchen, den die Außenwelt selbstsüchtig nannte, weil sie keinen besonderen Nutzen von ihm zog, der aber von der Gesellschaft freigebig genannt wurde, weil er den Menschen, die ihn amüsierten, gut zu essen gab. Sein Vater war britischer Botschafter in Madrid gewesen, als Isabella jung war und man an Prim noch nicht dachte, hatte sich aber in einem Augenblick ärgerlicher Laune aus dem diplomatischen Dienst zurückgezogen, weil man ihm nicht die Botschaft in Paris angeboten hatte, einen Posten, auf den er seiner Meinung nach aufgrund seiner Geburt, seiner Trägheit, des guten Englisch seiner Depeschen und seiner zügellosen Vergnügungslust Anspruch hatte. Der Sohn, der der Sekretär seines Vaters gewesen war, war zugleich mit seinem Chef zurückgetreten, was man damals ziemlich närrisch fand, und als der Titel einige Monate später auf ihn überging, hatte er sich dem ernsthaften Studium der großen aristokratischen Kunst gewidmet, absolut nichts zu tun. Er hatte zwei große Stadthäuser, zog es aber vor, in einer Junggesellenwohnung zu leben, da es bequemer war, und nahm meistens seine Mahlzeiten im Klub ein. Er widmete der Verwaltung seiner Bergwerke in den Midlandgrafschaften einige Aufmerksamkeit und entschuldigte diesen Schandfleck industrieller Betätigung gewöhnlich damit, dass er sagte, der Besitz von Kohle habe den einen Vorteil, einen Gentleman instandzusetzen, sich den Luxus zu leisten, auf seinem eigenen Herde Holz zu brennen. In der Politik war er Tory, ausgenommen wenn die Tones am Ruder waren, denn während dieser Zeit schimpfte er auf sie und nannte sie geradeheraus ein Pack von Radikalen. Er war ein Held seinem Bedienten gegenüber, der ihn terrorisierte, und ein Schrecken für die meisten seiner Verwandten, die er seinerseits terrorisierte. Nur England hatte ihn hervorbringen können, und er pflegte immer zu sagen, England komme auf den Hund. Seine Prinzipien waren altmodisch, aber seine Vorurteile waren nicht übel.

Als Lord Henry eintrat, saß sein Onkel in einer gewöhnlichen Jagdjoppe da, rauchte seine Manila und las brummend in den Times. „Na, Harry", sagte der alte Herr, „was bringt dich so früh heraus? Ich dachte, ihr Stutzer steht nie vor zwei Uhr auf und seid nicht vor fünf Uhr sichtbar."

„Reiner Familiensinn, ich versichere dich, Onkel Georg. Ich möchte etwas aus dir herausbringen."

„Vermutlich Geld", sagte Lord Fermor und verzog das Gesicht. „Nun, so setz dich und erzähle mir alles. Die jungen Leute von heutzutage meinen, Geld sei alles."

„Ja", erwiderte Lord Henry und befestigte seine Knopflochblume, „und wenn sie älter werden, wissen sie es. Aber ich brauche kein Geld. Nur Menschen, die ihre Rechnungen bezahlen, brauchen Geld, und ich bezahle meine nie. Kredit ist das Kapital eines Zweitgeborenen, und man lebt famos mit seiner Hilfe. Außerdem gehe ich immer zu Dartmoors Kaufleuten, und daher kommt es, dass sie mich in Ruhe lassen. Was ich brauche, ist Belehrung; keine nützliche Belehrung natürlich, nutzlose."

„Nun, Harry, ich kann dir alles sagen, was in einem englischen Blaubuch steht, obwohl diese Kerle heutzutage eine Menge Unsinn schreiben. Als ich im diplomatischen Dienst stand, war es besser bestellt. Aber ich höre, sie stellen ihre Leute jetzt aufgrund von Prüfungen an. Was kann man davon erwarten? Prüfungen, Wertgeschätzter, sind reiner Humbug von Anfang bis zu Ende. Wenn einer ein Gentleman ist, weiß er völlig genug, und wenn er kein Gentleman ist, ist alles, was er weiß, von Übel für ihn."

„Herr Dorian Gray hat nichts mit Blaubüchern zu tun, Onkel Georg", sagte Lord Henry in seinem müden Ton.

„Herr Dorian Gray? Wer ist das?" fragte Lord Fermor und zog seine buschigen weißen Augenbrauen zusammen.

„Um das zu erfahren, bin ich hergekommen, Onkel Georg. Oder besser gesagt, ich weiß, wer er ist. Er ist der Enkel des letzten Lord Kelso. Seine Mutter war eine Devereux, Lady Margaret Devereux. Ich habe den Wunsch, dass du mir etwas von seiner Mutter erzählst. Was für eine Bewandtnis hatte es mit ihr? Wen heiratete sie? Du hast in deiner Zeit fast alle Menschen gekannt, und du wirst sie wohl auch gekannt haben. Ich habe für Herrn Gray zur Zeit sehr viel Interesse. Ich habe ihn jetzt eben kennengelernt."

„Kelsos Enkel!" wiederholte der alte Herr, „Kelsos Enkel! ... Natürlich ... Ich kannte seine Mutter sehr genau. Ich glaube, ich war bei ihrer Taufe. Sie war ein außergewöhnlich schönes Mädchen, Margaret Devereux, und machte alle Männer fast toll, als sie mit einem jungen Habenichts durchbrannte, einer vollkommenen Null, Wertgeschätzter, einem Fähnrich in einem Musketierregiment oder so was Ähnliches. Natürlich. Ich erinnere mich an die ganze Geschichte, als wäre sie gestern gewesen. Der arme Kerl wurde ein paar Monate nach der Hochzeit in einem Duell in Spaa getötet. Es war eine hässliche Sache dabei. Man erzählte, Kelso habe einen schurkischen Abenteurer, so einen Viechkerl aus Belgien, angeworben, um seinen Schwiegersohn öffentlich zu beleidigen, habe ihn bezahlt, Wertgeschätzter, damit er es tue, bezahlt, und der Bursche spießte seinen Mann auf wie eine Taube. Die Sache wurde vertuscht, aber Kelso aß eine

Zeitlang sein Kotelett allein im Klub. Ich hörte, er habe seine Tochter zu sich zurückgeholt, und sie habe nie mehr ein Wort mit ihm gesprochen. O ja, es war eine schlimme Geschichte. Das Mädchen starb auch, starb binnen einem Jahr. So, sie hinterließ einen Sohn; wirklich? Das hatte ich vergessen. Was für ein Junge ist er? Wenn er seiner Mutter gleicht, muss er ein hübscher Bengel sein."

„Er ist sehr hübsch", bestätigte Lord Henry.

„Ich hoffe, er kommt in die rechten Hände", fuhr der alte Mann fort. „Eine Menge Geld wartet auf ihn, wenn Kelso recht an ihm handelte. Seine Mutter hatte auch Geld. Die ganze Besitzung Selby fiel ihr zu von Seiten ihres Großvaters. Ihr Großvater hasste Kelso, hielt ihn für einen gemeinen Hund. Das war er auch. Kam einmal nach Madrid, als ich da war. Wahrhaftig, ich schämte mich des Kerls. Die Königin fragte mich öfter, wer der englische Edelmann sei, der sich mit den Kutschern um den Fuhrlohn zankte. Eine ganze Geschichte haben sie daraus gemacht. Ich traute mich vier Wochen nicht an den Hof. Ich hoffe, er hat seinen Enkel besser als die Droschkenkutscher behandelt."

„Ich weiß nichts davon", erwiderte Lord Henry. „Ich denke mir, der Junge wird einmal wohlhabend sein. Er ist noch nicht großjährig. Selby gehört ihm, das weiß ich. Er sprach mir davon. Und … seine Mutter war sehr schön?"

„Margaret Devereux war eins der entzückendsten Menschenkinder, die ich je sah, Harry. Was in aller Welt sie dazu gebracht hat, so zu handeln, wie sie tat, habe ich nie verstehen können. Sie hätte, wen sie wollte, heiraten können. Carlington war verrückt nach ihr. Allerdings war sie eine Romantische. Alle Frauen der Familie waren es. Die Männer waren eine traurige Bande, aber, bei Gott! die Weiber waren entzückend! Carlington rutschte auf den Knien vor ihr. Hat er mir selbst erzählt. Sie lachte ihn aus, dabei gab es damals in London kein Mädchen, das nicht auf ihn aus gewesen wäre. Nebenbei, Harry, weil wir schon über törichte Heiraten sprechen: Was ist das für ein Blödsinn, den mir dein Vater von Dartmoor erzählt, er wolle eine Amerikanerin heiraten? Sind englische Mädchen ihm nicht gut genug, hä?“

„Es ist jetzt Mode, Amerikanerinnen zu heiraten, Onkel Georg.“

„Ich werde die englischen Frauen gegen die ganze Welt verteidigen, Harry“, sagte Lord Fermor und schlug mit der Faust auf den Tisch.

„Man wettet auf die Amerikanerinnen.“ „Sie halten sich nicht, hab ich gehört.“

„Eine lange Verlobung erschöpft sie, aber in einer Steeplechase sind sie prächtig. Sie nehmen alles im Flug. Ich glaube nicht, dass Dartmoor Aussichten hat.“

„Was sind ihre Angehörigen?“ grollte der alte Herr. „Hat sie überhaupt welche?“

Lord Henry schüttelte den Kopf. „Amerikanische Mädchen sind so geschickt im Verbergen ihrer Eltern, wie englische Frauen im Verbergen ihrer Vergangenheit“, sagte er und erhob sich zum Gehen.

„Sie sind vermutlich Schweinefleischpacker?“

„Ich hoffe es, Onkel Georg, um Dartmoors willen. Man hat mir gesagt, dass das Schweinefleischpacken in Amerika nach der Politik die einträglichste Beschäftigung ist.“

„Ist sie hübsch?“

„Sie tritt auf, als ob sie schön wäre. Das tun die meisten Amerikanerinnen. Es ist das Geheimnis ihrer Anziehungskraft. „

„Warum bleiben diese Amerikanerinnen nicht bei sich zu Hause? Sie erzählen uns immer, es sei das Paradies für Frauen.“

„Das ist es. Das ist der Grund, warum sie wie Eva so gierig danach sind, herauszukommen“, sagte Lord Henry. „Adieu! Onkel Georg! Ich komme zu spät zum Frühstück, wenn ich länger bleibe. Danke sehr für die Belehrung, die du mir gabst! Es ist mir immer recht, von meinen neuen Freunden alles und von meinen alten nichts zu wissen.“

„Wo wirst du frühstücken, Harry?“

„Bei Tante Agatha. Ich habe mich und Herrn Gray bei ihr eingeladen. Er ist ihr neuester Protegé.“

„Hm! Sage deiner Tante Agatha, Harry, sie solle mich mit ihren Wohltätigkeitsaufrufen in Ruhe lassen. Die habe ich satt. Wahrhaftig, die gute Frau meint, ich hätte nichts Besseres zu tun, als für ihre albernen Liebhabereien Schecks zu schreiben.“

„Schon recht, Onkel Georg, ich will es ihr sagen, aber es wird zwecklos sein. Wohltätige haben allen Sinn für Menschlichkeit verloren. Daran erkennt man sie.“

Der alte Herr brummte zustimmend und läutete seinem Diener. Lord Henry ging durch den niedrigen Säulengang nach Burlington Street und wandte seine Schritte in der Richtung nach Berkeley Square.

Das war also die Geschichte der Eltern Dorian Grays. So roh die Form war, in der sie ihm berichtet worden, hatte sie ihn doch erregt und ihm den Eindruck eines seltsamen, fast modernen Romans gemacht. Eine schöne Frau, die alles um eine wahnsinnige Leidenschaft wagt. Ein paar wilde Wochen des Glücks, kurz abgeschnitten durch ein scheußliches, verräterisches Verbrechen. Monate sprachloser Verzweiflung und dann ein Kind, das in Schmerzen geboren wurde. Die Mutter vom Tode weggenommen, der Knabe in Einsamkeit und der Tyrannei eines lieblosen alten Mannes überlassen. Ja, das war ein interessanter Hintergrund. Er gab dem jungen Menschen Relief, machte ihn vollkommener als zuvor.

Hinter allem Erlesenen in der Welt lag etwas Tragisches, Welten hatten kreisen müssen, damit das unscheinbarste Blümchen aufblühen konnte … Und wie entzückend war er gestern Abend gewesen, als er mit erschreckten Augen, die Lippen in scheuer Luft geöffnet, ihm im Klub gegenübersaß und die roten Schirme der Kerzen das erwachende Wunder seines Gesichts noch rosiger färbten. Zu ihm sprechen war, wie wenn man auf einer köstlichen Geige spielte. Er entsprach jedem Strich und jeder zitternden Bewegung des Bogens … Es war doch etwas schrecklich Unterjochendes in der Ausübung eines Einflusses. Keine andre Betätigung war ihr zu vergleichen. Seine Seele in eine anmutige Gestalt zu projizieren und sie dort einen Augenblick verweilen zu lassen; seine eigenen Geistestendenzen im Echo zu hören, vermehrt um all die Musik der Leidenschaft und Jugend; sein Temperament in ein andres hineinzuleiten, als ob es ein feines Fluidum oder ein seltsamer Duft wäre: Darin lag eine wahrhafte Freude – vielleicht die befriedigendste Freude, die uns in einer Zeit geblieben, die so beschränkt und gemein war wie unsre, die in ihren Genüssen so grob fleischlich und in ihren Zielen so grob gewöhnlich war … Auch war er ein wunderbarer Typus, dieser Jüngling, den er durch so seltsamen Zufall in Basils Atelier kennengelernt hatte, oder konnte wenigstens zu einem wundervollen Typus gemodelt werden. Grazie war ihm verliehen und die weiße Reinheit der Knabenunschuld, und Schönheit, wie sie alte griechische Marmorwerke bewahrten. Es gab nichts, was sich nicht aus ihm machen ließ. Er konnte zu einem Titanen oder zu einem Spielzeug gemacht werden. Was war es für ein Jammer, dass solche Schönheit zum Verwelken bestimmt war! … Und Basil? Wie interessant er, psychologisch betrachtet, doch war! Die neue Art in der Kunst, die neue Weise, das Leben anzusehen, so seltsam erweckt durch das bloße sichtbare Dasein eines

Menschen, der von alledem nichts wusste; der stille Geist, der in einer düsteren Waldlandschaft wohnte und ungesehen im freien Felde wandelte, zeigte sich plötzlich, dryadengleich und ohne Scheu, weil in der Seele dessen, der auf der Suche nach ihm war, die wundervolle Vision erwacht war, der allein wundervolle Dinge offenbart werden. Die bloßen Formen und Abbilder von Dingen wurden gleichsam geläutert und erlangten eine Art symbolischer Bedeutung, als ob sie selber Abbilder einer andern und vollendetern Form wären, deren Schatten sie zur Wirklichkeit machten: Wie seltsam das alles war! Er erinnerte sich an Ähnliches in der Geschichte. War es nicht Platon, der Künstler in der Welt des Denkens, der es zuerst untersucht hatte? War es nicht Buonarroti, der es in die farbigen Marmorstücke einer Sonettenfolge gemeißelt hatte? Aber in unserm Jahrhundert war es seltsam ... Ja, er wollte den Versuch machen, für Dorian Gray zu sein, was, ohne es zu wissen, der Jüngling dem Maler war, der das wundervolle Porträt geschaffen hatte. Er wollte suchen, in ihm Herr zu sein – hatte es in Wahrheit bereits halb und halb erreicht. Er wollte diesen wundervollen Geist zu seinem eigenen machen. Es war etwas unwiderstehlich Anziehendes in diesem Kind der Liebe und des Todes.

Plötzlich blieb er stehen und blickte an den Häusern empor. Er merkte, dass er schon vor einer Weile am Hause seiner Tante vorübergegangen war, und kehrte still lächelnd wieder um. Als er in die etwas düstere Halle eintrat, sagte ihm der Diener, man habe bereits mit dem Frühstück begonnen. Er gab einem Lakaien Hut und Stock und ging ins Speisezimmer.

„Spät, wie gewöhnlich", rief seine Tante und schüttelte den Kopf.

Er erfand geschickt eine Entschuldigung, setzte sich auf den leeren Stuhl neben ihr und blickte sich um, um zu sehen, wer da war. Dorian, der am Ende der Tafel saß, grüßte ihn schüchtern, und ein freudiges Erröten trat auf seine Wangen. Gegenüber saß die Herzogin von Harley, eine bewunderungswürdig gutmütige und gut gelaunte Dame, die jeder gern hatte, der sie kannte, und die in den umfangreichen Maßen gebaut war, die man bei Frauen, die nicht Herzoginnen sind, Beleibtheit nennt. Neben ihr, zu ihrer Rechten, saß Sir Thomas Burdon, ein radikales Parlamentsmitglied, das im öffentlichen Leben seinem Leader und im Privatleben den besten Köchen folgte, und in Gemäßheit einer weisen und wohlbekannten Regel mit den Tones speiste und mit den Liberalen dachte. Den Platz zu ihrer Linken nahm Herr Erskine of Treadley ein, ein alter charmanter und gebildeter Herr, der jedoch die schlechte Gewohnheit des Schweigens angenommen hatte, da er, wie er einmal Lady Agatha erklärt hatte, mit allem, was er zu sagen hatte, vor seinem dreißigsten Lebensjahr fertig geworden war. Seine eigene Nachbarin war Frau Vandeleur, eine der ältesten Freundinnen seiner Tante, eine vollkommene Heilige unter Frauen, aber so schrecklich angezogen, dass sie einem wie ein geschmacklos gebundenes Gebetbuch vorkam. Zum Glück für ihn hatte sie an der andern Seite Lord Faudel, eine sehr intelligente Mittelmäßigkeit im besten Alter, der so kahl war wie die Mitteilung eines Ministers im Unterhaus, und mit dem sie sich in dem tiefernsten Tone unterhielt, der, wie Lord Henry einmal selbst bemerkt hatte, der eine unverzeihliche Fehler ist, in den alle wahrhaft guten Menschen verfallen, und den keiner unter ihnen ganz vermeiden kann.

„Wir sprechen über den armen Dartmoor, Lord Henry", rief die Herzogin und nickte ihm vergnügt über den Tisch weg zu. „Glauben Sie, dass er wirklich dieses reizende junge Mädchen heiraten wird?"

„Ich glaube, Frau Herzogin, sie hat sich in den Kopf gesetzt, um ihn anzuhalten."

„Wie schrecklich!" rief Lady Agatha. „Wirklich, es sollte sich jemand ins Mittel legen."

„Ich erfahre aus vorzüglicher Quelle, ihr Vater habe ein amerikanisches Kurzwarengeschäft", sagte Sir Thomas Burdon mit stolzem Blick.

„Mein Onkel hat bereits behauptet, er habe eine Schweinefleischpackerei, Sir Thomas."

„Kurzwaren! Was sind amerikanische Kurzwaren?" fragte die Herzogin und erhob staunend ihre großen Hände.

„Amerikanische Romane", antwortete Lord Henry. Die Herzogin machte ein erstauntes Gesicht.

„Hören Sie nicht auf ihn, Liebste", flüsterte Lady Agatha. „Er meint nie im Ernst, was er sagt."

„Als Amerika entdeckt wurde", hub der radikale Abgeordnete an und ließ etliche langweilige Tatsachen los. Wie alle Menschen, die ein Thema erschöpfen wollen, erschöpfte er seine Zuhörer.

Die Herzogin seufzte und übte ihr Vorrecht, zu unterbrechen. „Wollte Gott, es wäre überhaupt nie entdeckt worden!" rief sie aus. „Wahrhaftig, unsre jungen Mädchen haben keine Aussichten heutzutage. Es ist empörend!"

„Wenn man's recht betrachtet, ist Amerika vielleicht gar nicht entdeckt worden", sagte Herr Erskine in orakelhaftem Ton; „ich würde vorziehen zu sagen: man ist dahinter gekommen."

„Aber ich habe Exemplare der Einwohnerinnen gesehen", antwortete die Herzogin zerstreut. „Ich muss gestehen, die meisten von ihnen sind überaus hübsch. Und zudem ziehen sie sich gut an. Sie lassen alle ihre Kleider in Paris machen. Ich wollte, ich könnte mir das auch leisten."

„Man sagt, wenn gute Amerikaner sterben, gehen sie nach Paris", kicherte Sir Thomas, der einen großen Schrank voll abgelegter Witze besaß.

„Wirklich? Und wohin gehen schlechte Amerikaner, wenn sie sterben?“ fragte die Herzogin.

„Sie gehen nach Amerika“, murmelte Lord Henry.

Sir Thomas runzelte die Stirn. „Ich fürchte, Ihr Neffe hat ein Vorurteil gegen dieses große Land“, sagte er zu Lady Agatha. „Ich habe ganz Amerika bereist, in Salonwagen, die die Direktionen mir stellten. Man ist dort in diesen Dingen äußerst entgegenkommend. Ich versichere Sie, es ist ein Bildungselement, das Land kennenzulernen.“

„Aber müssen wir wirklich nach Chicago reisen, um gebildet zu werden?“ fragte Herr Erskine in klagendem Ton. „Ich bin nicht aufgelegt zu der Reise.“

Sir Thomas schob seine Hand durch die Luft. „Herr Erskine hat die Welt in seinen Bücherschränken. Wir Männer der Praxis möchten die Dinge sehen, nicht über sie lesen. Die Amerikaner sind ein überaus interessantes Volk. Sie sind ganz und gar vernünftig. Ich glaube, das ist ihr Kennzeichen. Jawohl, Herr Erskine, ein ganz und völlig vernünftiges Volk. Ich versichere Sie, es gibt keinen Unsinn bei den Amerikanern.“

„Wie grässlich!“ rief Lord Henry. „Ich kann brutale Gewalt aushalten, aber brutale Vernunft ist ganz unerträglich. Es ist unbillig, sie anzuwenden. Es heißt, den Intellekt unterdrücken.“

„Ich verstehe Sie nicht“, sagte Sir Thomas und wurde etwas rot.

„Ich verstehe, Lord Henry“, sagte Herr Erskine lächelnd.

„Paradoxa sind in ihrer Art ganz gut …“, versetzte Sir Thomas.

„War das paradox?“ fragte Herr Erskine. „Ich hielt es nicht dafür. Vielleicht. Nun, der Weg zur Wahrheit führt über Paradoxien. Um die Wahrheit zu prüfen, muss man sie seiltanzen lassen. Wenn die Wahrheiten Akrobaten werden, können wir über sie urteilen.“

„Mein Gott!“ sagte Lady Agatha, „wie diskutiert ihr Männer! Wahrhaftig, ich bringe nie heraus, wovon ihr sprecht. O Harry, ich bin ganz böse mit dir! Warum versuchst du, Herrn Gray zu überreden, nicht mehr ins Eastend zu gehen? Ich versichere dich, er wäre dort ganz unschätzbar. Die Leute wären entzückt über sein Spiel.“

„Ich habe den Wunsch, dass er für mich spielt“, rief Lord Henry lächelnd und blickte ans Ende des Tisches, von wo er einen strahlenden Blick zur Antwort erhielt.

„Aber die Menschen in Whitechapel sind so unglücklich“, fuhr Lady Agatha fort.

„Ich kann mit allem Mitgefühl haben, nur nicht mit Leiden“, sagte Lord Henry und zuckte mit den Schultern. „Da kann ich nicht mitfühlen. Es ist zu hässlich, zu schauderhaft, zu quälend. Es liegt etwas schrecklich Krankhaftes in dem Mitgefühl unsrer Zeit mit dem Elend. Man sollte mit der Farbigkeit, der Schönheit, der Freude des Lebens mitfühlen. Je weniger über den Jammer des Lebens gesagt wird, um so besser.“

„Jedoch das Eastend ist eine sehr wichtige Frage“, bemerkte Sir Thomas und schüttelte ernsthaft den Kopf.

„Ganz richtig“, antwortete der junge Lord. „Es ist das Problem der Sklaverei, und wir machen den Versuch, es dadurch zu lösen, dass wir die Sklaven amüsieren.“

Der Politiker warf ihm einen durchdringenden Blick zu. „Welche Änderung schlagen Sie denn also vor?“ fragte er.

Lord Henry lachte. „Ich habe nicht den Wunsch, irgendetwas in England zu ändern, außer dem Wetter“, war seine Antwort. „Ich ergebe mich in philosophischer Beschaulichkeit und bin zufrieden damit. Indessen, da das neunzehnte Jahrhundert durch übermäßigen Verbrauch von Mitgefühl Bankrott gemacht hat, möchte ich vorschlagen, wir wenden uns an die Wissenschaft, damit sie uns aufrichtet. Der Nutzen der Empfindungen ist, dass sie uns in die Irre führen, und der Nutzen der Wissenschaft ist, dass sie nicht empfindsam ist."

„Aber wir haben eine so ernste Verantwortung", wagte Frau Vandeleur schüchtern einzuwerfen.

„Furchtbar ernst", stimmte Lady Agatha bei.

Lord Henry blickte zu Herrn Erskine hinüber.

„Die Menschheit nimmt sich selbst zu ernst. Das ist die Erbsünde der Welt. Wenn der Höhlenmensch sich aufs Lachen verstanden hätte, wäre die Geschichte andre Wege gegangen."

„Sie sind fürwahr sehr tröstlich", zwitscherte die Herzogin. „Ich habe immer ein Schuldgefühl verspürt, wenn ich Ihre liebe Tante besuchte, denn ich interessiere mich nicht im Mindesten für Eastend. In Zukunft werde ich ihr ohne Erröten in die Augen sehen können."

„Erröten steht den Damen sehr gut", bemerkte Lord Henry. „Nur wenn man jung ist", antwortete sie. „Wenn eine alte Frau wie ich errötet, ist es ein sehr schlimmes Zeichen. Ach, Lord Henry, ich wollte, Sie könnten mir sagen, wie man wieder jung wird!"

Er dachte einen Augenblick nach. „Können Sie sich an irgendeinen großen Fehler erinnern, den Sie in jungen Tagen begangen haben, Frau Herzogin?" fragte er und blickte sie über den Tisch hin an.

„Oh, an sehr viele, fürchte ich!" rief sie aus.

„Dann begehen Sie sie noch einmal", sagte er ernsthaft. „Um seine Jugend wiederzuerlangen, braucht man bloß seine Torheiten zu wiederholen."

„Eine reizende Theorie!" rief sie. „Ich muss sie in die Praxis umsetzen."

„Eine gefährliche Theorie!" kam es zwischen den zusammengepressten Lippen Sir Thomas' hervor. Lady Agatha schüttelte den Kopf, konnte aber nichts dagegen tun, dass das Gespräch sie amüsierte. Herr Erskine hörte zu.

„Ja", fuhr Lord Henry fort, „das ist eins der großen Geheimnisse des Lebens. Heutzutage sterben die meisten Menschen an einer Art schleichendem Menschenverstand und kommen, wenn es zu spät ist, dahinter, dass die einzigen Dinge, die einer nie bereut, seine Fehler sind."

Ein Lachen erhob sich am Tisch.

Nun spielte er mit dem Gedanken, wie es ihm beliebte; warf ihn in die Luft und wandelte ihn um; ließ ihn verschwinden und fing ihn wieder auf; ließ ihn phantastisch funkeln und beflügelte ihn mit Paradoxien. Das Lob der Narrheit erhob sich, als er fortfuhr, zu einer Philosophie, und die Philosophie selbst wurde jung, und zum Klang der tollen Musik der Lust bekleidet, mochte es einen bedünken, mit ihrem befleckten Gewande und einem Efeukranz im Haar – tanzte sie wie eine Bacchantin über die Hänge des Lebens und neckte den trägen Silen, weil er nüchtern blieb. Die Tatsachen flohen vor ihr wie erschreckte Tiere des Waldes. Ihre weißen Füße traten die mächtige Kelter, an der der weise Omar sitzt, bis der schäumende Traubensaft in purpurnen Blasen wogend an ihren nackten Beinen hochstieg oder in rotem Schaum über die schwarzen, tropfenden, bauchigen Seiten des Fasses herablief. Es war eine glänzende Improvisation. Er spürte, dass die Augen Dorian Grays auf ihn gerichtet waren, und das Bewusstsein, dass unter seinen Zuhörern einer war, dessen Naturell er bezaubern wollte, schien seinen Witz funkelnd zu machen und seiner Phantasie Farbe zu geben. Er war glänzend, phantasievoll, unwiderstehlich. Er entzückte seine Zuhörer aus sich selber, und lachend folgten sie seinen verführerischen Tönen. Dorian Gray verwandte den Blick nicht von ihm, sondern saß wie unter einem Banne da; ein Lächeln nach dem andern glitt über sein Gesicht, und schweres Staunen stieg in seine umdunkelten Augen.

Endlich trat in der Livree des Jahrhunderts die Wirklichkeit ins Gemach, und zwar in Gestalt eines Bedienten, der der Herzogin meldete, dass ihr Wagen vorgefahren war. Sie rang die Hände in affektierter Verzweiflung.

„Wie schade!“ rief sie. „Ich muss meinen Mann im Klub abholen und mit ihm in so eine alberne Versammlung bei Willies gehen, wo er den Vorsitz führt. Wenn ich zu spät komme, wird er gewiss wütend, und wenn ich diesen Hut aufhabe, vertrage ich keine Szene. Er ist zu diffizil. Ein starkes Wort – und er ist ruiniert. Nein, ich muss gehen, liebe Agatha. Adieu, Lord Henry! Sie sind sehr amüsant und schrecklich unmoralisch. Wahrhaftig, ich weiß nicht, was ich zu Ihren Ansichten sagen soll. Sie müssen einmal bei uns zu Abend essen. Vielleicht Dienstag? Sind Sie am Dienstag frei?“

„Für Sie würde ich jeden sitzen lassen, Frau Herzogin“, sagte Lord Henry mit einer Verbeugung.

„Ah! Das ist sehr hübsch und sehr abscheulich von Ihnen“, rief sie; „so kommen Sie also, bitte“, und sie rauschte hinaus, gefolgt von Lady Agatha und den andern Damen.

Als Lord Henry sich wieder gesetzt hatte, näherte sich ihm Herr Erskine, setzte sich neben ihn und legte die Hand auf seinen Arm.

„Sie reden wie ein Buch“, sagte er, „warum schreiben Sie keins?“

„Ich lese so gern Bücher, dass ich mir nichts daraus mache, welche zu schreiben, Herr Erskine. Gewiss, einen Roman würde ich gern schreiben, der so schön und so unwirklich wie ein persischer Teppich sein müsste. Aber es gibt in England kein literarisches Publikum, außer für Zeitungen, Fibeln und Nachschlagewerke. Von allen Menschen der Welt haben die

Engländer den geringsten Sinn für die Schönheit der Literatur."

„Ich fürchte, Sie haben recht", antwortete Herr Erskine. „Ich hatte auch einmal literarischen Ehrgeiz, aber ich habe ihn seit Langem aufgegeben. Und nun, lieber junger Freund – wenn Sie mir erlauben wollen, Sie so zu nennen –, darf ich fragen, ob Sie wirklich alles im Ernst meinten, was Sie beim Frühstück zu uns sprachen?"

„Ich weiß gar nicht mehr, was ich sagte", lächelte Lord Henry. „War es alles sehr böse?"

„Sehr böse, allerdings! Ich halte Sie für überaus gefährlich, und wenn unsrer guten Herzogin etwas zustößt, werden wir alle Sie in erster Linie dafür verantwortlich machen. Aber ich unterhielte mich gern mit Ihnen über das Leben. Die Generation, in die ich hineingeboren bin, war sehr trist. Kommen Sie einmal, wenn Sie genug von London haben, zu mir nach Treadley, und erklären Sie mir Ihre Philosophie der Lust bei einem vorzüglichen Burgunder, den zu besitzen ich mich freue."

„Das wird mir großes Vergnügen machen. Ein Besuch in Treadley ist ein großer Vorzug. Es hat einen vollendeten Wirt und eine vollendete Bibliothek."

„Die mit Ihnen komplett sein wird", antwortete der alte Herr mit artiger Verbeugung.

„Und jetzt muss ich mich von Ihrer trefflichen Tante verabschieden. Ich muss in den Athenäum-Klub gehn. Es ist die Stunde, wo wir da schlafen."

„Sie alle, Herr Erskine?"

„Vierzig, in vierzig Lehnstühlen. Wir üben uns für eine *Académie Anglaise*."

Lord Henry lachte und stand auf. „Ich gehe in den Park", rief er.

Als er hinaustrat, berührte ihn Dorian Gray am Arm. „Ich möchte mit Ihnen gehen", sagte er leise.

„Aber ich dachte, Sie hätten Basil Hallward versprochen, zu ihm zu kommen", erwiderte Lord Henry.

„Ich möchte lieber mit Ihnen gehen; ja, ich fühle, ich muss mit Ihnen gehen. Erlauben Sie es mir? Und versprechen Sie mir, die ganze Zeit zu mir zu sprechen? Niemand spricht so wundervoll wie Sie."

„Ach! Ich habe für heute gerade genug geredet", sagte Lord Henry lächelnd. „Alles, was ich jetzt wünsche, ist, das Leben zu beschauen. Wenn Sie wollen, so kommen Sie mit und beschauen Sie es mit mir."

Viertes Kapitel

Eines Nachmittags, einen Monat später, saß Dorian Gray zurückgelehnt in einem üppigen Lehnstuhl in dem kleinen Bibliothekzimmer im Hause Lord Henrys in Mayfair. Es war in seiner Art ein entzückendes Zimmer mit seiner hohen, getäfelten Wandverkleidung aus olivenfarbenem Eichenholz, mit seiner mattgelben Decke und dem Fries mit Stuckverzierungen und dem ziegelmehlfarbenen Filzteppich, auf dem seidene, langbefranste persische Decken herumlagen. Auf einem zierlichen Tischchen aus Satinholz stand eine Statuette von Clodion, und daneben lag ein Exemplar der *Cent Nouvelles*, das Clovis Eve für Margarete von Vabis gebunden hatte und in das vergoldete Gänseblümchen geprägt waren, die diese Königin als ihr Wahrzeichen erwählt hatte. Ein paar große blaue Porzellankrüge und Papageientulpen standen auf dem Kaminsims, und durch die kleinen, mit Blei eingefassten Scheiben der Fenster floss das aprikosenfarbene Licht eines Londoner Sommertags.

Lord Henry war noch nicht gekommen. Er verspätete sich immer aus Prinzip, da es sein Prinzip war, dass Pünktlichkeit einem die Zeit stiehlt. So sah der junge Mann recht verdrießlich drein, wie er lässig eine reich illustrierte Ausgabe der Manon Lescaut durchblätterte, die er in einem der Bücherschränke gefunden hatte. Das regelmäßige, eintönige Ticken der Louis-Quatorze-Uhr quälte ihn. Ein- oder zweimal dachte er daran fortzugehen. Endlich hörte er einen Schritt draußen, und die Tür öffnete sich. „Wie spät du kommst, Harry!" sagte er mit leisem Vorwurf.

„Ich fürchte, es ist nicht Harry, Herr Gray", antwortete eine scharfe Stimme.

Er blickte sich schnell um und sprang auf die Füße.

„Ich bitte um Entschuldigung. Ich dachte…“ „Sie dachten, es sei mein Mann. Es ist nur seine Frau. Sie müssen gestatten, dass ich mich selbst vorstelle. Ich kenne Sie ganz gut von Ihren Photographien her. Ich glaube, mein Mann hat siebzehn.“

„Doch nicht siebzehn, Lady Henry.“

„Nun denn also achtzehn. Und ich sah Sie gestern Abend mit ihm in der Oper.“ Sie lachte nervös, während sie sprach, und beobachtete ihn mit ihren verschwommenen Vergissmeinnichtaugen. Sie war eine absonderliche Frau, die fast immer in jemanden verliebt war und die, da ihr Gefühl nie erwidert wurde, sich alle ihre Illusionen bewahrt hatte. Sie versuchte, malerisch auszusehen. Es gelang ihr aber nur, unordentlich gekleidet zu sein. Sie hieß Viktoria und hatte eine krankhafte Neigung, in die Kirche zu gehn:

„Das war im ‚Lohengrin‘, Lady Henry, nicht wahr?“

„Ja, es war im herrlichen ‚Lohengrin‘. Ich liebe Wagners Musik mehr als irgendeine andre. Sie ist so laut, dass man sich die ganze Zeit unterhalten kann, ohne dass andre Menschen hören, was man sagt. Das ist ein großer Vorteil; meinen Sie nicht auch, Herr Gray?“

Dasselbe nervöse, kurz abgebrochene Lachen kam von ihren dünnen Lippen, und ihre Finger fingen an, mit einem langen Schildpattpapiermesser zu spielen.

Dorian lächelte und schüttelte den Kopf. „Ich fürchte, ich meine es nicht, Lady Henry. Ich spreche nie während der Musik – wenigstens nicht während guter Musik. Wenn man schlechte Musik hört, hat man die Pflicht, sie im Gespräch zu ertränken.“

„Oh! Das ist einer von Harrys Sätzen, nicht wahr, Herr Gray? Ich höre Harrys Sätze immer aus dem Munde seiner Freunde. Es ist die einzige Art, auf die ich sie erfahre. Aber

Sie dürfen nicht denken, dass ich gute Musik nicht liebe. Ich verehre sie, aber ich habe Angst davor. Sie macht mich zu romantisch. Ich habe Pianisten geradezu angebetet – manchmal zwei zu gleicher Zeit, behauptet Harry. Ich weiß nicht, was das mit ihnen ist. Vielleicht kommt es daher, dass sie Ausländer sind. Sie sind es alle, nicht wahr? Selbst die, die in England geboren sind, werden nach einiger Zeit Ausländer, nicht wahr? Das ist so klug von ihnen und für die Kunst so schmeichelhaft. Das macht sie kosmopolitisch, nicht wahr? Sie sind nie bei einer meiner Gesellschaften gewesen, nicht wahr, Herr Gray? Sie müssen kommen. Orchideen kann ich mir nicht leisten, aber für Ausländer ist mir nichts zu teuer. Sie machen ein Haus so malerisch. Aber hier ist Harry! – Harry, ich kam, um nach dir zu sehn, ich wollte dich etwas fragen – ich weiß nicht mehr was –, und ich fand Herrn Gray hier. Wir haben so reizend über Musik geplaudert. Wir denken ganz gleich darüber. Nein, ich glaube, wir denken ganz verschieden darüber. Aber er ist sehr charmant gewesen. Ich freue mich so sehr, dass ich ihn gesehn habe."

„Das ist recht, meine Liebe, ganz recht", sagte Lord Henry, zog seine dunklen, sichelförmigen Brauen hoch und blickte die beiden mit vergnügtem Lächeln an. „Es tut mir so leid, dass ich mich verspätet habe, Dorian. Ich sah mich in Wardour Street nach einem Stück alten Brokat um und musste stundenlang darum handeln. Heutzutage kennen die Menschen den Preis von allen Dingen und den Wert von keinem."

„Ich fürchte, ich muss gehen", rief Lady Henry und brach ein unangenehmes Schweigen mit ihrem albernen unmotivierten Lachen. „Ich habe versprochen, mit der Herzogin auszufahren. Adieu, Herr Gray! Adieu, Harry! Du isst nicht zu Hause, nicht wahr? Ich auch nicht. Vielleicht sehe ich dich bei Lady Thornbury."

„Sehr wahrscheinlich, meine Liebe“, sagte Lord Henry und schloss die Tür hinter ihr, als sie, anzusehen wie ein Paradiesvogel, der die ganze Nacht im Regen gewesen, wie auf der Flucht das Zimmer verlassen hatte. Sie hinterließ einen leichten Duft von Jasminparfüm. Lord Harry steckte eine Zigarette an und machte sich's auf dem Sofa bequem.

„Heirate nie eine Frau mit strohfarbenem Haar, Dorian“, sagte er nach einigen Zügen.

„Warum nicht, Harry?“

„Weil sie so sentimental sind.“

„Aber ich liebe sentimentale Menschen.“

„Heirate überhaupt nie, Dorian. Männer heiraten, weil sie müde sind; Frauen, weil sie neugierig sind: beide werden enttäuscht.“

„Ich glaube nicht, dass ich heiraten werde, Harry. Ich bin zu sehr verliebt. Das ist eins deiner Aphorismen. Ich setze es in Praxis um, wie alles, was du sagst.“

„In wen bist du verliebt?“ fragte Lord Henry nach einer Pause.

„In eine Schauspielerin“, sagte Dorian Gray errötend.

Lord Henry zuckte die Achseln. „Das ist ein recht gewöhnliches Debüt.“

„Das sagtest du nicht, wenn du sie sähest, Harry.“ „Wer ist es?“

„Sie heißt Sibyl Vane.“

„Habe nie von ihr gehört.“

„Niemand kennt sie. Aber die Menschen werden eines Tages von ihr hören. Sie ist ein Genie!“

„Mein lieber Junge, kein Weib ist ein Genie. Die Weiber sind das dekorative Geschlecht. Sie haben nie etwas zu sagen, aber sie sagen es entzückend. Die Weiber verkörpern den Triumph der Materie über den Geist, so wie die Männer den Triumph des Geistes über die Moral vorstellen.“

„Harry, wie kannst du!“

„Lieber Dorian, das ist sehr wahr. Ich bin gerade mit einer Analyse der Weiber beschäftigt, daher muss ich es wissen. Der Gegenstand ist nicht so verworren, wie ich dachte. Ich finde, es gibt schließlich nur zwei Arten von Frauen, die schlichten und die geschminkten. Die schlichten sind sehr nützlich. Wenn du in den Ruf der Ehrbarkeit kommen willst, musst du nur mit einer von ihnen zu Abend essen gehen. Die andern Frauen sind sehr reizend. Einen Fehler jedoch begehen sie: Sie gebrauchen Farbe in der Absicht, jung auszusehen. Unsre Großmütter gebrauchten Farbe, um glänzend zu plaudern. *Rouge* und *Esprit* gingen gewöhnlich zusammen. Das ist jetzt alles vorbei. Solange eine Frau zehn Jahre jünger aussehen kann als ihre Tochter, ist sie völlig zufriedengestellt. Was die Unterhaltung angeht, so gibt es nur fünf Frauen in London, mit denen es sich zu reden lohnt, und zwei davon sind in anständiger Gesellschaft unmöglich. Indessen, erzähle mir von deinem Genie! Seit wann kennst du sie?“

„Ach, Harry, deine Worte entsetzen mich!“

„Kümmere dich nicht darum. Seit wann kennst du sie?“

„Seit ungefähr drei Wochen.“

„Und wie kamst du mit ihr zusammen?“

„Ich will es dir erzählen, Harry; aber du darfst es nicht leichthin nehmen. Schließlich wäre es nie dazu gekommen, wenn ich dich nicht gefunden hätte. Du fülltest mich mit einem wilden Verlangen, alles im Leben kennenzulernen. Viele Tage, nachdem ich dich kennengelernt hatte, schien etwas in meinen Adern zu pochen. Wenn ich im Park spazierte oder nach Piccadilly schlenderte, schaute ich jeden an, der mir begegnete, und wollte mit wilder Neugier herausbekommen, was für ein Leben sie alle führten. Einige von ihnen zogen mich an, andere füllten mich mit Schauder. Es lag ein verführerisches Gift in der Luft. Meine Sinne dürsteten nach Erlebnissen … Nun, eines Abends gegen sieben Uhr beschloss ich auszugehen, auf die Suche nach einem Abenteuer. Ich empfand, unser graues, ungeheures London mit seinen vielen Hunderttausenden, seinen schmutzigen Sündern und seinen glänzenden Sünden, wie du dich einmal ausdrücktest, müsse etwas für mich in Bereitschaft halten. Ich träumte von tausend Dingen. Schon die bloße Gefahr machte mir Genuss. Ich erinnerte mich an die Worte, die du an dem wundervollen Abend zu mir sprachst, als wir zuerst zusammen speisten, von dem Suchen nach der Schönheit, die das wahre Geheimnis des Lebens ist. Ich weiß nicht, was ich erwartete, aber ich ging los und wanderte in den Osten, wo ich bald in einem Gewirr von rußigen Gassen und schwarzen Plätzen, die kein Fleckchen Grün hatten, meinen Weg verlor. Gegen halb acht Uhr kam ich an einem komischen kleinen Theater mit großen flackernden Gasflammen und grellen Ankündigungen vorbei. Ein scheußlicher Jude, der das absonderlichste Wams trug, das ich in meinem Leben gesehen habe, stand am Eingang und rauchte eine stinkende Zigarre. Er hatte fettige Ringellöckchen, und ein riesiger Diamant blitzte auf seiner schmutzigen Hemdenbrust. „Billett gefällig, Herr Baron?" fragte er, als er mich sah, und nahm mit einer Miene großartiger Unterwürfigkeit den Hut ab. Es war so erlesen scheußlich. Du wirst mich natürlich auslachen, aber ich trat tatsächlich ein und zahlte zwanzig Mark für die Proszeniumsloge. Noch heute weiß ich nicht, warum ich das tat; und doch, wenn es nicht geschehen wäre – liebster Harry, wenn es nicht geschehen wäre, würde mir das größte Ereignis meines Lebens entgangen sein. Ich sehe, du lachst. Es ist abscheulich von dir!"

„Ich lache nicht, Dorian; wenigstens lache ich nicht über dich. Aber du solltest es nicht das größte Ereignis deines Lebens nennen. Es wäre eher das erste Ereignis deines Lebens zu nennen. Du wirst immer geliebt werden, und du wirst immer in die Liebe verliebt sein. Eine *grande passion* ist das Vorrecht der Menschen, die nichts zu tun haben. Das ist der einzige Nutzen der Faulenzerklasse eines Landes. Sei nicht zaghaft! Köstliche Dinge warten auf dich. Das ist nur der Anfang."

„Hältst du meine Natur für so oberflächlich?" rief Dorian zornig.

„Nein, ich halte sie für so tief." „Wie verstehst du das?"

„Mein lieber Sohn, die Menschen, die nur einmal im Leben lieben, sind in Wahrheit die Oberflächlichen. Was sie ihre Treue nennen, nenne ich entweder die Trägheit der Gewohnheit oder ihren Mangel an Phantasie. Treue ist für das Gefühls- und Triebleben, was die Konsequenz für das geistige Leben ist – weiter nichts als ein Eingeständnis der Schwäche. Treue! Ich muss mich einmal daran machen, sie zu analysieren. Es liegt Besitzgier in ihr. Wie viele Dinge würden wir wegwerfen, wenn wir nicht fürchteten, andre würden sie aufheben. Aber ich will dich nicht unterbrechen. Erzähle weiter!"

„Also, ich saß in einer schauderhaften kleinen verhängten Loge und hatte den gemeinen Vorhang direkt vor den Augen. Ich blickte hinter der Gardine vor und sah mich im Hause um. Es war alles lächerlich ausgeputzt, lauter Cupidos und Füllhörner, wie auf einem Hochzeitskuchen schlimmster Sorte. Die Galerie und der Stehplatz waren ziemlich voll, aber die beiden Reihen schmutziger Sperrsitze waren ganz leer, und kaum ein Mensch war auf dem Platz, den sie vermutlich den ersten Rang nannten. Frauen liefen mit Orangen und Ingwerbier herum, und schrecklich viele Haselnüsse wurden aufgeknackt."

„Es muss genau wie in der Blütezeit des englischen Dramas gewesen sein."

„Genau so, glaube ich, und sehr deprimierend. Ich hatte angefangen, mir zu überlegen, was in aller Welt ich tun sollte, als mein Blick auf den Theaterzettel fiel. Was glaubst du, das sie spielten, Harry?"

„Ich sollte meinen: ‚Der arme Kretin oder Blödsinn und Unschuld'. Unsre Väter liebten diese Art Stücke, glaube ich. Je länger ich lebe, Dorian, um so stärker fühle ich, dass alles, was für unsere Väter gut genug war, für uns nicht gut genug ist. In der Kunst wie in der Politik *les grand-pères ont toujours tort.*"

„Das Stück, das da gespielt wurde, war gut genug für uns, Harry. Es war ‚Romeo und Julia'. Ich muss gestehen, ich war bei dem Gedanken, Shakespeare in so einem elenden Loche spielen zu sehen, ziemlich niedergeschlagen. Und doch war ich in gewisser Weise interessiert. Jedenfalls beschloss ich, den ersten Akt abzuwarten. Es spielte ein schreckliches Orchester, das ein junger Hebräer leitete. Er saß an einem schetterigen Klavier, das mich beinahe vertrieben hätte; aber endlich ging der Vorhang auf, und das Stück begann. Romeo war ein vierschrötiger älterer Herr mit geschwärzten Brauen, einer heisern Komödiantenstimme und einer Gestalt wie ein Bierfass. Mercutio war fast ebenso schlimm. Er wurde vom Komiker gespielt, der neue Stellen von sich aus improvisiert hatte und mit der Galerie auf bestem Fuße stand. Sie waren beide so grotesk wie die Dekoration, und die sah aus, als käme sie aus einer Jahrmarktsbude. Aber Julia! Harry, stell dir ein Mädchen vor, kaum siebzehn Jahre alt, mit kleinem blumenhaften Gesicht, schmalem griechischen Kopf mit dunkelbraunen Zöpfen, mit Augen wie blaue Brunnen der Glut, mit Lippen, die wie Rosenblätter waren. Ich habe nie etwas Schöneres im Leben gesehen. Du sagtest einmal zu mir, Pathos lasse dich ungerührt, aber Schönheit, reine Schönheit an sich könne deine Augen mit Tränen füllen. Ich sage dir,

Harry, ich konnte dieses Mädchen vor dem Tränenschleier, der mein Auge verdunkelte, kaum sehen. Und ihre Stimme – ich habe nie eine solche Stimme gehört. Sie war zuerst sehr leise, mit tiefen, vollen Tönen, die einem jeder für sich ins Ohr zu fallen schienen. Dann wurde sie ein wenig lauter und klang wie eine Flöte oder eine entfernte Oboe. In der Gartenszene hatte sie all die zitternde Inbrunst, die man hört, wenn die Nachtigallen vor Morgengrauen singen. Es gab im weitern Augenblicke, wo die Stimme die glühende Wildheit der Geige hatte. Du weißt, wie eine Stimme einen erschüttern kann. Deine Stimme und die Stimme Sibyl Vanes, die beiden werde ich niemals vergessen. Wenn ich die Augen schließe, höre ich sie, und jede von ihnen sagt etwas andres. Ich weiß nicht, welcher ich folgen soll. Warum sollte ich sie nicht lieben? Harry, ich liebe sie! Sie ist mir alles im Leben. Abend für Abend gehe ich hin, um sie spielen zu sehen. An einem Abend ist sie Rosalinde, am nächsten Imogen. Ich habe sie im Dunkel eines italienischen Grabgewölbes gesehen, wie sie das Gift von den Lippen ihres Geliebten küsste und starb. Ich habe gesehen, wie sie durch die Ardennen wanderte, als hübscher Knabe verkleidet, in kurzen Hosen und im Wams und mit kecker Mütze. Sie ist wahnsinnig gewesen und ist vor einen schuldvollen König getreten und gab ihm Raute zu tragen und bittere Kräuter zu kosten. Sie ist unschuldig gewesen, und die schwarzen Hände der Eifersucht würgten ihren zarten Hals. Ich sah sie in jedem Jahrhundert und in jeder Tracht. Gewöhnliche Frauen erwecken einem nie die Phantasie. Sie bleiben in ihrem Jahrhundert. Kein Zauber verklärt sie und gibt ihnen neue Gestalt. Man erkennt ihren Geist so leicht wie ihre Hüte. Man findet sie immer heraus. Nichts Geheimes ist in ihnen. Sie reiten morgens in den Park und schnattern nachmittags beim Tee. Sie haben ihr stereotypes Lächeln und ihr Benehmen nach der Mode. Sie liegen völlig auf der Hand. Aber eine Schauspielerin! Wie anders ist es mit einer Schauspielerin! Harry! Warum sagtest du mir nicht, dass nichts wert ist, geliebt zu werden, als eine Schauspielerin?"

„Weil ich ihrer so viele geliebt habe, Dorian."

„Oh! Gewiss grässliche Personen mit gefärbtem Haar und geschminkten Gesichtern."

„Mach nur gefärbtes Haar und geschminkte Gesichter nicht schlecht. Es liegt manchmal etwas überaus Reizvolles in ihnen."

„Ich wollte, ich hätte dir nicht von Sibyl Vane gesprochen."

„Du musstest mir davon sprechen, Dorian. Dein ganzes Leben lang wirst du mir alles sagen, was du tust."

„Ja, Harry, ich glaube, das ist wahr. Ich muss dir alles sagen. Du hast einen seltsamen Einfluss auf mich. Wenn ich je ein Verbrechen beginge, käme ich zu dir und beichtete es. Du verstündest mich."

„Menschen wie du – die kecken Sonnenstrahlen des Lebens – begehen keine Verbrechen, Dorian. Aber trotzdem verbindlichsten Dank für das Kompliment. Und nun sage mir – gib mir Feuer, sei so gut; danke schön! – in was für einem Verhältnis stehst du jetzt zu Sibyl Vane?"

Dorian Gray sprang errötend und mit blitzenden Augen auf. „Harry! Sibyl Vane ist mir heilig!"

„Nur heilige Dinge verlohnt es sich anzurühren, Dorian", sagte Lord Henry, und ein seltsamer Anflug von Pathos war in seine Stimme gekommen. „Aber warum willst du böse sein? Ich vermute, sie wird dir eines Tages gehören. Wenn man verliebt ist, betrügt man immer anfangs sich selbst und am Ende die andern. Das nennt die Welt einen Liebesroman. Du hast sie doch jedenfalls kennengelernt, denke ich?"

„Natürlich kenne ich sie. Als ich am ersten Abend im Theater war, kam der grässliche alte Jude nach der Vorstellung an meine Loge und bot mir an, er wolle mich hinter die Kulissen führen und mich ihr vorstellen. Ich war wütend und sagte zu ihm, Julia sei seit ein paar Hundert Jahren tot, und ihr Leichnam sei in einem marmornen Grab in Verona bestattet. Nach seinem bestürzten Blick zu schließen hatte er den Eindruck, ich hätte zu viel Champagner getrunken oder etwas der Art."

„Durchaus zu begreifen."

„Dann fragte er mich, ob ich für irgendeine Zeitung schriebe. Ich antwortete, dass ich nicht einmal eine läse. Er schien darüber furchtbar enttäuscht und vertraute mir an, alle Theaterkritiker hätten sich gegen ihn verschworen, und sie wären einer wie der andre zu kaufen."

„Es sollte mich nicht wundern, wenn er damit ganz recht hätte. Aber anderseits, nach ihrem Äußern zu urteilen, können die meisten von ihnen nicht sehr teuer sein."

„Immerhin schien er zu glauben, sie gingen über seine Verhältnisse", lachte Dorian. „Mittlerweile waren aber die Lichter im Theater ausgedreht worden, und ich musste gehn. Er bat mich, ein paar Zigarren zu versuchen, die er mir lebhaft empfahl. Ich dankte. Am nächsten Abend war ich natürlich wieder da. Als er mich sah, verbeugte er sich tief vor mir und versicherte mich, ich sei ein edelmütiger Gönner der Kunst. Er war ein sehr abstoßender Kerl, obwohl er eine ungewöhnliche Leidenschaft für Shakespeare hatte. Er erzählte mir einmal mit stolzer Miene, seine fünf Bankrotte verdanke er ausschließlich ‚dem Barden', wie er ihn hartnäckig nannte. Er schien das für eine Ehre zu halten."

„Es ist eine Ehre, lieber Dorian – eine große Ehre. Die meisten Leute werden bankrott, weil sie zu viel in der Prosa des Lebens angelegt haben. Sich durch Poesie zugrunde gerichtet zu haben, ist ein auszeichnender Vorzug. Aber wann sprachst du zum ersten Mal mit Fräulein Sibyl Vane?"

„Am dritten Abend. Sie hatte die Rosalinde gespielt. Ich musste zu ihr gehen. Ich hatte ihr einige Blumen zugeworfen, und sie hatte mich angesehen, wenigstens bildete ich es mir ein. Der alte Jude war hartnäckig. Er schien entschlossen, mich mit nach hinten zu nehmen, und so willigte ich ein. Es war seltsam, dass ich sie nicht kennenlernen wollte, nicht?"

„Nein, ich glaube nicht."

„Lieber Harry, warum?"

„Ich sage es dir ein andermal. Jetzt möchte ich von dem Mädchen hören."

„Von Sibyl? Oh, sie war so schüchtern und so freundlich. Sie ist noch fast wie ein Kind. Sie machte in reizendem Staunen große Augen, als ich ihr sagte, was ich von ihrer Darstellung hielt, und sie schien von ihrem Können gar nichts zu wissen. Ich glaube, wir waren beide recht nervös. Der alte Jude stand grinsend an der Tür des staubigen Ankleidezimmers und hielt große Reden über uns beide, während wir einander wie zwei Kinder ansahen. Er bestand darauf, mich ‚Herr Baron' zu nennen, und so musste ich Sibyl sagen, dass ich nichts der Art sei. Sie sagte ganz schlicht zu mir: ‚Sie sehen mehr wie ein Prinz aus. Ich muss Sie Prinz Wunderhold nennen.'"

„Auf mein Wort, Dorian, Fräulein Sibyl versteht sich aufs Schmeicheln."

„Du verstehst sie nicht, Harry. Sie betrachtete mich nur so wie eine Gestalt in einem Stück. Sie weiß nichts vom Leben. Sie lebt bei ihrer Mutter, die eine verblühte ältliche Frau ist. Am ersten Abend spielte sie in einer Art türkischem Morgenrock die Lady Capulet, und sie sieht aus, als ob sie bessere Tage gesehen hätte."

„Ich kenne dieses Aussehen; es ist mir peinlich", sagte Lord Henry mit unterdrückter Stimme und spielte mit seinen Ringen.

„Der Jude wollte mir ihre Geschichte erzählen, aber ich sagte, sie interessiere mich nicht."

„Da hattest du recht. Andrer Leute Tragödien haben immer etwas unsäglich Gemeines."

„Ich kümmere mich um nichts als um Sibyl. Was bedeutet es mir, woher sie stammt? Von ihrem kleinen Kopf bis zu ihren kleinen Füßen ist sie ganz und gar ein himmlisches Geschöpf. Jeden Abend meines Lebens gehe ich hin und sehe sie spielen, und jeden Abend ist sie wunderbarer."

„Das ist vermutlich der Grund, warum du nie mehr mit mir zusammen isst. Ich dachte mir, dass da ein absonderlicher Roman im Gange sei. Es ist so, aber nicht ganz, was ich erwartet habe."

„Lieber Harry, jeden Tag sind wir beim Frühstück oder Nachtessen zusammen, und ich bin ein paarmal mit dir in der Oper gewesen", sagte Dorian und schaute ihn mit seinen blauen Augen erstaunt an.

„Du kommst immer schrecklich spät."

„Aber ich muss Sibyl spielen sehn", rief er, „und wenn es nur einen Akt lang ist. Ich hungere nach ihrer Gegenwart; und wenn ich an die herrliche Seele denke, die in diesem kleinen Elfenbeinleib verborgen ist, erfasst mich Ehrfurcht."

„Heute Abend kannst du mit mir essen, Dorian, nicht wahr?"

Er schüttelte den Kopf. „Heute Abend ist sie Imogen", antwortete er, „und morgen wird sie Julia sein."

„Wann ist sie Sibyl Vane?" „Nie."

„Ich gratuliere."

„Wie grässlich du bist! Sie ist all die großen Frauengestalten der Welt in einer. Sie ist mehr als ein Individuum. Du lachst, aber ich sage dir, sie hat Genie. Ich liebe sie, und ich muss es erreichen, dass sie mich auch liebt. Du kennst alle Geheimnisse des Lebens, du musst mir sagen, wie ich

Sibyl Vane so entzücken kann, dass sie mich liebt! Ich muss Romeo eifersüchtig machen. Die toten Liebhaber der Welt sollen unsre lachenden Stimmen hören und sich grämen. Unsre strahlende Glut soll ihrem Staub Leben geben, soll ihre Asche zum Schmerz erwecken. O Gott, Harry, ich bete sie an!"

Er ging im Zimmer auf und ab, während er sprach. Fieberhafte rote Flecke brannten auf seinen Wangen. Er war furchtbar erregt.

Lord Henry beobachtete ihn mit stillem Wohlgefallen. Wie anders war er jetzt als der schüchterne, ängstliche Knabe, den er in Basil Hallwards Atelier getroffen hatte! Seine Natur hatte sie wie eine Blume entfaltet und trug Blüten von flammendem Scharlach. Die Seele war aus ihrem Versteck gekrochen, und die Wollust war ihr auf ihrem Wege begegnet.

„Und was hast du nun vor?" fragte Lord Henry schließlich.

„Ich habe den Wunsch, dass du und Basil mich eines Abends begleitet und sie spielen seht. Ich fürchte mich nicht im Geringsten davor. Ihr müsst sicher ihr Genie erkennen. Dann müssen wir sie den Händen des Juden entreißen. Sie ist für drei Jahre an ihn gebunden – wenigstens für zwei Jahre und acht Monate, von heute an gerechnet. Natürlich werde ich ihm etwas zahlen müssen. Wenn all das erledigt ist, suche ich mir ein Theater im Westend und werde sie da erst richtig zum ersten Mal auftreten lassen. Sie wird die Welt so toll machen wie mich."

„Das wird wohl unmöglich sein, lieber Junge."

„Doch, das wird sie. Sie hat nicht nur Kunst, vollendeten Kunstinstinkt in sich, sondern sie hat auch Persönlichkeit; und du hast mir oft gesagt, dass die Persönlichkeiten, nicht die Prinzipien die Welt regieren."

„Nun schön, an welchem Abend wollen wir hingehen?"

„Warte mal. Heute ist Dienstag. Setzen wir morgen fest. Morgen spielt sie die Julia."

„Schön! Morgen um acht Uhr im Bristol. Ich werde Basil bestellen."

„Bitte, Harry, nicht acht Uhr. Halb sieben Uhr. Wir müssen da sein, ehe der Vorhang aufgeht. Du musst sie im ersten Akt sehen, wenn sie Romeo begegnet."

„Halb sieben Uhr! Was das für eine Stunde ist! Das ist gerade so, als gäbe man ein Philisterabendbrot oder läse einen englischen Roman. Vor sieben Uhr geht es nicht. Kein Gentleman isst vor sieben. Siehst du Basil in der Zwischenzeit? Oder soll ich ihm schreiben?"

„Der liebe Basil! Ich habe mich seit einer Woche nicht bei ihm sehen lassen. Das ist recht hässlich von mir, denn er hat mir mein Bild in einem überaus herrlichen Rahmen, den er selbst entworfen hat, geschickt, und obwohl ich ein bisschen eifersüchtig auf das Bild bin, weil es einen ganzen Monat jünger ist als ich, muss ich zugeben, dass ich glücklich darüber bin. Vielleicht ist es besser, du schreibst ihm. Ich mag ihn nicht allein sehn. Er sagt Dinge, die mich ärgern. Er gibt mir gute Ratschläge."

Lord Henry lächelte. „Die Menschen lieben es sehr, wegzugeben, was sie selbst am nötigsten hätten. Das nenne ich den Gipfel der Großherzigkeit."

„Oh, Basil ist der beste Mensch, aber er scheint mir ein ganz klein bisschen Philister zu sein. Seit ich dich kennengelernt habe, bin ich dahinter gekommen."

„Basil, lieber Junge, legt alle Grazie, die er hat, in sein Werk hinein. Daraus ergibt sich, dass ihm fürs Leben nichts übrig geblieben ist als seine Vorurteile, seine Prinzipien und sein gesunder Menschenverstand. Die einzigen persönlich anziehenden Künstler, die ich je kennengelernt habe, waren schlechte Künstler. Gute Künstler existieren lediglich in ihren

Werken und sind darum im Leben völlig uninteressant. Ein großer Dichter, ein wahrhaft großer Poet ist das unpoetischste aller Menschenkinder. Aber Dichter untergeordneter Art sind ganz bezaubernd. Je schlechter ihre Reime sind, umso malerischer sehn sie aus. Schon die Tatsache, eine mittelmäßige Sonettensammlung herausgegeben zu haben, macht einen Mann ganz unwiderstehlich. Er lebt die Poesie, die er nicht schreiben kann. Die andern schreiben die Poesie, die sie nicht zu verwirklichen wagen."

„Ich möchte wissen, ob das wirklich so ist, Harry", sagte Dorian Gray, der von einer großen Flasche, die auf dem Tische stand, inzwischen den goldenen Knopf gehoben und sich das Taschentuch mit Parfüm besprengt hatte. „Es muss wohl so sein, wenn du es sagst. Und jetzt gehe ich. Imogen wartet auf mich. Vergiss nicht morgen! Adieu!"

Als er das Zimmer verlassen hatte, schlossen sich die schweren Augenlider Lord Henrys, und er fing an nachzudenken. Gewiss hatten ihn wenig Menschen je so interessiert wie Dorian Gray, und doch verursachte die wilde Leidenschaft des Jünglings für eine andre Person ihm nicht den leichtesten Schmerz oder Ärger oder Eifersucht. Die Sache gefiel ihm. Der junge Mann wurde dadurch noch interessanter. Er war immer für die Methoden der Naturwissenschaft eingenommen gewesen, aber der gewöhnliche Gegenstand dieser Wissenschaft war ihm kleinlich und unbedeutend vorgekommen. Und so hatte er damit angefangen, sich selbst zu vivisezieren, und war schließlich dazu gekommen, andre zu vivisezieren. Das Menschenleben – das schien ihm das einzige Ding, das zu erforschen sich verlohnte. Im Vergleich zu ihm war alles andre unbedeutend. Allerdings, wenn man das Leben in dem seltsamen Tiegel des Schmerzes und der Lust beobachtete, konnte man keine Glasmaske über seinem Gesicht tragen und konnte sich vor den Schwefeldämpfen nicht wahren, die einem das Hirn verwirrten und die Phantasie mit wilden Ausgeburten und verzerrten Träumen in Aufruhr brachten. Es gab so feine Gifte, dass, wer ihre Eigenschaften kennenlernen wollte, selbst von ihnen krank werden musste. Es gab so seltsame Krankheiten, dass man sie durchmachen musste, um ihr Wesen zu verstehen. Aber was empfing man auch für einen Lohn! Wie wundervoll verwandelte sich einem die ganze Welt! Die seltsame strenge Logik der Leidenschaft und das farbige Empfindungs- und Triebleben des Geistes aufzuzeichnen – zu beobachten, wo sie zusammenkamen und wo sie auseinandergingen, an welchem Punkte sie in Eintracht waren und wo sie sich befehdeten –, das war ein Genuss! Was tats, was er einen kostete? Für ein Sinnenerlebnis konnte man nie zu hohen Preis zahlen.

Er war sich bewusst – und der Gedanke ließ seine braunen Achataugen freudig aufglänzen –, dass es durch gewisse Worte, die er gesprochen hatte, musikalische Worte in melodischem Tonfall, dahin gekommen war, dass die Seele Dorian Grays sich diesem weißen Mädchen zugewandt hatte und sich in Verehrung vor ihr beugte. In weitem Maße war der Jüngling sein Geschöpf. Er hatte ihn vor der Zeit reif gemacht. Das war etwas. Gewöhnliche Menschen warteten, bis das Leben ihnen sein Geheimnis enthüllte, aber den Wenigen, den Erlesenen wurden die Mysterien des Lebens enthüllt, ehe der Schleier weggezogen war. Manchmal war das die Wirkung der Kunst, und hauptsächlich der Kunstgattung der Literatur, die unmittelbar die Leidenschaften und den Geist behandelt. Aber hie und da trat dafür eine komplizierte Persönlichkeit ein und übte das Amt der Kunst, war fürwahr in ihrer Weise ein richtiges Kunstwerk, denn das Leben hatte seine vollendeten Meisterwerke, gerade wie die Dichtung oder die Plastik oder die Malerei sie hat. Jawohl, der Jüngling war vor der Zeit reif. Er sammelte seine Ernte, während noch Frühling war. Der Puls und die Leidenschaft der Jugend waren in ihm, und er fing an, bewusst zu werden. Es war ein Entzücken, ihn zu beobachten. Mit seinem schönen Antlitz und seiner schönen Seele war er ein erstaunliches Stück Leben. Es kam nichts darauf an, wie all das endete. Er war wie eine der zierlichen Gestalten auf einer gestickten Tapete oder in einem Spiel, deren Freuden einem fremd zu sein scheinen, aber deren Schmerzen den Schönheitssinn erschüttern und deren Wunden wie rote Rosen sind.

Seele und Körper, Körper und Seele – wie voller Geheimnis war das alles! Es war Animalisches in der Seele, und der Körper hatte seine spirituellen Momente. Die Sinne konnten geläutert werden, und der Geist konnte versinken. Wer konnte sagen, wo der fleischliche Trieb aufhörte und der psychische anfing? Wie seicht waren die willkürlichen Definitionen der gewöhnlichen Psychologen! Und wie schwer war es doch, zwischen den Aufstellungen der verschiedenen Schulen eine Entscheidung zu treffen! War die Seele ein Schatten, der im Haus der Sünde saß? Oder war der Körper in Wahrheit in der Seele, wie Giordano Bruno gemeint hatte? Die Trennung des Geistes und der Materie war ein Geheimnis, und die Vereinigung des Geistes mit der Materie war wiederum ein Geheimnis.

Er fing an, darüber zu sinnen, ob wir wohl je die Psychologie zu einer so absoluten Wissenschaft machen könnten, dass jedes kleine Triebrad des Lebens uns seinen Sinn offenbarte. Wie es heute darum stand, missverstanden wir uns selbst immer und verstanden nur selten andre. Die Erfahrung hatte keine ethische Bedeutung. Sie war nichts als der Name, den die Menschen ihren Irrwegen gaben. Die Moralisten hatten sie in der Regel als eine Art Warnung betrachtet, hatten für sie eine gewisse ethische Wirksamkeit für die Charakterbildung beansprucht, hatten sie als ein Mittel gepriesen, das uns lehrte, welche Wege wir einschlagen und was wir vermeiden sollten. Aber es lag keine bewegende Kraft in der Erfahrung. Sie war so wenig eine aktive Ursache wie das Gewissen. Alles, was sie in Wirklichkeit dartat, war, dass unsere Zukunft die nämliche sein würde wie unsere Vergangenheit, und dass wir die Sünde, die wir einmal und damals mit Abscheu getan hatten, viele Male tun würden, und dann mit Freuden.

Es stand ihm fest, dass die experimentelle Methode die einzige sei, durch die man zu irgendeiner wissenschaftlichen Analyse der Leidenschaften gelangen könnte; und sicher war Dorian Gray ein Objekt, das wie für ihn geschaffen war und reiche und wertvolle Resultate erwarten ließ. Seine plötzliche wilde Liebe zu Sibyl Vane war eine psychologische Tatsache von nicht geringem Interesse. Kein Zweifel, die Neugier hatte viel damit zu tun, Neugier und das Verlangen nach neuen Erlebnissen; aber es war keine einfache, sondern eher eine komplizierte Leidenschaft. Was von dem rein sinnlichen Trieb des Knaben-Jünglings darin lag, war durch das Eingreifen der Phantasie umgeformt worden, zu etwas gewandelt, das dem Jüngling selbst frei von Sinnlichkeit schien und gerade darum umso gefährlicher war. Die Leidenschaften, über deren Ursprung wir uns selbst täuschen, beherrschten uns gerade am heftigsten. Unsere schwächsten Motive waren die, deren Natur uns bewusst war. Es kam oft vor, dass, wenn wir an andern zu experimentieren gedachten, wir in Wahrheit an uns selbst experimentierten.

Während Lord Henry noch dasaß und diesen Dingen nachsann, klopfte es an die Tür; ein Bedienter trat ein und erinnerte ihn, dass es Zeit war, sich zu Tisch umzukleiden. Er stand auf und blickte auf die Straße hinab. Der Sonnenuntergang hatte die oberen Fenster der Häuser auf der andern Seite in rotglühendes Gold getaucht. Die Scheiben glühten wie erhitzte Metallplatten. Der Himmel über ihm war wie eine verwelkte Rose. Es gemahnte ihn an das ganze feuerfarbene Leben seines Freundes, und die Frage kam ihm: Wie würde das alles enden?

Als er etwa um halb ein Uhr nachts nach Hause kam, fand er auf dem Tisch des Vorraums ein Telegramm liegen. Er öffnete es und sah, dass es von Dorian Gray kam. Sein Inhalt war, dass sich Dorian mit Sibyl Vane verlobt hatte.

FÜNFTES KAPITEL

„Mutter, Mutter, ich bin so glücklich!“ flüsterte das Mädchen und begrub ihr Gesicht im Schoß der verblühten, müde aussehenden Frau, die mit dem Rücken gegen das grelle Licht, das hereindrang, in dem einzigen Lehnstuhl saß, den das armselige Wohnzimmer aufzuweisen hatte. „Ich bin so glücklich!“ wiederholte sie, „auch du sollst glücklich sein!“

Frau Vane zuckte etwas zurück und legte ihre dünnen Hände, die weiß wie Wismut waren, auf den Kopf ihrer Tochter. „Glücklich!“ sprach sie ihr nach; „ich bin nur glücklich, Sibyl, wenn ich dich spielen sehe. Du musst an nichts andres als an deine Rollen denken. Herr Isaacs ist sehr gut gegen uns gewesen, und wir sind ihm Geld schuldig.“

Das Mädchen sah auf und verzog den Mund. „Geld, Mutter?“ rief sie, „was liegt am Geld? Liebe ist mehr als Geld.“

„Herr Isaacs hat uns tausend Mark Vorschuss gegeben, damit wir unsere Schulden bezahlen und James ordentlich einkleiden können. Du darfst das nicht vergessen, Sibyl. Tausend Mark sind eine sehr große Summe. Herr Isaacs ist sehr entgegenkommend gewesen.“

„Er ist kein Gentleman, Mutter, und ich hasse die Art, wie er zu mir spricht“, sagte das Mädchen, das aufstand und ans Fenster trat.

„Ich weiß nicht, was wir ohne ihn machen sollten“, antwortete die Alte in ihrem jämmerlichen Tone.

Sibyl Vane warf den Kopf zurück und lachte. „Wir brauchen ihn nicht länger, Mutter. Prinz Wunderhold sorgt jetzt für unser Leben.“ Dann hielt sie inne. Das Blut schoss ihr in die Wangen und färbte sie dunkelrot. Schneller Atem teilte ihre blühenden Lippen. Sie zitterten. Ein Glutwind der Leidenschaft brauste über sie hin und erschütterte die glatten Falten ihres Gewandes. „Ich liebe ihn", sagte sie einfach.

„Närrisches Kind! Närrisches Kind!" waren die papageienhaften Worte, die zur Antwort herüberkamen. Dabei gingen die gekrümmten Finger, an denen falsche Steine glänzten, ängstlich beschwörend hin und her, so dass die Worte eine komische Wirkung taten.

Das Mädchen lachte wieder. Der Jubel eines gefangenen Vogels lag in ihrer Stimme. Ihre Augen fingen die Melodie auf und gaben sie strahlend wieder; dann schlossen sie sich einen Augenblick, als wollten sie ihr Geheimnis verbergen. Als sie sich wieder öffneten, war der Hauch eines Traumes über sie hinweggegangen.

Aus dünnen Lippen sprach Weisheit zu ihr von dem zerrissenen Stuhl aus, verwies auf die Klugheit und sagte Stellen aus dem Buch der Feigheit, das vom gesunden Menschenverstand verfasst ist. Sie hörte nicht hin. Sie war frei in ihrem Kerker der Leidenschaft. Ihr Prinz, Prinz Wunderhold, war bei ihr. Sie hatte das Gedächtnis aufgerufen, ihn herzuschaffen. Sie hatte ihre Seele auf die Suche nach ihm geschickt, und die hatte ihn zurückgebracht. Sein Kuss brannte wieder auf ihren Lippen. Ihre Lider waren wieder erwärmt vom Hauch seines Mundes.

Dann änderte die Weisheit ihr Verfahren und sprach vom Auskundschaften und Erforschen. Dieser junge Mann war vielleicht reich. Wenn dem so war, musste man an die Heirat denken. An die Muschel ihres Ohres schlugen die Wellen weltlicher Schlauheit. Die Pfeile der Verschlagenheit flogen an ihr vorbei. Sie sah, wie die dünnen Lippen sich bewegten, und lächelte.

Auf einmal empfand sie das Bedürfnis zu sprechen. Das wortreiche Schweigen verwirrte sie. „Mutter, Mutter", rief sie, „warum liebt er mich so sehr? Ich weiß, warum ich ihn liebe. Ich liebe ihn, weil er so ist, wie die Liebe selbst.“

„Ich dächte, du könntest ein paar Küsse für mich übrig behalten“, sagte der Bursche mit gutmütigem Brummen.

„Ach! Du machst dir ja gar nichts aus Küssen, Jim“, rief das Mädchen. „Du bist ein schrecklicher alter Bär.“ Und sie lief durch die Stube zu ihm hin und umschlang ihn.

James Vane blickte seiner Schwester zärtlich ins Gesicht. „Ich wollte dich bitten, mit mir spazieren zu gehen, Sibyl. Ich glaube nicht, dass ich dieses grässliche London je wiedersehe. Ich bin sicher, ich werde nie Verlangen danach tragen.“

„Mein Sohn, sprich nicht so schreckliche Dinge“, sagte Frau Vane, nahm seufzend ein geschmacklos ausstaffiertes Theaterkostüm zur Hand und fing an, es auszuflicken. Sie war ein wenig enttäuscht, dass er sich der Gruppe nicht angeschlossen hatte; es hätte die malerische Wirkung der Szene erhöht.

„Warum nicht, Mutter? Ich meine es im Ernst.“

„Du peinigst mich, mein Sohn. Ich hoffe, du wirst als reicher Mann aus Australien zurückkehren. Ich glaube, es gibt in den Kolonien keine eigentliche Gesellschaft, nichts, was ich Gesellschaft nenne; daher musst du, wenn du dein Glück gemacht hast, zurückkommen und dich in London zur Geltung bringen.“

„Gesellschaft“, murrte der junge Mensch. „Ich will davon nichts wissen. Ich möchte nur ein bisschen Geld verdienen, um dich und Sibyl von der Bühne zu nehmen. Ich hasse das Theater.“

„Oh, Jim!“ sagte Sibyl lachend, „das ist unfreundlich von dir! Aber willst du wirklich mit mir spazieren gehen? Das ist reizend! Ich fürchtete, du wolltest dich von deinen Freunden verabschieden, etwa von Tom Hardy, der dir diese hässliche Pfeife geschenkt hat, oder von Ned Langton, der sich über dich lustig macht, weil du sie rauchst. Es ist sehr lieb von dir, dass ich deinen letzten Nachmittag haben soll. Wohin gehen wir? Komm, wir wollen in den Park gehen."

„Ich bin zu schäbig angezogen", antwortete er und runzelte die Stirn. „Nur elegante Leute gehen in den Park."

„Unsinn, Jim", flüsterte sie und streichelte seinen Ärmel.

Er zögerte einen Augenblick. „Nun also, gut", sagte er schließlich, „aber brauch nicht zu lange zum Anziehen."

Sie tanzte aus der Tür. Man hörte sie singen, als sie die Treppe hinaufging. Ihre kleinen Füße trippelten oben über der Decke.

Er ging zwei- oder dreimal in der Stube auf und ab. Dann wandte er sich zu der stillen Gestalt im Lehnstuhl.

„Mutter, sind meine Sachen in Ordnung?" fragte er.

„Alles bereit, James", antwortete sie, ohne von ihrer Arbeit aufzublicken. Seit einigen Monaten fühlte sie sich unbehaglich, wenn sie mit ihrem rauen, finstern Sohn allein war. Ihre oberflächliche Natur mit ihrem verborgenen Geheimnis wurde verwirrt, wenn ihre Augen sich trafen. Sie wusste nicht recht, ob er irgendetwas argwöhnte. Das Schweigen – denn er machte keine weitere Bemerkung – wurde ihr unerträglich. Sie fing an zu klagen. Frauen verteidigen sich, indem sie angreifen, gerade wie sie dadurch angreifen, dass sie sich unvermutet ergeben. „Ich hoffe, du wirst von deinem Seefahrerleben befriedigt sein, James", sagte sie. „Du musst bedenken, dass es deine eigene Wahl ist. Du hättest in ein Anwaltsbüro eintreten können. Anwälte sind ein sehr geachteter Stand und speisen auf dem Lande oft mit den feinsten Herrschaften."

„Ich hasse Büros, und ich hasse Schreiber", erwiderte er. „Aber du hast ganz recht; ich habe mein Leben selbst gewählt. Alles, was ich sage, ist: Behüte Sibyl! Lass ihr nichts zustoßen! Mutter, du musst sie behüten!"

„James, du sprichst in Wahrheit sehr seltsam. Natürlich behüte ich Sibyl."

„Ich höre, ein Herr kommt jeden Abend ins Theater und geht hinter die Kulissen, um mit ihr zu sprechen. Ist das richtig? Was ist's damit?"

„Du sprichst von Dingen, die du nicht verstehst, James. In unserm Beruf sind wir gewöhnt, sehr viele wohltuende Aufmerksamkeiten zu empfangen. Auch ich habe zu meiner Zeit sehr viel Buketten erhalten. Das war noch eine Zeit, wo man von der Schauspielkunst etwas verstand. Was Sibyl angeht, so weiß ich zurzeit nicht, ob es ein ernsthaftes Verhältnis ist oder nicht. Aber daran ist kein Zweifel: Der fragliche junge Mann ist ein vollkommener Gentleman. Er ist immer sehr höflich zu mir. Außerdem sieht er aus, als ob er reich wäre, und die Blumen, die er schickt, sind sehr schön."

„Aber du weißt nicht, wie er heißt", sagte der junge Mensch in rauem Ton.

„Nein", antwortete seine Mutter und sah gelassen drein. „Er hat seinen wirklichen Namen noch nicht enthüllt. Ich meine, das ist ganz romantisch von ihm. Wahrscheinlich ist er ein Mitglied der Aristokratie."

James Vane biss sich auf die Lippen. „Hüte Sibyl, Mutter", rief er, „hüte sie!"

„Mein Sohn, du kränkst mich sehr. Sibyl ist immer unter meiner besonderen Obhut. Natürlich, wenn dieser Herr reich ist, liegt kein Grund für sie vor, einer Verbindung mit ihm auszuweichen. Ich glaube bestimmt, er gehört zur Aristokratie. Er hat ganz das Auftreten danach, muss ich sagen. Es könnte eine sehr glänzende Heirat für Sibyl werden. Sie wären ein reizendes Paar. Er ist wirklich hervorragend schön; es fällt jedem auf."

Der junge Mensch brummte etwas in sich hinein und trommelte mit seinen schweren Fingern auf der Fensterscheibe. Eben hatte er sich umgewandt, etwas zu sagen, als die Tür sich öffnete und Sibyl zurückkam.

„Wie ernst ihr beide seid!" rief sie. „Was ist euch?"

„Nichts", antwortete er. „Ich denke, man muss manchmal ernst sein. Adieu, Mutter; um fünf Uhr will ich essen. Es ist alles gepackt außer meinen Hemden; du brauchst dich um nichts zu kümmern."

„Adieu, mein Sohn", antwortete sie mit einem gemachten, hoheitsvollen Neigen des Kopfes.

Sie war über den Ton, den er ihr gegenüber angeschlagen hatte, äußerst gekränkt, und es war etwas in seinem Blick gewesen, was ihr Angst eingeflößt hatte.

„Küsse mich, Mutter!" sagte das Mädchen. Ihre blumenhaften Lippen berührten die welke Wange und erwärmten sie.

„Mein Kind! Mein Kind!" rief Frau Vane und blickte zur Decke empor, wo sie eine nicht vorhandene Galerie Zuschauer suchte.

„Komm, Sibyl", sagte ihr Bruder ungeduldig. Er hasste das affektierte Wesen seiner Mutter.

Sie traten in den flackernden, windverwehten Sonnenschein hinaus und gingen langsam durch die trostlose Euston Road. Die Vorübergehenden blickten erstaunt auf den finstern, plumpen jungen Menschen, der in groben, schlecht sitzenden Kleidern in Gesellschaft eines so lieblichen, fein aussehenden Mädchens war. Er sah aus wie ein Gärtnerbursche, der mit einer Rose geht. Jim runzelte von Zeit zu Zeit die Stirn, wenn er den prüfenden Blick irgendeines Fremden bemerkte. Er hatte die Abneigung gegen das Angestarrtwerden, die Männer von Geist spät im Leben bekommen und die Dutzendmenschen nie verlieren. Sibyl dagegen merkte gar nichts von der Wirkung, die sie ausübte. Ihre Liebe zitterte auf ihren lachenden Lippen. Sie dachte an Prinz Wunderhold;

und damit sie um so mehr an ihn denken konnte, sprach sie nicht von ihm, sondern schwatzte über das Schiff, mit dem Jim abfahren sollte, über das Gold, das er sicher finden würde, über die wundervolle reiche Erbin, der er gegen die verruchten Buschklepper im roten Kamisol das Leben retten würde. Denn er würde kein Matrose oder Superkargo oder was er sonst noch zunächst werden wollte, bleiben. O nein! Das Dasein eines Matrosen war schrecklich. Er solle sich vorstellen, in einem grässlichen Schiff eingepfercht zu sein, und die Wellen krümmten sich brüllend hoch, um einzudringen, und ein finsterer Wind blase die Masten um und zerreiße die Segel in lange, sausende Bänder! Er werde das Schiff in Melbourne verlassen, sich vom Kapitän verabschieden und sofort nach den Goldfeldern reisen. Ehe noch eine Woche vorbei sei, werde er auf einen großen Klumpen reinen Goldes stoßen, auf den größten Klumpen, der je gefunden wurde, und werde ihn in einem Wagen, der von sechs berittenen Schutzleuten bewacht würde, zur Küste bringen. Die Buschklepper griffen sie dreimal an und würden in furchtbarem Kampfe zurückgeschlagen. Oder nein! Er ginge überhaupt nicht zu den Goldfeldern. Das sei ein schrecklicher Ort, wo die Menschen sich betränken und einander im Wirtshaus erschössen und eine gemeine Sprache redeten. Er werde ein friedlicher Schafzüchter werden, und eines Abends, wenn er heimritte, sähe er die schöne Erbin, die von einem Räuber auf einem schwarzen Pferd entführt werde, und er jage ihm nach und rette sie. Natürlich werde sie sich in ihn verlieben und er in sie, und sie heirateten einander und kehrten heim und lebten in einem großen Palast in London. Jawohl, auf ihn warteten herrliche Dinge. Aber er müsste sehr brav sein und dürfte die Geduld nicht verlieren und sein Geld nicht verschwenden. Sie sei nur ein Jahr älter als er, aber sie verstehe so viel mehr vom Leben. Er müsse ihr auch mit jeder Post schreiben, und jede Nacht, wenn er schlafen gehe, zu Gott beten. Gott sei sehr gut und werde über ihn wachen. Sie werde auch für ihn beten, und in ein paar Jahren werde er reich und glücklich zurückkommen. Der Bursche hörte ihr düster zu und gab keine Antwort. Ihm tat das Herz weh, dass er die Heimat verlassen sollte.

Aber es war nicht das allein, was ihn bedrückte und verstimmte. So unerfahren er auch war, hatte er doch ein starkes Gefühl für die Gefahr, in der Sibyl war. Dieser junge Stutzer, der eine Liebschaft mit ihr haben wollte, konnte es nicht gut mit ihr meinen. Er war ein Herr aus der Gesellschaft, und er hasste ihn darum, hasste ihn mit dem seltsamen Rasseninstinkt, von dem er sich keine Rechenschaft geben konnte und der darum nur um so stärker in ihm war. Er kannte auch die Oberflächlichkeit und Eitelkeit des Wesens seiner Mutter und sah darin unendliche Gefahren für Sibyl und ihr Glück. Kinder fangen damit an, ihre Eltern zu lieben; wenn sie älter werden, halten sie Gericht über sie; manchmal verzeihen sie ihnen.

Seine Mutter! Es lag ihm etwas im Sinn, was er sie fragen müsse, etwas, worüber er in vielen Monaten des Schweigens gebrütet hatte. Ein zufälliges Wort, das ihm im Theater zu Ohren gekommen war, ein gerauntes Hohnwort, das er eines Abends hörte, als er an der Tür zur Bühne wartete, hatte eine Flucht schrecklicher Gedanken in ihm erweckt. Bei der Erinnerung daran war ihm, als ob er einen Peitschenschlag ins Gesicht bekommen hätte. Seine Brauen zogen sich zu einer keilförmigen Furche zusammen, und in krampfhafter Qual biss er sich auf die Lippen.

„Du hörst kein Wort von dem, was ich sage, Jim“, rief Sibyl, „und ich schmiede die entzückendsten Pläne für deine Zukunft. Sag doch etwas!“

„Was möchtest du, das ich sage?“

„Oh, dass du immer brav sein willst und uns nicht vergessen wirst“, antwortete sie und lächelte ihn an.

Er zuckte die Achseln. „Es wäre eher möglich, dass du mich vergisst, als dass ich dich vergesse, Sibyl.“

Sie errötete. „Was meinst du damit, Jim?“ fragte sie.

„Ich höre, du hast einen neuen Freund. Wer ist es? Warum sprachst du mir nicht von ihm? Er meint es nicht gut mit dir.“

„Hör auf, Jim!“ rief sie aus. „Du darfst nichts gegen ihn sagen. Ich liebe ihn.“

„Wie, und du weißt nicht einmal seinen Namen?“ antwortete der Bursche. „Wer ist es? Ich habe ein Recht, es zu wissen!“

„Er heißt Prinz Wunderhold. Gefällt dir der Name nicht? O du dummer Bube! Du solltest ihn nie vergessen. Wenn du ihn nur einmal sähest, würdest du merken, dass er der wundervollste Mensch in der Welt ist. Eines Tages wirst du ihn kennenlernen, wenn du von Australien zurückkehrst. Er wird dir so sehr gefallen. Allen Menschen gefällt er, und ich ... ich liebe ihn. Ich wollte, du könntest heute Abend ins Theater kommen. Er wird da sein, und ich werde die Julia spielen! Oh, wie werde ich sie spielen! Denk dir, Jim, lieben und die Julia spielen! Und er hört zu! Zu seiner Wonne spielen! Ich fürchte, ich werde die Mitspieler erschrecken, erschrecken oder hinreißen. Wenn man liebt, geht man über sich selbst hinaus. Der arme grässliche Herr Isaacs wird seinen Kumpanen am Schenktisch zurufen: ‚Ein Genie, ein Genie!‘ Er hat mich wie ein Dogma verkündigt; heute Abend wird er mich als Offenbarung preisen. Ich fühle es. Und es gehört alles ihm, ihm allein, dem Prinzen Wunderhold, meinem herrlichen Geliebten, der mein Gott ist! Ich aber bin arm neben ihm. Arm? Was tut das? Wenn die Armut durch die Tür hereinschleicht, fliegt die Liebe durchs Fenster herein, und die Liebe schlägt die Not tot. Sonst hieß es wohl anders im Sprichwort: Not sei der Liebe Tod, meinten sie. Aber die Sprichwörter müssen umgearbeitet werden. Sie sind im Winter gemacht worden, und jetzt ist es Sommer; für mich wohl Frühling, ein rechter Blütentanz im blauen Himmel."

„Er ist ein Herr aus der feinen Gesellschaft", sagte der Bursche finster.

„Ein Prinz!" rief sie, und es klang, als ob sie sänge; „was willst du mehr?"

„Er will dich zu seiner Sklavin machen."

„Ich schaudere bei dem Gedanken, frei zu sein." „Ich rate dir, sei auf der Hut vor ihm!"

„Ihn sehen heißt ihn anbeten, ihn kennen heißt ihm vertrauen."

„Sibyl, deine Liebe ist wahnsinnig!"

Sie lachte und nahm seinen Arm. „Du lieber alter Jim, du redest, als wärst du hundert Jahre alt. Eines Tages wird die Liebe auch über dich kommen. Dann weißt du, was sie ist. Blick nicht so mürrisch drein. Du solltest doch froh sein bei dem Gedanken, dass du, obwohl du fortgehst, mich glücklicher zurücklässt, als ich je war. Das Leben ist hart für uns gewesen, schrecklich hart und schwer. Aber es wird jetzt anders werden. Du gehst in eine neue Welt, und eine neue Welt ist zu mir gekommen. – Hier sind zwei Stühle frei, wir wollen uns hinsetzen und die geputzten Menschen an uns vorbeigehen lassen."

Sie setzten sich unter viele andre Menschen, die dasaßen und ausschauten. Die Tulpenbeete am Wegrand flammten wie stürmisches Feuerläuten. Ein weißer Staub wie eine zitternde Wolke von Veilchenpuder hing in der lechzenden Luft. Die leuchtend farbigen Sonnenschirme tanzten und tauchten unter wie Riesenschmetterlinge.

Sie brachte ihren Bruder dazu, von sich selbst zu sprechen, von seinen Hoffnungen, seinen Aussichten. Er sprach langsam und gequält. Sie setzten ihre Worte beide langsam und vorsichtig, wie Spieler ihre Züge. Sibyl fühlte sich bedrückt; sie konnte ihre Freude nicht mitteilen. Ein schwaches Lächeln, das diesen finstern Mund umspielte, war die ganze Erwiderung, die sie erlangen konnte. Nach einer Weile verstummte sie. Plötzlich gewahrte sie den Glanz goldenen Haares und lachende Lippen, und in einem offenen Wagen fuhr Dorian Gray mit zwei Damen vorüber.

Sie sprang auf. „Da ist er!“ rief sie. „Wer?“ fragte Jim Vane.

„Prinz Wunderhold“, antwortete sie und blickte dem Wagen nach.

Er sprang auf und griff heftig nach ihrem Arm. „Zeig ihn mir! Welcher ist es? Deute nach ihm, ich muss ihn sehen!“ rief er; aber in diesem Augenblick kam das Viergespann des Herzogs von Berwick dazwischen, und als der Raum wieder frei war, war der Wagen nicht mehr im Park zu sehen.

„Er ist weg“, flüsterte Sibyl traurig. „Ich wollte, du hättest ihn gesehen.“

„Das wollte ich auch, denn so wahr ein Gott im Himmel ist, wenn er dir je ein Leid zufügt, bringe ich ihn um!“

Sie sah ihn entsetzt an. Er wiederholte die Worte; sie schnitten durch die Luft wie ein Dolch. Die Leute in der Nähe fingen an, aufmerksam zu werden. Eine Dame, die neben ihnen stand, kicherte.

„Komm fort, Jim, komm“, flüsterte sie. Er folgte ihr mit verbissener Miene, als sie durch die Menschenmenge ging. Er war froh, dass er das gesagt hatte.

Als sie die Achillesstatue erreicht hatten, wendete sie sich um. In ihren Augen lag Mitleid, das auf ihren Lippen zu Lachen wurde. Sie schüttelte den Kopf über ihn. „Du bist närrisch, Jim, völlig närrisch; ein galliger Bursche, weiter nichts. Wie kannst du so schreckliche Sachen sagen! Du weißt nicht, was du zusammenredest. Du bist einfach eifersüchtig und unfreundlich. Ach! Ich wollte, über dich käme die Liebe. Die Liebe macht die Menschen gut, und was du sagst, war böse."

„Ich bin sechzehn Jahre alt", antwortete er, „und ich weiß, was ich tue. An Mutter hast du keine Stütze. Sie versteht es nicht, dich zu behüten. Ich wollte jetzt, ich ginge überhaupt nicht nach Australien. Ich habe große Lust, die ganze Sache aufzugeben. Ich täte es, wenn mein Kontrakt nicht unterzeichnet wäre."

„Ach, sei nicht so ernsthaft, Jim! Du bist wie einer der Helden aus den albernen Melodramen, in denen Mutter so gerne spielte. Ich will nicht mit dir in Streit kommen. Ich habe ihn gesehn, und ihn zu sehen ist vollkommenes Glück. Wir wollen nicht streiten. Ich weiß, du wirst dich nie an einem vergreifen, den ich liebe, nicht wahr?"

„Solange du ihn liebst, wohl nicht", war die finstere Antwort.

„Ich liebe ihn immer!" rief sie. „Und er dich?"

„Immer, auch!"

„Er täte recht daran."

Sie fuhr zurück. Dann lachte sie und legte die Hand auf seinen Arm. Er war ja noch ein Knabe.

Am Marble Arch bestiegen sie einen Omnibus, der sie in die Nähe ihrer armseligen Wohnung in Euston Road brachte. Es war nach fünf Uhr, und Sibyl musste sich, bevor sie auftrat, ein paar Stunden hinlegen. Jim bestand darauf, dass sie es tat. Er sagte, er wolle sich lieber von ihr verabschieden, wenn die Mutter nicht dabei sei. Sie würde sicher eine Szene aufführen, und er verabscheue Szenen aller Art.

In Sibyls eigenem Zimmer verabschiedeten sie sich. Eifersucht war im Herzen des jungen Menschen und ein wilder, mörderischer Hass auf den Fremden, der, wie er meinte, zwischen sie getreten war. Als aber ihre Arme sich um seinen

Hals legten und ihre Finger durch sein Haar strichen, wurde er ruhiger und küsste sie mit echter Zärtlichkeit. Es standen Tränen in seinen Augen, als er die Treppe hinabging.

Seine Mutter wartete unten auf ihn. Sie murrte über seine Unpünktlichkeit, als er eintrat. Er gab keine Antwort, sondern setzte sich an sein kärgliches Essen. Die Fliegen schwirrten um den Tisch und krochen über das fleckige Tischtuch. Durch das Gerassel der Omnibusse und das Lärmen der Droschken hörte er die eintönige Stimme, die ihm jede Minute wegnahm, die ihm noch blieb.

Nach einer Weile schob er den Teller zurück und stützte den Kopf in die Hände. Er fühlte, dass er ein Recht hatte, es zu wissen. Man hätte es ihm früher sagen sollen, wenn es so war, wie er argwöhnte. Von Angst gepeinigt, beobachtete ihn die Mutter. Die Worte fielen ihr mechanisch vom Munde. Ein zerfetztes Spitzentaschentuch zerdrückte sie in der Hand. Als die Uhr sechs schlug, stand er auf und ging zur Tür. Dann wandte er sich um und sah sie an. Ihre Augen trafen sich. In ihren sah er ein wildes Flehen um Erbarmen. Das machte ihn wütend.

„Mutter, ich muss dich etwas fragen", sagte er. Ihre Augen irrten unbestimmt im Zimmer umher. Sie gab keine Antwort. „Sag mir die Wahrheit! Ich habe ein Recht, es zu wissen! Warst du mit meinem Vater verheiratet?"

Sie seufzte tief auf. Es war ein Seufzer der Erleichterung. Der furchtbare Augenblick, der Augenblick, den sie Tag und Nacht seit Wochen und Monaten gefürchtet hatte, war endlich gekommen, und doch fühlte sie keine Furcht. In der Tat, gewissermaßen war das eine Enttäuschung für sie. Die grobe Deutlichkeit der Frage verlangte eine Antwort ohne Umschweife. Die Situation war nicht allmählich gesteigert worden. Es war roh. Es kam ihr vor wie eine schlechte Deklamation.

„Nein“, antwortete sie, und war verwundert über die harte Einfachheit des Lebens.

„Mein Vater war also ein Schurke!“ rief der Bursche und ballte die Faust.

Sie schüttelte den Kopf. „Ich wusste, dass er nicht frei war. Wir liebten uns sehr. Wenn er am Leben geblieben wäre, hätte er für uns gesorgt. Sage nichts gegen ihn, mein Sohn. Er war dein Vater und ein Gentleman. Es ist wahr, er hatte hohe Verbindungen.“

Ein Fluch kam aus seinem Munde. „Ich kümmere mich nicht um mich“; rief er, „aber lass Sibyl nicht … Ist es ein Gentleman oder nicht, der in sie verliebt ist oder so sagt? Mit hohen Verbindungen, denk ich.“

Einen Augenblick kam ein grässliches Gefühl der Demütigung über die Frau. Sie ließ den Kopf sinken. Mit zitternden Händen wischte sie sich die Augen. „Sibyl hat eine Mutter“, sprach sie leise; „ich hatte keine.“

Der junge Mensch war gerührt. Er trat auf sie zu, beugte sich nieder und küsste sie. „Es tut mir leid, wenn ich dich mit der Frage nach meinem Vater gequält habe“, sagte er, „aber ich konnte nicht anders. Ich muss jetzt gehen. Leb wohl! Vergiss nicht, dass du jetzt nur noch ein Kind zu behüten hast, und glaube mir, wenn dieser Mann meiner Schwester ein Leid zufügt, finde ich heraus, wer er ist, spüre ihn auf und bringe ihn um wie einen Hund. Das schwör ich dir!“

Die wahnsinnige Übertreibung der Drohung, die leidenschaftlichen Gesten, die sie begleiteten, die tollen melodramatischen Worte machten ihr das Leben wieder behaglicher. Sie war mit dieser Atmosphäre vertraut. Sie atmete freier, und zum ersten Mal seit vielen Monaten bewunderte sie ihren Sohn wahrhaft. Sie hätte die Szene gern auf derselben Höhe der Empfindsamkeit fortgeführt, aber er brach kurz ab. Koffer mussten hinuntergeschafft und Tücher mussten besorgt werden. Der Knecht des Logierhauses ging geschäftig hin und her. Mit dem Kutscher wurde verhandelt. Der Moment wurde mit gewöhnlichen Einzelheiten zerzettelt. Wiederum mit einem Gefühl der Enttäuschung stand sie am Fenster und ließ das zerfetzte Spitzentuch in der Luft flattern, als ihr Sohn abfuhr. Es war ihr, als sei eine große Gelegenheit verpasst worden. Sie tröstete sich, indem sie Sibyl sagte, wie verödet ihr Leben künftig sein werde, jetzt, wo sie nur noch ein Kind zu behüten habe. Sie hatte sich diesen Satz gemerkt, er hatte ihr gefallen. Von der Drohung sagte sie nichts. Sie war lebhaft und dramatisch gesprochen gewesen. Sie hatte das Gefühl, sie würden alle eines Tages darüber lachen.

Sechstes Kapitel

„Du hast wohl das Neueste schon gehört, Basil?“ sagte Lord Henry an diesem Abend, als Hallward in ein kleines reserviertes Zimmer des Restaurants Bristol trat, wo für drei Personen gedeckt war.

„Nein, Harry“, antwortete der Künstler, während er dem Kellner Hut und Überrock gab. „Was ist es? Nichts Politisches hoffentlich? Dafür interessiere ich mich nicht. Es gibt im ganzen Unterhaus kaum einen Menschen, den zu malen sich verlohnte; obwohl ich zugebe, dass eine kleine Übertünchung manchem unter ihnen, der sich rangieren möchte, nichts schaden könnte.“

„Dorian Gray hat sich verlobt“, sagte Lord Henry und beobachtete ihn, während er sprach.

Hallward fuhr zurück und runzelte dann die Stirn. „Dorian verlobt!“ rief er. „Unmöglich!“

„Es ist völlig wahr.“ „Mit wem?“

„Mit irgendeiner kleinen Schauspielerin.“

„Ich kann es nicht glauben. Dorian ist viel zu vernünftig.“

„Dorian ist viel zu gescheit, nicht hie und da Torheiten zu begehen, lieber Basil.“

„Die Ehe gehört kaum zu den Dingen, die man hier und da begehen kann, Harry.“

„Außer in Amerika“, erwiderte Lord Henry langsam. „Aber ich sagte nicht, dass er verheiratet sei. Ich sagte, dass er verlobt ist. Das ist ein großer Unterschied.“

„Aber denk an Dorians Geburt, seine Stellung, seinen Reichtum. Es wäre Unsinn, wenn er so tief unter seinem Stande heiraten wollte.“

„Wenn du willst, dass er dieses Mädchen heiratet, so sag ihm das, Basil. Dann tut er es sicher. Wenn ein Mann etwas ausgesucht Dummes tut, geschieht es immer aus den edelsten Motiven."

„Ich hoffe, dass es ein gutes Mädchen ist. Ich möchte nicht haben, dass Dorian an ein gemeines Geschöpf gefesselt ist, das ihn herunterziehn und seinen Geist verderben würde."

„Oh, sie ist mehr als gut – sie ist schön", sagte Lord Henry, der an einem Glas Wermut mit Pomeranzen nippte. „Dorian sagt, sie sei schön; und auf diesem Gebiet irrt er sich nicht oft. Dein Porträt von ihm hat sein Urteil über die persönliche Erscheinung anderer Menschen beschleunigt. Es hat diese vorzügliche Wirkung getan, neben andern. Wir sollen sie heute Abend sehen, wenn der Junge die Abmachung nicht vergisst."

„Sprichst du im Ernst?"

„Völlig im Ernst, Basil. Es wäre schlimm, wenn ich denken müsste, ich sollte je ernsthafter sprechen als in diesem Augenblick."

„Aber billigst du die Sache, Harry?" fragte der Maler, der im Zimmer hin- und herging und sich auf die Lippen biss. „Es ist nicht möglich, dass du sie billigst. Es ist irgendeine törichte Verblendung."

„Ich billige oder missbillige nie mehr etwas. Das ist eine ganz verkehrte Stellungnahme zum Leben. Wir sind nicht in die Welt gesetzt worden, um unsere moralischen Vorurteile zu ventilieren. Ich nehme nie Notiz von dem, was gewöhnliche Menschen sagen, und ich mische mich nie in das ein, was reizende Menschen tun. Wenn eine Persönlichkeit mir anziehend ist, so ist mir jede Art, in der diese Person sich zum Ausdruck bringt, erfreulich. Dorian Gray verliebt sich in ein schönes Mädchen, das die Julia spielt, und hält um sie an. Warum nicht? Wenn er Messalina heiratete, wäre er um nichts weniger interessant. Du weißt, ich bin keiner, der für die Ehe in die Schranken tritt. Die eigentliche Schattenseite der Ehe ist, dass sie einen selbstlos macht. Und selbstlose Menschen sind farblos. Es fehlt ihnen an Individualität. Jedoch, es gibt gewisse Naturen, die durch die Ehe komplizierter werden. Sie behalten ihren Egoismus und fügen ihm viele andere Ichs hinzu. Sie sind gezwungen, mehr als ein einziges Leben zu haben. Sie erlangen eine höhere Organisation, und hoch organisiert zu sein, ist, sollte ich meinen, der Zweck des menschlichen Daseins. Überdies ist jede Erfahrung von Wert, und mag man gegen die Ehe sagen, was man will, eine Erfahrung ist sie sicher. Ich hoffe, Dorian Gray wird dieses Mädchen zu seiner Frau machen, sie sechs Monate lang leidenschaftlich anbeten und dann plötzlich von einer andern angezogen werden. Es wäre prächtig, das zu beobachten."

„Du glaubst kein einziges Wort von dem allem, Harry; du weißt das. Wenn Dorian Grays Leben zerstört würde, wäre niemand trauriger als du. Du bist viel besser, als du vorgibst."

Lord Henry lachte. „Der Grund, warum wir alle so gern gut von andern denken, ist, dass wir alle für uns selbst Angst haben. Die Grundlage des Optimismus ist reine Furcht. Wir halten uns für edelmütig, weil wir unserm Nächsten diese Tugenden borgen, die geeignet sind, uns Nutzen zu bringen. Wir rühmen den Bankier, damit wir unser Konto überschreiten können, und finden im Straßenräuber gute Eigenschaften in der Hoffnung, er werde unsere Taschen verschonen. Ich glaube alles, was ich gesagt habe. Ich habe die größte Verachtung vor dem Optimismus. Was das zerstörte Leben angeht, so ist kein Leben zerstört, dessen Wachstum nicht gehemmt wird. Willst du einen Menschen vernichten, so brauchst du ihn nur zu bessern. Was die Ehe angeht, so wäre sie natürlich eine Dummheit, aber es gibt andere und interessantere Bande zwischen Mann und Frau. Die werde ich sicher begünstigen. Sie haben den Reiz, in der Mode zu sein. – Doch hier ist Dorian selbst. Er kann dir mehr berichten als ich."

„Lieber Harry, lieber Basil, ihr müsst mir beide gratulieren!" sagte der Jüngling, nahm seine elegante Pelerine ab und schüttelte den Freunden die Hand. „Ich bin nie so glücklich gewesen. Natürlich kommt es plötzlich, wie alles wahrhaft Schöne im Leben. Und doch kommt es mir so vor, als sei ich mein Leben lang nur danach auf der Suche gewesen." Er war rot vor Erregung und Freude und sah über die Maßen schön aus.

„Ich hoffe, du wirst immer sehr glücklich sein, Dorian", sagte Hallward; „aber ich verzeihe dir nicht ganz, dass du mir nichts von deiner Verlobung mitgeteilt hast. Du hast es Harry mitgeteilt."

„Und ich verzeihe dir nicht, dass du zu spät zum Essen kommst", fiel Lord Henry ein, der seine Hand auf die Schulter des Jünglings legte und lächelte, während er sprach. „Komm, setzen wir uns und versuchen, was der neue Chef hier kann, und dann erzählst du uns, wie das alles gekommen ist."

„Da ist wahrhaftig nicht viel zu erzählen", rief Dorian, als sie sich an den kleinen runden Tisch gesetzt hatten. „Es war einfach so. Als ich gestern Abend von dir weggegangen war, Harry, zog ich mich um, speiste in dem kleinen italienischen Restaurant in Rupert Street, das ich durch dich kennengelernt habe, und ging um acht Uhr ins Theater. Sibyl spielte die Rosalinde. Natürlich waren die Dekorationen schrecklich und der Orlando zum Lachen. Aber Sibyl! Ihr hättet sie sehen sollen. Als sie in ihren Knabenkleidern hereinkam, war sie einfach wundervoll. Sie trug eine moosfarbene Samtjacke mit zimtbraunen Ärmeln, kurze braune Hosen, die kreuzweise überm Knie gebunden waren, ein reizendes grünes Mützchen mit einer Habichtsfeder, die von einem funkelnden Stein festgehalten wurde, und einen mit stumpfem Rot gefütterten Kapuzenmantel. Sie war mir nie köstlicher erschienen. Sie hatte ganz die zarte Grazie des Tanagrafigürchens, das du in deinem Atelier hast, Basil. Ihr dichtes Haar hing um ihr Gesicht wie dunkles Laub um eine blasse Rose. Ihr Spiel – nun, ihr werdet sie heute Abend sehn. Sie ist einfach eine geborene Künstlerin. Ich saß in der schmutzigen Loge wie festgebannt. Ich vergaß, dass ich in London und im neunzehnten Jahrhundert lebe. Ich war mit meiner Liebsten weit weg in einem Walde, den nie jemand gesehen hatte. Als die Vorstellung zu Ende war, ging ich nach hinten und sprach mit ihr. Als wir so zusammen saßen, kam plötzlich in ihre Augen ein Ausdruck, den ich nie vorher gesehen hatte. Meine Lippen suchten sie. Wir küssten einander. Ich kann euch nicht schildern, was ich in dem Augenblick gefühlt habe. Mir schien, als sei mein Leben zusammengedrückt in einen einzigen Punkt rosafarbener Freude. Sie zitterte am ganzen Leib; sie bebte wie eine weiße Narzisse. Dann warf sie sich auf die Knie und küsste meine Hand. Ich weiß, ich sollte euch das nicht alles erzählen, aber ich kann nicht anders. Natürlich ist unsere Verlobung tiefstes Geheimnis. Sie hat nicht einmal ihrer Mutter davon gesprochen. Ich weiß nicht, was meine Vormünder dazu sagen werden. Lord Radley wird sicher wütend werden. Ich mache mir nichts daraus. In weniger als einem Jahr bin ich volljährig und kann dann tun, was ich will. Ich hatte recht, Basil, nicht wahr, meine Geliebte aus der Poesie zu holen und mein Weib in Shakespeares Stücken zu finden? Lippen, die Shakespeare sprechen gelehrt hat, haben mir ihr Geheimnis ins Ohr geflüstert. Die Arme Rosalindens haben mich umfasst, und Julia hat mich auf den Mund geküsst."

„Ja, Dorian, ich glaube, du hattest recht", sagte Hallward langsam.

„Hast du sie heute gesehen?" fragte Lord Henry.

Dorian Gray schüttelte den Kopf. „Ich verließ sie in den Ardennen, ich werde sie in einem Garten Veronas wiederfinden."

Lord Henry schlürfte nachdenklich seinen Champagner. „Bei welcher Gelegenheit sprachst du das Wort Heirat aus, Dorian? Und was erwiderte sie? Vielleicht weißt du gar nichts mehr davon."

„Lieber Henry, ich behandelte die Sache nicht als geschäftliche Verhandlung, und ich machte keinerlei formellen Antrag. Ich sagte ihr, dass ich sie liebe, und sie sagte, sie verdiene nicht, mein Weib zu sein. Verdiene nicht! Wahrlich, die ganze Welt gilt mir nichts, verglichen mit ihr!"

„Die Weiber sind bewundernswert praktisch", sagte Lord Henry wie vor sich hin – „viel praktischer als wir. In Situationen dieser Art vergessen wir oft, die Heirat zu erwähnen, und sie erinnern uns immer daran."

Hallward legte ihm die Hand auf den Arm. „Nicht, Harry; du kränkst Dorian. Er ist nicht wie andre Männer. Er wird nie jemanden ins Elend bringen. Dazu ist seine Natur zu edel."

Lord Henry blickte über den Tisch. „Dorian fühlt sich nie von mir gekränkt", antwortete er. „Ich stellte die Frage aus dem triftigsten Grund, den es geben kann, aus dem einzigen Grund fürwahr, der einen entschuldigt, dass man überhaupt eine Frage stellt – nämlich aus Neugier. Ich habe eine Theorie, die lautet, dass es immer die Frauen sind, die uns einen Antrag machen, und nicht wir den Frauen. Außer natürlich im Leben des Mittelstands. Aber der Mittelstand ist eben nicht auf der Höhe der Zeit."

Dorian Gray lachte und schüttelte den Kopf. „Du bist ganz unverbesserlich, Harry; aber ich bin nicht böse. Es ist unmöglich, dir gram zu sein. Wenn du Sibyl Vane siehst, wirst du fühlen, dass der Mann, der ihr ein Leid zufügen kann, eine Bestie sein müsste, eine herzlose Bestie. Ich kann nicht verstehen, wie ein Mensch es über sich bringen kann, das Wesen, das er liebt, in Schande zu bringen. Ich liebe Sibyl Vane. Ich möchte sie auf eine goldene Säule stellen, auf dass ich sehe, wie die Welt das Weib anbetet, das mein ist. Was ist Heirat? Ein unwiderrufliches Gelübde. Du spottest darum über die Heirat. Oh, spotte nicht! Ein unwiderrufliches Gelübde will ich ablegen. Ihr Vertrauen macht mich fromm und treu, ihr Glaube macht mich gut. Wenn ich bei ihr bin, wende ich mich von allem, was du mich gelehrt hast, ab. Ich werde anders als der Mensch, den du in mir siehst. Ich bin verwandelt, und wenn mich Sibyl Vane bloß mit der Hand berührt, vergesse ich all deine schlechten, bezaubernden, vergifteten, entzückenden Theorien."

„Und die wären …?" fragte Lord Henry und nahm etwas Salat auf seinen Teller.

„Oh, deine Theorien über das Leben, deine Theorien über die Liebe, deine Theorien über die Lust. Tatsächlich all deine Theorien, Harry."

„Außer der Lust verdient kein Ding, eine Theorie zu haben", erwiderte er mit seiner leisen, melodischen Stimme. „Aber ich fürchte, ich kann meine Theorie nicht für mich reklamieren. Sie gehört der Natur, nicht mir. Lust ist das Siegel der Natur, ihr Zeichen der Zustimmung. Wenn wir glücklich sind, sind wir immer gut, aber wenn wir gut sind, sind wir nicht immer glücklich."

„Ah! Aber was nennst du gut?" rief Basil Hallward.

„Ja", stimmte Dorian bei, lehnte sich in seinem Stuhl zurück und blickte Lord Henry über den schweren Strauß purpurner Schwertlilien hinweg, der in der Mitte des Tisches stand, an, „was nennst du gut, Harry?"

„Gut sein heißt in Harmonie mit sich selbst sein", erwiderte er, indem er mit seinen blassen, schmalen Fingern den dünnen Stiel seines Glases umfasste. „Missklang herrscht, wo man gezwungen wird, in Harmonie mit andern zu sein. Das eigene Leben, das ist es, worauf es ankommt. Was das Leben der Nächsten angeht, kann man, wenn man ein Affe oder ein Pfaffe sein will, sich mit seinen moralischen Ansichten darüber wichtig machen, aber es geht einen nichts an. Überdies hat der Individualismus in Wahrheit das höhere Ziel. Die moderne Moral besteht darin, den Maßstab ihres Zeitalters zu akzeptieren. Ich bin der Meinung, dass es für jeden einigermaßen kulturfähigen Menschen eine Form der gröbsten Unmoral ist, den Maßstab seiner Zeit zu akzeptieren."

„Aber wenn man bloß für sich selbst lebt, Harry, zahlt man sicher einen furchtbaren Preis dafür!" meinte der Maler.

„Jawohl, man überfordert uns heutzutage in allem. Ich denke mir, die wahre Tragödie der Armen ist, dass sie sich nichts leisten können als Selbstverleugnung. Schöne Sünden sind wie schöne Dinge das Vorrecht der Reichen."

„Man hat auf andre Weise zu zahlen als mit Geld." „Auf welche Weise, Basil?"

„Oh, ich sollte meinen, mit Gewissensbissen, mit Schmerzen ... nun, eben mit dem Bewusstsein der Erniedrigung."

Lord Henry zuckte die Achseln. „Lieber Freund, die mittelalterliche Kunst ist entzückend, aber die Empfindungen des Mittelalters sind nicht mehr Mode. Man kann sie natürlich für Romane brauchen. Aber die einzigen Dinge, die man in Romanen brauchen kann, sind eben die Dinge, um die man sich in Wahrheit nicht mehr kümmert. Glaub mir, kein zivilisierter Mensch bereut je einen Genuss, und kein unzivilisierter weiß je, was ein Genuss ist."

„Ich weiß, was Genuss ist", rief Dorian Gray. „Es ist ein Genuss, einen Menschen anzubeten."

„Das ist jedenfalls besser, als angebetet zu werden", antwortete er und spielte dabei mit den Früchten, die er auf seinen

Teller gelegt hatte. „Angebetet zu werden ist von Schaden. Die Weiber behandeln uns genau so, wie die Menschheit ihre Götter behandelt. Sie liegen vor uns auf den Knien und quälen uns immer, wir sollen etwas für sie tun."

„Ich möchte sagen, alles, worum sie uns bitten, haben sie uns erst gegeben", sagte der Jüngling leise und ernst. „Sie erzeugen die Liebe in unserm Innern. Sie haben ein Recht, sie zurückzuverlangen."

„Das ist völlig wahr, Dorian", rief Hallward.

„Nichts ist jemals völlig wahr", sagte Lord Henry.

„Dies ist es", unterbrach Dorian. „Du musst zugeben, dass die Frauen den Männern das Gold des Lebens schenken."

„Möglich", seufzte er, „aber unweigerlich verlangen sie es in kleiner Münze zurück. Das ist das Elend. Die Frauen, drückte es ein witziger Franzose einmal aus, flößen uns das Verlangen ein, Meisterwerke zu schaffen, und hindern uns dann immer, sie auszuführen."

„Harry, du bist schrecklich! Ich weiß nicht, warum ich dich so gern habe."

„Du wirst mich immer gern haben, Dorian", erwiderte er. „Wollt ihr Kaffee haben, Kinder? Kellner, bringen Sie Kaffee und fine-champagne und Zigaretten. Nein, bemühen Sie sich nicht, keine Zigaretten; ich habe selbst welche. Basil, ich kann nicht zugeben, dass du Zigarren rauchst. Du musst eine Zigarette nehmen. Eine Zigarette ist der vollendete Typus eines vollendeten Genusses. Er ist köstlich, und er lässt einen unbefriedigt. Was kann man mehr verlangen? Ja, Dorian, du wirst mich immer lieb haben. Ich stelle dir alle Sünden dar, die zu begehen du nie den Mut hast."

„Was redest du für Unsinn, Harry!" rief der Jüngling und zündete an einem feueratmenden Drachen aus Silber, den der Kellner auf den Tisch gestellt hatte, seine Zigarette an. „Wir wollen ins Theater gehen. Wenn Sibyl auf die Bühne kommt, bekommst du ein neues Lebensideal. Sie wird dir etwas darstellen, was du nie kennengelernt hast."

„Ich habe alles kennengelernt", sagte Lord Henry, und in seinen Augen lag ein müder Ausdruck, „aber ich bin immer bereit, mich neu erregen zu lassen. Ich fürchte jedoch, dass ich für mein Teil nichts finde, was das zuwege bringt. Indessen, vielleicht bringt dein wundervolles Mädchen mich zur Ergriffenheit. Ich liebe das Theater. Es ist so sehr viel wirklicher als das Leben. Wir wollen gehen. Dorian, du kannst zu mir einsteigen. Es tut mir so leid, Basil, aber im Brougham ist nur Platz für zwei. Du musst uns in einer Droschke folgen."

Sie standen auf, zogen ihre Überröcke an und schlürften den Kaffee stehend. Der Maler war schweigsam und gedrückt. Es lag etwas Düsteres über ihm. Er konnte diese Heirat nicht billigen, aber doch schien sie ihm besser als vieles andre, was hätte geschehn können. Nach ein paar Minuten gingen sie zusammen die Treppe hinunter. Er fuhr allein, wie verabredet worden war, und sah auf die blitzenden Lichter des kleinen Broughams, der vorausfuhr. Ein seltsames Gefühl des Unwiederbringlichen überkam ihn. Er fühlte, Dorian Gray würde nie wieder das für ihn sein, was er früher gewesen war. Das Leben war zwischen sie getreten ... Seine Augen umdunkelten sich, und die hell erleuchteten Straßen, die von Menschen wimmelten, verschwammen vor ihnen. Als die Droschke am Theater vorfuhr, war es ihm, als sei er viele Jahre älter geworden.

Siebentes Kapitel

Aus dem oder jenem Grunde war das Haus an diesem Abend gepfropft voll, und der fette jüdische Direktor, den sie am Tore trafen, strahlte übers ganze Gesicht mit einem öligen, hin- und herzuckenden Lächeln. Er geleitete sie mit einer Art prahlerischer Unterwürfigkeit bis zu ihrer Loge, bewegte die fetten, juwelenglänzenden Hände eifrig hin und her und sprach in seinen höchsten Tönen. Dorian Gray empfand mehr als je Widerwillen gegen ihn. Er hatte ein Gefühl, als sei er gekommen, Miranda zu besuchen, und sei von Kaliban in Empfang genommen worden. Lord Henry anderseits gefiel er beinahe. Wenigstens erklärte er, er gefalle ihm, bestand darauf, ihm die Hand zu schütteln, und versicherte ihn, er sei stolz darauf, einen Mann kennenzulernen, der ein wahrhaftes Genie entdeckt habe und über einem Dichter bankrott geworden sei. Hallward amüsierte sich damit, die Gestalten auf dem Stehplatz zu betrachten. Es war eine drückende Hitze, und der riesige Sonnenbrenner flammte wie eine ungeheure Dahlie mit Blättern aus gelbem Feuer. Die jungen Leute auf der Galerie hatten ihre Röcke und Westen ausgezogen und über die Brüstung gehängt. Sie riefen einander über den Zuschauerraum weg zu und regalierten die aufgeputzten Mädchen, die neben ihnen saßen, mit Orangen. Ein paar Weiber auf dem Stehplatz lachten. Ihre Stimmen waren schrecklich schrill und misstönend. Vom Schanktische her hörte man Pfropfen knallen.

„An einem solchen Ort soll einer seine Göttin finden!" sagte Lord Henry.

„Ja!" antwortete Dorian Gray. „Hier habe ich sie gefunden, und sie ist göttlicher als alles Lebendige, das ich kenne. Wenn sie spricht, wirst du alles vergessen. Die gemeinen, rohen Menschen mit ihren plumpen Gesichtern und brutalen Bewegungen werden ganz anders, wenn sie auf der Bühne ist. Sie sitzen stumm da und blicken auf sie. Sie lachen und weinen, wie sie es begehrt. Sie stimmt sie, wie man eine Geige stimmt. Sie vergeistigt sie, und man fühlt, dass sie vom selben Fleisch und Blut sind, wie man selbst."

„Vom selben Fleisch und Blut, wie man selbst? Oh, ich hoffe nicht", rief Lord Henry, der die Insassen der Galerie durch sein Opernglas studierte.

„Kümmere dich nicht um ihn, Dorian", sagte der Maler. „Ich verstehe, was du meinst, und ich glaube an das Mädchen. Ein Mensch, den du liebst, muss wunderbar sein, und jedes Mädchen, das die Wirkung ausübt, die du schilderst, muss erlesen und edel sein. Seine Zeitgenossen vergeistigen – das zu tun, lohnt der Mühe. Wenn dieses Mädchen Menschen, die ohne Seele gelebt haben, beseelen kann, wenn sie in Menschen, deren Leben schmutzig und hässlich gewesen ist, den Sinn für Schönheit erwecken kann, wenn sie sie aus ihrer Selbstsucht herausziehen kann und ihnen Tränen und Schmerzen entpressen kann, die nicht ihre eigenen sind, dann verdient sie deine Verehrung, dann verdient sie die Verehrung der Welt. Diese Ehe ist ganz das Rechte. Ich dachte erst nicht so, aber ich sehe es jetzt ein. Die Götter haben Sibyl Vane für dich geschaffen. Ohne sie wärst du nicht vollständig gewesen."

„Danke, Basil", antwortete Dorian Gray und drückte ihm die Hand. „Ich wusste, du würdest mich verstehen. Harry ist so zynisch, er erschreckt mich. – Da haben wir das Orchester. Es ist fürchterlich, aber es dauert nur etwa fünf Minuten. Dann geht der Vorhang auf, und du siehst das Mädchen, dem ich all mein Leben geben will, dem ich alles gegeben habe, was gut in mir ist."

Eine Viertelstunde nachher betrat unter einem Sturm des Beifalls Sibyl Vane die Bühne. Ja, sie sah allerdings entzückend aus – eines der schönsten Menschenkinder, dachte Lord Henry, die er je gesehen. Ihre scheue Lieblichkeit und ihre erstaunten Augen konnten einen an ein junges Reh gemahnen. Ein schwaches Erröten, wie das Bild einer Rose in einem silbernen Spiegel, stieg in ihre Wangen, als sie das überfüllte, begeisterte Haus sah. Sie trat ein paar Schritte zurück, und ihre Lippen schienen zu zittern. Basil Hallward sprang auf und klatschte in die Hände. Regungslos, wie ein Mensch, der tief vom Traum umfangen ist, saß Dorian Gray da und sah auf sie. Lord Henry brachte das Glas nicht von den Augen und rief leise: „Reizend! Reizend!"

Die Szene war der Saal in Capulets Hause, und Romeo war in seinem Pilgergewand mit Mercutio und seinen andern Freunden eingetreten. Die Musik spielte jämmerlich genug ein paar Takte, und dann fing der Tanz an. In der Schar der plumpen, schäbig gekleideten Schauspieler bewegte sich Sibyl Vane wie ein Wesen aus einer schöneren Welt. Ihr Körper neigte sich beim Tanzen wie eine Pflanze im Wasser. Die Linie ihres Halses war wie die einer weißen Lilie. Ihre Hände schienen aus kühlem Elfenbein geschaffen.

Aber sie machte einen seltsam abwesenden Eindruck. Sie zeigte keinerlei Freude, als ihr Auge auf Romeo ruhte. Die wenigen Worte, die sie zu sprechen hatte:

> Nein, Pilger, lege nichts der Hand zuschulden
> Für ihren sittsam-andachtsvollen Gruß;
> Der Heil'gen Rechte darf Berührung dulden,
> Und Hand in Hand ist frommer Waller Kuss

– mit dem kurzen Dialog, der folgt, sagte sie in einem völlig gemachten Tone. Die Stimme war wundervoll, aber der Ton war gänzlich verfehlt. Er traf die Farbe nicht. Er nahm dem

Vers alles Leben. Er machte die Sprache der Leidenschaft unwahr.

Dorian Gray erblasste, als er zuhörte. Er war wie vor den Kopf gestoßen und voller Angst. Seine Freunde wagten kein Wort zu ihm zu sagen. Es schien ihr schlechtweg jedes Talent zu fehlen. Sie waren schrecklich enttäuscht.

Indessen wussten sie, der wahre Prüfstein für jede Julia war die Balkonszene des zweiten Aktes. Darauf warteten sie. Wenn sie die verfehlte, war nichts an ihr.

Sie sah reizend aus, als sie im Mondlicht heraustrat. Das war nicht zu leugnen. Aber ihr theatralisches Spiel war unerträglich und wurde im Verlauf der Szene immer schlimmer. Ihre Gesten wurden immer gemachter, und es war fast zum Lachen. Sie sprach alles, was sie zu sagen hatte, mit übertriebenem Pathos. Die schöne Stelle –

> Du weißt, die Nacht verschleiert mein Gesicht,
> Sonst färbte Mädchenröte meine Wangen
> Um das, was du vorhin mich sagen hörtest

– wurde mit der qualvollen Genauigkeit eines Schulmädchens deklamiert, dem ein Sprachlehrer den schönen Vortrag beigebracht hat. Als sie sich über den Balkon bog und zu den wundervollen Versen kam –

> Obwohl ich dein mich freue,
> Freu ich mich nicht des Bundes dieser Nacht:
> Er ist zu rasch, zu unbedacht, zu plötzlich,
> Gleicht allzu sehr dem Blitz, der schon vorbei,
> Noch eh man sagen kann: Es blitzt. – Schlaf süß!
> Die Liebesknospe mag der Sommerhauch,
> Bis wir uns wiedersehn, zur Blum' entfalten

– sprach sie die Worte, als ob sie keinen Sinn für sie hätten.

Es war nicht Befangenheit. Sie schien durchaus nicht befangen, sondern völlig ruhig. Es war einfach schlechte Kunst, es war ein völliges Fiasko.

Selbst die gewöhnlichen, ungebildeten Zuhörer auf der Galerie und dem Stehplatz verloren ihr Interesse an dem Stück. Sie wurden unruhig und fingen an, laut zu sprechen und zu pfeifen. Der jüdische Direktor, der im Hintergrund des ersten Ranges stand, stampfte wütend mit dem Fuß auf und fluchte. Einzig und allein unbewegt war das Mädchen selbst.

Als der zweite Akt vorüber war, wurde heftig gezischt, und Lord Henry stand auf und zog seinen Überrock an.

„Sie ist sehr schön", sagte er, „aber sie ist keine Schauspielerin. Wir wollen gehen."

„Ich will das Stück zu Ende hören", antwortete der Jüngling mit harter, bitterer Stimme. „Es tut mir furchtbar leid, dass du durch meine Schuld einen Abend vergeudet hast, Harry. Ihr müsst beide entschuldigen."

„Lieber Dorian, ich sollte meinen, Fräulein Vane muss krank sein", versetzte Hallward. „Wir wollen an einem andern Abend wiederkommen."

„Ich wollte, sie wäre krank", erwiderte er. „Aber mir scheint, dass sie lediglich kalt und gefühllos ist. Sie ist völlig umgewandelt. Gestern Abend war sie eine große Künstlerin. Heute ist sie nichts als eine gewöhnliche schlechte Schauspielerin."

„Sprich nicht so über jemanden, den du liebst, Dorian. Liebe ist etwas Wunderbareres als Kunst."

„Beide sind nichts als Formen der Nachahmung", bemerkte Lord Henry. „Aber gehen wir. Dorian, du darfst hier nicht länger bleiben. Es ist nicht gut für die Moral eines Menschen, schlecht spielen zu sehen. Außerdem, denke ich, wirst du nicht wollen, dass deine Frau auftritt. Was liegt also daran, ob sie die Julia wie eine Holzpuppe spielt? Sie ist ganz bezaubernd, und wenn sie so wenig vom Leben weiß wie von der Kunst, wird sie ein künstliches Erlebnis sein. Es gibt nur zwei Arten Menschen, die wahrhaft anziehend sind. Menschen, die ganz und gar alles wissen, und Menschen, die ganz und gar nichts wissen. Mein Himmel, lieber Junge, blick nicht so tragisch drein! Das Geheimnis, wie man jung bleibt, besteht darin, nie eine Erregung zu haben, die nicht zuträglich ist. Komm mit Basil und mir in den Klub. Wir wollen Zigaretten rauchen und auf die Schönheit Sibyl Vanes anstoßen. Sie ist schön. Was willst du mehr?"

„Verlass mich, Harry!" rief der Jüngling. „Ich will allein sein. Basil, geh! Ah! könnt ihr nicht sehen, dass mir das Herz bricht?" Heiße Tränen traten ihm in die Augen. Seine Lippen bebten, er suchte den Hintergrund der Loge, lehnte sich an die Wand und verbarg sein Gesicht in den Händen.

„Wir wollen gehen, Basil", sagte Lord Henry mit seltsamer Zärtlichkeit in der Stimme; und die beiden jungen Leute gingen zusammen hinaus.

Ein paar Augenblicke später wurde die Rampe wieder hell, und der Vorhang hob sich zum dritten Akt. Dorian Gray setzte sich wieder. Er sah blass und abwesend und gleichgültig aus. Das Stück zog sich in die Länge und schien nicht enden zu wollen. Die Hälfte der Zuhörer ging mit ihren schweren Stiefeln stampfend und lachend hinaus. Es war ein furchtbarer Durchfall. Der letzte Akt wurde fast vor leeren Bänken gespielt. Der Vorhang fiel unter Kichern und etlichem unzufriedenen Grunzen.

Sowie es vorbei war, eilte Dorian Gray hinter die Kulissen ins Ankleidezimmer. Das Mädchen stand allein da, ein sieghafter Ausdruck lag auf ihren Zügen. Ihre Augen leuchteten in sonderbarem Feuer. Es war wie ein Glanz um sie. Ihre halb offenen Lippen lächelten wie über ein Geheimnis, das nur sie wusste.

Als er eintrat, blickte sie ihn an, und ein Ausdruck unendlichen Glückes kam über sie. „Wie schlecht ich heute spielte, Dorian!" rief sie.

„Entsetzlich!" antwortete er und blickte sie in höchstem Staunen an – „entsetzlich! Es war fürchterlich. Bist du krank? Du hast keine Vorstellung, wie es war. Du hast keine Vorstellung, was ich durchgemacht habe."

Das Mädchen lächelte. „Dorian", antwortete sie und zog seinen Namen melodisch in die Länge, als wäre er ihr süßer als Honig der roten Blüte ihres Mundes – „Dorian, du hättest es verstehen sollen. Aber jetzt verstehst du, nicht wahr?"

„Was verstehe ich?" fragte er heftig.

„Warum ich heute Abend so schlecht spielte. Warum ich immer schlecht spielen werde. Warum ich nie wieder gut spielen werde."

Er zuckte die Achseln. „Du bist krank, vermutlich. Wenn du krank bist, solltest du nicht auftreten. Du machst dich lächerlich. Meine Freunde langweilten sich grässlich. Ich auch."

Sie schien nicht auf ihn zu hören. Sie war wie von Glück verklärt. Eine Ekstase der Freude erfüllte sie.

„Dorian, Dorian", rief sie, „eh ich dich kannte, war Spielen die einzige Wirklichkeit meines Lebens. Nur auf der Bühne lebte ich. Ich hielt alles für wahr. An einem Abend war ich Rosalinde und Porzia am andern. Das Glück der Beatrice war mein Glück, und das Leid der Cordelia war auch das meine. Ich glaubte an alles. Das gemeine Volk, das mit mir zusammen spielte, schien mir göttlich zu sein. Die gemalten Kulissen waren meine Welt. Ich kannte nichts als Schatten, und ich nahm sie für wirklich. Da kamst du – oh, mein schöner Geliebter! – und erlöstest meine Seele aus dem Kerker. Du lehrtest mich, was wirkliche Wirklichkeit ist. Heute sah ich zum ersten Mal die Hohlheit, die Erbärmlichkeit, die

Albernheit des öden, verlogenen Flitters, zwischen dem ich immer gespielt hatte. Heute wurde es mir zum ersten Mal bewusst, dass der Romeo grässlich und alt und geschminkt ist, dass das Mondlicht im Garten falsch ist, dass die Szenerie gemein ist und dass die Worte, die ich zu sprechen habe, unwirklich sind, nicht meine Worte, nicht was es mich zu sagen drängt. Du hast mir etwas Höheres gebracht, etwas, wovon alle Kunst nur ein Abglanz ist. Du hast mich dazu gebracht, dass ich verstehe, was die Liebe in Wirklichkeit ist. Mein Geliebter! Mein Geliebter! Prinz Wunderhold! Prinz meines Lebens! Ich mag die Schatten nicht mehr. Du bist mir mehr, als alle Kunst je sein kann. Was habe ich mit den Puppen eines Spieles zu schaffen? Als ich heute Abend auftrat, konnte ich nicht verstehen, wie es kam, dass alles wie fort war. Ich hatte gedacht, ich würde wundervoll sein. Ich merkte, dass ich nichts mehr konnte. Plötzlich schwante es meiner Seele, was alles dies bedeutete. Das war ein köstliches Verstehen. Ich hörte sie zischen und lächelte. Was konnten sie von einer Liebe wie der unsern wissen. Nimm mich mit dir, Dorian – nimm mich, wo wir allein sein können! Ich hasse das Theater. Ich könnte eine Leidenschaft spielen, die ich nicht fühle; aber ich kann nicht ein Empfinden spielen, das mich brennt wie Feuer. Oh, Dorian, Dorian, verstehst du jetzt, was es bedeutet? Selbst wenn ich es zuwege brächte, es wäre Entweihung für mich, die Liebe zu spielen. Du hast mich gelehrt, das zu erkennen."

Er warf sich auf das Sofa und wandte das Gesicht weg. „Du hast meine Liebe getötet", murmelte er.

Sie blickte ihn staunend an und lachte. Er gab keine Antwort. Sie ging zu ihm und streichelte mit ihren kleinen Fingern sein Haar. Sie kniete nieder und drückte seine Hände an ihre Lippen. Er zog sie weg, und ein Schaudern überlief ihn.

Dann sprang er auf und näherte sich der Tür. „Ja", rief er, „du hast meine Liebe getötet! Du hattest meine Phantasie entfesselt. Jetzt fesselst du nicht einmal meine Neugier. Du bringst einfach keine Wirkung hervor. Ich liebte dich, weil du wie ein Wunder warst, weil du Genie und Geist hattest, weil du die Träume großer Dichter verwirklichtest und den Schatten der Kunst Körper und Gestalt gabst. Du hast das alles weggeworfen. Du bist seicht und stumpf. Mein Gott! Was für ein Wahnsinn war es, dich zu lieben! Was für ein Narr bin ich gewesen! Du bist mir jetzt nichts. Ich will dich nie wiedersehen. Ich will nie an dich denken. Ich will nie deinen Namen nennen. Du weißt nicht, was du einmal für mich warst. Ja gewiss, einmal … Oh, ich ertrage es nicht, daran zu denken! Ich wollte, ich hätte dich nie gesehen! Du hast das Gedicht meines Lebens vernichtet. Wie wenig musst du von der Liebe wissen, wenn du sagst, sie löscht deine Kunst aus! Ohne deine Kunst bist du nichts. Ich hätte dich berühmt, von Glanz umstrahlt, herrlich gemacht. Die Welt hätte dich angebetet, und du hättest meinen Namen getragen. Was bist du jetzt? Eine Schauspielerin dritten Ranges mit einer hübschen Larve."

Das Mädchen war totenblass geworden und zitterte. Sie rang die Hände, und die Stimme schien ihr in der Kehle stecken zu bleiben. „Du sprichst nicht im Ernst, Dorian!" flüsterte sie. „Du verstellst dich!"

„Verstellen! Das überlasse ich dir. Du verstehst dich so gut auf diese Kunst", antwortete er in bitterstem Tone.

Sie erhob sich und trat mit einem jammervollen Ausdruck der Qual im Gesicht auf ihn zu. Sie legte ihm die Hand auf den Arm und blickte ihm in die Augen. Er stieß sie zurück. „Rühr mich nicht an!" schrie er.

Ein leises Stöhnen entrang sich ihr, und sie warf sich ihm zu Füßen und lag da wie eine zertretene Blume. „Dorian,

Dorian, verlass mich nicht!" flüsterte sie. „Es tut mir so leid, dass ich nicht gut gespielt habe. Ich dachte immer an dich. Aber ich will es versuchen – wahrhaftig, ich will es versuchen. So plötzlich kam das über mich, meine Liebe zu dir. Ich glaube, ich hätte nie darum gewusst, wenn du mich nicht geküsst hättest – wenn wir uns nicht geküsst hätten. Küsse mich, Geliebter! Geh nicht von mir! Ich könnte es nicht aushalten. Oh, geh nicht von mir! Mein Bruder … nein, nichts davon. Er sprach nicht im Ernst. Er scherzte … Aber du, oh! Kannst du mir das von heute Abend nicht verzeihen? Ich will so sehr arbeiten und besser zu werden suchen. Sei nicht grausam zu mir, weil ich dich mehr liebe als alles in der Welt. Schließlich, ich habe dir ein einziges Mal nicht gefallen. Aber du hast schon recht, Dorian. Ich hätte mehr von einer Künstlerin in mir haben sollen. Es war närrisch von mir; und doch konnte ich nicht anders. Oh, verlass mich nicht, verlass mich nicht!" Krampfhaftes Schluchzen erstickte ihre Stimme. Sie duckte sich wie ein wundes Tier zu Boden, und Dorian Gray sah mit seinen schönen Augen auf sie herunter, und seine scharf geschnittenen Lippen kräuselten sich in höchster Verachtung. Die Gefühle und Erregungen der Menschen, die man nicht mehr liebt, haben immer etwas Lächerliches an sich. Sibyl Vane schien ihm bis zum Komischen melodramatisch zu sein. Ihre Tränen und Seufzer ermüdeten ihn.

„Ich gehe", sagte er schließlich mit seiner hellen, ruhigen Stimme. „Ich möchte nicht unfreundlich sein, aber ich kann dich nicht mehr sehen. Du hast mich enttäuscht."

Sie weinte still weiter und gab keine Antwort, sondern kroch näher. Ihre kleinen Hände streckten sich in die Luft und schienen ihn zu suchen. Er drehte sich auf dem Absatz um und verließ das Zimmer. In wenigen Augenblicken hatte er das Theater hinter sich.

Wohin er ging, wusste er kaum. Er erinnerte sich, dass er durch schlecht erleuchtete Gassen gegangen, an elenden, in Schwarz getauchten Torwegen und verdächtig aussehenden Häusern vorbeigekommen war. Weiber mit heiseren Stimmen und grellem Gelächter hatten ihn angerufen. Betrunkene waren fluchend und mit sich selbst redend wie grässliche Affen an ihm vorbeigetaumelt. Er hatte unglaublich verwahrloste Kinder auf der Schwelle beisammen hocken sehen und hatte aus düstern Höfen Kreischen und Fluchen gehört.

Als der Morgen graute, befand er sich in der Nähe von Covent Garden. Die Dunkelheit hob sich hinweg, der Himmel färbte sich mit mattem Feuer und wölbte sich zu einer vollendeten Perle. Große Wagen voll nickender Lilien rasselten langsam durch die leere Straße. Die Luft war schwer vom Duft der Blumen, und ihre Schönheit schien seinem Schmerz Linderung zu bringen. Er ging in die Markthalle hinein und sah zu, wie die Männer ihre Wagen ausluden. Ein Fuhrmann in weißem Kittel bot ihm einige Kirschen an. Er dankte ihm, wunderte sich, warum er kein Geld dafür annehmen wollte, und begann sie, ohne recht dabei zu sein, zu essen. Sie waren um Mitternacht gepflückt worden, und die Kühle des Mondes wohnte in ihnen. Burschen, die Körbe mit rotgestreiften Tulpen und gelben und roten Rosen trugen, zogen in langer Reihe an ihm vorbei und wanden sich durch die riesigen, graugrünen Gemüsehaufen durch. In der Vorhalle mit ihren grauen, von der Sonne gebleichten Säulen wartete eine Schar Mädchen, untätig, mit beschmutzten Rocksäumen und ohne Hut, bis die Versteigerung vorüber war. Andere drängten sich um die unaufhörlich auf- und zugehenden Türen des Kaffeehauses an der Piazza. Die schweren Lastpferde strauchelten und stampften auf den holperigen Steinen und schüttelten ihr Geschirr und ihre Glocken. Etliche Fuhrleute lagen schlafend auf einem Haufen Säcke. Mit regenbogenfarbenem Hals und rosigen Füßen liefen die Tauben herum und pickten die Körner auf.

Nach einer Weile rief er eine Droschke an und fuhr nach Hause. Ein paar Augenblicke zögerte er auf der Schwelle und blickte über den schweigsam daliegenden Platz und auf die Häuser mit den festverschlossenen Fenstern und den grellen Gardinen. Der Himmel war jetzt ein reiner Opal, und die Dächer der Häuser glänzten ihm wie Silber entgegen. Aus einem Schornstein ihm gegenüber ringelte sich dünner Rauch in die Höhe. Er kräuselte sich wie ein violettes Band durch die perlmutterfarbene Luft.

In der großen, vergoldeten venezianischen Laterne, die aus der Barke eines Dogen stammte und die von der Decke des großen eichengetäfelten Vorraums herabhing, brannten noch drei flackernde Gasflaschen: Dünne blaue Flammenblüten schienen sie, von weißem Feuer umsäumt. Er drehte sie aus, warf Hut und Mantel auf den Tisch und ging durch das Bücherzimmer auf die Tür seines Schlafzimmers zu. Das war ein großes, achteckiges Gemach im Erdgeschoss, das er in seinem neuerwachten Gefühl für Üppigkeit vor Kurzem sich selbst eingerichtet und mit einigen alten Renaissanceteppichen behangen hatte, die in einer nicht mehr benutzten Dachkammer in Selby gelagert hatten und jetzt zum Vorschein gekommen waren. Als er nach der Klinke griff, fiel sein Auge auf das Porträt, das Basil Hallward von ihm gemalt hatte. Er trat betreten zurück. Dann ging er in sein Schlafzimmer. Er sah nachdenklich aus, als ob ihm etwas im Kopfe herumginge. Er nahm die Blume aus seinem Knopfloch und schien dann zu zögern. Schließlich ging er zurück, trat vor das Bild und schaute es prüfend an. In dem schwachen, verhaltenen Licht, das durch die hellgelben Seidenvorhänge drang, erschien ihm das Gesicht etwas anders als sonst. Es war ein anderer Ausdruck. Man hätte sagen mögen, um den Mund liege ein Zug von Grausamkeit. Es war seltsam.

Er drehte sich um, ging zum Fenster und zog den Vorhang hoch. Der helle Tag flutete in das Zimmer und fegte die gespenstischen Schatten in düstere Ecken, wo sie zitternd liegen blieben. Aber der seltsame Ausdruck, den er im Gesicht des Bildes bemerkt hatte, schien dableiben zu wollen, schien sogar noch verstärkt zu sein. Das vibrierende, strahlende Sonnenlicht zeigte ihm die Linien der Grausamkeit um den Mund so deutlich, als ob er, nachdem er etwas Furchtbares getan, in den Spiegel gesehen hätte.

Er fuhr zusammen; dann nahm er einen ovalen Spiegel vom Tisch, den elfenbeinerne Liebesgötter umrahmten – eins der vielen Geschenke, die Lord Henry ihm gemacht hatte – und blickte eilig in seine glänzenden Tiefen. Keine Linie der Art verzerrte seine roten Lippen. Was bedeutete das?

Er rieb sich die Augen und trat ganz nahe an das Bild, um es noch einmal genau zu betrachten. Es waren keine Spuren irgendeiner Änderung zu bemerken, wenn er das Technische des Bildes ins Auge fasste, und doch war kein Zweifel daran, dass der ganze Ausdruck anders geworden war. Es war keine bloße Einbildung von ihm. Die Sache war schrecklich deutlich.

Er warf sich in einen Stuhl und fing an nachzudenken. Plötzlich fielen ihm wie ein Blitz die Worte ein, die er am Tage, wo das Bild fertig geworden war, in Basil Hallwards Atelier gesagt hatte. Ja, er erinnerte sich genau. Er hatte den wahnsinnigen Wunsch geäußert, er selbst möchte jung bleiben und das Bild alt werden; seine eigene Schönheit sollte nie befleckt werden und das Gesicht auf der Leinwand die Last seiner Leidenschaften und seiner Sünden tragen; das gemalte Bild sollte von den Linien des Leidens und des Denkens verrunzelt werden, und er selbst wollte allen zarten Schmelz und alle Anmut seiner Jugend bewahren, deren er sich eben damals bewusst geworden war. Sein Wunsch war doch nicht in Erfüllung gegangen? Solche Dinge waren unmöglich. Es schien ungeheuerlich, auch nur daran zu denken. Und doch, da stand das Bild vor ihm und hatte den Zug der Grausamkeit um den Mund.

Grausamkeit! War er grausam gewesen? Es war die Schuld des Mädchens, nicht seine. Er hatte von ihr als einer großen Künstlerin geträumt, hatte ihr seine Liebe geschenkt, weil er sie groß geglaubt hatte. Dann hatte sie ihn enttäuscht. Sie war seicht und erbärmlich gewesen. Und doch kam ein Gefühl unendlichen Bedauerns über ihn, wenn er daran dachte, wie sie zu seinen Füßen gelegen und wie ein kleines Kind geschluchzt hatte. Er erinnerte sich, mit welcher Gefühllosigkeit er auf sie geblickt hatte. Warum war er so geschaffen worden? Warum war ihm so eine Seele gegeben worden? Aber er hatte auch gelitten. Während der drei schrecklichen Stunden, die das Stück gedauert hatte, hatte er Jahrhunderte des Schmerzes gelebt, unendliche Zeiten der Qualen. Sein Leben war so viel wert wie ihres. Sie hatte ihn für einen Augenblick vernichtet, wenn er sie für immer verwundet hatte. Überdies wären Frauen besser geeignet, Leiden zu ertragen, als Männer. Sie lebten in ihren Empfindungen, sie dächten nur an ihre Empfindungen. Wenn sie einen Geliebten hätten, so sei es nur, um einen Menschen zu haben, mit dem sie Szenen aufführen könnten. Lord Henry hatte ihm das gesagt, und Lord Henry wusste, was an den Frauen war. Warum sollte er sich wegen Sibyl Vane beunruhigen? Sie war ihm jetzt nichts mehr.

Aber das Bild? Was sollte er dazu sagen? Es barg das Geheimnis seines Lebens und erzählte seine Geschichte. Es hatte ihn gelehrt, seine eigene Schönheit zu lieben. Sollte es ihn lehren, sich vor seiner eigenen Seele zu ekeln? Konnte er es je wieder ansehen?

Nein; es war nur eine Täuschung, die die gestörten Sinne gewoben hatten. Die furchtbare Nacht, die er hinter sich hatte, hatte Gespenster zurückgelassen. Plötzlich war auf sein Hirn der kleine rote Fleck gekommen, der die Menschen wahnsinnig macht. Das Bild hatte sich nicht verändert. Es war Verrücktheit, es zu glauben.

Aber es sah nach ihm hin mit seinem schönen, entstellten Gesicht und seinem grausamen Lächeln. Sein leuchtendes Haar glänzte im Schein der Frühsonne. Seine blauen Augen blickten in die seinigen. Ein Gefühl unendlichen Mitleids, nicht mit sich selbst, sondern mit seinem gemalten Abbild überkam ihn. Es hatte sich schon verändert und würde sich noch mehr verändern. Sein Gold würde zu welkem Grau werden, seine roten und weißen Rosen würden sterben. Für jede Sünde, die er beginge, würde ein Mal seine Schönheit beflecken und verderben. Aber er wollte nicht sündigen. Das Bild, ob verändert oder unverändert, sollte ihm das sichtbare Wahrzeichen des Gewissens sein. Er wollte der Versuchung widerstehen. Er wollte Lord Henry nicht mehr sehn – wollte jedenfalls nicht mehr auf die feinen vergifteten Theorien hören, die in Basil Hallwards Garten zuerst in ihm die Leidenschaft für Dinge, die nicht möglich sind, erregt hatten. Er wollte zu Sibyl Vane zurückgehen, ihre Fehler verbessern, sie heiraten und versuchen, sie wieder zu lieben. Ja, es war seine Pflicht, das zu tun. Sie musste mehr als er gelitten haben. Armes Kind! Er war selbstsüchtig und grausam gegen sie gewesen. Der Zauber, den sie auf ihn ausgeübt hatte, würde zurückkehren. Sie wollten glücklich beisammen sein. Sein Leben mit ihr sollte schön und rein sein.

Er stand vom Stuhl auf und schob einen großen Wandschirm vor das Porträt. Es schauderte ihn, als er darauf blickte. „Wie furchtbar!“ murmelte er. Dann ging er an die Balkontür und öffnete sie. Als er in das Gras hinaustrat, holte er tief Atem. Die frische Morgenluft schien all seine düstern Leidenschaften zu verjagen. Er dachte nur an Sibyl. Ein schwacher Schimmer seiner Liebe kam wieder zu ihm. Er wiederholte ihren Namen immer und immer wieder. Die Vögel, die in dem taugetränkten Garten sangen, schienen den Blumen von ihr zu erzählen.

Achtes Kapitel

Spät am Mittag erwachte er erst. Sein Bedienter war ein paarmal auf den Fußspitzen ins Zimmer geschlichen, um zu sehn, ob er auf wäre, und hatte sich gewundert, weshalb sein junger Herr so lange schlief. Schließlich läutete es, und Viktor ging sacht mit einer Tasse Tee und einem Stoß Briefschaften, die auf einem kleinen Tablett aus altem Sévresporzellan lagen, hinein. Er zog die Vorhänge aus olivfarbenem Atlas mit ihrem flimmernden blauen Futter, die an den drei großen Fenstern hingen, zurück.

„Monsieur hat diesen Morgen gut geschlafen", sagte er lächelnd.

„Wie viel Uhr ist es, Viktor?" fragte Dorian Gray schlaftrunken.

„Viertel zwei Uhr, Monsieur."

Wie spät es war! Er richtete sich auf, nahm ein paar Schlucke Tee und sah seine Briefe durch. Einer davon war von Lord Henry und war diesen Morgen von einem Boten gebracht worden. Er schwankte einen Augenblick und legte ihn dann beiseite. Die andern öffnete er mit lässiger Hand. Sie enthielten die üblichen Karten, Einladungen zum Essen, Ausstellungsbillette, Programme für Wohltätigkeitskonzerte und dergleichen, wie sie jungen Herren der Gesellschaft während der Saison jeden Morgen ins Haus schneien. Dann war eine recht hohe Rechnung da für eine in Silber getriebene Waschgarnitur im Stil Louis' XV.; er hatte noch nicht den Mut gehabt, die Rechnung seinen Vormündern zu schicken, die äußerst altmodische Leute waren und nicht einsahen, dass wir in einer Zeit leben, wo unnötige Dinge unsere einzigen Bedürfnisse sind. Und endlich waren einige überaus höflich abgefasste Zuschriften aus Jermyn Street da, die sich anheischig machten, auf eine Meldung hin sofort jede Summe zu sehr mäßigem Zinsfuß vorzustrecken.

Nach etwa zehn Minuten stand er auf, zog einen fein gearbeiteten Schlafrock aus Kaschmirwollstoff, der mit Seidenstickereien geziert war, an und ging in das Badezimmer, dessen Boden mit Onyx belegt war. Das kalte Wasser erfrischte ihn nach dem langen Schlaf. Er schien alles vergessen zu haben, was er erlebt hatte. Ein undeutliches Gefühl, in eine seltsame Tragödie verwickelt gewesen zu sein, kam ihm ein- oder zweimal, aber die Unwirklichkeit eines Traumes lag darüber.

Sowie er angezogen war, ging er in das Bücherzimmer und setzte sich zu einem leichten französischen Frühstück, das ihm auf einem runden Tischchen in der Nähe des offenen Fensters serviert worden war. Es war ein herrlicher Tag. Die warme Luft schien mit Wohlgerüchen geladen. Eine Biene flog herein und summte um die Schale aus blauem Drachenporzellan, die mit schwefelgelben Rosen gefüllt vor ihm stand. Er fühlte sich sehr glücklich.

Plötzlich fiel sein Auge auf den Schirm, den er vor das Bild gestellt hatte, und er fuhr zusammen.

„Friert Monsieur?“ fragte der Bediente, der eben eine Omelette auf den Tisch gestellt hatte. „Ich werde das Fenster schließen.“

Dorian schüttelte den Kopf. „Mich friert nicht“, antwortete er.

War es denn wahr? Hatte sich das Bild in Wahrheit verändert? Oder war es lediglich seine eigene Phantasie gewesen, die ihm ein böses Aussehen vorgespiegelt hatte, wo nur ein frohes Aussehen war? Eine gemalte Leinwand konnte sich doch wohl nicht verändern? Das war doch Unsinn! Es war eine Geschichte, die er eines Tages Basil erzählen konnte. Er würde darüber lächeln.

Und doch, wie lebhaft war seine Erinnerung an alles! Zuerst im schwachen Zwielicht und dann in der strahlenden Morgensonne hatte er den Zug der Grausamkeit um die leicht verzerrten Lippen gesehen. Er fürchtete fast den Augenblick, wo sein Bedienter hinausging. Er wusste, wenn er allein war, musste er das Bild betrachten. Er hatte Angst vor der Gewissheit. Als der Kaffee und die Zigaretten gebracht worden waren und der Mann sich zum Gehen wandte, spürte er ein wildes Verlangen, ihn zurückzuhalten. Als die Tür sich eben hinter ihm schließen wollte, rief er ihn zurück. Der Mann stand da und wartete auf seine Befehle. Dorian sah ihn einen Augenblick an. „Ich bin für niemand zu Hause, Viktor", sagte er mit einem Seufzer. Der Mann verbeugte sich und ging.

Dann stand er vom Tisch auf, steckte sich eine Zigarette an und warf sich auf ein Ruhebett mit üppig weichen Kissen, das dem Schirm gegenüberstand. Es war ein alter Wandschirm aus vergoldetem spanischen Leder, in das ein reiches Louis XIV.-Muster gepresst war. Er sah ihn forschend an und sann, ob dieser Schirm je vorher wohl das Geheimnis eines Menschenlebens verdeckt habe.

Sollte er ihn überhaupt zur Seite schieben? Warum ihn nicht stehen lassen? Was nützte das Wissen? War die Sache wahr, so war es schrecklich. War sie nicht wahr, warum sich dann beunruhigen? Aber wie, wenn durch irgendein Geschick oder unglücklichen Zufall andere Augen als seine dahinter blickten und die grässliche Veränderung sahen? Was sollte er tun, wenn Basil Hallward käme und sein eignes Bild sehn wollte? Basil würde sicher den Wunsch äußern. Nein, die Sache musste untersucht werden, und sofort. Alles war besser als diese entsetzliche Ungewissheit.

Er stand auf und verschloss beide Türen. Wenigstens wollte er allein sein, wenn er auf die Maske seiner Schande blickte.

Dann schob er den Schirm beiseite und sah sich von Angesicht zu Angesicht. Es war völlige Wahrheit. Das Bildnis hatte sich verändert.

Er erinnerte sich später oft, und immer mit nicht geringem Staunen, dass er zuerst das Bild mit einer Art fast wissenschaftlichen Interesses in Augenschein nahm. Dass eine solche Veränderung vor sich gegangen sein sollte, schien ihm unglaublich. Und doch war es eine Tatsache. Gab es eine geheime Verwandtschaft zwischen den chemischen Atomen, die sich zu Form und Farbe auf der Leinwand zusammensetzten, und der Seele, die in ihm war? Konnte es sein, dass sie verwirklichten, was diese Seele dachte? – dass sie wahr machten, was sie träumte? Oder gab es einen andern, schrecklicheren Zusammenhang? Er schauerte und wurde von Angst gepackt. Dann ging er zum Sofa zurück, legte sich hin und starrte das Bild in krankhaftem Entsetzen an.

Eins jedoch, fühlte er, hatte das Bild für ihn getan. Es hatte ihm zum Bewusstsein gebracht, wie ungerecht, wie grausam er gegen Sibyl Vane gewesen war. Es war nicht zu spät, das wiedergutzumachen. Sie konnte noch sein Weib werden. Seine unwahre und selbstische Liebe konnte einem höheren Einfluss weichen, in eine edlere Glut umgewandelt werden, und das Porträt, das Basil Hallward gemacht hatte, sollte ihm ein Führer durchs Leben sein, sollte ihm sein, was einigen die Heiligkeit, andern das Gewissen und uns allen die Gottesfurcht ist. Es gab Schlafmittel für Gewissensbisse, Arzneien, die das moralische Empfinden in Schlaf lullen konnten. Aber hier war ein sichtbares Symbol der Erniedrigung durch die Sünde. Hier war ein ewig gegenwärtiges Abbild des Verderbens, das die Menschen über ihre Seele bringen.

Es schlug drei Uhr, und vier, und noch eine halbe Stunde verkündete das Glockenspiel, aber Dorian Gray rührte sich nicht. Er versuchte, die Scharlachfäden des Lebens aufzuspulen und sie zu einem Muster zu weben; seinen Weg durch das blutrote Labyrinth der Leidenschaft zu finden, durch das wir wandern. Er wusste nicht, was er tun sollte, was er denken sollte. Schließlich ging er zum Tisch und schrieb an das Mädchen, das er geliebt hatte, einen glühenden Brief, in dem er sie anflehte, ihm zu vergeben, und gestand, wahnsinnig gewesen zu sein. Er bedeckte Seite um Seite mit wilden Worten des Kummers und wilderen Worten der Qual. Es gibt eine Schwelgerei der Selbstanklage. Wenn wir uns tadeln, haben wir die Empfindung, dass niemand sonst das Recht hat, uns zu tadeln. Die Beichte, nicht der Priester erteilt uns die Absolution. Als Dorian mit dem Brief fertig war, fühlte er, dass ihm vergeben war.

Plötzlich klopfte es an die Tür, und er hörte die Stimme Lord Henrys draußen. „Lieber Junge, ich muss dich sehn. Lass mich sofort ein. Ich kann nicht dulden, dass du dich so einschließt."

Er gab zuerst keine Antwort, sondern blieb ganz still. Das Klopfen hörte nicht auf und wurde lauter. Ja, es war besser, Lord Henry einzulassen und ihm zu erklären, wie er ein neues Leben führen wolle; mit ihm zu streiten, wenn es nötig wäre zu streiten, und sich von ihm zu trennen, wenn die Trennung unvermeidlich wäre. Er sprang auf, schob den Schirm hastig vor das Bild und schloss die Tür auf.

„Das tut mir alles so furchtbar leid", sagte Lord Henry, als er eintrat. „Aber du darfst nicht zu viel daran denken."

„Meinst du das mit Sibyl Vane?"

„Natürlich, ja", antwortete Lord Henry, ließ sich in einen Stuhl sinken und zog langsam seine gelben Handschuhe aus. „Es ist, von einer Seite betrachtet, schrecklich, aber es war nicht deine Schuld. Sag mir, gingst du hinter die Kulissen und sahst sie, als das Stück vorbei war?"

„Ja."

„Ich wusste, dass es so war. Machtest du ihr eine Szene?“

„Ich war brutal, Harry, ganz und gar brutal. Aber es ist jetzt alles gut. Ich bedaure nichts von allem, was geschehen ist. Es hat mich gelehrt, mich besser kennenzulernen.“

„Ah, Dorian, ich bin so froh, dass du es so nimmst! Ich fürchtete, du wärest in Gewissensbisse vergraben und zerrauftest dein schönes lockiges Haar.“

„Ich bin durch all das hindurchgegangen“, sagte Dorian kopfschüttelnd und lächelnd. „Ich bin jetzt vollkommen glücklich. Zuvörderst weiß ich jetzt, was das Gewissen ist. Es ist nicht das, was du mir gesagt hast. Es ist das Göttlichste, was wir haben. Höhne nicht darüber, Harry, nie mehr – zum wenigsten nicht vor mir. Ich will gut sein. Ich kann den Gedanken nicht ertragen, eine hässliche Seele zu haben.“

„Reizend, diese ästhetische Grundlage der Moral, Dorian! Ich gratuliere dir dazu! Aber wie willst du damit anfangen?“

„Ich werde Sibyl Vane heiraten.“

„Sibyl Vane heiraten!“ schrie Lord Henry auf. Er erhob sich und blickte ihn in maßlosem Staunen an. „Aber, lieber Dorian …“

„Jawohl, Harry, ich weiß, was du sagen willst. Irgendetwas Hässliches gegen die Ehe. Sag es nicht. Sag nie wieder Dinge dieser Art zu mir. Vor zwei Tagen bat ich Sibyl, mich zum Manne zu nehmen. Ich will mein Wort nicht brechen. Sie soll meine Frau werden.“

„Deine Frau! Dorian! . . . Erhieltest du meinen Brief nicht? Ich schrieb dir heute morgen und sandte dir den Brief durch einen Boten.“

„Deinen Brief? Ach ja, ich erinnere mich. Ich habe ihn noch nicht gelesen, Harry. Ich hatte Angst, es könnte etwas darin stehen, was mir nicht gefiele. Du schneidest das Leben mit deinen Epigrammen in Stücke.“

„Du weißt also nichts?“ „Was meinst du?“

Lord Henry machte einen Gang durchs Zimmer, setzte sich dann neben Dorian Gray, fasste seine beiden Hände und hielt sie fest. „Dorian“, sagte er, „mein Brief – erschrick nicht – sollte dir sagen, dass Sibyl Vane tot ist.“

Ein Schmerzensschrei kam von den Lippen des Jünglings. Er riss seine Hände aus Lord Henrys Umklammerung los und sprang auf. „Tot! Sibyl tot! Es ist nicht wahr! Es ist eine schreckliche Lüge! Wie wagst du's, das zu sagen?“

„Es ist völlige Wahrheit, Dorian“, sagte Lord Henry ernst. „Es steht in allen Morgenzeitungen. Ich schrieb es dir gleich und bat dich, niemanden zu sehen, bis ich käme. Es muss natürlich eine Untersuchung stattfinden, und du darfst nicht in sie verwickelt werden. Dinge dieser Art machen einen Mann in Paris zum Helden des Tages. Aber in London sind die Menschen so voller Vorurteile. Hier sollte man nie mit einem Skandal debütieren. Man sollte sich ihn aufsparen, um sein Alter interessant zu machen. Ich vermute, sie wissen im Theater deinen Namen nicht? Wenn dem so ist, ist alles gut. Hat jemand gesehen, dass du zu ihr nach hinten in ihr Zimmer gingst? Das ist ein wichtiger Punkt.“

Dorian gab ein paar Augenblicke keine Antwort. Er war vor Entsetzen betäubt. Endlich stammelte er mit erstickter Stimme: „Harry, sagtest du Untersuchung? Was meintest du damit? Hat Sibyl …? Oh, Harry, ich trage es nicht! Aber sprich schnell, sag mir alles auf einmal!“

„Ich habe keinen Zweifel, dass es kein Versehen war, Dorian, obwohl man es dem Publikum so darstellen muss. Es scheint, sie sagte zu ihrer Mutter, mit der sie um halb ein Uhr ungefähr das Theater verließ, dass sie oben etwas vergessen habe. Die Mutter wartete eine Weile auf sie, aber sie kam nicht wieder herunter. Schließlich fanden sie sie tot auf dem Fußboden ihres Ankleidezimmers. Sie hatte aus Versehen etwas zu sich genommen, irgendetwas Schreckliches, das sie im

Theater brauchen. Ich weiß nicht, was es war, aber es enthielt entweder Blausäure oder Bleiweiß. Ich sollte meinen, es war Blausäure, denn sie scheint sofort tot gewesen zu sein."

„Harry, Harry, es ist furchtbar!" rief der Jüngling.

„Ja; es ist natürlich sehr tragisch, aber du musst dafür sorgen, dass du nicht hinein verwickelt wirst. Ich las im Standard, dass sie siebzehn Jahre alt war. Ich hätte gedacht, sie wäre fast noch jünger. Sie sah so ganz wie ein Kind aus und schien so wenig vom Theaterspielen zu verstehen. Dorian, du darfst dir die Sache nicht so auf die Nerven gehen lassen. Du musst mitkommen und mit mir essen, und nachher gehen wir noch ein bisschen in die Oper. Die Patti singt, und alle Welt wird da sein. Du hast Platz in der Loge meiner Schwester. Sie hat ein paar patente Weiber bei sich." „So habe ich also Sibyl Vane ermordet", sagte Dorian Gray halb zu sich selbst – „sie so sicher ermordet, als hätte ich ihre kleine Kehle mit einem Messer durchschnitten. Aber die Rosen sind trotz alledem nicht weniger lieblich. Die Vögel in meinem Garten singen gerade so fröhlich. Und heute werde ich mit dir essen und dann in die Oper gehen und vermutlich nachher irgendwo soupieren. Wie überaus dramatisch das Leben ist! Wenn ich das alles in einem Buche gelesen hätte, ich glaube, ich hätte darüber geweint. So aber, nun es tatsächlich geschehen ist, nun es mir geschehen ist, scheint es viel zu wundervoll für Tränen. Hier liegt der erste glühende Liebesbrief, den ich im Leben geschrieben habe. Seltsam, dass mein erster glühender Liebesbrief an eine Tote gerichtet ist. Ob sie wohl noch etwas empfinden, diese weißen schweigenden Leute, die wir die Toten nennen? Das möchte ich wissen. Sibyl! Kann sie empfinden, oder wissen, oder lauschen? O Harry, wie habe ich sie einmal geliebt! Es scheinen mir Jahre verflossen seitdem. Sie ist mir alles gewesen. Dann kam dieser furchtbare Abend – war es wirklich erst gestern? – wo sie so schlecht spielte und mir fast das Herz zerriss. Sie hat mir alles erklärt. Es war furchtbar pathetisch. Aber ich war nicht ein bisschen gerührt. Ich dachte, sie sei ein oberflächliches Geschöpf. Dann geschah plötzlich etwas, das mich in Angst und Schrecken jagte. Ich kann dir nicht sagen, was es war, aber es war furchtbar. Ich beschloss, zu ihr zurückzukehren. Ich fühlte, dass ich Unrecht getan hatte. Und nun ist sie tot. Mein Gott! Mein Gott! Harry, was soll ich tun? Du weißt nicht, in welcher Gefahr ich bin, und es gibt nichts, was mir Halt geben kann. Sie hätte das für mich getan? Sie hatte kein Recht, sich zu töten. Es war selbstsüchtig von ihr."

„Mein lieber Dorian", antwortete Lord Henry, nahm eine Zigarette aus seinem Etui und zog eine goldene Streichholzbüchse heraus – „der einzige Weg, auf dem je eine Frau einen Mann bessern kann, besteht darin, dass sie ihn so gründlich langweilt, dass er alles Interesse am Leben verliert. Wenn du dieses Mädchen geheiratet hättest, wärst du ein Schuft geworden. Natürlich hättest du sie freundlich behandelt. Man kann zu Menschen, aus denen man sich nichts macht, immer freundlich sein. Aber sie hätte bald herausgefunden, dass du völlig gleichgültig gegen sie bist. Und wenn eine Frau das an ihrem Manne merkt, fängt sie an, sich entweder schrecklich nachlässig zu kleiden, oder sie trägt höchst elegante Hüte, die der Mann irgendeiner andern Frau bezahlen muss. Von dem sozialen Missverhältnis, das sehr stark gewesen wäre, will ich nichts sagen; ich hätte die Sache nicht zugegeben und versichere dich, dass es in jedem Fall eine ganz und gar verfehlte Geschichte gewesen wäre."

„Vermutlich", sagte der Jüngling halblaut, der im Zimmer auf und ab ging und furchtbar blass aussah. „Aber ich hielt es für meine Pflicht. Es ist nicht meine Schuld, dass diese furchtbare Tragödie mich verhindert hat, zu tun, was recht war. Ich erinnere mich, du hast einmal gesagt, es sei etwas

Verhängnisvolles um gute Vorsätze – sie kämen immer zu spät. Bei meinen war es jedenfalls so."

„Gute Vorsätze sind nutzlose Versuche, Naturgesetze beeinflussen zu wollen. Ihr Ursprung ist pure Eitelkeit. Ihr Resultat: *vacat*. Sie geben uns hie und da so eine Art unfruchtbare wollüstige Aufregung, die auf die Geschwächten einen gewissen Reiz ausübt. Das ist alles, was zu ihren Gunsten gesagt werden kann. Sie sind einfach Schecks, die die Menschen auf eine Bank ausstellen, bei der sie kein Konto haben."

„Harry", rief Dorian Gray, der herantrat und sich neben ihn setzte, „warum kann ich diese Tragik nicht so sehr empfinden, wie ich sollte? Ich denke nicht, dass ich herzlos bin. Oder hältst du mich dafür?"

„Du hast in den letzten vierzehn Tagen zu viel Torheiten begangen, als dass du auf diese Bezeichnung ein Anrecht hättest, Dorian", antwortete Lord Henry mit seinem sanften, melancholischen Lächeln.

Der Jüngling runzelte die Stirn. „Diese Erklärung gefällt mir nicht, Harry", erwiderte er, „aber ich freue mich, dass du mich nicht für herzlos hältst. Ich bin es durchaus nicht. Ich weiß, dass ich es nicht bin. Und doch muss ich zugeben, was geschehen ist, ergreift mich nicht so, wie es sollte. Es scheint mir wie ein wundervoller Abschluss eines wundervollen Stückes zu sein. Es hat all die schreckensvolle Schönheit einer griechischen Tragödie, einer Tragödie, in der ich selbst eine große Rolle spielte, aber in der ich nicht verwundet wurde."

„Es ist eine interessante Frage", sagte Lord Henry, dem es köstlichen Genuss gewährte, mit dem unbewussten Egoismus des Jünglings zu spielen – „eine überaus interessante Frage. Ich denke mir, die wahre Erklärung lautet so: Es kommt oft vor, dass die Wirklichkeitstragödien des Lebens auf so unkünstlerische Art geschehen, dass sie uns durch ihre lächerliche Sinnlosigkeit, ihre völlige Stillosigkeit kränken. Sie greifen so an, wie es alles Gewöhnliche tut. Sie wirken auf uns mit nackter, brutaler Gewalt, und wir lehnen uns dagegen auf. Manchmal jedoch greift eine Tragödie in unser Leben ein, die die künstlerischen Elemente der Schönheit in sich birgt. Wenn diese Elemente der Schönheit wahrhaft sind, wendet sich die ganze Sache lediglich an unsern Sinn für dramatische Wirkung. Mit einem Male merken wir, dass wir nicht länger die Spieler, sondern die Zuschauer des Stückes sind. Oder besser gesagt, wir sind beides. Wir sehn uns selbst zu und werden von der Schönheit des Schauspiels bezaubert. Was ist im vorliegenden Fall in Wirklichkeit geschehen? Jemand hat sich aus Liebe zu dir getötet. Ich wollte, ich hätte je so ein Erlebnis gehabt. Es hätte mir für den Rest meines Lebens Liebe zur Liebe gegeben. Die Menschen, die mich angebetet haben – es hat deren nicht sehr viele gegeben –, wollten alle hartnäckig weiterleben, lange, nachdem ich aufgehört hatte, mich um sie zu kümmern, oder sie, sich um mich zu kümmern. Sie sind hässlich und fett geworden, und wenn ich sie treffe, fangen sie sofort mit Reminiszenzen an. Das schreckliche Gedächtnis der Weiber! Was für eine furchtbare Sache ist das! Und was für ein völliges Stehenbleiben des Geistes offenbart es! Man sollte die Farbe des Lebens schlürfen, aber sich niemals an seine Einzelheiten erinnern. Einzelheiten sind immer gemein."

„Ich muss Mohn in meinen Garten säen", seufzte Dorian.

„Das tut nicht not", erwiderte sein Gefährte. „Das Leben hat immer Mohn für uns in Bereitschaft. Natürlich; manchmal schleppen sich die Dinge hin. Einmal trug ich eine ganze Saison hindurch nichts als Veilchen, als eine Form künstlerischer Trauer um einen Roman, der nicht sterben wollte. Schließlich jedoch ist er gestorben. Ich weiß nicht mehr, was ihn getötet hat. Ich glaube, es war ihr Vorsatz, mir die ganze

Welt zum Opfer zu bringen. Das ist immer ein schrecklicher Augenblick. Er führt einem die Schrecknisse der Ewigkeit zu Gemüte. Schön. Würdest du es nun glauben? – Vorige Woche bei Lady Hampshire sitze ich beim Essen neben der fraglichen Dame, und sie tat es nicht anders, sie musste die ganze Sache noch einmal durchsprechen, die Vergangenheit ausgraben und die Zukunft aufrühren. Ich hatte die ganze Geschichte unter einem Narzissenbeet beerdigt. Sie scharrte sie wieder heraus und versicherte mich, ich hätte ihr Leben vernichtet. Ich bin verpflichtet, festzustellen, dass sie mit kolossalem Appetit dem Essen zusprach, so wurde ich nicht im Mindesten ängstlich. Aber was für eine Geschmacklosigkeit! Der einzige Reiz der Vergangenheit ist, dass sie vergangen ist. Aber die Weiber wissen nie, wann der Vorhang gefallen ist. Sie möchten immer noch einen sechsten Akt, und sowie das Stück gar kein Interesse mehr bietet, nehmen sie sich vor, es fortzusetzen. Wenn man sie ihren Weg gehen ließe, hätte jedes Lustspiel einen tragischen Ausgang, und jede Tragödie gipfelte in einer Farce. Sie sind entzückend künstlich, aber sie haben keinen Sinn für Kunst. Du bist glücklicher als ich. Ich versichere dich, Dorian, keine einzige der Frauen, die ich gekannt habe, hätte für mich getan, was Sibyl Vane für dich tat. Gewöhnliche Frauen trösten sich immer. Einige tun es, indem sie sich auf sentimentale Farben verlegen. Traue nie einer Frau, die Mauve trägt, gleichviel, in welchem Alter sie ist, oder einer Frau über fünfunddreißig, die blassrote Bänder liebt! Das bedeutet immer, dass sie eine Geschichte haben. Andre finden großen Trost darin, plötzlich die Vorzüge ihrer Gatten zu entdecken. Sie halten dir ihr eheliches Glück so stolz unter die Nase, als ob es die entzückendste Sünde wäre. Andre wieder tröstet die Religion. Ihre Mysterien haben ganz den Reiz einer Liebelei, sagte mir einmal eine Frau, und ich kann es gut verstehen. Überdies macht einen nichts so eitel, als wenn einem gesagt wird, man sei ein Sünder. Das Gewissen macht Egoisten aus uns allen. Ja, die Tröstungsarten, die die Weiber im modernen Leben finden, nehmen wirklich kein Ende. Ich habe von der wichtigsten gar nicht gesprochen!"

„Und die ist?" fragte der Jüngling zerstreut.

„Oh, der Trost, der auf der Hand liegt. Man nimmt den Anbeter einer andern, wenn man den eigenen verloren hat. In der guten Gesellschaft wird eine Frau auf diese Weise immer wieder flott. Aber wahrhaftig, Dorian, wie anders muss Sibyl Vane gewesen sein, als all die Frauen, denen man begegnet! Es liegt für mich etwas Schönes in ihrem Sterben. Ich freue mich, in einem Jahrhundert zu leben, wo solche Wunder geschehen. Sie lassen einen an die Wirklichkeit der Dinge glauben, mit denen wir alle spielen, wie Romantik, Leidenschaft und Liebe."

„Ich war furchtbar grausam zu ihr. Du vergisst das."

„Ich fürchte, die Frauen schätzen die Grausamkeit, handgreifliche Grausamkeit, mehr als irgend sonst etwas. Sie haben wundervoll primitive Triebe. Wir haben sie emanzipiert, aber sie bleiben Sklavinnen, die auf die Augen des Herrn blicken, trotz alledem. Sie wollen beherrscht sein. Ich zweifle nicht, dass du glänzend warst. Ich habe dich nie wirklich und ganz und gar im Zorn gesehen; aber ich kann mir vorstellen, wie entzückend du aussahst, und schließlich, vorgestern sagtest du etwas zu mir, das mir damals nur phantastisch vorkam, aber jetzt sehe ich, dass es völlig wahr gewesen ist. Es ist der Schlüssel zu der ganzen Sache."

„Was war das, Harry?"

„Du sagtest zu mir, Sibyl Vane vergegenwärtige dir all die Frauengestalten der Romantik – sie sei an einem Abend Desdemona und am andern Ophelia; sie sterbe als Julia, um als Imogen wieder zum Leben zu erwachen."

„Sie wird nie wieder zum Leben erwachen“, stöhnte der Jüngling und begrub sein Gesicht in den Händen.

„Nein, sie wird nie wieder zum Leben erwachen. Sie hat ihre letzte Rolle gespielt. Aber du musst an dieses einsame Sterben inmitten des grellen Flitterstaats des Ankleidezimmers nicht anders denken, als wenn es ein seltsames, unheimliches Fragment aus einer Tragödie unserer romantischen Dramatiker wäre, eine wundervolle Szene von Webster oder Ford oder Cyril Tourneur. Das Mädchen lebte nie wirklich, und so ist sie nicht wirklich gestorben. Für sich zum Mindesten ist sie immer ein Traum gewesen, ein Geist, der durch Shakespeares Stücke huschte und sie durch ihr Dasein strahlender machte, ein Flötenton, durch den Shakespeares Musik inniger und freudenreicher wurde. Im Augenblick, wo sie das wirkliche Leben berührte, verdarb sie es, und es verdarb sie, und so schwand sie dahin. Traure um Ophelia, wenn es dir Genüge tut! Streue Asche auf dein Haupt, weil Cordelia zugrunde ging! Schrei zum Himmel, weil Brabantios Tochter sterben musste! Aber verschwende deine Tränen nicht um Sibyl Vane. Sie war weniger wirklich als sie alle.“

Es trat Stille ein. Der Abend hüllte das Zimmer in Dämmerung. Geräuschlos, auf silbernen Füßen, krochen die Schatten aus dem Garten herein. Die Farben schwanden müde aus den verbleichenden Geräten.

Nach einer Weile blickte Dorian Gray auf. „Du hast mich mir selbst erklärt, Harry“, sagte er wie mit einem Seufzer der Erleichterung. „Ich empfand alles, was du gesagt hast, aber ich fürchtete mich etwas davor, und ich konnte es mir selbst nicht zum Ausdruck bringen. Wie gut du mich kennst! Aber wir wollen nicht wieder von dem sprechen, was geschehen ist. Es war ein wundersames Erlebnis – das ist alles. Ich möchte wissen, ob das Leben mir noch mehr so wundersame Dinge vorbehalten hat.“

„Das Leben hat dir alles und jedes vorbehalten, Dorian. Es gibt nichts, was du mit deiner außergewöhnlichen Schönheit nicht tun könntest."

„Aber denke dir, Harry, ich würde hager und alt und verrunzelt. Was dann?"

„Ach dann", sagte Lord Henry und erhob sich zum Gehen, „dann, mein lieber Dorian, müsstest du um deine Siege kämpfen. Wie es jetzt ist, werden sie dir entgegengetragen. Nein, du musst schön bleiben, wie du bist. Wir leben in einer Zeit, die zu viel liest, um weise zu sein, und die zu viel denkt, um schön zu sein. Wir können dich nicht entbehren. Und jetzt tätest du besser, dich umzuziehen und in den Klub zu fahren. Wir sind sowieso recht spät daran."

„Ich denke, ich treffe dich lieber in der Oper, Harry. Ich bin zu abgespannt, um etwas zu essen. Welche Nummer hat die Loge deiner Schwester?"

„Siebenundzwanzig, glaub ich. Ihr Name steht an der Tür. Aber es tut mir leid, dass du nicht mit essen kommst."

„Ich bin nicht aufgelegt dazu", sagte Dorian zerstreut; „aber ich bin dir schrecklich dankbar für alles, was du zu mir gesagt hast. Du bist sicher mein bester Freund. Niemand hat mich je so verstanden wie du."

„Wir sind erst im Anfang unsrer Freundschaft, Dorian", antwortete Lord Henry und schüttelte ihm die Hand. „Adieu! Hoffentlich sehe ich dich vor neun Uhr dreißig. Vergiss nicht: Die Patti singt!"

Als die Tür sich hinter ihm geschlossen hatte, klingelte Dorian Gray, und nach ein paar Minuten erschien Viktor mit den Lampen und ließ die Rouleaus herunter. Er wartete ungeduldig, bis der Diener wieder ging. Der Mann schien unendlich lange zu allem zu brauchen.

Sowie er das Zimmer verlassen, stürzte Dorian Gray zu dem Schirm und schob ihn zurück. Nein, das Bild hatte sich nicht weiter verändert. Es hatte die Nachricht vom Tode Sibyl Vanes gehabt, ehe er darum gewusst hatte. Es wurde die Ereignisse des Lebens inne, sowie sie vorfielen. Die böse Grausamkeit, die die feinen Linien des Mundes verzerrte, war ohne Zweifel in dem Augenblick da gewesen, als das Mädchen das Gift getrunken hatte. Oder kümmerte es sich nicht um Resultate? Nahm es nur zur Kenntnis, was in der Seele vor sich ging? Das hätte er gern gewusst und hoffte, dass er eines Tages die Veränderung vor seinen Augen eintreten sähe, und ihn schauderte, als er es hoffte.

Arme Sibyl! Wie romantisch alles gewesen war! Sie hatte den Tod oft auf der Bühne gespielt. Jetzt hatte der Tod selbst nach ihr gegriffen und sie mit sich geführt. Wie hatte sie diese furchtbare letzte Szene gespielt? Hatte sie ihn verflucht, als sie starb? Nein; sie war aus Liebe zu ihm gestorben, und die Liebe sollte ihm fortan ein Sakrament sein. Sie hatte durch das Opfer ihres Lebens, das sie gebracht hatte, alles gesühnt. Er wollte nicht mehr an das denken, was er an diesem schrecklichen Abend im Theater durchgemacht hatte. Wenn er an sie dachte, sollte es als an eine wundervolle tragische Gestalt sein, die auf die Bühne der Welt gesandt worden war, um die erhabene Wirklichkeit der Liebe zu künden. Eine wundervolle tragische Gestalt? Tränen traten ihm in die Augen, als er an ihre kindliche Erscheinung, ihre heitere phantastische Art, ihre schüchterne, bebende Grazie dachte. Er wischte sie schnell fort und betrachtete wieder das Bild.

Er fühlte, der Zeitpunkt war da, wo er wählen musste. Oder hatte er bereits gewählt? Ja, das Leben hatte für ihn entschieden – das Leben und seine eigene unsägliche Neugier auf das Leben. Ewige Jugend, unendliche Gluten, feine und geheime Genüsse, wilde Freuden und wildere Sünden – all das sollte er haben. Das Bild sollte die Last seiner Schande tragen: Das war alles.

Ein qualvolles Gefühl beschlich ihn, als er an die Entweihung dachte, die des schönen Antlitzes auf der Leinwand wartete. Einmal hatte er in knabenhaft-übermütiger Nachahmung des Narzissus die gemalten Lippen, die jetzt so grausam auf ihn herablächelten, geküsst oder getan, als ob er sie küsse. Morgen für Morgen hatte er vor dem Bilde gesessen und hatte seine Schönheit bewundert; es schien ihm zuzeiten, als ob er fest in das Bild verliebt sei. Sollte es sich jetzt mit jeder Laune, der er nachgab, verändern? Sollte es ein ungeheuerliches, widerwärtiges Ding werden, das man in verschlossenem Raum verstecken, vor dem Sonnenlicht, das so oft das wallende Wunder seines Haares noch glänzender vergoldet hatte, verschließen musste? Oh, über den Jammer! Über den Jammer!

Einen Augenblick dachte er daran, zu beten und zu erflehen, die entsetzliche Sympathie, die zwischen ihm und dem Bilde bestand, sollte aufhören. Es hatte sich gewandelt, weil er es wie in einem Gebet erfleht hatte; vielleicht könnte es ein Gebet erreichen, dass es sich nicht mehr verwandelte. Aber doch: Wer, der etwas vom Leben wusste, sollte die Möglichkeit, ewig jung zu bleiben, aufgeben, so phantastisch auch der Gedanke an diese Möglichkeit war und mit wie verhängnisvollen Folgen sie auch belastet war? Überdies, stand es wirklich in seiner Macht? War es in der Tat das Gebet gewesen, das die Veränderung bewirkt hatte? Konnte es nicht irgendeinen seltsamen wissenschaftlichen Grund für das alles geben? Wenn das Denken auf einen lebenden Organismus Einfluss ausüben konnte, konnte nicht das Denken auch auf tote und unorganische Dinge Einfluss üben? Ja, abgesehen vom Denken und bewussten Wunsch, konnten nicht Dinge, die außerhalb unseres Körpers waren, im Einklang mit unsern Stimmungen und Leidenschaftswallungen vibrieren, konnte nicht das Atom das Atom rufen in geheimer Liebe oder seltsamer Verwandtschaft? Aber der ursächliche Zusammenhang kümmerte ihn nicht. Nie wieder wollte er eine furchtbare Macht durch ein Gebet versuchen. Wenn das Bild sich ändern sollte, sollte es sich ändern. Das war nun so. Warum zu sehr nach Geheimnisvollem forschen?

Denn wahrlich, es könnte Genuss schaffen, das Bild zu beobachten. Er war nun imstande, seinem Geist an geheime Orte zu folgen. Dieses Bildnis sollte ihm der magischste Spiegel sein. Wie es ihm seinen Körper offenbart hatte, so sollte es ihm seine eigene Seele offenbaren. Und wenn der Winter über das Bild käme, stünde er immer noch da, wo der Frühling schwankt, ob er die Schwelle des Sommers überschreiten soll. Wenn das Blut aus dem Antlitz des Bildnisses entwiche und eine weiße, kalkige Maske mit toten Augen hinterließe, hätte er noch immer den Zauber des Jünglings. Keine Blüte seiner Anmut sollte je welken. Kein Puls seines Lebens sollte je schwächer werden. Wie die Griechengötter sollte er stark und schnell und fröhlich sein dürfen. Was kam es darauf an, was dem gemalten Abbild auf der Leinwand geschah? Er sollte unversehrt bleiben, daran lag alles.

Er schob den Schirm wieder auf seinen Platz vor dem Bild und lächelte, als er es tat. Dann ging er in sein Schlafzimmer, wo sein Diener schon auf ihn wartete. Eine Stunde später war er in der Oper, und Lord Henry beugte sich über seinen Stuhl.

Neuntes Kapitel

Als er am nächsten Morgen beim Frühstück saß, trat Basil Hallward ins Zimmer.

„Ich bin so froh, dass ich dich treffe, Dorian", sagte er in ernstem Tone. „Ich war gestern Abend da, und man sagte mir, du seist in der Oper. Natürlich wusste ich, dass das nicht sein konnte. Aber ich wollte, du hättest ein Wort hinterlassen, wohin du wirklich gegangen warst. Ich verbrachte eine schreckliche Nacht und fürchtete halb, der einen Tragödie könnte eine zweite gefolgt sein. Du hättest mir telegraphieren sollen, sowie du es erfuhrst. Ich las es ganz zufällig in einer späten Ausgabe des Globe, den ich im Klub in die Hand bekam. Ich eilte sofort hierher und war unglücklich, dich nicht zu finden. Ich kann dir nicht sagen, wie bitter weh mir das Ganze tut. Ich weiß, was du leiden musst. Aber wo warst du? Warst du hingegangen, ihre Mutter zu sehen? Einen Augenblick dachte ich daran, dich dort aufzusuchen. In der Zeitung stand die Adresse. Irgendwo in Euston Road, nicht wahr? Aber ich fürchtete, in einen Schmerz einzudringen, dem ich nicht helfen konnte. Die arme Frau! In was für einem Zustand muss sie sein? Und dazu ihr einziges Kind! Was sagte sie zu dem allem?"

„Mein lieber Basil, wie soll ich das wissen?" fragte Dorian Gray, der aus einem entzückenden bauchigen venezianischen Glas, das mit Goldperlen verziert war, von einem blassgelben Wein kleine Schlucke nahm und äußerst indigniert aussah. „Ich war in der Oper. Du hättest auch kommen sollen. Ich lernte Lady Gwendolen, Harrys Schwester, kennen. Wir waren bei ihr in der Loge. Sie ist ein reizendes Geschöpf; und die Patti sang himmlisch. Sprich nicht über grässliche Sachen!

Wenn man über eine Sache nicht spricht, ist sie nie gewesen. Nur der Ausdruck, sagt Harry, gibt den Dingen Wirklichkeit. Hinzufügen möchte ich, dass sie nicht das einzige Kind der Mutter war. Es ist noch ein Sohn da, ein famoser Bursche, glaube ich. Aber er ist nicht beim Theater – Matrose oder so was Ähnliches. Und jetzt erzähle von dir etwas. Was machst du?"

„Du warst in der Oper?" sagte Hallward. Er sprach sehr leise, sein Ton war schmerzhaft gepresst. „Du gingst in die Oper, während Sibyl Vane in einem schmutzigen Hause auf dem Totenbette liegt? Du kannst zu mir von andern reizenden Frauen sprechen und von dem himmlischen Gesang der Patti, ehe das Mädchen, das du geliebt hast, noch der Ruhe des Grabes übergeben ist, in dem sie schlafen soll? Mensch, Mensch, was für Schrecknisse warten auf ihren kleinen weißen Körper!"

„Hör auf, Basil, ich will das nicht hören!" rief Dorian aufspringend. „Du musst nicht von geschehenen Dingen mit mir reden. Was geschehen ist, ist geschehen. Was vorbei ist, ist vorbei. Lass das Vergangene!"

„Du nennst gestern die Vergangenheit?"

„Was hat der Verlauf der Zeit damit zu tun? Nur oberflächliches Volk braucht Jahre, um eine Empfindung loszuwerden. Ein Mensch, der Herr über sich selbst ist, kann einem Schmerz so leicht ein Ende machen, wie er einen Genuss finden kann. Ich habe keine Lust, meinen Empfindungen preisgegeben zu sein. Ich will sie nutzen, sie genießen und sie beherrschen."

„Dorian, das ist grässlich! Es hat dich etwas völlig gewandelt. Du siehst genau so aus wie der wundervolle Jüngling, der Tag für Tag in mein Atelier kam, um mir für sein Bild zu sitzen. Aber damals warst du einfach, natürlich und liebevoll. Du warst das unverdorbenste Menschenkind in der ganzen Welt. Ich weiß nicht, was jetzt über dich gekommen ist. Du sprichst, als ob du kein Herz und kein Erbarmen in der Brust hättest. Das ist alles Harrys Einfluss, ich sehe es."

Der Jüngling errötete, trat ans Fenster und blickte einige Augenblicke auf den grünen, blitzenden, von der Sonne übergossenen Garten. „Ich verdanke Harry sehr viel", antwortete er schließlich, „mehr als dir. Du warst es, der mir die Eitelkeit beigebracht hat."

„Ich bin gestraft dafür, Dorian – oder werde eines Tages dafür gestraft werden."

„Ich weiß nicht, was du meinst, Basil!" rief er aus und drehte sich um. „Ich weiß nicht, was du willst. Was willst du?"

„Ich will den Dorian Gray wieder, den ich gemalt habe", sagte der Künstler traurig.

„Basil", antwortete der Jüngling, trat zu ihm und legte ihm die Hand auf die Schulter. „Gestern, als ich erfuhr, dass Sibyl Vane sich getötet habe ..."

„Sich getötet! Großer Gott! Ist das sicher?" schrie Hallward auf und blickte ihn entsetzt an.

„Mein lieber Basil! Du nimmst doch nicht an, dass es ein gemeiner Zufall war? Natürlich hat sie sich selbst getötet." Der Ältere barg das Gesicht in den Händen. „Wie furchtbar", flüsterte er, und ein Schauder durchlief ihn.

„Nein", sagte Dorian Gray, „es ist nichts Furchtbares daran. Es ist eine der großen romantischen Tragödien unserer Zeit. In der Regel führen Leute vom Theater das trivialste Leben. Sie sind gute Ehemänner oder treue Gattinnen oder sonst etwas Langweiliges. Du weißt, was ich meine – Philistertugend und dergleichen. Wie anders war Sibyl! Sie lebte ihre schönste Tragödie. Sie war immer eine Heldin. Am letzten Abend, an dem sie spielte – an dem Abend, wo du sie sahst –, spielte sie schlecht, weil sie die Liebe als Wirklichkeit kennengelernt hatte. Als sie ihre Unwirklichkeit kennenlernte, starb sie, wie Julia gestorben ist. Sie floh wieder ins Land der

Kunst. Etwas von Märtyrertum umschwebt sie. Ihr Tod hat die ganze pathetische Nutzlosigkeit des Märtyrertums, all seine verschwendete Schönheit. Aber wie gesagt, du darfst nicht glauben, ich hätte nicht gelitten. Wenn du gestern in einem bestimmten Augenblick gekommen wärest – vielleicht um halb sechs Uhr oder dreiviertel sechs –, hättest du mich in Tränen gefunden. Selbst Harry, der hier war, der mir die Nachricht tatsächlich gebracht hat, hat keine Ahnung, was ich durchgemacht habe. Ich litt unsäglich. Dann verflog es. Ich kann eine Empfindung nicht wiederholen. Niemand kann es, außer den Sentimentalen. Und du bist sehr ungerecht, Basil. Du kommst hierher, mich zu trösten. Das ist sehr lieb von dir. Du findest mich getröstet und wirst wütend. Ist das dein Mitgefühl? Du erinnerst mich an eine Geschichte, die Harry mir von einem Philantropen erzählte, der zwanzig Jahre seines Lebens sich bemühte, einen Missstand zu heben oder die Abänderung eines ungerechten Gesetzes zu erwirken – ich weiß nicht mehr genau. Schließlich hatte er Erfolg, und nichts kann größer sein als seine Enttäuschung. Er hatte ganz und gar nichts mehr zu tun, starb fast vor Langerweile und wurde ein vollendeter Menschenfeind. Und überdies, lieber alter Basil, wenn du mich wirklich trösten willst, lehre mich lieber vergessen, was geschehen ist, oder es von dem rechten künstlerischen Standpunkt aus betrachten. War es nicht Gautier, der gern von der ‚*consolation des arts*' geschrieben hat? Ich erinnere mich, in deinem Atelier fand ich einmal ein kleines Buch in Pergamenteinband und stieß auf das entzückende Wort. Nun, wie der junge Mann bin ich nicht, von dem du mir erzähltest, als wir zusammen in Marlow waren, der zu sagen pflegte, gelber Atlas könne einen in allen Unglücksfällen des Lebens trösten. Ich liebe schöne Dinge, die man berühren und zur Hand nehmen kann. Alter Brokat, grüne Bronze, Lackarbeiten, geschnitztes Elfenbein, ein erlesenes

Interieur, verschwenderische Üppigkeit, von dem allem ist viel zu holen. Aber die künstlerische Seelenverfassung, die sie schaffen oder jedenfalls offenbaren, gilt mir noch mehr. Zuschauer seines eigenen Lebens werden, wie Harry sagt, heißt dem Leiden des Lebens entrinnen. Ich weiß, du bist überrascht, dass ich so zu dir spreche. Du hast nicht wahrgenommen, wie ich mich entwickelt habe. Ich war ein Knabe, als du mich kennenlerntest. Ich bin ein Mann geworden. Ich habe neue Leidenschaften, neue Gedanken, neue Ideen. Ich bin ein anderer, aber du darfst mich darum nicht weniger lieben. Ich bin verwandelt, aber du musst immer mein Freund bleiben. Natürlich habe ich Harry sehr gern. Aber ich weiß, dass du besser bist als er. Du bist nicht stärker, du fürchtest das Leben zu sehr – aber du bist besser. Und wie glücklich sind wir doch miteinander gewesen! Verlass mich nicht, Basil, und streite nicht mit mir. Ich bin, was ich bin. Da ist nichts weiter zu sagen."

Der Maler war seltsam bewegt. Der Jüngling war ihm unendlich wert, und seine Erscheinung war der große Wendepunkt in seiner Kunst gewesen. Er konnte den Gedanken nicht ertragen, ihm noch ferner Vorwürfe zu machen. Schließlich war seine Gleichgültigkeit wahrscheinlich nur eine vorübergehende Stimmung. Es war so viel in ihm, was gut, so viel, was edel war.

„Gut, Dorian", sagte er endlich mit traurigem Lächeln, „ich werde von heute an nichts mehr von der traurigen Sache zu dir sagen. Ich hoffe nur, dein Name wird nicht in Verbindung mit ihr genannt. Die Leichenschau wird diesen Nachmittag stattfinden. Bist du geladen?"

Dorian schüttelte den Kopf, und eine unangenehme Empfindung prägte sich bei dem Wort „Leichenschau" in seinen Mienen aus. Alles der Art hatte so etwas Rohes und Gemeines an sich. „Sie wissen nicht, wie ich heiße", antwortete er.

„Aber sie wusste es doch?“

„Sie kannte nur meinen Vornamen, und ich bin sicher, dass sie den niemandem gegenüber aussprach. Sie sagte mir einmal, alle seien sehr neugierig, zu wissen, wer ich sei, und sie sage allen unweigerlich, ich heiße Prinz Wunderhold. Das war lieb von ihr. Du musst mir eine Zeichnung von Sibyl machen, Basil. Ich möchte gern etwas mehr von ihr haben als ein paar Küsse und ein paar schmerzvolle pathetische Worte.“

„Ich will versuchen, etwas zu machen, wenn du es haben willst. Aber du musst zu mir kommen und mir selbst wieder sitzen. Ich kann ohne dich nicht weiterkommen.“

„Ich kann dir nie wieder sitzen, Basil. Es ist unmöglich!“ rief er aus und trat zurück.

Der Maler starrte ihn an. „Lieber Junge, was für Unsinn redest du!“ rief er. „Willst du damit sagen, das Bild, das ich von dir gemalt habe, gefalle dir nicht? Wo ist es? Warum hast du den Schirm davorgestellt? Lass mich es sehn! Es ist die beste Arbeit, die je aus meinen Händen kam. Nimm den Schirm weg, Dorian! Es ist eine Schande, dass dein Diener mein Werk derart versteckt. Ich merkte gleich, als ich hereinkam, dass das Zimmer anders aussah.“

„Mein Diener hat nichts damit zu tun, Basil. Du glaubst doch nicht, dass ich es ihm überlasse, wie es in meinem Zimmer aussieht? Er ordnet manchmal meine Blumen, aber weiter nichts. Nein; ich tat es selbst. Das Bild hatte zu viel Licht.“

„Zuviel Licht! Gewiss nicht, mein Lieber. Es hat einen prachtvollen Platz. Ich möchte es sehen.“ Und Hallward näherte sich der Zimmerecke.

Ein Ruf des Schreckens kam von den Lippen Dorian Grays, und er stürzte sich zwischen den Maler und den Wandschirm. „Basil“, sagte er und sah sehr blass aus, „du darfst es nicht ansehen. Ich wünsche es nicht!“

„Mein eigenes Bild nicht ansehen! Du scherzest. Warum sollte ich es nicht sehen?“ rief Hallward und lachte.

„Wenn du den Versuch machst, es anzusehen, Basil, gebe ich dir mein Ehrenwort, dass ich nie wieder, solange ich lebe, ein Wort mit dir spreche. Ich scherze nicht. Ich gebe keinerlei Erklärung, und du wirst nicht danach fragen. Aber vergiss nicht, wenn du diesen Schirm berührst, ist alles zwischen uns vorbei!“

Hallward war wie vom Donner gerührt. Er sah Dorian Gray in heftigstem Staunen an. Er hatte ihn nie vorher so gesehen. Der Jüngling war tatsächlich blass vor Wut. Seine Hände waren geballt, und seine Pupillen sahen aus wie Räder aus blauem Feuer. Er zitterte am ganzen Leib.

„Dorian!“

„Sprich nicht!“

„Aber was ist los? Natürlich sehe ich es nicht an, wenn du es nicht haben willst“, sagte er kalt, drehte sich auf dem Absatz herum und ging ans Fenster hinüber. „Aber wahrhaftig, es klingt wie Wahnsinn, dass ich mein eigenes Werk nicht sehen soll, besonders, wo ich es im Herbst in Paris ausstellen will. Ich werde es wahrscheinlich vorher neu firnissen und es daher eines Tages sehen müssen. Warum also nicht heute?“

„Es ausstellen! Du willst es ausstellen?“ rief Dorian Gray, und ein seltsames Gefühl der Angst überkam ihn. Sein Geheimnis sollte der Welt gezeigt werden? Die Menschen sollten das Geheimnis seines Lebens begaffen dürfen? Das war unmöglich. Da musste etwas – er wusste nicht was – sofort geschehen.

„Ja; ich denke nicht, dass du etwas dagegen hast. Georges Petit ist dabei, meine besten Bilder für eine Sonderausstellung in der Rue de Sèze zusammenzustellen, die in der ersten Oktoberwoche eröffnet werden soll. Das Bild wird nur einen Monat fort sein. Ich sollte meinen, du könntest es leicht so lange entbehren. In Wahrheit wirst du sicher gar nicht in der Stadt sein. Und wenn du es immer hinter einem Schirm versteckst, kannst du dir nicht viel daraus machen."

Dorian Gray fuhr mit der Hand über die Stirn, es standen Schweißtropfen darauf. Er spürte, dass er am Rande einer furchtbaren Gefahr war. „Vor einem Monat sagtest du mir, du wolltest es nie ausstellen. Warum bist du anderer Meinung geworden? Ihr Menschen, die ihr solch Wesen aus der Konsequenz macht, habt genau soviel Launen wie andere. Der einzige Unterschied ist, dass eure Launen keinen Sinn haben. Du kannst nicht vergessen haben, dass du mir sehr feierlich versichert hast, nichts in der Welt sollte dich dazu bringen, es auf eine Ausstellung zu schicken. Du sagtest Harry genau dasselbe." Er hielt plötzlich inne, und seine Augen glänzten auf. Er erinnerte sich, wie Lord Henry halb im Ernst, halb scherzhaft einmal zu ihm gesagt hatte: „Willst du eine seltsame Viertelstunde haben, so lass dir von Basil sagen, warum er dein Bild nicht ausstellen will. Er sagte mir den Grund, und es war eine Offenbarung für mich." Ja, vielleicht hatte auch Basil sein Geheimnis. Er wollte den Versuch machen und ihn fragen.

„Basil", sagte er, trat dicht an ihn heran und sah ihm gerade ins Gesicht, „jeder von uns hat ein Geheimnis. Lass mich deines wissen, und ich sage dir meines. Was war der Grund, warum du es von dir wiesest, mein Bild auszustellen?"

Den Maler überlief ein Frösteln. „Dorian, wenn ich dir das sagte, hättest du mich vielleicht nicht mehr so lieb wie jetzt und lachtest sicher über mich. Ich könnte beides nicht ertragen. Wenn du wünschst, dass ich dein Bildnis nicht wieder sehen soll, will ich mich zufrieden geben. Ich kann immer noch dich ansehen. Wenn du das beste Werk, das ich je gemacht habe, vor der Welt verstecken willst, soll es mir recht sein. Deine Freundschaft gilt mir mehr als alle Berühmtheit."

„Nein, Basil, du musst es mir sagen", drängte Dorian Gray. „Ich denke, ich habe ein Recht, es zu wissen." Sein Angstgefühl war gewichen und Neugier an die Stelle getreten. Er war entschlossen, hinter Basil Hallwards Geheimnis zu kommen.

„Setzen wir uns, Dorian", sagte der Maler, der verwirrt aussah. „Setzen wir uns. Und nun beantworte mir eine Frage. Hast du an dem Bild etwas Seltsames bemerkt? – Etwas, was dir wahrscheinlich zuerst nicht auffiel, was sich dir aber plötzlich offenbarte?"

„Basil!" rief der Jüngling, umklammerte die Armlehnen seines Stuhles mit zitternden Händen und starrte ihn mit wilden, entsetzten Augen an.

„Ich sehe, du hast es bemerkt. Sprich nicht! Warte, bis du gehört hast, was ich zu sagen habe. Dorian, von dem Moment an, wo ich dich kennenlernte, übte deine Erscheinung den außerordentlichsten Einfluss auf mich aus. Du herrschtest über mich, über meine Seele, mein Hirn und all meine Kraft. Du wurdest für mich die sichtbare Verkörperung des unsichtbaren Ideals, das wir Künstler nicht los werden wie einen köstlichen Traum. Ich betete dich an. Ich wurde eifersüchtig auf jeden, mit dem du sprachst. Ich wollte dich ganz für mich haben. Ich war nur glücklich, wenn ich mit dir zusammen war. Wenn du von mir fort warst, lebtest du noch immer in meiner Kunst und warst da … Natürlich ließ ich dich davon nie etwas ahnen – es wäre unmöglich gewesen. Du hättest es nicht verstanden, ich verstand es kaum selbst. Ich wusste nur, dass ich der Vollkommenheit von Angesicht zu Angesicht gegenübergestanden, und dass die Welt sich meinen Augen wundervoll erschlossen hatte – zu wundervoll vielleicht, denn in so wahnsinniger Anbetung liegt Gefahr – die Gefahr, dass sie aufhört, und die Gefahr, dass sie bleibt … Wochen und Wochen vergingen, und ich verlor mich mehr und mehr in dir. Dann kam eine neue Wendung. Ich hatte dich als Paris in funkelnder Rüstung gemalt und als Adonis im Jagdgewand mit blitzendem Jagdspieß. Mit schweren Lotosblumen bekränzt hast du am Bug der Barke Hadrians gesessen und auf das grüne, trübe Wasser des Nils gesehen. Du hast dich über den stillen Teich einer Waldlandschaft Griechenlands gebeugt und in dem schweigenden Silber des Wassers das Wunder deines eigenen Bildes erblickt. Und es war alles gewesen, wie die Kunst sein soll, unbewusst, ideal und entfernt. Eines Tages – eines verhängnisvollen Tages, denke ich manchmal, beschloss ich, ein wundervolles Bild von dir, wie du wirklich bist, zu malen, nicht in der Tracht vergangener Zeiten, sondern in deinen eignen Kleidern und deiner eignen Zeit. Ob es der Realismus der Aufgabe oder das bloße Wunder deiner eigenen Erscheinung war, die sich so unmittelbar ohne Dunst und Schleier vor mich hinstellte, kann ich nicht sagen. Aber ich weiß, als ich daran arbeitete, schien jede Schicht Farbe, die ich auftrug, mein Geheimnis zu enthüllen. Ich bekam Angst, andere könnten die Abgötterei, die ich mit dir trieb, herausfinden. Ich empfand, Dorian, dass ich zu viel gesagt hatte, dass ich zu viel von mir selbst hineingelegt hatte. Damals entschloss ich mich, das Bild nie ausstellen zu lassen. Du schienst etwas betroffen; aber damals gewahrtest du nicht alles, was es für mich bedeutete. Harry, dem ich davon sprach, lachte mich aus. Aber das beirrte mich nicht. Als das Bild vollendet war und ich allein vor ihm saß, fühlte ich, dass ich recht hatte … Nun, nach ein paar Tagen verließ es mein Atelier, und sowie ich den unerträglichen Zauber seiner Gegenwart los war, schien mir, ich sei töricht gewesen, dass ich irgendetwas darin hatte finden wollen, außer dass du sehr schön bist und dass ich gut malen kann. Selbst jetzt kann ich mich des Gefühls nicht gut erwehren, dass es ein Irrtum ist, zu glauben, die Glut, die man im Schaffen verspürt, zeige sich je leibhaftig in dem Werke, das man geschaffen hat. Die Kunst ist immer abstrakter, als wir glauben. Form und Farbe sagen uns etwas von Form und Farbe – weiter nichts. Mir will oft scheinen, die Kunst verbirgt den Künstler weit mehr, als sie ihn offenbart. Und als mir daher von Paris aus dieser Vorschlag gemacht wurde, beschloss ich, dein Porträt solle das Hauptstück meiner Ausstellung werden. Es fiel mir nie ein, du könntest die Erlaubnis versagen. Ich sehe jetzt, dass du recht hast. Das Bild darf nicht gezeigt werden. Du darfst mir nicht zürnen, Dorian, um deswillen, was ich dir gesagt habe. Ich habe es einmal zu Harry gesagt und wiederhole es: Du bist dazu geschaffen, angebetet zu werden."

Dorian Gray holte tief Atem. Die Farbe kehrte in seine Wangen zurück, und ein Lächeln spielte um seine Lippen. Die Gefahr war vorüber; für diesmal war er gerettet. Aber er konnte sich nicht enthalten, unendliches Mitleid mit dem Maler zu empfinden, der ihm eben dieses seltsame Bekenntnis abgelegt hatte, und er sann darüber nach, ob er selber je von der Persönlichkeit eines Freundes so beherrscht werden könnte. Lord Henry hatte den Reiz, sehr gefährlich zu sein. Aber das war alles. Er war zu gescheit und zu zynisch, um wirklich geliebt zu werden. Würde es je einen Menschen geben, den er so seltsam abgöttisch verehrte? War das eins von den Dingen, die das Leben für ihn in Bereitschaft hielt?

„Es ist mir überaus erstaunlich, Dorian", sagte Hallward, „dass du das dem Bild angesehen haben sollst. Sahst du es wirklich?"

„Ich sah etwas an ihm", antwortete er, „etwas, das mir sehr seltsam vorkam."

„Und nun hast du doch nichts mehr dagegen, dass ich das Bild ansehe?"

Dorian schüttelte den Kopf. „Du darfst es nicht von mir verlangen, Basil. Es wäre mir nicht möglich, dich vor dem Bilde stehen zu sehen."

„Aber doch ein andermal?" „Niemals."

„Nun, vielleicht hast du recht. Und nun leb wohl, Dorian. Du bist die einzige Person in meinem Leben gewesen, die wirklichen Einfluss auf meine Kunst hatte. Alles Gute, was ich vollbracht habe, danke ich dir. Ah! Du weißt nicht, was es mich gekostet hat, dir all das zu sagen, was ich gesagt habe."

„Mein lieber Basil", sagte Dorian, „was hast du mir gesagt? Nichts weiter, als dass du fühlst, du bewunderst mich zu sehr. Das ist nicht eben sehr schmeichelhaft."

„Es sollte keine Schmeichelei sein – es war ein Bekenntnis. Jetzt, da ich es abgelegt habe, ist es mir, als hätte ich etwas verloren. Vielleicht sollte man nie seiner Anbetung in Worten Ausdruck geben."

„Es war ein Bekenntnis und eine Enttäuschung."

„Ja, aber was erwartetest du, Dorian? Du sahst doch nichts anderes an dem Bilde, oder? Es war nichts anderes an ihm zu sehen?"

„Nein; es war nichts anderes zu sehen. Warum fragst du? Aber du solltest nicht von Anbetung sprechen. Das ist Torheit. Du und ich sind Freunde, Basil, und wir wollen es immer bleiben."

„Du hast Harry zum Freund", sagte der Maler traurig.

„Oh, Harry", sagte der junge Mann und lachte hell auf. „Harry verbringt seine Tage damit, Dinge zu sagen, die unglaublich sind, und seine Nächte, Dinge zu tun, die unwahrscheinlich sind. Gerade die Art Leben, wie ich es führen möchte. Aber doch, glaube ich, würde ich nicht zu Harry gehen, wenn mich etwas bekümmerte. Ich ginge eher zu dir, Basil."

„Du wirst mir wieder sitzen?" „Unmöglich!"

„Du vernichtest mein Dasein als Künstler mit deiner Weigerung, Dorian. Niemand ist je zwei Idealen im Leben begegnet. Wenige haben eines getroffen."

„Ich kann es dir nicht erklären, Basil, aber ich darf dir nie wieder sitzen. Es ist etwas Verhängnisvolles um das Bildnis eines Menschen. Es hat sein eigenes Leben in sich. Ich werde zu dir kommen und Tee mit dir trinken – das wird ebenso schön sein."

„Für dich schöner, fürchte ich", sagte der Maler in schmerzlichem Ton. „Und nun leb wohl. Ich bin traurig, dass du mich das Bild nicht noch einmal sehen lassen willst. Aber ich kann's nicht ändern. Ich verstehe völlig, was für eine Empfindung du dabei hast."

Als er das Zimmer verlassen hatte, lächelte Dorian Gray. Armer Basil! Wie wenig er den wahren Grund ahnte! Und wie seltsam es war, dass es ihm fast wie durch Zufall gelungen war, anstatt sein eigenes Geheimnis zu verraten, dem Freunde das seine zu entreißen! Wie viel erklärte ihm dieses seltsame Bekenntnis! Die absurden Eifersuchtsanwandlungen des Malers, seine wilde Hingebung, seine ausschweifenden Bewunderungshymnen, die Stimmungen seltsamer Schweigsamkeit – das alles verstand er jetzt, und er wurde traurig. Es schien ihm etwas Tragisches um eine Freundschaft zu sein, die so von der Romantik gefärbt war. Er seufzte und klingelte. Das Bild musste unter allen Umständen versteckt werden. Er konnte sich nicht noch einmal einer solchen Gefahr der Entdeckung aussetzen. Es war Wahnsinn von ihm gewesen, das Bild auch nur eine Stunde lang in einem Zimmer zu lassen, in das jeder seiner Freunde kommen konnte.

Zehntes Kapitel

Als sein Bedienter eintrat, blickte er ihm fest ins Auge und überlegte sich, ob es ihm wohl eingefallen sei, hinter den Schirm zu blicken. Der Mann stand da, ohne sich zu rühren, und wartete auf seine Befehle. Dorian zündete sich eine Zigarette an, schlenderte durchs Zimmer zum Spiegel und blickte hinein. Er konnte Viktors Gesicht völlig deutlich darin sehn. Es war wie eine ruhige Maske der Unterwürfigkeit. Da war nichts zu befürchten, da nicht. Aber er hielt es für das Beste, auf der Hut zu sein.

In sehr leisem Ton sagte er ihm, er solle die Wirtschafterin hereinrufen und dann zu dem Rahmenmacher gehen und ihn bitten, er möchte zwei seiner Leute gleich herüberschicken. Ihm schien, dass die Augen des Mannes, als er das Zimmer verließ, nach dem Wandschirm blickten. Oder bildete er sich das nur ein? Nach wenigen Augenblicken kam Frau Leaf in ihrem schwarzen Seidenkleid und mit altmodischen Zwirnhandschuhen an ihren verrunzelten Händen in das Bücherzimmer. Er verlangte den Schlüssel zum Schulzimmer von ihr.

„Das alte Schulzimmer, Herr Dorian?“ rief sie aus. „Aber nein, das ist voller Staub. Ich muss es auskehren und in Ordnung bringen lassen, ehe Sie hinein können. Es ist nicht in dem Zustand, dass Sie es jetzt sehen können, gnädiger Herr, wahrhaftig nicht.“

„Es braucht nicht in Ordnung gebracht zu werden, Frau Leaf, ich brauche nur den Schlüssel.“

„Aber gnädiger Herr, Sie werden voller Spinnweben werden, wenn Sie hineingehen, es ist seit beinahe fünf Jahren nicht aufgemacht worden, seit Seine Gnaden gestorben sind.“

Er zuckte, als sein Großvater erwähnt wurde. Hass stieg in ihm auf, wenn er an ihn dachte. „Das macht nichts", antwortete er. „Ich will das Zimmer nur sehen, weiter nichts. Geben Sie mir den Schlüssel!"

„Hier ist er schon, gnädiger Herr", sagte die alte Dame, die mit zitterig unsicheren Händen in ihrem Schlüsselbund gesucht hatte. „Hier ist der Schlüssel, er wird im Augenblick los sein. Aber Sie wollen sich doch nicht da drohen aufhalten, gnädiger Herr? Sie haben's hier so behaglich."

„Nein, nein", rief er ungeduldig. „Danke, Frau Leaf. Ich brauche weiter nichts."

Sie verweilte noch einige Augenblicke und wollte über irgendeine Angelegenheit der Haushaltung ins Schwatzen kommen. Er seufzte und sagte, sie solle alles machen, wie sie's fürs Beste hielte. Mit strahlendem Lächeln ging sie hinaus.

Als die Tür geschlossen war, steckte Dorian den Schlüssel in die Tasche und sah sich im Zimmer um. Sein Auge fiel auf eine große Decke aus purpurnem Atlas, die schwer mit Gold gestickt war. Es war ein prachtvolles Stück venezianischer Arbeit vom Ende des siebzehnten Jahrhunderts, das sein Großvater in einem Kloster in der Nähe Bolognas gefunden hatte. Ja, die konnte er brauchen, um das Schrecknis damit zu verhüllen. Sie hatte vielleicht oft als Bahrtuch gedient. Jetzt sollte sie etwas bedecken, das eine Fäulnis eigener Art an sich hatte, eine schlimmere noch als die Fäulnis des Todes – etwas, das Ungeheuerliches gebären sollte und doch nie sterben würde. Was der Wurm für den Leichnam ist, das sollten seine Sünden dem gemalten Bildnis auf der Leinwand werden. Sie würden seine Schönheit Stück für Stück zerstören und seine Anmut zerfressen. Sie würden es besudeln und es so schänden. Und doch würde es weiter leben. Er würde immer lebendig sein.

Ihn schauderte, und einen Moment tat es ihm leid, dass er Basil nicht den wahren Grund gesagt hatte, warum er das Bild verstecken wollte. Basil hätte ihm geholfen, Lord Henrys Einfluss und den noch giftigeren Einflüssen, die aus seiner eigenen Natur kamen, zu widerstehen. Die Liebe, die Basil zu ihm hegte – denn es war wirkliche Liebe –, hatte nichts zu tun mit der bloßen physischen Bewunderung der Schönheit, die aus den Sinnen entspringt und die stirbt, wenn die Sinne erschlaffen. Es war eine Liebe, wie Michelangelo sie gekannt hatte und Montaigne und Winckelmann und der große Shakespeare. Ja, Basil hätte ihn retten können. Aber es war jetzt zu spät. Die Vergangenheit konnte immer zunichte gemacht werden. Reue, Leugnen oder Vergessen konnten das bewerkstelligen. Aber die Zukunft war unabwendbar. Es gab Leidenschaften in ihm, die ihren furchtbaren Weg aus ihm heraus finden würden, Träume, die den Schatten des Bösen, das in ihnen war, zur Wirklichkeit machen würden.

Er nahm die große Decke aus Purpur und Gold, die auf dem Sofa lag, und ging mit ihr hinter den Schirm. War das Gesicht auf der Leinwand schnöder, als es vorher war? Ihm schien, dass es sich nicht verändert habe; und doch war sein Widerwille dagegen stärker geworden. Goldenes Haar, blaue Augen und rosige Lippen – das war alles da. Nur der Ausdruck hatte sich verändert. Der war grauenhaft in seiner Grausamkeit. Im Vergleich zu dem Tadel und Vorwurf, den er in ihm erblickte, wie oberflächlich waren da Basils Vorhaltungen wegen Sibyl Vane gewesen! Wie oberflächlich und wie unbedeutend! Seine eigene Seele sah aus der Leinwand auf ihn und rief ihn vors Gericht. Ein qualvoller Ausdruck legte sich auf sein Gesicht, und er warf das üppige Bahrtuch über das Bild. Während er damit beschäftigt war, klopfte es an die Tür. Er kam hinter dem Schirm vor, als der Diener eintrat.

„Die Männer sind da, Monsieur."

Er hatte das Gefühl, er müsse den Mann jetzt los werden. Er durfte nicht wissen, wohin das Bild käme. Er hatte etwas Schlaues an sich und hatte nachdenkliche, verräterische Augen. Er setzte sich an den Schreibtisch und warf ein paar Zeilen an Lord Henry aufs Papier, worin er bat, ihm etwas zu lesen zu schicken, und ihn erinnerte, dass sie sich um viertel neun heute Abend treffen wollten.

„Warten Sie auf Antwort", sagte er, indem er ihm den Brief gab, „und lassen Sie die Männer herein."

Nach zwei oder drei Minuten klopfte es wieder, und Herr Hubbard in Person, der berühmte Rahmenmacher aus South Audley Street, trat mit einem etwas struppig aussehenden Gesellen ein. Herr Hubbard war ein blühender, rotbärtiger kleiner Mann, dessen Bewunderung für die Kunst durch den eingewurzelten Geldmangel der meisten Künstler, die mit ihm zu tun hatten, gemildert wurde. In der Regel verließ er nie seine Werkstatt: Er wartete, bis die Leute zu ihm kamen. Aber zugunsten Grays machte er immer eine Ausnahme. Es war an Dorian etwas, was jeden entzückte. Es war ein Genuss, ihn nur zu sehn.

„Womit kann ich Ihnen dienen, Herr Gray?" fragte er und rieb seine fetten, sommersprossigen Hände. „Ich dachte, ich wollte mir die Ehre geben, persönlich herüberzukommen. Auf einer Versteigerung erwischt. Altflorentiner Arbeit. Stammt, glaube ich, aus Fonthill. Wundervoll für eine religiöse Sache geeignet, Herr Gray."

„Ich bedaure, dass Sie sich selbst die Mühe gemacht haben, Herr Hubbard. Ich werde natürlich gelegentlich vorsprechen und den Rahmen ansehen – obwohl ich zurzeit an religiöser Kunst nicht viel Interesse nehme –, aber heute möchte ich nur ein Bild ins Dachgeschoss bringen lassen. Es ist recht schwer, darum kam ich auf den Gedanken, Sie zu bitten, mir ein paar Arbeiter zu leihen."

„Nicht die geringste Mühe, Herr Gray. Freut mich, Ihnen dienen zu können. Wo ist das Kunstwerk, Herr Gray?"

„Hier", erwiderte Dorian und schob den Schirm zurück. „Können Sie es mit der Decke und allem hinaufbringen, so wie es ist? Ich möchte nicht, dass es die Treppen hinauf zerkratzt wird."

„Das wird keine Schwierigkeiten machen", sagte der muntere Rahmenmacher und fing mit Hilfe seines Gesellen an, das Bild aus den langen Messingketten, an denen es aufgehängt war, loszumachen. „Und nun, wo soll's hinkommen, Herr Gray?"

„Ich werde Ihnen den Weg zeigen, Herr Hubbard, wenn Sie so freundlich sein wollen, mir nachzugehen. Oder vielleicht ist es besser, wenn Sie vorausgehen. Ich fürchte, es wird ganz unterm Dach sein. Wir wollen die Vordertreppe hinaufgehen, weil sie breiter ist."

Er hielt die Tür für sie offen, und sie gingen mit dem Bild in den Vorraum und fingen an, hinaufzusteigen. Die reichen Zieraten des Rahmens hatten das Gemälde überaus umfangreich gemacht, und hie und da, trotz der unterwürfigen Proteste Herrn Hubbards, der die lebhafte Abneigung des echten Handwerkers gegen jede nützliche Arbeit eines feinen Herrn hatte, legte Dorian mit Hand an, um ihnen zu helfen.

„Eine ordentliche Last, Herr Gray", schnaufte der kleine Mann, als sie den obersten Treppenabsatz erreicht hatten. Und er wischte sich die glänzende Stirn.

„Es wird wohl ziemlich schwer sein", murmelte Dorian, während er die Tür zu dem Zimmer aufschloss, das ihm das seltsame Geheimnis seines Lebens aufbewahren und seine Seele vor den Augen der Menschen verbergen sollte.

Er hatte den Raum seit mehr als vier Jahren nicht betreten – in der Tat nicht, seit er ihn zuerst in seiner Kindheit als Spielzimmer und dann, als er etwas älter geworden war, als Schulzimmer benutzt hatte. Es war ein großes, schönes Zimmer, das der letzte Lord Kelso ausdrücklich zur Benutzung für den kleinen Enkel, den er wegen seiner außerordentlichen Ähnlichkeit mit seiner Mutter und auch aus andern Gründen immer gehasst und möglichst in Entfernung gehalten, hatte bauen lassen. Das Zimmer schien Dorian wenig verändert. Da war der mächtige italienische cassone mit seinen phantastisch bemalten Füllungen und den matt und schmutzig gewordenen vergoldeten Ornamenten, in dem er sich so oft als Knabe versteckt hatte. Da war der Bücherschrank aus Satinholz mit seinen Schulbüchern voller Eselsohren. An der Wand hing noch derselbe zerfetzte flämische Wandteppich, auf dem fast verblichen ein König und eine Königin in einem Garten Schach spielten, während Falkeniere im Zug vorbeiritten und Vögel, denen die Kappe über den Augen saß, in den eisenbehandschuhten Händen trugen. Wie gut er sich an alles erinnerte! Jeder Augenblick seiner vereinsamten Kinderzeit kam ihm zurück, als er um sich sah. Er gedachte der unbefleckten Reinheit seines Knabenlebens, und es schien ihm entsetzlich, dass hier das verhängnisvolle Bildnis verborgen werden sollte. Wie wenig hatte er in jenen Tagen, die dahin waren, von alledem geahnt, was auf ihn warten sollte!

Aber es gab im ganzen Hause keinen andern Ort, der vor Späheraugen so sicher war. Er hatte den Schlüssel, und niemand sonst konnte hineinkommen. Hinter seinem purpurnen Bahrtuch konnte das Gesicht, das auf die Leinwand gemalt war, bestialisch, aufgedunsen und lasterhaft werden. Was tat es? Niemand konnte es sehn. Er selber wollte es nicht sehn. Warum sollte er die hässliche Verderbnis seiner Seele verfolgen? Er behielt seine Jugend, das war genug. Und überdies, konnte nicht schließlich sein Wesen geläutert werden? Es war kein Grund, warum die Zukunft so schändlich werden sollte. Die Liebe konnte kommen und ihn rein machen und ihn vor den Sünden beschirmen, die sich im Geist und im Fleisch schon zu regen schienen – vor den seltsamen, unbekannten Sünden, deren Geheimnis ihnen eben den Reiz und die Verführung gaben. Vielleicht verschwand eines Tages der grausame Ausdruck von den sensitiven Scharlachlippen, und dann konnte er der Welt das Meisterwerk Basil Hallwards zeigen.

Nein; das war unmöglich. Stunde um Stunde und Woche um Woche sollte das Antlitz auf der Leinwand älter werden. Es konnte der Hässlichkeit der Sünde entrinnen, aber die Hässlichkeit des Alters wartete darauf. Die Wangen werden hohl oder schlaff werden. Gelbe Krähenfüße werden sich um die glanzlosen Augen sammeln und sie grässlich machen. Das Haar wird seinen Glanz verlieren, der Mund wird klaffen oder einsinken, wird dumm oder gemein aussehen, wie alter Leute Mund aussieht. Der Hals wird faltig sein, die Hand kalt und voll blauer Adern, der Rücken gekrümmt, alles, wie es bei seinem Großvater war, der in seiner Knabenzeit so hart gegen ihn gewesen war. Das Bild musste verborgen werden, es war nichts dagegen zu machen.

„Bitte, Herr Hubbard, bringen Sie es herein“, sagte er müde und wandte sich nach den Leuten. „Es tut mir leid, dass ich Sie so lange aufhielt. Ich dachte über etwas nach.“

„Immer angenehm, sich ausruhen zu können, Herr Gray“, antwortete der Rahmenmacher, der noch immer tief Atem holte. „Wo sollen wir es anbringen?“

„Oh, irgendwo. Hierher: Da wird es gut stehen. Ich will es nicht aufgehängt haben. Lehnen Sie es nur gegen die Wand! Danke!“

„Darf man das Kunstwerk ansehen, Herr Gray?“

Dorian erschrak. „Es hat kein Interesse für Sie, Herr Hubbard“, sagte er und behielt den Mann im Auge. Er war imstande, sich auf ihn zu stürzen und ihn zu Boden zu werfen, wenn er es wagte, den schimmernden Vorhang zu heben, der das Geheimnis seines Lebens bedeckte. „Ich will Sie nicht länger bemühen. Vielen Dank für Ihre Freundlichkeit, dass Sie herübergekommen sind.“

„Nicht im Geringsten, Herr Gray, nicht im Geringsten. Stets zu allen Diensten für Sie bereit.“ Und Herr Hubbard stampfte die Treppe hinunter, gefolgt von seinem Gesellen, der sich noch einmal nach Dorian umsah. Ein Ausdruck scheuer Bewunderung lag auf seinem gewöhnlichen, unschönen Gesicht. Er hatte nie einen Menschen gesehen, der so wunderschön war.

Als der Schall ihrer Fußtritte verhallt war, verschloss Dorian die Tür und steckte den Schlüssel in die Tasche. Er fühlte sich gerettet. Niemand sollte je das Grauenhafte erblicken, kein Auge als seines sollte je seine Schande sehen.

Als er in das Bücherzimmer trat, bemerkte er, dass es eben fünf Uhr vorbei und der Tee bereits gebracht worden war. Auf einem Tischchen von dunklem, wohlriechendem Holz, das reich mit Perlmutter ausgelegt war – die Frau seines Vormunds hatte es ihm geschenkt, die es sich zum Beruf gemacht hatte, leidend zu sein, und den vorigen Winter in Kairo verbracht hatte –, lag ein Briefchen von Lord Henry und daneben ein Buch mit gelbem, etwas eingerissenem Umschlag und ziemlich verschmutzten Kanten. Ein Exemplar der dritten Ausgabe der St. James Gazette war auf das Teebrett gelegt worden. Es war klar, Viktor war zurückgekehrt. Ob er wohl die Männer im Vestibül getroffen hatte, als sie im Begriff waren, das Haus zu verlassen, und ob er aus ihnen herausgeholt hatte, was sie gemacht hatten? Er würde sicher das Bild vermissen, hatte es ohne Zweifel bereits vermisst, während er den Teetisch zurechtgemacht hatte. Der Schirm war noch nicht wieder an seine Stelle gesetzt worden, und der leere Platz an der Wand war auffallend. Vielleicht ertappte er ihn eines Nachts, wie er sich hinaufschlich und den Versuch machte, die Tür aufzusprengen. Es war furchtbar, einen Spion bei sich im Hause zu haben. Er hatte von reichen Leuten gehört, an denen ihr ganzes Leben lang von einem Bedienten Erpressung verübt wurde, der einen Brief gelesen oder ein Gespräch mit angehört oder eine Karte mit einer Adresse aufgelesen oder unter einem Kissen eine verwelkte Blume oder ein kleines Stückchen zerdrückter Spitze gefunden hatte.

Er seufzte; dann goss er sich den Tee ein und öffnete Lord Henrys Briefchen. Es enthielt nur die paar Worte: Beifolgend erhalte er das Abendblatt und ein Buch, das ihn vielleicht interessiere, und er erwartete ihn um viertel neun im Klub. Er öffnete langsam die St. James und überflog sie. Ein roter Bleistiftstrich auf der fünften Seite fiel ihm auf. Der Strich wies auf die folgende Notiz hin:

„Leichenschau an einer Schauspielerin. Eine gerichtliche Untersuchung wurde heute morgen in der Bell Tavern, Hozton Road, von Herrn Dauby, dem Bezirksleichenbeschauer, über den Leichnam Sibyl Vanes, einer jungen Schauspielerin, die seit Kurzem am Royal Theater in Holborn engagiert war, abgehalten. Der Spruch lautete auf Tod durch Unglücksfall. Viel Teilnahme fand die Mutter der Verblichenen, die während ihrer Aussage und der des Dr. Birrell, der die Obduktion der Toten vorgenommen hatte, ihrem Schmerz ergreifenden Ausdruck gab.“

Er runzelte die Stirn, zerriss das Blatt und stand auf, um die Papierstücke wegzuwerfen. Wie hässlich das alles war! Und wie furchtbar wirklich die Hässlichkeit alles machte. Er war etwas ärgerlich über Lord Henry, dass er ihm den Bericht geschickt hatte. Und ohne Frage war es dumm von ihm, dass er ihn rot angestrichen hatte. Viktor hätte ihn lesen können. Der Mann konnte mehr als genug Englisch dazu.

Vielleicht hatte er ihn gelesen und angefangen, etwas zu vermuten. Aber doch, was lag denn daran? Was hatte Dorian Gray mit Sibyl Vanes Tod zu tun? Es war nichts zu befürchten. Dorian Gray hatte sie nicht getötet.

Sein Blick fiel auf das gelbe Buch, das Lord Henry ihm geschickt hatte. Er war neugierig darauf. Er ging zu dem perlfarbenen achteckigen Tischchen, das ihm immer wie die Arbeit seltsamer ägyptischer Bienen vorgekommen war, die ihre Waben aus Silber bauen könnten, nahm das Buch, warf sich in einen Lehnstuhl und fing an zu lesen. Nach ein paar Minuten ließ es ihn nicht mehr los. Es war das seltsamste Buch, das er je gelesen hatte. Es schien ihm, in köstlichem Gewande und unter sanfter Flötenmusik zögen in stummem Zuge die Sünden der Welt an ihm vorbei. Dinge, von denen er unklar geträumt hatte, wurden ihm eins nach dem andern enthüllt.

Es war ein Roman ohne eigentliche Handlung, der sich nur um einen einzigen Charakter drehte. Es war in der Tat lediglich eine psychologische Studie von einem jungen Pariser, der sein Leben damit verbrachte, den Versuch zu machen, im neunzehnten Jahrhundert all die Leidenschaften und Denkungsarten zu verwirklichen, die jedwedem früheren Jahrhundert außer seinem eigenen angehört hatten, und in sich selbst die mannigfachen seelischen Zustände, durch die der Weltengeist je irgend hindurchgegangen war, gewissermaßen zu summieren, indem er jene Entsagungen, die die Menschen töricht Tugend genannt haben, um ihrer bloßen Künstlichkeit willen nicht mehr und nicht weniger liebte als die Auflehnungen der Natur, die weise Menschen immer noch Sünde nennen. Der Stil, in dem das Buch geschrieben war, war der seltsame preziöse Stil, der zugleich lebendig und dunkel ist, voller Argot und Archaismen, technischer Ausdrücke und ausgesuchter Paraphrasen, wie er die Arbeiten einiger sehr feiner Künstler aus der französischen Symbolistenschule charakterisiert. Es waren Metaphern darin, die so abenteuerlich gestaltet, aber auch so wunderbar fein in den Farbentönen waren wie Orchideen. Das Leben der Sinne war mit der Terminologie der mystischen Philosophie geschildert. Man wusste manchmal kaum, ob man die vergeistigten Ekstasen eines mittelalterlichen Heiligen oder die krankhaften Bekenntnisse eines modernen Sünders las. Es war ein Buch voller Gift. Der schwere Duft des Weihrauchs schien auf den Seiten wie festzusitzen und das Hirn zu verwirren. Der bloße Rhythmus der Sätze, die ausgesuchte Eintönigkeit ihrer Musik, so sehr sie auch voll schwieriger Refrains und künstlich wiederholter Taktfolgen waren, erzeugte in dem Geist des Jünglings, als er von Kapitel zu Kapitel flog, eine Art Fiebertraum, in dem er nicht merkte, dass der Tag zur Neige ging und Schatten hereinkrochen.

Wolkenlos, von einem einzigen Stern durchstochen, glimmte ein kupfern grüner Himmel durch die Scheiben. Er las bei seinem blassen Licht weiter, bis er nicht mehr sehen konnte. Dann, nachdem sein Diener ihn mehrmals erinnert hatte, wie spät es sei, stand er auf, ging in das anstoßende Zimmer, legte das Buch auf das Florentiner Tischchen, das immer neben seinem Bett stand, und fing an, sich umzuziehen.

Es war fast neun Uhr, als er im Klub ankam, wo er Lord Henry mit sehr verdrossenem Gesicht allein im Nebenzimmer sitzen fand.

„Es tut mir so leid, Harry“, rief er, aber es ist in Wahrheit ganz deine eigene Schuld. Das Buch, das du mir geschickt hast, hat mich so bezaubert, dass ich tatsächlich nicht wusste, wie spät es ist.“

„Ja, ich dachte mir, dass es dir gefällt“, erwiderte Lord Henry und erhob sich.

„Ich sagte nicht, dass es mir gefällt, Harry. Ich sagte, es bezauberte mich. Das ist ein großer Unterschied.“

„Ah, das hast du herausgefunden?“ sagte Lord Henry. Und sie gingen zusammen ins Speisezimmer.

Elftes Kapitel

Lange Jahre konnte sich Dorian Gray nicht von dem Einfluss dieses Buches befreien. Oder es wäre vielleicht zutreffender zu sagen, er versuchte nie, sich von ihm zu befreien. Er ließ sich aus Paris nicht weniger als neun Luxusexemplare der ersten Auflage kommen und ließ sie verschiedenfarbig einbinden, auf dass sie zu seinen verschiedenen Stimmungen und zu den wechselnden Launen einer Natur passten, über die er manchmal jede Herrschaft verloren zu haben schien. Der Held des Buches, der junge Pariser, in dem die romantischen und die wissenschaftlichen Neigungen so seltsam gemengt waren, wurde für ihn eine Art vorbildlicher Typus seiner selbst. Und in Wahrheit schien ihm das ganze Buch die Geschichte seines eigenen Lebens zu enthalten, die niedergeschrieben worden war, ehe er es gelebt hatte.

In einem Punkt war er glücklicher als der phantastische Romanheld. Er kannte nie – und hatte in Wahrheit nie einen Grund dazu – das fast groteske Grauen vor Spiegeln und glatten Metalloberflächen und stillen Wassern, das den jungen Pariser so früh im Leben überkam und das durch den plötzlichen Verfall einer Schönheit veranlasst worden war, die einstmals so hervorragend gewesen sein musste. Mit einer fast grausamen Freude – und vielleicht liegt in fast jeder Freude, wie sicher in jeder Lust, Grausamkeit – las er gern den letzten Teil des Buches mit seinem wahrhaft tragischen, wenn auch etwas übertrieben pathetischen Bericht über die Leiden und die Verzweiflung eines Menschen, der selber verloren hatte, was er an andern und an der Welt so sehr schätzte.

Denn die wundervolle Schönheit, die Basil Hallward und viele andre außer ihm so bezaubert hatte, schien ihn nie zu verlassen. Selbst solche, die die schlimmsten Dinge über ihn gehört hatten – und von Zeit zu Zeit schlichen seltsame Gerüchte über seine Lebensführung durch London und wurden zum Klubgespräch –, konnten nichts, was ihm zur Unehre gereichte, glauben, wenn sie ihn sahen. Er sah immer aus wie einer, der sich in der Welt fleckenlos bewahrt hatte. Männer, die unanständige Reden führten, verstummten, wenn Dorian Gray ins Zimmer trat. Es lag etwas in der Reinheit seines Gesichtes, das sie zurechtwies. Seine bloße Anwesenheit schien ihnen die Erinnerung an die Unschuld zurückzurufen, die sie befleckt hatten. Sie wunderten sich, wie einer, der so reizend und anmutsvoll war wie er, der Befleckung einer Zeit hatte entgehen können, die schmutzig und sinnlich zugleich war.

Oft, wenn er nach einer geheimnisvollen längeren Abwesenheit, die sich öfter wiederholte und manchmal zu seltsamen Vermutungen unter denen, die seine Freunde waren oder sich dafür hielten, Veranlassung gab, nach Hause zurückkehrte, kletterte er ins Dachgeschoss hinauf, öffnete mit dem Schlüssel, den er jetzt immer bei sich trug, die Tür zu dem verschlossenen Zimmer und stand mit einem Spiegel in der Hand vor dem Porträt, das Basil Hallward von ihm gemalt hatte, und blickte bald auf das schlimme und gealterte Gesicht auf der Leinwand, bald auf das schöne, junge Antlitz, das ihm aus der glatten Fläche des Spiegels entgegenlachte. Die Stärke des Gegensatzes regte geradezu sein Lustgefühl an. Er verliebte sich mehr und mehr in seine eigene Schönheit, gewann mehr und mehr Interesse an der Verderbnis seiner eigenen Seele. Er untersuchte mit peinlicher Sorgfalt und manchmal mit ungeheuerlichem und furchtbarem Entzücken die grässlichen Linien, die die faltige Stirn verunstalteten oder um den dicken, sinnlichen Mund krochen, und fragte sich manchmal, welche Spuren die scheußlicheren wären, die der Sünde oder die des Alters.

Er legte seine weißen Hände neben die plumpen, aufgetriebenen Hände des Bildes und lächelte. Er machte sich über den missgestalteten Körper und die verfallenden Glieder lustig.

Es gab freilich Augenblicke, wenn er schlaflos in seinem eigenen parfümduftenden Gemache oder in dem schmutzigen Zimmer der kleinen berüchtigten Kneipe in der Nähe der Docks lag, die er unter einem falschen Namen und in Verkleidung zu besuchen pflegte – wo er mit einem Mitleid, das um so schärfer war, als es rein egoistischen Ursprungs war, an das Verderben dachte, das er über seine Seele gebracht hatte. Aber solche Augenblicke waren selten. Die Neugier auf das Leben, die Lord Henry zuerst in ihm erweckt hatte, als sie im Garten ihres Freundes zusammensaßen, schien mit ihrer Befriedigung zu wachsen. Je mehr er kennenlernte, umso mehr verlangte es ihn, zu erfahren. Er hatte wahnsinnige Hungergelüste, die heißhungriger wurden, je mehr er sie fütterte.

Aber er war doch nicht wirklich liederlich geworden, wenigstens nicht in seinen Beziehungen zur Gesellschaft. Ein- oder zweimal in jedem Monat während des Winters und jeden Mittwochabend während der Dauer der Saison öffnete er der Welt sein schönes Haus und hatte immer die berühmtesten Musiker, die seine Gäste mit ihrer wunderbaren Kunst entzückten. Seine kleinen Diners, bei deren Arrangement Lord Henry ihm immer half, waren ebenso sehr wegen der sorgsamen Auswahl und Platzierung der Eingeladenen bekannt, wie wegen des erlesenen Geschmacks, der sich in der Dekoration der Tafel mit ihren feinen symphonischen Arrangements exotischer Blumen, ihren gestickten Decken und dem antiken Gold- und Silbergeschirr zeigte.

Es gab tatsächlich viele, besonders unter den ganz jungen Leuten, die in Dorian Gray die richtige Verwirklichung eines Typus sahen, von dem sie in den Tagen von Eton oder Oxford oft geschwärmt hatten, eines Typus, der so etwas wie die wahre Bildung und Kultur des Gelehrten mit der Grazie und der Vornehmheit und den vollendeten Manieren eines Mannes von Welt vereinigen sollte, oder die sie wenigstens zu sehn sich einbildeten. Ihnen schien er einer aus der Schar derer zu sein, die Dante schildert, die da suchten, „sich vollkommen zu machen durch den Kultus der Schönheit". Gleich Gautier war er einer, für den „die sichtbare Welt da war".

Und gewiss war ihm das Leben die erste und größte der Künste, und auf das Leben schienen alle andern Künste nur eine Vorbereitung zu sein. Die Mode, durch die einen Augenblick lang Gemeingut aller wird, was in Wahrheit phantastisch und Laune eines Einzelnen ist, und das Dandytum, das in seiner besonderen Art ein Versuch ist, eine völlig moderne Schönheit zu verkörpern, übten natürlich ihren Reiz auf ihn aus. Seine Art, sich zu kleiden, und die besondern Stile, die er von Zeit zu Zeit zur Schau trug, hatten ihren deutlichen Einfluss auf die jungen Stutzer von den Bällen in Mayfair und den Fenstern des Pall Mall Klub, die ihn in allem, was er tat, kopierten, und die den absichtslosen Reiz seiner anmutigen, wenn schon ihm nur halb ernsten Geckereien nachzuahmen suchten.

Denn er war zwar nur zu gern bereit, die Rolle zu übernehmen, die ihm fast unmittelbar, nachdem er volljährig geworden war, zuflog, und er fand tatsächlich einen besonderen Genuss in dem Gedanken, er könne dem London seiner Zeit wahrhaft das werden, was der Verfasser des „Satyricon" einst dem kaiserlichen Rom Neros gewesen war. Aber im innersten Herzen verlangte es ihn doch, etwas mehr zu sein als ein bloßer *arbiter elegantiarum* und nicht bloß über das Tragen eines Schmuckstückes oder das Binden einer Krawatte oder das Halten eines Spazierstockes zu Rate gezogen zu werden. Er versuchte, einen neuen Plan der Lebensführung zu entwerfen, der seine philosophische Grundlage und geordnete Prinzipien haben und in der Vergeistigung der Sinne seine höchste Vollendung finden sollte.

Der Kultus der Sinne ist oft, und mit vielem Recht, in Verruf gebracht worden, da die Menschen einen natürlichen, instinktmäßigen Abscheu vor Leidenschaften und Triebempfindungen haben, die stärker als sie selbst scheinen und die sie, wie sie wissen, mit den weniger hoch organisierten Formen des Lebendigen gemein haben. Aber es kam Dorian Gray so vor, als wäre die wahre Natur der Sinne nie verstanden worden, und als wären sie nur darum wild und tierisch geblieben, weil die Welt versuchte, sie hungern zu lassen und dadurch zur Unterwerfung zu bringen, oder sie durch Qualen zu töten, anstatt dahin zu streben, sie zu Elementen einer neuen Geistigkeit zu machen, deren vorherrschendes Kennzeichen ein feiner Instinkt für die Schönheit war. Wenn er auf den Gang der Menschen durch die Geschichte zurückblickte, wurde er wie von einem Gefühl des Verlustes heimgesucht. Auf so viel war verzichtet worden und zu so kleinem Zweck! Es hatte wahnsinnige freiwillige Entsagungen gegeben, ungeheuerliche Formen der Selbstpeinigung und Selbstverleugnung, deren Ursprung Furcht und deren Ergebnis eine Erniedrigung war, unendlich viel schrecklicher als die eingebildete Erniedrigung, vor der sie sich in ihrer Unwissenheit retten wollten, da die Natur in ihrer wundervollen Ironie den Anachoreten hinaustrieb, damit er mit den wilden Tieren der Wüste zusammen sein Futter suche, und dem Eremiten die Tiere des Feldes zu Gefährten gab.

Ja: Es musste, wie Lord Henry prophezeit hatte, ein neuer Hedonismus kommen, der dazu bestimmt war, das Leben zu erneuern und es vor dem groben, hässlichen Puritanismus zu erretten, der in unsern Tagen sein seltsames Wiedererwachen gefunden hatte. Gewiss, er würde dem Intellekt zu gehorchen haben; aber er würde nie eine Theorie oder ein System anerkennen, das das Opfer irgendeiner Art Gefühls- oder Trieberlebnisses verlangte. Sein Ziel war gerade die Erfahrung und das Erlebnis selbst, nicht die Früchte der Erfahrung, so süß oder so bitter sie auch wären. Von der Askese, die die Sinne tötet, würde dieser Hedonismus ebenso wenig wissen wollen wie von der gewöhnlichen Liederlichkeit, die sie stumpf macht. Aber er sollte die Menschen lehren, sich auf die Momente eines Lebens zu konzentrieren, das selbst nur ein Moment ist.

Es gibt wenige unter uns, die nicht manchmal vor Tagesgrauen erwacht sind, entweder nach einer der traumlosen Nächte, die uns fast verliebt in den Tod machen, oder nach einer Nacht voller Entsetzen und Alpdruckslüste, die fürchterlicher sind als die Wirklichkeit selber und die von dem starken Leben triefen, das in allem Grotesken lauert und das der gotischen Kunst ihre unvertilgbare Lebenskraft gibt– denn diese Kunst, möchte man meinen, ist ganz besonders die Kunst derer, deren Geist von der Krankheit des Fiebertraums verwirrt worden ist. Langsam schieben sich weiße Finger zwischen den Vorhängen durch und scheinen zu zittern. In schwarzen verzerrten Formen kriechen lautlose Schatten in die Zimmerecken und bleiben da hocken. Draußen regen sich die Vögel im Laub, oder man hört die Schritte von Männern, die zur Arbeit gehen, oder das Seufzen und Heulen des Windes, der von den Bergen kommt und das schweigsame Haus umfährt, als ob er sich fürchtete, die Schläfer zu wecken, und doch es nicht lassen könnte, den Schlaf aus seiner purpurnen Höhle heraufzurufen. Schleier um Schleier aus dünner, dunkelfarbener Gaze hebt sich, und allmählich werden den Dingen die Formen und Farben wiedergegeben, und wir gewahren das Grauen des Tages, der die Welt in ihrem uralt-gleichen Bild wiederherstellt. Die bleichen Spiegel bekommen wieder ihr Scheinleben. Ausgelöscht stehen die Kerzen, wo wir sie gelassen haben, und neben ihnen liegt das halb aufgeschnittene Buch, in dem wir gelesen, oder die verwelkte Blume, die wir auf dem Ball getragen, oder der Brief, den zu lesen wir uns gefürchtet haben oder den wir zu oft gelesen haben. Nichts scheint uns verändert. Aus den unwirklichen Schatten der Nacht kommt das wirkliche Leben, wie wir es gekannt hatten, hervor. Wir müssen es wieder da aufnehmen, wo wir es gelassen hatten, und es überschleicht uns ein furchtbares Gefühl von der Notwendigkeit der Fortdauer der Energie in demselben ermüdenden Kreislauf stereotyper Gewohnheit, oder vielleicht ein wildes Verlangen, unsere Lider möchten sich eines Morgens einer Welt öffnen, die in den dunkeln Stunden zu unserer Lust neu geformt worden wäre, einer Welt, in der die Dinge frische Linien und Farben hätten und verwandelt wären oder andere Geheimnisse enthielten, einer Welt, in der die Vergangenheit einen kleinen oder gar keinen Platz hätte oder wenigstens nicht in der Bewusstseinsform der Pflicht oder der Reue weiter lebte, wo selbst das Gedächtnis an die Freude Bitterkeit birgt und die Erinnerung an die Lust den Schmerz im Gefolge hat.

Solche Welten zu schaffen, schien Dorian Gray die wahre Aufgabe oder eine der wahren Aufgaben des Lebens; und auf seiner Suche nach Erlebnissen der Sinne und starken Empfindungen, die zugleich neu und lustvoll wären und jenes Element der Seltsamkeit besäßen, das der Romantik so wesentlich ist, nahm er oft gewisse Denkungsarten an, von denen er wohl wusste, dass sie seiner Natur in Wahrheit fremd waren, gab sich ihren feinen Einflüssen hin und ließ sie dann, nachdem er sozusagen ihre Farbe getrunken und seine geistige

Neugier befriedigt hatte, mit der seltsamen Gleichgültigkeit fallen, die mit einem wirklich glühenden Temperament nicht unvereinbar ist, die in Wahrheit sogar, nach manchem Psychologen unserer Zeit, oft eine Bedingung dafür ist.

Es ging einmal das Gerücht über ihn, er stehe im Begriff, katholisch zu werden; und gewiss hatte der katholische Kult immer eine große Anziehung für ihn. Das tägliche Messopfer, das in Wahrheit ehrwürdiger und furchtbarer ist als alle Opfer der antiken Welt, ergriff ihn ebenso sehr durch seine prachtvolle Unbekümmertheit um den Augenschein der Sinne wie durch die primitive Einfachheit seiner Elemente und das ewige Pathos der Menschentragödie, der es ein Symbol sein wollte. Er kniete gern auf das kalte Marmorpflaster nieder und beobachtete, wie der Priester in seiner feierlichen, mit Blumen bestickten Dalmatika langsam mit weißen Händen den Vorhang des Tabernakels beiseite schob oder die mit edlen Steinen geschmückte Monstranz, die die blasse Hostie enthielt – die zuzeiten, möchte man gern glauben, wirklich der panis coelestis ist, das Brot der Engel – gleich einer Laterne in die Höhe hob; oder wie er, angetan mit den Gewändern der Passion Christi, die Hostie in den Kelch tauchte und sich die Brust schlug um seiner Sünden willen. Die rauchenden Weihrauchfässer, die die ernsthaften Knaben, in Spitzen und Scharlach gekleidet, wie große, goldfarbene Blumen in der Luft schwangen, übten eine tiefe Bezauberung auf ihn aus. Wenn er hinausging, blickte er wohl neugierig auf die dunkeln Beichtstühle und hatte Lust, in dem Düster eines solchen zu sitzen und Männern und Frauen zu lauschen, wie sie durch das abgegriffene Gitter die wahre Geschichte ihres Lebens flüsterten.

Aber er verfiel nie dem Irrtum, irgendeinen Glauben oder ein System formell zu akzeptieren und dadurch die Entfaltung seines Geistes zu hemmen, gleichsam eine Herberge, die nur gut ist für den Aufenthalt einer Nacht oder für ein paar Stunden einer Nacht, in der keine Sterne am Himmel sind und der Mond im Werden ist, mit einem Haus zu verwechseln, in dem man sein Leben verbringt. Die Mystik, mit ihrer wunderbaren Macht, uns gemeine Dinge fremd und ungemein zu machen, und mit der tiefen Ketzerei, die immer in ihrem Gefolge zu sein scheint, ergriff ihn für ein halbes Jahr; und dann neigte er wieder ein anderes halbes Jahr zu den materialistischen Lehren der darwinistischen Bewegung in Deutschland und fand einen seltsamen Genuss darin, die Gedanken und Leidenschaften der Menschen bis zu einer perlgleichen Zelle im Hirn oder einem weißen Nerv im Körper zurückzuverfolgen, und schwelgte in der Vorstellung von der völligen Abhängigkeit des Geistes von gewissen physischen Bedingungen, krankhaften oder gesunden, normalen oder pathologischen. Jedoch, wie vorhin von ihm gesagt wurde: Keine Theorie vom Leben schien ihm irgend Bedeutung zu haben im Vergleich mit dem Leben selbst. Er war sich in aller Schärfe bewusst, wie unfruchtbar alle Spekulation des Geistes ist, wenn sie vom Tun und vom Versuche getrennt ist. Er wusste, dass die Sinne nicht weniger als die Seele ihre Geistesmysterien zu offenbaren haben.

Und so erforschte er zu einer Zeit die wohlriechenden Stoffe und die Geheimnisse ihrer Herstellung, destillierte schwer mit Düften beladene Öle und verbrannte wohlriechendes Gummi aus dem Orient. Er sah, dass es keine Stimmung des Geistes gab, die nicht ihr Gegenstück im Leben der Sinne hatte, und machte sich daran, ihre wahren Beziehungen zu entdecken und also herauszufinden, was im Weihrauch war, der einen mystisch machte, und in der Ambra, die einem die Leidenschaften erweckte, und in den Veilchen, die die Erinnerung an gestorbene Liebe heraufriefen, und im Moschus, der das Hirn verwirrte, und im Tschambak, der die Phantasie schmutzig machte; und oft versuchte er, eine wahrhafte Psychologie der Düfte auszuarbeiten und die verschiedenen Einwirkungen zu bestimmen: Einwirkungen süß duftender Wurzeln und wohlriechender, Blütenstaub tragender Blumen, aromatischer Balsame und dunkler, stark riechender Hölzer, des Baldrians, der zum Erbrechen reizt, der Hovenia, die die Menschen toll macht, und der Aloe, von der es heißt, sie könne die Melancholie aus der Seele jagen.

Zu einer andern Zeit widmete er sich gänzlich der Musik, und in einem langen, verdunkelten Zimmer, dessen Decke in goldenen und roten Tönen gehalten war, und dessen Wände mit olivgrünem Lack überzogen waren, gab er manchmal absonderliche Konzerte, in denen tolle Zigeuner auf kleinen Zithern spielten, oder ernste, in gelbe Schals gehüllte Tunesier die gespannten Saiten ungewöhnlich großer Lauten zupften, während grinsende Neger eintönig auf Kupfertrommeln schlugen, und schmächtige Inder mit dem Turban auf dem Kopf auf scharlachroten Matten saßen und durch lange Pfeifen aus Rohr oder Messing bliesen und dadurch große Brillenschlangen und Klapperschlangen wirklich oder angeblich bezauberten. Die misstönenden Intervalle und schrillen Dissonanzen barbarischer Musik sprachen manchmal erregend zu ihm, wenn Schuberts Lieblichkeit, Chopins schönes Leid und die mächtigen Harmonien des großen Beethoven machtlos in sein Ohr fielen. Er sammelte aus allen Weltteilen die seltsamsten Instrumente, die man finden konnte, entweder in den Gräbern toter Völker oder unter den wenigen wilden Stämmen, die die Berührung mit der europäischen Zivilisation überlebt haben, und nahm sie gern zur Hand und versuchte auf ihnen zu spielen. Er hatte die geheimnisvolle Juruparis der Indianer vom Rio Negro, die die Frauen nicht ansehen dürfen, und die selbst junge Männer nicht zu sehn bekommen, ehe sie gefastet und sich gegeißelt haben, und die irdenen Gefäße der Peruaner, die den schrillen Schrei der Vögel wiedergeben, und Flöten aus Menschenknochen, wie sie Alfonso de Ovalle in Chile hörte, und den wohllautenden grünen Jaspis, den man bei Cuzco findet und der einen seltsam süßen Ton von sich gibt. Er hatte bemalte, mit Kieselsteinen gefüllte Kürbisse, die rasselten, wenn man sie schüttelte, die langen Zinken der Mexikaner, in die der Spieler nicht bläst, sondern durch die er die Luft einzieht; das misstönende Ture der Amazonenstämme, das die Wachen ertönen lassen, die den ganzen Tag in hohen Bäumen sitzen, und das, wie man sagt, auf eine Entfernung von drei Seemeilen gehört werden kann; das Teponaztli, das zwei vibrierende Zungen aus Holz hat und mit Stöcken geschlagen wird, die mit einer Art elastischem Gummi eingeschmiert sind, der aus dem milchigen Saft von Pflanzen gewonnen wird; die Dotl-Glocken der Azteken, die in Büscheln wie Trauben aufgehängt werden; und eine große zylindrische Trommel, über die Häute großer Schlangen gespannt waren, gleich der, die Bernal Diaz sah, als er mit Cortez den mexikanischen Tempel besuchte, und von deren nagendem Ton er uns eine so lebhafte Schilderung hinterlassen hat. Der phantastische Charakter dieser Instrumente bezauberte ihn, und er fühlte einen seltsamen Genuss, wenn er daran dachte, dass die Kunst wie die Natur ihre Missgeburten hat, Dinge von scheußlicher Gestalt und mit abscheulichen Stimmen. Aber nach einiger Zeit wurde er ihrer müde, saß in seiner Loge in der Oper, entweder allein oder mit Lord Henry, lauschte hingerissen der Tannhäuser-Musik und erblickte in dem Vorspiel dieses großen Kunstwerks eine Darstellung der Tragödie seiner eigenen Seele.

Wieder ein anderes Mal warf er sich auf das Studium der Juwelen und erschien auf einem Kostümball als Anne de Joyeuse, Admiral von Frankreich, in einem Gewand, das mit fünfhundertundsechzig Perlen besetzt war. Der Geschmack daran hielt ihn jahrelang fest, und, man kann sagen, verließ ihn nie. Er verbrachte oft den ganzen Tag damit, die verschiedenen Steine, die er gesammelt hatte, zu ordnen und wieder in die Kästen zurückzulegen, wie zum Beispiel den olivgrünen Chrysoberyll, der im Lampenlicht rot wird, den Cymophan mit seinem dünnen Silberstrich, den pistazienfarbenen Chrysolith, rosenfarbene und Weingelbe Topase, Karfunkel mit Scharlachfeuer und zitternden Sternen mit je vier Strahlen, flammenrote Kaneelsteine, orangefarbene und violette Spinelle und Amethyste mit ihren regelmäßig aufeinanderfolgenden Schichten von Rubinen und Saphiren. Er liebte das rote Gold des Sonnensteins und die perigleiche Weiße des Mondsteins und den gebrochenen Regenbogen des milchigen Opals. Er ließ sich von Amsterdam drei Smaragde von außergewöhnlicher Größe und Farbenfülle kommen und hatte einen Türkis *de la vieille roche*, der den Neid aller Kenner erregte.

Er kam auch auf wundervolle Geschichten über Edelsteine. In Alphonsos *Clericalis Disciplina* war eine Schlange mit Augen aus wirklichen Hyazinthsteinen erwähnt, und in der Alexandersage hieß es vom Eroberer von Emathia, er habe im Jordantal Schlangen gefunden „mit Geschmeiden aus richtigen Smaragden, die auf ihren Rücken gewachsen waren". Im Gehirn des Drachen, wird uns erzählt, sei ein Edelstein, und „dadurch, dass man ihm goldene Buchstaben und ein Scharlachgewand zeige", könne das Ungeheuer in einen magischen Schlaf versetzt und erschlagen werden. Nach dem großen Alchimisten Pierre de Boniface sollte der Diamant einen Mann unsichtbar und der indische Achat ihn beredt machen. Der Karneol besänftigte den Zorn, der Hyazinth rief den Schlaf hervor, und der Amethyst vertrieb die Dünste des Weins. Der Granat trieb Teufel aus, und der Hydrophyt beraubte den Mond der Farbe. Der Selenit nahm mit dem

Mond zu und ab, und der Meloceus, der Diebe entdeckte, konnte nur durch Zickleinblut kraftlos gemacht werden. Leonardus Camillus hatte einen weißen Stein gesehen, der aus dem Hirn einer frisch getöteten Kröte genommen worden, und der ein sicheres Gegenmittel gegen Gift war. Der Bezoar, den man im Herzen des arabischen Hirsches fand, war ein Zauber, der die Pest heilen konnte. In den Nestern arabischer Vögel war der Aspilates, der nach Demokrit jeden, der ihn trug, vor Feuersgefahr schützte.

Der König von Seilan ritt bei seiner Krönungsfeier mit einem großen Rubin in der Hand durch seine Stadt. Die Tore am Palast Johannes' des Priesters waren „aus Sarder gemacht, in den das Horn der Hornviper hinein verarbeitet war, so dass niemand Gift ins Haus bringen konnte". Über dem Giebel waren „zwei goldene Äpfel, in denen zwei Karfunkel waren", auf dass das Gold bei Tage erglänzen könnte und die Karfunkel bei Nacht. In Lodges seltsamem Roman „Eine Perle von Amerika" war mitgeteilt, dass man im Zimmer der Königin „alle keuschen Damen der Welt erblicken konnte, „wie aus Silber ziseliert", wenn man „durch fleckenlose Spiegel aus Chrysolithen, Karfunkeln, Saphiren und grünen Smaragden" blickte. Marco Polo hatte gesehen, wie die Bewohner Zipangus den Toten rosenfarbene Perlen in den Mund steckten. Ein Seeungeheuer war in die Perle verliebt, die der Taucher dem König Perozes gebracht hatte, und hatte den Dieb erschlagen und sieben Monde über den Verlust getrauert. Als die Hunnen den König in den großen Hinterhalt lockten – Prokop erzählt die Geschichte –, warf er die Perle weg, und sie wurde nie wiedergefunden, obwohl Kaiser Anastasius fünfhundert Pfund Goldstücke für sie aussetzte. Der König von Malabar hatte einem Venezianer einen Rosenkranz von dreihundertundvier Perlen gezeigt, eine für jeden Gott, den er anbetete.

Als der Herzog von Valentinois, der Sohn Alexanders VI., Ludwig XII. von Frankreich besuchte, war, nach Brantôme, sein Pferd über und über voll goldener Blätter, und seine Mütze hatte zweifache Reihen Rubine, die ein starkes Licht ausstrahlten. Karl von England ritt in Steigbügeln, die mit vierhunderteinundzwanzig Diamanten besetzt waren.

Richard II. hatte ein Gewand, das auf dreißigtausend alte Mark geschätzt wurde und das mit Ballasrubinen bedeckt war. Nach der Schilderung Halls trug Heinrich VIII. auf seinem Wege zum Tower vor seiner Krönung „ein Panzerhemd aus getriebenem Gold, das Wams war bestickt mit Diamanten und andern reichen Steinen, und um den Hals trug er eine Kette aus großen Ballasrubinen". Die Günstlinge Jakobs I. trugen Ohrringe aus Smaragden, die in Goldfiligran gefasst waren. Eduard II. schenkte Piers Gaveston eine ganze Rüstung aus rotem Gold, die mit Hyazinthsteinen geschmückt war, eine Halskette aus goldenen Rosen, mit Türkisen besetzt, und eine mit Perlen übersäte Sturmhaube. Heinrich II. trug Handschuhe bis zum Ellbogen hinauf, die mit Juwelen besetzt waren, und hatte einen Falkenierhandschuh, mit zwölf Rubinen und zweiundfünfzig großen erlesenen Perlen verziert. Der Herzogshut Karls des Kühnen, des letzten Herzogs von Burgund aus seinem Geschlecht, war mit birnenförmigen Perlen behängt und mit Saphiren besetzt.

Wie köstlich das Leben einmal gewesen war! Wie verschwenderisch in seiner Pracht und Zier! Vom Luxus der Toten auch nur zu lesen war wundervoll.

Dann wandte er seine Aufmerksamkeit den Stickereien und den gewirkten Tapeten zu, die in den frostigen Zimmern der nördlichen Völker an die Stelle der Freskogemälde getreten waren. Als er dieses Gebiet erforschte – und er hatte immer in außerordentlichem Maße die Gabe, für den Augenblick von allem, was er in Angriff nahm, völlig angezogen zu werden –, wurde er fast niedergeschlagen, wenn er an die Vernichtung dachte, die die Zeit über schöne und wundervolle Dinge gebracht hatte. Er jedenfalls war dieser Vernichtung entronnen. Sommer folgte auf Sommer, und die gelben Jonquillen blühten und starben vielmals dahin, und abscheuliche Nächte wiederholten die Geschichte ihrer Schande, aber er war unverändert. Kein Winter entstellte sein Gesicht oder beschädigte seinen blumenhaften Flaum. Wie anders war es mit stofflichen Dingen! Wohin waren sie gegangen? Wo war das große krokusfarbene Gewand, auf dem die Götter gegen die Giganten kämpften, das von braunen Mädchen Athene zur Freude gewirkt worden war? Wo war das große Velanum, das Nero über das Kolosseum in Rom gespannt hatte, das riesenhafte Purpursegel, auf dem der Sternenhimmel abgebildet war und Apollo, der einen Wagen lenkt, den weiße Stuten ziehen, die an goldenen Zügeln gehalten werden? Ihn verlangte, die seltsamen Tischtücher zu sehn, die für den Sonnenpriester gewebt worden waren, und auf denen all die Leckerbissen und Speisen zur Schau gewirkt waren, die man für ein Festgelage brauchen konnte: das Totengewand des Königs Chilperich, mit seinen dreihundert goldenen Bienen; die phantastischen Gewänder, die die Entrüstung des Bischofs von Pontus erregten, die mit „Löwen, Panthern, Bären, Hunden, Wäldern, Felsen, Jägern – wahrlich mit allem, was ein Maler in der Natur finden kann", geziert waren; und den Rock, den Karl von Orleans einst trug, auf dessen Ärmel die Verse eines Liedes gestickt waren, das anfing: „*Madame, je suis tout joyeux*", wobei die musikalische Begleitung der Worte in Goldfäden ausgeführt und jede Note – damals in eckiger Form – durch vier Perlen bezeichnet war. Er las von dem Zimmer, das im Palast zu Reims zur Benutzung für die Königin Johanna von Burgund hergerichtet worden war, und das mit „dreizehnhunderteinundzwanzig gestickten

Papageien geziert war, die das Wappen des Königs trugen, und mit fünfhunderteinundsechzig Schmetterlingen, deren Flügel ebenso mit dem Wappen der Königin geschmückt waren, das Ganze in Gold ausgeführt". Katharina von Medici hatte ein Trauerbett, das für sie aus schwarzem Samt gemacht worden war, worauf Halbmonde und Sonnen gestickt waren. Die Bettvorhänge waren aus Damast und hatten Laubgewinde und Girlanden auf einem Grund von Gold und Silber gestickt, und vom Rand hingen Fransen mit Perlstickereien herab, und das Bett stand in einem Zimmer, in dem reihenweise die Wahlsprüche der Königin in schwarzem gerissenen Samt auf Silberstoff hingen. Ludwig XIV. hatte in seinem Gemach fünfzehn Fuß hohe goldgestickte Karyatiden. Das Staatsbett Sobieskis, des Königs von Polen, war aus Smyrna-Goldbrokat gemacht, auf dem in Türkisen Verse aus dem Koran gestickt waren. Seine Füße aus vergoldetem Silber waren schön ziseliert und verschwenderisch mit emaillierten und edelsteinfunkelnden Medaillons besetzt. Es stammte aus dem Türkenlager vor Wien, und das Banner Mohammeds war unter dem zitternden, goldstrotzenden Betthimmel aufgehängt.

Und so suchte er ein ganzes Jahr lang die erlesensten Proben zusammenzubekommen, die er von Webarbeiten und Stickereien finden konnte. Er verschaffte sich Musseline aus Delhi, in die herrliche goldene Palmblätter gewebt und auf die irisierende Käferflügel genäht waren; die Gazen aus Dacca, die, weil sie so durchscheinend sind, im Orient „gewebte Luft" oder „fließendes Wasser" oder „Abendtau" genannt werden; Stoffe aus Java mit seltsamen Figuren; feine gelbe chinesische Gardinen; Bücher, in gelbbraunen Atlas oder hellblaue Seide gebunden, in die Wappenlilien, Vögel und Abzeichen gewebt waren; Schleiergewebe mit ungarischen Spitzen; sizilianische Brokate und steife spanische Samte; georgische Arbeiten mit ihren vergoldeten Münzen und japanische Fukusas mit ihrem grüngetönten Gold und ihren Vögeln mit wunderbar ausgearbeitetem Gefieder. Er hatte ferner eine besondere Neigung für kirchliche Gewänder und für alle Gegenstände, die mit dem Ritus der Kirche in Zusammenhang standen. In den langen Kästen aus Zedernholz, die auf dem westlichen Korridor seines Hauses standen, hatte er manche seltenen und schönen Stücke angesammelt, Proben des wahrhaften Gewandes der Braut Christi, die Purpur und Edelsteine und feines Linnen tragen muss, um den bleichen, abgezehrten Leib darin zu bergen, der von dem Leiden, das sie selber aufsucht, erschöpft und von selbst auferlegter Qual verwundet ist. Er besaß einen üppigen Chorrock aus karmesinroter Seide und goldgewirktem Damast, der mit einem fortlaufenden Muster von goldenen Granatäpfeln geschmückt war, die sich über sechsblätterigen, regelmäßigen Blüten befanden, unter denen auf jeder Seite das Tannzapfenmuster in Staubperlen gestickt war. Die Goldstickereien waren in einzelne Fächer geteilt, die Szenen aus dem Leben der Jungfrau darstellten, und die Krönung der Jungfrau war in farbiger Seide auf die dazugehörige Kappe gestickt. Das war italienische Arbeit aus dem fünfzehnten Jahrhundert. Ein anderer Chorrock war aus grünem Samt, mit herzförmigen Gruppen von Akanthusblättern bestickt, aus denen langstielige weiße Blüten herauswuchsen, die fein mit Silberfäden und bunten Kristallperlen bis ins Einzelne ausgearbeitet waren. Die Spange trug den Kopf eines Seraphs aus Goldfäden in Hochstickerei gefertigt. Die Boten waren in einem fortlaufenden Muster aus roter und goldfarbener Seide gewebt und mit Medaillonbildern vieler Heiliger und Märtyrer, unter denen der heilige Sebastian war, bedeckt. Er hatte ferner Messgewänder aus bernsteinfarbener Seide, aus blauer Seide und Goldbrokat, aus gelbem Seidendamast und Goldstoffen, auf denen sich Darstellungen der

Passion und der Kreuzigung Christi befanden, und die mit Löwen und Pfauen und andern Emblemen bestickt waren; Dalmatiken aus weißem Atlas und rosenrotem Seidendamast, die mit Tulpen und Delphinen und Wappenlilien geziert waren; Altardecken aus karmesinrotem Samt und blauem Leinen; und viele Korporalia, Tücher, die zum Verdecken des Abendmahlskelches bestimmt waren, und Armbinden. In den mystischen Verrichtungen, zu denen diese Dinge bestimmt waren, lag etwas, das seine Phantasie anregte.

Denn diese Schätze und alles, was er in seinem reizenden Hause sammelte, waren für ihn Mittel zum Vergessen, und Beschäftigungen, durch die er eine Zeitlang der Angst entrinnen konnte, die ihm zuzeiten unerträglich schien. An der Wand des verlassenen verschlossenen Zimmers, in dem er in seiner Knabenheit so oft geweilt hatte, hatte er mit eigenen Händen das entsetzliche Porträt aufgehängt, dessen Züge in ihrer Veränderung ihm die wirkliche Erniedrigung seines Lebens zeigten, und darüber hatte er als Vorhang das rot und goldene Bahrtuch angebracht. Wochenlang ging er wohl nicht hinauf, vergaß das grässliche Gemälde und hatte wieder sein leichtes Herz, seine wundervolle Fröhlichkeit, seine leidenschaftliche Hingabe an das Dasein an und für sich. Dann schlich er sich plötzlich in einer Nacht aus dem Hause, besuchte scheußliche Orte in der Nähe von Blue Gate Fields und blieb da Tag um Tag, bis es ihn nicht mehr duldete. Nach seiner Rückkehr setzte er sich dann wohl vor das Bild, manchmal voller Ekel vor ihm und vor sich selbst, zu andern Zeiten aber mit dem Stolz des Individualismus, der den halben Zauber der Sünde ausmacht, und dann lächelte er wohl in geheimem Vergnügen über das hässliche Abbild, das die Last zu tragen hatte, die eigentlich seine war.

Nach ein paar Jahren konnte er es nicht aufhalten, lange außerhalb Englands zu sein, und gab die Villa, die er in Trouville zusammen mit Lord Henry gehabt hatte, auf, und ebenso das kleine Haus mit den weißen Wänden in Algier, wo sie mehr als einmal den Winter verbracht hatten. Er ertrug den Gedanken nicht, von dem Bilde getrennt zu sein, das so zu einem Teil seines Lebens geworden war, und fürchtete auch, während seiner Abwesenheit könnte jemand trotz der künstlichen Schlösser, die er an der Tür hatte anbringen lassen, Zutritt in das Zimmer erlangen. Er wusste ganz gut, dass das Bild niemandem etwas sagen würde. Allerdings hatte das Porträt unter all der Gemeinheit und Hässlichkeit des Gesichts seine ausgeprägte Ähnlichkeit mit ihm behalten; aber was konnte man daraus entnehmen? Er würde über jeden lachen, der den Versuch machen wollte, ihn zu schmähen. Er hatte es nicht gemalt. Was bedeutete es ihm, wie schändlich und schmachvoll es aussah? Selbst wenn er jemandem die Wahrheit sagen wollte, wer würde sie glauben?

Und doch hatte er Angst. Wenn er manchmal auf dem Lande auf seiner großen Besitzung in Nottinghamshire war, die eleganten jungen Leute, die meistens seine Gesellschaft bildeten, bewirtete, und die Leute der Gegend durch den üppigen Luxus und den verschwenderischen Glanz seiner Lebenshaltung in Staunen setzte, verließ er wohl plötzlich seine Gäste und fuhr eilends in die Stadt zurück, um zu sehn, ob sich niemand an der Tür zu schaffen gemacht habe und ob das Bild noch da sei. Wie, wenn es gestohlen worden wäre? Der bloße Gedanke flößte ihm kaltes Entsetzen ein. Gewiss würde dann die Welt sein Geheimnis erfahren. Vielleicht hatte die Welt schon Verdacht geschöpft.

Denn ebenso wie er viele bezauberte, gab es nicht wenige, die Misstrauen gegen ihn hatten. Es war sehr nahe daran gewesen, dass seine Aufnahme in einen Klub im Westend, auf die er kraft seiner Geburt und seiner Stellung in der Gesellschaft vollen Anspruch hatte, in geheimer Abstimmung abgelehnt worden wäre, und es hieß, dass einmal, als ein Freund ihn in das Rauchzimmer des Churchill Club mitgenommen hatte, der Herzog von Berwick und ein anderer Herr in auffallender Weise aufgestanden und hinausgegangen wären. Seltsame Erzählungen waren über ihn im Umlauf, nachdem er sein fünfundzwanzigstes Jahr überschritten hatte. Es wurde gemunkelt, er sei in einer elenden Spelunke in den entlegenen Teilen Whitechapels in einem Streit mit fremden Matrosen beobachtet worden, und er gehe mit Dieben und Falschmünzern um und kenne die Geheimnisse ihres Gewerbes. Sein auffallendes Verschwinden zu bestimmten Zeiten war bekannt, und wenn er dann wieder in der Gesellschaft erschien, flüsterte man miteinander in den Ecken oder ging mit einem gewissen Lachen an ihm vorüber, oder sah ihn mit kühlen, forschenden Blicken an, als wäre man entschlossen, hinter sein Geheimnis zu kommen.

Von solchen Dreistigkeiten und Versuchen der Geringschätzung nahm er natürlich keine Notiz, und in den Augen der meisten Leute waren seine offene freundliche Art, sein entzückendes Knabenlächeln und die unendliche Grazie der wundervollen Jugend, die ihn nie zu verlassen schien, an sich eine genügende Antwort auf die Verleumdungen, wie sie das Gerede nannten, das über ihn umging. Man konnte indessen bemerken, dass einige von denen, die besonders intim mit ihm gewesen waren, ihn nach einiger Zeit zu meiden schienen. Frauen, die ihn glühend angebetet hatten und um seinetwillen allem Tadel der Gesellschaft getrotzt und sich über die Konvention hinweggesetzt hatten, sah man vor Scham oder Grauen erbleichen, wenn Dorian Gray ins Zimmer trat.

Aber dieses Skandalgeflüster vermehrte für viele nur seinen seltsamen und gefährlichen Reiz. Sein großer Reichtum war ein gewisses Element der Sicherheit. Die Gesellschaft, wenigstens die zivilisierte Gesellschaft, ist nie sehr geneigt, zum Nachteil derer etwas zu glauben, die zugleich reich und interessant sind. Sie fühlt instinktiv, dass das Benehmen wichtiger ist als die Moral, und nach ihrer Meinung ist die höchste Ehrbarkeit von geringerer Bedeutung als der Besitz eines guten Küchenchefs. Und schließlich ist es in der Tat ein schwacher Trost, wenn man erfährt, dass der Mann, der einem ein schlechtes Diner oder miserablen Wein vorgesetzt hat, in seinem Privatleben tadellos dasteht. Selbst die Kardinaltugenden können nicht mit beinahe kalt gewordenen Entrees versöhnen, wie Lord Henry einmal in einem Gespräch über das Thema bemerkte; und es spricht sehr viel für seine Meinung. Denn die Regeln der guten Gesellschaft sind dieselben wie die Regeln der Kunst, oder sollten es wenigstens sein. Die Form ist ein ganz und gar wesentlicher Bestandteil der Gesellschaft. Sie sollte die Würde einer Zeremonie und ebenso ihre Unwirklichkeit haben, und sollte die Unaufrichtigkeit eines romantischen Stückes mit dem Witz und der Schönheit verbinden, die diese Stücke zu unserem Entzücken machen. Ist Unaufrichtigkeit so etwas Schreckliches? Ich denke, nein. Sie ist nur eine Art, durch die wir unsere Persönlichkeit vervielfachen können.

In jedem Fall war dies die Meinung Dorian Grays. Er wunderte sich oft über die seichte Psychologie der Leute, die sich das Ich im Menschen als etwas Einfaches, Bleibendes, Verlässliches und Einheitliches vorstellen. Für ihn war der Mensch ein Wesen mit einem wahrhaften Gewimmel von einzelnen Leben und einem Gewimmel von Sinnesempfindungen, ein zusammengesetztes, vielgestaltetes Geschöpf, das seltsame Erbschaften in seinem Denken und seinen Trieben in sich trug und dessen Fleisch sogar von furchtbaren Krankheiten der Gestorbenen angesteckt war. Er ging gern durch die kalten Räume der kleinen Gemäldegalerie in seinem Landhause und betrachtete sich die verschiedenen Porträts derer, deren

Blut in seinen Adern floss. Da war Philipp Herbert, den Francis Osborne in seinen „Memoiren über die Regierungen der Königin Elisabeth und des Königs Jakob“ als einen schildert, „der am Hofe wegen seines schönen Gesichts beliebt war, das ihm nicht lange Gesellschaft leistete“. War es das Leben des jungen Herbert, das er manchmal führte? War ein seltsamer, giftführender Keim von Körper zu Körper gegangen, bis er in seinem angelangt war? War es eine dumpfe Erinnerung an diesen zerstörten Liebreiz gewesen, die damals, in Basil Hallwards Atelier, schuld war, dass er so plötzlich und fast ohne Ursache das wahnsinnige Gebet gesprochen hatte, das eine solche Veränderung über sein Leben gebracht hatte? Und hier stand in goldgesticktem, rotem Kamisol, juwelengeschmücktem Überrock und goldgesäumten Hals- und Ärmelkrausen Sir Antony Sherard mit den schwarz und silbernen Beinschienen. Was war das Vermächtnis, das er von diesem Mann hatte? Hatte der Geliebte der Giovanna von Neapel ihm ein Erbe der Sünde und Schmach vermacht? Waren seine eigenen Handlungen nur die Träume, die der Gestorbene nicht zu verwirklichen gewagt hatte? Und dort lächelte aus der verblichenen Leinwand Lady Elisabeth Devereux mit ihrer Gazehaube, ihrem perlenbesetzten Brustlatz und ihren rosenroten Schlitzärmeln. Eine Blume hielt sie in ihrer rechten Hand, und ihre Linke umfasste einen emaillierten Halsschmuck aus weißen und roten Rosen. Auf einem Tisch ihr zur Seite lagen eine Mandoline und ein Apfel. Große grüne Rosetten waren auf ihren kleinen spitzen Schuhen. Er wusste um ihr Leben und die seltsamen Geschichten, die man von ihren Liebhabern erzählte. Hatte er etwas von ihrem Naturell an sich? Diese ovalen Augen mit den schweren Lidern schienen seltsam auf ihn zu sehen.

Und wie war es mit George Willoughby mit seinem gepuderten Haar und seinen wunderlichen Schönheitspflästerchen? Wie schlimm er aussah! Das Gesicht war melancholisch und von dunkler Farbe, und die sinnlichen Lippen schienen verächtlich verzogen. Kostbare Spitzenkrausen fielen über die mageren gelben Hände, die so überladen mit Ringen waren. Er war ein Dandy des achtzehnten Jahrhunderts gewesen und in seiner Jugend der Freund von Lord Ferrars. Wie war es mit dem zweiten Lord Beckenham, dem Gefährten des Prinzregenten in seinen wildesten Tagen, der auch einer der Zeugen der geheimen Eheschließung mit Frau Fitzherbert gewesen war? Wie stolz und schön er war mit seinen kastanienbraunen Locken und seiner herausfordernden Haltung! Was für Leidenschaften hatte er übermacht? Die Welt hatte ihn für schändlich gehalten. Er hatte die Orgien in Carlton House angeführt. Der Stern des Hosenbandordens blitzte auf seiner Brust. Neben ihm hing das Porträt seiner Gemahlin, einer blassen Frau mit dünnen Lippen, die schwarz gekleidet war. Auch ihr Blut floss in ihm. Wie seltsam das alles schien! Und seine Mutter mit ihrem Lady-Hamilton-Gesicht und ihren feuchten, weinbenetzten Lippen – er wusste, was er von ihr bekommen hatte. Er hatte von ihr seine Schönheit bekommen und seine Sucht nach der Schönheit anderer. Sie lachte ihn an in ihrem losen Bacchantingewand. Es war Weinlaub in ihrem Haar, und der purpurne Saft floss über das Glas, das sie hielt. Die Fleischtöne des Bildes waren verblichen, aber die Augen waren noch wundervoll in der Tiefe und dem Glanz ihrer Farbe. Sie schienen ihm überall hin zu folgen, wo er auch ging.

Aber man hatte Ahnen ebenso in der Literatur wie in seinem eigenen Geschlecht, Ahnen, deren Typus und Naturell einem vielleicht oft näher steht, und die sicher einen Einfluss ausübten, von dem man sich bestimmtere Rechenschaft geben konnte. Es gab Zeiten, wo es Dorian Gray vorkam, als sei die ganze Geschichte nichts als ein Bericht seines eigenen

Lebens, nicht wie er es nach Taten und Umständen geführt hatte, sondern wie seine Phantasie es für ihn geschaffen hatte, wie es in seinem Hirn und seinen Trieben gewesen war. Er hatte das Gefühl, sie alle gekannt zu haben, diese seltsamen, furchtbaren Gestalten, die über die Bühne der Welt geschritten waren und die Sünde so wunderbar und das Böse so tief und fein gemacht hatten. Es kam ihm so vor, als wäre auf geheimnisvolle Weise ihr Leben sein eigenes gewesen.

Der Held des wunderbaren Romans, der auf sein Leben solchen Einfluss geübt hatte, hatte diese seltsame Phantasie auch gekannt. Im siebenten Kapitel erzählt er, wie er mit Lorbeer bekränzt, damit der Blitz ihn nicht treffen könne, als Tiberius in einem Garten zu Capri gesessen und die schändlichen Bücher von Elephantis gelesen habe, während Zwerge und Pfauen sich um ihn spreizten und der Flötenspieler den Weihrauchschwinger neckte; und wie er als Caligula mit den Stallknechten mit ihren grünen Schürzen in den Ställen gezecht und aus einem elfenbeinernen Futtertrog mit dem Pferd, das ein juwelengeschmücktes Stirnband trug, zusammen gegessen habe; und wie er als Domitian durch einen Korridor gewandelt sei, an dessen Wänden Marmorspiegel waren, in denen er mit verstörten Blicken auf den Reflex des Dolches sah, der sein Leben beenden sollte, krank an der Langeweile, dem furchtbaren taedium vitae, das die überkommt, denen das Leben nichts versagt; und wie er durch einen hellen Smaragd der blutigen Schlächterei im Zirkus zugesehen habe und dann in einer Sänfte aus Perlen und Purpur, die von silbergesprenkelten Maultieren gezogen wurde, durch eine Straße mit Granatbäumen nach einem Hause von Gold gefahren sei und gehört habe, wie die Menschen ihm zuriefen: Nero Cäsar!, als er vorbeifuhr; und wie er als Heliogabal sein Gesicht mit Farben bemalt habe und mit den Frauen am Rochen gesessen und den Mond aus Karthago geholt und ihn in mystischer Ehe der Sonne vermählt habe.

Wieder und wieder las Dorian dieses phantastische Kapitel und die beiden unmittelbar folgenden, in denen, wie in seltsamen Gobelins oder künstlerisch gearbeiteten Emaillen, die furchtbar-schönen Gestalten derer gemalt waren, die Laster und Blut und Müdigkeit zu Ungeheuern und Wahnsinnigen gemacht hatten: Filippo, der Herzog von Mailand, der sein Weib erschlug und ihre Lippen mit einem scharlachroten Gift bestrich, damit ihr Geliebter von dem Leichnam, den er im Schmerze liebkoste, den Tod küssen sollte; Pietro Barbi, der Venezianer, der als Paul der Zweite bekannt ist und der in seiner Eitelkeit den Beinamen Formosus annehmen wollte, dessen Tiara, die zweihunderttausend Gulden wert war, um den Preis einer furchtbaren Sünde gekauft worden; Gian Maria Visconti, der Hunde hatte, mit denen er auf lebende Menschen Jagd machte und dessen Leichnam nach seiner Ermordung von einer Dirne, die ihn geliebt hatte, mit Rosen bedeckt wurde; der Borgia mit seinem weißen Pferd, neben dem der Brudermord ritt, und dessen Mantel vom Blute Perottos befleckt war; Pietro Riario, der Kardinal-Erzbischof von Florenz, Kind und Liebster von Sixtus IV., dessen Schönheit nur von seiner Ausschweifung erreicht wurde, und der Leonora von Aragonien in einem Pavillon empfing, der mit weißer und karmesinroter Seide ausgeschlagen und voller Nymphen und Kentauren war, und der einen Knaben vergoldete, damit er beim Gelage als Ganymedes oder Hylas dienen konnte; Ezzelin, dessen Melancholie nur durch das Schauspiel des Todes geheilt werden konnte, und der eine Leidenschaft für rotes Blut hatte, wie andere Menschen für roten Wein – der Sohn des Satans, wie man raunte, und dazu einer, der seinen Vater im Spiel betrogen, als er mit ihm um seine Seele würfelte; Giambattista Cibo, der aus Spott den

Namen Innozenz annahm und in dessen starr und stumpf gewordene Adern von einem jüdischen Arzt das Blut dreier Jünglinge gepumpt worden war; Sigismondo Malatesta, der Geliebte der Isotta und der Herr von Rimini, der in Rom im Bilde als Feind Gottes und der Menschen verbrannt wurde und der Polyssena mit einer Serviette erdrosselte und Ginevra d'Este aus einem smaragdenen Becher Gift zu trinken gab und der zu Ehren einer schändlichen Leidenschaft eine heidnische Kirche für christlichen Gottesdienst baute; Karl VI., der so wild für seines Bruders Weib erglüht war, dass ein Aussätziger ihm den Wahnsinn verkündet hatte, der über ihn kommen werde, und der, als sein Hirn krank und absonderlich geworden war, sich nur im Spiel mit sarazenischen Karten beruhigte, auf denen die Bilder von Liebe und Tod und Wahnsinn waren; und in seinem schmucken Koller und der juwelengeschmückten Mütze und den akanthusgleichen Locken Grifonetto Baglioni, der Astorre bei seiner Braut und Simonetto bei seinem Pagen erschlug und dessen Liebreiz so groß war, dass, als er sterbend in der gelben Piazza von Perugia lag, die ihn gehasst hatten, das Weinen nicht zurückhalten konnten, und Atalanta, die ihn verflucht hatte, ihn segnete.

Ein grauenvoller Zauber ging von ihnen allen aus. Er sah sie bei Nacht, und sie verwirrten seine Gedanken zu seltsamen Phantasien am Tag. Die Renaissance kannte seltsame Methoden der Vergiftung – Vergiftung durch einen Helm und eine angezündete Fackel, durch einen bestickten Handschuh und einen mit Steinen besetzten Fächer, durch eine vergoldete Ambrakugel und eine Bernsteinkette: Dorian Gray war durch ein Buch vergiftet worden. Es gab Augenblicke, wo er das Böse lediglich als eine Möglichkeit ansah, durch die er seine Idee des Schönen verwirklichen konnte.

Zwölftes Kapitel

Es war am neunten November, am Vorabend seines achtunddreißigsten Geburtstages, wie er sich nachher oft erinnerte.

Er ging gegen elf Uhr von Lord Henry, bei dem er zum Diner gewesen war, nach Hause. Er war in schwere Pelze gehüllt, da die Nacht kalt und neblig war. An der Ecke von Grosvenor Square und South Audley Street ging im Nebel jemand sehr schnell an ihm vorüber, der den Kragen seines Mantels hochgeschlagen hatte. Er trug eine Handtasche. Dorian erkannte ihn: Es war Basil Hallward. Eine seltsame Angst, über die er sich keine Rechenschaft ablegen konnte, überkam ihn. Er ließ nicht merken, dass er ihn erkannte, und ging schnell weiter nach Hause zu.

Aber Hallward hatte ihn gesehen. Dorian hörte, wie er erst stehen blieb und ihm dann nacheilte. In wenigen Augenblicken lag Basils Hand auf seinem Arm.

„Dorian! Was für ein außerordentlicher Glückszufall! Ich war bei dir und habe in deinem Bücherzimmer seit neun Uhr auf dich gewartet. Schließlich tat mir dein müder Bedienter leid, und ich sagte ihm, als er mich hinausließ, er solle zu Bett gehen. Ich fahre mit dem Zwölfuhrzug nach Paris, und ich hatte den lebhaften Wunsch, dich vor der Abreise zu sehen. Ich dachte, das müsstest du sein oder wenigstens dein Pelzmantel, als du vorbeigingst. Aber ich war nicht ganz sicher. Hast du mich nicht erkannt?“

„In diesem Nebel, lieber Basil? Ich kann nicht einmal Grosvenor Square erkennen. Ich glaube, mein Haus ist hier irgendwo in der Nähe, aber ich bin mir nicht ganz sicher. Es tut mir leid, dass du weggehst, ich habe dich eine Ewigkeit nicht gesehen. Aber ich denke, du wirst bald wieder zurück sein?"

„Nein, ich werde ein halbes Jahr von England fort sein. Ich will in Paris ein Atelier mieten und mich einschließen, bis ein großes Bild fertig ist, das ich im Kopfe habe. Indessen, ich wollte nicht über mich reden. Hier sind wir an deiner Tür. Lass mich einen Augenblick eintreten. Ich habe dir etwas zu sagen."

„Es wird mich freuen. Aber versäumst du deinen Zug nicht?" sagte Dorian Gray mit matter Stimme, während er die Stufen hinaufging und die Tür mit seinem Drücker öffnete.

Das Licht der Laterne flackerte im Nebel unruhig hin und her, und Hallward sah auf die Uhr. „Ich habe noch eine Menge Zeit", antwortete er. „Der Zug geht erst zwölf Uhr fünfzehn, und es ist jetzt eben erst elf. In Wahrheit war ich im Begriff, in den Klub zu gehn, um da nach dir zu fragen, als ich dich traf. Du siehst, das Gepäck hält mich nicht auf, da ich die schweren Stücke vorausgeschickt habe. Alles, was ich mit mir nehme, ist in dieser Handtasche, und ich kann Victoria Station leicht in zwanzig Minuten erreichen."

Dorian sah ihn an und lächelte. „Was für eine Art für einen berühmten Maler zu reisen! Eine Handtasche und ein Ulstermantel! Komm herein, sonst dringt der Nebel ins Haus. Und bitte, sprich über nichts Ernsthaftes mit mir. Nichts ist heutzutage ernsthaft. Wenigstens sollte es nichts sein."

Hallward schüttelte den Kopf, als er eintrat, und folgte Dorian ins Bücherzimmer. Ein helles Holzfeuer brannte in dem offenen Kamin. Die Lampen waren angezündet, und ein holländischer silberner Likörkasten stand offen nebst einigen Sodawassersiphons und großen Kristallgläsern auf einem eingelegten Tischchen.

„Du siehst, Dorian, dein Diener hat es mir ganz behaglich gemacht. Er gab mir alles, was ich brauchte, einschließlich deiner besten Zigaretten mit Goldmundstück. Er ist ein sehr freundliches Menschenkind. Er gefällt mir viel besser als der Franzose, den du früher hattest. Was ist übrigens aus dem geworden?"

Dorian zuckte die Achseln. „Ich glaube, er heiratete das Dienstmädchen Lady Radleys und etablierte sie in Paris als englische Kleidermacherin. Die Anglomanie ist drüben jetzt sehr in Mode, höre ich. Das ist doch dumm von den Franzosen, nicht? Aber, weißt du, er war durchaus kein schlechter Bedienter. Ich konnte ihn nie leiden, aber ich hatte nicht über ihn zu klagen. Man bildet sich oft etwas ein, das ganz sinnlos ist; er war mir sehr ergeben und schien ganz traurig, als er wegging. Willst du noch eine Soda mit Kognak? Oder lieber Wein und Selters? Ich trinke immer Wein und Selters. Im nächsten Zimmer steht es sicher."

„Danke, ich nehme nichts mehr", sagte der Maler, legte Mantel und Mütze ab und warf sie auf die Tasche, die er in die Ecke gestellt hatte. „Und nun, lieber Freund, möchte ich ernsthaft mit dir reden. Du musst nicht so die Stirn runzeln, du machst es mir dadurch viel schwerer."

„Um was handelt es sich denn?" rief Dorian in einem Tone, der die Sache nicht wichtig nahm und doch abweisend war. „Ich hoffe, es handelt sich nicht um mich. Ich habe heute Abend keine Lust zu mir. Ich wünschte, ich wäre ein anderer."

„Es handelt sich um dich", antwortete Hallward mit seiner ernsten, tiefen Stimme, „und ich muss es dir sagen. Ich werde dich nicht länger als eine halbe Stunde aufhalten."

Dorian seufzte und zündete sich eine Zigarette an. „Eine halbe Stunde!" murmelte er.

„Das ist nicht viel von dir verlangt, Dorian, und ich rede nur um deinetwillen. Ich halte es für richtig, dass du erfährst, dass die fürchterlichsten Dinge über dich in London geredet werden."

„Ich will nicht das Geringste davon hören. Ich mag den Klatsch über andere Leute, aber über mich selbst interessiert er mich nicht. Er hat nicht einmal den Reiz der Neuheit."

„Was über dich geredet wird, muss dich interessieren, Dorian. Jeder anständige Mensch hat Interesse an seinem guten Namen. Du darfst die Leute nicht von dir reden lassen wie von einem lasterhaften und gesunkenen Menschen. Natürlich hast du deine gesellschaftliche Stellung und deinen Reichtum und was noch sonst derart. Aber Stellung und Reichtum sind nicht alles. Verstehe wohl, ich glaube diesen Gerüchten nicht! Zum Mindesten kann ich ihnen nicht glauben, wenn ich dich sehe. Die Sünde ist etwas, was sich einem Menschen aufs Gesicht schreibt. Sie kann nicht verhehlt werden. Die Menschen reden manchmal von geheimen Lastern. So etwas gibt es nicht! Wenn ein Unwürdiger ein Laster hat, zeigt es sich in den Linien seines Mundes, in seinen gesenkten Lidern, sogar in der Form seiner Hände. Jemand – ich nenne seinen Namen nicht, aber du kennst ihn – kam im vorigen Jahr zu mir und wollte sich malen lassen. Ich hatte ihn vorher gesehen und hatte damals nie etwas über ihn gehört – inzwischen habe ich freilich genug gehört. Er bot mir einen außerordentlich hohen Preis. Ich lehnte ab. Es war etwas in den Formen seiner Finger, was mir widerwärtig war. Ich weiß jetzt, dass ich mit dem, was ich von ihm dachte, ganz recht hatte. Er führt ein schreckliches Leben. Aber du, Dorian, mit deinem reinen, strahlenden, unschuldigen Gesicht und deiner wunderbaren unberührten Jugend – ich kann nichts, was gegen dich gesagt wird, glauben. Aber ich sehe dich jetzt selten, und du kommst jetzt nie mehr zu mir ins Atelier, und wenn ich dir fern bin und all diese hässlichen Dinge höre, die die Leute über dich raunen, dann weiß ich nicht, was ich sagen soll. Woher kommt es, Dorian, dass ein Mann wie der Herzog von Berwick aufsteht und das Klubzimmer verlässt, wenn du hereinkommst? Woher kommt es, dass so viele Männer der Gesellschaft dein Haus nie betreten und dich nie zu sich einladen? Du warst mit Lord Staveley befreundet. Ich traf ihn vorige Woche bei einem Diner. Dein Name fiel zufällig im Gespräch, in Verbindung mit den Miniaturen, die du für die Ausstellung im Dudley hergegeben hast. Staveley verzog das Gesicht und sagte, du hättest vielleicht den erlesensten künstlerischen Geschmack, aber du seist ein Mann, den kein reines Mädchen kennenlernen dürfe, und mit dem keine züchtige Frau im selben Zimmer sitzen solle. Ich erinnerte ihn daran, dass ich mit dir befreundet bin, und fragte ihn, was er damit meinte. Er sagte es mir. Er sagte es mir vor allen Leuten gerade heraus. Es war schändlich! Warum ist deine Freundschaft jungen Männern so verhängnisvoll? Da war der unglückliche Jüngling in der Garde, der Selbstmord begangen hat. Du warst sehr mit ihm befreundet. Da war Sir Henry Ashton, der mit einem befleckten Namen England verlassen musste. Du und er waren unzertrennlich. Wie ist es mit Adrian Singleton und seinem furchtbaren Ende? Wie mit Lord Kents einzigem Sohne und seiner Karriere? Ich traf gestern seinen Vater in St. James' Street. Er schien gebrochen vor Schande und Kummer. Wie steht es mit dem jungen Herzog von Perth? Was für eine Art Leben führt er jetzt? Welcher anständige Mensch wollte mit ihm umgehen?"

„Hör auf, Basil! Du redest von Dingen, von denen du nichts weißt", sagte Dorian Gray, der sich auf die Lippen biss und in einem Tone unendlicher Verachtung sprach. „Du fragst mich, warum Berwick das Zimmer verlässt, wenn ich hereinkomme. Es geschieht, weil ich sein Leben genau kenne, nicht, weil er etwas von mir weiß. Mit dem Blut, das er in den Adern hat, wie könnte da sein Konto in Ordnung sein? Du fragst mich um Henry Ashton und den jungen Perth? Lehrte ich den einen seine Laster und den andern seine Ausschweifungen? Wenn Kents dummer Sohn seine Frau von der Straße nimmt, was geht das mich an? Wenn Adrian Singleton den Namen seines Freundes auf einen Wechsel schreibt, bin ich sein Aufseher? Ich weiß, wie die Menschen in England schwatzen. Die Mittelklassen breiten ihre moralischen Vorurteile behaglich über ihre großen Esstische aus und flüstern über etwas, was sie die Schändlichkeiten derer nennen, denen es besser als ihnen geht, hauptsächlich um damit zu prahlen, dass sie sich in feiner Gesellschaft bewegen und im intimen Verkehr mit denen stehen, die sie verleumden. In unserm Land genügt es, dass jemand vornehm ist und Geist hat, damit jede gemeine Zunge sich gegen ihn rührt. Und was für eine Sorte Leben führen diese Menschen, die sich als moralisch aufspielen, selber? Mein Lieber, du vergisst, dass wir in der Heimat der Heuchler leben!"

„Dorian", rief Hallward, „darum handelt es sich nicht. England ist schlimm genug, ich weiß es, und die englische Gesellschaft ist ganz und gar schlecht. Das ist der Grund, warum ich wünsche, dass du gut bist. Du bist nicht gut gewesen. Man hat ein Recht, einen Menschen nach der Wirkung zu beurteilen, die er auf seine Freunde übt. Deine scheinen allen Sinn für Ehre, für Tugend, für Reinheit zu verlieren. Du hast sie mit einer wahnsinnigen Genussgier erfüllt. Sie sind in die Tiefe gesunken. Du hast sie dahin geführt. Jawohl, du hast sie dahin geführt und kannst doch lächeln, und lächelst jetzt! Und es kommt noch Schlimmeres! Ich weiß, du und Harry sind unzertrennlich. Gewiss hättest du aus diesem Grund, wenn aus keinem andern, dich hüten müssen, den Namen seiner Schwester zum Spott zu machen."

„Nimm dich in Acht, Basil! Du gehst zu weit!"

„Ich muss sprechen, und du musst mich hören. Als du Lady Gwendolen kennenlerntest, hatte sie nie auch nur der Hauch eines Geredes berührt. Gibt es in London eine einzige anständige Frau, die jetzt in ihrem Wagen sich im Park sehn lassen möchte? Ja, nicht einmal ihren Kindern ist es erlaubt, bei ihr zu leben. Dann hört man andere Geschichten – Geschichten, dass man dich gesehen hat, wie du dich in der Dämmerung aus grässlichen Häusern gestohlen hast und verkleidet in die niederträchtigsten Höhlen Londons geschlichen bist. Ist das wahr? Kann das wahr sein? Als ich zuerst so etwas hörte, lachte ich. Ich höre es jetzt, und es schaudert mich. Wie steht es mit deinem Landhaus, und wie geht es da zu? Dorian, du weißt nicht, was man von dir sagt! Ich will dir das nicht sagen, ich will dir keine Predigt halten. Ich erinnere mich, Harry sagte einmal, jeder, der im Beruf des Geistlichen dilettiert, sagt zunächst immer, er wolle nicht predigen, und bricht dann sofort sein Wort. Also gut, ich will dir eine Predigt halten. Ich will, dass du ein solches Leben führst, dass die Welt Achtung vor dir haben muss. Ich will, dass du einen reinen Namen und ein geordnetes Register hast. Ich will, dass du dich von den schrecklichen Menschen lossagst, die deine Genossen sind. Zucke nicht so mit den Achseln! Sei nicht so gleichgültig! Du hast einen starken Einfluss. Lass ihn einen guten sein, nicht einen schlechten. Man sagt, du verdirbst jeden, mit dem du intim wirst, und es sei völlig genug, dass du ein Haus betrittst, damit irgendeine Schande nachfolge. Ich weiß nicht, ob es so ist oder nicht. Wie sollte ich es wissen? Aber man sagt es. Man hat mir Dinge erzählt, dass es unmöglich ist, daran zu zweifeln. Lord Cloucester war in Oxford einer meiner liebsten Freunde. Er zeigte mir einen Brief, den seine Frau ihm geschrieben hat, als sie allein in ihrer Villa in Mentone im Sterben lag. Dein Name kam in der furchtbarsten Beichte vor, die ich je im

Leben gelesen habe. Ich sagte ihm, es sei Wahnsinn – ich kennte dich durch und durch, sagte ich, und du seist nicht imstande zu irgendetwas der Art. Ich sagte ihm, ich kennte dich. Aber kenne ich dich? Ich möchte wissen, ob ich dich kenne! Ehe ich darauf antworten könnte, müsste ich deine Seele sehn."

„Meine Seele sehn!" flüsterte Dorian Gray, stand vom Sofa auf und wurde fast weiß vor Angst.

„Ja", antwortete Hallward ernst, und tiefer Schmerz lag im Klang seiner Stimme, „deine Seele müsste ich sehn. Aber das kann nur Gott!"

Ein bitteres Hohngelächter brach aus dem Munde des Jüngeren. „Du sollst sie selber sehn, noch heute Nacht!" rief er und nahm eine Lampe vom Tisch. „Komm, sie ist ein Werk deiner eigenen Hand. Warum solltest du es nicht ansehen? Du kannst nachher der Welt alles davon erzählen, wenn du willst. Niemand würde dir glauben. Wenn sie dir glaubten, hätten sie mich nur um so lieber. Ich kenne die Zeit besser als du, obwohl du langweilig davon reden kannst. Komm, sag ich dir! Du hast genug von Verderbnis geschwatzt. Jetzt sollst du sie von Angesicht zu Angesicht sehn."

Der Wahnsinn des Hochmuts lag in jedem Wort, das er sprach. Er stampfte in seiner knabenhaften, dreisten Art auf den Boden. Er empfand eine furchtbare Freude bei dem Gedanken, ein anderer solle sein Geheimnis teilen, und der Mann, der das Porträt gemalt hatte, das der Ursprung all seiner Schmach war, solle für den Rest seines Lebens mit der grässlichen Erinnerung an das, was er getan, beladen werden.

„Ja", fuhr er fort, indem er näher an ihn herantrat und ihm fest in seine strengen Augen sah, „ich will dir meine Seele zeigen. Du sollst das Ding sehn, von dem du dir einbildest, nur Gott könne es sehn."

Hallward trat zurück. „Das ist Lästerung, Dorian!“ rief er. „Du solltest keine solchen Reden führen. Sie sind schrecklich und haben keinen Sinn.“

„Meinst du?“ Er lachte wieder.

„Ich weiß es. Was ich dir heute sagte, sagte ich zu deinem Besten. Du weißt, ich war dir immer ein treuer Freund.“

„Werde jetzt nur nicht gerührt! Komm zu Ende mit dem, was du zu sagen hast!“

Das Gesicht des Malers zuckte schmerzlich. Er schwieg einen Augenblick, und ein wildes Gefühl des Mitleids überkam ihn. Schließlich, was hatte er für ein Recht, in das Leben Dorian Grays zu spähen? Wenn er auch nur den zehnten Teil dessen getan hatte, was über ihn geredet wurde, wie viel musste er gelitten haben! Dann richtete er sich auf und ging zum Kamin und blieb da stehen. Er blickte auf die brennenden Klötze mit ihrer Asche, die wie weißer Reif aussah, und auf die zuckenden Flammen.

„Ich warte, Basil“, sagte der junge Mann mit harter, heller Stimme.

Hallward drehte sich um. „Was ich zu sagen habe, ist dies!“ rief er. „Du musst mir irgendeine Antwort auf diese schrecklichen Anklagen geben, die gegen dich erhoben werden! Wenn du mir sagst, dass sie von Anfang bis zu Ende unwahr sind, werde ich dir glauben. Bestreite sie, Dorian, bestreite sie! Kannst du nicht sehn, was ich durchmache? Mein Gott, sag mir nicht, dass du schlecht und verdorben und schändlich bist!“

Dorian Gray lächelte. Seine Lippen kräuselten sich verächtlich. „Komm nach oben, Basil“, sagte er ruhig. „Ich habe da Aufzeichnungen von Tag zu Tag, ein Tagebuch über mein Leben, und es kommt nie aus dem Zimmer heraus, in dem es geschrieben wird. Ich will es dir zeigen, wenn du mitkommst.“

„Ich werde mit dir kommen, Dorian, wenn du es haben willst. Ich sehe, ich habe meinen Zug versäumt. Das macht nichts; ich kann morgen fahren. Aber gib mir heute Nacht nichts zu lesen! Ich brauche nur eine klare Antwort auf meine Frage."

„Die soll dir droben gegeben werden. Ich kann sie hier nicht geben. Du wirst nicht lange zu lesen haben."

Dreizehntes Kapitel

Er trat aus dem Zimmer und fing an, die Treppe hinaufzugehen; Basil Hallward folgte dicht hinter ihm. Sie traten leise auf, wie man es instinktiv bei Nacht zu tun pflegt. Die Lampe warf auf die Wand und die Treppe phantastische Schatten. Einige Fenster klirrten in dem Wind, der sich erhoben hatte.

Als sie den obersten Treppenabsatz erreicht hatten, stellte Dorian Gray die Lampe auf den Fußboden, nahm den Schlüssel aus der Tasche und schloss auf. „Du bestehst auf einer Antwort, Basil?“ fragte er leise.

„Ja.“

„Mit Vergnügen“, erwiderte er lächelnd. Dann fügte er mit etwas rauer Stimme hinzu: „Du bist der einzige Mensch in der Welt, der Anspruch darauf hat, alles über mich zu wissen. Du hast mehr mit meinem Leben zu tun gehabt, als du glaubst.“ Damit nahm er die Lampe auf, öffnete die Tür und trat ein. Ein kalter Luftzug traf sie, und das Licht schoss einen Augenblick zu einer dunkelorangefarbenen Flamme empor. Er schauderte. „Schließe die Tür hinter dir!“ flüsterte er und stellte die Lampe auf den Tisch.

Hallward blickte erstaunt um sich. Das Zimmer sah aus, als sei es seit vielen Jahren nicht bewohnt. Ein verblichener flämischer Wandteppich, ein verhängtes Bild, ein alter italienischer *cassone* und ein fast leerer Bücherschrank, das war, außer einem Stuhl und einem Tisch, alles, was darin zu sein schien. Als Dorian Gray eine halb heruntergebrannte Kerze anzündete, die auf dem Kaminsims stand, sah Basil, dass das ganze Zimmer mit Staub bedeckt war und dass der Teppich in Fetzen lag. Eine Maus lief ängstlich hinter die Täfelung. Es roch dumpfig nach Schimmel.

„Du glaubst also, nur Gott sehe die Seele, Basil? Zieh den Vorhang zurück, und du wirst meine sehen."

Die Stimme, die sprach, war kalt und grausam.

„Du bist wahnsinnig, Dorian, oder spielst eine Rolle!" erwiderte Hallward und runzelte die Stirn.

„Du willst nicht? Dann muss ich es selbst tun", sagte der junge Mann; und er riss den Vorhang von seiner Stange und warf ihn zu Boden.

Ein Ausruf des Entsetzens kam von den Lippen des Malers, als er in der schlechten Beleuchtung das hässliche Gesicht auf der Leinwand sah, das ihn angrinste. Es lag etwas in dem Ausdruck, das ihn mit Widerwillen und Ekel erfüllte. Großer Gott! Es war Dorian Grays eigenes Gesicht, auf das er blickte! Das Grässliche, was es auch war, hatte die wunderbare Schönheit noch nicht ganz zerstört. Noch war etwas Gold in dem dünnen Haar und etwas Rot auf dem sinnlichen Mund. Die stumpfen Augen hatten etwas von ihrem lieblichen Blau bewahrt, die edlen, geschwungenen Linien um die feingebauten Nüstern und der plastische Hals waren noch nicht ganz geschwunden. Ja, es war Dorian selbst. Aber wer hatte das gemacht? Er glaubte das Werk seines eigenen Pinsels zu erkennen, und der Rahmen war von ihm selbst entworfen. Der Gedanke war ungeheuerlich, aber ihn überkam Angst. Er ergriff die Kerze und hielt sie nahe ans Bild. In der linken Ecke stand sein Name in langen hellroten Buchstaben.

Es war irgendeine verruchte Parodie, eine schmähliche, unwürdige Satire. Er hatte das nie gemalt. Aber doch, es war sein eigenes Bild. Er wusste es und hatte die Empfindung, als wandle sich sein Blut in einem Augenblick aus Feuer in stockendes Eis. Sein eigenes Bild! Was sollte das heißen? Warum war es verändert? Er drehte sich um und sah Dorian mit fiebernden Augen an. Sein Mund zuckte, und seine Zunge klebte am Gaumen und schien sich nicht rühren zu können. Er fuhr mit der Hand über die Stirn; kalter Schweiß bedeckte sie.

Der junge Mann stand an den Kamin gelehnt da und beobachtete ihn mit dem seltsamen Ausdruck, den man auf den Mienen derer sieht, die vom Spiel eines großen Künstlers in einem Theaterstück ganz hingerissen sind. Es war kein wirklicher Schmerz und keine wirkliche Freude. Es war nur die Leidenschaft des Zuschauers, vielleicht noch mit einem Flackern des Triumphs in den Augen. Er hatte die Blume aus seinem Knopfloch genommen und sog ihren Duft ein oder tat wenigstens so.

„Was bedeutet das?" rief Hallward endlich. Seine eigene Stimme klang ihm grell und seltsam in den Ohren.

„Vor vielen Jahren, als ich fast noch ein Knabe war", sagte Dorian Gray und zerdrückte die Blume in seiner Hand, „lerntest du mich kennen, schmeicheltest mir und lehrtest mich, auf mein Aussehen eitel zu sein. Eines Tages machtest du mich mit einem deiner Freunde bekannt, der mir erklärte, was für eine wunderbare Sache die Jugend sei, und du vollendetest ein Porträt von mir, das mir das Wunder der Schönheit offenbarte. In einem tollen Augenblick – ich weiß auch jetzt nicht, ob ich ihn bedaure oder nicht – sprach ich einen Wunsch aus, vielleicht würdest du es ein Gebet nennen …"

„Ich erinnere mich! Oh, wie gut erinnere ich mich daran! Nein! So etwas ist unmöglich. Das Zimmer ist feucht. Die Leinwand ist verschimmelt. Die Farben, die ich benutzt habe, hatten irgendein schädliches, mineralisches Gift in sich. Ich sage dir, so etwas ist unmöglich!"

„Ah, was ist unmöglich?" murmelte der junge Mann, ging zum Fenster und lehnte seine Stirn an die kalte, nebelnasse Scheibe.

„Du sagtest mir, du hättest das Bild zerstört."

„Das habe ich falsch gesagt. Es hat mich zerstört."

„Kannst du dein Ideal nicht darin erblicken?" sagte Dorian bitter.

„Ich glaube nicht, dass es mein Bild ist." „Mein Ideal, wie du es nennst ..."

„Wie du es nanntest."

„Es hatte nichts Böses in sich, nichts Schmachvolles. Du warst für mich ein Ideal, wie ich es nie wieder finden werde. Dies ist das Gesicht eines Satyrs."

„Es ist das Gesicht meiner Seele."

„Mein Heiland! Was habe ich angebetet! Es hat die Augen eines Teufels."

„Jeder von uns hat Himmel und Hölle in sich, Basil!" rief Dorian mit einer wilden Bewegung der Verzweiflung.

Hallward wandte sich wieder dem Bild zu und starrte es an. „Mein Gott! Es ist wahr", rief er aus, „und das hast du aus deinem Leben gemacht! Wehe, du musst noch schlechter sein, als die, die so schlimm von dir reden, ahnen!" Er hielt das Gesicht wieder nahe an die Leinwand und untersuchte sie genau. Die Oberfläche schien völlig unangetastet und geblieben, wie sie aus seinen Händen gekommen war. Von innen waren augenscheinlich die Verderbnis und das Entsetzliche gedrungen. Durch einen seltsamen Zeugungsprozess inneren Lebens fraß der Aussatz der Sünde langsam an dem Bilde. Das Faulen eines Leichnams, der im Wasser begraben liegt, war nicht so grauenhaft.

Seine Hand zitterte, und die Kerze fiel aus dem Leuchter auf den Fußboden und lag qualmend da. Er trat mit dem Fuß darauf und löschte sie aus. Dann warf er sich in den gebrechlichen Stuhl, der am Tisch stand, und begrub das Gesicht in den Händen.

„Guter Gott, Dorian, was für eine Züchtigung! Was für eine grässliche Züchtigung!“ Es kam keine Antwort, aber er konnte hören, wie der junge Mann am Fenster schluchzte. „Bete, Dorian, bete!“ sagte er in leisem, eindringlichem Tone. „Wie war es, was man uns in der Kinderzeit aufsagen ließ? ‚Führe uns nicht in Versuchung. Vergib uns unsere Sünden. Tilge unsere Missetaten.‘ Komm, wir wollen es zusammen sprechen! Das Gebet deines Hochmuts ist erhört worden. Das Gebet deiner Reue wird auch erhört werden. Ich betete dich zu sehr an. Ich bin dafür gestraft worden. Du hast dich selbst zu sehr angebetet. Wir sind beide gestraft.“

Dorian Gray drehte sich langsam um und sah ihn mit tränenumschleierten Augen an. „Es ist zu spät, Basil“, sagte er, und die Stimme versagte ihm fast.

„Es ist nie zu spät, Dorian. Wir wollen zusammen hinknien, wir wollen versuchen, uns eines Gebetes zu erinnern. Steht nicht ein Vers irgendwo: ‚Und wenn schon eure Sünden wie Scharlach sind, ich will sie weiß machen wie Schnee?‘“

„Solche Worte haben keinen Sinn mehr für mich.“

„Still! Sag nicht so etwas! Du hast genug Schlimmes getan im Leben. Mein Gott! Siehst du nicht, wie das verruchte Bild höhnisch zu uns her schielt?“

Dorian Gray sah auf das Bild, und plötzlich überkam ihn ein unwiderstehliches Gefühl des Hasses gegen Basil Hallward, als ob es ihm von dem Bildnis auf der Leinwand eingeflößt würde, von diesen grinsenden Lippen in sein Ohr geraunt würde. Die wilde Wut eines gehetzten Tieres erwachte in ihm, und er verabscheute den Mann, der am Tische saß, mehr, als er je im Leben etwas verabscheut hatte. Er blickte wild um sich. Es glänzte etwas oben auf der bemalten Truhe, die ihm gegenüberstand. Sein Auge fiel darauf. Er erkannte, was es war. Es war ein Messer, das er ein paar Tage vorher mit herauf gebracht hatte, um ein Stück Schnur durchzuschneiden, und das er vergessen hatte, wieder fortzutragen. Er bewegte sich langsam darauf zu, wobei er an Hallward vorüber musste. Sowie er an ihm vorbei war, ergriff er es und drehte sich um. Hallward bewegte sich auf seinem Stuhl, als ob er eben aufstehen wollte. Dorian stürzte auf ihn und stieß das Messer in die große Schlagader hinter dem Ohr, presste den Kopf des Mannes auf den Tisch herunter und stieß wieder und wieder zu.

Es gab ein dumpfes Röcheln und den grässlichen Ton eines Menschen, der am Blute erstickt. Dreimal streckten sich die krampfhaft ausgebreiteten Arme empor, und die Hände wogten mit steif gereckten Fingern grotesk durch die Luft. Er stieß noch zweimal mit dem Messer nach, aber der Mann rührte sich nicht mehr. Etwas fing an, auf den Boden zu tröpfeln. Er wartete einen Augenblick und drückte immer noch den Kopf herunter. Dann warf er das Messer auf den Tisch und lauschte.

Er konnte nichts weiter hören als das Tropf-Tropf auf den fadenscheinigen Teppich. Er öffnete die Tür und ging bis zum Beginn der Treppe. Das Haus war völlig ruhig, niemand war zu hören. Ein paar Sekunden stand er über die Brüstung gelehnt und spähte hinab in den schwarzen, kochenden Brunnen der Dunkelheit. Dann zog er den Schlüssel heraus, kehrte in das Zimmer zurück und schloss die Tür hinter sich zu.

Das Ding saß noch im Stuhl und hing mit gebeugtem Kopf und gekrümmtem Rücken und langen, wunderlichen Armen über den Tisch. Wäre nicht der rote, tief ausgebohrte Riss im Nacken gewesen und die schwarze, geronnene Pfütze, die sich auf dem Tisch langsam erweiterte, man hätte denken können, der Mann sei eingeschlafen.

Wie schnell das alles gegangen war! Er war seltsam ruhig, ging zur Balkontür, öffnete sie und trat hinaus. Der Wind hatte den Nebel auseinandergejagt, und der Himmel war wie ein ungeheurer Pfauenschweif mit unzähligen goldenen Augen ausgestirnt. Er sah hinunter und sah den Schutzmann, der seine Runde machte und mit der Laterne an die Türen der schweigend daliegenden Häuser leuchtete. Das rote Licht einer langsam fahrenden Droschke glomm an der Ecke auf und verschwand dann wieder. Eine Frau schlich langsam an den Geländern hin und taumelte im Gehen. Ihr Tuch flatterte im Winde. Hie und da blieb sie stehen und sah sich um. Plötzlich fing sie mit heiserer Stimme zu singen an. Der Schutzmann ging langsam über die Straße und sagte etwas zu ihr. Sie stolperte lachend weiter. Ein scharfer Windstoß fegte über den Platz. Die Gasflammen flackerten und wurden blau, und die entlaubten Bäume schüttelten ihre schwarzen Zweige, die wie Eisenstangen aussahen, hin und her. Er fröstelte, trat zurück und schloss die Tür hinter sich.

Als er an der Stubentür angekommen war, drehte er den Schlüssel und öffnete sie. Er warf keinen Blick auf den ermordeten Menschen. Er fühlte, das Geheimnis der ganzen Sache bestand darin, sich die Situation nicht zu vergegenwärtigen. Der Freund, der das verhängnisvolle Porträt gemalt hatte, von dem all sein Elend kam, war aus dem Leben geschieden. Das war genug.

Dann erinnerte er sich der Lampe. Es war eine ziemlich absonderliche von maurischer Arbeit, aus mattem Silber gefertigt, das mit Arabesken aus schwarzem Stahl und mit ungeschliffenen Türkisen belegt war. Vielleicht könnte sie von seinem Diener vermisst werden, es könnte danach gefragt werden. Er zögerte einen Augenblick, dann kehrte er um und nahm sie vom Tisch. Dabei musste er die tote Gestalt sehen. Wie still sie war! Wie schrecklich weiß die langen Hände aussahen! Es war wie eine grässliche Wachsfigur.

Er schloss die Tür hinter sich und schlich langsam die Treppe hinunter. Das Holzwerk krachte und schien wie klagend zu schreien. Er blieb ein paarmal stehen und wartete. Nein, es war alles still. Es war nichts zu hören als der Klang seiner eigenen Tritte.

Als er in seinem Zimmer angelangt war, sah er die Tasche und den Mantel in der Ecke. Sie mussten irgendwo versteckt werden. Er schloss einen Geheimschrank in der Holzverkleidung auf, in dem er die eigenen Kleidungsstücke aufbewahrte, die er manchmal für seine Vermummungen brauchte, und tat die Sachen hinein. Er konnte sie später leicht verbrennen. Dann sah er nach der Uhr. Es war zwanzig Minuten vor zwei. Er setzte sich und fing an zu überlegen. In jedem Jahr – in jedem Monat beinahe – wurden in England Menschen für solche Dinge, wie er eben eins getan hatte, gehenkt. Eine tolle Mordlust war in der Luft gewesen. Ein roter Stern war der Erde zu nahe gekommen.

Aber was für einen Beweis gab es gegen ihn? Basil Hallward hatte das Haus um elf Uhr verlassen. Niemand hatte gesehen, dass er noch einmal zurückgekommen war. Die meisten Bedienten waren in Selby Royal. Sein Diener war zu Bett gegangen … Paris! Ja. Basil war nach Paris gefahren, und zwar mit dem Zwölfuhrzug, wie er vorgehabt hatte. Bei seinen seltsamen Gewohnheiten, sich von allem zurückzuziehen, würde es Monate dauern, bevor sich ein Argwohn regte. Monate! Jede Spur konnte lange vorher getilgt sein. Ein plötzlicher Einfall kam ihm. Er zog seinen Pelzmantel an, setzte den Hut auf und ging in das Vestibül. Dort stand er still und lauschte auf den langsamen, schweren Tritt des Schutzmannes draußen auf dem Pflaster und sah auf den Widerschein der leuchtenden Blendlaterne im Türfenster. Er wartete und hielt den Atem an.

Nach ein paar Augenblicken schob er den Riegel zurück, schlich hinaus und schloss die Tür sehr leise hinter sich zu. Dann fing er an, die Glocke zu ziehen. Nach etwa fünf

Minuten erschien sein Diener halb angezogen und sehr verschlafen.

„Es tut mir leid, dass ich Sie wecken musste, Francis", sagte er und ging die Stufen hinauf; „aber ich habe vergessen, meinen Drücker mitzunehmen. Wie viel Uhr ist es?"

„Zehn Minuten nach zwei, gnädiger Herr", antwortete der Mann, der nach der Uhr gesehen hatte, und blinzelte.

„Zehn Minuten nach zwei? Wie schrecklich spät! Sie müssen mich morgen um neun Uhr wecken. Ich habe zu tun."

„Gewiss, gnädiger Herr."

„Ist jemand hier gewesen?"

„Herr Hallward, gnädiger Herr. Er blieb hier bis elf Uhr und ging dann, um seinen Zug zu erreichen."

„Schade, dass ich ihn nicht getroffen habe. Hinterließ er etwas?"

„Nein, gnädiger Herr; er sagte nur, er werde Ihnen von Paris aus schreiben, wenn er Sie im Klub nicht anträfe."

„Es ist gut, Francis. Vergessen Sie nicht, mich morgen um neun Uhr zu wecken!"

„Sehr wohl, gnädiger Herr."

Der Mann schlürfte in seinen Pantoffeln über die Durchfahrt in die Dienerwohnung.

Dorian Gray legte Hut und Mantel auf den Tisch und trat in das Bücherzimmer. Eine Viertelstunde lang ging er im Zimmer hin und her, biss sich auf die Lippen und überlegte. Dann nahm er das Adressbuch aus einem der Fächer und fing an zu blättern. „Alan Campbell, 152, Hertford Street, Mayfair". Ja; das war der Mann, den er brauchte.

Vierzehntes Kapitel

Um neun Uhr am nächsten Morgen trat sein Diener mit einer Tasse Schokolade auf einem Servierbrett herein und öffnete die Fensterläden. Dorian lag auf seiner rechten Seite mit einer Hand unter der Wange und schlief friedlich. Er sah wie ein Knabe aus, der sich mit Spielen oder Arbeiten müde gemacht hat.

Der Mann musste ihn zweimal an die Schulter fassen, ehe er erwachte, und als er die Augen öffnete, huschte ein schwaches Lächeln über seine Lippen, als ob er in einen entzückenden Traum versenkt gewesen wäre. Aber er hatte nicht geträumt. Seine Nacht war von keinen Bildern gestört worden, weder der Lust noch des Grauens. Aber die Jugend lächelt auch ohne Grund. Das ist einer ihrer besonderen Reize.

Er wandte sich um und fing an, auf den Ellbogen gestützt, seine Schokolade zu schlürfen. Die milde Novembersonne floss ins Zimmer. Es war ein strahlender Himmel, und eine heitere Wärme lag in der Luft. Es war fast wie ein Maimorgen.

Allmählich schlichen sich die Ereignisse der Nacht auf stillen, blutbefleckten Sohlen in sein Gehirn und stellten sich selbst mit furchtbarer Deutlichkeit wieder her. Er zuckte bei der Erinnerung an alles, was er gelitten hatte, zusammen, und einen Augenblick kam ihm das seltsame Gefühl des Hasses gegen Basil Hallward zurück, das ihn dazu gebracht hatte, ihn zu töten, als er im Stuhle saß, und er wurde kalt vor Wut. Und der tote Mann saß immer noch da, und jetzt gar im Sonnenlicht. Wie entsetzlich das war! So grässliche Dinge waren für die Dunkelheit, nicht für den Tag.

Er fühlte, wenn er über das, was er durchgemacht hatte, ins Brüten kam, würde er krank oder wahnsinnig werden. Es gab Sünden, deren Zauber mehr in der Erinnerung als in der Ausführung bestand, seltsame Triumphe, die mehr dem Stolz als den Trieben Genüge taten und den Geist in eine lebhafte Empfindung der Freude versetzten, die größer war als jede Lust, die sie den Sinnen brachten oder je hätten bringen können. Aber diesmal war es nicht so eine. Das war eine, die man aus dem Geiste verjagen, die man mit Schlafmitteln behandeln, die man erwürgen musste, damit sie einen nicht erwürgte.

Als es halb zehn schlug, fuhr er mit der Hand über die Stirn, stand dann schnell auf und kleidete sich fast noch sorgfältiger als gewöhnlich an, verwandte viel Aufmerksamkeit auf die Wahl seiner Krawatte und Vorstecknadel und wechselte seine Ringe mehr als einmal. Dann verbrachte er längere Zeit beim Frühstück, kostete von den verschiedenen Gerichten, sprach dabei mit seinem Diener über neue Livreen, die er für die Dienerschaft in Selby machen lassen wollte, und sah seine Korrespondenz durch. Bei einigen Briefen lächelte er. Drei davon langweilten ihn. Einen las er ein paarmal durch und zerriss ihn dann mit einem leichten Ausdruck des Ärgers im Gesicht. „Diese gräuliche Sache, das Gedächtnis eines Weibes!“ wie Lord Henry einmal gesagt hatte.

Nachdem er seinen schwarzen Kaffee getrunken hatte, wischte er sich langsam die Lippen ab, bedeutete seinem Diener, er solle warten, und ging zum Tisch, setzte sich hin und schrieb zwei Briefe. Einen steckte er in die Tasche, den andern reichte er dem Diener hin.

„Bringen Sie ihn nach Hertford Street 152, Francis, und wenn Herr Campbell nicht in der Stadt ist, lassen Sie sich seine Adresse geben.“

Sowie er allein war, steckte er sich eine Zigarette an und begann auf einem Stück Papier zu zeichnen; er entwarf erst Blumen, dann kleine Architekturstücke und dann menschliche Gesichter. Plötzlich bemerkte er, dass jedes Gesicht, das er zeichnete, eine phantastische Ähnlichkeit mit Basil Hallward zu haben schien. Er runzelte die Stirn, stand auf, ging zum Bücherschrank und zog aufs Geratewohl einen Band heraus. Er war entschlossen, nicht an das zu denken, was geschehen war, ehe es durchaus notwendig war.

Als er sich auf dem Sofa ausgestreckt hatte, sah er nach dem Titel des Buches. Es waren Gautiers »Emaux et Camées«, Charpentiers Japanpapier-Ausgabe mit der Radierung von Jacquemart. Das Buch war in zitronengelbes Leder gebunden, auf das vergoldetes Laubwerk und punktierte Granatäpfel geprägt waren. Adrian Singleton hatte ihm den Band geschenkt. Als er darin blätterte, fiel sein Auge auf das Gedicht über die Hand Lacenaires, die kalte gelbe Hand *„du supplice encore mal lavée"* mit ihren roten Flaumhaaren und ihren *„doigts de faune"*. Er blickte auf seine eigenen weißen schlanken Finger und schauerte leicht zusammen. Dann las er weiter, bis er an die lieblichen Stanzen auf Venedig kam:

> Sur une gamme chromatique
> Le sein de perles ruisselant,
> La Vénus de l'Adriatique
> Sort de l'eau son corps rose et blanc.
>
> Les dômes, sur l'azur des ondes
> Suivant la phrase au pur contour,
> S'enflent comme des gorges rondes
> Que soulève un soupir d'amour.

L'esquif aborde et me dépose,
Jetant son amarre au pilier,
Devant une façade rose,
Sur le marbre d'un escalier.

Wie köstlich die Verse waren! Wenn man sie las, schien man in einer schwarzen Gondel mit silbernem Bug und schleppend langen Gardinen zu sitzen und die grünen Kanäle der rot- und perlfarbenen Stadt hinabzufahren. Die bloßen Zeilen im Buche schienen ihm wie die geraden Linien aus Türkisblau, die einem folgen, wenn man nach dem Lido rudert. Die raschen Farbenblitze erinnerten ihn an den Schimmer der Vögel mit ihren opal- und regenbogenfarbenen Kehlen, die um den schlanken Kampanile mit seinen Filigrandurchblicken flattern oder mit so stolzer Grazie durch die dunkeln, staubigen Arkaden trippeln. Er lehnte sich mit halb geschlossenen Augen zurück und sagte sich wieder und wieder die Verse vor:

Devant une façade rose,
Sur le marbre d'un escalier.

Das ganze Venedig lag in diesen zwei Zeilen. Er erinnerte sich an den Herbst, den er dort verbracht hatte, und an eine wundervolle Liebe, die ihn zu wahnsinnigen, entzückenden Tollheiten verleitet hatte. Es gab überall Romantik; aber Venedig hatte wie Oxford den Hintergrund für die Romantik noch bewahrt, und für den echten Romantiker ist der Hintergrund alles oder beinahe alles. Basil war einen Teil der Zeit bei ihm gewesen und hatte sich mit leidenschaftlichem Interesse Tintoretto hingegeben. Armer Basil! Wie furchtbar, so zu sterben! Er seufzte, nahm das Buch wieder auf und suchte zu vergessen. Er las von den Schwalben, die in dem kleinen Café in Smyrna ein- und ausfliegen, wo die Hadschis sitzen und ihre Bernsteinperlen durch die Hand gehen lassen und die Kaufleute im Turban ihre langen Pfeifen rauchen und ernsthaft miteinander sprechen; er las von dem Obelisk auf der Place de la Concorde, der granitene Tränen weint in der Verlassenheit seines sonnenlosen Exils und nach dem heißen, lotusbedeckten Nil zurückverlangt, wo die Sphinxe sind und rosenrote Ibisse und weiße Geier mit goldfarbenen Klauen und Krokodile mit kleinen Beryllaugen, die über den grünen, dampfenden Schlamm kriechen; er fing an, über die Verse zu sinnen, die ihre Musik aus Marmor zu holen scheinen, der von Küssen gefleckt ist, und uns von der seltsamen Statue berichten, die Gautier einer Altstimme vergleicht, dem *„monstre charmant"*, das im Porphyrsaal des Louvre ruht. Aber nach einer Weile fiel das Buch aus seiner Hand. Er wurde nervös, und eine schreckliche Angst überfiel ihn. Wie, wenn Alan Campbell nicht in England wäre? Tage könnten verstreichen, ehe er zurückkäme. Vielleicht lehnte er ab, zu kommen. Was sollte er denn tun? Jeder Augenblick war von tödlicher Wichtigkeit.

Sie waren einmal sehr befreundet gewesen, vor fünf Jahren – fast unzertrennlich sogar. Dann war die Intimität plötzlich zu Ende gewesen. Wenn sie sich jetzt in Gesellschaft trafen, war es nur Dorian Gray, der lächelte, Alan Campbell nie.

Er war ein äußerst begabter junger Mann, obwohl er kein wirkliches Verhältnis zu den sichtbaren Künsten hatte und das Bisschen Sinn für Poesie, das er besaß, gänzlich Dorian Gray verdankte. Die geistige Leidenschaft, die ihn beherrschte, ging ganz auf die Wissenschaft. In Cambridge hatte er einen großen Teil seiner Zeit auf Arbeiten im Laboratorium verwandt und hatte sein Examen in der Naturwissenschaft mit Auszeichnung bestanden. Er beschäftigte sich noch immer mit chemischen Studien und hatte sein eigenes Laboratorium, in das er sich oft den ganzen Tag einschloss, sehr zum Kummer seiner Mutter, die es sich in den Kopf gesetzt hatte, er solle fürs Parlament kandidieren, und die undeutliche Vorstellung hatte, ein Chemiker sei eine Art Drogist. Er war indessen auch ein trefflicher Musiker und spielte Geige und Klavier besser als die meisten Dilettanten. In der Tat war es die Musik, die ihn und Dorian Gray zuerst zusammengebracht hatte – die Musik und die unerklärliche Anziehung, die Dorian auszuüben imstande schien, wenn er wollte, und oft auch ausübte, ohne es zu wissen. Sie hatten sich bei Lady Berkshire an dem Abend, wo Rubinstein dort spielte, kennengelernt, und von da an sah man sie immer zusammen in der Oper und überall, wo gute Musik zu hören war. Anderthalb Jahre dauerte ihre Freundschaft. Campbell war immer entweder in Selby Royal oder in Grosvenor Square. Für ihn wie für viele andere war Dorian Gray der Typus alles dessen, was im Leben wundervoll und bezaubernd ist. Ob es zwischen ihnen einen Streit gegeben hatte oder nicht, hat nie ein Mensch erfahren. Aber plötzlich bemerkten die Leute, dass sie kaum miteinander sprachen, wenn sie sich trafen, und dass Campbell jede Gesellschaft früh zu verlassen schien, bei der Dorian Gray anwesend war. Er hatte sich auch verändert – war manchmal seltsam melancholisch, schien fast keine Musik mehr hören zu wollen und spielte nie mehr selbst. Wenn er aufgefordert wurde, sagte er zu seiner Entschuldigung, die Wissenschaft nehme ihn so in Anspruch, dass ihm keine Zeit zum Üben übrig bleibe. Und dies war schon ein- oder zweimal in wissenschaftlichen Zeitschriften in Verbindung mit gewissen absonderlichen Experimenten genannt worden.

Das war der Mann, auf den Dorian Gray wartete. Fast jeden Augenblick sah er auf die Uhr. Als Minute um Minute verging, kam er in furchtbare Aufregung. Schließlich stand er auf und fing an, im Zimmer hin- und herzugehen. Er sah aus wie eine schöne Bestie im Käfig. Er machte lange Schritte und trat leise auf. Seine Hände waren seltsam kalt.

Das Warten wurde unerträglich. Die Zeit schien ihm mit bleiernen Füßen zu schleichen, während er von ungeheuren Stürmen dem schroffen Grat eines schwarzen Abgrunds zugeschleudert wurde. Er wusste, was dieses Warten für ihn bedeutete; er sah es und drückte schaudernd mit seinen feuchten Händen die brennenden Lider zusammen, als wolle er dem Hirn die Sehkraft nehmen und die Augäpfel in ihre Höhle sperren. Es war umsonst. Das Hirn hatte seine eigene Nahrung, von der es sich mästete, und die Phantasie, die von der Angst ins Groteske gesteigert war, drehte und wand sich vor Schmerz wie ein lebendes Wesen, tanzte wie eine schnöde Puppe in einem Schaukasten und grinste durch bewegliche Masken hindurch. Dann blieb plötzlich die Zeit für ihn stehen. Ja, die blinde, langsam atmende Zeit rührte sich nicht mehr, und, da sie tot war, jagten entsetzliche Gedanken mit furchtbarer Schnelligkeit über ihn hin und wühlten eine grässliche Zukunft aus ihrem Grab und zeigten sie ihm. Er starrte darauf, und ihre Entsetzlichkeit machte ihn zu Stein.

Schließlich öffnete sich die Tür, und sein Diener trat ein. Er wandte ihm seine verglasten Augen zu.

„Herr Campbell“, sagte der Mann.

Ein Seufzer der Befreiung kam von seinen trockenen Lippen, und die Farbe kehrte in seine Wangen zurück.

„Bitten Sie ihn hereinzukommen, Francis.“ Er fühlte, dass er wieder er selbst war. Die Anwandlung von Feigheit war verflogen.

Der Diener verbeugte sich und ging. Nach ein paar Augenblicken kam Alan Campbell herein. Er sah sehr finster und etwas blass aus, und seine Blässe trat noch stärker hervor durch seine kohlschwarzen Haare und die dunklen Brauen.

„Alan, das ist freundlich von dir. Ich danke dir, dass du gekommen bist."

„Ich hatte die Absicht, dein Haus nie mehr zu betreten, Gray. Aber du schriebst, es sei eine Sache auf Leben und Tod." Seine Stimme war hart und kalt. Er sprach langsam und überlegt. Es lag ein verächtlicher Ausdruck in dem festen, forschenden Blick, den er auf Dorian richtete. Er behielt die Hände in den Taschen seines Astrachanmantels und schien die Hand, die sich zur Begrüßung ausstrecken wollte, nicht zu bemerken.

„Ja, es ist eine Sache auf Leben und Tod, Alan, und für mehr als einen Menschen. Setz dich!"

Campbell setzte sich an den Tisch, und Dorian nahm einen Stuhl ihm gegenüber. Die Augen der beiden Männer trafen sich. In denen Dorians lag unendliches Mitleid. Er wusste, was er jetzt tun musste, war furchtbar.

Nach einem Augenblick gespannten Schweigens beugte er sich vor, und während er die Wirkung jedes Wortes auf dem Gesicht des Mannes, den er hatte holen lassen, beobachtete, sagte er: „Alan, in einem verschlossenen Zimmer unter dem Dach dieses Hauses, in einem Zimmer, zu dem außer mir niemand Zutritt hat, sitzt ein toter Mensch an einem Tisch. Er ist jetzt seit zehn Stunden tot. Spring nicht auf und blick mich nicht so an! Wer der Mann ist, warum er starb, wie er starb, kümmert dich nicht! Was du zu tun hast, ist …"

„Halt! Gray. Ich will nichts weiter hören. Ob, was du mir gesagt hast, wahr ist oder nicht, geht mich nichts an. Ich lehne es völlig ab, in dein Leben verwickelt zu werden. Behalte deine grässlichen Geheimnisse für dich! Sie haben kein Interesse mehr für mich."

„Alan, du wirst Interesse daran nehmen müssen! Dies Geheimnis wird dich interessieren müssen! Es tut mir furchtbar leid um dich, Alan, aber ich kann mir nicht helfen. Du bist der einzige Mensch, der mich retten kann! Ich bin gezwungen, dich in die Sache hineinzuziehen. Ich habe keine Wahl! Alan, du bist Naturwissenschaftler. Du verstehst dich auf Chemie und derlei Dinge. Du hast Experimente gemacht. Was du zu tun hast, ist, das Ding da oben zu vernichten – es so zu vernichten, dass nicht eine Spur davon übrig bleibt. Niemand hat den Mann ins Haus kommen sehn. Man vermutet ihn in diesem Augenblick in Paris. Er wird monatelang nicht vermisst werden. Wenn er vermisst wird, darf hier keine Spur von ihm gefunden werden. Du, Alan, musst ihn und alles, was zu ihm gehört, in eine Handvoll Asche verwandeln, die ich in die Luft streuen kann."

„Du bist toll, Dorian!"

„Ah! Darauf habe ich gewartet, dass du mich Dorian nennst."

„Du bist toll, sage ich dir, toll, dass du erwartest, ich würde einen Finger rühren, um dir zu helfen; toll, dass du mir dieses ungeheuerliche Bekenntnis ablegst. Ich will mit dieser Sache, sie mag sein, wie sie will, nichts zu tun haben. Glaubst du, ich werde für dich meinen Ruf aufs Spiel setzen? Was geht es mich an, mit was für einem Teufelswerk du zu tun hast?"

„Es war Selbstmord, Alan."

„Das freut mich. Aber wer trieb ihn dazu? Wahrscheinlich du."

„Lehnst du noch immer ab, das für mich zu tun?"

„Natürlich lehne ich es ab. Ich will nicht das Geringste damit zu tun haben. Ich kümmere mich nicht darum, was für eine Schande über dich kommt. Du verdienst sie völlig. Ich würde nicht bedauern, dich entehrt zu sehn, öffentlich entehrt. Wie darfst du es wagen, mich, von allen Menschen in der Welt mich in diese Schändlichkeit hineinzubringen? Ich hätte gedacht, du verständest dich besser auf den Charakter eines Menschen. Dein Freund Lord Henry Wotton kann dir nicht viel Psychologie beigebracht haben, was er dir auch sonst beigebracht hat. Nichts wird mich vermögen, dir zu Hilfe einen Schritt zu tun. Du bist an den Unrechten gekommen. Geh zu einem deiner Freunde, aber nicht zu mir!"

„Alan, es war Mord. Ich habe ihn umgebracht. Du weißt nicht, was für Weh er über mich gebracht hat. Mein Leben mag sein, wie es will: Er hatte mehr damit zu tun, es zu erzeugen und zu verderben als der arme Harry. Er mag es nicht gewollt haben, es kommt aufs gleiche heraus."

„Mord! Guter Gott, Dorian, so weit bist du gekommen? Ich werde dich nicht anzeigen. Es ist nicht meines Amtes. Überdies wird man dich festnehmen, auch ohne dass ich mich einmische. Niemand begeht je ein Verbrechen, ohne eine Dummheit zu machen. Aber ich will nichts damit zu tun haben."

„Du musst etwas damit zu tun haben! Warte, warte einen Augenblick; hör mich an! Nur hören sollst du, Alan. Alles, worum ich dich bitte, ist, ein bestimmtes wissenschaftliches Experiment zu machen. Du gehst in Krankenhäuser und Leichenhallen, und das Fürchterliche, was du da tust, rührt dich nicht. Wenn du diesen Mann in irgendeinem grässlichen Sezierraum oder in einem stinkenden Laboratorium auf einem plumpen Tisch liegen fändest, mit roten Rinnen, die man hineingeschlagen hat, damit das Blut hindurchfließt, würdest du ihn einfach als prächtiges Objekt betrachten. Kein Haar sträubte sich dir. Du nähmest nicht an, dass du irgendetwas Schlechtes tust. Im Gegenteil, wahrscheinlich hättest du das Gefühl, der Menschheit einen Dienst zu erweisen, oder die Summe des Wissens für die Welt zu vermehren, oder die wissenschaftliche Neugier zu befriedigen oder so etwas Ähnliches. Was ich von dir verlange, ist nichts anderes, als was du schon oft getan hast. Wahrhaftig, einen Leichnam aus der Welt zu schaffen muss weit weniger grässlich sein als vieles, woran du gewöhnt bist. Und vergiss nicht: Er ist das einzige Beweisstück gegen mich. Wenn er entdeckt wird, bin ich verloren; und er muss entdeckt werden, wenn du mir nicht hilfst."

„Ich habe keine Lust, dir zu helfen. Du vergisst das. Die ganze Sache ist mir gleichgültig. Ich habe nichts damit zu schaffen."

„Alan, ich beschwöre dich! Denk an die Lage, in der ich bin. Jetzt eben, ehe du eintratst, sank ich fast in Ohnmacht vor Angst. Vielleicht lernst du eines Tages die Angst selbst kennen. Nein, denk nicht daran! Betrachte die Sache einfach vom Standpunkt der Wissenschaft. Du forschest nicht nach, woher die toten Dinge, an denen du experimentierst, kommen. Forsche jetzt auch nicht danach! Ich habe dir sowieso zu viel gesagt. Aber ich bitte dich, zu tun, was ich sagte. Wir waren einmal Freunde, Alan."

„Sprich nicht von diesen Tagen, Dorian; sie sind tot."

„Tote Dinge verweilen manchmal. Der Mann da droben geht nicht fort. Er sitzt mit vorgebeugtem Kopf und ausgestreckten Armen am Tisch. Alan! Alan! Wenn du mir nicht zu Hilfe kommst, bin ich verloren. Alan! Sie werden mich hängen! Verstehst du nicht? Sie werden mich für das, was ich getan habe, hängen!"

„Es hat keinen Wert, diese Szene länger fortzusetzen. Ich lehne es völlig ab, in der Sache etwas zu tun. Es ist wahnsinnig von dir, es von mir zu verlangen!"

„Du lehnst ab?" „Ja."

„Ich beschwöre dich, Alan!" „Es ist zwecklos."

Derselbe Ausdruck des Mitleids kam in Dorian Grays Augen. Dann streckte er die Hand aus, nahm ein Stück Papier und schrieb etwas darauf. Er las es zweimal durch, faltete es sorgfältig und schob es über den Tisch. Nachdem er das getan hatte, stand er auf und ging zum Fenster.

Campbell blickte ihn erstaunt an, nahm dann das Papier und öffnete es. Als er es gelesen hatte, wurde sein Gesicht totenblass, und er sank in den Stuhl zurück. Ein entsetzliches Gefühl der Schwäche kam über ihn. Es war ihm, als schlüge sich sein Herz in einer leeren Höhle zu Tode.

Nach zwei oder drei Minuten furchtbaren Schweigens wandte sich Dorian um, stellte sich hinter ihn und legte ihm die Hand auf die Schulter.

„Es tut mir so leid um dich, Alan", sagte er, „aber du lässt mir keine Wahl. Ich habe den Brief bereits geschrieben. Hier ist er. Du siehst die Adresse. Wenn du mir nicht hilfst, sende ich ihn ab. Du weißt, was dann kommt. Aber du wirst mir helfen. Es ist unmöglich, dass du jetzt noch nein sagst! Ich wollte dich schonen. Du wirst mir die Gerechtigkeit widerfahren lassen, das zuzugeben. Du warst bitter, hart, beleidigend. Du hast mich behandelt, wie nie ein Mann gewagt hat mich zu behandeln – kein lebender Mann wenigstens. Ich ertrug alles. Jetzt ist es an mir, die Bedingungen zu diktieren."

Campbell begrub das Gesicht in den Händen, und ein Schauder überlief ihn.

„Ja, die Reihe ist an mir, die Bedingungen zu diktieren, Alan. Du kennst sie. Die Sache ist ganz einfach. Komm, bohre dich nicht in dieses Fieber hinein! Die Sache muss getan werden. Sieh ihr ins Auge und tu sie!"

Ein Stöhnen entrang sich Campbells Lippen, und er bebte am ganzen Leib. Das Ticken der Uhr auf dem Kaminsims schien ihm die Zeit in kleine Stückchen Verzweiflung zu schneiden, von denen jedes einzelne unerträglich war. Er hatte das Gefühl, ein eiserner Ring werde allmählich fester und fester um seine Stirn gespannt, als ob die Schande, mit der er bedroht war, schon über ihn gekommen wäre. Die Hand auf seiner Schulter drückte wie eine Hand aus Blei. Sie war unerträglich. Sie schien ihn zu zerdrücken.

„Komm, Alan, du musst dich entscheiden!“

„Ich kann es nicht tun“, sagte er mechanisch, als ob Worte die Dinge ändern könnten.

„Du musst! Du hast keine Wahl. Zögere nicht!“

Er schwieg einen Augenblick. „Ist da oben in dem Zimmer ein Ofen oder so etwas?“

„Ja, es ist ein Asbest-Gasofen oben.“

„Ich werde nach Hause gehen müssen und einiges aus dem Laboratorium holen.“

„Nein, Alan, du darfst das Haus nicht verlassen! Schreib auf ein Stück Papier, was du brauchst, und mein Diener nimmt eine Droschke und holt dir die Sachen!“

Campbell warf ein paar Zeilen hin, trocknete sie und adressierte ein Kuvert an seinen Assistenten. Dorian nahm das Blatt und las es sorgfältig. Dann klingelte er, gab den Brief seinem Diener und schärfte ihm ein, so schnell wie möglich mit den Sachen, die er erhielte, zurückzukommen.

Als die Vestibültür sich schloss, fuhr Campbell nervös zusammen, stand auf und trat an den Kamin. Eine Art Fieberfrost schüttelte ihn. Fast zwanzig Minuten lang sprach keiner der beiden Männer ein Wort. Eine Fliege schwirrte im Zimmer umher, und das Ticken der Uhr war wie das Schlagen eines Hammers.

Als das Glockenspiel ein Uhr schlug, wandte sich Campbell um, blickte auf Dorian Gray und sah, dass seine Augen in Tränen schwammen. Es lag etwas in der Schönheit und dem Adel dieser leidvollen Züge, was ihn in Wut zu bringen schien. „Du bist infam, völlig infam!“ rief er halblaut.

„Still, Alan, du hast mir das Leben gerettet!“ sagte Dorian.

„Dein Leben? Dass Gott erbarm! Was für ein Leben ist das! Du bist von Verderbnis zu Verderbnis gegangen, und jetzt hast du dein Leben mit dem Verbrechen gekrönt. Wenn ich tue, was ich tun werde, was zu tun du mich zwingst, so ist es nicht dein Leben, an das ich denke."

„Ach, Alan", sagte Dorian leise seufzend, „ich wollte, du hättest den tausendsten Teil des Mitleids mit mir, das ich mit dir habe." Er wandte sich ab, als er so sprach, und blickte in den Garten hinaus. Campbell gab keine Antwort.

Nach etwa zehn Minuten klopfte es an die Tür, und der Bediente trat mit einem großen Mahagonikasten voller Chemikalien ein. Außerdem trug er eine lange Rolle Stahl und Platindraht und zwei sehr seltsam geformte Eisenklammern.

„Soll ich die Sachen hier lassen?" fragte er Campbell.

„Ja", antwortete Dorian. „Und ich fürchte, Francis, ich habe noch einen Gang für Sie. Wie heißt der Mann in Richmond, der die Orchideen nach Selby liefert?"

„Harden, gnädiger Herr."

„Richtig – Harden. Bitte, fahren Sie gleich nach Richmond, sprechen Sie mit Harden persönlich und sagen Sie ihm, er solle doppelt soviel Orchideen schicken, als ich bestellt habe, und möglichst wenig weiße darunter. Oder, ich brauche überhaupt keine weißen. Es ist ein schöner Tag, Francis, und Richmond ist sehr hübsch, sonst würde ich Sie nicht damit behelligen."

„Hat gar nichts zu sagen, gnädiger Herr. Wann soll ich zurück sein?"

Dorian sah Campbell an. „Wie lange brauchst du zu deinem Experiment, Alan?" fragte er mit ruhiger, gleichgültiger Stimme. Die Anwesenheit eines Dritten im Zimmer schien ihm außergewöhnlichen Mut zu machen. Campbell runzelte die Stirn und biss sich auf die Lippen.

„Es wird ungefähr fünf Stunden dauern."

„Dann wird es Zeit genug sein, wenn Sie um halb sieben Uhr zurück sind, Francis. Oder warten Sie: Legen Sie nur noch meine Sachen zum Umziehen zurecht. Sie können den

Abend für sich verwenden. Ich esse nicht zu Hause und brauche Sie nicht mehr.“

„Danke, gnädiger Herr“, sagte der Mann und ging.

„Jetzt, Alan, ist kein Augenblick zu verlieren. Wie schwer dieser Kasten ist! Ich trage ihn dir. Du bringst die andern Sachen.“ Er sprach hastig und in befehlendem Tone. Campbell fühlte sich von ihm bezwungen. Sie verließen zusammen das Zimmer.

Als sie den letzten Treppenabsatz erreicht hatten, zog Dorian den Schlüssel heraus und schloss auf. Dann hielt er inne, und ein unruhiger Ausdruck kam in seine Augen. Es schauderte ihn. „Ich glaube nicht, dass ich hineingehen kann, Alan“, flüsterte er.

„Das macht mir nichts. Ich brauch dich nicht“, sagte Campbell kalt.

Dorian öffnete halb die Tür. Als er es tat, sah er dem Porträt, das hell von der Sonne beleuchtet war, gerade ins Gesicht. Auf dem Boden lag der heruntergerissene Vorhang. Er erinnerte sich, dass er in der Nacht zum ersten Mal im Leben vergessen hatte, die verhängnisvolle Leinwand zu verbergen, und wollte gerade hineilen, als er schaudernd zurücktrat.

Was war das für ein grauenhafter roter Fleck, der nass und glänzend an einer der Hände klebte, als ob die Leinwand Blut geschwitzt hätte? Wie entsetzlich sah das aus! Entsetzlicher schien es ihm im Augenblick, als die schweigsame Gestalt, von der er wusste, dass sie noch über den Tisch gelehnt dasaß, die Gestalt, deren grotesker, kläglicher Schatten auf dem fleckigen Teppich ihm zeigte, dass sie sich nicht geregt hatte, sondern noch da war, wo er sie gelassen hatte.

Er holte tief Atem, öffnete die Tür etwas weiter und ging mit halb geschlossenen Augen und abgewandtem Kopf schnell hinein, entschlossen, nicht ein einziges Mal nach dem

Toten zu sehen. Dann bückte er sich, nahm den gold- und purpurprangenden Vorhang auf und warf ihn über das Bild.

Da blieb er stehen; er hatte Angst, sich umzudrehen, und seine Augen richteten sich auf die verworrenen Muster des Vorhanges. Er hörte Campbell den schweren Kasten und die Eisen und die andern Dinge, die er für sein furchtbares Werk sich hatte kommen lassen, hereinbringen. Er fing an, sich zu fragen, ob Campbell und Hallward sich je gekannt hätten, und wenn ja, was sie voneinander gehalten hatten.

„Lass mich jetzt allein", sagte eine raue Stimme hinter ihm.

Er wandte sich und eilte hinaus. Gerade hatte er noch gesehen, dass der Tote in den Stuhl zurückgelegt worden war, und dass Campbell in ein glänzendes, gelbes Gesicht blickte. Als er die Treppe hinabeilte, hörte er, wie das Zimmer geschlossen wurde.

Es war lange nach sieben Uhr, als Campbell in das Bücherzimmer herunterkam. Er war blass, aber völlig ruhig. „Ich habe getan, was du verlangtest", sagte er. „Und jetzt, adieu! Wir wollen uns nie wieder begegnen."

„Du hast mir das Leben gerettet, Alan. Ich werde das nie vergessen!" sagte Dorian schlicht.

Sowie Campbell fort war, ging er hinauf. Es roch furchtbar nach Salpetersäure im Zimmer. Aber was da am Tische gesessen hatte, war verschwunden.

Fünfzehntes Kapitel

Um halb neun Uhr am selben Abend wurde Dorian Gray in gewählter Toilette, einen großen Strauß Parmaveilchen im Knopfloch tragend, von den Dienern in den Salon Lady Narboroughs geleitet. Er hatte wahnsinnige Kopfschmerzen und war furchtbar abgespannt; aber sein Benehmen, als er sich über die Hand seiner Gastgeberin beugte, war so leicht und graziös wie immer. Vielleicht sieht man nie so ruhig aus, als wenn man eine Rolle zu spielen hat. Gewiss hätte niemand, der an diesem Abend Dorian Gray sah, geglaubt, dass er eine Tragödie durchgemacht hatte, die so schauderhaft war wie irgendeine unserer Zeit. Diese feingeformten Finger, meinte man, hätten nie ein Messer zur Sünde führen, diese lächelnden Lippen nie Gott und den Himmel verwünschen können. Er selbst musste sich über die Ruhe seiner Haltung verwundern und verspürte einen Augenblick lang in voller Stärke den furchtbaren Genuss eines Doppellebens.

Es war eine kleine Gesellschaft, die Lady Narborough ziemlich eilig zusammengeladen hatte. Die Lady war eine sehr gescheite Frau mit – wie Lord Henry es auszudrücken liebte – sehr ansehnlichen Resten einer wirklich bedeutenden Hässlichkeit. Sie war einem unserer langweiligsten Botschafter eine treffliche Frau gewesen und widmete sich, nachdem sie ihren Mann, wie sich's gehörte, in einem Marmormausoleum beigesetzt hatte, zu dem sie selbst den Entwurf gezeichnet, und nachdem sie ihre Töchter an reiche, etwas ältliche Herren verheiratet hatte, den Genüssen französischer Romane, französischer Küche und, wenn sie ihn auftreiben konnte, französischen Esprits.

Dorian war einer ihrer erklärten Lieblinge, und sie sagte ihm immer, sie sei überaus froh, ihn nicht in jüngeren Jahren kennengelernt zu haben. „Ich weiß, mein Lieber, ich hätte mich wahnsinnig in Sie verliebt", sagte sie dann, „und hätte um ihretwillen die größten Dummheiten gemacht. Es ist ein großes Glück, dass man damals von Ihnen noch nichts wusste. In unserer Zeit waren die Dummheiten so rar, dass ich nicht einmal eine harmlose Liebschaft hatte. Indessen war das ganz Narboroughs Schuld. Er war schrecklich kurzsichtig, und es macht kein Vergnügen, einen Ehemann zu betrügen, der nie etwas sieht."

Ihre Gäste waren an diesem Abend ziemlich langweilig. Die Sache war die, wie sie Dorian hinter einem ziemlich schäbigen Fächer erklärte, dass eine ihrer verheirateten Töchter ganz plötzlich zu Besuch gekommen war und, um das Unglück voll zu machen, auch noch ihren Mann mitgebracht hatte.

„Ich finde, es ist sehr unfreundlich von ihr, mein Lieber", flüsterte sie. „Natürlich besuche ich sie jeden Sommer, wenn ich von Homburg komme; aber eine alte Frau wie ich muss eben manchmal frische Luft haben, und außerdem wirke ich tatsächlich belebend auf sie. Sie glauben nicht, was für ein Dasein die da draußen führen. Es ist reines, unverfälschtes Landleben. Sie stehen früh auf, weil sie so viel zu tun haben, und gehn früh zu Bett, weil sie so wenig zu denken haben. Es hat in der Gegend seit den Tagen der Königin Elisabeth keinen Skandal gegeben, und infolgedessen schlafen sie alle nach dem Essen ein. Sie sollen neben keinem von beiden sitzen. Sie sollen bei mir sitzen und mich amüsieren."

Dorian murmelte ein anmutiges Kompliment und sah sich um. Ja, es war sicher eine langweilige Gesellschaft. Zwei von den Anwesenden hatte er nie vorher gesehen, und die andern waren Ernest Harrowden, eine der Mittelmäßigkeiten mittleren Alters, die in Londoner Klubs so häufig sind, die keine

Feinde haben, aber die keiner ihrer Freunde ausstehen kann; Lady Roxton, eine überladene Dame mit einer Habichtsnase im Alter von siebenundvierzig Jahren, die ewig den Versuch machte, sich zu kompromittieren, aber so absonderlich unschön war, dass zu ihrer großen Enttäuschung niemals jemand etwas zu ihren Ungunsten glaubte; Frau Erlynne, eine zudringliche Null mit entzückendem Lispeln und venezianisch-rotem Haar; Lady Alice Chapman, die Tochter der Gastgeberin, eine schlecht angezogene, unbedeutende Person mit einem der charakteristisch englischen Gesichter, die man, wenn man sie einmal gesehen hat, nie im Gedächtnis behält; und ihr Mann, ein rotwangiges Menschenkind mit weißem Backenbart, der, wie so viele seiner Art, der Meinung war, ungehörige Jovialität könne mit einem völligen Mangel an Gedanken versöhnen.

Es tat Dorian fast leid, dass er gekommen war, bis Lady Narborough auf die große vergoldete Bronzeuhr sah, die sich, geschmacklos mit allerlei Schnickschnack verziert, auf dem mit lila Stoff drapierten Kaminsims spreizte, und ausrief: „Wie schlecht von Henry Wotton, so spät zu kommen! Ich sandte heute morgen aufs Geratewohl zu ihm, und er versprach aufs Wort, mich nicht im Stich zu lassen."

Es war tröstlich, dass Harry kommen sollte, und als die Tür sich öffnete und Dorian seine leise musikalische Stimme hörte, die irgendeine unwahre Entschuldigung reizend vorbrachte, hörte er auf, verdrießlich zu sein.

Aber bei Tisch konnte er nicht das Geringste essen. Eine Platte nach der andern wurde gereicht, ohne dass er etwas anrührte. Lady Narborough schalt ihn fortwährend aus, meinte, das sei eine Beleidigung für den armen Adolphe, der das Menü speziell für ihn erfunden habe, und hie und da blickte Lord Henry zu ihm hinüber und wunderte sich über sein Schweigen und sein zerstreutes Wesen. Von Zeit zu Zeit füllte der Diener sein Glas mit Champagner. Er trank gierig, und sein Durst schien zu wachsen.

„Dorian", sagte Lord Henry schließlich, als das Chaudfroid herumgereicht wurde, „was ist heute Abend mit dir los? Du bist sehr verstimmt."

„Ich vermute, er ist verliebt", rief Lady Narborough, „und er hat Angst, mir das zu erzählen, weil er fürchtet, ich könnte eifersüchtig werden. Und da hat er recht."

„Teure Lady Narborough", sagte Dorian lächelnd, „ich bin seit einer vollen Woche nicht verliebt gewesen – bei Gott nicht, seit Madame de Ferrol nicht mehr in der Stadt ist."

„Wie ihr Männer euch in diese Frau verlieben könnt!" rief die alte Dame aus. „Ich kann es wahrhaftig nicht verstehen."

„Das kommt einfach daher, dass sie Sie an Ihre erste Mädchenzeit erinnert, Lady Narborough", sagte Lord Henry. „Sie ist das einzige Glied zwischen uns und ihren kurzen Röcken."

„Sie erinnert mich nicht im mindesten an meine kurzen Röcke, Lord Henry. Aber ich entsinne mich sehr wohl der Zeit, da ich sie vor dreißig Jahren in Wien getroffen habe und wie dekolletiert sie damals war."

„Sie ist noch dekolletiert", antwortete er und nahm eine Olive in seine langen Finger, „und wenn sie sehr elegant angezogen ist, sieht sie wie die Luxusausgabe eines schlechten französischen Romans aus. Sie ist wahrhaftig wundervoll und voller Überraschungen. Ihr Talent zur ehelichen Liebe ist außerordentlich. Als ihr dritter Mann starb, wurde ihr Haar ganz goldblond vor Kummer."

„Wie kannst du nur so etwas sagen, Harry!" rief Dorian.

„Das ist eine sehr romantische Erklärung", lachte die Gastgeberin. „Aber ihr dritter Mann, Lord Henry! Sie wollen doch nicht sagen, Ferrol sei der vierte?"

„Gewiss, Lady Narborough."

„Ich glaube kein Wort davon."

„Nun, fragen Sie Herrn Gray. Er ist einer ihrer intimsten Freunde."

„Ist das wahr, Herr Gray?"

„Sie versichert es mir", sagte Dorian. „Ich fragte sie, ob sie wie Margarete von Navarra ihre Herzen einbalsamiert und an ihren Gürtel gehängt habe. Sie sagte mir: nein, weil keiner von ihnen überhaupt ein Herz gehabt habe." „Vier Männer! Auf mein Wort, das ist *trop de zèle.*" „*Trop d'audace*, sagte ich ihr", erwiderte Dorian. „Oh! Sie erkühnt sich jedes Dings, mein Lieber. Und was für eine Art Mensch ist Ferrol? Ich kenne ihn nicht." „Die Männer sehr schöner Frauen gehören der Verbrecherklasse an", sagte Lord Henry und schlürfte seinen Wein. Lady Narborough schlug ihn mit dem Fächer. „Lord Henry, ich bin nicht im Geringsten überrascht, dass die Welt Sie für überaus ruchlos hält."

„Aber welche Welt tut das?" fragte Lord Henry und zog die Brauen hoch. „Es kann nur die kommende Welt sein. Diese Welt und ich stehen auf brillantem Fuß miteinander."

„Jeder Mensch, den ich kenne, sagt, Sie seien sehr ruchlos", rief die alte Dame kopfschüttelnd.

Lord Henry sah ein paar Augenblicke ernsthaft aus. „Es ist ganz abscheulich", sagte er schließlich, „heutzutage gehen die Leute herum und sagen hinter dem Rücken eines Menschen Dinge, die ganz und gar wahr sind."

„Ist er nicht unverbesserlich?" rief Dorian und beugte sich vor.

„Ich hoffe", sagte die Gastgeberin lachend. „Aber wahrhaftig, wenn Sie alle Madame de Ferrol so lächerlich anbeten, muss ich auch wieder heiraten, um in Mode zu kommen."

„Sie werden nie wieder heiraten, Lady Narborough", fiel Lord Henry ein. „Sie waren viel zu glücklich. Wenn eine Frau wieder heiratet, tut sie es, weil sie ihren ersten Mann verabscheute. Wenn ein Mann wieder heiratet, tut er es, weil er seine erste Frau anbetete. Frauen versuchen ihr Glück; Männer setzen ihres aufs Spiel."

„Narborough war nicht vollkommen", rief die alte Dame. „Wenn er es gewesen wäre, hätten Sie ihn nicht geliebt, Verehrteste", war die Erwiderung. „Frauen lieben uns wegen unserer Fehler. Wenn wir deren genug haben, verzeihen sie uns alles, selbst unsern Geist. Sie werden mich nie wieder einladen, fürchte ich, nachdem ich das gesagt habe; aber es ist wahr."

„Natürlich ist es wahr, Lord Henry. Wenn wir Frauen euch nicht wegen eurer Fehler liebten, wo wäret ihr alle? Kein einziger von euch würde je eine Frau bekommen. Ihr wäret eine Garnitur unglücklicher Junggesellen. Indessen, das würde nicht viel an euch ändern. Heutzutage leben alle verheirateten Männer wie Junggesellen und alle Junggesellen wie verheiratete Männer."

„Fin de siècle", murmelte Lord Henry.

„Fin du globe", antwortete die Gastgeberin.

„Ich wollte, es wäre *fin du globe*", sagte Dorian seufzend; „das Leben ist eine große Enttäuschung."

„Ah, mein Lieber", rief Lady Narborough und zog ihre Handschuhe an, „sagen Sie mir nicht, dass Sie das Leben erschöpft haben. Wenn ein Mann das sagt, weiß man, dass das Leben ihn erschöpft hat. Lord Henry ist sehr ruchlos, und ich wünsche manchmal, ich wäre es gewesen; aber Sie sind dazu geschaffen, gut zu sein, Sie sehn so gut aus. Ich muss Ihnen eine hübsche Frau suchen. Lord Henry, meinen Sie nicht, Herr Gray sollte heiraten?"

„Ich sage ihm das immer, Lady Narborough", sagte Lord Henry mit einer Verbeugung.

„Nun, da müssen wir uns nach einer passenden Gefährtin für ihn umsehen. Ich werde den Adelskalender heute Nacht sorgsam durchgehen und eine Liste aller in Betracht kommenden jungen Damen aufstellen."

„Mit ihrem Alter, Lady Narborough?" fragte Dorian.

„Natürlich, mit ihrem Alter, leicht redigiert. Aber es darf nichts übereilt werden. Ich will, dass es das wird, was die Morningpost eine passende Partie nennt, und will, dass Sie beide glücklich werden."

„Was die Menschen über glückliche Ehen für Unsinn reden!" rief Lord Henry aus. „Ein Mann kann mit jeder Frau glücklich sein, solange er sie nicht liebt."

„Ah! Was sind Sie für ein Zyniker!" rief die alte Dame, schob ihren Stuhl zurück und nickte Lady Ruxton zu. „Sie müssen bald wieder zu mir kommen und bei mir essen. Sie regen wirklich wundervoll den Appetit an, viel besser als alles, was mir der Arzt verschreibt. Sie müssen mir sagen, welche Menschen Sie gern hier treffen würden. Es soll eine entzückende Gesellschaft werden."

„Ich mag Männer, die eine Zukunft haben, und Frauen, die eine Vergangenheit haben", antwortete er.

Sie lachte und erhob sich. „Ach verzeihen Sie, liebe Lady Ruxton, ich sah nicht, dass Sie mit Ihrer Zigarette noch nicht fertig sind."

„Tut nichts, Lady Narborough. Ich rauche viel zu viel, ich muss es in Zukunft einschränken."

„Bitte, tun Sie das nicht, Lady Ruxton", sagte Lord Henry. „Mäßigung ist eine verhängnisvolle Sache. Genug ist nicht besser als ein Mittagessen. Mehr als genug ist so gut wie ein Festmahl."

Lady Ruxton sah ihn neugierig an. „Sie müssen einmal eines Nachmittags zu mir kommen und mir das erklären, Lord Henry. Die Theorie scheint sehr erquicklich." Und damit rauschte sie aus dem Zimmer.

„Nun, bitte, bleibt nicht zu lange bei eurer Politik und euren Skandalen“, rief Lady Narborough von der Tür aus. „Wenn ihr das tut, zanken wir ganz sicher mit euch, wenn ihr nach oben kommt.“

Die Männer lachten, und Herr Chapman stand feierlich auf und ging von einem Ende der Tafel ans andere. Dorian Gray wechselte den Platz und setzte sich neben Lord Henry. Herr Chapman fing an, mit lauter Stimme von der parlamentarischen Lage zu reden. Er wieherte laut über seine Widersacher. Das Wort Doktrinär – ein Wort des Schreckens für den englischen Geist – tauchte von Zeit zu Zeit zwischen seinen Lachexplosionen auf. Er sprach die Anfangssilben der Worte in der Hitze der Rede gern doppelt aus, und diese Art Stabreim diente als Redeschmuck. Er hisste die britische Flagge auf der Zinne des Gedankens auf. Die eingewurzelte Dummheit der Nation – gesunden englischen Menschenverstand nannte sie der Biedere – stellte sich als das eigentliche Fundament der Gesellschaft heraus.

Lord Henry lächelte, drehte sich um und sah auf Dorian.

„Ist dir jetzt besser, mein Lieber?“ fragte er. „Du schienst bei Tisch recht unwohl!“

„Mir ist ganz wohl, Harry. Ich bin müde, weiter nichts.“

„Du warst gestern Abend entzückend. Die kleine Herzogin hat dich ganz ins Herz geschlossen. Sie sagt mir, sie wird nach Selby kommen.“

„Sie hat versprochen, am Zwanzigsten zu kommen.“ „Wird Monmouth auch da sein?“

„O gewiss, Harry.“

„Er langweilt mich schrecklich, fast ebenso sehr, wie er sie langweilt. Sie ist sehr gescheit, zu gescheit für eine Frau. Es fehlt ihr der unerklärliche Reiz der Schwäche. Die tönernen Füße sind es, die das Gold der Bildsäule wertvoll machen. Ihre Füße sind reizend, aber es sind keine Tonfüße. Weiße

Porzellanfüße, wenn du willst. Sie sind im Feuer gewesen, und was das Feuer nicht zerstört, das härtet es. Sie hat viel erlebt."

„Seit wann ist sie verheiratet?" fragte Dorian.

„Eine Ewigkeit, behauptet sie. Nach dem Pairskalender müssen es, glaube ich, zehn Jahre sein; aber zehn Jahre mit Monmouth müssen eine Ewigkeit gewesen sein, wenn man die Zeit noch dazu rechnet. Wer wird sonst da sein?"

„Oh, die Willoughbys, Lord Rugby und seine Frau, unsere Wirtin, Geoffrey Clouston, die übliche Garnitur. Ich habe auch Lord Grotian aufgefordert."

„Ich mag ihn gern", sagte Lord Henry. „Viele Leute können ihn nicht leiden, aber ich mag ihn. Er ist manchmal übertrieben gut angezogen, aber er macht das dadurch gut, dass er immer übertrieben gebildet ist. Ein sehr moderner Typus."
„Ich weiß nicht, ob er kommen kann, Harry. Vielleicht muss er mit seinem Vater nach Monte Carlo gehen."

„Ah! Dieser furchtbare Familiensinn ist ein Missstand! Sieh zu, dass er kommt! Nebenbei, du liefst gestern sehr früh weg. Was tatest du nachher? Gingst du gleich nach Hause?"

Dorian sah ihn schnell an und runzelte die Stirn. „Nein, Harry", sagte er endlich, „ich kam erst gegen drei Uhr nach Hause."

„Gingst du noch in den Klub?"

„Ja", antwortete er. Dann biss er sich auf die Lippen. „Nein, wollte ich sagen. Ich ging nicht in den Klub. Ich ging in den Straßen umher. Ich weiß nicht mehr, was ich tat … Wie du einen ausforschest, Harry! Du willst immer wissen, was man getan hat. Ich will immer vergessen, was ich getan habe. Ich kam um halb drei Uhr nach Hause, wenn du die genaue Zeit wissen willst. Ich hatte meinen Hausschlüssel vergessen, und mein Diener musste mich einlassen. Wenn du vielleicht ein bestätigendes Zeugnis wünschest, kannst du ihn fragen."

Lord Henry zuckte die Achseln. „Mein Lieber, als ob ich mich darum kümmerte! Gehn wir in den Salon hinauf. Keinen Sherry, danke, Herr Chapman. Dir ist etwas zugestoßen, Dorian. Sag mir, was es ist! Du bist heute Abend nicht du selbst."

„Sei nicht böse, Harry, ich bin reizbar und schlechter Laune. Morgen komme ich zu dir, oder übermorgen. Entschuldige mich bei Lady Narborough. Ich gehe nicht mehr hinauf, ich muss nach Hause."

„Schon gut, Dorian. Ich glaube schon, dass du morgen zum Tee kommst. Die Herzogin wird da sein."

„Ich will versuchen, da zu sein, Harry", sagte er und verließ das Zimmer. Als er nach Hause fuhr, war er sich bewusst, dass das Angstgefühl, von dem er geglaubt hatte, er habe es hinter sich gebracht, wiedergekommen war. Lord Henrys zufällige Frage hatte ihn einen Augenblick aus der Fassung gebracht und nervös gemacht, und er brauchte seine Nerven noch. Gefährliche Dinge mussten vernichtet werden. Er zuckte zusammen. Der Gedanke, sie auch nur zu berühren, war ihm widerwärtig.

Aber es musste geschehen, das sah er ein. Als er die Tür seines Zimmers geschlossen hatte, öffnete er den Geheimschrank, in dem er Basil Hallwards Mantel und Tasche verborgen hatte. Es brannte ein starkes Feuer. Er legte noch ein Scheit darauf. Der Geruch der versengten Kleider und des brennenden Leders war schrecklich. Er brauchte drei Viertelstunden, bis alles verbrannt war. Als er fertig war, fühlte er sich schwach und unwohl. Er zündete in einer Kupferkanne ein paar algerische Räucherkerzchen an und badete dann seine Hände und seine Stirn in einem kalten, nach Moschus duftenden Essig.

Plötzlich fuhr er auf. Seine Augen wurden seltsam glänzend, und er nagte nervös an seiner Unterlippe. Zwischen zwei Fenstern stand ein großer florentinischer Schrank, der aus Ebenholz gearbeitet und mit Elfenbein und Lapislazuli ausgelegt war. Er sah darauf hin, als ob er etwas wäre, was anziehen und Furcht machen kann, als ob er enthielte, wonach ihn verlangte, und was er doch fast verabscheute. Sein Atem ging schneller. Eine wilde Gier kam über ihn. Er zündete eine Zigarette an und warf sie dann weg. Seine Lider senkten sich, bis die langen Wimpern fast seine Wangen berührten. Aber er sah noch immer nach dem Schrank. Endlich stand er auf vom Sofa, auf dem er gelegen hatte, ging zu dem Schrank hinüber, schloss ihn auf und rührte an eine verborgene Feder. Ein dreieckiges Geheimfach schob sich langsam heraus. Seine Finger bewegten sich instinktiv danach hin, langten hinein und umschlossen etwas. Es war eine kleine chinesische Büchse, eine Lackarbeit in Schwarz und Goldstaub, die sehr schön gearbeitet war, die Seiten hatten ein Muster von gekrümmten Wogen, und die seidenen Schnüre waren mit runden Kristallen behangen und endeten in Quasten aus ineinander geflochtenen Metallfäden. Er öffnete sie. Innen war eine grüne Paste mit wachsartigem Glanz, der Geruch seltsam schwer und durchdringend.

Er zögerte ein paar Augenblicke, mit einem seltsam unbeweglichen Lächeln auf den Lippen. Dann richtete er sich fröstelnd auf, obwohl es im Zimmer entsetzlich heiß war, und sah nach der Uhr. Es war zwanzig Minuten vor zwölf. Er legte die Büchse zurück, schloss die Türen des Schranks und ging in sein Schlafzimmer.

Als die Mitternacht eherne Schläge in die Nacht schickte, schlich sich Dorian Gray in ordinären Kleidern und ein Tuch um den Hals geschlungen leise aus dem Hause. In Bond Street traf er eine Droschke mit einem kräftigen Pferd. Er rief sie an und nannte dem Kutscher mit leiser Stimme eine Adresse.

Der Mann schüttelte den Kopf. „Das ist mir zu weit“, brummte er.

„Hier ist ein Goldstück“, sagte Dorian. „Sie sollen noch einmal soviel bekommen, wenn Sie schnell fahren.“ „Gut, Herr“, antwortete der Mann. „Sie werden in einer Stunde da sein“, und nachdem sein Fahrgast eingestiegen war, drehte er um und fuhr in der Richtung nach der Themse.

Sechzehntes Kapitel

Ein kalter Regen begann zu fallen, und das trübe Licht der Laternen sah in dem tropfenden Nebel unheimlich aus. Die Wirtshäuser wurden eben geschlossen, und schattenhafte Gruppen von Männern und Frauen drängten sich um die Türen. Aus manchen Kneipen erscholl grässliches Gelächter. In andern lärmten und schrien Betrunkene.

Dorian Gray hatte sich in den Wagen zurückgelehnt, den Hut tief in die Stirn gezogen, und blickte achtlos auf den Schmutz und Auswurf der Großstadt. Ab und zu wiederholte er sich die Worte, die Lord Henry am ersten Tag, wo sie sich kennengelernt, gesprochen hatte: „Die Seele vermittelst der Sinne und die Sinne vermittelst der Seele zu heilen." Ja, das war das Geheimnis. Er hatte es oft versucht und wollte es jetzt wieder versuchen. Es gab Opiumhöhlen, in denen man Vergessenheit kaufen konnte, Höhlen des Grauens, wo das Gedächtnis alter Sünden durch den Wahnsinn neuer getilgt werden konnte.

Der Mond hing niedrig am Himmel wie eine gelbe Schale. Von Zeit zu Zeit streckte eine große ungestake Wolke einen langen Arm aus und verbarg ihn. Die Laternen wurden spärlicher und die Straßen enger und düsterer. Einmal fuhr der Kutscher falsch und musste ein paar hundert Meter zurückfahren. Das Pferd dampfte, während es durch die Pfützen trabte. Die Seitenfenster des Wagens waren vom Nebel wie mit grauem Flanell beschlagen.

„Die Seele vermittelst der Sinne und die Sinne vermittelst der Seele zu heilen!" Wie die Worte ihm in den Ohren klangen! Seine Seele jedenfalls war krank zum Tode. Ist es wahr, dass die Sinne sie heilen konnten? Unschuldiges Blut war vergossen worden. Womit konnte das gesühnt werden? Dafür gab es keine Sühne; aber wenn Vergebung unmöglich war, war doch Vergessen möglich, und er war entschlossen zu vergessen, das Ding niederzutreten und auszutilgen wie eine Schlange, die einen gestochen hat. Was für ein Recht hatte denn Basil gehabt, so zu ihm zu sprechen, wie er es getan hatte? Wer hatte ihn zum Richter über andere gemacht? Er hatte Dinge gesagt, die furchtbar, entsetzlich, unerträglich waren.

Weiter und weiter suchte die Droschke ihren Weg und fuhr, wie es schien, mit jedem Schritt langsamer. Er schob das Schiebefenster zurück und rief hinter ihm dem Kutscher zu, er solle schneller fahren. Der grässliche Opiumhunger nagte an ihm. Die Kehle brannte ihm, und seine zarten Hände zupften nervös aneinander. Er schlug mit dem Spazierstock wie toll auf das Pferd ein. Der Kutscher lachte und schlug mit der Peitsche zu. Er lachte auch, und der Kutscher wurde still.

Der Weg schien nicht enden zu wollen, und die Straßen waren wie ein schwarzes, wirres Spinngewebe. Die Eintönigkeit wurde unerträglich, und als der Nebel dicker wurde, überfiel ihn Angst.

Dann fuhren sie an einsamen Ziegeleien vorbei. Der Nebel war hier durchsichtiger, und er konnte die seltsamen flaschenförmigen Ziegelöfen mit ihren orangefarbenen, fächerartigen Feuerzungen sehen. Ein Hund bellte, als sie vorüberkamen, und weit entfernt im Dunkeln schrie eine Möwe. Das Pferd stolperte, wurde scheu und rannte im Galopp weiter.

Nach einiger Zeit verließen sie den lehmigen Weg und rasselten wieder über holpriges Straßenpflaster. Die meisten Fenster waren dunkel, aber hie und da sah man phantastische Schatten wie Silhouetten hinter einem erleuchteten Vorhang.

Er sah neugierig darauf hin. Sie bewegten sich wie große Marionetten und gestikulierten wie lebende Wesen. Etwas wie Hass gegen sie überkam ihn. Eine dumpfe Wut war in seinem Herzen. Als sie um eine Ecke bogen, schrie ein Weib aus einer offenen Tür ihnen etwas zu, und zwei Männer liefen ein paar hundert Schritt hinter dem Wagen her. Der Kutscher schlug mit der Peitsche nach ihnen.

Man hat gesagt, die Leidenschaft drehe einem die Gedanken im Kreise herum. Jedenfalls formten die zerbissenen Lippen Dorian Grays immer und immer wieder die feingestellten Worte von der Seele und den Sinnen, bis er in ihnen sozusagen den vollen Ausdruck seiner Stimmung gefunden und durch die Zustimmung des Intellekts Leidenschaften gerechtfertigt hatte, die auch ohne solche Rechtfertigung seine Natur beherrscht hätten. Von Zelle zu Zelle in seinem Hirn kroch dieser eine Gedanke; und die wilde Sucht zu leben, das schrecklichste von allen Gelüsten der Menschen, stachelte jede Fiber und jeden zuckenden Nerv furchtbar gewaltsam empor. Die Hässlichkeit, die ihm einst verhasst gewesen war, weil sie die Dinge wirklich machte, wurde ihm jetzt aus eben dem Grunde lieb. Hässlichkeit war die einzige Wirklichkeit. Das rohe Geschrei, die ekelhafte Kneipe, die gemeine Gewalttätigkeit liederlichen Lebens, die Verworfenheit sogar des Diebes und des Abschaums der Menschheit waren in der intensiven Tatsächlichkeit des Eindrucks, den sie machten, lebendiger als all die graziösen Formen der Kunst, die Traumschatten der Poesie. Das war es, was er zum Vergessen brauchte. In drei Tagen wollte er befreit sein.

Plötzlich hielt der Kutscher am Ende einer dunkeln Gasse mit einem Ruck an. Über die niederen Dächer und die zackigen Schornsteinmassen der Häuser ragten die schwarzen Masten von Schiffen. Weiße Nebelfetzen hingen wie gespenstische Segel über den Schiffsplätzen. „Hier irgendwo, nicht?“

fragte der Mann mit heiserer Stimme durch das Schiebefenster.

Dorian fuhr auf und sah sich um. „Es ist gut“, antwortete er, stieg hastig aus, gab dem Kutscher die Extrabelohnung, die er ihm versprochen hatte, und ging schnell in der Richtung des Kais weiter. Hie und da blitzte eine Laterne am Heck eines mächtigen Kauffahrteischiffs. Das Licht zitterte und zersplitterte in den Pfützen. Ein roter Schimmer kam von einem weit draußen verankerten Dampfer, der Kohlen lud. Das schlüpfrige Pflaster sah wie ein nassglänzender Gummimantel aus.

Er eilte nach links weiter und sah sich hie und da um, ob ihm niemand folgte. Nach etwa sechs bis acht Minuten erreichte er ein kleines, niedriges Haus, das zwischen zwei schmutzigen Fabriken stand. In einem der Dachfenster stand eine Lampe. Er blieb stehn und klopfte. Es klang wie ein verabredetes Zeichen.

Nach einer Weile hörte er Schritte im Flur und das Klirren der Türkette, die losgemacht wurde. Die Tür ging leise auf, und er ging hinein, ohne zu der kleinen, elenden Gestalt, die sich, als er vorbeiging, in den Schatten drückte, ein Wort zu sagen. Am Ende des Flurs hing ein zerfetzter grüner Vorhang, der in dem starken Wind, der von der Straße mit hereingekommen war, hin- und herflatterte. Er schob ihn zur Seite und betrat einen langen, niedrigen Raum, der aussah, als wäre er einmal ein Tanzsaal niedrigster Sorte gewesen. Grelle, flackernde Gasflammen, die in den fliegenbeschmutzten Spiegeln, die ihnen gegenüber hingen, stumpf und verzerrt wurden, brannten an den Wänden. Verschmierte Scheinwerfer aus geripptem Blech waren hinter ihnen angebracht, um die zitternde Lichtkreise schwebten. Der Boden war mit ockerfarbenem Sägemehl bestreut, das von den Tritten hie und da zu Kot geworden war und auf dem sich von vergossenen Getränken dunkle, kreisrunde Flecken zeigten. Ein paar Malaien hockten an einem kleinen Kohlenofen, spielten mit beinernen Würfeln und zeigten beim Sprechen ihre weißen Zähne. In einer Ecke saß ein Matrose, den Kopf auf den Armen über den Tisch gebeugt, und an der grell bemalten Schenke, die eine ganze Seite des Saals einnahm, standen zwei verkommene Weiber, die einen alten Mann verhöhnten, der mit einem Ausdruck des Ekels im Gesicht die Ärmel seines Rockes bürstete. „Er denkt, er hat Läuse gekriegt", lachte eine von ihnen, als Dorian vorbeiging. Der Mann sah sie ängstlich an und begann zu wimmern.

Am Ende des Saals war eine kleine Treppe, die zu einem verhängten Zimmer führte. Als Dorian die drei gebrechlichen Stufen hinaufging, kam ihm der schwere Duft des Opiums entgegen. Er holte tief Atem, und seine Nüstern zitterten vor Lust. Als er eintrat, blickte ein junger Mann mit glattem blonden Haar, der sich über eine Lampe beugte, um eine lange, dünne Pfeife anzuzünden, zu ihm auf und nickte zögernd.

„Du hier, Adrian?" sagte Dorian halblaut.

„Wo sollte ich sonst sein?" antwortete jener, ohne sich stören zu lassen. „Kein Mensch spricht jetzt mehr mit mir."

„Ich dachte, du hättest England verlassen."

„Darlington wird nichts tun; mein Bruder hat den Wechsel schließlich bezahlt. George spricht auch nicht mehr mit mir … Mir eins", sagte er seufzend, „solange man das hier hat, braucht man keine Freunde. Ich glaube, ich habe zu viel Freunde gehabt."

Dorian zuckte und betrachtete sich die grotesken Gestalten, die in so phantastischen Stellungen auf den zerrissenen Matratzen lagen. Die gekrümmten Glieder, die starren, glanzlosen Augen, der offene Mund ließen ihn nicht los. Er wusste, in was für seltsamen Himmeln sie litten, und was für düstere

Höllen sie das Geheimnis eines neuen Genusses lehrten. Sie waren besser daran als er. Er saß im Denken gefangen. Das Gedächtnis fraß wie eine schreckliche Krankheit an seiner Seele. Von Zeit zu Zeit glaubte er die Augen Basil Hallwards auf sich gerichtet zu sehn. Aber er fühlte, er konnte nicht bleiben. Die Gegenwart Adrian Singletons störte ihn. Er musste irgendwo sein, wo ihn niemand kannte. Er musste sich selbst entfliehen.

„Ich gehe in das andere Haus", sagte er nach einer Pause.

„Am Kai?"

„Ja."

„Die Wildkatze wird sicher da sein. Sie wollen sie hier nicht mehr haben."

Dorian zuckte die Achseln. „Ich habe die Weiber, die einen lieben, satt. Weiber, die einen hassen, sind viel interessanter. Überdies ist dort der Stoff besser."

„Genau derselbe."

„Ich ziehe ihn vor. Komm, wir trinken etwas. Ich muss etwas trinken."

„Ich brauche nichts", murmelte der junge Mann. „Tut nichts."

Adrian Singleton stand müde auf und folgte Dorian zur Schenke. Ein Mischling in zerrissenem Turban und schäbigem Mantel grinste zur Begrüßung, als er eine Flasche Schnaps und zwei Gläser vor sie hinstellte. Die Weiber machten sich heran und fingen zu schwatzen an. Dorian wandte ihnen den Rücken und sagte leise etwas zu Adrian Singleton.

Ein gekrümmtes Lächeln gleich einem malaiischen Dolch verzerrte die Züge des einen Weibes. „Wir sind heute sehr stolz", lachte sie höhnisch.

„Um Gottes willen, sprich nicht zu mir!" schrie Dorian und stampfte mit dem Fuß auf. „Was willst du? Geld? Hier hast du's. Rede mich nie wieder an!"

Zwei rote Funken blitzten einen Augenblick in den stumpfen Augen des Weibes, dann verlöschten sie und ließen sie trüb und glasig. Sie schüttelte den Kopf und sammelte mit gierigen Fingern die Münzen, die er auf den Schenktisch gelegt hatte. Ihre Begleiterin sah mit neidischen Blicken zu.

„Es hat keinen Zweck", seufzte Adrian Singleton. „Ich will nirgends anders hin. Was macht es aus? Ich fühle mich hier sehr wohl."

„Du schreibst mir, wenn du etwas brauchst, ja?" sagte Dorian nach einer Pause.

„Vielleicht."

„Dann gute Nacht."

„Gute Nacht", antwortete der junge Mann, ging die Stufen hinauf und wischte sich dabei mit dem Taschentuch den Mund ab.

Dorian ging mit einem Ausdruck der Qual im Gesicht zur Tür. Als er den Vorhang zur Seite schob, kam von den geschminkten Lippen des Weibes, das sein Geld genommen hatte, ein grässliches Lachen. „Da geht der Seelenverkäufer!" rief sie mit heiserer, glucksender Stimme.

„Verflucht!" antwortete er, „du sollst mich nicht so nennen!"

Sie schnippte mit den Fingern. „Was, Prinz Wunderhold soll ich dich nennen, das gefiele dir?" schrie sie ihm nach.

Der schlaftrunkene Matrose sprang auf, als sie das sagte, und blickte wild um sich. Der Klang der Haustür, die zufiel, traf sein Ohr. Er stürzte hinaus.

Dorian Gray ging mit schnellen Schritten durch den Sprühregen den Kai entlang. Sein Zusammentreffen mit Adrian Singleton hatte ihn seltsam bewegt, und er sann darüber nach, ob die Vernichtung dieses jungen Lebens wirklich ihm zuzuschreiben sei, wie Basil Hallward mit so schmählich beleidigenden Worten zu ihm gesagt hatte. Er biss sich auf die

Lippen, und in seine Augen kam für ein paar Augenblicke ein Ausdruck der Trauer. Aber schließlich, was ging es ihn an? Das Leben war zu kurz, als dass man die Fehler eines andern auf seine Schultern laden konnte. Jeder lebte sein eigenes Leben und zahlte seinen eigenen Preis dafür. Der einzige Jammer war, dass man für eine Schuld so oft zahlen musste. Man musste immer und immer wieder zahlen. Dem Menschen gegenüber schloss das Schicksal seine Rechnung nie ab.

Es gibt Augenblicke, sagen die Psychologen, wo der wilde Trieb zur Sünde oder zu dem, was die Welt Sünde nennt, eine Natur so beherrscht, dass jede Fiber des Körpers, jede Zelle des Gehirns mit furchtbaren Trieben wie getränkt zu sein scheint. Männer und Frauen verlieren in solchen Augenblicken ihren freien Willen. Sie gehen blind ihrem schrecklichen Ende entgegen, als ob sie Automaten wären. Sie haben keine Wahl mehr, und das Gewissen ist entweder getötet oder, wenn es noch lebt, dann nur, um der Auflehnung ihren Zauber und dem Frevel seinen Reiz zu geben. Denn alle Sünden – die Theologen werden nicht müde, es uns immer wieder einzuschärfen – entspringen dem Ungehorsam. Als jener hohe Geist, jenes Frühlicht alles Bösen, aus dem Himmel stürzte, geschah es, weil er ein Rebell war.

Gefühllos und verhärtet, aufs Böse wie konzentriert, mit verdunkeltem Geist und einer Seele, die nach Auflehnung dürstete, eilte Dorian Gray weiter und ging immer schneller; aber als er rasch in einen Torweg einbog, durch den er oft gegangen war, um seinen Weg zu dem berüchtigten Hause, dem er zustrebte, abzukürzen, fühlte er sich plötzlich von hinten ergriffen, und ehe er Zeit hatte, sich zu wehren, wurde er gegen die Mauer geschleudert und fühlte eine rohe Hand an seiner Kehle.

Er rang wild um sein Leben, und in furchtbarer Anstrengung gelang es ihm, die Finger, die ihn umklammerten, wegzuzerren. Einen Augenblick später hörte er das Knacken eines Revolvers und sah das Glänzen eines blanken Laufs, der direkt nach seinem Kopfe gerichtet war, und die dunkle Gestalt eines untersetzten Mannes.

„Was wollen Sie?“ keuchte er.

„Halt dich still!“ sagte der Mann. „Wenn du dich rührst, schieß ich.“

„Sie sind toll! Was habe ich mit Ihnen zu tun?“

„Du hast das Leben Sibyl Vanes vernichtet“, war die Antwort, „und Sibyl Vane war meine Schwester. Sie hat sich getötet. Ich weiß es, du bist an ihrem Tode schuld! Ich habe geschworen, dich dafür zu töten. Seit Jahren suche ich dich. Ich hatte keinen Anhaltspunkt, keine Spur. Die zwei Menschen, die dich hätten beschreiben können, waren tot. Ich wusste nichts von dir als den Kosenamen, den sie dir gab. Mach deinen Frieden mit Gott, denn heute Nacht sollst du sterben!“

Dorian Gray wurde fast ohnmächtig vor Angst. „Ich habe sie nie gekannt“, stammelte er. „Ich habe nie von ihr gehört. Sie sind toll!“

„Du tätest besser, deine Sünden zu bekennen, denn so wahr ich James Vane heiße: Du musst sterben!“ Es war ein entsetzlicher Augenblick. Dorian wusste nicht, was er sagen oder tun sollte. „Auf die Knie!“ tobte der Mann. „Ich gebe dir eine Minute, um deinen Frieden mit Gott zu machen – mehr nicht! Ich gehe heute Nacht nach Indien an Bord und muss erst tun, was nötig ist. Eine Minute, mehr nicht!“

Dorians Arme fielen herunter. Er war vor Angst wie gelähmt und wusste nicht, was er tun sollte. Plötzlich zuckte eine wilde Hoffnung in seinem Hirn auf. „Halt!“ rief er. „Wie lange ist es her, dass Ihre Schwester starb? Schnell, sagen Sie es!“

„Achtzehn Jahre“, sagte der Mann. „Warum fragst du? Was kommt’s darauf an?“

„Achtzehn Jahre“, lachte Dorian Gray, und seine Stimme klang triumphierend. „Achtzehn Jahre! Bringen Sie mich zur Laterne und sehn Sie mein Gesicht an!“

James Vane zögerte einen Augenblick. Er verstand nicht, was das heißen sollte. Dann packte er Dorian Gray und zog ihn aus dem Torweg hervor.

Das Licht, das im Sturm wehte, war undeutlich und flackernd, aber es genügte doch, um James Vane den furchtbaren Irrtum zu zeigen, in dem er befangen gewesen schien, denn das Gesicht des Mannes, den er hatte töten wollen, zeigte all den knabenhaften Flaum, all die unbefleckte Reinheit der Jugend. Er schien kaum älter als ein Jüngling von zwanzig Jahren, vielleicht erst so alt, wie seine Schwester gewesen war, als sie vor vielen Jahren dahingegangen war. Es lag auf der Hand, das war nicht der Mann, der ihr Leben zerstört hatte.

Er ließ sein Opfer los und taumelte zurück. „Mein Gott! mein Gott!“ rief er, „und ich hätte Sie beinahe getötet!“

Dorian Gray holte tief Atem. „Sie waren nahe daran, ein furchtbares Verbrechen zu begehen, Mann“, sagte er und sah ihm streng in die Augen. „Lassen Sie sich das eine Warnung sein, die Rache nicht in die eigene Hand zu nehmen.“

„Verzeihen Sie, Herr!“ murmelte James Vane. „Ich täuschte mich. Ein zufälliges Wort, das ich in der verfluchten Kneipe hörte, brachte mich auf die falsche Spur.“

„Es wäre besser, Sie gingen nach Hause und legten die Pistole fort, oder Sie könnten in schlimme Händel kommen“, sagte Dorian Gray, drehte sich um und ging langsam die Straße hinunter.

James Vane war voller Entsetzen stehengeblieben. Er zitterte am ganzen Körper. Nach einer kleinen Weile bewegte sich ein schwarzer Schatten, der an der nassen Wand entlang gekrochen war, gegen das Licht vor und kam mit leisen Schritten näher herangeschlichen. Er spürte eine Hand auf seiner Schulter und sah sich erschreckt um. Es war die eine der Frauen, die an der Schenke getrunken hatten.

„Warum hast du ihn nicht getötet?" zischte sie und brachte ihr verfallenes Gesicht ganz nahe an seines. „Ich wusste, dass du ihm folgtest, als du von Dalys Haus fortstürztest. Du Narr! Du hättest ihn töten sollen. Er hat eine Menge Geld und ist der Schlechteste der Schlechten."

„Er ist nicht der Mann, den ich suche", antwortete er, „und ich suche nicht das Geld eines Menschen, ich suche sein Leben. Der Mann, dessen Leben ich suche, muss jetzt fast vierzig sein. Der da war fast noch ein Knabe. Ich danke Gott, dass sein Blut nicht an meinen Händen klebt."

Das Weib lachte bitter auf. „Fast noch ein Knabe!" rief sie höhnisch. „Mann, wahrhaftig, es sind fast achtzehn Jahre, seit Prinz Wunderhold mich zu dem gemacht hat, was ich bin."

„Du lügst!" schrie James Vane.

Sie hob die Hand zum Himmel. „Bei Gott, ich sage die Wahrheit!" rief sie.

„Bei Gott?"

„Du kannst mich stumm machen, wenn es nicht so ist. Er ist der Schlechteste von allen, die herkommen. Sie sagen, er hätte für ein hübsches Gesicht dem Teufel seine Seele verkauft. Es sind fast achtzehn Jahre, dass ich ihn kennengelernt habe. Er hat sich nicht viel verändert seitdem. Um so mehr ich", fügte sie mit traurigem Blick hinzu.

„Das schwörst du?"

„Ich schwöre es!" kam es wie ein heiseres Echo aus ihrem hässlichen Munde. „Aber verrate mich ihm nicht", greinte sie, „ich habe Angst vor ihm. Gib mir ein bisschen Geld, dass ich schlafen gehen kann."

Er machte sich fluchend los und rannte zur Straßenecke; aber Dorian Gray war verschwunden. Als er zurückblickte, war auch das Weib nicht mehr da.

Siebzehntes Kapitel

Eine Woche später saß Dorian Gray im Gewächshause zu Selby Royal im Gespräch mit der hübschen Herzogin von Monmouth, die mit ihrem Gatten, einem erschöpft aussehenden Mann von sechzig Jahren, unter seinen Gästen war. Es war die Teestunde, und das milde Licht der großen, mit einem Spitzenschleier bedeckten Lampe, die auf dem Tische stand, fiel auf das entzückende Porzellan und das getriebene Silber des Services, das bei der Herzogin stand. Ihre weißen Hände machten sich zierlich mit den Tassen zu schaffen, und ihre vollen roten Lippen lächelten über etwas, was Dorian ihr zuflüsterte. Lord Henry lag zurückgelehnt in einem mit Silberstoff überzogenen Korbstuhl und schaute auf die beiden. Auf einem pfirsichfarbenen Diwan saß Lady Narborough und tat so, als hörte sie zu, wie ihr der Herzog einen brasilianischen Käfer schilderte, den er jüngst für seine Sammlung erworben hatte. Drei junge Leute in eleganter Gesellschaftstoilette versorgten einige der Damen mit Teegebäck. Die Gesellschaft, die Dorian auf seiner Besitzung bewirtete, bestand aus zwölf Personen, und am nächsten Tag wurden noch einige erwartet.

„Worüber redet ihr beiden?“ sagte Lord Henry, der langsam an den Tisch trat und seine Tasse niedersetzte. „Ich hoffe, Dorian hat dir von meinem Plan, alles wieder zu taufen, erzählt, Gladys. Es ist eine reizende Idee.“

„Aber ich will nicht wiedergetauft werden, Harry“, erwiderte die Herzogin und sah ihn mit ihren wundervollen Augen an. „Ich bin mit meinem eigenen Namen sehr zufrieden, und ich denke, Herr Gray sollte es auch mit seinem sein.“

„Liebe Gladys, um keinen Preis der Welt möchte ich einen der beiden Namen ändern. Sie sind beide vollendet. Ich dachte hauptsächlich an Blumen. Gestern schnitt ich mir für mein Knopfloch eine Orchidee ab. Es war eine wunderbar gefleckte Blume, so wirkungsvoll wie die sieben Todsünden. In einem Anfall von Gedankenlosigkeit fragte ich einen der Gärtner, wie sie heißt. Er sagte mir, es sei ein schönes Exemplar der Robinsoniana oder etwas anderes Schreckliches der Art. Es ist eine traurige Wahrheit, aber wir haben das Talent, den Dingen schöne Namen zu geben, verloren. Der Name ist alles. Ich streite nie gegen das Tun. Mein einziger Streit geht gegen die Worte. Das ist der Grund, warum ich den gemeinen Realismus in der Literatur verabscheue. Der Mann, der einen Spaten bei seinem Namen nennen kann, sollte gezwungen werden, einen zur Hand zu nehmen. Er ist zu weiter nichts tauglich."

„Wie sollten wir also dich nennen, Harry?" fragte sie. „Sein Name ist Prinz Paradox", sagte Dorian.

„Jawohl!" rief die Herzogin aus, „wird sofort anerkannt." „Ich will ihn nicht hören", lachte Lord Henry und ließ sich in einen Stuhl sinken. „Vor einer Etikette gibt es keine Rettung. Ich lehne den Titel ab."

„Fürsten können nicht abdanken", warnten reizende Lippen.

„Du wünschest also, dass ich meinen Thron verteidige?" „Ja."

„Ich sage die Wahrheiten von morgen." „Ich lebe die Irrungen von heute."

„Du entwaffnest mich, Gladys", rief er, über ihre Laune entzückt.

„Deines Schildes, Harry, nicht deines Speers."

„Ich kämpfe nie gegen die Schönheit", sagte er mit grüßender Handbewegung.

„Das ist ein Fehler, Harry, glaube es mir. Du stellst die Schönheit viel zu hoch."

„Wie kannst du das sagen? Ich gebe zu, dass ich meine, schön sein ist besser als gut sein. Aber anderseits ist niemand mehr als ich bereit, anzuerkennen, dass gut sein besser ist als hässlich sein."

„Dann ist also die Hässlichkeit eine der sieben Todsünden?" rief die Herzogin. „Was wird aus deinem Orchideengleichnis?"

„Hässlichkeit ist eine der sieben Tugenden, Gladys. Die darfst du, wenn du deiner Tory-Gesinnung treu bleiben willst, nicht unterschätzen. Bier, die Bibel und die sieben tödlichen Tugenden haben unser England zu dem gemacht, was es ist."

„Du liebst also dein Vaterland nicht?" fragte sie. „Ich lebe darin."

„Um es besser tadeln zu können."

„Würdest du lieber sehen, dass ich mich dem Urteil Europas über unser Land anschließe?" fragte er.

„Was sagen sie von uns?"

„Sie sagen, Tartüff sei nach England ausgewandert und habe da einen Laden aufgemacht."

„Ist das von dir, Harry?" „Ich schenke es dir."

„Ich kann es nicht brauchen. Es ist zu wahr."

„Du brauchst nicht zu erschrecken. Unsere Landsleute fühlen sich nie getroffen, wenn man sie schildert."

„Sie sind zu praktisch."

„Sie sind mehr schlau als praktisch. Wenn sie die Bilanz ziehen, gleichen sie die Dummheit durch Reichtum und das Laster durch Heuchelei aus."

„Und doch haben wir große Dinge getan."

„Große Dinge sind uns auferlegt worden, Gladys." „Wir haben ihre Last getragen."

„Nur bis zur Börse."

Sie schüttelte den Kopf. „Ich glaube an unser Volk", rief sie.

„Es repräsentiert das Überleben der Rücksichtslosigkeit." „Es hat Entwicklung."

„Verfall reizt mich mehr." „Wie stehts mit der Kunst?" „Eine Krankheit." „Liebe?"

„Eine Illusion." „Religion?"

„Modernes Surrogat für den Glauben." „Du bist ein Skeptiker." „Niemals! Skepsis ist der Anfang alles Glaubens." „Was bist du?"

„Definieren heißt beschränken." „Gib mir einen Faden."

„Fäden zerreißen. Du verlörest deinen Weg im Labyrinth." „Du machst mich wirblig. Reden wir von sonst jemandem."

„Unser Wirt ist ein reizendes Thema. Vor vielen Jahren wurde er Prinz Wunderhold getauft."

„Ah! Erinnere mich nicht daran!" rief Dorian Gray. „Unser Wirt ist heute Abend recht gräulich!" antwortete die Herzogin und errötete. „Ich glaube, er denkt, Monmouth habe mich aus rein wissenschaftlichen Gründen geheiratet, als bestes Musterstück eines modernen Schmetterlings."

„Ich hoffe aber, er steckt keine Stecknadeln in Sie, Frau Herzogin", lachte Dorian.

„Oh, das tut schon meine Jungfer, Herr Gray, wenn sie sich über mich ärgert."

„Und worüber ärgert sie sich denn, Frau Herzogin?" „Wegen lauter Kleinigkeiten, Herr Gray, glauben Sie nur. Gewöhnlich, weil ich zehn Minuten vor neun hereinkomme und ihr sage, bis halb neun müsse ich angezogen sein." „Wie unvernünftig von ihr! Sie sollten ihr kündigen!"

„Ich wage es nicht, Herr Gray. Sie erfindet nämlich meine Hüte. Sie erinnern sich an den Hut, den ich auf dem Gartenfest bei Lady Hilstone trug? Natürlich nein; aber es ist hübsch von Ihnen, dass Sie so tun. Sehn Sie, den hat sie aus nichts gemacht. Jeder gute Hut ist aus nichts gemacht."

„Wie jeder gute Ruf, Gladys", fiel Lord Henry ein. „Jede Wirkung, die man ausübt, verschafft einem einen Feind. Um populär zu sein, muss man ein Durchschnittsmensch sein."

„Bei Frauen nicht", sagte die Herzogin und schüttelte den Kopf, „und Frauen regieren die Welt. Ich versichere Sie, wir können Durchschnittsmenschen nicht ausstehen. Wir Frauen, hat einmal einer gesagt, lieben mit den Ohren, wie ihr Männer mit den Augen liebt, wenn ihr überhaupt liebt."

„Mir scheint, wir tun nie etwas anderes", murmelte Dorian.

„Ah! Dann lieben Sie nie in Wirklichkeit", antwortete die Herzogin und legte etwas Schmerzliches in ihren Ton.

„Liebe Gladys!" rief Lord Henry. „Wie kannst du das sagen? Die Gefühle leben von der Wiederholung, und die Wiederholung verwandelt einen Trieb in eine Kunst. Überdies, jedes Mal, wenn man liebt, ist es das erste Mal, dass man je geliebt hat. Die Verschiedenheit des Gegenstandes ändert die Einzigkeit der Leidenschaft nicht. Sie macht sie nur intensiver. Wir können im Leben im besten Fall nur ein einziges großes Erlebnis haben, und die geheime Kunst des Lebens ist, dieses Erlebnis so oft wie möglich zu reproduzieren."

„Selbst wenn es einen verwundet hat, Harry?" fragte die Herzogin nach einer Pause.

„Besonders wenn es einen verwundet hat", antwortete Lord Henry.

Die Herzogin wandte sich Dorian Gray zu und sah ihn mit einem seltsamen Ausdruck in ihren Augen an. „Was sagen Sie dazu, Herr Gray?" forschte sie.

Dorian zögerte einen Augenblick. Dann warf er den Kopf zurück und lachte. „Ich bin immer derselben Meinung wie Harry, Frau Herzogin."

„Auch wenn er unrecht hat?“ „Harry hat nie unrecht.“

„Und macht seine Philosophie Sie glücklich?“ „Ich bin nie aufs Glück ausgewesen. Wer braucht Glück? Ich bin auf Genuss ausgewesen.“

„Und haben ihn gefunden, Herr Gray?“ „Oft. Zu oft.“

Die Herzogin seufzte. „Ich suche den Frieden“, sagte sie, „und wenn ich jetzt nicht zum Anziehen gehe, habe ich heute Abend keinen.“

„Ich werde Ihnen ein paar Orchideen holen, Frau Herzogin“, rief Dorian, stand auf und ging das Gewächshaus hinunter.

„Du flirtest schändlich mit ihm“, sagte Lord Henry zu seiner Kusine. „Sieh dich vor! Er ist gefährlich.“ „Wenn er es nicht wäre, gäb's keinen Kampf.“ „Griechen kämpfen denn also gegen Griechen?“ „Ich bin auf der Seite der Trojaner. Sie stritten für eine Frau.“

„Sie wurden geschlagen.“ „Es gibt schlimmere Dinge als Gefangenschaft.“ „Du galoppierst mit losem Zügel.“ „Das Tempo macht's leben“, war der schnelle Gegenstoß. „Ich schreib es heute Abend in mein Tagebuch.“ „Was?“

„Dass ein gebranntes Kind das Feuer liebt.“

„Ich bin nicht einmal versengt. Meine Flügel sind unberührt.“

„Du benutzt sie zu allem, nur nicht zum Fliehen.“ „Der Mut ist von den Männern zu den Frauen übergegangen. Das ist ein neues Erlebnis für uns.“

„Du hast eine Nebenbuhlerin.“ „Wen?“

Er lachte. „Lady Narborough,“ flüsterte er. „Sie betet ihn an!“

„Du machst mir Angst. Solch graues Altertum ist uns Romantikern verhängnisvoll.“

„Romantisch! Du hast alle Methoden der Wissenschaft.“ „Männer haben uns erzogen.“

„Aber nicht erklärt."

„Gib uns eine Definition unseres Geschlechts", forderte sie ihn heraus.

„Sphinxe ohne Geheimnisse."

Sie sah ihn lächelnd an. „Wie lange Herr Gray ausbleibt!" sagte sie. „Wir wollen ihm helfen. Ich habe ihm noch nicht gesagt, was mein Kleid für eine Farbe hat."

„Ah! Du musst das Kleid nach der Farbe seiner Blumen wählen, Gladys."

„Da ergäbe ich mich zu früh."

„Die romantische Kunst fängt mit dem Höhepunkt an."

„Ich muss für die Möglichkeit des Rückzugs sorgen."

„Nach der Art der Parther?"

„Sie fanden in der Wüste Sicherheit, das wäre mir nicht möglich."

„Man lässt Frauen nicht immer die Wahl", antwortete er; aber kaum hatte er den Satz zu Ende gesprochen, da hörte man aus der Tiefe des Treibhauses einen erstickten Schrei, dem der dumpfe Ton eines schweren Falles folgte. Alles sprang auf. Die Herzogin stand vor Schreck regungslos da. Und mit dem Ausdruck der Angst in den Augen eilte Lord Henry unter den hängenden Zweigen der Palmen hindurch und fand Dorian Gray am Boden liegen. Er lag, mit dem Gesicht auf den kalten Ziegeln, in schwerer Ohnmacht da und sah aus wie tot.

Man trug ihn schnell in den blauen Salon und legte ihn auf ein Sofa. Nach kurzer Zeit kam er wieder zu sich und sah sich verstört um.

„Was ist geschehen?" fragte er. „Oh, ich weiß! Bin ich hier sicher, Harry?" Er fing an zu zittern.

„Lieber Dorian", antwortete Lord Henry, „du hattest nur eine Ohnmacht. Das war alles. Du scheinst übermüdet. Es wäre besser, du kämst nicht zum Diner herunter. Ich werde dich vertreten."

„Nein, ich werde herunterkommen“, sagte er und stand mühsam auf. „Ich komme lieber herunter. Ich darf nicht allein sein.“

Er ging in sein Zimmer und kleidete sich um. Er zeigte eine unbekümmerte Fröhlichkeit, als er bei Tisch saß, aber hie und da überlief ihn ein Schauder, wenn er daran dachte, dass er gegen die Scheiben des Gewächshauses gepresst wie ein weißes Tuch das lauernde Gesicht James Vanes gesehen hatte.

Achtzehntes Kapitel

Am nächsten Tag verließ er das Haus nicht und blieb fast immer in seinem Zimmer. Eine wilde Angst vor dem Tod hatte ihn erfasst, und dabei war ihm das Leben gleichgültig geworden. Das Gefühl, aufgespürt, gehetzt und umstellt zu sein, verließ ihn nicht mehr. Wenn nur der Wandteppich im Wind zitterte, fuhr er zusammen. Das tote Laub, das gegen die Scheiben geweht wurde, schien ihm seinen eigenen vergeblichen Vorsätzen, seiner wilden Reue zu gleichen. Wenn er die Augen schloss, sah er wieder das Gesicht des Matrosen und die Augen, die sich durch das feucht beschlagene Glas bohren wollten, und das Entsetzen schien ihm wieder ans Herz zu fassen.

Aber vielleicht war es nur seine Phantasie gewesen, die die Rache aus der Nacht hervorgerufen und ihm die grässliche Gestalt der Strafe vorgespiegelt hatte. Das wirkliche Leben war Chaos, aber es lag eine schreckliche Logik in der Phantasie. Die Phantasie hetzte den Gewissensbiss gegen die flüchtigen Füße der Sünde. Die Phantasie ließ jedes Verbrechen Entsetzen im Schoße tragen. In der gemeinen Welt der Tatsachen wurden die Bösen nicht bestraft und die Guten nicht belohnt. Der Erfolg gehörte den Starken, die Schwachen mussten unterliegen, und weiter geschah nichts. Überdies wäre jeder Fremde, der um das Haus gestreift wäre, von den Dienern oder den Pförtnern gesehen worden. Wären irgendwelche Fußspuren auf den Beeten bemerkt worden, so hätten es die Gärtner berichtet. Ja, es war bloße Phantasie gewesen. Sibyl Vanes Bruder war nicht zurückgekommen, um ihn zu töten. Er war mit seinem Schiff fortgefahren, um in irgendeinem stürmischen Meer unterzugehen. Vor ihm war er jedenfalls sicher. Der Mann wusste ja nicht, wer er war, und konnte es nicht erfahren. Die Maske der Jugend hatte ihn gerettet.

Und doch, wenn es nur eine Gestalt der Phantasie gewesen war, wie furchtbar war der Gedanke, dass das Gewissen so schreckliche Hirngespinste erzeugen, ihnen sichtbare Form und Bewegung geben konnte! Was für ein Leben war ihm beschieden, wenn Tag und Nacht die Schatten seines Verbrechens in dunklen Ecken auf ihn lauerten, ihn an stillen Orten narrten, ihm ins Ohr flüsterten, wenn er beim Mahle saß, ihn mit eisigen Fingern weckten, wenn er im Schlafe lag! Als der Gedanke sich ihm ins Gehirn schlich, wurde er blass vor Angst, und die Luft schien ihm auf einmal kälter geworden. Oh! In was für einer wilden Stunde des Wahnsinns hatte er seinen Freund getötet! Wie grauenhaft war schon die Erinnerung an die Szene. Er sah alles wieder vor sich; jede grässliche Einzelheit kam mit verstärktem Grausen wieder zu ihm. Aus dem schwarzen Grab der Zeit stieg furchtbar und in Scharlach gehüllt das Bildnis seiner Sünde auf. Als Lord Henry um sechs Uhr hereinkam, fand er ihn weinend. Er weinte wie einer, dem das Herz brechen will.

Erst am dritten Tage wagte er wieder auszugehen. Es lag etwas in der hellen, tannenwürzigen Luft dieses Wintermorgens, das ihm seine Fröhlichkeit und seine Lebenslust wiederzugeben schien. Aber nicht nur die physischen Bedingungen der Umgebung hatten die Wandlung hervorgebracht. Seine Natur selbst hatte sich gegen das Übermaß der Angst aufgelehnt, die ihre vollendete Ruhe hatte stören und verderben wollen. Mit fein und zart gebauten Naturen ist es immer so. Ihre starken Leidenschaften müssen zermalmen oder zergehn; sie bringen den Menschen entweder um oder sterben selbst. Oberflächliche Schmerzen und oberflächliche Liebesgefühle leben weiter. Die Liebesgefühle und Schmerzen, die stark und tief sind, gehen an ihrer eigenen Heftigkeit zugrunde. Außerdem hatte er die Überzeugung gewonnen, dass er das Opfer einer Schreckphantasie gewesen war, und blickte jetzt auf seine Ängste mit einer Art Mitleid und ziemlicher Verachtung zurück.

Nach dem Frühstück ging er mit der Herzogin eine Stunde im Garten spazieren und fuhr dann durch den Park, um die Jagdgesellschaft zu treffen. Der Reif lag wie Salz auf dem Gras. Der Himmel sah aus wie ein umgestülpter Becher aus blauem Metall. Eine dünne Schicht Eis war am Rande des flachen, schilfumwachsenen Teiches.

An der Ecke des Tannenwaldes gewahrte er Sir Geoffrey Clouston, den Bruder der Herzogin, der eben zwei verbrauchte Patronen aus seiner Büchse entfernte. Dorian sprang vom Wagen, sagte dem Groom, er solle mit dem Pferd nach Hause fahren, und ging durch das welke Farnkraut und das Gestrüpp des Unterholzes auf seinen Gast zu.

„Gute Jagd, Geoffrey?“ fragte er.

„Nicht sehr gut, Dorian. Die meisten Vögel scheinen aufgeflogen. Ich denke, es wird nach Tisch besser sein, wenn wir einen andern Platz suchen.“

Dorian schlenderte an seiner Seite weiter. Die starke, würzige Luft, die braunen und roten Lichter, die im Walde schimmerten, das laute Geschrei der Treiber, das manchmal erschallte, und die scharfen Schüsse aus den Büchsen, die dann folgten, das alles belebte ihn und erfüllte ihn mit einem Gefühl entzückender Freiheit. Er war von sorgloser Heiterkeit durchdrungen, von der hohen Unbekümmertheit der Freude.

Plötzlich brach an einer Stelle, an der dicke Büschel alten Grases standen, kaum zwanzig Meter vor ihnen, die schwarzgestülpten Ohren steif haltend und die langen Hinterbeine nach vorn werfend, ein Hase heraus. Er jagte auf ein Erlengebüsch zu. Sir Geoffrey warf die Büchse an die Schulter, aber in der graziösen Bewegung des Tieres war etwas, was Dorian Gray seltsam entzückte, und er rief schnell: „Schieß nicht, Geoffrey! Lass ihn leben!" „Unsinn, Dorian!" lachte sein Gefährte, und wie der Hase mit langen Sätzen ins Dickicht springen wollte, feuerte er. Man hörte zwei Schreie, den Schrei eines getroffenen Hasen, der schrecklich ist, und den Schrei eines Menschen im Todeskampf, der noch furchtbarer ist.

„Gott im Himmel! Ich habe einen Treiber getroffen!" rief Sir Geoffrey. „Was war das für ein Esel, vor die Büchse zu kommen! Hört auf mit Schießen!" rief er mit lauter Stimme. „Ein Mann ist getroffen worden!"

Der Wildhüter rannte mit einem Stock in der Hand herbei.

„Wo, Herr, wo?" rief er. Zur selben Zeit hörte das Feuern auf der ganzen Linie auf.

„Hier", antwortete Sir Geoffrey ärgerlich und eilte auf das Dickicht zu. Warum in aller Welt halten Sie Ihre Leute nicht weiter zurück? Für heute hab ich genug vom Jagen." Dorian sah ihnen nach, wie sie in das Erlengebüsch gingen und die Zweige zur Seite bogen. Nach ein paar Augenblicken erschienen sie wieder und zogen einen Körper ins Freie heraus. Er wandte sich entsetzt weg. Es schien, das Missgeschick folgte ihm, wohin er ging. Er hörte, wie Sir Geoffrey fragte, ob der Mann wirklich tot sei, und die bejahende Antwort des Hüters. Der Wald schien ihm plötzlich von Gesichtern zu wimmeln. Er hörte unzählige Tritte und das leise Flüstern von Stimmen. Ein großer kupferfarbener Fasan schwirrte durch die Zweige über ihm.

Nach ein paar Augenblicken, die für ihn in seiner verstörten Verfassung wie viele qualvolle Stunden waren, spürte er eine Hand auf seiner Schulter. Er fuhr zusammen und sah sich um.

„Dorian“, sagte Lord Henry, „es wäre besser, ihnen zu sagen, dass die Jagd für heute abgebrochen ist. Es würde keinen guten Eindruck machen, wenn sie fortgesetzt würde.“

„Ich wollte, sie würde für immer abgebrochen, Harry“, antwortete er bitter. „Die ganze Sache ist hässlich und grausam. Ist der Mann …?“

Er konnte den Satz nicht zu Ende sprechen.

„Leider ja“, erwiderte Lord Henry. „Er bekam die ganze Ladung in die Brust. Er muss sofort gestorben sein. Komm, gehen wir nach Hause.“

Sie gingen zusammen in der Richtung der großen Allee und sprachen ungefähr fünfzig Meter lang kein Wort. Dann blickte Dorian Lord Henry an und sagte tief aufseufzend: „Es ist ein böses Omen, Harry, ein sehr böses Omen.“

„Was denn?“ fragte Lord Henry. „Oh, dieser Zwischenfall vermutlich! Mein Lieber, da ist nichts zu ändern. Der Mann war selber schuld. Warum kam er direkt vor die Büchsen? Außerdem geht es uns nichts an. Für Geoffrey ist es natürlich recht unangenehm. Es ist nicht gut, Treiber niederzuknallen. Das bringt die Leute auf den Gedanken, man sei ein schlechter Schütze. Und das ist Geoffrey nicht; er schießt sehr gut! Aber es hat keinen Wert, über die Sache zu reden.“

Dorian schüttelte den Kopf. „Es ist ein böses Omen, Harry. Ich habe das Gefühl, als ob einem von uns etwas Schreckliches geschehen müsste. Mir selbst vielleicht“, fügte er hinzu und legte in schmerzlicher Bewegung die Hand über die Augen.

Der andere lachte. „Das einzige Schreckliche in der Welt ist Langeweile, Dorian. Das ist die einzige Sünde, für die es keine Vergebung gibt. Aber es ist nicht wahrscheinlich, dass wir darunter leiden werden, außer, wenn die Gesellschaft bei Tisch von diesem Vorfall redet. Ich muss ihnen sagen, dass dieses Thema tabu ist. Und was du von Omen sagst, so was wie ein Omen gibt es nicht! Das Geschick sendet keine

Herolde voraus; es ist dazu zu weise oder zu grausam. Überdies, was in aller Welt könnte bei dir geschehen, Dorian? Du hast alles, was ein Mensch auf Erden begehren kann. Es gibt keinen, der nicht freudig mit dir tauschte."

„Es gibt keinen, mit dem ich nicht tauschte, Harry. Du musst nicht lachen, ich sage die Wahrheit. Der elende Bauer, der eben gestorben ist, ist besser daran als ich. Ich habe Angst vor dem Tode. Seine ungeheuren Flügel scheinen in der bleiernen Luft um mich zu schwingen. O Gott! Siehst du nicht da einen Mann hinter den Bäumen, der zu mir hersieht, der auf mich wartet?"

Lord Henry blickte auf die Stelle, wo die behandschuhte Hand zitternd hinwies. „Ja", sagte er lächelnd, „ich sehe den Gärtner, der auf dich wartet. Vermutlich will er dich fragen, was für Blumen du heute abend auf der Tafel haben willst. Wie grässlich nervös du bist, mein Lieber! Wenn wir wieder in der Stadt sind, musst du zu meinem Arzt gehen."

Dorian stieß einen Seufzer der Befreiung aus, als er den Gärtner herankommen sah. Der Mann grüßte, schaute einen Augenblick zögernd auf Lord Henry und brachte dann einen Brief hervor, den er seinem Herrn übergab. „Ihre Gnaden sagten mir, ich solle auf Antwort warten", sagte er.

Dorian steckte den Brief in die Tasche. „Bestell der Frau Herzogin, ich werde kommen", sagte er kalt. Der Mann machte kehrt und ging schnell aufs Haus zu.

„Wie gern die Frauen gefährliche Dinge tun", lachte Lord Henry. „Das ist eine ihrer Eigenschaften, die ich am meisten bewundere. Eine Frau wird mit jedem in der Welt flirten, solange andere Menschen zusehen."

„Wie gern du gefährliche Dinge sagst, Harry! Aber diesmal bist du auf ganz falscher Fährte. Die Herzogin gefällt mir sehr gut, aber ich liebe sie nicht."

„Und die Herzogin liebt dich sehr, aber du gefällst ihr nicht, so ist die Sache wieder im gleichen."

„Du klatschest, Harry, und diesmal gibt es keine Grundlage für den geringsten Klatsch."

„Die Grundlage jedes Klatsches ist eine unmoralische Sicherheit", sagte Lord Henry und steckte eine Zigarette an.

„Um eines Epigramms willen opferst du jeden Menschen, Harry."

„Die Welt geht aus freien Stücken zum Altar, wo sie geopfert wird", war die Antwort.

„Ich wollte, ich könnte lieben", rief Dorian Gray, und tiefes Pathos klang in seiner Stimme. „Aber es scheint, ich habe die Glut verloren und die Sehnsucht vergessen. Ich bin zu sehr in mich selbst konzentriert. Meine eigene Person ist mir zur Last geworden. Ich muss entfliehen, fortgehen, vergessen! Es war töricht von mir, überhaupt hierher zu kommen. Ich denke, ich werde an Harvey telegraphieren, die Jacht bereitzuhalten. Auf einer Jacht ist man sicher."

„Wovor sicher, Dorian? Irgendetwas beunruhigt dich."

„Ich kann es dir nicht sagen, Harry", wiederholte er düster. „Und es ist wohl nur eine Anwandlung. Dieser unglückliche Zwischenfall hat mich aus der Fassung gebracht. Ich habe eine grässliche Vorahnung, etwas Ähnliches könne mir zustoßen."

„Was für ein Unsinn!"

„Ich hoffe, es ist Unsinn, aber ich habe die Empfindung. Ah! Hier ist die Herzogin in einem *Tailor-made*-Kostüm. Wenn Artemis so eins getragen hätte, sähe sie genau so aus. – Sie sehn, wir sind zurück, Frau Herzogin."

„Ich habe schon alles gehört, Herr Gray", antwortete sie. „Der arme Geoffrey ist ganz außer sich. Und Sie hatten ihn gebeten, nicht auf den Hasen zu schießen. Wie seltsam!"

„Ja, es war sehr seltsam. Ich weiß nicht, was mich dazu brachte. Eine Laune vermutlich. Es war ein so reizender Kerl. Aber es tut mir leid, dass man Ihnen davon sprach. Es ist ein trauriges Thema."

„Es ist ein langweiliges Thema", fiel Lord Henry ein. „Es hat nicht den geringsten psychologischen Wert. Wenn nun aber Geoffrey es absichtlich getan hätte, wie interessant wäre er! Ich möchte gern jemand kennen, der einen wirklichen Mord begangen hat."

„Wie grässlich von dir, Harry!" rief die Herzogin. „Nicht wahr, Herr Gray? Harry, Herr Gray ist wieder unwohl. Er will ohnmächtig werden!"

Dorian hielt sich mit Anstrengung aufrecht und lächelte. „Es ist nichts, Frau Herzogin", murmelte er, „meine Nerven sind schrecklich durcheinander. Es ist nichts weiter. Ich fürchte, ich bin heute morgen zu viel gegangen. Ich hörte nicht, was Harry sagte. War es sehr schlimm? Sie müssen es mir ein andermal sagen. Ich denke, ich tue am besten, mich hinzulegen. Sie entschuldigen mich, nicht wahr?"

Sie hatten die große Treppe erreicht, die vom Gewächshaus zur Terrasse empor führte. Als die Glastür sich hinter Dorian geschlossen hatte, wandte sich Lord Henry der Herzogin zu und sah sie mit seinen schläfrigen Augen an. „Bist du sehr in ihn verliebt?" fragte er.

Sie gab eine Weile keine Antwort, sondern stand da und blickte auf die Landschaft. „Ich wollte, ich wüsste es", sagte sie schließlich.

Er schüttelte den Kopf. „Wissen wäre verhängnisvoll. Die Ungewissheit reizt einen. Ein Nebel macht die Dinge wundervoll."

„Man kann seinen Weg verlieren."

„Alle Wege enden am selben Punkt, liebe Gladys." „Was für ein Punkt ist das?"

„Enttäuschung."

„Das war mein Debüt im Leben", seufzte sie.

„Sie kam mit einer Krone zu dir." „Ich bin der Herzogskrone müde." „Sie steht dir gut."

„Nur in der Öffentlichkeit." „Monmouth hat Ohren."

„Alte Leute sind schwerhörig."

„Ist er nie eifersüchtig gewesen?" „Ich wollte, er wäre es."

Oben in seinem Zimmer lag inzwischen Dorian Gray auf einem Sofa. Jede Fiber seines Körpers erbebte. Das Leben war für ihn auf einmal eine grässliche Bürde geworden, die nicht mehr zu tragen war. Der schreckliche Tod des unglücklichen Treibers, der im Dickicht wie ein wildes Tier erschossen worden, war ihm eine Vorbedeutung seines eigenen Todes. Er war fast in Ohnmacht gesunken, als Lord Henry in einer zufälligen Laune seinen zynischen Scherz gemacht hatte.

Um fünf Uhr klingelte er seinem Diener und hieß ihn seine Sachen für den Nachtschnellzug, der nach der Stadt fuhr, packen und den Wagen zu halb neun Uhr vor die Tür bestellen. Er war entschlossen, keine Nacht mehr in Selby Royal zuzubringen. Der Ort hatte nichts Gutes für ihn; der Tod ging da am hellen Tage um. Das Gras des Waldes war mit Blut befleckt worden.

Dann schrieb er einen Brief an Lord Henry, in dem er ihm sagte, er fahre in die Stadt, um seinen Arzt zu konsultieren, und bitte ihn, in seiner Abwesenheit die Gäste zu unterhalten. Als er das Briefchen eben in den Umschlag steckte, klopfte es an die Tür, und sein Diener kam, ihm mitzuteilen, der Wildhüter wünsche ihn zu sprechen. Er runzelte die Stirn und biss sich auf die Lippen. „Schick ihn herein!" murmelte er, nachdem er ein paar Augenblicke gezögert hatte. Während der Mann eintrat, holte Dorian sein Scheckbuch aus einer Schublade und legte es vor sich hin.

„Sie kommen vermutlich wegen des Unglücksfalles von heute morgen, Thornton“, sagte er und nahm die Feder zur Hand.

„Ja, Herr“, antwortete der Wildhüter.

„War der arme Kerl verheiratet? Hatte er Angehörige zu versorgen?“ fragte Dorian, müde dreinsehend. „Wenn es an dem ist, wünsche ich nicht, dass sie in Not zurückbleiben. Ich werde ihnen die Summe schicken, die Sie für richtig halten.“

„Wir wissen nicht, wer es ist, Herr. Deswegen nahm ich mir die Freiheit, vorzusprechen.“

„Sie wissen nicht, wer es ist?“ fragte Dorian, ohne recht hinzuhören. „Was meinen Sie damit? War es nicht einer von Ihren Leuten?“

„Nein, Herr. Hab ihn nie im Leben gesehen. Sieht aus wie ein Matrose, Herr.“

Die Feder fiel Dorian Gray aus der Hand. Ihm war, als hörte sein Herz auf einmal auf zu schlagen.

„Ein Matrose!“ rief er aus. „Sagten Sie ein Matrose?“

„Ja, Herr. Er sieht aus, als wäre er eine Art Matrose gewesen; auf beiden Armen tätowiert und so in der Art.“

„Hat man irgendetwas bei ihm gefunden?“ fragte Dorian, beugte sich vor und sah den Mann mit starren Augen an. „Etwas, woraus man seinen Namen erfährt?“

„Einiges Geld, Herr – nicht viel, und einen Revolver. Nichts von einem Namen. Sieht anständig aus, der Mann, aber etwas struppig. Eine Art Matrose, denken wir.“

Dorian sprang auf. Eine wilde Hoffnung blitzte in ihm auf. Er klammerte sich leidenschaftlich an sie an. „Wo liegt der Leichnam?“ rief er. „Schnell! Ich muss ihn sofort sehn.“

„Er liegt in einem leeren Stall in der Home Farm, Herr. Die Leute mögen so was nicht in ihrem Haus. Sie sagen, eine Leiche bringt Unglück!“

„Home Farm! Gehn Sie sofort hin und warten Sie auf mich! Ein Stallknecht soll mein Pferd bringen! Nein, ist nicht nötig. Ich gehe selbst zum Stall, es geht schneller."

Nach kaum einer Viertelstunde galoppierte Dorian Gray, so schnell er konnte, die lange Allee hinab. Die Bäume schienen in gespenstigem Zuge an ihm vorbeizufliegen und wilde Schatten sich ihm in den Weg zu werfen. Einmal scheute das Pferd vor einem weißen Pfosten und warf seinen Reiter fast ab. Er schlug dem Tier die Peitsche über den Nacken. Das Pferd teilte die dämmernde Luft wie ein Pfeil, die Steine stoben von seinen Hufen.

Endlich hielt er an der Home Farm. Zwei Männer standen im Hof. Er sprang aus dem Sattel und warf einem die Zügel hin. Im letzten Stall schimmerte ein Licht. Ihm war es, als ob da die Leiche liegen müsse; er eilte zur Tür und legte die Hand auf die Klinke.

Da hielt er einen Augenblick inne. Er fühlte, dass er vor einer Entdeckung stand, die sein Leben entweder rettete oder zerstörte. Dann warf er die Tür zurück und trat ein.

Auf einem Haufen Sackleinwand am Ende des Stalles lag die Leiche eines Mannes in einer groben Bluse und blauen Hosen. Ein schmutziges Taschentuch war ihm übers Gesicht gelegt worden. Eine schlechte Kerze hatte man in eine Flasche gesteckt, sie brannte düster.

Dorian Gray schauderte. Er fühlte, dass seine Hand das Tuch nicht fortnehmen konnte, und rief einen der Knechte herein.

„Nehmen Sie das hier vom Gesicht! Ich will ihn sehn", sagte er und hielt sich am Türpfosten fest.

Als der Knecht es getan hatte, trat Dorian vor. Ein Schrei der Freude entfuhr ihm. Der Mann, der im Dickicht erschossen worden war, war James Vane.

Er stand ein paar Minuten da und sah den Leichnam an. Als er nach Hause ritt, standen seine Augen voller Tränen, denn er wusste, er war gerettet.

Neunzehntes Kapitel

„Es hat keinen Sinn, dass du mir sagst, du willst gut werden“, rief Lord Henry und tauchte seine Finger in eine rote Kupferschale, die mit Rosenwasser gefüllt war. „Du bist vollkommen! Bitte, werde nicht anders.“

Dorian Gray schüttelte den Kopf. „Nein, Harry, ich habe zu viel furchtbare Dinge im Leben getan. Ich will keine mehr tun. Ich fing gestern damit an, Gutes zu tun.“

„Wo warst du gestern?“

„Auf dem Lande, Harry. Ich war allein in einem kleinen Dorfwirtshaus.“

„Lieber Junge“, sagte Lord Henry lächelnd, „auf dem Lande kann jeder gut sein. Da gibt es keine Versuchungen. Das ist der Grund, warum die Leute, die nicht in der Stadt wohnen, so ganz und gar ohne Kultur sind. Kultur ist eine Sache, die keineswegs leicht zu erreichen ist. Es gibt nur zwei Wege, zu ihr zu kommen. Der eine heißt Bildung, der andere Verdorbenheit. Die Leute auf dem Lande haben zu beiden keine Gelegenheit, darum versumpfen sie.“

„Bildung und Verdorbenheit“, wiederholte Dorian. „Ich habe sie beide kennengelernt. Es scheint mir jetzt schrecklich, dass man sie immer zusammen findet. Denn ich habe ein neues Ideal, Harry. Ich werde anders werden. Ich glaube, ich bin anders geworden.“

„Du hast mir noch nicht erzählt, was du Gutes getan hast. Wie war es doch? Einmal oder öfter hast du etwas Gutes getan?“ fragte sein Gefährte und nahm sich eine kleine rote Pyramide Erdbeeren auf seinen Teller, auf die er aus einem muschelförmigen durchlöcherten Löffel weißen Zucker streute. Ich kann es dir erzählen, Harry. Es ist eine Geschichte, die ich niemand sonst erzählen könnte. Ich habe einen Menschen geschont. Es klingt eitel, aber du verstehst, was ich meine. Sie war sehr schön und hatte eine wunderbare Ähnlichkeit mit Sibyl Vane. Ich glaube, das war es, was mich zuerst anzog. Du erinnerst dich an Sibyl, nicht wahr? Wie lange das her ist! Nun, Hetty gehörte natürlich nicht unserm Stande an. Sie war nichts weiter als ein Dorfmädchen. Aber ich liebte sie wirklich. Ich bin sicher, dass ich sie liebte. Während dieses ganzen wundervollen Monats Mai, den wir gehabt haben, ritt ich hinaus und sah sie zwei-, dreimal in der Woche. Gestern erwartete sie mich in einem kleinen Obstgarten. Die Apfelblüten fielen auf ihr Haar hernieder, und sie lächelte. Diesen Morgen vor Sonnenaufgang sollte sie mit mir kommen. Plötzlich entschloss ich mich, sie so einer Blume gleich zu lassen, wie ich sie gefunden hatte."

„Ich glaube, das Ungewohnte, das du dabei empfunden hast, muss ein richtiger Wollustschauer für dich gewesen sein, Dorian", unterbrach Lord Henry. „Aber ich kann dein Idyll für dich zu Ende erzählen. Du gabst ihr gute Ratschläge und brachst ihr das Herz. Das war der Anfang deiner Besserung."

„Harry, du bist schrecklich! Du darfst nicht so abscheuliche Dinge sagen. Hettys Herz ist nicht gebrochen. Natürlich weint sie und so weiter. Aber keine Schande ist über sie gekommen. Sie kann wie Perdita in ihrem Garten bei Krauseminze und Ringelblumen weiterleben."

„Und über einen treulosen Florizel weinen", sagte Lord Henry lachend und lehnte sich in den Stuhl zurück. „Lieber Dorian, du hast ganz seltsam knabenhafte Anwandlungen. Glaubst du, dieses Mädchen wird je mit einem ihres eigenen Standes glücklich werden? Ich nehme an, sie wird eines Tages mit irgendeinem rohen Fuhrmann oder einem groben Bauern verheiratet. Schön, die Tatsache, dass sie dich gekannt und dich geliebt hat, wird sie dazu bringen, ihren Mann zu verachten, und sie wird sich unglücklich fühlen. Vom moralischen Standpunkt kann ich nicht sagen, dass ich von deiner großen Entsagung viel halte. Selbst als Anfang betrachtet ist sie kümmerlich. Überdies, wie willst du wissen, ob Hetty nicht in diesem Augenblick in einem Mühlwasser liegt, in das die Sterne scheinen, und liebliche Wasserlilien um sich hat wie Ophelia?"

„Ich kann das nicht ertragen, Harry! Du spottest über alles und hast deinen Spaß damit, und dann deutest du auf die ernstesten Tragödien. Es tut mir jetzt leid, dass ich dir die Sache erzählte. Ich kümmere mich nicht um das, was du sagst. Ich weiß, ich habe recht gehandelt. Arme Hetty! Als ich heute morgen an dem Gehöft vorbeiritt, sah ich ihr blasses Gesicht am Fenster. Es sah aus wie ein Zweig Jasmin. Wir wollen nicht weiter davon sprechen. Mache keinen Versuch, mich zu überreden, dass das erste Gute, was ich seit Jahren getan habe, das erste kleine Opfer, das ich je gebracht habe, tatsächlich eine Art Sünde sei. Ich will besser werden. Erzähle mir etwas von dir! Was ist in der Stadt los? Ich bin tagelang nicht im Klub gewesen."

„Die Leute erörtern immer noch das Verschwinden des armen Basil."

„Ich hätte gedacht, sie könnten in all der Zeit genug davon bekommen haben", sagte Dorian mit leichtem Stirnrunzeln und goss sich etwas Wein ein.

„Mein Lieber, sie reden erst seit sechs Wochen davon, und das englische Publikum ist wirklich nicht der Anspannung des Geistes fähig, mehr als ein Thema im Vierteljahr zu haben. Sie haben in letzter Zeit viel Glück gehabt. Sie hatten meinen Ehescheidungsprozess und Alan Campbells Selbstmord. Jetzt haben sie das geheimnisvolle Verschwinden eines

Künstlers bekommen. Die hiesige Polizei bleibt hartnäckig dabei, dass der Mann in dem grauen Ulstermantel, der am 9. November mit dem Zwölfuhrzug nach Paris gereist ist, der arme Basil gewesen ist, und die französische Polizei erklärt, Basil sei überhaupt nie in Paris angekommen. Vermutlich erfahren wir in etwa vierzehn Tagen, er sei in San Francisco gesehn worden. Es ist eine kuriose Sache, aber von jedem, der verschwindet, heißt es, man habe ihn in San Francisco gesehen. Es muss eine entzückende Stadt sein und all die Anziehungskraft der künftigen Welt besitzen."

„Was glaubst du, dass Basil zugestoßen ist?" fragte Dorian, der seinen Burgunder gegen das Licht hielt und sich wunderte, wie es kam, dass er so ruhig über die Sache plaudern konnte.

„Ich habe nicht die geringste Ahnung. Wenn Basil Gefallen daran findet, sich versteckt zu halten, kümmert es mich nicht. Wenn er tot ist, will ich nicht an ihn denken. Der Tod ist das Einzige, wovor ich Angst habe. Ich hasse ihn."

„Warum?«"fragte Dorian müde.

„Darum", sagte Lord Henry und führte eine offene Riechdose zur Nase, „weil man heutzutage alles überleben kann außer dem Tod. Tod und Philistertum sind im neunzehnten Jahrhundert die beiden einzigen Tatsachen, die man nicht forterklären kann. Wir wollen den Kaffee im Musikzimmer trinken, Dorian. Du musst mir Chopin spielen. Der Mann, mit dem meine Frau durchbrannte, spielte wundervoll Chopin. Arme Viktoria! Ich hatte sie sehr gern. Das Haus ist ohne sie recht einsam. Natürlich ist das Eheleben nur eine Gewohnheit, eine schlechte Gewohnheit. Aber schließlich beklagt man den Verlust auch seiner übelsten Gewohnheiten. Vielleicht vermisst man sie am meisten. Sie sind ein wesentlicher Teil unserer Persönlichkeit."

Dorian sagte nichts, sondern stand vom Tisch auf, ging ins nächste Zimmer, setzte sich ans Klavier und ließ seine Finger über die weiß und schwarzen Elfenbeintasten gleiten. Als der Kaffee gebracht wurde, hielt er inne, sah zu Lord Henry hinüber und sagte: „Harry, ist dir je eingefallen, Basil könnte ermordet worden sein?"

Lord Henry gähnte. „Basil war sehr populär und trug immer eine Uhr für drei Mark. Warum hätte man ihn ermorden sollen? Er war nicht gescheit genug, um Feinde zu haben. Natürlich war er ein überaus genialer Maler. Aber ein Mensch kann malen wie Velazquez und doch so dumm wie möglich sein. Basil war wirklich ziemlich dumm. Er interessierte mich nur einmal, und das war damals, als er mir vor vielen Jahren gestand, er bete dich leidenschaftlich an, und du seist das beherrschende Motiv seiner Kunst."

„Ich mochte Basil sehr gern", sagte Dorian, und seine Stimme hatte einen traurigen Klang. „Aber sagt man im Publikum nicht, er sei ermordet worden?"

„Oh, ein paar Zeitungen sagen es. Es scheint mir nicht im Geringsten wahrscheinlich. Ich weiß, es gibt schreckliche Orte in Paris; aber Basil war nicht der Mann, der sie aufsuchte. Er war nicht neugierig. Das war sein Hauptfehler."

„Was würdest du dazu sagen, Harry, wenn ich dir erzählte, ich hätte Basil ermordet?" fragte Dorian. Er sah ihn gespannt an, als er das gesagt hatte.

„Ich würde sagen, lieber Freund, dass du einen Charakter posierst, der dir nicht steht. Alles Verbrechen ist gewöhnlich, gerade wie alle Gewöhnlichkeit ein Verbrechen ist. Dir fehlt die Gabe, Dorian, einen Mord zu begehen. Es tut mir leid, wenn ich damit deine Eitelkeit kränke, aber ich versichere dich, es ist so. Das Verbrechen gehört ganz und gar den unteren Klassen. Ich tadle sie nicht im Geringsten. Ich sollte meinen, das Verbrechen sei ihnen, was uns die Kunst ist, einfach eine Art, sich außergewöhnliche Empfindungen zu verschaffen."

„Eine Art, sich Empfindungen zu verschaffen? Glaubst du also, ein Mensch, der einmal einen Mord begangen hat, wäre imstande, das nämliche Verbrechen noch einmal zu begehn? Sag das nicht!"

„Oh, alles wird zum Genuss, wenn man es zu oft tut!" rief Lord Henry lachend. „Das ist eins der wichtigsten Geheimnisse des Lebens. Indessen meine ich, der Mord ist immer eine verfehlte Sache. Man sollte nie etwas tun, wovon man nicht nach dem Essen plaudern kann. Aber lassen wir den armen Basil. Ich wollte, ich könnte glauben, er hätte ein so romantisches Ende genommen, wie du fragst; aber ich kann nicht. Ich glaube eher, er fiel von einem Omnibus in die Seine, und der Schaffner vertuschte die Sache. Ja, ich sollte meinen, das war sein Ende. Ich sehe ihn jetzt auf dem Rücken unter dem dunkelgrünen Wasser liegen, und die schweren Kähne schwimmen über ihm, und lange Stücke Tang hängen in seinem Haar. Weißt du, ich glaube nicht, dass er noch viel Gutes gemalt hätte. In den letzten zehn Jahren ist es mit seiner Malerei sehr zurückgegangen."

Dorian seufzte, und Lord Henry schlenderte durch das Zimmer und machte sich daran, einen absonderlichen Papagei aus Java am Kopf zu kraulen, einen großen Vogel mit grauem Gefieder und rotem Schopf und Hals, der sich auf einer Bambusstange hin- und herbewegte. Als seine spitzen Finger ihn berührten, ließ der Vogel die weiße Haut seiner faltigen Lider über die schwarzen Augen, die wie Glas aussahen, fallen und fing an, sich hin- und herzuschwingen.

„Ja", fuhr er fort, drehte sich um und zog das Taschentuch aus der Tasche, „mit seiner Malerei war es ganz vorbei. Mir schien, sie hatte etwas verloren. Sie hatte ein Ideal verloren. Als du mit ihm nicht mehr so befreundet warst, hörte er auf, ein großer Künstler zu sein. Was hat euch auseinandergebracht? Ich vermute, er langweilte dich. Wenn das der Fall war, hat er dir nie verziehen. Das ist bei den langweiligen Menschen gewöhnlich so. Nebenbei, was ist aus dem wundervollen Porträt geworden, das er von dir gemacht hat? Ich glaube, ich habe es nicht gesehen, seit er es fertig gemacht hat. Oh, ich erinnere mich, dass du mir vor vielen Jahren gesagt hast, du hättest es nach Selby geschickt, und es sei unterwegs abhanden gekommen oder gestohlen worden. Du bekamst es nie zurück? Wie schade! Es war tatsächlich ein Meisterstück. Ich entsinne mich, ich wollte es kaufen. Ich wollte, ich hätte es jetzt. Es stammte aus Basils bester Zeit. Nachher war seine Kunst die seltsame Mischung aus schlechter Malerei und guten Absichten, die einem Mann immer Anspruch darauf gibt, ein hervorragender englischer Maler zu heißen. Inseriertest du nicht deswegen? Das hättest du tun sollen."

„Ich weiß es nicht mehr", sagte Dorian. „Vermutlich tat ich es. Aber ich mochte es nie wirklich leiden. Es tat mir leid, dass ich dazu gesessen hatte. Die Erinnerung an das Ding ist mir verhasst. Warum sprichst du davon? Es erinnerte mich oft an die seltsamen Zeilen von einem Stück – ‚Hamlet', glaube ich – wie heißen sie?"

„Wie das Bildnis eines Grames,
Ein Antlitz ohne Herz."

„Ja, so sah es aus."

Lord Henry lachte. „Wenn ein Mensch das Leben künstlerisch nimmt, ist sein Hirn sein Herz", antwortete er und setzte sich in einen Lehnstuhl.

Dorian Gray schüttelte den Kopf und schlug auf dem Klavier ein paar sanfte Akkorde an. „Wie das Bildnis eines Grames", wiederholte er, „ein Antlitz ohne Herz."

Der ältere Freund legte sich zurück und blickte mit halb geschlossenen Augen zu ihm hinüber. „Nebenbei, Dorian", sagte er nach einer Pause, „was nützte es einem Menschen, wenn er die ganze Welt gewönne, und verlöre – wie heißt die Stelle doch? – seine eigene Seele?"

Die Musik brach schrill ab. Dorian sprang auf und starrte seinen Freund an. „Warum fragst du mich das, Harry?"

„Mein Lieber", sagte Lord Henry und zog die Brauen erstaunt hoch, „ich fragte dich, weil ich dachte, du könntest mir eine Antwort darauf geben. Das ist alles. Ich ging letzten Sonntag durch den Hyde Park, und nahe beim Marble Arch stand eine kleine Gruppe schäbig gekleideter Menschen, die einem gewöhnlichen Straßenprediger zuhörten. Als ich vorbeiging, hörte ich den Mann mit schreiender Stimme diese Frage an sein Publikum richten. Es berührte mich ziemlich dramatisch. London ist sehr reich an absonderlichen Wirkungen dieser Art. Ein regnerischer Sonntag, ein ungehobelter Christ im Regenmantel, ein Kreis kränklicher, blasser Gesichter unter einem welligen Dach tropfender Schirme und ein wundervoller Satz gellend und hysterisch in die Luft geworfen – es war in seiner Art wirklich sehr gut, es lag eine gewisse Schwungkraft darin. Ich dachte daran, dem Mann zu sagen, die Kunst habe eine Seele, aber der Mensch habe keine. Ich fürchte indessen, er hätte mich nicht verstanden."

„Nicht, Harry. Die Seele ist eine furchtbare Wirklichkeit. Sie kann gekauft werden und verkauft und vertauscht. Sie kann vergiftet werden, sie kann vollkommen gemacht werden. In jedem von uns lebt eine Seele, ich weiß es."

„Bist du dessen ganz gewiss, Dorian?" „Ganz gewiss."

„Ah! Dann muss es eine Illusion sein. Die Dinge, die man für ganz sicher hält, sind niemals wahr. Das ist das Verhängnis des Glaubens und die Lehre der Romantik. Wie feierlich du bist! Du musst nicht so ernsthaft sein. Was hast du oder ich mit den abergläubischen Vorstellungen unserer Zeit zu tun? Nein, wir haben unsern Glauben an die Seele aufgegeben. Spiel mir etwas! Spiel mir ein Nocturno, Dorian, und während du spielst, sag mir mit leiser Stimme, wie du dir deine Jugend bewahrt hast. Du musst wahrlich ein geheimes Mittel haben! Ich bin nur zehn Jahre älter als du, und ich bin runzlig und abgenutzt und gelb. Du bist wahrhaft wundervoll, Dorian! Du hast nie entzückender ausgesehn als heute Abend! Du gemahnst mich an den Tag, an dem ich dich zum ersten Mal sah. Du warst ein kecker und doch schüchterner Bursche und ganz und gar außergewöhnlich. Du hast dich natürlich verändert, aber nicht in der Erscheinung. Ich wollte, du sagtest mir dein Geheimnis. Meine Jugend wiederzubekommen, täte ich alles in der Welt, außer Gymnastik treiben, früh aufstehn oder ehrbar sein. Jugend! Es gibt nichts, was ihr gleichkommt. Es ist Unsinn, von der Unwissenheit der Jugend zu reden. Die einzigen Menschen, auf deren Ansichten ich jetzt mit einigem Respekt höre, sind Leute, die viel jünger als ich sind. Sie scheinen mir voraus. Das Leben hat ihnen sein letztes Wunder enthüllt. Den Alten widerspreche ich immer. Ich tue es aus Prinzip. Wenn du sie nach ihrer Meinung über etwas fragst, das gestern vorgefallen ist, so geben sie in feierlichem Ton die Meinungen zum besten, die 1820 gangbar waren, als die Leute hohe Halsbinden trugen, an alles glaubten und von nichts etwas wussten. Wie entzückend das ist, was du da spielst. Ob es wohl Chopin in Mallorca geschrieben hat, wo das Meer um die Villa weinte und der salzige Schaum gegen die Scheiben klatschte? Es ist wunderbar romantisch. Was für ein Segen ist es, dass uns die eine Kunst geblieben ist, die nicht nachahmend ist! Hör nicht auf! Ich brauche heute abend Musik. Es kommt mir vor, als seist du der junge Apollo und ich Marsyas, der dir zuhört. Ich habe meine eigenen Kümmernisse, Dorian, von denen nicht einmal du etwas weißt. Die Tragödie des Alters ist nicht, dass man alt wird, sondern dass man jung bleibt. Ich bin manchmal über meine eigene Aufrichtigkeit erstaunt. Ah, Dorian, wie glücklich du bist! Wie köstlich ist dein Leben gewesen! Du hast tief von allem getrunken. Du hast die Trauben an deinem Gaumen zerdrückt. Nichts ist dir verborgen geblieben. Und es ist nicht mehr für dich gewesen als der Klang von Musik. Es konnte dir nichts anhaben; du bist noch derselbe."

„Ich bin nicht mehr derselbe, Harry."

„Doch, du bist derselbe. Ich bin begierig, wie dein Leben weitergehn wird. Verdirb es nicht durch Entsagung! Jetzt bist du ein vollkommener Typus. Mach dich nicht unvollkommen! Jetzt bist du ganz ohne Tadel. Du brauchst nicht den Kopf zu schütteln: Du weißt, du bist es. Außerdem, Dorian, täusche dich nicht selbst. Das Leben wird nicht vom Willen oder Vorsatz regiert. Das Leben ist eine Sache der Nerven und Fibern und allmählich aufgebauten Zellen, in denen das Denken wohnt und die Leidenschaft ihre Träume hat. Du magst wähnen, du ständest sicher da und seist stark. Aber ein zufälliger Farbenton in einem Zimmer oder ein Morgenhimmel, ein besonderer Duft, den du einst geliebt hast und der tiefe Erinnerungen mit sich führt, eine Zeile eines vergessenen Gedichts, die dir wieder einfällt, ein paar Takte aus einem Musikstück, das du nicht mehr gespielt hast, ich sage dir, Dorian, von derlei Dingen hängt unser Leben ab. Browning schreibt irgendwo darüber; aber unsere eigenen Sinne wissen es ohnedies. Es gibt Augenblicke, wo ich plötzlich den Duft von weißem Flieder spüre, und ich durchlebe wieder den seltsamsten Monat meines Lebens. Ich wollte, ich könnte mit dir tauschen, Dorian. Die Welt hat gegen uns beide Zeter geschrien, aber sie hat dich immer bewundert. Sie wird dich immer bewundern. Du bist der Typus dessen, wonach die Zeit sucht und was sie fürchtet, gefunden zu haben. Ich bin so froh, dass du nie etwas getan hast, nie eine Statue gemeißelt oder ein Bild gemalt oder irgendetwas außerhalb deiner Person geschaffen hast! Das Leben ist deine Kunst gewesen.

Du hast dich in Musik gesetzt. Die Tage deines Lebens sind deine Sonette."

Dorian stand vom Klavier auf und fuhr sich mit der Hand durchs Haar. „Ja, das Leben ist köstlich gewesen", sagte er halblaut. „Aber ich werde dieses Leben nicht fortsetzen, Harry. Und du darfst nicht so überschwängliche Dinge zu mir sagen. Du weißt nicht alles von mir. Ich glaube, wenn du es wüsstest, würdest selbst du dich von mir wenden! Du lachst. Lache nicht!"

„Warum spielst du nicht weiter, Dorian? Geh wieder ans Klavier und spiele mir das Nocturno noch einmal. Sieh den großen honigfarbenen Mond, der in der dunkeln Luft hängt. Er wartet auf dich, dass du ihn entzückst, und wenn du spielst, kommt er näher zur Erde heran. Du willst nicht? Dann wollen wir in den Klub gehen. Es war ein entzückender Abend, und wir müssen ihn entzückend beenden. In White's Club ist jemand, der unendlich wünscht, dich kennenzulernen, der junge Lord Poole, Bournemouths ältester Sohn. Er hat schon deine Krawatten kopiert und hat mich gebeten, ihn mit dir bekannt zu machen. Er ist ganz wundervoll und erinnert mich ein bisschen an dich."

„Ich hoffe nicht", sagte Dorian mit schmerzlichem Ausdruck in den Augen. „Aber ich bin müde heute Abend. Ich gehe nicht in den Klub. Es ist fast elf Uhr, und ich will früh zu Bett gehen."

„Bleib noch! Du hast noch nie so gut gespielt wie heute Abend. Es war etwas in deinem Anschlag – etwas Wundervolles. Er hatte mehr Ausdruck, als ich je früher von dir gehört habe."

„Das kommt daher, dass ich jetzt gut werde", antwortete er lächelnd. „Ich bin schon ein wenig anders."

„Du kannst für mich kein anderer werden, Dorian", sagte Lord Henry. „Du und ich werden immer Freunde sein."

„Aber einst hast du mich mit einem Buche vergiftet. Ich sollte das nicht verzeihen. Harry, versprich mir, dass du das Buch nie einem leihen willst! Es richtet Unheil an."

„Lieber Freund, du fängst wirklich an zu moralisieren. Du wirst bald herumlaufen wie die Bekehrten und die Erweckungsprediger, und wirst die Menschen vor all den Sünden warnen, deren du müde geworden bist. Du bist viel zu entzückend für so etwas. Außerdem hat es keinen Zweck. Du und ich sind, was wir sind, und werden sein, was wir sein werden. Was die Vergiftung durch ein Buch angeht, so etwas gibt es nicht. Die Kunst hat keinen Einfluss auf das Tun. Sie vernichtet den Trieb des Handelns. Sie ist wundervoll unfruchtbar. Die Bücher, die die Welt unmoralisch nennt, sind solche, die der Welt ihre eigene Schande zeigen, weiter nichts. Aber wir wollen nicht über Literatur diskutieren. Komm morgen her! Ich reite um elf Uhr aus. Wir könnten zusammen reiten, und nachher nehme ich dich zum Frühstück zu Lady Branksome mit. Das ist eine reizende Frau, und sie will dich wegen einiger Wandteppiche, die sie kaufen will, zu Rate ziehen. Bitte, komm! Oder sollen wir zu unserer kleinen Herzogin gehen? Sie sagt, sie sieht dich gar nicht mehr. Vielleicht hast du genug von ihr? Ich dachte es mir. Ihre flinke Zunge geht einem auf die Nerven. Also, in jedem Fall sei um elf Uhr hier."

„Muss ich wirklich kommen, Harry?"

„Unbedingt. Der Park ist jetzt entzückend. Ich glaube, der Flieder ist seit dem Jahr, in dem ich dich kennenlernte, nicht mehr so schön gewesen."

„Schön. Ich werde um elf Uhr hier sein", sagte Dorian. „Gute Nacht, Harry." Als er an der Tür war, zögerte er einen Augenblick, als ob er noch etwas sagen wollte. Dann seufzte er und ging.

Zwanzigstes Kapitel

Es war eine wundervolle Nacht und so warm, dass er den Überzieher auf dem Arm trug und nicht einmal das seidene Halstuch umnahm. Als er seine Zigarette rauchend langsam nach Hause ging, kamen zwei junge Leute im Gesellschaftsanzug an ihm vorbei. Er hörte, wie einer von ihnen dem andern zuflüsterte: „Das ist Dorian Gray." Er dachte daran, wie es ihm immer gefallen hatte, wenn man auf ihn zeigte oder ihn ansah oder über ihn redete. Er war es jetzt müde, seinen Namen zu hören. Der halbe Reiz des kleinen Dorfes, wo er in letzter Zeit so oft gewesen war, bestand darin, dass niemand ihn kannte. Er hatte dem Mädchen, das er zur Liebe gelockt hatte, oft gesagt, er sei arm, und sie hatte es geglaubt. Er hatte ihr einmal gesagt, er sei schlecht, und sie hatte gelacht und geantwortet, schlechte Menschen seien immer sehr alt und sehr hässlich. Was sie für ein Lachen hatte! – gerade wie der Gesang einer Drossel. Und wie hübsch sie gewesen war in ihrem Baumwollkleidchen und ihrem großen Hut! Sie wusste von nichts etwas, aber sie besaß alles, was er verloren hatte.

Zu Hause hatte sein Diener seine Rückkehr abgewartet. Er schickte ihn ins Bett und warf sich im Bücherzimmer aufs Sofa und fing an, über einiges von dem, was Lord Henry gesagt hatte, nachzudenken.

War es wirklich wahr, dass man nie anders werden konnte? Er verspürte ein wildes Verlangen nach der unbefleckten Reinheit seiner Knabenzeit – seiner lilienweißen Knabenzeit, wie Lord Henry einmal gesagt hatte. Er wusste, er hatte sie befleckt, hatte seinen Geist mit Verderbnis gefüllt und seine Phantasie in Entsetzen getaucht; er hatte einen schlechten

Einfluss auf andere geübt und eine furchtbare Freude daran gehabt; und von den Menschenleben, die sein eigenes gekreuzt hatten, waren es die reinsten und verheißungsvollsten gewesen, die er in Schande gebracht hatte. Aber war das nicht wieder gut zu machen? Gab es keine Hoffnung für ihn?

Oh! In welch ungeheuerlichem Augenblick von Hochmut und Leidenschaft hatte er das Gebet gesprochen, das Bild solle die Last seiner Tage tragen und er den fleckenlosen Glanz ewiger Jugend bewahren! Sein ganzes verfehltes Leben kam daher. Es wäre besser für ihn gewesen, wenn jede Sünde ihre sichere, schnelle Buße nach sich gezogen hätte. Es lag etwas Reinigendes in der Strafe. Nicht „Vergib uns unsere Sünden", sondern „Züchtige uns für unsere Missetaten" sollte das Gebet des Menschen zu einem allgerechten Gott sein.

Der mit seltsamem Schnitzwerk umrahmte Spiegel, den Lord Henry ihm vor so vielen Jahren geschenkt hatte, stand auf dem Tisch, und die Liebesgötter mit ihren silberweißen Gliedern lachten wie vorzeiten auf dem Rahmen. Er nahm ihn zur Hand, wie er es in der Schreckensnacht getan, als er zuerst die Veränderung an dem verhängnisvollen Bilde gewahrt hatte, und blickte mit verzweifelten, tränenumschleierten Augen in die blanke Fläche. Einst hatte ihm ein Mensch, der ihn abgöttisch geliebt hatte, einen überspannten Brief geschrieben, der mit den wahnsinnigen Worten schloss: „Die Welt ist anders geworden, weil du aus Elfenbein und Gold geschaffen wurdest. Die geschwungenen Linien deiner Lippen wandeln die Geschichte." Die Sätze kamen ihm jetzt ins Gedächtnis, und er wiederholte sie immer und immer wieder. Dann hasste er seine Schönheit, schleuderte den Spiegel zu Boden und zertrat ihn in silberne Splitter. Gerade seine Schönheit hatte ihn zugrunde gerichtet, seine Schönheit und die Jugend, um die er gebetet hatte. Wenn die zwei nicht gewesen wären, wäre sein Leben vielleicht makellos geblieben. Seine Schönheit war ihm nur eine Maske gewesen, seine Jugend nur ein Blendwerk. Was war Jugend im besten Fall? Eine grüne, unreife Zeit, eine Zeit oberflächlicher Stimmungen und blasser Gedanken. Warum hatte er ihr Gewand getragen? Nur die Jugend hatte ihn in die Schmach gebracht.

Es war besser, nicht ans Vergangene zu denken. Er musste an sich und seine eigene Zukunft denken. James Vane war in einem namenlosen Grab im Kirchhof zu Selby geborgen. Alan Campbell hatte sich eines Nachts in seinem Laboratorium erschossen, hatte aber das Geheimnis nicht verraten, zu dessen Mitwisserschaft er gezwungen worden war. Die Aufregung über Basil Hallwards Verschwinden würde sich bald legen; sie war schon schwächer geworden. Dann war er ganz sicher. Auch war es in der Tat nicht der Tod Basil Hallwards, was seinen Geist am meisten bedrückte. Der lebendige Tod seiner eigenen Seele ließ ihm keine Ruhe. Basil hatte das Porträt gemalt, das sein Leben zerstört hatte. Er konnte ihm das nicht verzeihen. Das Porträt war an allem schuld. Basil hatte Dinge zu ihm gesagt, die unerträglich waren und die er doch geduldig ertragen hatte. Der Mord war nichts als der Wahnsinn eines Augenblicks gewesen. Und Alan Campbells Selbstmord war seine eigene Tat; sein freier Entschluss, der ging ihn nichts an.

Ein neues Leben! Ein neues Leben brauchte er. Darauf wartete er. Gewiss hatte er es schon angefangen. Ein unschuldiges Geschöpf hatte er jedenfalls geschont. Er wollte nie wieder die Unschuld in Versuchung führen. Er wollte gut sein.

Als er an Hetty Merton dachte, kam ihm der Gedanke, ob sich wohl das Bild in dem verschlossenen Zimmer verändert habe. Gewiss war es doch nicht mehr so grässlich, wie es gewesen war. Vielleicht könnte er, wenn sein Leben ein reines würde, jede Spur schlechter Leidenschaft aus dem Bilde treiben. Vielleicht waren die Zeichen der Schlechtigkeit schon verschwunden. Er wollte hinaufgehen und nachsehen.

Er nahm die Lampe vom Tisch und schlich die Treppe hinauf. Als er die Tür aufschloss, flog ein frohes Lächeln über sein seltsam junges Gesicht und weilte einen Augenblick auf seinen Lippen. Ja, er wollte gut sein, und das grässliche Ding, das er versteckt hielt, brauchte nicht länger ein Gegenstand des Schreckens für ihn zu sein. Ihm war, als sei die Last schon jetzt von ihm genommen.

Er ging ruhig hinein, schloss die Tür hinter sich, wie er gewohnt war, und zog den Purpurvorhang von dem Bilde. Ein Schrei der Qual und des Zorns kam von seinen Lippen. Er konnte keine Veränderung sehen, außer dass in den Augen ein Ausdruck wie von Schlauheit lag und um den Mund die gebogene Falte des Heuchlers. Das Bild war noch grauenhaft – grauenhafter, wenn möglich, als vorher – und der scharlachrote Fleck auf der Hand schien mehr zu glänzen und sah mehr wie frisch vergossenes Blut aus. Er zitterte. War es bloß Eitelkeit gewesen, was ihn dazu gebracht hatte, einmal etwas Gutes zu tun? Oder die Lust zu einer neuen Art Empfindung, wie Lord Henry mit seinem spöttischen Lachen angedeutet hatte? Oder der Trieb, eine Rolle zu spielen, der uns manchmal dazu bringt, etwas zu tun, was besser ist als wir selbst? Oder vielleicht all das zusammen genommen? Und warum war der rote Fleck größer als vorher? Er schien sich wie eine fürchterliche Krankheit weitergefressen zu haben, bis zu den faltigen Fingern. Es war Blut auf den gemalten Füßen zu sehn, als ob es von den Händen getropft wäre – Blut selbst an der Hand, die nicht das Messer geführt hatte. Gestehen? Bedeutete das, dass er gestehen sollte? Sich aufgeben und hingerichtet werden? Er lachte. Er wusste, der Gedanke war ungeheuerlich. Überdies, selbst wenn er gestünde, wer würde ihm glauben? Es war nirgends eine Spur des ermordeten

Mannes. Alles, was zu ihm gehörte, war zerstört worden. Er selbst hatte verbrannt, was unten geblieben war. Die Welt würde nichts anderes sagen, als dass er verrückt sei. Man würde ihn ins Irrenhaus sperren, wenn er auf seiner Geschichte bestünde ... Aber es war seine Pflicht, zu gestehen, öffentliche Schande zu erdulden und öffentlich Buße zu tun. Es war ein Gott, der den Menschen zurief, ihre Sünden der Erde wie dem Himmel zu beichten. Nichts, was er tun konnte, würde ihn reinigen, bis er seine Sünde selber gebeichtet hatte. Seine Sünde? Der Tod Basil Hallwards schien ihm sehr unwichtig! Er dachte an Hetty Merton. Denn es war ein ungerechter Spiegel, dieser Spiegel seiner Seele, auf den er blickte. Eitelkeit? Gier nach Neuem? Heuchelei? War in seiner Entsagung nicht mehr als das gewesen? Es war noch etwas darin gewesen. Wenigstens meinte er es. Aber wer weiß? ... Nein, es war nichts weiter darin gewesen. Aus Eitelkeit hatte er sie geschont. Als Heuchler hatte er die Maske der Güte getragen. Um der Neugier willen hatte er es mit der Selbstverleugnung versucht. Er erkannte es jetzt. Aber dieser Mord – sollte dieser Mord sein Leben lang hinter ihm her sein? Sollte er immer die Last seiner Vergangenheit tragen? Sollte er wirklich ein Geständnis ablegen? Niemals. Es gab nur ein einziges, was als Beweis gegen ihn dienen konnte. Das Bildnis selbst – das war beweiskräftig. Er wollte es zerstören. Warum hatte er es so lange behalten? Einst war es ihm ein Genuss gewesen zuzusehen, wie es sich veränderte und alt wurde. In letzter Zeit hatte er keinen solchen Genuss mehr verspürt. Es hatte ihn nachts nicht schlafen lassen. Wenn er ausgegangen war, war er voller Angst gewesen, fremde Augen könnten darauf blicken. Es hatte Schwermut in seine Lüste gebracht. Die bloße Erinnerung an das Bild hatte viele Augenblicke der Freude gestört. Es war ihm wie ein Gewissen gewesen. Ja, es war sein Gewissen gewesen. Er wollte es zerstören.

Er sah sich um und erblickte das Messer, das Basil Hallward erstochen hatte. Er hatte es oft gereinigt, bis kein Fleck mehr darauf war. Es war blank und glänzte. Wie es den Maler getötet hatte, so sollte es das Werk des Malers und alles, was es bedeutete, töten. Es sollte die Vergangenheit töten, und wenn die tot wäre, würde er frei sein. Es sollte dieses ungeheuerliche Leben der Seele töten, und wenn diese grässlichen Zeichen der Drohung nicht mehr wären, hätte er Frieden. Er ergriff das Messer und durchbohrte das Bild damit.

Man hörte einen Schrei und ein Krachen. Der Schrei war in seiner Todesnot so grässlich, dass die Dienerschaft entsetzt aufwachte und aus ihren Zimmern stürzte. Zwei Herren, die auf dem Platz unten vorbeigingen, blieben stehen und blickten an dem stattlichen Haus empor. Sie gingen weiter, bis sie einen Schutzmann trafen, und nahmen ihn mit zurück. Der Mann läutete mehrmals, aber es meldete sich niemand. Außer einem Licht in einem der Dachfenster war das ganze Haus dunkel. Nach einer Weile ging er fort und stellte sich in einen anstoßenden Säulengang und behielt das Haus im Auge.

„Wem gehört dieses Haus, Schutzmann?“ fragte der ältere der beiden Herren.

„Herrn Dorian Gray“, war die Antwort des Polizisten.

Sie blickten einander an, als sie weitergingen, und lächelten. Der eine von beiden war der Oheim Sir Henry Ashtons.

Innen, im Bedientenzimmer, sprachen die halb angezogenen Bedienten leise flüsternd miteinander. Die alte Frau Leaf weinte und rang die Hände. Francis war blass wie der Tod.

Nach etwa einer Viertelstunde nahm er den Kutscher und einen der Lakaien mit sich und schlich die Treppe hinauf. Sie klopften an, aber es kam keine Antwort. Sie riefen. Alles war still. Schließlich stiegen sie, nachdem sie vergebens versucht hatten, die Tür zu sprengen, aufs Dach und ließen sich auf den Balkon hinunter. Die Balkontür gab leicht nach, ihre Riegel waren alt.

Als sie eingetreten waren, sahen sie ein glänzendes Porträt ihres Herrn an der Wand hängen, wie sie ihn zuletzt gesehen hatten, in all dem Wunder seiner köstlichen Jugend und Schönheit. Auf dem Boden aber lag ein toter Mann im Gesellschaftsanzug, mit einem Messer im Herzen. Er war welk, runzlig und Abscheu erregend. Erst als sie die Ringe untersuchten, erkannten sie, wer es war.

Nachwort

Oscar Wilde

Von Marco Frenschkowski und Tatjana Frenschkowski

Oscar Wilde ist in Deutschland hauptsächlich bekannt als Produzent aphoristischer, aber doch erstaunlich tiefgehender Bonmots – und als Opfer der viktorianischen Tabuierung und Kriminalisierung der homosexuellen Minderheit. Als Vertreter der Kunst, Gedanken provokativ zuzuspitzen, hat er im englischen Sprachraum wohl nur George Bernard Shaw (und in Deutschland allenfalls den völlig andersgelagerten Friedrich Nietzsche) gleichrangig neben sich. Aber es ist noch sehr viel mehr über ihn zu sagen. Oscar Wilde ist einer der großen englischsprachigen Autoren des spätviktorianischen Zeitalters. Nach seinem Prozess und seiner Verurteilung 1895 für Jahre totgeschwiegen, ist er doch bis heute der bekannteste Vertreter des britischen Fin de Siècle, der Décadence-Literatur der Zeit um die Jahrhundertwende. Zwar ist heute sein Leben vielfach bekannter als sein eigentliches Werk (von einigen Bonmots abgesehen), was er wohl mit gemischten Gefühlen gesehen hätte: Denn das Ziel der Kunst war für ihn gerade, den Künstler zu verbergen und die Kunst selbst zum Vorschein zu bringen („to reveal art and conceal the artist is art's aim“). In gewisser Hinsicht ist er der exemplarische Exponent des Fin de Siècle. Dieses kann in künstlerischer Hinsicht dabei als eine Spielart des Ästhetizismus verstanden werden. Dieser versucht, den Schmerz der Existenz (sunt lacrimae rerum) durch Leichtigkeit, Witz und Schönheit zu besiegen. Er ist damit zwar von Anfang an zum Scheitern verurteilt, doch ist es kein oberflächliches oder etwa gar verächtliches Geschäft. Niemand demonstriert das deutlicher als Oscar Wilde. In seiner Biographie wird aus dem tändelnden, dandyhaften, narzisstischen Spiel des Ästhetizismus die Größe einer gebrochenen Künstlerexistenz, die Dinge zu sagen hat, die auch nach weit über hundert Jahren ihre Authentizität, ihren Witz und ihre Weisheit nicht verloren haben. Und es sind erstaunlicherweise genau dieselben Dinge, die der Poseur und Raconteur Oscar Wilde vor seinem Sturz gesagt hatte. Das ist das eigentlich Überraschende.

Oscar Wilde ist nach wie vor unterhaltsam und provokativ, aber er gibt auch zu denken im besten Sinn des Wortes. „Ein Zyniker ist ein Mensch, der von jedem Ding den Preis und von keinem den Wert kennt." Das ist gerade nicht zynisch, sondern entlarvend. Sicher, Wilde ist nicht „politisch korrekt": „Frauen: Wesen, die uns mit dem Wunsch erfüllen, Meisterwerke zu schaffen, uns aber daran hindern, sie auszuführen." Das war damals so „unkorrekt" wie heute. Manches leuchtet sofort ein: „Der Wert eines Gedankens hängt nicht von der Integrität dessen ab, der ihn ausdrückt." Dann gibt es natürlich die „gefährlichen" Gedanken Wildes, deren Wahrheit oder Unwahrheit nicht so leicht zu bestimmen ist, und die seit über hundert Jahren immer wieder zitiert worden sind: „Gewissen und Feigheit sind dasselbe. Gewissen ist der Handelsname der Firma. Das ist alles." Schließlich gibt es die Bonmots, die nicht so stark „glitzern", aber bei einem zweiten Hinsehen mit erstaunlicher Substanz aufwarten: „Solange der Krieg etwas Frevelhaftes ist, behält er seine Faszination. Erst wenn die Menschen in ihm etwas ganz Gewöhnliches sehen, wird ihnen die Lust daran vergehen", oder: „Nur die Oberflächlichen kennen sich selbst." Wilde hat es geliebt, bei Tischgesellschaften, Empfängen, Soirées mit solchen

Sprüchen zu glänzen. Aber es wäre unfair, seine Bedeutung in diesen kleinen Perlen aufgehen zu lassen.

Oscar Wilde ist ein literarischer Erzähler von Rang. Zu Lebzeiten war er in erster Linie als Verfasser witziger, harmlos-gesellschaftskritischer Theaterstücke berühmt, doch heute dürften seine Erzählungen und sein großer Roman „The Picture of Dorian Gray" bekannter sein. Sie sind gerade nicht zeitlos, haben aber ihre Leserinnen und Leser nie verloren. Oscar Wilde ist leicht zugänglich – daher wurde er auch zum Schulautor, was ihn sicher sehr verwundert hätte. Aber er erlaubt bei jeder neuen Lektüre neue Beobachtungen; man kann ihn mit Interesse viele Male lesen. Das ist immer das Kennzeichen großer Literatur.

Lassen wir kurz das Leben des Autors Revue passieren. Oscar Wilde ist Ire, kein Engländer. Geboren als Oscar Fingal O'Flaherty Wills Wilde am 16. Oktober 1854 in Dublin, ist er dennoch kein „typisch irischer" Autor. Mit der irischen Renaissance eines W. B. Yeats, der ihn persönlich kannte und bewunderte, verbindet ihn wenig. Seine Mutter Lady Wilde (Jane Francesca Wilde geb. Elgee, 1821–1896) schrieb unter dem Pseudonym Speranza erfolgreiche Gedichte, emanzipatorische und irisch-patriotische Essays und arbeitete als Übersetzerin. Oscar Wildes Vater Sir William Wilde (1815–1876) war ein hochangesehener Augenarzt (geadelt 1864), aber in diverse Skandale verwickelt, die seine Karriere belasteten. So hatte er mindestens drei außereheliche Kinder und verlor einen spektakulären Prozess wegen Verführung einer Patientin. Als er starb, war sein ehemals beträchtliches Vermögen für Gerichtskosten u.a. aufgebraucht. Doch sind Sir Williams philanthropische Verdienste um das irische Krankenhauswesen und auch seine wissenschaftlichen Arbeiten in ihrem Wert unbestritten. Er schrieb auch Bücher über irische Geschichte, Topographie und Folklore. Den Ruhm seines Sohnes hat er nicht mehr erlebt. Oscar hatte einen älteren Bruder und eine jüngere Schwester, die früh starb. Stärker als durch seinen Vater scheint er durch seine Mutter geprägt zu sein, die eine angesehene Schriftstellerin der irischen Nationalbewegung war. Als Lady Wilde bereits todkrank war, bat sie darum, ihren Sohn Oscar im Gefängnis besuchen zu dürfen, eine Bitte, die ihr von der Gefängnisverwaltung verwehrt wurde.

Oscar studierte von 1871 bis 1874 am Trinity College, Dublin (vor allem griechische und lateinische Literatur) und gewann für seine Leistungen auf diesem Gebiet die höchste akademische Auszeichnung der Universität für Undergraduates sowie ein Stipendium für Magdalen College, Oxford. In seinen Oxforder Jahren (1874–1878) wurde er Teil der „ästhetizistischen Bewegung“ eines William Morris und Dante Gabriel Rossetti und begann seine Vorlieben für extravagante Kleidung, langes Haar und dandyhaftes Auftreten zu entwickeln. Seinen Raum schmückte er mit Pfauenfedern, Lilien und anderen „ästhetischen Objekten“ und war nicht zuletzt wegen seines außerordentlichen Wortwitzes bald eine bekannte Persönlichkeit. Auch hier gewann er wieder universitäre Preise: Oscar war im Gegensatz zu seiner Ausstrahlung charmanten In-den-Tag-Lebens ein außerordentlich fleißiger Student. Seine erste große Liebe Florence Balcombe (1858–1937) wendet sich allerdings Bram Stoker zu (dem späteren Autor des Romans „Dracula“, 1897). 1884 heiratet Wilde schließlich Constance Lloyd (1858–1898) aus wohlhabender Familie, mit der ihn nicht zuletzt seine Leidenschaft für „ästhetische Kleidung“ verband. Das Paar hatte zwei Söhne, Cyril (1885–1915) und Vyvyan (1886–1967). Zusammen mit ihrer Mutter nahmen die Söhne nach dem Prozess des Vaters den Familiennamen Holland an, unter dem sie auch weiterhin lebten. Vyvyan und sein Sohn Merlin Holland (geb. 1945, der einzige Enkel Oscar Wildes) haben sich später um die Edition und Präsenz des Werkes Oscars vielfach verdient gemacht.

1882 hatte Wilde auf einer Vortragsreise in den USA die Ideale des Ästhetizismus vertreten; seine „Personal Impressions of America" bleiben eine kurze, ungemein witzige Analyse des amerikanischen Lebens, wie er es aus britischer Perspektive wahrnahm. Wildes Bonmots wurden bald in der ganzen englischsprachigen Welt zitiert; er war eine bekannte Person, noch bevor er viel publiziert hatte. 1887–1889 gab er die Zeitschrift Pall Mall Gazette heraus, später für kurze Zeit die Zeitschrift Woman's World. 1881 war sein erster Gedichtband erschienen; es folgten Erzählungen und mehrere Theaterstücke, am bekanntesten wohl „Lady Windermere's Fan" (1892) und „The Importance of Being Ernest" (1894). Diese waren zum Teil auf der Bühne sehr erfolgreich und etablierten Wildes Ruf als ernst zu nehmenden, wenn auch provokanten Schriftsteller. Eine Sonderstellung nimmt das mystisch-unheimliche Drama „Salomé" ein, das 1893 auf Französisch und 1894 auf Englisch erschien. Es behandelt den Tod Johannes' des Täufers in einer ästhetisierenden Manier und löste damit große Irritationen aus. Politisch von sozialistischen und pazifistischen Ideen geprägt, war Wilde z.B. auch der einzige Unterzeichner von George Bernard Shaws (erfolgloser) Petition, den Anarchisten der Haymarket Affair 1886 Gnade zukommen zu lassen.

Wilde arbeitete in vielen literarischen Formen. Neben Gedichten und Theaterstücken schrieb er Essays („The Decay of Lying", 1889; „The Soul of Man under Socialism", 1891), Märchen („The Selfish Giant", 1888), humoristische Erzählungen („Canterville Ghost", 1887), oft zu Themen der Beziehung zwischen Männern und Frauen („The Sphinx without a Secret", 1887), und mancherlei zum Theaterwesen, auch demjenigen der älteren Zeit. Weniger bekannt, aber durchaus beachtenswert sind seine zahlreichen Buchrezensionen und die kleinen gemmenhaften „Gedichte in Prosa“, eine Gattung, für die das Fin de Siècle eine besondere Vorliebe hatte.

Wann sich Oscar Wilde über seine homosexuelle Veranlagung klar wurde, ist nicht bekannt. 1886 lernte er Robert Ross (1869–1918) kennen, der später sein Nachlassverwalter wurde, 1891 dann Lord Alfred Douglas (1870–1945, von seiner Mutter und später auch anderen „Bosie“ genannt). Ross war nach eigenen Angaben Oscar Wildes erster männlicher Geliebter; er hielt ein Leben lang zu ihm. Eine Reihe weiterer Affären Oscars sind belegt, auch hatte er Kontakte zu männlichen Strichjungen, die es in London in großer Zahl gab. Wie viele Viktorianer scheint Wilde anfänglich gegen das Wissen um seine Homosexualität gekämpft zu haben und betrachtete die Ehe offenbar als gegebenes Heilmittel. Wann seine Frau die wahren Verhältnisse erkannte, ist nicht bekannt. In seiner Shakespeare-Studie „The Portrait of Mister W. H.“ (1889) setzt sich Wilde zuerst literarisch mit dem Thema auseinander, das in seinem literarischen Oeuvre freilich nicht zentral ist. Sein wohl bedeutendstes literarisches Werk wird der Roman „The Picture of Dorian Gray“ (zuerst 1890; zu den Details s. unten), auch wenn er für seine Zeitgenossen in erster Linie ein erfolgreicher Theaterautor bleibt. Lady Wilde, Oscars Mutter, ist von dem Roman begeistert, aber Constance sieht die Schattenseiten: „niemand will mehr mit uns reden“.

Lord Alfreds Vater John Sholto Douglas, der 9. Marquess of Queensberry, ein aggressiver und exzentrischer Mann, gelangte zu der Auffassung, dass sein Sohn durch Oscar Wilde und andere homosexuelle Männer verführt und sittlich verdorben worden sei. Er provoziert Wilde öffentlich, der mit einer Beleidigungsklage reagiert. Es kommt zu der bekannten Prozessreihe, deren Einzelheiten hier nicht dargestellt werden müssen. Wilde wird schließlich am 25. Mai 1895 wegen „gross indecency" zwischen Männern (d.h. faktisch wegen Homosexualität) zu zwei Jahren Zuchthaus mit schwerer Zwangsarbeit verurteilt. Er sitzt den größeren Teil seiner Strafe im Gefängnis der Stadt Reading ab, wo ihm anfänglich sogar das Aufschreiben seiner Gedanken verboten ist. Schließlich werden ihm wenigstens Papier und Schreibutensilien überlassen, und er bringt eine kritische, melancholische, zornige Auseinandersetzung mit seiner Vergangenheit in Form eines Briefes an Lord Alfred Douglas zur Niederschrift. Diese erscheint schließlich (zuerst gekürzt, erst 1962 wirklich vollständig) unter dem Titel „De profundis" auch im Druck. Der Titel bedeutet „Aus der Tiefe", nämlich „rufe ich zu Dir, Herr" – ein Zitat aus Psalm 130 bzw., in der Fassung der Vulgata, 129. (Das Originalmanuskript befindet sich heute im Britischen Museum). Seine allgemeinen Erfahrungen in Reading beschreibt Wilde in dem langen epischen Gedicht „The Ballad of Reading Gaol" (1897), dem bedeutendsten Gefängnisgedicht englischer Sprache. Wilde verlässt das Gefängnis als seelisch und körperlich gebrochener Mann. Seine Frau und Kinder hatten sich von ihm distanziert (er hat sie nie wiedergesehen), seine Mutter war gestorben, ohne ihn besuchen zu dürfen, und finanziell waren seine Ressourcen aufgebraucht. Gesellschaftlich war sein Name zum „Unwort" geworden. Wilde verbringt die wenigen ihm verbleibenden Jahre auf Reisen in Frankreich und Italien, v.a. aber in Paris, zuletzt im Hôtel d'Alsace in der Rue des Beaux Arts, das ihn kostenlos in einem luxuriösen Zimmer wohnen lässt, da Wilde kein Geld mehr hat. Am 30. November 1900 stirbt er dort an einer Hirnhautentzündung (die nach heutigem Erkenntnisstand nicht durch eine Syphilis verursacht war). Nachdem Wilde schon länger zum Christentum gefunden hatte, konvertiert er kurz vor seinem Tod förmlich zum Katholizismus.

Diese innere Entwicklung darf nicht missverstanden werden und sollte nicht karikiert werden. Der Ästhetizismus als Ersatzreligion hatte die religiösen Fragen nicht totgeschlagen (wie es der Marxismus oft getan hat, eine andere Ersatzreligion). Die Affinität zum Katholizismus ist keine Abwendung von den ästhetischen Werten, sondern deren Integration in eine spezifische Gestalt des Christentums.

Wildes Körper wird erst auf dem Friedhof Bagneux, später nach einer Umbettung 1909 auf dem Père Lachaise bestattet. Von der Praxis der Homosexualität hat sich Wilde bis zuletzt nicht distanziert; auch Lord Alfred Douglas hat er in Paris wiedergesehen. In diesen letzten Jahren hat er zeitweise das Pseudonym „Sebastian Melmoth" benutzt, nach einer Figur aus dem großen Roman „Melmoth the Wanderer" des Dubliner Geistlichen Charles Robert Maturin (1782–1824), der Wildes Großonkel war. Der tragische Teufelspaktroman „Melmoth the Wanderer" gilt als Höhepunkt der „gothic novel" (1820); es ist interessant, dass sich Wilde mit seinem Helden in Beziehung setzen konnte.

Wildes literarisches Programm wird am besten in dem berühmten „Preface" (Vorwort) zu seinem einzigen großen Roman „The Picture of Dorian Gray" ausgesprochen. Dieser Text ist das Manifest einer ganzen literarischen Epoche und bringt das Prinzip l'art pour l'art, „Kunst nur um der Kunst willen", auf eine präzise Formel, und das auf nur einer Seite. Wir zitieren einige Sätze: „Der Künstler ist der Schöpfer schöner Dinge. Die Kunst zu offenbaren und den Künstler zu verbergen ist die Aufgabe der Kunst. Der Kritiker ist der, der seinen Eindruck von schönen Dingen in eine neue Form oder ein neues Material übertragen kann. Die höchste wie die niederste Form der Kritik ist eine Art Selbstbiographie. (...) So etwas wie ein moralisches oder unmoralisches Buch gibt es nicht. Bücher sind gut geschrieben oder schlecht geschrieben, weiter nichts. (...) Kein Künstler hat ethische Sympathien. Eine ethische Sympathie bei einem Künstler ist eine unverzeihliche Manieriertheit des Stils. Kein Künstler ist je dekadent. Der Künstler kann alles ausdrücken. Denken und Sprechen sind für den Künstler Mittel einer Kunst. Laster und Tugend sind für den Künstler Material einer Kunst. (...) Alle Kunst ist zugleich Oberfläche und Symbol. Wer unter die Oberfläche geht, tut es auf eigene Gefahr. Wer das Symbol deutet, tut es auf eigene Gefahr. Den Beschauer und nicht das Leben spiegelt die Kunst in Wahrheit. Alle Kunst ist nutzlos. („All art is quite useless").“ Wilde hat dieses Vorwort für die Buchausgabe seines Romans geschrieben, um Missverständnissen und Angriffen zu begegnen, die sich angesichts der früheren Zeitschriftenpublikation eingestellt hatten. In jüngster Zeit ist herausgestellt worden, dass auch Wildes Beschäftigung mit dem chinesischen Taoismus und seiner Philosophie des wu-wei („Nicht-Handeln = die Natur selbst handeln lassen“) seine Gedanken beeinflusst hat. In „The Speaker“ war am 8. Februar 1890 Wildes Rezension zu Herbert A. Giles' Übersetzung taoistischer Texte erschienen. Das „Preface“ wurde auch separat publiziert und wurde zum Manifest des britischen Fin de Siècle.

„The Picture of Dorian Gray“ ist nun allerdings nicht einfach die geradlinige Umsetzung dieses Programms einer Kunst nur um ihrer selbst willen. Zwar finden sich viele Prinzipien des Vorwortes auch im Roman. „Es gab Augenblicke, wo er das Böse lediglich als eine Möglichkeit ansah, durch die er seine Idee des Schönen verwirklichen konnte“, sagt Dorian einmal (Kap. 11). Aber schon durch das komplexe, dynamische und komplementäre Verhältnis der Figuren wird ein reiner Ästhetizismus transzendiert. Oscar Wilde hat diesen Sachverhalt auf eine berühmte, vielzitierte Formel gebracht: „Basil Hallward is what I think I am: Lord Henry what the world thinks me: Dorian what I would like to be – in other ages, perhaps“ (Ellmann 319). Etwas paradox formuliert, ist die Erzählung des Romans selbst eine Metaebene der Kunsttheorie, die hinter ihm steht. „The Picture of Dorian Gray“ inszeniert dies als schicksalhafte Verwicklung zwischen Kunstwerk, Kunst und Künstler. Die Kunst tötet ihren Künstler. Die Unverträglichkeit von Kunst und Leben ist im 19. Jahrhundert oft thematisiert worden. Edgar Allan Poe hat in „The Oval Portrait“ (1842, veränderte Fassung 1845) einen Künstler gezeichnet, dessen Porträtkunst nur auf Kosten des Lebens der dargestellten Frau zur Verwirklichung kommt. Als das Porträt vollendet ist, stirbt die dargestellte Frau. In „The Picture of Dorian Gray“ wird dieser Gedanke vertieft. Das Porträt steht in gewisser Hinsicht für die Seele selbst, wenn auch weder in einem christlichen noch einem platonischen Sinn. Das Bild ist vielmehr eine „external soul“, eine archaische „äußere Seele“, wie sie auch im Märchen oft vorkommt. In volkstümlichen Erzählungen sitzt sie in einem Ei, einem Vogel, einem verborgenen Gegenstand, oft auch einem Körperteil wie den Haaren, jedenfalls etwas Materiellem, und z.B. ein Oger, ein Riese, kann nur getötet werden, wenn seine äußere Sele gefunden und vernichtet wird. (Näheres bei Marco Frenschkowski, Art. Seele, Enzyklopädie des Märchens 12 (2007), 476–489 und besonders Christa Habiger-Tuczay, Der Unhold ohne Seele. Eine motivgeschichtliche Untersuchung. Wien 1982). Wilde hat den Gedanken einer äußeren, vom lebenden Menschen getrennten Seele bereits in dem Märchen „The Fisherman and His Soul“ (1891 publiziert, aber früher geschrieben, ebenfalls in diesem Band) verwendet (dazu gleich ausführlicher).

Dorian kann es nicht lange ohne das Bild aushalten: Erst seine Nähe macht sein Leben vollständig, weil es ja eigentlich sein Leben ist. Oscar Wilde verbindet dieses alte Motiv mit einer subtilen Analyse des ästhetischen Lebensgenusses als potentieller Ersatzbefriedigung, als Betäubung dessen, was in der Seele vor sich geht und nicht sichtbar werden soll: „Denn diese Schätze und alles, was er in seinem reizenden Hause sammelte, waren für ihn Mittel zum Vergessen, und Beschäftigungen, durch die er eine Zeitlang der Angst entrinnen konnte, die ihm zuzeiten unerträglich schien. An der Wand des verlassenen verschlossenen Zimmers, in dem er in seiner Knabenzeit so oft geweilt hatte, hatte er mit eigenen Händen das entsetzliche Porträt aufgehängt, dessen Züge in ihrer Veränderung ihm die wirkliche Erniedrigung seines Lebens zeigten, und darüber hatte er als Vorhang das rot und goldene Bahrtuch angebracht. Wochenlang ging er wohl nicht hinauf, vergaß das grässliche Gemälde und hatte wieder sein leichtes Herz, seine wundervolle Fröhlichkeit, seine leidenschaftliche Hingabe an das Dasein an und für sich. Dann schlich er sich plötzlich in einer Nacht aus dem Hause, besuchte scheußliche Orte in der Nähe von Blue Gate Fields und blieb da Tag um Tag, bis es ihn nicht mehr duldete. Nach seiner Rückkehr setzte er sich dann wohl vor das Bild, manchmal voller Ekel vor ihm und vor sich selbst, zu andern Zeiten aber mit dem Stolz des Individualismus, der den halben Zauber der Sünde ausmacht, und dann lächelte er wohl in geheimem Vergnügen über das hässliche Abbild, das die Last zu tragen hatte, die eigentlich seine war." (Kap. 11).

Aber die Trennung der Seele vom lebenden Menschen funktioniert nicht für die Ewigkeit. Das autoaggressive Element, das in der Trennung zum Ausdruck kam, führt schließlich in die Katastrophe des faustischen Endes. Bereits in „The Fisherman and His Soul" lief die Handlung darauf hinaus, dass die Trennung von der Seele zeitlich begrenzt ist. Der junge Fischer, der seine Seele loswerden möchte, um eine (seelenlose) Meerjungfrau heiraten zu können, muss sich schließlich wieder mit seiner mittlerweile verkommenen und böse gewordenen Seele vereinen. Und: „he who receiveth back his soul must keep it with him for ever, and this is his punishment and his reward“. Es ist dies präzise das Gleiche, was am Ende von „The Picture of Dorian Gray“ geschieht: Die autoaggressive Verzweiflungstat Dorians vereint ihn wieder mit seiner Seele, und das Bild ist nur noch – ein Bild.

„In every first novel the hero is the author as Christ or Faust“, schreibt Wilde einmal. Stoffgeschichtlich steht hinter Wildes Roman in der Tat letztlich die Faustsage, nicht in der goetheschen Fassung, in der Faust schließlich erlöst wird, sondern in der wilderen, älteren, in der das Teufelspaktthema mehr ist als eine Metapher. Im englischen Sprachraum war der Stoff seit Christopher Marlowes Theaterstück „The Tragical History of Dr. Faustus“ (Erstaufführung 1594) allgemein bekannt und auch durch viele volkstümliche Adaptationen (etwa im Puppentheater) verbreitet. Oscar Wilde sublimiert die Motive des Dramas und transferiert sie in ein ästhetizistisches Ambiente, aber lässt die Grundstruktur unangetastet. Der Teufelsbündner nimmt ein böses Ende. Vom Teufel ist freilich nicht explizit die Rede: Es ist ein „wahnsinniges Gebet“ (Kap. 11), welches die Ereignisse auslöst. Lord Henry wird sich nicht dessen bewusst, dass er – der sich als reiner distanzierter Beobachter des Lebens sieht – die Rolle des dämonischen Verführers ausübt und damit mehr in Bewegung bringt, als er selbst je begreift. Mit dieser Anknüpfung an das Faust-Szenario dürfte Wilde eine weise literarische Entscheidung getroffen haben, denn sein Roman wird damit zum Avatar eines uralten abendländischen Themas. An dieser Stelle hat „The Picture of Dorian Gray“ auch nichts Kokettes, und die Vergleichgültigung des moralischen Themas im berühmten „Preface“ wird zwar durch den Roman nicht ad absurdum geführt, aber doch leise hinterfragt. „The Picture of

Dorian Gray“ ist ein Text von erstaunlichem sittlichen Ernst, obwohl er so locker, dandyhaft, aphoristisch daherkommt. Er inszeniert narrativ das Scheitern des Ästhetizismus als bürgerlicher Religion. Die Seele kann letztlich nicht in einer Dachkammer weggesperrt werden, und die Konsequenzen des Bösen können nicht durch Schminke, Sozialprestige und Charme überkleistert werden. Das Leben vor dem Spiegel (so Lord Henrys berühmte Definition des Dandys) ist nicht bis zum Sterben durchzuhalten. Die verdrängte Seele holt den Menschen wieder ein; unberührt bleibt nur – ein Bild. Ganz im Sinne des Faust-Motivs ist die erkaufte Zeit begrenzt und nimmt ein böses Ende. Dennoch ist der Ästhetizismus des Romans echt: Er wird nicht relativiert, sondern gewinnt eine Tiefe, die er in den Theaterstücken Oscar Wildes noch nicht hat. Die glitzernden Bonmots Oscar Wildes haben auch deshalb einen so langanhaltenden Erfolg, weil sie nicht selten unter ihrer satirischen Oberfläche echte Lebensweisheiten sind. „The Picture of Dorian Gray“ ist deshalb ein großer Roman, weil seine Geschichte aus dem lockeren Treiben der Künstlerbuden und den Soirées und Theaterabenden der sich etwas langweilenden Oberschicht in die Tiefen und Abgründe der Seele führt – und sich in beiden Welten glaubhaft und authentisch bewegt.

Natürlich gibt es außer dem Faust-Stoff noch andere Anknüpfungen und Quellen für „The Picture of Dorian Gray“. Das verführerische französische Buch, welches Lord Henry Dorian schenkt, und das diesem zu einer Art Bibel des Ästhetizismus wird, ist ohne Frage (obwohl im Roman nicht explizit identifiziert) Joris-Karl Huysmans (1848–1907) „À rebours“ „Gegen den Strich“ (1884). Dieser Roman erzählt von den monomanen Obsessionen eines sich immer stärker von der Welt isolierenden Ästheten (Des Esseintes), der in einigen Zügen Dorian Gray ähnelt. Wichtiger als die spärlichen Bausteine einer Romanhandlung ist die Evokation eines ästhetizistischen Lebensstils, der sich in einer vollständigen „Verkünstlichung" des Lebens ausdrückt. So sammelt Des Esseintes Pflanzen, die leben, aber so aussehen, als wären sie künstlich. Freilich verliert der Held den Boden der Realität unter den Füßen. Auch „À rebours" evoziert den Ästhetizismus als letztlich unmöglichen Lebensentwurf.

Unter und hinter dem Ästhetizismus der Epoche steht dabei die Sehnsucht nach einer Metamorphose, nach einer Verwandlung. In „The Picture of Dorian Gray" zeigt sich die Sehnsucht nach einer solchen Metamorphose u.a. in den Reflexionen über das Sinnliche, über Seele und Körper. Wir zitieren einmal ein Stück in der Originalsprache: „Soul and body, body and soul – how mysterious they were! There was animalism in the soul, and the body had its moments of spirituality. The senses could refine, and the intellect could degrade. Who could say where the fleshly impulse ceased, or the psychical impulse began? How shallow were the arbitrary definitions of ordinary psychologists! And yet how difficult to decide between the claims of the various schools! Was the soul a shadow seated in the house of sin? Or was the body really in the soul, as Giordano Bruno thought? The separation of spirit from matter was a mystery, and the union of spirit with matter was a mystery also." (Kap. 4). Der christlich-platonische Dualismus wird in Frage gestellt, aber nicht im Kontext einer wissenschaftlichen Anthropologie, sondern im Referenzrahmen einer ästhetizistischen Lebensphilosophie. Die praktische Konsequenz aus diesen Gedanken wird schon an sehr früher und hervorgehobener Stelle im Roman ausgesprochen, und es unterliegt keinem Zweifel, dass Lord Henry Wotton hier Oscar Wildes ernsthafte Überzeugung ausspricht: „Yes", continued Lord Henry, „that is one of the great secrets of life – to cure the soul by means of the senses, and the senses by means of the soul." (Kap. 2).

Aber unter diesem fast therapeutischen Gedanken (für dessen Weisheit manche Argumente zu nennen wären) lauert ein abgründigeres Thema: Was ist, wenn Leib und Seele auseinanderfallen? Oder genauer gesagt, wenn sie gegeneinanderstehen, unversöhnlich, wie Feinde? Dr. Jekyll und Mr. Hyde sind die bekanntesten Symbolfiguren eines solchen Auseinanderfallens in der viktorianischen Literatur, aber bei Weitem nicht die einzigen. Stevensons Erzählung „Strange Case of Dr. Jekyll and Mr. Hyde" erschien zuerst 1886 und war ohne Frage ein zentraler Einfluss auf „The Picture of Dorian Gray". Dabei ist nicht nur an die Novelle selbst zu denken, sondern mehr noch an die immens erfolgreiche Dramatisierung, die 1887 auf die Bühne kam, mit dem unvergleichlichen Richard Mansfield in beiden Rollen. Seine theatralische Verkörperung beider Figuren war für viele Viktorianer der Höhepunkt schauspielerischer Kunst. Dabei ging es schon bei Stevenson, und sehr viel mehr bei Wilde, nicht nur um die Polarität zwischen Gut und Böse, sondern auch um diejenige zwischen Geist und Materie, um das Animalische und das Menschliche. Für das viktorianische England lauert ja seit Charles Darwin allenthalben die Angst vor dem Atavismus, vor dem Zurücksinken, dem Verlust dessen, was den Menschen über die Tiere erhebt. Literarisch wurde dieses Thema beispielsweise in Arthur Machens „The Great God Pan" gestaltet, einer Novelle, die 1891 entstand und ein ähnliches Echo auslöste wie „The Picture of Dorian Gray". Es war noch nicht lange her, dass man sich daran hatte gewöhnen müssen, dass der Mensch animalische Vorfahren hat, und für die Viktorianer – deren Positivismus und Wissenschaftsgläubigkeit die Evolution rasch akzeptierte – blieb diese mögliche Kehrseite doch ein überaus bedrohliches Thema. Stevenson hatte für diese Angst ein leicht verständliches, eingängiges Bild gefunden. Oscar Wilde behandelt das Thema auf einem sehr viel komplexeren Niveau. Das Auseinanderfallen wird stärker in das Seelenleben verlegt; es ist subtiler, aber darum nicht weniger bedrohlich. Seine „Seele zu verlieren" war immer die schrecklichste aller Möglichkeiten, solange ein christlicher Referenzrahmen grundsätzlich vorhanden ist. Das viktorianische Zeitalter hatte ja auch dunklere Seiten. 1888 war das Jahr Jack the Rippers gewesen, gerade zwei Jahre vor der Erstpublikation unseres Romans. Was heute an den Ereignissen um die Ripper-Morde wohl am stärksten verwundert, war das Unvermögen der viktorianischen Gesellschaft, diese Verbrechen als sexuell motivierte Taten zu verstehen. Oscar Wilde thematisiert solche drastischen Abgründe der Libido nicht, aber sie sind untergründig doch präsent. Das gilt ähnlich auch für die in London weitverbreitete halblegale Drogenkultur, die in „The Picture of Dorian Gray" immerhin an vielen Stellen zur Sprache kommt (vgl. dazu Marco Frenschkowski, Nachwort zu: Oscar A. H. Schmitz, Haschisch. Windeck 2006, 115–123 [Schmitz' Novellensammlung erschien zuerst 1902]).

„The Picture of Dorian Gray" ist weiter ein Künstlerroman, wenn auch besonderer Art. Dieses Genre war seit den „Scènes de la vie de Bohème" (Henri Murger, 1851) – die den Begriff Bohème schufen - ein fester Bestandteil der europäischen Literatur. Über das Thema der „Reifung" einer Künstlerpersönlichkeit hinaus wurde der Künstlerroman rasch zum Vehikel auch für die dunklen, pathologischen oder destruktiven Entwicklungsmöglichkeiten der Kunst, sowie auch für ihre schiere Fremdheit, ihr Faszinans im Blickwinkel der bürgerlichen Welt. George du Mauriers „Trilby" (1894) ist dafür ein gutes Beispiel, wo u.a. das Verhältnis von Kunst (hier Musik) und Unbewusstem ausgelotet wird, aber insgesamt doch die Evokation eines Künstlermilieus im Mittelpunkt steht. Die Künstlerexistenz hat sich im 19. Jahrhundert als Ausweichventil der bürgerlichen Gesellschaft etabliert und wurde damit zum Experimentierraum für eben diese Gesellschaft. Das gilt in Hinsicht auf Lebenshaltungen, Lebensstile (insbesondere ihre sexuellen Aspekte) und biographische Entwürfe. Entfremdungserfahrungen und Suche nach Identitätsfindung und Authentizität korrelieren und finden ihren äußeren Ausdruck in den Reflexionsmedien der Kunst, etwa im Roman. Auch esoterische und andere Denkmodelle alternativer Kultur haben oft eine soziale Verwurzelung in der Mentalität der Bohème (diesen sozialgeschichtlichen Sachverhalt hat vor allem James Webb in seinen Büchern umfassend dargestellt, die zur Zeit auch in deutscher Fassung erscheinen, angefangen mit „Das Zeitalter des Irrationalen. Politik, Kultur und Okkultismus im 20. Jahrhundert", Wiesbaden 2008).

„The Picture of Dorian Gray" beginnt also in einem Künstlermilieu. Basil Hallward ist dabei Täter und Opfer zugleich. Er wird jedoch schließlich von seinem Produkt getötet. Der immer naheliegende und leicht zu trivialisierende Gedanke, dass das eigentliche Kunstwerk immer das Leben selbst sei, wird in unserem Roman allerdings hinterfragt. Geradezu trotzig wird die These vertreten, dass die wahre Kunst mit dem Leben rein gar nichts, jedenfalls nicht direkt zu tun hat. Oscar Wilde ist selbst ein Kunstwerk, hinter dem drei Künstler stehen: Basil, Lord Henry und er selbst. Aber sein Leben mündet in die Zerstörung dieses Kunstwerkes, und nur Basils Bild bleibt.

In gewisser Hinsicht inszeniert „The Picture of Dorian Gray" den Ästhetizismus der Décadence als deren Überwindung. Das macht die eigentliche Größe des Romans aus. Er ist das künstlerische Manifest einer ganzen literarischen (und kulturgeschichtlichen) Epoche, aber er weiß bereits um deren Überwindung. Das betrifft aber vor allem den Ästhetizismus als Ersatzreligion. Natürlich gibt es auch eine sozusagen harmlosere Seite des Ästhetizismus, in der ihm nichts Faustisches anhaftet. In dem frühen Essay „The House Beautiful“ z.B. beschäftigt sich Oscar Wilde mit der Frage, wie man mit wenig Geld und bescheidenen Möglichkeiten doch seine unmittelbare Umgebung zu einer inspirierenden Stätte machen kann, anders gesagt, zu einem schönen Ort. Wilde schreibt hier ohne jede Prätention; der Ästhetizismus ist hier eine durchaus nicht elitäre Lebenskunst. Er ist auch nicht einfach Hedonismus: Dieser wäre vielmehr sein Fall und seine Versuchung.

Ein weiterer Punkt soll angesprochen werden. Natürlich ist das Thema Homosexualität in „The Picture of Dorian Gray“ allgegenwärtig. Man kann es aber vollständig überlesen, wenn man will, denn es wird an keiner Stelle explizit ausgesprochen oder gar narrativ umgesetzt. Darin ist der Roman noch ganz viktorianisch: Jede andere Vorgehensweise wäre als pornographisch oder (schlimmer) als widernatürlich empfunden worden. Es existiert ein anonymer explizit homoerotischer Roman aus den 1890er-Jahren, an dem gelegentlich eine Mitwirkung Oscar Wildes vermutet wurde („Teleny, or the Reverse of the Medal“, Paris 1893), aber vermutlich ist dieser eine Gemeinschaftsproduktion allenfalls unter lockerer Beteiligung von Wilde. In seinen publizierten Texten hat Wilde durchaus die Rücksichten des viktorianischen Publikums beachtet. Tatsächlich sind die homoerotischen Anspielungen in der kurzen Zeitschriftenfassung deutlicher als in der späteren Buchversion; Wilde hat hier Mäßigung geübt, ohne Frage aus verkaufspolitischen Erwägungen.

Oscar Wildes Sexualität hat dabei natürlich immer erhebliches Interesse gefunden. Seit einigen Jahren sind auch die letzten Intima aus Tagebüchern und vormals zensierten Brieftexten bekannt. Wer es also wirklich genau wissen möchte, findet in Büchern wie Neil McKenna, The Secret Life of Oscar Wilde. London 2003 (spätere Auflagen mit dem Untertitel: An Intimate Biography) hinreichend Belehrung. Dabei werden auch manche Klischees über homosexuelle Subkulturen widerlegt, aber das muss an dieser Stelle nicht vertieft werden. Das spätviktorianische Zeitalter besaß eine vitale Szene sexueller Minoritäten. Da bekanntlich Sexualität umso weniger praktiziert wird, je mehr eine Gesellschaft über sie redet und sie öffentlich kommerzialisiert und instrumentalisiert (und vice versa), war die viktorianische Gesellschaft mit ihren erstaunlichen und peniblen Tabuierungen eben auch eine Zeit blühender erotischer Subkulturen. In der urbanen Kultur war Sexualität leicht verfügbar, obwohl sie und vielleicht gerade weil sie in der Öffentlichkeit kaum Präsenz zeigen konnte. Das wohl berüchtigste Zeugnis für diesen Sachverhalt ist „Walter“, „My Secret Life“ (zuerst in 11 Bänden Amsterdam 1888–1894; Neuausgabe in drei Bänden und mit einem Vorwort von Donald Thomas, London 1994f.), eine pseudonym erschienene letztlich triste Chronik, die mit einer in der Literatur sonst kaum je wiederanzutreffenden Obsession ausschließlich sexuelle Akte katalogartig aufzählt, die meisten davon mit Prostituierten. Das viktorianische London besaß einige 10 000 Prostituierte (zeitgenössische Schätzungen nennen Zahlen bis 80 000, was aber sicher zu hoch gegriffen ist), eine Kehrseite des viktorianischen Versuchs, die sexuellen Energien durch Verschweigen in den Griff zu bekommen. Auch homosexuelle Menschen konnten im viktorianischen London ohne große Probleme Begegnungsstätten finden – solange sie nicht öffentlich darüber redeten. Die viktorianische Öffentlichkeit sah diese verdrängten Subkulturen allesamt als Aspekte derselben verwerflichen Sache und musste für diese

Selbsttäuschung ein erhebliches Maß an doppelter Moral in Kauf nehmen.

Im Falle Oscar Wildes wurde die Ambivalenz des viktorianischen Umganges mit sexuellen Minoritäten dann zum Skandal und zur Tragödie. Der ohne Frage selbstverliebte und unreife Lord Alfred Douglas ist dabei immerhin doch auch eine Figur, die Aufmerksamkeit verdient. Er hat sich Zeit seines Lebens dagegen gewehrt, nur als der „Bösewicht" der Geschichte dargestellt zu werden. Nach Oscar Wildes Tod behauptete er freilich sogar, es habe nie eine wirkliche sexuelle Beziehung zwischen ihm und Wilde gegeben, was durch Briefe als Lüge entlarvt wird, in denen auch sexuelle Details besprochen werden. Immerhin reifte auch Lord Douglas zu einer eigenen Schriftsteller- und Dichterpersönlichkeit heran und zeigt in anderer Weise als Wilde die doch auch tragischen Aporien der Décadence. Wir zitieren exemplarisch eines seiner Gedichte, das vielleicht auch deutlich macht, was Wilde außer Jugend und Schönheit an ihm gefunden hat:

Two Loves

The Chameleon, December 1894

I dreamed I stood upon a little hill,
And at my feet there lay a ground, that seemed
Like a waste garden, flowering at its will
With buds and blossoms. There were pools that dreamed
Black and unruffled; there were white lilies
A few, and crocuses, and violets
Purple or pale, snake-like fritillaries
Scarce seen for the rank grass, and through green nets
Blue eyes of shy peryenche winked in the sun.
And there were curious flowers, before unknown,
Flowers that were stained with moonlight, or with shades
Of Nature's willful moods; and here a one
That had drunk in the transitory tone
Of one brief moment in a sunset; blades
Of grass that in an hundred springs had been
Slowly but exquisitely nurtured by the stars,
And watered with the scented dew long cupped
In lilies, that for rays of sun had seen
Only God's glory, for never a sunrise mars
The luminous air of Heaven. Beyond, abrupt,
A grey stone wall, o'ergrown with velvet moss
Uprose; and gazing I stood long, all mazed
To see a place so strange, so sweet, so fair.
And as I stood and marvelled, lo! across
The garden came a youth; one hand he raised

To shield him from the sun, his wind-tossed hair
Was twined with flowers, and in his hand he bore
A purple bunch of bursting grapes, his eyes
Were clear as crystal, naked all was he,
White as the snow on pathless mountains frore,
Red were his lips as red wine-spilith that dyes
A marble floor, his brow chalcedony.
And he came near me, with his lips uncurled
And kind, and caught my hand and kissed my mouth,
And gave me grapes to eat, and said, 'Sweet friend,
Come I will show thee shadows of the world
And images of life. See from the South
Comes the pale pageant that hath never an end.'
And lo! within the garden of my dream
I saw two walking on a shining plain
Of golden light. The one did joyous seem
And fair and blooming, and a sweet refrain
Came from his lips; he sang of pretty maids
And joyous love of comely girl and boy,
His eyes were bright, and 'mid the dancing blades
Of golden grass his feet did trip for joy;
And in his hand he held an ivory lute
With strings of gold that were as maidens' hair,
And sang with voice as tuneful as a flute,
And round his neck three chains of roses were.
But he that was his comrade walked aside;
He was full sad and sweet, and his large eyes
Were strange with wondrous brightness, staring wide
With gazing; and he sighed with many sighs
That moved me, and his cheeks were wan and white
Like pallid lilies, and his lips were red
Like poppies, and his hands he clenched tight,
And yet again unclenched, and his head

Was wreathed with moon-flowers pale as lips of death.
A purple robe he wore, o'erwrought in gold
With the device of a great snake, whose breath
Was fiery flame: which when I did behold
I fell a-weeping, and I cried, 'Sweet youth,
Tell me why, sad and sighing, thou dost rove
These pleasent realms? I pray thee speak me sooth
What is thy name?' He said, 'My name is Love.'
Then straight the first did turn himself to me
And cried, 'He lieth, for his name is Shame,
But I am Love, and I was wont to be
Alone in this fair garden, till he came
Unasked by night; I am true Love, I fill
The hearts of boy and girl with mutual flame.'
Then sighing, said the other, 'Have thy will,
I am the love that dare not speak its name.'

Dieses Gedicht ist nicht zuletzt deshalb berühmt, weil es während des Prozesses Wildes an zentraler Stelle von der Anklage zitiert wurde. Oscar Wildes Antwort verdient es, im originalen Wortlaut zitiert zu werden: (Ankläger): „What is 'the love that dares not speak its name'?" Wilde: „'The love that dares not speak its name' in this century is such a great affection of an elder for a younger man as there was between David and Jonathan, such as Plato made the very basis of his philosophy, and such as you find in the sonnets of Michelangelo and Shakespeare. It is that deep spiritual affection that is as pure as it is perfect. It dictates and pervades great works of art, like those of Shakespeare and Michelangelo, and those two letters of mine, such as they are. It is in this century misunderstood, so much misunderstood that it may be described as „the love that dares not speak its name“, and on that account of it I am placed where I am now. It is beautiful, it is fine, it is the noblest form of affection. There is nothing unnatural about it. It is intellectual, and it repeatedly exists between an older and a younger man, when the older man has intellect, and the younger man has all the joy, hope and glamour of life before him. That it should be so, the world does not understand. The world mocks at it, and sometimes puts one in the pillory for it.“ Es bedarf keiner Erklärung, dass eine solche idealisierende Sicht der Homosexualität diese zwar legitimieren sollte, aber durch ihre Übertreibungen eher kontraproduktiv war und jedenfalls die wahren Lebensbedingungen homosexueller Menschen nicht verbesserte.

Ähnlich wie Oscar Wilde konvertierte „Bosie“ zum Katholizismus (1911); 1902 hatte er geheiratet, eine Ehe, aus der auch ein Sohn entsprang. Lord Alfred Douglas hat sich später sehr heftig von Wilde distanziert. Bei einem Gerichtsprozess 1918 beschrieb er seinen ehemaligen Liebhaber als „the greatest force of evil that has appeared in Europe during the last three hundred and fifty years“. Er bedaure, an der Übersetzung des Theaterstückes „Salomé“ von Wilde beteiligt gewesen zu sein, das er als „a most pernicious and abominable piece of work“ beschreibt. Die maßlose Übertreibung dieser Selbstdistanzierung demonstriert Hilflosigkeit und die Unfähigkeit, zu einer sinnvollen Verarbeitung seines gemeinsamen Lebens mit Wilde zu finden. Erst gegen Ende seines Lebens konnte Lord Alfred die Ereignisse nüchterner würdigen.

Der vorliegende Band bietet Oscar Wildes großen Roman „The Picture of Dorian Gray“ und einige märchenhafte Erzählungen. Das ist nur ein Teil des Gesamtwerkes, aber doch ein guter Einstieg. „The Picture of Dorian Gray“ erschien zuerst 1890 mit 13 Kapiteln in Lippincott's Magazine. 1891 kam in London bei Ward, Lock & Co. eine um sechs Kapitel und viel weiteres Material ergänzte erste Buchausgabe heraus. Donald Lawler hat 1988 einen kommentierten Textvergleich der beiden Fassungen veröffentlicht; heute wird praktisch nur noch die Langfassung rezipiert. „A House of Pomegranates" erschien 1891 in London beim Verlag Osgood, McIlvaine & Co. Die beiden Erzählungen „The Young King" und „The Birthday of the Infanta" waren vorher schon in Zeitschriftenfassungen publiziert worden. Die beiden anderen Geschichten „The Fisherman and His Soul" und „The Star-Child" erschienen zuerst in dem genannten schmalen Band.

Es ist ein paar Jahre her, dass ich (MF) an Oscar Wildes Grabmal auf dem Père Lachaise – dem wunderbaren Friedhof des alten Paris – stand und eine weiße Nelke an Oscar Wildes Grabmal niedergelegt habe. Auch andere hatten zu Füßen des bekannten Denkmals, das von dem Bildhauer Jacob Epstein (1911) stammt, Blumen und andere kleine symbolische Dinge hinterlassen. Mit dieser Nelke war ein lange gehegter Wunsch in Erfüllung gegangen. Ich danke dem Marixverlag und Frau Miriam Zöller, dass ich mit diesem Nachwort in einer deutschen Wilde-Ausgabe einmal kurz aussprechen konnte, warum mir das eine angemessene Geste erschien. Meine Tochter Tatjana Frenschkowski hat als Studentin der Anglistik zu diesem Essay Beobachtungen, Gedanken und einige Informationen beigesteuert und mich vor allem gelehrt, Lord Alfred Douglas und auch die homosexuelle Subkultur der viktorianischen Epoche mit interessierteren Augen zu sehen.

Es erscheint mir immer wieder erstaunlich, dass ein Schriftsteller, der so für den Augenblick zu leben wusste wie Oscar Wilde, doch so Bleibendes geschaffen hat.

Hofheim am Taunus, Juli 2008

Anhang

Neuere und grundlegende Literatur zu Oscar Wilde

Die beste Handausgabe des englischen Gesamtwerks ist: Collins Complete Works of Oscar Wilde. Glasgow 5. Aufl. 2003 (gegenüber früheren Auflagen vielfach verbessert und um neue Texte bereichert; mit Vorworten von Vyvyan Holland und Merlin Holland, dem Sohn und dem Enkel von Oscar Wilde). Die Briefe Wildes sind gesammelt in: Hart-Davis, Rupert (Hrsg.): Letters of Oscar Wilde. London 1962; dazu ders.: More Letters of Oscar Wilde. London 1985 (beide Bände mit wichtigen Anmerkungen), nun zusammengefasst und überarbeitet in: The Complete Letters of Oscar Wilde. London 2000 (mit Anmerkungen von Merlin Holland). Aus der Sekundärliteratur hier nur eine kleine Auswahl:

Beckson, Karl. E.: The Oscar Wilde Encyclopedia. New York 1998

Belford, Barbara: Oscar Wilde. Ein paradoxes Genie. Zürich 2000

Birnbaum, Martin: Oscar Wilde. Fragments and Memories. London 1914 (Quelle vieler Anekdoten über Wilde)

Cohen, Philip K.: The Moral Vision of Oscar Wilde. Cranbery N. J. 1978

Douglas, Lord Alfred: Oscar Wilde. A Summing-Up. London 1940 („Bosies" letztes Wort zu Wilde unter Zurücknahme seiner heftigen kritischen Bemerkungen in früheren Büchern)

Eilers, Alexander: Im Auftrag der Schönheit. Oscar Wildes Amerika-Tournee. Fernwald 2008

Ellmann, Richard: Oscar Wilde. London 1987 (die Standardbiographie, materialreich, Pulitzerpreisgewinner, aber etwas schulmeisterlich. Dt.: München 2000. Einige Fehler sind berichtigt bei: Schroeder, Horst: Additions and Corrections to Ellmann's Oscar Wilde. Braunschweig 1989)

Fido, Martin: Oscar Wilde. London 1973 (unzuverlässig, aber mit bemerkenswertem Material)

Frenschkowski, Helena: Phantasmagorien des Ich. Die Motive Spiegel und Porträt in der Literatur des 19. Jahrhunderts. Frankfurt a. M. u.a. 1995 (eindringliche Deutung mit tiefenpsychologischen Ansätzen)

Funke, Peter: Oscar Wilde. Reinbek 2001 (zur ersten Orientierung)

Gagnier, Regenia: Idylls oft the Marketplace. Oscar Wilde and the Victorian Public. Stanford, CA 1986

Goodman, Jonathan: The Oscar Wilde File. London 1988 (gesammelte zeitgenössische Zeitungs- und Zeitschriftenbeiträge über Oscar Wilde)

Haase, Heike: Oscar für alle – die Darstellung Oscar Wildes in biofiktionaler Literatur. Münster 2004

Holland, Vyvyan, Son of Oscar Wilde. London 1954 (Familiengeschichte)

Hyde, H. Montgomery: The Trials of Oscar Wilde. London 1948 (wörtliche Mitschriften der drei Prozesse um Wilde; Hyde hat zahlreiche weitere Bücher zu Wilde und auch eine Biographie von Lord Alfred Douglas publiziert)

Kohl, Norbert: Oscar Wilde. Heidelberg 1980 (grundlegende gelehrte Monographie, deren englische Fassung gekürzt ist)

Kohl, Norbert: Oscar Wilde. Leben und Werk in Daten und Bildern. Frankfurt 1976

Lange, Stefan: Ästhetische Lebensalternativen im Werk Oscar Wildes. Trier 2003

Mason, Stuart (Christopher Millard): Oscar Wilde. Art and Morality. London 1908 (sammelt frühe Rezensionen, Briefe etc. zu „The Picture of Dorian Gray")

McKenna, Neil: The Secret Life of Oscar Wilde. New York 2004

Mendelssohn, Michèle: Henry James, Oscar Wilde and Aesthetic Culture. Edinburgh 2007

Mikhail, E. H.: Oscar Wilde. An Annotated Bibliography of Criticism. London 1978

Mikhail, E. H.: Oscar Wilde. Interviews and Recollections. London 1979 (gesammelte Erinnerungen von Zeitgenossen Wildes)

Raby, Peter (Hrsg.): The Cambridge Companion to Oscar Wilde. Cambridge 1997

Schimming, Alexander: „Death is a great price to pay for a red rose". Ästhetik, Ethik und Religion in den Märchen Oscar Wildes. Saarbrücken 2007

Sherard, Robert Harborough: The Real Oscar Wilde. London 1917 (eines von mehreren Büchern eines Autors, der Wilde gut kannte und viel authentisches Material bietet)

Small, Ian: Oscar Wilde Revalued. Greensboro, N.C. 1993 (wichtiger Neuansatz)

White, Terence de Vere: The Parents of Oscar Wilde. London 1967 (das wichtigste Buch über den familiären Hintergrund Wildes)

Wood, Julia: The Resurrection of Oscar Wilde: A Cultural Afterlife. Cambridge 2007

Abschließend sei The Oscar Wilde Society erwähnt, gegründet 1990, die sich der Pflege des Werkes widmet.

